DIE WOLFSINSEL VARKOTH
DIE KORALLENWÄLDER DER EMISSÄRE
LEVIATHANFRIEDHOF
YNLETH
DER TIEFE MIRVAALI
ISHKEVAL-SIBERREITER
N
W
O
S

Bernhard Trecksel

Flammenlied

Die Vier Könige 1

Bernhard Trecksel

FLAMMEN LIED

DIE VIER KÖNIGE 1

Roman

Mit einer Karte

PIPER

Unser Versprechen für mehr Nachhaltigkeit
• Klimaneutrales Produkt
• FSC®-zertifiziertes Papier
• Hergestellt in Deutschland

FSC www.fsc.org
MIX
Papier | Fördert gute Waldnutzung
FSC® C014496

Originalausgabe
ISBN 978-3-492-70791-6

Dieses Werk wurde vermittelt durch die
AVA international GmbH Autoren- und Verlagsagentur
www.ava-international.de
Redaktion: Friedel Wahren
Karte und Vignetten: Timo Kümmel
Satz auf Grundlage eines CSS-Layouts von digital publishing competence (München) mit abavo vlow (Buchloe)
Druck und Bindung: GGP Media GmbH, Pößneck
Printed in Germany

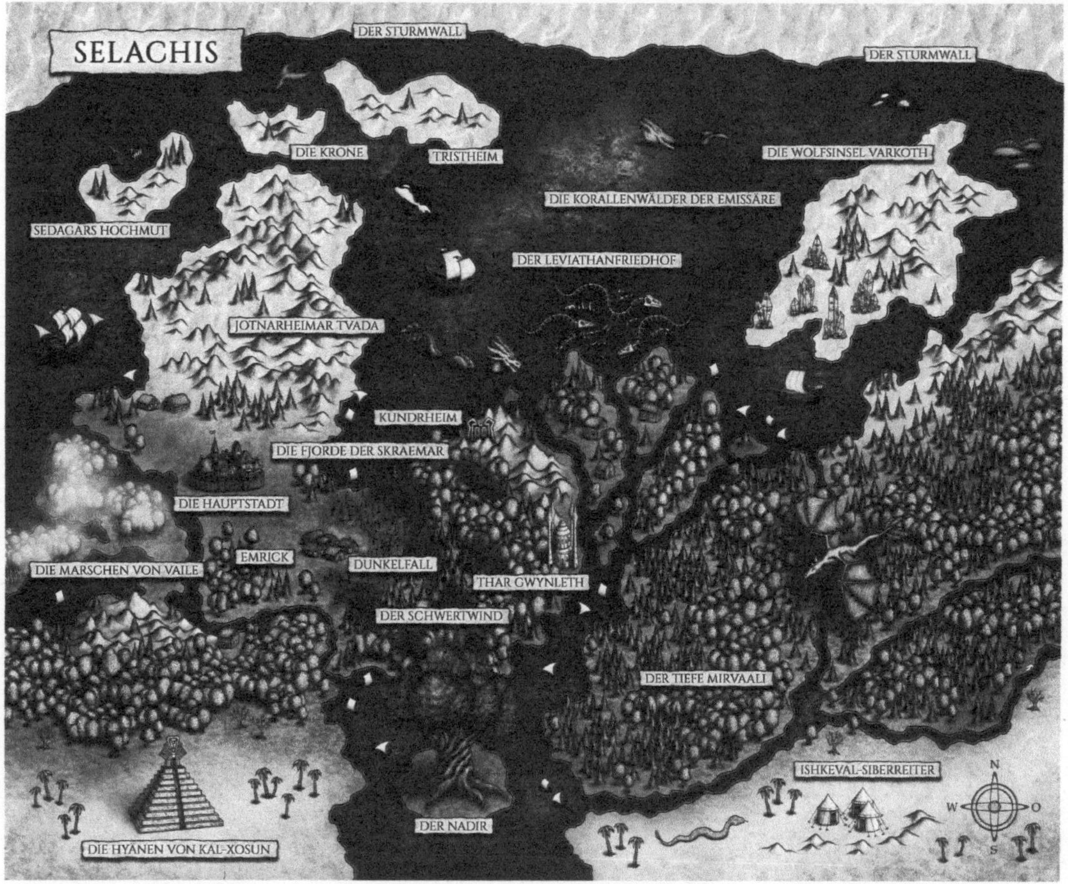
SELACHIS
DER STURMWALL
DER STURMWALL
DIE KRONE
TRISTHEIM
DIE WOLFSINSEL VARKOTH
SEDAGARS HOCHMUT
DIE KORALLENWÄLDER DER EMISSÄRE
DER LEVIATHANFRIEDHOF
JOTNARHEIMAR TVADA
KUNDRHEIM
DIE FJORDE DER SKRAEMAR
DIE HAUPTSTADT
EMRICK
DUNKELFALL
DIE MARSCHEN VON VAILE
THAR GWYNLETH
DER SCHWERTWIND
DER TIEFE MIRVAALI
ISHKEVAL-SIBERREITER
N
W
O
S
DER NADIR
DIE HYÄNEN VON KAL-XOSUN

Prolog

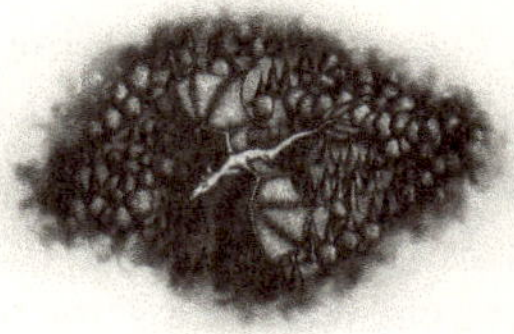

Der Himmel hing so tief, als wolle er die Landmassen von Selachis verschlingen. Wie eine Walze über den Kontinent hinwegrollen. Alles zermalmen, was lebte. Die Sturmwolken tobten aufgebläht, schwanger vor Unheil. Entladungen in der Farbe entzündeten Fleisches tanzten darüber hinweg. Huschten wie gewaltige Spinnen in die Winkel. Wenn sie aufblitzten, verbrannte einem der grelle Schein das Gehirn.

Verkriech dich nach hinten! Erst bin ich am Zug. Du magst aufkratzen, was immer übrig bleibt. Die einsame Gestalt inmitten der Küstenfelsen wirkte verloren in ihrer Kleinheit, gemessen an den alles überragenden Landschafts- und Himmelsverwerfungen des Sturmwalls. Kein Zustand, den sie gewohnt war.

Klein.

Doch wer erreichte schon regelmäßig das Ende der bekannten Welt? Höhnisch verzog sie das wettergegerbte Gesicht. Bleckte vor der Schöpfung die Zähne. Unbeugsam wie eine Wölfin. Sie war zu weit gekommen, um sich vom Unwetter in die Flucht jagen zu lassen.

Der Sturm toste mit ungebrochener Wucht. Er tat es, seit die ersten Abkömmlinge aller Völker beim großen Auszug, der Diaspora, ihren Fuß auf den Archipel gesetzt hatten. Das Meer donnerte mit zeitloser Urgewalt gegen Kreidefelsen. Es leckte, fraß, trieb hinein und höhlte aus.

Poetisch, dachte die Gestalt. *Der Sagas würdig. Hinter mir die Flammen der Vulkane, die einst Heimstatt meines Volkes waren. Vor mir der endlos hungrige Verschlinger, der niemals Ruhe geben wird. Wenn sie sich endlich begegnen, wird nichts mehr sein. Gerechtigkeit.*

Mit ausladenden Bewegungen erklomm das Wesen die felsigen Ausläufer der Küste. Die Finger mit den derben Nägeln, gezeichnet von Jahrzehnten des Kampfes, fanden Halt im kleinsten Spalt. Gerade, starke Beine, die in Pelzstiefeln steckten, trieben den Körper unaufhaltsam vorwärts. Wenn die Blitze zuckten, warf ein meisterlich gearbeiteter Ringpanzer das Licht zurück.

Hüllte das Wetterspiel wohl die Landschaft in Gegensätze aus Hell und Dunkel, blieben die Augen und Zähne der wilden Besucherin dieses wüsten Landstrichs bei allen Lichtverhältnissen stets schwarz wie die Nacht.

Wäre der Blitz gewichen, so hätte wohl jeder Wanderer an diesem Ort nicht nur aufgrund tätowierter Augäpfel und von Pilzgift dunkelblauer Zähne der Hünin das Weite gesucht. Selbst der absonderlichen Haut, die vom Alabasterweißen ins milchige Blau überging, hätte es nicht bedurft. Ihre Gestalt allein schon war zu gewaltig und furchterregend.

Ihr Pelzumhang, zusammengefügt aus Fellen von einem halben Dutzend Bären und als Überwurf lässig über eine Schulter geschwungen, wogte so steif im Wind wie die dicken Zöpfe, die aus dem geflügelten Helm hervorragten. Die wehenden Gewänder gaben den Blick auf den kraftstrotzenden Körper frei, der sich sogar noch unter der Rüstung erahnen ließ. Aufrecht stand die Frau da, groß wie sechs Menschenkrieger, die Bartaxt am Gürtel hing lang wie ein junger Baum herab.

Kälte und erzürnte Elemente störten die Frostriesin nicht. Ihr unerbittlicher Blick suchte die Landschaft ab. Das Meer Hunderte Spann zu ihren Füßen. Hinter den Sehlöchern des Helms und dem Nasenschirm kniff sie die Augen zusammen. Höhe machte ihr nichts aus, wohl aber Wasser, das im

Sturm wogte. Jarlin Velkha Whulfbodhir misstraute Dingen, die nicht gefroren waren.

Und sie misstraute auch fast allem anderen.

Unwillkürlich fuhr ihre Hand hinab zum Prachtgürtel aus gereihten Goldscheiben. Der Beutel hing an seinem Platz. Ebenso die Tasche mit den Runensteinen. Bei der bloßen Berührung wurden Velkha die Herzen schwer.

Ihre schlanken Finger fanden den Weg in das Innere der Tasche. Zitternd berührten sie die Steine, einen nach dem anderen. Es waren mehr als zehn Dutzend. Da war Connacht, jung und zu heißblütig, selbst nach den Maßstäben der kleinen Völker. Jäger hatte er werden wollen. Sweda, das Findelkind, weder Mann noch Frau – und somit Lehrling des Seidrmanns, ihres Sehers. Auch der Stein des Propheten Leifthrandr ruhte daneben. Angrboda. Hjild. Skarbrandr. Die Höhle. Das ganze Dorf.

Der Clan.

Velkha war die Letzte.

Sie spie aus. Den Blick nach oben gerichtet, zu den kochenden Himmeln über der Gischt. Den Göttern zum Trotz. In den schwarzen Augen nichts als Hass auf jene dort oben. Auf die Ahnen. Auf die Götzen. Auf jeden, der sie, ihr Dorf, den Clan, das Volk, im Stich gelassen hatte.

Ebenso unbewusst fuhr ihre Hand zu einem anderen Beutel an ihren Lenden. Sie langte hinein. Dort, in diesem dritten Beutel, spürte sie die vertrauten Rundungen. Das Material unverkennbar. Es klickte vielfach beim Durchspielen, bevor der Sturm über den Wassern das Geräusch mit sich riss. Velkhas Klauen glitten kosend über die Totenschädel. Winzig wie Murmeln. Hunderte.

Nordmänner der Skraemar. Menschenkrieger. Zwerge.

Erzfeinde.

Narren, die nicht ahnten, was dieser Archipel wirklich war. Wie sehr sie alle betrogen worden waren. Das Feuer kam. Nichts würde ihm standhalten.

Was war dagegen das Ertrinken?

Mit grimmem Blick trat sie einen Schritt nach vorn – auf das tief unter ihr wütende Meer zu, über ihr der bis zur Grenze der Nebel tosende Sturm.

Sie näherte sich der Felskante, einen höhnischen Zug um die Lippen. Schnaubte, ausgeliefert den tödlichen Elementen. Weiter draußen, vor der Küste, brodelten die Wolken des endlosen Walls. Die Welt jenseits dieser Mauer aus uralter Magie war vor langer Zeit vom Hochmut der jungen Völker heimgesucht und dann von Erwählten auf einer Queste zurückgelassen worden. Es gab keinen Weg mehr, dieses Selachis, wie die Elfen das Inselreich nach ihrer Göttin Selachia benannten, zu verlassen.

Velkha scherte sich nicht darum. Sie war aus einem anderen Grund gekommen. Was jenseits der Welt war, zog sie nicht an. Nicht mehr. Nun ging es darum, der Gerechtigkeit Genüge zu tun.

Sie stand auf einem Felsüberhang und richtete nun den Blick nach unten. Auf die Fluten. Auf die Schemen der Bauten, die ihre an Granithöhlen, Schneestürme und das Hochgebirge gewohnten Augen in der endlosen Tiefe des Wassers zu erahnen vermochten.

Wieder führte Velkha Whulfbodhir die Hand zum Beutel. Sie erinnerte sich, wie der hochmütige Elf sie warnen und belehren wollte: »Nutzt du ihn, gibt es kein Zurück mehr, ist dir das bewusst?«

Wie gern hätte sie das dürre Gerippe des maskierten Elfleins damals gepackt und ihm das Leben mit der Faust herausgepresst, ihrer Sammlung an Schädeln aus den jungen und alten Völkern einen weiteren hinzugefügt. Doch sie hatte gute Miene zum Spiel des Unsterblichen gemacht. Niemand legte sich freiwillig mit Hochmagiern an.

Um des Clans willen.

Um des Plans willen.

»Als gäbe es für mich noch ein Zurück«, raunte die Frostriesin. Sie redete sich ein, es sei der eisige Höhenwind, der ihr die Kehle zuschnürte, was Unfug war. Der Weg hinter ihr war längst abgeschnitten. Der Weg nach Hause mit dem letzten Überfall der Nordmänner und götterverreckten

Unterirdischen gegen ihren Clan für immer verstellt. Dort gab es nichts mehr. Sie hatten auch die Kinder nicht geschont, die Goldraffer und Walmörder.

Die Tränen in den Augenwinkeln der Riesin gerieten zu glänzenden Kunstwerken aus Kristall.

Ihre Hand legte sich entschlossen um den Beutel. Sie schnürte ihn auf. Griff hinein. Nahm, was der Elf ihr gegeben hatte. Wie winzig es auf ihrer Handfläche lag, wie ein Staubkorn. Doch konnten die Winde nicht daran rühren.

Velkha schloss die Augen und holte tief Luft.

Die andere Hand wanderte zu den Runensteinen ihrer Familie.

»Für den Clan!«

Die Jarlin Velkha Whulfbodhir sprang. Sie stürzte wie ein Senkblei lotrecht auf die Fluten zu und verschwand zwischen den Wellenkämmen.

Sie sank.

Der Untergang von Selachis war beschlossene Sache.

1

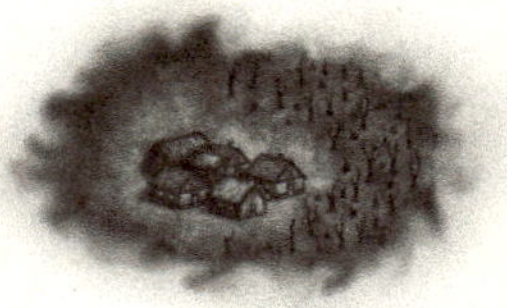

Vor dem Feuer

Der Wind strich über den Sand, versetzte ihn mit jedem Stoß, jedem Streicheln einer Bö in Bewegung. Der letzte Rest Abendwärme wurde zu einer Phase drückender Schwüle, welche, zumal in der Hitze der Glassande, nur schwer zu ertragen war. Die kalten Höhenwinde, die um diese Stunde aus den schroffen Bergen auf das Nomadenlager der Septe der Windspeere herabfielen, pressten die Wärme nach unten. Sie drückten sie gegen den Boden, bis die Knöchel und Unterschenkel sich anfühlten, als durchquerten sie kochenden Sirup.

Wer diesen Teil des südlichen Selachis nicht kannte und es in den gnadenlosen Glassanden vollbracht hatte, einen Tag bis zum Abend zu überleben, wurde dem nächsten Schrecken ausgesetzt. Die heiße Luft, am Boden zu einer qualvoll brodelnden Schicht verdichtet, stellte etwas mit den Kristallen der Wüste an. Etwas, das ihre eigentlich als ebenso hochgebildet wie kultiviert geltenden Einwohner nicht verstanden, mochten sie menschlich oder vom Alten Blut sein.

Elmsfeuer und Kugelblitze wanderten wie weiß-blaue Spinnen und Käfer die Dünen herab. Ihre unstet zuckenden Beine leckten unablässig über den Sand.

Wann immer dieses abendliche Schauspiel sich wiederholte, stießen sie darunter auch in metallische und kristalline Ablagerungen vor, was kleine Verpuffungen auslöste. Die wiederum versetzten mit den Abendwinden die Dünen in unberechenbare Bewegung.

Wann immer größere Sandwellen von den Dünen abgingen, glich das Geräusch dem feinen Raspeln, das die Deckflügel der gewaltigen Nashornkäfer verursachten, wenn sie während der Paarungszeit übereinanderschabten.

Bei dem Gedanken an die kolossalen Insekten, den metallenen Glanz ihres Panzers, besonders aber das saftige Muskelfleisch unter den Flügeln, antwortete der Magen einer anmutigen Nomadin mit einem Knurren. Sie hockte mit angezogenen Knien auf einer Zusammenballung mächtiger Kristalle am Rand der Zeltsiedlung auf einem Felsen.

Bogen und Speer hatte die zierliche Jägerin neben sich angelehnt. Trotz der friedlichen Abendstimmung und der Entspanntheit, welche ihre Umrisse ausstrahlten, verriet doch jede ihrer Bewegungen das Raubtier. Ihr Körper war verhüllt von Gewändern im Weiß sonnengebleichter Knochen.

Allem Anschein nach war ihr Magen nicht der einzige Bereich ihres Körpers, der sich vom Gedanken an eine mögliche Jagd und das köstliche Ergebnis angetan fühlte. Sie rieb sich die Haut am Übergang zwischen Schulter und Hals unter ihrem Burnus, just dort, wo sie die Tätowierung für ihre Sechzehnte der Vierundzwanzig Prüfungen der Alka'avir erhalten hatte.

Bevor sie überhaupt so recht eine Linderung des Juckens verspürte, hörte sie schon wieder auf, die Stelle abzutasten. Vielmehr zuckte sie zusammen, als es einem letzten, sich standhaft dem allabendlichen Tod verweigernden Strahl der untergehenden Sonne gelang, sich unter die Nomadengewänder zu tasten.

»Ich verstehe, dass du ungeduldig bist. Ich bin es auch. Doch wir wissen beide, dass ich nicht allein ausreiten werde«, wisperte die Nomadin.

Wie immer, wenn sie mit dem Großen Jäger sprach, blieb er der Nomadin Tanaqui eine Antwort schuldig. Er war zu Lebzeiten kein Mann der Worte gewesen, wenn man den Schriften der Waldelfen des Schwertwinds aus dem Mirvaali glauben wollte. Die Nomadin tat es. Sie war eine von ihnen gewesen. Der Große Jäger war stets nur der Meisterschaft seines Handwerks und der Erregung während der Jagd verhaftet geblieben.

Statt des Großen Jägers war es der Abendwind, der sich mit unnachahmlichem Heulen in den verkarsteten Felsen westlich des Lagers der Silberreiterelfen fing und ihr Antwort gab.

Tanaqui hob den Kopf und strich gleich mehrere ihrer zahllosen Zöpfe beiseite, die so hartnäckig darauf bestanden, aus ihrem Chalafkopfschal auszubrechen. Für den Moment eines Herzschlags legte er die Spitze ihres Ohrs frei. Da waren sie, Klang und Weise, mit denen der Wind sich jeden Abend in der Mesa verfing. So wie erwartet.

Ebenso war dort wieder der andere Ton zu hören. Jene verstohlene Stimme knapp unter dem Säuseln und Heulen des Naturschauspiels. Die Melodie. Die Schalmei. Wie auch immer man es nennen wollte. Eine fein gesponnene und für Tanaqui doch nicht zu überhörende Klangfolge, die ihr vor einigen Monden aufgefallen war, nachdem sie die Sechzehnte der Vierundzwanzig Prüfungen gemeistert hatte.

Das nahezu unhörbare Lied, das auf befremdende Weise wie glockenhelles Spiel aus Glasstäben in einem unhörbaren Wind klang. Es würde wie immer mit jeder Minute dunkler und volltönender werden, bevor der Wind abflachte, und mit dem Ersterben seines Tobens würde die Schalmei verstummen.

Danach setzte üblicherweise rasch der Sonnenuntergang ein, und der Nachtfrost ritt ihm dicht auf den Fersen. Das ewige Spiel der Wüste.

Tanaqui wunderte sich. Wie oft hatte sie abends hier draußen am Rand des Nomadenlagers gesessen. Die anderen Silberreiter dabei beobachtet, wie sie zwischen ihren prachtvoll geschmückten Rundzelten umherhuschten, Pferde und tödliche Reitkatzen auf die Nacht vorbereiteten.

Sie wandte den Kopf zum Lager hinüber. Besah sich das Treiben. Wie lange lebte sie schon bei ihnen? Wie lange war sie nun schon eine von ihnen?

Bin ich das?

»Grübelst du wieder über deine Stimmen im Wind nach?«

Haelthan war gut. Nicht so gut wie Tanaqui, aber gut genug, dass er sich bis auf einige Schritte an sie hatte heranschleichen können.

»Melodie«, sagte die Jägerin.

Der Wüstenelf zuckte mit den Achseln, wog mit beiden Händen ab. »Wo ist der Unterschied?«, fragte der Nomade, der wie Tanaqui von Kopf bis Fuß verhüllt war. Wie sie alle. Zumindest jene von ihnen, die den ersten Schritt zur Halbgöttlichkeit vollzogen hatten. »Darf ich?«, fragte Haelthan und wartete die Antwort der Fuchstochter gar nicht erst ab. Er hüpfte neben sie auf den Felsen, setzte sich. Zog die Beine an, wie sie es tat.

Er ist noch so jung.

Tanaqui Fuchstochter warf einen Seitenblick auf den Fährtensucher. Haelthan war der Sohn des Häuptlings. Bis auf die Augen von der Farbe ungeschliffener Opale lugte nichts von ihm hervor, wie alle Silberreiter war er gänzlich verhüllt. Wie sie alle achtete er tunlichst darauf, seine Haut niemals der Sonne preiszugeben, selbst jetzt noch, da diese bereits im Verschwinden begriffen war.

Sie schwiegen eine Weile. Genossen, wie der Wind und die Töne der Wüste sich veränderten. Tanaqui spitzte die Ohren. Mit dem schleichenden Erblühen erster kalter Sterne am Samtblau des Nachthimmels verlor sich das Lied einmal mehr.

»Wieso höre ich nichts von deinem Sie-rennen-Gesang?«, fragte der junge Jäger unvermittelt, fügte ein Lehnwort der Menschen in seinen Dialekt der Alten Sprache ein. Er riss die Jägerin aus Gedanken, denen vertraute Schwermut anhaftete.

»Du meinst Sirenengesang, Haelthan.«

»Wie auch immer.« Einmal mehr zuckte er mit den Achseln. Sie sah, wie er unter seinem Chalaf die Lippen schürzte. »Die Zunge der Schwertwindler ist barbarisch. Jede Silbe klebt vor Harz und stinkt nach Borke. Affenschmutz von den Menschlingen klebt daran. Du lernst besser noch rasch mehr von unserer Sprache, Fuchstochter.«

Es passt ihm nicht, dass ihn eine Frau belehrt. Noch dazu eine Ireni, eine Fremde. Die Silberreiter gaben sich alle Mühe, Tanaqui das Gefühl zu vermitteln, sie gehöre zum Stamm. Innerhalb ihrer Möglichkeiten.

Was nicht viel bedeutet.

Tanaqui seufzte unüberhörbar. Draußen zwischen den Dünen hob ein Fennek den Kopf und spitzte die mächtigen Ohren. Dann raste der Wüstenfuchs im ewigen Schauspiel des Überlebens unter den aufziehenden Sternen hinter einer Springmaus her.

Haelthan fühlte sich offenbar ebenfalls angegriffen. Augenblicklich ging er zur Verteidigung über. »Woher soll ich wissen, was eine Sirene ist? Hause ich am Meer? Schwinge ich mich durch die Bäume wie ein Lianenbrüller?«

Ergeben deutete die Jägerin mit ausholender Geste über den Sand, der sich von einem Ende des Horizonts zum anderen erstreckte. »Ich widerspreche dir.«

»Der Ozean der Glassande ähnelt einem Meer, ja. Aber es leben keine Chimaerae darin, die erst für einen Krieger singen und ihn dann fressen, bevor sie seine Überreste in lichtlose Düsternis zerren. Woher sollte ich Kunde von deinem riesigen Wasser haben? Ich habe es nie gesehen«, erklärte er mit einer störrischen Bestimmtheit, die selbst unbedarften Fremden längst verraten hätte, dass der Krieger, der dort sprach, fast noch ein halbes Kind war.

»Es ist nicht *mein* Wasser«, antwortete Tanaqui und rang um Geduld. »Wie oft soll ich noch erklären, dass der Teil des Mirvaali, dem ich entstamme, zwei Wochen entfernt von der

Bucht der Leviathane liegt? Unser Prinz hat nie Ansprüche auf die Gefilde der Skraemar-Nordleute erhoben.«

Sie fröstelte. *Das Einzige, wonach dieser Teufel nie seine Klauen ausstreckte.*

»Du bist nie dorthin geritten? Hast nie auf das Wasser geblickt wie wir auf die Sande?« Er schüttelte den Kopf. »Ein Ort mit so viel Wasser, dass tausend Städte der Äffchen Platz darin finden. Gäbe es so etwas, ich ritte jeden Tag dorthin und tränke mich satt. Rund? Oder wie sagt man das bei Wasser in deinem kruden Dialekt?«

»Ich war oft dort. Sicher. Teils öfter, als mir lieb war. Trinken solltest du dort nichts, das Wasser ist salziger als der Trockensee von Eliaf'thar. Haelthan, welchen Grund sollte ich haben, einen solchen Ort zu erfinden? Öffne ein Buch. Lausch dem Gesang eures ... unseres Stammesbewahrers. Das Meer ist so echt wie die Glut der Mittagsstunde.«

Das Meer. Rotes Wasser an den Stegen. Ein Mensch im Kettenhemd, den das Gewicht seines Stahlkleids in die Tiefe zog. Kreisende Haie, die das Wasser mit ihren Messerrücken durchpflügten.

Mit Grauen dachte sie an jene Nacht zurück, als der Überfall auf die Nordleute zum reinen Gemetzel ausartete. Die Skraemar hatten tapfer gekämpft. Viele von ihnen hatten gebrannt. Vergeltung für ihren Raubbau an den kostbaren Hölzern des Mirvaali. Ob die Fjordstädte wohl noch standen? Die schrecklichen Bilder verfolgten sie. Ein Teil ihres Selbst war dankbar, dass sie als entwurzelter Gast bei den Nomaden untergekommen war.

»Immer sitzt du hier und grübelst«, schmollte ihr eifriger Besucher, um sich seinen Mangel an Welterfahrung nicht einzugestehen.

»Wo sollte ich stattdessen sein? Ich habe gejagt, das Tagwerk verrichtet.« Sie entwand sich ihrem Chalaf, da die Sonne versunken war. Ließ es hinter dem Rücken baumeln. Legte spielerisch einen Finger an die Lippen. Neigte den Kopf auf neckische Weise, gab das Mädchen. »Lass mich raten! Ich sollte dein Lager teilen.«

»Wäre das so schlimm? Viele der Sammlerinnen und der Kriegerinnen rühmen sich dessen.« Er verblieb in seinem Taggewand. Reckte die Brust, um männlicher zu wirken. Verhüllte zugleich seine Furcht vor Beschämung.

Tanaqui hatte ins Schwarze getroffen. »Keine von ihnen ist eine Ireni. Keine von ihnen ist ich«, entgegnete sie.

»Du bist prüde wie eine der Rundohren. Du jagst und tötest wie wir, aber du paarst dich wie ein Menschling. Ihr habt zu lange Krieg geführt gegen sie am ewigen Wald, ihr seid träge und schwach geworden.« Er legte die Hände auf die Knie, wirkte damit noch mehr wie ein Junge. »Jene von euch, die noch da sind«, sagte er, um sie möglichst tief zu treffen.

Tanaqui ließ sich nicht darauf ein, schluckte hinunter, was ihr auf der Zunge lag. »Ich paare mich gar nicht«, entgegnete sie stattdessen. »Weder hier noch sonst wo. Nicht nach ... damals.« Sie bezweifelte, dass er das gefährliche Beben in ihrer Stimme bemerkte. »Ich kann mich des Eindrucks nicht erwehren, dass den meisten von euch ... uns ... das gut zupasskommt.«

»Du triffst mich«, murmelte er und deutete in der Geste für getroffenen Stolz auf sein linkes Hauptherz und umklammerte die Luft über der Brust, als wolle er es herausreißen.

»Was ich treffe, lebt nicht lange genug, um es zu bemerken«, sagte sie ohne Überheblichkeit. Nur wenige ihres Alters konnten mehr als zwölf der Vierundzwanzig Prüfungen vorweisen. Geschweige denn fünfzehn als eine der Ireni.

Der Große Jäger war mit ihr. Ein Blick auf Haelthans Schultern bestätigte alles, was sie empfand. Er wusste, mit welch tödlicher Kampfkraft durch die Jahre des Kriegs ausgestattet, sie bei der Septe angekommen war. Er musste begreifen, dass die Stufenleiter der Prüfungen sie mit jeder der Tätowierungen, die sie erlangt hatte, Welten von seinen Fähigkeiten entfernt hatte. »Bist du nur gekommen, um zu verhöhnen, was ich glasklar im Abendwind vernehme, du aber nicht hörst? Wähnst du, die beste Strategie, mich zu verführen, besteht darin, dich über mich lustig zu machen?«, ging sie ihn jetzt energisch an.

Abwehrend hob er die Hände, formte die Tagesgeste für friedliches Einvernehmen. Die Silberreiter hatten sich im Lauf der Jahrhunderte auf eine große Auswahl an verschlungenen Finger- und Handzeichen sowie Körperhaltungen verständigt. Einige der Krieger, die sie ersonnen hatten, lebten noch immer. Nur durch die Zeichensprache war gewährleistet, dass die wilden Wüstenelfen einander bei der Jagd auch verstanden. Dass kein unbedachtes Wort, keine falsch aufgenommene Handlung allzu schnell zu Blutvergießen führte. Es waren jedoch weniger sie, von denen die Gefahren ausgingen. Sondern ihre halb göttlichen Bewohner. Die Altvorderen legten höchsten Wert auf die Etikette.

Ihr allabendlicher Zaungast war jung, zudem recht ungeschliffen und unhöflich. Ein Verhalten, das Tanaqui vielleicht vergeben, in ihrer unmittelbaren Gegenwart jedoch nicht ohne Weiteres hinnehmen wollte. »Du dachtest wohl, du drängst dich mir auf diese Weise auf und teilst dann kurz meine Schenkel, noch dazu von oben herab. Und das, obwohl du weißt, was mir im Mirvaali einst widerfuhr. Warum ich meinem Volk entfliehen musste.« Sie zischte durch gebleckte Zähne. Der Schmerz loderte so frisch auf wie am ersten Tag. Der Nachteil des langen Lebens der alten Völker lag im guten Gedächtnis. Einmal mehr verfluchte sie es. »Entfliehen wollte.«

»Ich konnte doch nicht ...«

»Du konntest. Doch du willst noch immer deinen Trieb stillen. Je mehr ich mich wehre, desto mehr wähnst du mich Wild, nicht Jägerin. Weil du jung bist. Weil du denkst, die Welt sei dein Spielhort. Weil du glaubst, dass jedes Weib nur nach einem Mann sucht.«

Sie spürte, wie bei diesen Worten der Alte Jäger in ihr aufwallte. Sie fühlte, wie die Tätowierungen in ihrer Haut zu brennendem, nagendem Leben erwachten, ihre Muskeln mit Hitze und Kampfeswillen füllten. Der Berserkerzorn des Ahnengeistes manifestierte sich. Mit der Ruhe schien es mit einem Mal vorbei.

Er ist aber kein Wild. Diese Leute sind mein Heim. Meine Heimat. Sie sind dein Volk, sagte sie, an den Jäger gewandt. *Was hätten wir davon, wenn ich jetzt über ihn herfiele? Er ist uns nicht gewachsen. Du und ich, wir sind bald eins. Untrennbar.*

Bei dem Gedanken daran, dass die Rituale der Silberreiter ihre unsterbliche Elfenseele dereinst mit der des Jägers zu einer Einheit reiner Bogen- und Speerkunst verschmelzen könne, erfasste sie ein Schauer. Niemand hatte alle Vierundzwanzig Prüfungen bislang vollendet und war zum Halbgott, zur Halbgöttin aufgestiegen.

Es wanderte ihren Rücken wie ein Zug Treiberameisen mit Beinen aus Eis herab. Ein Faszinosum, zu gleichen Teilen blankes Grauen und unbezähmbare Neugierde, was ihrem Bewusstsein widerführe, sollte sie es vollbringen, die letzte der Prüfungen zu meistern. Was geschah dann mit ihrem Seelenbaum, so er denn noch stand?

Der junge Elf bemerkte ihr Zögern. Versuchte abzulenken. »Wie ist sie? Die fünfzehnte, meine ich.«

Sie schenkte ihm ein geduldiges Lächeln, in dem alles geschrieben stand, was man ihr bei der Ankunft in der Septe eingegeben hatte. »Die Zunge vermag nicht zum Ausdruck zu bringen, des Reiters Ohr nicht zu hören, welcher Art Prüfungen unsere Vorväter uns auferlegten. Auch nur eine auszusprechen bedeutet die Sonnenpflöcke«, zitierte sie die Überlieferungen aller, die bereit waren, dem Ruf der Hautbilder zu folgen. »Du bist bei Nummer drei, du solltest es bereits seit einer Dekade besser wissen, als solche Fragen zu stellen.« Tadelnd wedelte sie mit dem Zeigefinger.

»Ich prüfe dich nur«, sagte er so aufrichtig, als würde er an seine Worte glauben. »Wir stellen dich auf die Probe. Du weißt, dass wir nur noch eines mehr verachten als einen schlechten Jäger, der zu viel von unserem Wasser nimmt.«

»Lügen und Verrat werden nicht geduldet«, zitierte Tanaqui eine der wenigen eisernen Regeln. Sie war eine Frau auf der Flucht gewesen, doch sie war eine Elfe. Eine der Ihren. Die Silberreiter legten größten Wert auf heilige Ordnungen, hatten ihre Familie aber niemals vergessen, auch nach Jahrhunderten nicht, nachdem sie den Mirvaali nach dem ersten der drei Unwerthkriege verlassen hatten.

Ruckartig erhob er sich neben ihr, sein erwartungsvoller Blick war für ihr scharfes Elfenauge im Dunkel der angebrochenen Nacht klar zu erkennen.

»Du wolltest also mehr von mir, als nur mein Lager zu teilen?«

Er zog seinen Chalaf beiseite und entblößte die Zähne zu einem wölfischen Grinsen.

»Die Kundschafter haben einen Fang gemacht«, entgegnete Haelthan. Er feixte und boxte Schatten, als hätte er ein neues Spielzeug erhalten. Was in gewisser Weise auch stimmte.

Sein Gesichtsausdruck verriet Tanaqui alles, was sie wissen musste. Einmal mehr waren ihnen in den Glassanden Menschen in die Klauen geraten. Bedauern regte sich in ihr.

Der junge Krieger missdeutete ihr finsteres Gesicht. »Keine Sorge, die Narren aus dem Emirat schicken immer wieder neue Patrouillen ihrer kurzlebigen Äffchen in die ewigen Glassande. Du bekommst schon noch Gelegenheit, rotes Affenblut zu vergießen. In der Haut von diesem einen hier bei uns will ich aber nicht stecken. Zumindest nicht, solange er sie noch hat.«

Tanaqui nickte bedächtig. Sie bedeutete Haelthan mit einer Geste, zum Lager vorzugehen.

Mit einem Achselzucken wandte er sich um, ließ sie in der aufziehenden Nachtkälte mit dem Zirpen der Zikaden allein. Sie blickte ihm hinterher, wie er mit der Vorfreude eines glücklichen Jungen aufbrach, um das Leben eines fühlenden, denkenden Wesens in eine Hölle aus Qualen zu verwandeln.

Ekel packte sie bei dem Gedanken, wie ähnlich er Prinz Vesshelin in diesem Moment war, seine wenige Jahrzehnte zählende Jugend befleckt von Hass unter den Völkern und Kriegsgelüsten.

Wahrlich, ihre Völker waren tief gefallen.

»Du entkommst deiner Vergangenheit nicht«, murmelte sie.

Der Nachtwind hatte keine Antwort. Er war zu beschäftigt damit, Tausende andere kleine und große Dramen in den Glassanden zu bezeugen. Was waren da ein Menschenleben und die Gefühle einer waldelfischen Vertriebenen?

2

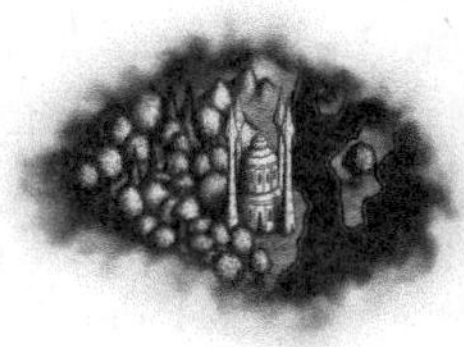

»Es hat gebrannt. Die halbe Flur ist vernichtet«, sagte der Dorfvorsteher unnötigerweise. Er machte ein entschuldigendes Gesicht, so als wäre er persönlich für diesen Missstand verantwortlich.

»Was du nicht sagst«, nickte Kato Tamasine, seines Zeichens Lohenmagus der Armee Ihrer Majestät, der Königin Kyralia der Dritten von Emrick, und verengte die Augen. Die Sonne brannte vom Himmel auf das Dorf. Eine Million Zikaden verwandelte die flirrende Luft in eine Suppe aus Schall und schwärender Hitze, bei der der Kopf ins Schwimmen geriet. Die Bäume im Umkreis waren trockener als Katos Wortwitz.

Die Hitze selbst machte ihm nichts aus. Nicht seit dem Vorfall. Wie lange war es nun her, dass er nichts mehr von ihr spürte? Zwanzig Jahre? Dreißig?

Wie alt bin ich? Wann habe ich meinen Geburtstag zuletzt begangen?

Er runzelte die Stirn, um die unwillkommenen Gedanken zu vertreiben. Schüttelte mürrisch den Kopf unter der Kapuze. Der schwelende Grashalm zwischen den Lippen des Magiers wanderte von rechts nach links.

Was gäbe ich nicht für einen ordentlichen Zitronenschnaps.

»Oder zehn«, murmelte er zu sich eine eigene Antwort.

»Wie meinen?«, fragte der Landmann.

»Nichts, nichts.« Huldvoll neigte Tamasine das Haupt, blickte dabei über die Schulter des Bauern und rümpfte die Nase. Schnaubte. Sog die Luft ein, den Geruch von Holzkohle. Was überflüssig war, überlagerte er doch alles im Umkreis von zehn Meilen. Kato stellte sich halb spielerisch auf die Zehenspitzen, so als müsse er in die Ferne spähen, um das Unübersehbare hinter dem Mann zu bemerken. Kato schwankte. Hielt sich am Stab fest. Vielleicht doch genug Schnaps für heute? Ein dummes Manöver, alles in allem, in körperlicher Hinsicht unnötig, der Magier war von gewöhnlicher Größe für einen Mann aus Emrick – und der Dorfvorsteher reichte ihm nicht einmal bis zur Kehle.

Tamasine betrachtete das Bild der Verwüstung. Schaute dorthin, wo der Waldrand nun fehlte. Wo sich schwarze Baumstümpfe und sacht im Hitzeflimmern tanzende Asche trauernd über ein Stück Land erstreckten, groß wie mehrere Austragungsstätten. Überall Glutstellen im Grau. Rauchfähnchen hingen über der Aschebrache, flossen wie Seide über das Land, wenn der niemals Erlösung vor der Glutsonne versprechende Windhauch ihren Tanz störte.

Das Gleiche wie in den letzten beiden Weilern. Keine Überraschungen. Warum zur Grube der neuen Höllen hatten sie ihn Hunderte Meilen aus der Hauptstadt hierhergeschickt? Für ein paar Sommerfeuer?

Er kannte die Antwort. Gedankenverloren rieb er an der Brandnarbe auf der Wange. Das Schandmal.

»Ein Waldbrand, ein Funke irgendwo. Und ist der Zunder des Trockengrases einmal entfacht, gibt's gar keinen Einhalt mehr, bis alles in Asche versinkt«, wusste der Dorfvorsteher, der damit ein unerwartetes Talent bewies, auf nutzlose Weise das Offenkundige in Worte zu fassen und dabei hintergründiger zu klingen als die Poeten, mit denen Tamasine an der Akademie getrunken hatte. Reclaw. Verhoeven. Salazaar. Mehr unerwünschte Bilder aus der Vergangenheit. Götter, Kato brauchte wirklich einen Schnaps. Oder etwa nicht?

»Was du nicht sagst, beredter Freund«, höhnte der Magier. Er ertappte sich jedoch dabei, dass er dem Mann beinahe vertraulich die Hand auf die Schulter gelegt hätte, zuckte erschrocken zurück und strich stattdessen seine Gewänder glatt.

Falls der Bauer die Geste wahrgenommen hatte, ließ er es sich nicht anmerken. Der Dorfvorsteher griente unter seinem schweißfleckigen Strohhut hervor und entblößte einen Friedhof fauliger Zähne, von denen einige entweder Grünspan oder Grünkohl angesetzt hatten. »Wie wir dem Magistrat sagten, Herr. Das kommt im Sommer vor. Kein Grund, die Schule zu verständigen.«

»Akademie«, berichtigte Kato den Mann. »Der Turm ist eine Akademie, keine reine Schule.«

»Wo liegt der Unterschied?«, fragte der Dorfvorsteher.

»Semantik«, antwortete der Lohenmagus gedankenverloren.

»Sagt mein Weib auch immer«, gab der Mann mit einem Achselzucken zurück. »Sie wünscht sich mehr Semantik von mir oder so was.«

»Niemals gehst du dorthin. Sie saugen dich aus und schicken dich ins Verderben. Du weißt, wohin sie dich aussenden werden. Gegen wen? Gegen was?« Kato zuckte zusammen, die Stimme seiner Mutter erwachte in seinen Erinnerungen so deutlich, dass ihm der Blick verschwamm. Er sah sich hastig um, doch seine längst verblichene Muse, die ihm das Leben geschenkt hatte, suchte götterlob nur seine Gedanken heim.

Sie war wahrhaftig eine kluge Frau gewesen, seine Mutter. Bevor sie verbrannt war wie die anderen.

»Sehr aufschlussreich, mein guter Mann. Wie meinen?«, fragte Tamasine.

»Ach, nicht so wichtig, mein Herr.« Der Bauer zog die Nase hoch und spuckte ein Gemisch aus Rotz und Asche auf zundertrockenes Gras. »Wollt Ihr den Wald in Augenschein nehmen? Wüsste zwar nicht, was das erbringen sollte, aber Ihr seid schließlich vom Fach.«

Kato musste sich zwingen, bei dem Wort nicht in höhnisches Wiehern auszubrechen. Das Verlangen nach einem Gerstenbrand, eiskalt aus dem Keller, wurde übermächtig. Und danach den ganzen Krug leeren.

Was soll der Geiz, wir sind ja schon dabei.

»Schöner Fachmann«, murmelte Kato und betastete wieder das Schandmal des Verrats im Gesicht.

»Wie meinen?«, fragte der Dorfvorsteher, und Kato konnte sich des Eindrucks nicht erwehren, dass der Bauer ihn nachäffte.

»Sicher.« Kato rollte mit den Augen, seine Stimme troff vor Sarkasmus. »Lass mich also den unglaublich unvertrauten Anblick des Nachspiels einer rasenden Feuersbrunst in Augenschein nehmen. Ich bin sicher, ich werde etwas gänzlich Neues entdecken, das die Bahnen meines Lebens in unvertraute Gemarkungen führt.«

Der Dörfler überging die beißende Bemerkung. Er spie ein weiteres Mal aus, wobei er tunlichst darauf achtete, nicht in Katos Richtung zu blicken.

Wieder einer, der Furcht vor ihm hatte. Dies war ermüdend und vertraut, wie ein schlechter Geruch, der einem überallhin folgte. Kein fremdartiges Befinden für einen Feuerzauberer also, als Lohenmagus war er es vielmehr gewohnt. Die Menschen fürchteten ihn, wie sie Henkersschwerter, Gift oder Hexenjäger fürchteten. Er war eine Waffe der Königin, und an jedem Zoll von ihm klebte Blut. Die Leute spürten so etwas. Abgesehen davon, wie Kato seit frühester Jugend aussah, verstand sich. Diese Sache.

Sie schritten eine Zeit lang schweigend über die Weiden, braunes Gras knisterte, und Kapseln platzten unter jedem ihrer Schritte. Katos Stab aus geschwärztem Eisenholz mit Mondsilberzeichen wühlte heftige kleine Staubwolken auf, wo er sich in den ausgedörrten Grund bohrte.

Eigentlich sollte hier eine Mischung aus Wohlgeruch von Wildblumen, Harzduft, dem Summen unzähliger Insekten und dem unverwechselbaren Aroma trockener Erde seine Sinne beleben. Der Brandgeruch war jedoch so machtvoll, dass er alles überlagerte. Bis auf den endlosen Unterton des Zikadenkonzerts und das Hitzeflirren der Sonne gab es schlicht nichts an Eindrücken, die gegen den Gestank ankamen.

Kato hasste den Geruch leidenschaftlich. Er holte derart viele Erinnerungen aus der Tiefe hervor, dass sich der Lohenmagus nichts sehnlicher wünschte, als diesem Ort zu entfliehen.

Der Bauer schien einfühlsamer als angenommen, er warf dem größeren Mann in den seltsamen Gewändern in Dunkelrot und Orange beunruhigte Seitenblicke zu.

»Nun denn, los! Frag schon!«, versetzte Kato gereizt in jenem Tonfall, der sonst den Marschällen nobelster Speisehäuser beim Anblick eines Vagabunden vorbehalten war. »Alle wollen es wissen. Das Feuer. Die Augen. Die Haut. Wartet, lasst mich Euch zuvorkommen. Die Zauberzeichen im Fleisch! Sind die echt? Wieso habt Ihr die, mein Herr? Tut es weh?«

Nun musste Kato dem Drang widerstehen, schwer zu ächzen, als der Bauer seinerseits zurückfragte, und das mit einer Stimme, die unschuldig wie die eines Lämmchens klang. »Werdet Ihr das denn öfter gefragt, mein Herr?«

Der unüberwindliche Drang breitete sich nun in dem Magier aus, nach der Melodie des Kosmos zu greifen und einige Töne über die Lippen zu den Fingern wandern zu lassen. Dorthin, wo die Tätowierungen aus Mondsilber zu beständig lodernden arkanen Zeichen zusammenflossen. Den Willen zu ballen, die Laute in Misstöne zu verwandeln und dann drei rasche Gesten auszuführen.

Exitus. Schlacke. Kein Bauer, keine Fragen mehr. Ein Feuerball. Et Tabula rasa.

Es war so einfach geworden, nicht wahr? So verdammt leicht. Ein Schnippen und ein Singsang. Mehr bedurfte es nicht.

Er sah die Lohe strömen, hörte den Mann kurz und überrascht aufschreien. Allzu kurz, weil die Lunge in Flammen stand, dann brach der Körper zu einem Häuflein Asche zusammen.

»Oh«, holte der Bauer Kato aus seinen Tagträumen, immer noch mit seiner Novizenstimme, dem wohl aufging, dass der Mann neben ihm gerade sein scheußliches Ableben erwog. Dann erfuhr der Landmann eine Überraschung, weil der fremde Magier sich unvermittelt freundlich zeigte, statt ihn zu verdampfen.

Tamasines Tagtraum von Unbehelligtsein und Frieden sowie Schnaps endete so plötzlich, wie er über ihn gekommen war. »Deine Hartnäckigkeit zeichnet dich aus. Ich will dir entgegenkommen. Ja, man wird dauernd gefragt, ob es wehtut, ob die glühenden Male echt sind und woher man sie hat. Aber meinethalben: Mein Haar und meine Augen brennen beständig, weil die arkanen Muster in meiner Haut die Idiosynkrasien des göttlichen Willens lenken, der dereinst unsere Schöpfung hervorbrachte und sich dann von seinen Trägern löste, wie uns die Philosophen Thaalbach und Samarkanth lehrten. Weil die göttliche Melodie, die seitdem die Weiten des Kosmos erfüllt, von jenen wenigen angezapft werden kann, die die nötige Hellhörigkeit dazu besitzen, findet sich dann noch ein Erwählter ...«

»Verzeiht, Herr. Ich wollte Euch nicht unterbrechen.« Er tat es indessen.

»Ah«, machte Kato. »Dann meinst du wohl das hier?« Er deutete auf das Brandmal auf seiner Wange. Vernarbt, aber noch frisch genug, dass es juckte, wenn Schweiß darüberrann. Was gerade die ganze Zeit über geschah. »Frag nur. Äußere deine Vorwürfe, Bauer, ich weiß schon, was du sagen willst. Ich weiß, was ihr alle sagen wollt. Ein dreckiger Deserteur. Gezeichnet!« Nun stieg echter Zorn in dem Magier auf.

»Ich meinte das da, Herr. Ich war bloß verwundert, wo Ihr doch brennen tut und all das, Haare und Augen und was sonst noch ... Da sehe ich die Röte dazu in Eurem Gesicht und wollte Euch eine Salbe anbieten. Und meinen Hut? Herr? Ich weiß, wie weh die Dinger tun. Hab die dauernd im Nacken, von der Feldarbeit und all dem, ne.«

Katos Hand folgte dem Fingerzeig des Dorfvorstehers, der tunlichst darauf achtete, nicht anklagend zu wirken, als er auf die Wange ohne das Mal der Schande deutete. Kato betastete die Stelle. Sie war erhitzt. Organisch heiß, nicht von der Magie.

»Autsch«, stöhnte der Magier und kam sich plötzlich sehr, sehr dumm vor.

»Hatte mich halt gewundert, dass Ihr einen Sonnenbrand bekommen könnt«, entschuldigte sich der Bauer und ging weiter. Er fand wohl, er hätte genug Zorn für einen Tag auf sich gezogen. Dabei streckte er im Vorauseilen den Hut nach hinten.

Kato betrachtete das vor Schweißflecken starrende Stroh und bemühte sich um einen versöhnlichen Ton, als er ablehnte. Er zog die Kapuze tiefer übers Gesicht, spürte die Kühle der eingewobenen Fäden aus Mondsilber. Zog den Kopf in das Dunkel des kostbaren Stoffs zurück. Die Verzauberungen, die vereitelten, dass die Robe des Lohenmagus aufgrund von Katos einmaligem Zustand in Flammen aufging, kühlten die Haut. Sie hielten die Sonne fern. Eigentlich. Falls man keinen Kater und die Grundlagen nicht versoffen hatte, zudem auch nicht dauernd das Gesicht aus dem Schutz heraus vorstreckte.

Feuer tat ihm nichts. Sonnenlicht peinigte ihn hingegen.

Da sag noch einer, ein Mann mit meinem Hautton, dessen Vorfahren Reisfelder bearbeitet und wilde Pferde unter dem Himmel des Wolfsgottes geritten haben, sei gefeit vor Sonnenbrand. Nur Nordleute und Emrickaner kommen auf so etwas.

»Also gut, wer von euch Witzbolden war das? Wer von euch hat die Kapuze verschoben, als ich abgelenkt war?«, flüsterte Kato den unsichtbaren Begleitern zu. Sie schwiegen beharrlich.

Die kamen nur, wenn er sie nicht brauchte.

Der Dorfvorsteher und der Magier erreichten den Waldrand.

Hier war der Brandgeruch keine dauerhafte Überlagerung mehr. Er war alles, drohte jeden mit seiner stumpfen Bitterkeit zu ersticken, setzte sich in der Nase fest, drang in alles ein, tränkte die Kleidung. Kato Tamasine wusste gut, wie lange der Geruch haften blieb, einen Mann begleiten konnte. Er stank an manchen Tagen schlimmer als ein Köhlerdorf.

Wenigstens hier bewies der Bauer Scharfsinn und schwieg. Sie standen nebeneinander auf einer Ebene aus qualmender schwarzer Verwüstung. Am Horizont, im Osten, ragte das endlose Smaragdgrün der westlichen Ausläufer des Mirvaali auf. Unangetastet von den Flammen, heilig und Leben spendend. Das Schrillen der Zikadenkonzerte war ohrenbetäubend.

»Kann mir denken, was Ihr als Nächstes fragen werdet«, sagte der Bauer, als er Katos Blick zum heiligen Wald der Messerohren bemerkte. »Hab ein paar Dorffeuer mitbekommen in meinen Jahren. So nach dem letzten Unwerthkrieg. Aber nein, keiner von den Feenblütigen hat Vergeltung geübt. Kein Pfeil, kein Botschafter, keine Holzfäller ohne Kopf mit Mais im Ar... Leib. Nichts vom Üblichen.« Der Dörfler spie aus, ein Glutaschenest verpuffte, als zäher Speichel landete. Der Wind trug die Flocken davon, und Kato blickte ihnen nach. Er beneidete sie.

»Dann hat der Schwertwind euch auch nicht auf dem Kieker«, meinte Kato und nickte dem Dorfvorsteher zu. Der mühte sich, dem lodernden Blick unter der Kapuze auszuweichen.

»Ist schon mal beruhigend, dass die Elfen nicht auf ihrem Viehzeug aus dem Wald kommen und uns jagen. Ich hab mal mitbekommen, wie das aussieht. Da war ich gerade mal so groß.« Der Bauer deutete mit der Hand eine Geste irgendwo in Hüfthöhe an. Er fing an, von den Schrecken zu erzählen, die die Elfen über die Menschen am Waldrand brachten.

Kato hörte weg, ging an dem Mann vorbei, tiefer hinein in die heißeren Gebiete des Ödlandes. Reiner Selbstschutz. Er wollte keine Geschichten über Elfen hören. Er wusste, wozu sie fähig waren.

Ich weiß doch, wozu sie mich getrieben haben.

Ohne darauf zu achten, dass der Bauer noch redete, sagte Tamasine: »Wenn die letzten Messerohren annähmen, dass euer Kaff einen Brand solcher Größe im Mirvaali gelegt oder auch nur mitzuverantworten hätte, würdet ihr alle ohne Haut und mit Tannenzapfen in den Augenhöhlen von euren Dachfirsten baumeln.«

»Jap«, machte der Bauer. Eine Tatsache des Daseins im Osten von Emrick.

Der Magier konnte die Hitze nun mit seinem Sinn für Flammen wahrnehmen, doch im Gegensatz zu dem Licht der Sonne fühlte er davon hier nichts, was Schmerzen betraf. Wie auch, seit dem Unfall in der Kindheit. Er hätte mitten in dem Inferno stehen können, das hier noch vor Stunden getobt hatte, und es wäre ihm nicht anders vorgekommen als jeder andere Wind.

»Was werdet Ihr nun tun, Herr?«, hallte es zu Kato herüber.

Das Gleiche wie immer. Meine Arbeit. Oder das, was von ihr noch übrig ist.

Er antwortete: »Da du es so gern wüsstest: Ich durchforste im nächsten Schritt die chronophasischen Strömungen in den tieferen Akkorden der Melodie der Schöpfung nach Zeitmagie, einer Invokation der Niederungen und Tieftöne, nach elementaren Tremolos, Alchemagie, nach Diskordanzen und Misstönen, die auf eine Evokation der fünf Elemente hindeuten. Oder nach der Goetia, der Verderbnis der Linkshand. Chimaerae, Dämonen, Untote.«

Mit verblüffendem Scharfsinn – Bauernschläue – folgerte der Dorfvorsteher: »Ihr wollt gucken, wie wo einer vielleicht gezaubert hat, dass es gebrannt hat oder so was.«

Ehrliche Verblüffung erwischte Kato wie ein Eiswind. Er wandte mit solcher Langsamkeit den Kopf, dass er seinen Nacken förmlich knarren hörte, und blickte den Dörfler an. Der stand einfach da in seiner Hose, deren Schadhaftigkeit nur von der Anzahl der Flecken wettgemacht wurde, und griente übers ganze Gesicht.

»In etwa«, sagte Kato Tamasine und fühlte sich für einen Moment entwaffnet. Jetzt kam er sich beinahe schäbig vor, so verächtlich mit dem Mann umgegangen zu sein.

In wen haben die mich verwandelt?

»Kann ich Euch sonst noch helfen, Herr?«, wollte der Bauer wissen.

»Ja«, hörte Kato sich zur eigenen Überraschung sagen. Der Mann war nun weniger ängstlich, was Kato für ihn einnahm. »Du kannst mir zeigen, wo nach den Schilderungen deiner Leute das Feuer den Anfang nahm. Wenn ich mir das so anschaue, würde ich auf Blitzschlag tippen. Damit müsste das Feuer so oder so angefangen haben, auch für den Fall, dass jemand Magie anwandte. Wovon ich aber nicht ausgehe ...«

»... weil die Spitzohren ja nicht auf Rache aus sind und keiner so blöd sein wird, Ihrer Majestät die Wälder und Äcker anzuzünden. Im Sommer noch dazu«, folgerte der Landmann, der sich in Bewegung setzte.

»Hm...hm«, nickte Kato und folgte dem Vorsteher. Dessen Gesellschaft und sein alles andere als angenehmer Leibesgeruch, den ihm laue Lüftchen entgegentrugen, waren ihm nun willkommener als noch gerade eben. Für einen Augenblick sah er sich in diesem Dorf leben. Wasser aus dem Brunnen holen, Mehl mahlen, Felder bestellen. Kinder?

Das einfache Dasein.

»Da vorn war's«, sagte der Bauer und deutete in eine ungefähre Richtung. »Verbrennt der sich nicht die Pfoten?«

Kato folgte dem Fingerzeig des Mannes. Er deutete auf einen massigen Hund, der tollpatschig am Waldrand herumstromerte. Das Tier war beleibt, sein Fell für diese Breiten zu dicht. Es glänzte im Sonnenlicht so golden wie die neugierig und klug wirkenden Augen dieses Hütehunds.

Seine rosafarbene Zunge flatterte allerdings wie ein nasses Banner in der brütenden Sommerluft und versprühte Schaum, was den aufgeweckten ersten Eindruck des Tiers Lügen strafte.

»Der liebenswerte Schwachkopf dort drüben?« Kato zuckte mit den Achseln. »Das ist bloß Kincaid«, erklärte er und setzte seinen Weg zum Ursprung des Brandherds fort. »Komm, du Schwachkopf!«

Als er seinen Namen hörte, vollführte Kincaid einen Satz nach vorn und prallte mit dem Kopf gegen einen verkohlten Zaunpfahl, der barst. Erbost schnappte der Hund nach dem Kohlestaub, der für sein Ungemach verantwortlich gewesen war, bekam jedoch bloß den eigenen Schweif zu packen. Kincaid rotierte wie ein Kreisel.

»Ein bisschen dumm ist er schon. Zwar tut er, was man ihm sagt, wird in diesem Leben aber nicht mehr klüger.« Kato verzog das Gesicht unter der Kapuze zu einem freundlichen Lächeln, auch wenn der Bauer es gar nicht zu sehen bekam. Der Feuermagier war sich nämlich nicht sicher, ob er nur von seinem Hund sprach oder sich am Ende selbst meinte.

3

Vor dem Feuer

Es waren haargenau hundert Herzschläge gewesen, die vergehen sollten, bis sie zur Verräterin wurde. Sie wusste es, weil sie sie gezählt hatte. Es waren hundert Herzschläge gewesen, mit denen sie die Heimat hintergehen würde, die sie in den Wüsten des Südens nach Jahren der Flucht gefunden hatte.

Es war nicht der Puls eines Menschen, der diese Schläge vorgab. Tanaqui Fuchstochter entstammte den Tiefen des Mirvaali, jenes Waldes im Norden, der den Elfen des Schwertwindes die Heimat bot. Wie bei allen Mitgliedern der Alten Völker des Alten Kontinents schlugen zwei Herzen in ihrer Brust.

Doch fragte man Tanaqui – was gemeinhin niemand tat –, so schlugen in ihrer Brust vier Herzen: die beiden ihres Leibes und gleich zwei weitere für ihre Seelen. Die einer Silberreiterin des Südens, die bei den Wüstenelfen Obdach und Geborgenheit fand – und diese nun zugunsten ihrer alten Waldheimat fortwarf. Dort, wo ihre Seele als Waldelfe geblieben war, an jenem Tag, als ihre große Liebe starb, unter jenem gnadenlosen Blätterdach, das ihr stets Heim und Schutz gewesen war.

Irgendwo jenseits des Lagers gellte ein zweiter Hornstoß dieser Nacht über den gnadenlosen Glassand der südlichen Gefilde. Der Klang des Jagdhorns hallte von den schier endlos weiten Bögen der an Raubtierzähne gemahnenden Bergen wider, die die Wüste umfingen und bargen. Eine Wüste, die bei Tag Fleisch siedete und es nachts zu Kristallen gefrieren ließ.

»Zumindest jenes, das nicht entsprechend geschützt ist«, murmelte die elfische Jägerin und betastete die Tätowierungen auf der marmorweißen Haut ihres Unterarms unter der Dschellaba. Sie hockte im Schneidersitz an einem der vielen Feuer im Lager der Septe der Windspeere. Stets abseits, stets von den Silberreitern mit einer Mischung aus Ehrfurcht und Misstrauen begutachtet.

Tanaqui, aus dem Mirvaali, geküsst von Waldschatten, die in den Süden gekommen war.

Tanaqui, die ihre Eltern und ihre Sippe lange vor dem dritten Unwerthkrieg verlor, großgezogen von Füchsen.

Tanaqui, die binnen weniger Augenblicke ihre neue Heimat verlieren würde.

Der erste Hornstoß dieser Nacht hatte den Ausschlag gegeben. Vor wenigen Minuten hatten die Jagdkader den von Haelthan erwähnten Menschen in das Lager der Silberreiter-Nomaden gebracht. Es war einer der Boten des Emirs, jenes Herrschers des jungen Volkes, der meinte, es gebe so etwas wie Land, das sich den Elfen entreißen und besitzen ließe.

Nun hallte ein zweiter Hornstoß über den Ozean endloser Dünen und verlor sich unter unendlich vielen glimmenden Nadelstichen im Samt des ewigen Sternenozeans im Wind. Er sagte den Nomaden, dass sich keine weiteren Menschen in der Nähe aufhielten. Keine weiteren Anmaßungen des Emirs, Boten durch die Lande der Silberreiter zu schicken.

Tanaqui war das einerlei. Sie und die Menschen hatten ihre eigene Vergangenheit. Für sie blieb das junge Volk stets Feind, aber auch ein Buch voller Rätsel und mit unzähligen Siegeln. Die Schande und die Neugierde waren beide in jener Nacht über sie gekommen, als sie das Kontor des Alchemisten verbrannt hatten.

Doch im Augenblick verband sie nur zwei Vorstellungen mit dem Gefangenen.

Erstens würden bald seine Schreie anheben, wenn die Silberreiter zugunsten der Götter von Bogen und Sichel, von Jagd und Ernte seinen Leib als Opfer darbringen und die Wasser seines Inneren als Vergeltung für seine Frevel der Wüste schenken würden. Trotz seiner ohnehin bemitleidenswert kurzen natürlichen Lebensspanne schnürte sich Tanaqui bei dem Gedanken die Kehle zu. Dieser Bote war nicht mehr als ein Junge, ein törichtes Kind, das man auf eine zum Scheitern verdammte Mission geschickt hatte.

Er würde qualvoll sterben, bevor er zum Mann erblüht war, und davon hielt die Elfe nichts. Was sie betraf, gehörte sie in der Tat einem Volk von Raubtieren an. Allerdings von solchen, die nicht mit der Beute spielten.

Viel wichtiger für sie war in diesem Moment aber der Siegelbrief, den die Speerkader zusammen mit der Tasche voll weiterer Schriftstücke unbeachtet beiseitegeworfen hatten.

Tanaqui beherrschte die geistesschwache Sprache der Menschen aus den Tagen ihrer Jugend, als sie im Krieg mit diesen Äffchen Missionen begleitet und sie zum Wohl des Schwertwindes gejagt hatte.

Sie fröstelte. Die Erinnerungen an die Kämpfe, die Schreie und das Feuer durchzogen das Wirbeln des Nachtwindes. Er peitschte die Flammen des Lagerfeuers, blies in den lodernden Tierdung. Eine Unzahl von Funken stieg wie ein Schwarm Glühwürmchen zum Himmel empor, zog die Gedanken der Elfe mit sich. Jäh fiel sie in die Wirklichkeit zurück, als ihr das Gewicht der vor ihr liegenden Entscheidung bewusst wurde.

Der Kampf zwischen dem Boten und den elfischen Kriegern hatte die Tasche beschädigt. Als sie den Burschen zwischen die Nomadenzelte vor die Klauen ihrer Raskeer geschleudert hatten, war die Tasche aufgerissen und hatte ihren Inhalt verstreut.

Unter dem melodischen Lachen der Nomadenkrieger hatten die Reitkatzen nach dem winselnden, um sein Leben flehenden blutigen Boten geschnappt, sich die Krallen im hart gebackenen Sand gewetzt und ihre Säbelfänge gefletscht. Doch ein solch schnelles Ende wie in ihren Fängen blieb dem jungen Mann verwehrt.

Der eisige Nachtwind hatte einige der Dokumente durch das Lager geweht, und für kostbare Herzschläge hatte Tanaqui auf geheime Anweisungen des Emirs an einen Menschenspion im Norden blicken können. Befehle, bei denen ihre Herzen aus dem Takt geraten waren.

Es waren nicht mehr als drei Worte gewesen, die ihr auf dem Brief ins Auge gefallen waren. Dann hatte ihn einer der Krieger aufgehoben und zusammen mit dem anderen Besitz des Boten ins Zelt des Stammesführers gebracht.

Nur drei Worte.

Sie hatten Erinnerungen geweckt. Erinnerungen an geflüsterte Liebesschwüre. An den würzigen Duft von Moos, Nadeln und Harz. Erinnerungen an die Versprechen, die im Zwielicht zwischen Farnen und Unterholz den Erscheinungen des Waldes und der Baumgeister gegeben wurden.

»Sahar«, flüsterte Tanaqui. Der Schmerz war nach Jahren frisch wie in jener Nacht. Der Name hallte in ihrem Gemüt nach.

Die Jägerin verzog das Gesicht zu einer Maske reiner Entschlossenheit, die sie ganz und gar nicht verspürte. Unwillkürlich erhob sie sich aus dem Schneidersitz, ohne die Hände zu Hilfe zu nehmen. Eigentlich war dies eine Übung ihrer geheimen Zunft, mit der die Jägerinnen der Silberreiter ihre Körper stählten. Sie auf die Qual der Tätowierungen vorbereiteten, die bei der vierundzwanzigsten Hautzeichnung immer noch so schlimm schmerzten wie bei der allerersten.

Doch diesmal war Tanaquis Leib dermaßen angespannt, dass sie der athletischen Meisterleistung gar nicht gewahr wurde. Sie blickte ein letztes Mal zu den mitleidlosen Sternen in ihrer Heimat aus blauschwarzem Samt hinauf. Dorthin, wo vielfarbige Nebel Bänder und Schlieren über den Himmel der Inseln von Selachis zogen.

Dann senkte sie den Blick, mitten hinein in das Glosen der Flammen, dorthin, wo das Feuer wie eine halb flüssige Masse über den brennenden Dung ausgegossen schien, so heiß, dass die Augen tränten.

Der Anblick der Flammen gab den Ausschlag.

Mit einem Ruck, in dem alle übermenschliche Behändigkeit und Feinnervigkeit des Elfenvolkes lag, einer Bewegung, die mehr von einer Pantherin auf der Jagd als einer Frau hatte, zog Tanaqui beim Umdrehen ihren Jagdspeer aus dem Boden. Sie wandte sich dem Zelt des Ältesten zu.

Hingestreut wie lose Edelsteine lagen die Zelte der Silberreiter da. Ihre hohen, schlanken Formen drängten sich dem Himmel entgegen. Sie bildeten einen Ring um das Hauptzelt. Seit jeher beanspruchte der Älteste es für sich. In einer Gemeinschaft von Geschöpfen, die sich ungeschützt bald eines gewaltsamen Todes sterben sahen oder ein Scheitern bei den Riten der Göttlichwerdung mit dem Leben bezahlen würden, bedeutete dieses Wort einiges. Ältester.

Tanaqui war auf der Hut. Nach den Maßstäben ihres Volkes war sie erst seit einem Lidschlag Teil der Septengemeinschaft, und was die Jägerin plante, grenzte an Hochverrat.

Es war Hochverrat.

Jeder Schritt, mit dem sie sich dem Eingang näherte, verursachte eine immer größere Anspannung in ihrem Körper, die sich bis in die Zehenspitzen übertrug. Sie spürte den grobkörnigen Sand der Wüste unter den Füßen. Vermochte jedes Korn zu empfinden, wie es sich unter dem Druck ihres Gewichts verlagerte.

Wenig überraschend war der Eingang unbewacht, die Silberreiter vertrauten einander blind. In der Wüste hatte man keine andere Wahl. Sie hätte einfach eintreten können. Dennoch entschied sie sich anders.

Tanaqui tauchte nach links ab, hinein in die Schatten zwischen den Behausungen der mächtigsten Stammeskrieger, die das Zelt des Ältesten umgaben. Fort von den Feuern der Gemeinschaft, vom Lachen, von den Zeichen des Lebens, aber auch von Grausamkeit und Unbedachtheit, eingehend in weise Abgewandtheit.

Dorthin, wo *er* sich wohlfühlte. Als eine der wenigen unter den Auserwählten der Septe der Windspeere hatte Tanaqui, ehedem selbst Kind der Wälder, sich den Ersten Jäger als Patron für ihre halbgöttlichen Tätowierungen erwählt. Die Nacht, Wölfe und die Dunkelheit tiefer Schatten waren die Domäne dieses Ahnengeistes. Allesamt Erscheinungsformen, welche die Elfen der Wüsten fürchteten.

Doch Tanaqui Fuchstochter hatte sich diesen Seiten ihres Daseins gestellt, hatte ein Leben lang mit diesen Phantomen zu kämpfen gehabt und umarmte sie nicht nur mithilfe der Zaubertätowierungen auf ihrer Haut. Sie waren Teil ihrer selbst gewesen, lange bevor sie Asyl im Süden gefunden hatte.

Doch erst als das Dunkel zwischen den verschiedenen Zelten sich um sie schmiegte wie mattes Samt, als sogar die Augen einer ehedem waldelfischen Jägerin nichts mehr zu sehen vermochten, gab sich der Patron in ihrer Seele mit der Deckung zufrieden.

Mit einem grimmigen Nicken zückte die Jägerin ihr Messer.

Zwei Schnitte mit dem Stahl benötigten ihre Zeit. Das Leder von Kamelen und anderen Wüstenbewohnern war zäh und belastbar. Die Jägerin ließ sich Zeit. Alles andere konnte bedeuten, sich durch ein noch so schwaches Geräusch zu verraten. Es war zu gefährlich.

Endlich war der Kreuzschnitt so groß, dass sie die Schultern hindurchzwängen konnte.

Tanaqui wand sich durch die Öffnung und stellte erleichtert fest, dass es im Zeltinneren genauso dunkel war wie draußen. Sofort nahm sie durch die feinfühligen Fußsohlen den veränderten Untergrund wahr. Kostbare, geraubte Teppiche statt blanken Sandbodens.

Das einzige Licht spendete ein uralter, oftmals vererbter Metallkorb, in dem Reste eines Dungfeuers glommen. Der Rauch zog nach oben ab. Die Glut genügte den Augen Tanaqui Fuchstochters, um im Innenraum Umrisse und Schemen zu erahnen.

Augenblicklich sah sie den kunstreich geflochtenen Korbsessel neben dem ausladenden Diwan, den der Älteste sich bei einem der Raubzüge der letzten Monate als Beute erwählt hatte. Sie machte die Schriftstücke neben der Ledertasche aus, die man auf dem Sitzkissen abgelegt hatte.

Erst jetzt spürte sie, wie ihr trotz der Eiseskälte der Schweiß in den Nacken rann. Wie ihre Hände klamm wurden. Zu ihrer Verwunderung stellte sie fest, dass es nicht der Einbruch war, nicht der begangene Verrat an ihren Wohltätern, der ihren Puls in die Höhe trieb. Es war die Erwartung, ob sich bestätigen mochte, was sie erblickt zu haben glaubte. Beim bloßen Gedanken, der Brief könne die Wahrheit enthalten, die sie fürchtete, pochten ihre Herzen bis zum Hals.

Nun war es ohnehin zu spät. Das Zelt des Ältesten war beschädigt, ein Einbruch hatte unleugbar stattgefunden.

Sie warf einen raschen Blick nach oben. Jenseits der farbschimmernden Dunkelheit zeichnete sich ein erstes schwaches Licht ab. Es würde bald dämmern, und damit wäre jeder Vorteil dahin, welchen die Nacht ihr bislang verschafft hatte.

Sie huschte zu dem breiten Sitz hinüber und zog die Tasche an sich. Einen Herzschlag später hatten ihre Finger das Dokument erhascht. Damit trat sie unter den Rauchabzug und gewann genug Licht, damit ihre Blicke über das Pergament schweifen konnten.

Ein fürchterlicher Laut störte ihre Versunkenheit in die Schrift, und sie stellte mit Erschrecken fest, dass sie selbst mit den Zähnen geknirscht und dabei wie ein Raubtier gegrollt hatte. Ungläubig, unwillig schüttelte sie den Kopf, bis ihre Zöpfe umherwippten.

Was sie dort las, was sie dort schwarz auf weiß geschrieben sah, konnte nicht stimmen. Durfte nicht stimmen.

Sie ließ die Hand abermals in die Tasche gleiten und beförderte den zweiten und so wichtigen Teil der Botschaft zutage. Auf ihrem Handteller ruhte ein Stein von schmeichelnder Glätte, makellos und ohne Kratzer. In seine Oberfläche geschnitten mäanderte ein Symbol, bei dem sich die verschiedenen geometrischen Linien alle in der Mitte an einem Kreuzungspunkt berührten. Eine Rune.

In ihrer Tiefe funkelte es metallen und so vielfarben und bezaubernd, als vermählten sich Wetterleuchten und Perlmutt in dem Stein.

Der Anblick hatte etwas Hypnotisches. So fesselnd, dass die scharfen Sinne der Waldelfin wie auch die Zaubermacht des Großen Jägers sie nicht warnen konnten, bevor es zu spät war.

»Diebin! Verräterin!« In dem Zischen lag eiskalter Hass.

Tanaqui warf sich herum. Im Eingang stand ein junger Elfenkrieger, sein Gesicht ohne Burnus, die Haut so makellos wie die ihre. Seine Kiefer mahlten, die Wangenmuskeln arbeiteten. Das strenge Gesicht mit den zurückgebundenen Haaren sprühte vor Zorn. »Ich wusste vom ersten Tag an, als mein Vater dich zu uns ließ, dass dir nicht zu trauen ist.«

»Haelthan.« Tanaqui hob beschwichtigend die Hände. »Lass es mich erklären! Du wirst alles verstehen.«

Silberreiter waren von allen Elfenvölkern dem Wesen ihrer eigenen Herkunft am meisten entfremdet, waren wie ihre Reitkatzen. Ein einziger Fehler, eine einzige unbedachte Bewegung, und sie schlugen zu. Mit betonter Langsamkeit, die waffenlosen Hände darbietend, legte die Elfe daher die Dokumente beiseite. »In diesen Schriften stehen Fakten, die den Schwertwind betreffen. Meine Heimat ist in Gefahr. Ich muss ...«

»Heimat! Ha!« Mit einer geschmeidigen Bewegung zog der junge Krieger seinen Reitersäbel aus der Pelzscheide. Er trat einen Schritt auf die Jägerin zu. »Du hättest hier eine Heimat finden können. Bei uns. Denkst du wirklich, Vater vertraute dir? Nein, Tanaqui, seit du bei uns lebst, folge ich seiner Order, dich im Auge zu behalten. Eingelullt habe ich dich.«

Tanaquis Blick heftete sich an die Säbelspitze wie an den pendelnden Kopf einer Wüstenkobra. Sie spürte das Jucken in ihren Tätowierungen, jene noch immer unvertraute Macht, durch die ihr Schutzpatron bald handeln würde, bevor er ihr die Wahl ließ. Der letzte, der endgültige Preis, den es bedeuten konnte, Silberreiter zu sein. »Bitte, Haelthan! Gewähr mir die Gelegenheit, mich deinem Vater zu erklären. Die Dokumente wurden mir draußen entwunden, sie …«

»… sind Teil des Beuterechts. Sie wurden nicht verteilt. Du hättest warten sollen, bis du an der Reihe bist. Gib mir deine Waffe, Verräterin!«, fiel ihr der Elf ins Wort. »Deine Waffen. Auf der Stelle!«

»Haelthan! Ein letztes Mal, vertrau mir! Ich werde mich unterwerfen und jeder Strafe beugen. Aber du musst mir den Versuch gewähren, alles darzulegen.« Tanaqui hasste den Ton der Verzweiflung, der ihre Stimme färbte. »Du bist doch meine neue Heimat, du …«

»Ruhe! Prinz Vesshelin hat uns vor dir gewarnt. Waldelf hin oder her – er hat den Ältesten ermahnt, dich niemals aus dem Blick zu lassen. Was dich betrifft, hat Vesshelin von den Türmen wahr gesprochen. Vater war klug genug, diese Pflicht auf mich zu übertragen.«

Alles, was sie vorbringen wollte, alles, was ihr noch soeben auf der Zunge lag … der Name des Herren aller Elfen zerschnitt jeden Gedanken. Ihre Herzen stolperten, hüllten jeden Versuch milder Rechtfertigung und sanfter Worte in eisige Kälte.

»Vesshelin weiß, dass ich hier bin?«, entfuhr es Tanaqui wider Willen. Das Erschrecken in ihrer Stimme ließ sie selbst zusammenzucken. Eine kampfbereite Hand krallte sich da in ihren Oberschenkel, die andere fuhr ohne ihr Zutun zu ihrem Speer.

Die Bewegung genügte, um Haelthan weiter herauszufordern. Er deutete mit der Säbelspitze auf Tanaquis Gesicht und gab damit den Ausschlag.

»Droh mir nicht!«, zischte die elfische Jägerin wie zur letzten Warnung. Haelthan aber gab keinerlei Anzeichen, ob er merkte, dass der Grundton ihrer Worte dunkler, vollklingender war als sonst.

Dass jemand anders mit Tanaquis Stimme sprach.

Er steigerte sich stattdessen in den schneidenden Hochmut der Jugend hinein, das Gesicht verzerrt vor Überheblichkeit und dem falschen Glauben, unsterblich zu sein. »Steck den Speer lieber ins Moos, Jägerin, bevor du dir noch selbst wehtust! Und hüte dein Mundwerk! Du sprichst mit dem Sohn des Häuptlings. Du hättest bei deinen Eulen und Wölfen im Wald bleiben sollen.« Abermals reckte er die Klinge vor.

»Nein!«, flehte Tanaqui, nicht an den Jungen gewandt.

»Doch. Stirb, Vesshelin!«, zischte etwas in ihrer Stimme, und sie kam sich zugleich vor, als schlafwandele sie. Die Tätowierungen schienen über ihrem ganzen Körper hinweg in Flammen zu stehen. Irgendwo, weit am Rande ihrer Wahrnehmung, vernahm sie einen Ton, eine Melodie. Sphärisch singend wie der Ton eines Fingers auf dem nassen Rand eines Weinglases.

Als hilflose Spielfigur musste sie dabei zusehen, wie ihr eigener Körper den Speer in Anschlag brachte. Kunstgerecht.

Haelthan wappnete sich.

Ein kurzer, harter Aufprall, da hatte der Jagdspeer den Säbel auch schon beiseitegefegt wie Herbstlaub. Ein zweiter Ruck, ein Schnauben, Kälte, die sich in einem Körper ausbreitete. Dann war es vorbei. Sie prallten auf dem Boden auf.

Fassungslos blickte Tanaqui Fuchstochter auf den Leib, der unter ihr lag. Hörte, wie mit einem Pfeifen das letzte Leben aus Haelthans Körper entwich. Sah, wie seine Augen brachen, lange bevor er auch nur eine der späten Riten der Unsterblichkeit durchzuführen vermochte. Bevor er zum Mann wurde und eine Familie gründen konnte, die zum Gedeihen der Septe beitrug.

Schändlichste Vergeudung.

Wüstenelfen hatten keinen Lebensbaum mehr. Sie starben den wahren Tod.

Sein Blick brach und mit ihm jede Hoffnung der Jägerin auf eine Zukunft an diesem Ort. Oder irgendeiner anderen Stelle, an der Elfen lebten.

Sie sprang auf. Verabscheute das Geräusch, mit dem der Stahl ihres Speers aus dem Körper des Toten glitt. Entgegen ihrer sonstigen Anmut und Geschicklichkeit bückte sie sich umständlich und stolperte über die Tasche mit den Dokumenten, als sie diese aufheben wollte. Am Ende brachte sie die Schriften an sich.

Danach floh sie in ein Morgengrauen, das wenig Hoffnung bot.

4

Er wusste nicht, was ihn mehr störte. Der Geruch der Beize, der über allem lag. Er überdeckte sogar den Duft der zahlreichen Bienenwachskerzen, die den Schrein erleuchteten. Oder doch eher der Schmerz in seinem Knie.

Wie lange begleitete ihn dieser Schmerz bereits, wie lange war er Teil von Bowdens Dasein als Diener seines Gottes? Es musste schlicht an der Dauer der Versenkung liegen, die er wieder in dieser kniefälligen Demutshaltung verbracht hatte. Denn über mangelnde Abhärtung seiner Knie konnte er sich wahrlich nicht beklagen.

Der Gestank des alchemischen Mittels war es, der seine Nase reizte und seine Gedanken von der Ernsthaftigkeit der täglichen Exerzitien ablenkte.

»Muss das sein?«, knurrte der Paladin.

»Wenn Ihr nicht eines Tages wieder hier einkehren und einen Tempel ohne Balken und Dachwerk vorfinden wollt, Herr, habe ich wohl keine Wahl. Ihr habt Euer Tagwerk und ich das meinige.« Obschon er nicht hinsah, entnahm Bowden dem Rascheln der Gewänder einige Schritte entfernt, dass der Hauswart die Hände in einer Geste gespielter Ergebenheit hochgeworfen hatte, bevor er wieder zum Pinsel griff.

»Wenn du nicht so ein gläubiger Diener wärst, der noch dazu das Werk des Architekten verrichtet, würde ich dich für deine lose Zunge an den Stock bringen«, drohte Bowden. Erneut Geräusche, das Knirschen von Leder und das Schaben von kleinen Metallschuppen, als er die Panzerhandschuhe um die Parierstange seines Schwerts und die Oberkante des Drachenschilds zum Gebet schloss.

Das Schnauben des Hauswarts gesellte sich dazu. »Das würdet Ihr nicht, Herr. Nicht Ihr. Jedes Mal, wenn Ihr auf Euren Reisen im Westen hier einkehrt, droht Ihr mir Strafe an. Nie ist etwas passiert. Beim Architekten, Herr, würde ich mich nicht um diesen Schrein kümmern, wer täte es in diesem Nest denn sonst? Etwas tief drinnen sagt mir, dass diese Erwägung in Eure Milde mit hineinspielt.«

»Weil ich es stets eilig habe. Das ist alles«, brummte Bowden. Ein drittes Mal versuchte er, die Augen für seine Exerzitien zu schließen, den Blick vor der marmornen Figur des Herrn über schaffende Völker, Recht und Gesetz zu senken. Sich in sich selbst zu versenken.

»Außerdem ...«, holte ihn der Hauswart ein drittes Mal aus seinen Versuchen, seine täglichen Gebetsriten mit dem nötigen Eifer zu versehen. »Außerdem kommen in diesem Nest bis auf einige Händler, den einen oder anderen lebensmüden Gesetzlosen und den Wirt nicht viele als Gesprächspartner in Betracht. Schon gar nicht für einen Mann der Götter, Herr. Oder denkt Ihr, die Unterirdischen mit ihren Bärten voller Fett und Kohlestaub wären Euch bessere Gesellschaft als ich?«

»Du kannst von Glück reden, dass du dreimal so viele Winter gesehen hast wie ich, alter Mann«, ächzte Bowden und rollte in gespieltem Zorn mit den Augen. Er vermochte nicht zu verhindern, dass sich ein Lächeln auf seine Lippen stahl.

»Ich kann von Glück reden, dass ich Euren Vater einst kennenlernen durfte, als der Name Eures Hauses voller Ruhm erstrahlte. Den Mann, der mir diesen Posten verschaffte und mein wertloses Leben rettete. Ich kann von Glück reden, dass Ihr aus dem Norden stammt, wo man das Alter achtet und der Wert eines Mannes nicht nur danach bemessen wird, ob er dem Hof eines Junkers oder Barons noch taugt.«

»Vorsicht, Blair, du vergisst dich! Wir sprechen nicht in solcher Weise über das Lehnswesen der Königin, unabhängig davon, wer ich bin oder einst gewesen sein mag.« Die Freundlichkeit wich nicht aus Bowdens Stimme, aber er ließ den alten Hauswart spüren, dass er sich auch für einen einstigen Weggefährten nicht von seinen Pflichten abbringen ließ.

Der alte Mann kicherte. »Wenn Ihr mich jetzt niederstreckt oder in den Stock schafft, holt mich die Lungenentzündung drei Tage früher, als es das Bett ohnehin täte. Tut, was Ihr nicht lassen könnt, Herr. Ich war dabei, als Eure Amme Euch den Hintern wischte. Wenn Ihr mir mein loses Mundwerk mit einem früheren Geleit zu den Göttern entlohnen wollt, werde ich mich kaum beklagen. Schmerzen wie ausgestreute Glassplitter in den morschen Knochen, das ist eine Hölle, von der die meisten jungen Leute erst etwas verstehen, wenn sie im Krieg Hagelgeschosse abbekommen. Nur zu. Befreit mich! Ein loses Maul ist das Vorrecht des Alters wie ein loses Hinterteil.«

Bowden dachte über eine heftige Entgegnung nach. Er begriff, dass der Hauswart längst ein Alter erreicht hatte, in dem man sich jenseits erzieherischer Erwägungen befand. Mehr als ein müdes, an einen faulen Jagdhund erinnerndes Schnauben kam dem Paladin nicht über die Nasenflügel.

Blair seinerseits besaß zu viel Würde, um weiter zu sticheln. Vorsichtig trat er ins Blickfeld des noch immer knienden Tempelritters. Der Greis ächzte. Unter sichtlichen Qualen versuchte er, mit dem Relikt eines Pinsels, das seine besten Tage weit hinter sich gelassen hatte, eine beizende Lasur in die massigen Balken einzuarbeiten, welche die bemalten Holzwände des Schreins stützten.

Mit einer fließenden Bewegung erhob sich Bowden. Das Rasseln von Schuppenpanzer und Kettenteilen auf der Brustplatte aus kostbarem Kristall vermengte sich mit dem metallischen Singen, mit dem die Spitze seines Langschwerts über Marmorplatten strich. Aufstehen, den ersten Schritt tun und dann das Verstauen von Klinge und Schild. Alles dies verlief in einem an Bachwasser erinnernden Murmeln eingespielter Bewegungen. Nichts von der Schwere eines Gedankens haftete dem an. Eher etwas tierisch Selbstverständliches.

Mit natürlicher Geste entwand der Hüne dem alten Mann mit sanfter Gewalt Pinsel und Farbeimer. Behutsam drückte er den Greis auf die Ruhebank in einem der Alkoven des Schreins. Sich dem alten Mann zu nähern, die sauren, verbrauchten Ausdünstungen des Alters in die Nase zu bekommen, riss Wunden auf. Holte Erinnerungen an das Haus hervor, dessen einst kunstvolle Bleiglasfenster nun vernagelt waren. Dessen Flure verstaubt und voller Tang, dessen Möbel verfault waren. Dieses Haus, das von Stille beherrscht wurde, wo einst Kinderlachen und das Klimpern von Goldstücken Wohlstand und Geborgenheit verhießen.

Das leere Haus.

Es hieß, erreiche ein Mann ein gewisses Alter, lese er in Gesichtern wie in Büchern, weil er jedes Gefühl in seinem Leben Tausende Male bei einem seiner Gegenüber gesehen hatte. Auf Blair zumindest schien diese Aussage zuzutreffen.

»Ihr denkt an zu Hause«, sagte der Hauswart, während Bowden den Farbeimer aufnahm und mit dem Pinseln begann. »Wie immer, wenn Ihr auf der Durchreise seid. Ihr seid besorgt, was Ihr wohl Schlimmes vorfindet, wenn Ihr Euer Elternhaus aufsucht.« Mit behutsamen Bewegungen kramte der alte Mann Sonnenblumenkerne aus einem Beutel. Der Tag war so heiß, dass sie trotz der Kühle im Schrein Öl schwitzten. Er knackte die aufgeweichte Schale mit harten Fingernägeln und führte einen der Kerne den Überbleibseln seiner Zähne zu.

»Du hast recht«, antwortete Bowden, ohne dem Greis mehr als einen Seitenblick zu gönnen. Umsichtig begann er mit dem Beizen. Arbeitete die scharf riechende bräunliche Flüssigkeit hartnäckig wie bei einem Kampf in die Maserung des Stützpfeilers ein. »Aber es ist nicht mein Elternhaus, wie du es nennst. Du weißt sehr wohl, dass stets nur Vater dort auf mich wartete, und ich muss dich nicht ermahnen, dass wir nicht darüber sprechen, warum meine Vergangenheit für Dritte tabu ist.«

»Ihr seid nicht allein in Dunkelfall. Also hat es mit Eurem Begleiter zu tun, dem Aschemacher.«

Als er den Namen hörte, erschauerte Bowden. Das Wort traf auf fürchterliche Weise zu. »Nennt man seinesgleichen in diesen Breiten so?«, fragte der Paladin, wandte den Kopf und hob die Brauen. Die Arbeit unterbrach er keinen Augenblick lang.

»*Ich* nenne diese Leute so«, sagte der Greis, und sein Blick schweifte in die Ferne seiner Jugend. Suchte Erinnerungen daran, was Magier auf dem Schlachtfeld vermochten. »Es lässt sich kaum verhehlen, dass das Feuer diesen da gezeichnet hat. Ihr seid nicht auf der Durchreise. Ihr habt die Waffenröcke nicht abgelegt, wie Ihr es sonst auf dem Weg nach Hause zu tun pflegt. Ihr habt auch nicht die Pferdedecken entfernt, also seid Ihr in offiziellem Auftrag hier. Ausnahmsweise. Niemand bleibt freiwillig in Dunkelfall, wenn er kein Zwerg ist oder keinen guten Grund hat, an der Grenze zu leben. Also sollt Ihr auf den Aschemacher aufpassen, Herr.«

»Das soll ich, du ahnst nicht, wie recht du hast. Doch der Galgenstrick kann auf sich selbst aufpassen«, brummte Bowden. »Solange kein Schnaps in der Nähe ist.«

»Ihr verabscheut ihn«, stellte Blair mit der ihm eigenen Offenherzigkeit fest.

Bowden verzog das Gesicht. Er musste aufhören, mit Leuten zu sprechen, die ihn buchstäblich länger kannten als er sich selbst. »Ist es so offenkundig? Sagen wir einfach, er hat sein Päckchen zu tragen, dieser Lump. Und der Architekt ... gepriesen seien seine tausendmal tausendmal tausend guten Werke. Durch unseren Hierarchen im Willen Ihrer Majestät – möge sie hundert Jahre regieren – hat er mir auferlegt, ihn zu schützen, wenn er sich in Gefahr begibt. Oder ihn zu richten, wenn er andere bedroht.«

»Er hält sich draußen bei den Grenzhöfen auf«, setzte Blair an. »Die Elfen ...«

»... halten sich fern von ihm, wenn sie selbst herausfinden wollen, warum ihre harzige Heimstatt noch stärker brennt, als es üblicherweise im Sommer der Fall ist. Und wenn sie leben wollen. Ich prophezeie dir, Blair, kommt auch nur ein Pfeil in die Nähe von Kato Tamasine und erwischt ihn nicht mitten durch die Gurgel, Zunge, das Herz oder Auge, gibt es auf zwanzig Morgen Land keinen lebenden Mirvaali mehr.«

»Er muss ein sehr böser Mann sein, selbst für einen Aschemacher. Und dennoch müsst Ihr ihn beschützen, Herr Bowden. Aber nicht vor den Messerohren. Vor wem dann? Vor den Zwergen?«

Der Paladin schmunzelte, während er die Arbeit sorgfältig am nächsten gedrehten Holzpfeiler fortsetzte. »Vor sich selbst«, gluckste er. »Ich soll aufpassen, dass er nicht zu Ende bringt, was er einmal begonnen hat.«

»Und dazu führt der Weg des Schicksals Euch zurück an den Rand der neuen Heimat und zurück zur alten.« Der Greis nickte nachdenklich, bevor er unangenehm geräuschvoll den nächsten Sonnenblumenkern verspeiste. »Kann er herausfinden, was es mit den jüngsten Bränden auf sich hat?«

»Gewiss. Gar keine Frage. Der Bursche kennt das Feuer besser als manches Weib den eigenen Gatten. Er *ist* das Feuer, könnte man sagen.«

»Das deckt sich mit meinem Eindruck.«

Bowden hörte den alten Mann nicht mehr. Der Paladin brauchte einige Herzschläge, um zu begreifen, dass der Hauswart noch immer sprach. Er wandte sich zu ihm um, sah, wie Blair die faltige Grube seines Mundes bewegte. Etwas wie der Bann einer Verwünschung erfüllte den Gotteskrieger, als er einen Tropfen Öl beobachtete, wie er an dem zahnlosen Gestade vorbei zum Kinn hinuntersickerte. Doch kein Geräusch war zu hören. Nur ein Pfeifton, wie Bowden es vom Schlachtfeld kannte, etwa nach dem Einschlag eines Katapultgeschosses.

Er warf den Pinsel in den Eimer, spielte am Ohr, um es zum Gehorsam zu bewegen. War er krank? In diesem Moment kehrte sein Gehör zurück, doch mit anderen Eindrücken, als der Paladin erwartet hatte. Da war eine Melodie, ein sanfter Klang wie von einem gläsernen Glockenspiel, kristallen, zerbrechlich und wunderschön.

Er stand für sich, dieser Augenblick. Wurde zu einer geschlossenen Welt für sich, ein Tautropfen über der spiegelglatten Oberfläche eines Sees, der im Wasser landete und sanfte Kreise aussandte.

»Architekt?«, entfuhr es Bowden. Was immer sein Ursprung gewesen war, der Ton barst, und der Moment verflog, als die eigene Stimme sich erhob.

Blair richtete sich mühsam auf und bedachte den Paladin mit einem mehr als nur verwirrten Blick. »Herr?«, krächzte der Hauswart.

Unverwandt starrte Bowden den Greis an. Es war offenkundig, dass er ihn mitten im Satz unterbrochen haben musste, doch der Tempelritter konnte sich beim besten Willen nicht daran erinnern, was Blair gesagt hatte.

So standen sie geraume Zeit da, während der Hauswart seinem Schützling von einst Zeit gab, wieder zu sich zu finden.

»Ziemlich heißer Tag«, stellte der alte Mann fest, der sichtlich Anteil an Bowdens Verwirrung nahm. Seufzend nahm er wieder Platz und deutete mit einer Hand neben sich auf die Marmorbank.

»Hmm«, brummte der Paladin. Es ging ihm gegen die Natur und verstieß gegen seine Weihe, irgendeine Art von zu wohlfeiler Tröstung anzunehmen. Dennoch lehnte er zur Sicherheit Schwert und Schild an eine der unbehandelten Holzsäulen neben der Bank und setzte sich.

»Habe ich Euch jemals erzählt, dass ich fast genug angespart hatte, um mir meine Freiheit von den Skraemar zu erkaufen?«, fragte der Hauswart.

Bowden war dankbar für jede Gelegenheit, die ihn davon abhielt, über das soeben Geschehene nachzugrübeln. Er konnte sich nicht entsinnen, je einen solchen Zustand der Entrückung erfahren zu haben. Für ihn, einen Mann der Götter, umso erstaunlicher. Die Frage versetzte ihn in genug Verblüffung, um die Gedanken im Nachhall der Musik zu zerreißen. »Tatsächlich? Du hättest letztlich die Peiniger meines Vaters ausbezahlt?«

Der alte Mann nickte bedächtig, die wässrigen Augen auf einen Fleck in der Ferne gerichtet. Erst jetzt wurde Bowden bewusst, wie alt Blair tatsächlich sein musste. Er erinnerte sich an einen zwar längst ergrauten, doch starken, hünenhaften Unfreien aus dem Gesinde seines Vaters, bei einem der vielen Beutezüge der Nordleute seiner Heimat entrissen, zur Leibeigenschaft verdammt und dem Haus Verdian vermietet. Einen aufsässigen Mann.

Der Alte, der nunmehr neben ihm saß, hatte einen Schädel von der Zerbrechlichkeit eines Taubeneis, eingehüllt in einen an Flaumreste erinnernden Haarkranz. Knochen wie mürber Keks. Arme und Beine waren mit dunklen Flecken übersät, und Blair stand mit einem Bein im Grab.

»Ich hatte fast das ganze Freigeld beisammen, bis zu jenem Tag. Ich wäre trotzdem geblieben. Meine einstigen Feinde waren meine Vertrauten geworden.«

Traurig schüttelte Bowden den Kopf, schwieg aber. Er presste die Lippen aufeinander, unwillig, die Erinnerungen an jene verhängnisvolle Zeit im Fjord zuzulassen.

»Ein kleines Haus, das war mein Traum. Ein kleines Haus mit meiner Almhja, ein Ententeich, einige der Kätzchen von Sweinds Hof. Ein einfaches, gutes Leben, als freier Bauer, nicht als Teil der Kaperfahrer und schon gar nicht als Riesenjäger. Ihre Lebensweise war die meine geworden.«

Das Gesicht des Alten verzog sich, das erkannte Bowden selbst aus den Augenwinkeln. Blair rang so sehr um Fassung, dass sich das Beben bis in seinen Körper hinein fortsetzte. Als die Schultern sich hoben und senkten, legte der Paladin sacht und einem Vater nicht unähnlich eine gepanzerte Hand auf die Schulter des Greises. Bowdens Augen brannten.

»Die Lebensweise der Nordleute hat ihre Tücken, wie du erfahren musstest. Blair, wenn ich nur irgendetwas tun könnte, um ungeschehen zu machen, was ich angerichtet habe ...«

»Ihr habt nichts getan, Herr. Es ist nicht Eure Schuld, wer Ihr seid. *Was* Ihr seid!« Nun war es Blair, der die eigene Hand zu der Pranke auf seiner Schulter führte und mit erstaunlicher Kraft zudrückte.

Bowdens Blick flog zur Tür.

»Seid unbesorgt! Ich wahre das Geheimnis schon mein Leben lang. Sicher werde ich nichts preisgeben«, versicherte Blair und räusperte seine Beklommenheit beiseite. »Selbst wenn mir ein Fehler unterliefe, wie Ihr ein halbes Leben lang befürchtet habt. Es gibt hier fast nur Zwerge. Und denen sind Eide und Stillschweigen heilig, wie Ihr wohl wisst.«

Betreten blickte Bowden zu Boden. »Es tut mir leid, dass ich seinerzeit nicht mehr für dich tun konnte, alter Mann.«

»Ich bin hier. Ich darf noch leben, im Gegensatz zu so vielen anderen, über die der Jarl das Thingrecht ausbrachte.« Ein müdes Lächeln grub sich in das Faltengebirge um Blairs Mund. »All das nur, weil Ihr mich ins Grenzland gebracht habt, zurück ins Reich der Königin.«

»Wenn wir es genau nehmen, war es eigentlich eher umgekehrt«, entgegnete der Paladin. Noch immer hob er den Blick nicht von den Steinplatten. Zu lebendig waren die Erinnerungen.

Fordernd pochte der verabscheute Gast in seiner Brust, um gleich darauf zu lodern. Bowden spürte, wie sich der Hass auf die einstigen Peiniger aus jenen Gruben erhob, in denen er ihn mithilfe der Götter und seiner Meditation seit so vielen Jahren einzukerkern suchte.

Falls der Alte seinen inneren Kampf spürte, zeigte er es nicht. Er ließ die Hand auf Bowdens Arm liegen. »Unerheblich. Wir beide leben noch, obwohl wir tot sein sollten. Auch Euer Vater lebt noch, Herr. Nicht wahr?«

Bowden spürte, wie er nach jenem Wort immer wütender wurde. Vater. Er flehte den Architekten um Geduld an, um Einhalt für seinen Zorn, wollte sich herumwerfen, den Greis packen und anzischen.

In diesem Augenblick ertönte draußen in der flirrenden Hitze vor dem Tempel eine Glocke. Ein unangenehm harter

Ton, getragen von brütender Sonnenglut, wehte über Disteln unter einem darbenden Lindenbaum am Brunnen.

Mit zwei Schritten stand Bowden auf der Schwelle des Tempels und suchte mit den Augen den mittagsgrell erhellten Marktplatz von Dunkelfall ab.

»Der Alarm!«, stöhnte Blair.

»Feuer! Es brennt auf der Weide des Vorstehers!«, rief ein Milizionär von den Dorfpalisaden.

»Verfluchter Deserteur!«, knurrte der Paladin. Er war aus der Tür, und die Hitze umarmte ihn, bevor er einen klaren Gedanken fassen konnte.

»Geht mit den Göttern, Bowden Verdian! Kind zweier Welten«, hauchte der Greis, noch immer auf der Bank kauernd.

Der Paladin war längst auf und davon.

5

Der Tag hatte sich lang hingezogen, und die Hitze drückte auch dann noch unerträglich, als die Sonne langsam jenseits des Horizonts versank. Das Kopfsteinpflaster der letzten Straße, die von Emrick aus gen Osten auf den Mirvaali zuführte, bis dorthin, wo sich das Menschenreich einst ausgedehnt hatte, buk so heftig in der Sonne, dass die Luft flimmerte.

Gjalar atmete auf. Langsam, aber sicher würde mit der Dunkelheit nicht nur kühle Abendluft heranwehen. Nein, die Abwesenheit von Sonnenlicht würde sein empfindliches Auge wie Balsam umschmeicheln, ihn an die Tunnel und Stollen der Heimat erinnern. An die wohlige Dunkelheit dort unten. Dann würde es Zeit für ein Pfeifchen und ein kühles Bier werden. Die Beine im nächsten eiskalten Bach.

Selbst ohne den Ringpanzer, das wattierte Wams und jene anderen Bestandteile, die die Gewandung eines waschechten Zwergs ausmachten, war die Hitze unerträglich.

Der Mensch neben ihm legte darüber ein beredtes Zeugnis ab. Er schwitzte wahre Sturzbäche. Die tränkten neben seinen Haaren von der öligen Farbe geschlechtsreifer Bisamratten auch seine kurzen Gewänder. Durch den Schweiß hingen die geschlitzten Ärmel seines Wamses auf beinahe unanständige Weise erschlafft herab.

Der Unterirdische warf einen mürrischen Seitenblick auf seinen Begleiter. Limbo, so hatte der Mann sich am Rastplatz vorgestellt. Klang wie ein Käse, den Menschen züchteten. Für die Sinne des Zwerges roch er so.

Der überaus beleibte Mann war ein einsamer Wanderer, so wie Gjalar. Er suchte den Schutz einer gemeinsamen Reise.

Dem Zwerg waren die Blicke nicht entgangen, die der vermeintliche Handelsreisende seit Gjalars Einwilligung zu diesem Unterfangen ein ums andere Mal auf die Eidringe und Armbänder seines Begleiters warf. Wann immer sich der Menschling unbeobachtet fühlte, schielte er auf das Geschmeide.

Das Einzige, was den Unterirdischen noch mehr überraschte als die Tatsache, wie unwohl einem bei diesem Blick werden konnte, war der Umstand, dass Limbo nicht zugeschlagen hatte. Er vermutete sicher, dass er mehr Glück hätte, dem Zwerg den Garaus zu machen, sobald Gjalar schlief.

»Mit deinem Witz von einem Zahnstocher. Ich hacke dich von den Knien herab bis auf meine Augenhöhe in Scheibchen«, knurrte der Zwerg kaum hörbar in seiner Muttersprache. Bei jeder Silbe wippte sein nabellanger Bart auf und ab, peitschte umher wie eine Klapperschlange. Zwischen den Fingern seines Lederhandschuhs spürte Gjalar den beruhigenden Kopf der Axt in ihrer Schlaufe.

Er hasste Gewalt, doch das brauchte niemand zu wissen.

Limbo ahnte nicht, dass ihn bloß ein Handgriff, ein menschlicher Herzschlag davon trennen mochten, seine Stirn eine dauerhafte Liebschaft mit einem Klumpen Meteoreisen eingehen zu lassen.

Zumindest redete Gjalar sich das in diesem Moment ein. Es beruhigte.

Oder aber der Straßenräuber ahnte, was in dem Zwerg vorging, und das mochte sein Zögern erklären.

»Hast du etwas gesagt, Herr Gjalar?« Limbo vollbrachte das Kunststück, ehrlich besorgt zu klingen. Sein Gesicht war eine von Schweißbahnen durchzogene Ansammlung von

Stoppeln. Sie reichte von knapp unterhalb der Nase bis hinunter auf seinen Hals und dessen ureigene Kinne.

Gjalar schüttelte den Kopf. Wenn schon ein Bart, warum dann nicht etwas Richtiges statt einer ungepflegten letzten Ruhestätte, auf der die Träume von Flöhen und Läusen einen ruhmlosen Tod starben?

Limbo verstand das Kopfschütteln falsch und ließ sich zu einem Lächeln hinreißen, bei dem eine liebende Mutter am Tag der Geburt mit Freuden einen Backstein gezückt und sich jeder Bader die Hände über die kommende Rechnung gerieben hätte.

»Du freust dich wohl schon auf Dunkelfall, was, Herr Troubadour?« Limbo griente noch breiter. Wolken seines Mundgeruchs wehten zu dem Unterirdischen herab und kündeten von Pesthauch.

Gjalars Finger in den viel zu dicken Handschuhen juckten. Sie ersoffen in Schweiß. »Barde«, knurrte er. Er bemühte sich um einen stoßweise vorgebrachten Tonfall, frostig genug, um einen Kolkraben auf der Stelle erstarrt vom Himmel zu holen.

»Bar...de«, bemühte sich der Vagabund, den Tonfall des Zwerges nachzuahmen. Ergeben zuckte er mit den Achseln. »Wo liegt eigentlich der Unterschied? Das habe ich mich schon immer gefragt. Sitzt ihr nicht alle auf einer Bank mit Federkiel und Pergament und schreibt Lieder über schöne Maiden und ihre Schenkel?« Er legte einen Finger an die Unterlippe. Unter dem eisigen Blick des Zwerges fügte er ein »Oder so was?« hinzu.

»Troubadour spielt vor Rittern und Königen. Macht genau das, was du gerade gesagt hast.« Gjalar spie einen Klumpen Priem in das trockene Gras neben dem Kopfsteinpflaster. »Schenkel, Schönheit und der schale Scheiß.«

»Aha«, murmelte Limbo in einem Tonfall, der Verständnis ausdrücken sollte, aber wirkte, als ob seine Mutter an dem Tag, als von der göttlichen Huld neben den Seelen auch der Verstand verteilt wurde, nicht begeistert genug gewunken hatte.

Gjalar stieß einen tiefen Seufzer aus und musste dem Drang widerstehen, sich am Bart zu ziehen oder darauf herumzukauen. Seine Kiefer mahlten. Wider Willen fühlte er sich bemüßigt, sich näher zu erklären. »Der Barde ist ein Bewahrer. Die Lieder des Volkes, die Gesänge der Menschendruiden, die Geschichten der zwergischen Ritenmeister, der Wille jener Götter, welche die Pfaffen bequemerweise in ihren Gebeten auslassen. All das und noch mehr muss das Gedächtnis des Barden bewahren.« Bedeutungsschwanger tippte sich der Zwerg mit der Spitze seines Handschuhs gegen die Stirn.

»Eine Aufgabe wie gemacht für einen Zwerg«, folgerte der Vagabund.

Gjalar blickte ihn an und konnte seine Überraschung kaum verhehlen. Anscheinend arbeitete hinter der verschlagenen Stirn des vermutlichen Räubers doch irgendwo mehr als ein Fitzelchen gesunder Verstand. Wenn auch nur Menschenverstand.

Oder aber der eines Reptils. Einer Schlange, mahnte eine innere Stimme den Zwerg. *Vielleicht will sich der Menschling einschmeicheln. Er schmiert dir Met um den Bart, bis du deinen Schild herunternimmst, wie Vater sagen würde.*

Das mochte sein. Der Zwerg war auf der Hut.

»Was weißt du über die Fähigkeiten unseres Gedächtnisses?«, fragte Gjalar.

»Man hört so manches«, nuschelte Limbo und hob die Achseln. Jetzt war er es, der Priem ausspuckte. Er griff in seinen Tabakbeutel und beförderte einen neuen Batzen Kautabak in die Höhlen, die er seinen Mund nennen mochte. Der Wanderer hielt Gjalar immerhin den Beutel hin.

Misstrauisch zog der Zwerg die buschigen Augenbrauen zusammen. Die Schmeichelei und nun das fürchterliche Kraut. Einmal mehr schalt er sich einen Narren, dass er so verrückt gewesen war, das Angebot des Vagabunden angenommen zu haben, gemeinsam zu reisen.

Doch es galt, den Mann in Sicherheit zu wiegen, sollte der Menschling nicht auf falsche Gedanken kommen.

Der Inhalt könnte vergiftet sein, mahnte die innere Stimme den Zwerg. *Du kennst die Menschlinge.*

»Pah«, knurrte der Barde. Welches lächerliche, von Menschen gemischte Gift mochte einen der Unterirdischen fällen, da ihre Art doch dem giftigen Biss der größten Laufkäfer und Spinnen unerforschter Tiefen standhielt? Welches Gift vermochte mehr, als einen Riesenbaum ein wenig zu kitzeln, wenn er dem der Chimaerae widerstand?

Bevor der Vagabund Gjalars unwirschen Laut als Ablehnung des Angebots abtun konnte, griff der Zwerg mit seinen mächtigen Fingern in den Beutel und nahm sich von dem Kautabak.

Limbos Augen weiteten sich, als er der Geschicklichkeit gewahr wurde, mit der Gjalar nicht eine Prise zu viel aus dem Beutel holte und in seinen Mund beförderte. Doch was immer der Vagabund über die viel gerühmte zwergische Fingerfertigkeit denken mochte, behielt er für sich.

»Und? Hast du Verwandtschaft drüben? In Dunkelfall, meine ich.« Limbo klang anteilnehmend.

Weil er wissen will, wo die Schatzkammern deines Clans liegen, regte es sich in Gjalar.

»Könnte man so sagen«, wich der Zwerg aus und kratzte sich am Hinterkopf. Er hasste Lügen, eine Eigenschaft, die er mit vielen Vertretern seines Volkes teilte. Wenngleich nicht alle Zwerge so ehrbar waren, wie die Messerohren oder die Menschlinge annahmen. Gjalar log schon ohnehin viel zu viel. Gjalar war gewissermaßen selbst eine Lüge geworden, was die Sache keinen Deut besser machte. »Habe ein paar Verwandte dort«, räumte er schließlich ein.

»Enge Verwandte? Oder führt dich doch eher dein Handwerk in die Gegend? Weißt du, irgendetwas sagt mir, dass du von dort stammst. So heimisch, wie du dich hier auf den Straßen über der Erde bewegst.« Der Vagabund vollführte eine weitschweifende Geste über die trockene Landschaft ringsum. Mit ihren Nadelwäldern, umfriedet von rollenden Hügeln und dem einen oder anderen großen Felsen, den man mit viel Langmut und Wohlwollen einen Berg hätte nennen können. Dazwischen lagen hingestreut Hünengräber der Skraemar-Nordlinge.

»Barde. Schon vergessen?«, brummte Gjalar und klopfte auf die Sackpfeife und die zerbrochene Laute, die er an seinem Ranzen mit sich trug. Er hatte noch nicht entschieden, ob er sich von dem Menschling erneut geschmeichelt oder beleidigt fühlen sollte. Worauf wollte der verdammte Kerl hinaus? Es langte. Er würde etwas klarstellen. »Weißt du, Menschling ...«

Weiter kam Gjalar nicht. Plötzlich wehte da etwas wie eine Brise, ein Luftzug, so heiß und drückend, dass es selbst einem die Hitze der Esse gewohnten Zwerg für einen Augenblick die Luft abzuschnüren drohte.

Limbo verzog gequält das Gesicht und gab einen trockenen Hustenstoß von sich. Seine Augen weiteten sich. Die Dichte der Luft veränderte sich von Grund auf, es wurde so warm, dass dem Zwerg schlagartig noch heftiger der Schweiß ausbrach. Doch der war nun kalt wie Eiswasser.

Limbo wurde grau im Gesicht.

»Ich muss mich setzen, glaub ich«, murmelte der feiste Mann und stürzte unvermittelt dem Kopfsteinpflaster entgegen.

Gjalar zögerte keinen Moment lang. Der Zwerg sprang vor und packte den Vagabunden, bevor der sich auf den Steinen den Schädel brechen oder zumindest die Hälfte seiner Zahnruinen ausschlagen konnte.

Vielleicht nicht das Schlechteste, ginge es um Schönheit.

»Nichts da«, knurrte der Unterirdische. »Ich glaube zwar, dass dich das ein wenig ansehnlicher machen würde, aber ...« Jedes weitere Wort blieb ihm im Hals stecken. Die Hitze schwoll weiter an und legte sich ihm wie eine glühende Schlinge um den Leib. Selbst die an der Esse geübte Körperkraft eines Zwerges hatte dem zu wenig entgegenzusetzen.

Gjalar pochte das Herz wie wahnsinnig in der Brust. Seine Hand flog zum Kettenhemd. Dorthin, wo alle Mitglieder der Alten Völker zur Rechten des Hauptherzens das zweite Herz trugen.

Zu der Narbe, wo einst auch sein Götterherz geschlagen hatte, jene Kraftquelle, welche die Alten von den Menschen schied und sie langlebig, gewandt und zäh machte.

Nicht nur die Luft war heiß, auch das Amulett, das der Zwerg um den Hals trug, erzitterte in glühend heißen Stoßwehen im Wechselspiel mit seinem Herzen.

Als Gjalar den Kopf senkte, konnte er einen Blick auf die Runen auf seinem Erbstück werfen. Sie tanzten in kaltweißem Feuer über die Oberfläche des Schmuckstücks, wie aufgeschreckt vom Hitzeschlag, der wie der Schmiedehammer des zornigen Schmiedegottes seines Volkes glosend und unvermittelt auf den Landstrich niedergegangen war.

Der Zwerg musste sich auf ein Knie niederlassen, der Schweiß rann ihm in Sturzbächen über den Körper, tränkte die ohnehin gesättigte Kleidung bis zum Auswringen. Auch die Bandagen unter dem Gewand, die wie immer schmerzten und schabten.

Der zweite Schlag war von der Art her noch weniger zu erwarten als die Hitze. Während Gjalar verzweifelt einen klaren Gedanken zu fassen versuchte, überkam es ihn. Und zwar mit der Wucht eines Schwingers in die Magengrube, nur dass er aus den Tiefen der Erde zu kommen schien und gleichzeitig emporschoss in Richtung Firmament.

Ebenso schlagartig, wie sie gekommen war, wich die Hitze wieder, und stattdessen schien ein Strom eiskalter Luft wie aus dem Nichts dem Boden zu entspringen. Die Sinne des Zwerges vermeinten kurz, den eisigen Hauch durch die Spalten des Kopfsteinpflasters steigen zu spüren.

Mehr Zeit, über seine Entdeckung nachzusinnen, blieb dem Unterirdischen nicht. Sein Mund klappte auf, die Knie auf den Steinen wurden ihm weich, und die Kinnlade fiel ihm herunter, als er einen Blick auf Limbo warf.

Oder besser ... als Gjalar den Kopf heben musste, um nach Limbo zu sehen.

Der Vagabund hatte sich gekrümmt. Sein Rücken war in einem schmerzhaften Winkel durchgebogen, so als hätte man seine Körpermitte auf einen Pfahl getrieben und seine Gliedmaßen mit Seilen gespannt.

Das wahrhaft Befremdliche war, dass der Wanderer in dieser alles andere als bequemen Haltung in der Luft hing. Fast zwei Manneslängen über dem Erdboden schwebte Limbo, sein Körper pendelte sacht um die eigene Achse, vom Blau eines Elmsfeuers eingehüllt, das über seine Haut tanzte.

Jeder Fetzen Metall, von der Schließe seines Gürtels bis zum unter dem kurzen Lumpenhemd verborgenen Meuchlerdolch, von den Knöpfen bis zum Fahrtenmesser am Stiefel, stand in unmöglichen Winkeln an straff gezogenem Leder von diesem Menschen ab. Zerrte an seiner Kleidung, was ihn auf beinahe komische Weise wie einen Schirm aufspannte.

Sehr viel weniger komisch wirkte Limbos Gesichtsausdruck, in dem nichts als blanke Panik und eine flehentliche Bitte um Hilfe standen. Was immer die Kraft war, die ihn in der Luft hielt, sie schien seinen Mund auf irrwischhafte Weise zu weiten. Der Mann konnte nichts äußern, von dem hilflosen Röcheln einmal abgesehen.

Gjalar wollte sich erheben, das Gleiche tun wie vorhin und dem Mann trotz seiner Vorbehalte zu Hilfe eilen. Doch der Zwerg musste feststellen, dass er dem genau gegenteiligen Zwang zu unterliegen schien, der auf seinen Begleiter einwirkte.

Eine mächtige Kraft hielt den Unterirdischen am Boden wie festgenagelt, zog mit der Gewalt, die den Muskeln eines Drachen vorbehalten sein sollte. Sie riss an Stiefelnägeln, der Waffenscheide und dem Rüstzeug des Zwerges.

Am schlimmsten war die Axt aus Meteoreisen. Der Unterirdische spürte, dass die Zugkraft, mit der sie seinen Waffengürtel zu Boden zog, längst seine Hüften und Schenkel gebrochen hätte, wäre er nicht von so zäher Natur gewesen.

Gjalars Hand wanderte zu den bis zum Zerbrechen gespannten Schnallen seiner Gürtel und Scheiden. Die Kraftanstrengung war gewaltig, seine Finger kamen mit jedem Versuch nur wenige Zoll voran, weil die Nieten auf den Knöcheln der Lederhandschuhe so viel zu wiegen schienen wie Ochsenkarren.

Schließlich legte er einen einzigen Finger um eine der Schließen. Ein weiterer Handgriff.

Das ist nicht möglich. Du weißt, dass du den Krempel nicht ausziehen darfst, gleichgültig, was kommt. Denk nach! Sei nicht dumm! Wenn der Kerl sieht, wie es wirklich um dich steht, bist du in doppelter Hinsicht erledigt.

Der Gedanke stand Gjalar mit der gleichen unleugbaren Wirklichkeit und Deutlichkeit im Geist, wie es gerade noch der Hitzeschlag getan hatte. Es kostete den Zwerg alle Kraft, nicht zusammenzufahren, als er sich bei der Vorstellung ertappte, was geschehen mochte, wenn seine Rüstung fiel.

»Kaka-Drak!«, fluchte er.

»Drachen...scheiße«, presste Limbo hervor, der offenkundig einige Brocken Zwergisch verstand. »Hil...fe.«

Verdammt! Da war das Wort, das Gjalar befürchtet hatte. Der Eisenvater lehrte jeden Zwerg, dass die persönliche Ehre gleich nach der des Clans kam. Diese Ehre war weniger wert als die Schlacke einer misslungenen Schmiedearbeit, sobald man jemandem die Hilfe verweigerte. Wusste der Mistkerl das etwa?

Der Unterirdische setzte alles ein, was sein Körper an Kraft zu geben imstande war, und lenkte sie mit schierer Willensanstrengung vom stämmigen Rumpf in die strammen Beine.

Mit einem Zischen wie ein Blasebalg presste Gjalar Luft durch die Zähne, stemmte den fassförmigen Leib gegen die unbändige Kraft, die ihn am Boden festhielt.

In schneller Folge überschlug sich nun das Geschehen.

Ohne jede Vorwarnung barsten Dutzende, wenn nicht Hunderte Tannen in der Umgegend der Straße, zerstoben von innen nach außen.

Als der Zwerg im Holzstaub und zwischen den Splittern Umrisse flimmern sah, packte ihn das nackte Grauen. Baumschemen, so als wären ihre Leiber fortgeschleudert worden. Aber die Seele dessen, was einst Baum gewesen war, verharrte als Luftspiegelung noch an Ort und Stelle. Nur dass dieser Schemen nun wie ein Bündel Zunder binnen weniger

Herzschläge vom Boden bis zur Spitze in Flammen stand. Bäume, die es nicht mehr gab, brannten lichterloh.

Panik stieg in dem Zwerg auf, doch blieb ihm keine Zeit, den Ängsten nachzugeben oder sich dagegen zu wehren.

Denn in diesem Moment geschah das Verrückteste: Ein Schatten fiel auf Gjalar, Limbos Schatten.

Und Limbo fiel leider mit ihm. Ein Knie des Vagabunden raste genau auf das entgeisterte Zwergengesicht zu.

»Oh, Schei…«, knurrte Gjalar. Dann krachte ihm das Knie gegen den Kopf, und es wurde dunkel um ihn.

Wie bekannt, erfordert es weit mehr als das Gewicht eines sogar aus großer Höhe fallenden Menschen, um einen echten Zwergen zu den Ahnen zu schicken.

Gjalar mochte nur für kurze Zeit bewusstlos gewesen sein, doch in der Zwischenzeit hatte sich einiges verändert.

Der Wald in der näheren Umgebung war ein tosendes Inferno, während die Bäume am Waldrand unversehrt geblieben waren. Wie durch Gitterstäbe betrachtet, loderten die Feuerzungen hinter den Tannen.

Gjalar stemmte sich auf den Ellbogen in die Höhe und stellte zu seiner Erleichterung fest, dass er sich wieder freier bewegen konnte. Doch wo war …

»Limbo?« Der Unterirdische blickte auf den Rücken seines Reisebegleiters. Des Mannes, dessen Leben er gerade noch hatte retten wollen und der nun über dem geöffneten Ranzen des Zwerges hockte. Die Besitztümer lagen ringsum verstreut, Waschzeug, allerlei Andenken und Proviant achtlos als Sammelsurium auf dem Kopfsteinpflaster verteilt.

Beim Klang der Stimme fuhr der Vagabund herum, und im Gegensatz zu Gjalar vergeudete der Mann keine Zeit mit Fragen. Der Dolch funkelte in seiner Hand.

Der Zwerg stemmte sich auf, seine Rechte flog zum Waffengürtel.

Limbo zog ein klägliches Gesicht, schüttelte den Kopf und deutete mit der freien Hand Hammerschläge an. Mit der Dolchspitze deutete er auf eine vorgeschleuderte Baumkrone, aus der Feuer hervorloderte.

Beim Anblick seiner Runenaxt aus Meteoreisen mit ihrem Griff aus alter Steineiche, die der Mistkerl achtlos den Flammen zum Fraß vorgeworfen hatte, loderte rote Wut vor den Augen des Zwerges auf.

»Wollte das Teil erst verhökern, aber ist zu schwer.« Limbo vollführte höhnisch seine tapsigen Gesten, die während ihrer gemeinsamen Reise Harmlosigkeit vorgetäuscht hatten, und griente verschlagen. »Für bis dahinten hat's gereicht. Nun mach schon! Wo ist dein Gold? Heraus damit! Im Ranzen ist nichts.«

Sein Blick strafte seine Worte Lügen. Er klebte förmlich an der Axt, schien sie zu begehren.

»Verdammter Mistbock!«, knurrte der Zwerg und wollte in die Höhe schießen. Die Luft unten auf den Wegsteinen wurde verflucht dünn, und als Kind der Minen wusste Gjalar, dass mit den Gasen jedes Brands vor allem am Boden nicht zu spaßen war. Also abgesehen davon, dass ihnen nur kurze Zeit blieb, bis sie ersticken würden. Was sollte er tun? Wenn er sich bewegte, würde Limbo ihn abstechen.

Es blieb nur eine List.

»Du bist solch ein Narr!«, stöhnte der Zwerg dramatisch und darauf bedacht, immer wieder verzweifelte Seitenblicke in Richtung seiner Axt zu werfen. Und das brauchte er wirklich nicht vorzutäuschen.

»Werd nicht frech, halber Mann! Eigentlich wollte ich dich bewusstlos für die Flammen liegen lassen. Ein schnelles Ende, weil du so ein netter Weggefährte warst. Aber wenn du's Maul weiter aufreißt, kann ich andere Saiten aufziehen.«

Ein seltsam tierhafter Ausdruck trat in die Augen des Mannes, doch darunter lag eine dunkle, unerklärliche Sehnsucht. Gjalar war sich sicher, noch niemals im Ausdruck der kurzlebigen und oftmals grausamen Menschlinge solche Finsternis erblickt zu haben.

Der Zwerg wollte auf Limbos Drohung eingehen, den Vagabunden von weiteren Untaten abhalten, doch im Rauschen des heißen Windes, im Knistern der Flammen nahm sein geschultes Gehör etwas wahr, das seine Aufmerksamkeit auf sich zog. Was war das nur für ein Ton unter den prasselnden Flammen? Nein, vielmehr welch eine Melodie?

Versonnen ruckte Gjalars Kopf hin und her, versuchte, den sanften, irgendwie melodischen Widerhall hinter seiner Stirn zu bändigen.

In diesem Moment riss Limbo der Geduldsfaden. Fast beiläufig hob er den Fuß und ließ ihn mit Gewalt mehrfach auf Sackpfeife und Laute hinabkrachen. Die Misstöne der sterbenden Instrumente fraßen sich wie Rinnsale glühenden Metalls von den Ohren des Zwerges bis in seine Seele. Zum zweiten Mal an diesem Tag hatte er das Gefühl, sein verbliebenes Herz zerreiße ihm in der Brust. Schlagartig war er wieder im Hier und Jetzt.

»Dafür. Stirbst. Du. Menschling.« Nun war der Unterirdische nahezu unhörbar leise geworden. Gegen seinen Willen traten ihm Tränen in die Augen. Auch spürte er, wie etwas Entsetzliches, etwas Böses nach seiner Seele zu greifen schien. Wann hatte er je einem anderen Geschöpf den Tod angedroht? Ja, überhaupt das Bedürfnis dazu verspürt? Gjalar konnte sich nicht entsinnen.

»Leck mich!«, knurrte Limbo. »Das Gold, oder ich säbele dir den Bart ab und schere dir den Kopf, bevor ich dir die Beine breche und dich lebendig verbrennen lasse. Na, wie gefällt dir das?«

»Dann brennen wir gemeinsam, so lange, wie das mit deinem rostigen Käsehobel dauern würde.« Gjalar spuckte aus. Er spürte, dass seine Hände, seine Finger sich wie von selbst bewegten. Sie öffneten und schlossen sich zu würgenden Griffen, während die Blicke des Zwerges sich an den Hals des Peinigers hefteten.

Erst die List, dann die Rache.

Limbo tat einen Schritt nach vorn, der Mann war zu gierig, um die Blicke richtig zu deuten. »Nun gut, nun gut«, gab sich Gjalar scheinbar geschlagen. Wieder schweiften seine Blicke zur Axt, aber diesmal fügte er hinzu: »Was denkst du wohl, warum die so schwer ist?«

Limbos Augen weiteten sich. »Mist noch mal! Du hast das götterverdammte Gold im Griff versteckt. Klar. Und ich Schwachkopf verbrenn das Trumm beinahe.«

Wieder schickte sich Gjalar zu einer Bewegung an. »Ich könnte sie holen«, bot der Zwerg an.

Limbo kniff die Augen zusammen und nahm den Vorschlag auf wie erhofft. »Nichts da! Und dann schön mit irgendwelchen Zwergenfinten durchbrennen oder mit dem Haudrauf auf mich losgehen, das könnte dir so passen.« Er richtete die Spitze des Dolchs auf Gjalars Brust. »Bleib schön da sitzen! Ein Mucks, und ich komm und kitzle dich.«

Er wirkte nicht wirklich besorgt, dass Gjalar die Axt gegen ihn einsetzen könnte. Ganz und gar nicht. Vielmehr erweckte der Vagabund den Eindruck der Furcht, der Zwerg könne davon absehen – und dies besorgte ihn viel mehr.

Wollte ihn der Menschling dazu herausfordern, ihn mit der Axt anzugreifen?

»Ist deine Totenfeier.« Betont gelassen legte Gjalar die Hände neben die Hüften auf die Pflastersteine. Er spürte die Hitze, längst erfüllte sie nicht mehr nur die Luft. Sie schien aus den Tiefen der Erde in das sonnenglühende Gestein aufgestiegen zu sein, erhitzte es wie Schamotte.

Langsam tastete sich der Zwerg mit den Fingern des vor Limbo verdeckten Arms über das Pflaster vor, während er sorgfältig darauf achtete, den Eindruck gelangweilten Beleidigtseins vorzutäuschen.

Limbo eilte zu der Axt, die im Boden steckte. Mittlerweile hustete der Menschling, die Flammen fraßen, was die Luft ihm noch an Atem zu geben hatte. Immer wieder warf der Vagabund Blicke über die Schulter auf den Zwerg, bereit, bei der kleinsten Bewegung wie eine Giftschlange vorzuschnellen.

»Ich bin dir einen Lungenflügel voraus, Bürschchen. Der Schmied hat uns aus stärkerem Erz erschaffen als euch«, knurrte Gjalar. Er grinste breit unter seinem Bart und musste einen Ausruf unterdrücken, als seine Finger zwischen zwei Kopfsteinen fanden, was er gesucht hatte. Sie schlossen sich um einen kleineren Kiesel in der Füllung einer Fuge.

Augenblicklich begann der Zwerg, heimlich mit den Fingern zu kratzen und den Fund zu befreien.

Es dauerte nicht lange. Gerade als sich Limbo mit einer vor gequälter Sehnsucht verzerrten Miene über die Axt beugte, spürte Gjalar, wie der Stein mit einem Schmatzen nachgab. Selbst wenn Limbo das Geräusch über die Flammen hinweg hätte vernehmen können – es war zu spät.

Sein Kopf schnellte erst in dem Moment herum, als er der Bewegung des Zwerges gewahr wurde. Er wollte ausweichen, schaffte es jedoch nicht. Statt seines Kopfs erwischte der Stein mit einem dumpfen Geräusch seine Brust. Bei dem Misston zuckte Gjalar zusammen, er war Dichter, kein Kämpfer. Doch ebendeshalb wollte er kein so schmähliches Ende erleiden und sich von einem gierigen Menschling hier draußen verbrennen lassen.

Noch während Limbo zurücktaumelte, schnellte der Zwerg mit jener Kraft in die Höhe, die seit vielen Jahrtausenden Trolle, Schrate und Riesen bei Abkömmlingen seines Volkes unterschätzten. Gjalar schoss vorwärts und ballte die Fäuste.

Wieder waren die verwünschten Bilder da, die Szenen von Gewalt, in denen der röchelnde Limbo unter Gjalars Fingern sein Leben aushauchte.

»Pah«, knurrte der Unterirdische und tat die seltsamen Einflüsterungen mit einer entschiedenen Handbewegung ab. Noch während der Geste schloss er die Finger zur Faust.

Limbo rappelte sich in dem Moment auf, als sich auch schon die geballte Zwergenrechte mit den Ausmaßen eines mittelgroßen Schinkens in seiner Magengrube versenkte. Der Menschling knickte ein wie ein Klappmesser, rollte förmlich über Gjalars Schulter hinweg. Sein träges Gewicht und die Hitze ließen den Zwerg aufstöhnen.

Der Vagabund war zäh. Zäher, als Gjalar angenommen hatte. Er war nicht geschlagen. Die seltsame Melodie unter dem allgegenwärtigen Prasseln der Flammen vollführte einen misstönenden Sprung. Der Zwerg erahnte bereits den nächsten Zug des Widersachers, der Vagabund holte mit dem Dolch aus, noch während er sich in der misslichen Körperhaltung befand. Wieder wirkte es, als markiere er seinen Angriff nur und wolle nicht wirklich zustechen.

Gjalars gedrungener Leib beschrieb einen tänzerischen Wirbelsprung, der den Menschling übler erwischte als die Faust.

Wozu beharrliche Unterweisung im urtümlichen zwergischen Schofartanz durch die Mutter so alles nützlich sein konnte. Es war eine Art der Körperdrehung, mit der kein Gegner rechnen konnte. Limbo rutschte zu Boden und konnte den Messerstich nicht zu Ende führen.

Der fleckige Stahl zerteilte wohl die Luft, nicht aber Gjalars Leib. Dennoch vollbrachte Limbo das Kunststück, aus der Bewegung heraus abermals einen Satz nach vorn zu machen. Diesmal war der Unterirdische im Kampf zu langsam.

Jetzt stürzte sich der Menschling auf den Zwerg und packte zu. Genauer gesagt, er bekam den Bart zwischen die Finger zu fassen.

Die Augen des Vagabunden weiteten sich. Er landete auf den Knien.

»Beim Auswurf der Götter!«, stieß Limbo hervor.

Der Menschling hatte *es* gesehen.

»Kaka-Drak«, entfuhr es Gjalar heiser.

Er hatte es gesehen.

6

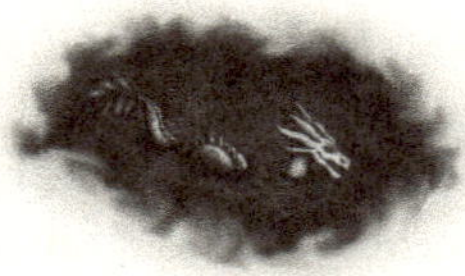

Wochen nach der Flucht. Nach dem Feuer.

Tanaqui rieb sich den Oberarm. Sie war hart im Nehmen, und ihre Tuchrüstung unter dem Burnus und dem geschürzten Kaftan hatte den eigentlichen Treffer abgefangen. Vielleicht beruhte das Pochen ihres Arms nur auf verletztem Stolz.

»Kleiner Dreckskerl«, zischte die Frau und dachte zornig an den Steinwurf des Jungen. Ein katzenartiger Laut, der sich ihrer Kehle entrang und doch vom satten, mehrstimmig gefärbten Klang ihrer Abstammung erfüllt war.

Hier ritt sie auf dem Rücken ihrer Stute dahin, Hunderte von Meilen fern der Heimat. In einem Land, das sie nur allzu gut kannte und dem fernzubleiben sie sich fest geschworen hatte.

In einem Land, in dem Menschenjungen eine Frau wie sie nur ihres Anblicks wegen mit Steinen bewarfen. In dem Dörfer ihre Milizen auf den Bohlengängen jämmerlicher Palisaden verstärkten.

Nach den Maßstäben dieses Landes war es ein heißer Tag, nach dem, was in der glühenden Hitze des spiegelnden Todes über den Glassanden galt, nicht einmal Frühling. Tanaqui hob den Blick zum blauen Himmel. Vereinzelt kreuzten flaumige Wolken wie umdampfte Schiffe durch die endlose Weite. Nur sie selbst kannten ihren Kurs. Die Sonne stand hoch, der Nachmittag im Nordosten der Inseln würde noch andauern.

Die Jägerin lenkte ihre Stute über eine ebenso uralte wie viel genutzte Straße. Weithin hallte der Klang der Hufe auf den verwitterten Steinen. Die Berührung mit der Straße, zurückgeworfen von den Nadelbäumen der westlichsten Ausläufer des Mirvaali. Im Zwielicht des Waldes wurde es für die Einreitenden erheblich kühler. Eine willkommene Erinnerung.

Tanaqui lotste Mistral tiefer in das Halbdunkel des Forstes. Dem Murmeln eines Bachlaufs entgegen. Das Rinnsal kroch schmal und langsam über die Steine.

Die Stute senkte an einer Stauung ihr langes, wohlgeformtes Gesicht in das eisige Nass und soff erst zaghaft und dann mit immer mehr Verlangen.

Die Frau hockte sich bachaufwärts neben das Tier. Mit höchster Aufmerksamkeit sah sich Tanaqui um. Beobachtete misstrauisch und bei jeder Bewegung bedächtig, wie sich die wenigen Sonnenflecken mit den Schatten des Waldbodens zum Muster eines Leopardenfells vereinigten. Ihr Blick galt den Bewegungen der Strahlen.

Erst als sie eine Haltung gefunden hatte, bei der kein einziger Lichtfleck mehr über ihren Körper wanderte, nickte sie zufrieden. Vorsichtig zog sie ein Knäuel aus Tüchern vom Gesicht und schlug die Kapuze des Kaftans zurück.

Erst jetzt gestattete sie sich, mit den Händen eine Mulde zu bilden, wie um damit Wasser zu schöpfen. Stattdessen aber hielt sie inne, trank nicht, sondern ließ das Wasser abtropfen und stützte sich stattdessen auf den Knien ab.

»Wie seltsam das Leben doch spielt ...«, murmelte sie Mistral zu und ließ den Blick am geisterhaften Weiß der Birken und der rauen Eichenborke vorüberstreifen. »Wie oft habe ich früher neben einem solchen Bachlauf gesessen, gedichtet und über das Wesen der Welt nachgedacht!«

Die Stute schnaubte. Sie war keine Freundin der schönen Künste. Wie alle tiefen Philosophen wusste sie, dass die wahre Kraft in der Stille lag.

Tanaqui Fuchstochter schöpfte abermals Wasser und nahm nun auch einen Schluck, wobei sie aus Gewohnheit darauf achtete, nicht zu viel auf einmal zu trinken. Das Wasser war eiskalt. In der Wüste konnte das den Tod bringen. So wie nahezu alles.

Nachdem sie ihren Durst gestillt hatte, gestattete sie sich einen Blick auf das Wasser. Zwei Handspannen tief blitzten Stichlinge zwischen dem Gemisch aus Felsen und Sand auf, das den Grund bildete. Darüber spiegelte sich das Gesicht Tanaquis verzerrt im Wasser.

Eine junge Frau, so schien es, bleich wie die Birken ringsum, von geisterhaftem Milchweiß, gegen das die Stute geradezu grau wirkte. Der an alten Wein erinnernde Rotton der Haare hob sich stark davon ab. Als ein von Holzperlenschnüren zusammengehaltener Zopf hingen sie von der Schulter, so lang, dass das geflochtene Ende wie eine Wasserpflanze im Bachlauf tanzte.

Niemand hätte auch nur nach einem neugierigen Blick die Frau, die sich im Wasser spiegelte, für einen Menschen gehalten. Tanaquis Gesicht hätte man schön, ihren Körper feingliedrig nennen mögen. Doch der übermäßig zarte Körperbau mit langem Gesicht, spitz zulaufenden Ohren, hohen Wangenknochen und schrägen Mandelaugen ohne Pupille in der Farbe von Bernstein gaben zusammen mit dem Hautton preis, wer sie war: eine Elfe.

Eine vom Volk der Wüstennomaden, das sich die Silberreiter nannte. Erste zaghafte Andeutungen einer Tätowierung krochen aus der Gewandung den Körper hinauf, an Hals und Gesicht entlang. Es war zu erahnen, dass der ganze Leib mit Hautbildern bedeckt war und die Arbeiten am Gesicht alsbald fortgesetzt würden. Finger und Handflächen waren schon voll damit. Was sie zeigen sollten, war indes noch nicht zu erkennen. Die Tinte schien sich zu bewegen.

Tanaqui lächelte die verzerrte Frau auf dem flimmernden Wasser an, doch das ähnelte mehr einem Zähnefletschen als einem heiteren Gesicht. Selbst beim Versuch, milde zu erscheinen, gemahnte die Jägerin mit dem trügerisch jungen Aussehen eher an eine Raubkatze vor dem Sprung. Dass ihre Eckzähne angefeilt waren, verstärkte diesen Eindruck noch.

»Cathwyn, Erster unter den Jägern, Gespiele Selachias, gib mir Kraft!«, murmelte sie. Es war eine Eigenart, die kein Silberreiter mit ihr teilte, denn ihre Kameraden beteten nicht. Doch sie hatte sich diese Eigenschaft bewahrt, und zurück in ihrer gewohnten Umgebung, fiel Tanaqui die Pflege dieses Brauchs noch viel leichter.

Die Stute hob den Kopf, die Jägerin spitzte die Ohren und ließ den Blick über das Dickicht schweifen.

Hatten sie aufgeholt? Ob sie überhaupt jemanden hinter ihr hergeschickt hatten? Lohnte es sich? Der Älteste würde auf Rache sinnen, nach Gerechtigkeit verlangen. Sicher war sie bereits längst als Verräterin verrufen.

Es brachte nichts, sich über derlei den Kopf zu zerbrechen. Mit der demütigen Geste einer Frau, welche die Wüste und ihren Preis kannte, trank Tanaqui einen letzten Schluck. Schließlich erhob sie sich. Leckte aus Gewohnheit die nassen Hände ab, um nur keinen Tropfen Wasser zu vergeuden, und wandte sich zu der Stute um.

Beide hatten ihren Durst gestillt, Tanaqui spürte die Ruhe, die von dem Tier ausging. Sie legte die Stirn gegen die von Mistral und tätschelte den Hals der treuen Gefährtin.

Erst jetzt, nachdem den Ritualen der Wildnis Genüge getan war, begab sich die Elfe zu ihren Satteltaschen. Ihre Finger glitten in das wettergegerbte Leder und ertasteten den Inhalt.

Sie führte nicht viel Besitz mit sich. Zwischen gewachsten Tüchern, gefüllt mit Trockenfleisch, und einem Federbündel zur Ausrüstung ihrer Pfeile fanden Tanaquis schlanke Finger rasch, wonach sie gesucht hatte.

Gebannt starrte sie auf das Schriftstück in ihrer Hand, während sie mit einer Geste, die sie wie beiläufig immer wieder ausführte, die Kapuze aufsetzte und die Tücher wieder um sich schlang.

Ihre Blicke wanderten längs über das Pergament. Über die Siegel, die klobige Kanzleischrift gleich mehrerer Menschenhände. Hielten inne am getrockneten Rot, das an einer Stelle des Bogens haftete und mitnichten Siegelwachs war.

Menschenblut.

Sie war zugegen gewesen, als die Kundschafter ins Nomadenlager zurückgekehrt waren. Sie hatte daneben gesessen, als die Silberreiter den Besitz des Boten aufgeteilt hatten. Sie hatte gesehen, dass der junge Mann die Farben des Menschenemirs getragen hatte.

Jetzt noch schüttelte sie den Kopf über diese Torheit. Wer ritt durch die endlosen Glassande des Spiegelnden Todes und war so töricht, dabei das Wappen des Erzfeinds zu tragen, der den Silberreitern die Auslöschung prophezeit hatte?

Die Antwort war einfach gewesen. Tanaqui hatte nicht mit anhören müssen, wie die Jäger sich mit der Folter und Tötung des Boten brüsteten. Der Mann war selbst nach den Maßstäben der kurzlebigen Menschen ein halbes Kind gewesen. Voller Stolz und Hochmut sowie mit der Todesverachtung junger Leute hatte er trotzig darauf verzichtet, sich zu tarnen, wie es jene Boten der Menschen in den Glassanden wohlweislich taten, wenn sie ihre Aussendung überleben wollten.

Jene zumindest, welche die Silberreiter am Leben ließen.

Der Junge war für seinen Emir und die Nachricht in seiner Botentasche eines qualvollen Todes gestorben.

Das war Grund genug gewesen, in das Zelt des Spetenfürsten einzudringen. Grund genug, die Tasche zu rauben.

»Grund genug, dein neues Zuhause zu verwirken? Deine geschenkte Heimat?«, fragte sich Tanaqui unvermittelt.

Noch während sie diese Worte vor sich hin flüsterte, schüttelte sie unwirsch den Kopf. Sie spürte, wie die Tätowierungen juckten. Spürte den Einfluss von Cathwyn. Der Erste unter den Jägern sah alles anders als sie. Er bedurfte keiner Heimat. Keines Zuhauses. Sein Zelt waren die Sterne, seine Decke war der Wind, seine Familie das Getier.

Tanaqui seufzte, fügte sich aber. Wer war sie, am Willen jenes Ahnenhelden zu zweifeln, der sie zum Gefäß erwählt hatte?

Mit einem Ruck befreite sie sich von den Gedanken und überflog das Pergament abermals. Es war Teil einer ganzen Reihe fortgesetzten Austauschs von Briefen, die sie an sich gebracht hatte.

Der Emir hatte durch seine Spione in Erfahrung bringen lassen, dass nicht nur seine Zedernwälder vermehrt Raub unerklärlicher Brände wurden. Man hatte ihm mitgeteilt, dass im nördlichen Königreich Emrick ebenfalls Feuer wüteten. Deutlich mehr, als es im Süden der Fall war.

Voller Aufregung wollte der selbst ernannte Sohn der Götter, Meister über die Glassande, seine Spione in Erfahrung bringen lassen, was der Grund für die Brände in solcher Häufigkeit war. Sein Plan: die Flammen in seinem Land löschen und das Geheimnis der Königin von Emrick zugleich vorzuenthalten. Hatte seine Domäne doch stets unter ihren Drachenrittern und ihrem Hochmut zu leiden gehabt, und nun bot sich eine Vergeltung für ihre Feldzüge an.

»Da kannst du lange warten«, murrte Tanaqui, während sie das letzte Schreiben in der Serie von Anweisungen zwischen dem Meister der Spione des Emirs und seinem Handlanger bei den Zwergen zum wohl tausendsten Mal überflog.

Tatsächlich hatten die Spione einen Zwerg namens Kundalath Gemmenschneider aufgespürt. Allein bei diesem Namen musste die Jägerin schnauben, ein Geräusch zwischen Belustigung und Verachtung. Sie war sich unsicher, ob es dem Unterirdischen galt oder der stümperhaften Verschlüsselung des Schriftstücks.

Gemmenschneider war angeblich im Besitz geheimen Wissens, das er den Spionen des Emirs teuer verkaufen wollte. Er kannte kein geringeres Geheimnis als den wahren Grund für die Waldbrände und war bereit, die hehren Erkenntnisse mit dem Süden zu teilen. Selbstredend zum angemessenen Preis. Es waren keine Sommerbrände. Kein Harz, das Feuer fing. Keine ins Schwelen geratenen Schneisen menschlicher Holzfäller, das betonte der Unterirdische.

Der codierte Befehl, in dem der Spionagemeister einem seiner Leute im Norden die Erlaubnis erteilte, mit dem Zwerg das Geschäft zu machen und ihn später beiseitezuschaffen, sollte seinen Bestimmungsort nie erreichen.

Dieser Ortsname war es, den Tanaqui vor Wochen erhascht hatte. Der Zwerg Gemmenschneider war von seinen Obersten in ein Dorf namens Dunkelfall beordert worden.

Ein Ort mit langer Geschichte, wie Tanaqui aus ihrem früheren Leben wusste.

Sie blickte auf ihre Rechte, ihre Waffenhand. Sie spürte noch immer, wie der Speer auf Fleisch traf. Das Schlimmste war das beistimmende Nicken des Menschlings gewesen, kurz vor dem tödlichen Hieb. Wie er im Schein des brennenden Hauses dagesessen hatte, keinen Sinn mehr darin zu sehen schien, nach dem Tod seiner Familie weiterzuleben.

Es war eine unsinnige und wüste Zeit gewesen. Sie hatte nur einen der drei Kriege zwischen Emrick und ihrem Volk bewusst erlebt.

Es war bereits einer zu viel.

Ein tiefer Laut entrang sich ihrer Kehle, ebenso katzenhaft wie leidvoll. Sie schloss die Augen, um die aufkeimenden Bilder jenes Tages zu vertreiben. Mit dem Erfolg, dass sie im blitzenden Dunkel hinter ihren Lidern umso rascher in ihre Wahrnehmung drängten.

Verzweifelt schlang Tanaqui die Arme um Mistrals Hals. Das Tier spürte die Unruhe der Freundin, scharrte mit den Hufen. Es befreite sich aus dem Griff, leckte an ihrem Gesicht und streckte die Zunge unter die Kapuze des Kaftans. Das Wenige an Schmuck aus Silberkettchen, das in ihrer Ohrmuschel steckte – ein Zugeständnis an ihre Herkunft –, klirrte laut, als das raue Fleisch darüber hinwegglitt.

»Hör auf, Mädchen, das kitzelt!«, sang Tanaqui. Zwischen den Bäumen stimmte der glockenhelle Klang in das Murmeln des Bachs und das Flüstern des Windes mit ein. Die Elfin kicherte befreit.

Die Stute nahm wahr, dass ihre Rettungsmission um das Seelenheil Tanaquis erfolgreich verlaufen war, und zog sich von der Freundin zurück.

Tanaqui förderte eine Leckerei aus einem der Lederbeutel am Gürtel zutage und ließ Mistral aus der Hand fressen. »Du bist mir ja eine«, schmunzelte sie. Die Elfe verstaute den Brief und schwang sich in den Sattel.

Es waren nur Stunden bis nach Dunkelfall, und sie wollte eintreffen, bevor Kundalath Gemmenschneider doch von den Männern des Emirs oder den Spionen aus Emrick erwischt wurde.

Sie wollte nicht zu spät kommen, wenn das nicht ohnehin schon der Fall war, um als Erste die drängendsten Fragen an den Zwerg zu richten.

»Wieso brennen die Wälder meiner Heimat, Unterirdischer? Wieso stehen die Bäume des Mirvaali in Flammen? Die Wälder, die Selachia den Alten Völkern und den Menschen geschenkt hat?«, zischte Tanaqui durch die Zähne und verzog wütend das Gesicht. Und noch wichtiger: Warum unternahmen die Waldelfen der Stadt der Türme nichts dagegen? Sie würde sich ihre Antworten holen. Auf die eine oder die andere Weise.

Oder Cathwyn würde es tun.

Bei dem Gedanken daran graute ihr.

7

»Kincaid! Hör auf mit dem Unfug und sag dem netten Mann Hallo!« Kato wandte sich von seinem tierischen Begleiter und dem Dorfvorsteher ab. Der Zikadengesang umfing sie weiter mit dauernder Unruhe.

Er wusste, dass ihm keine Zeit blieb, sich weiter mit seinem Hund oder dem Landmann zu befassen, wenn er das Rätsel um die Brände lösen und nach Braithwairn zurückkehren wollte. Nicht, dass ihn irgendetwas ins Herz Emricks zurücklockte. Dort wartete nichts als neuer Ärger, die Verachtung seiner Mitmenschen und mörderische Aufträge.

»Aber wenn ich noch länger bleibe, höre ich auch noch irgendwann auf, mich zu baden, und verliere bei dem Gezirpe den Verstand«, murmelte Kato.

Oder was davon noch übrig ist. Das letzte bisschen.

Die Stimme eines Mädchens. Neckend, aber kalt. Er schreckte nicht mehr hoch, dazu war es in den letzten Jahren zu oft über ihn gekommen. Sein Herz tat einen Satz, als die Stimme ertönte, und augenblicklich riss er, Hitze und Helligkeit zum Trotz, die Kapuze zurück. In Erwartung, vor sich ein Heer zu sehen.

Sie war allein. Selbstverständlich kannte er ihren Namen nicht. Es hatte nie Gelegenheit gegeben, sich einander vorzustellen. Allesamt. Seltsamerweise allen Jahren zum Trotz, die sie gemeinsam verbracht hatten. Bei dieser hier hatten die Götter ein Einsehen gehabt. Ihre Gestalt war bis auf das Gesicht nicht nur von einer Unzahl an Lumpen verhüllt, die das volle Ausmaß des von ihm einst angerichteten Schadens verbargen. Von den Brandverletzungen einmal abgesehen, war sie so bleich, dass sie in der Mittagssonne kaum zu erkennen war. Sie stand mehr als zartes Flimmern vor der Landschaft, Umriss eines Umrisses.

»Werdet ihr irgendwann aufhören, mir nachzustellen? Werdet ihr ein Einsehen haben, dass keine meiner Taten wirklich mein Wille war?«, flüsterte er. Kalter Schweiß rann ihm in den Nacken.

Warst du es nicht, der in der Akademie den Theologen am meisten widersprach, auf dass sie aufhören sollten, mit den Göttern zu hadern? Das alles Tun letztlich des Menschen Wille sei?

»Oder des Zwerges. Oder des Elfen. Oder der Hyänenbrut. Ja, so etwas Dummes klingt tatsächlich nach meinem jüngeren Ich«, gab er zurück.

Die Erscheinung des Mädchens lächelte. Die Sonne stand hoch am Himmel, die Luft war so heiß, dass einem der Speichel im Mund zu Sirup gerann. Dort stand sie, ihr Lächeln eine zerrissene Sichel mit unnatürlich hohen Spitzen, als zerschmölze das Gesicht nach oben hin und risse auseinander.

Er spürte den Schweiß überdeutlich, fühlte jeden Tropfen eisig der Wölbung seiner Wirbel folgen, während er so dahockte. Doch auch Wut stieg in Kato auf. Er stieß die Hand in den Ascheboden, ballte sie zur Faust und schleuderte Sand und Kohlestückchen nach dem Phantom.

Doch es hatte den Moment genutzt, mit dem er den Blick für seine Wühlerei unterbrochen hatte, und war verschwunden. Wenn es denn je da gewesen war.

Oh, keine Sorge, wir sind echt. Das weißt du. Du fühlst es.

»Lasst mich endlich in Ruhe!«, rief er mit größerer Verzweiflung in der Stimme, als ihm lieb sein konnte. »Anfrage: Was willst du bei Tage hier, Wiedergängerin? Solltest du nicht warten, bis die Nacht anbricht? Bis Dunkelheit und unscharfe Schatten dir bessere Behausungen bieten und die Unsicherheit Macht über jede Gewissheit erlangt, kaum dass die Sonne sinkt?«

Bis du dich genug in einen Rausch gesoffen hast, dass du dich dem Gestern nicht mehr stellen musst, Kato Tamasine?

Er krallte die Hände in den teils glühenden Aschemantel der Erde. »Götterverdammt, ich weiß doch, wie ich heiße. Hört ihr verdammten Kreaturen denn niemals auf, mich unter meinem Namen zu beschwören?«

Eine Ehre, die du mir nicht hast zuteilwerden lassen, antwortete der Schemen, der wie ein Mädchen angezogen war. *Und überhaupt, Kato Tamasine: Was veranlasst dich zu der Annahme, hier sei es sicher, nur weil die Sonne am Himmel steht?* Der Schemen kicherte. *Ich bin hier, um dich vorzuwarnen, dass wir dich nicht so schnell vom Haken lassen. Wir wollen noch mit dir spielen, und zwar solange du noch etwas fühlst, nicht erst dann, wenn du dich unserm Reigen anschließt.*

»Was?« Katos Züge verzerrten sich. »Gefahr? Wie?«

Lass dir nichts erzählen, Kato! Es sind die Vier Könige, die hier die Fäden ziehen, kein Prinz und auch kein Rat. Du wirst es vergessen. Und es wird dir erst einfallen, wenn es zu spät ist.

»Vier Könige? Ist das eure neueste Quälerei für mich? Prophezeiungen?« Er zog die Kapuze wieder hoch und blinzelte in die Sonne, doch die Erscheinung verblasste weiter, flimmerte in dem Wasser, das ihm von der Stirn in die Augen rann.

Wunderst du dich nicht, warum sich der Dorfvorsteher gar nicht rührt, während du hier herumbrüllst? Duck dich, Kato Tamasine! Nur falls du leben willst.

Für einen Herzschlag fand er den Gedanken verlockend, den Kopf aufrecht zu halten und abzuwarten, was geschähe. Stattdessen ließ er sich der Eingebung folgend zur Seite fallen. Als er zu Boden ging, stob ringsum Asche auf.

Etwas Gewaltiges rauschte an seiner Seite vorbei. Es war die obere Hälfte eines Nadelbaums, der in Flammen stand und wie ein Komet knisternd über die Stelle fegte, an der Kato eben noch gehockt hatte.

Er fuhr herum und erfasste den Albtraum, der sich hinter ihm abgespielt haben musste, mit einem Blick.

Kincaid bellte wie rasend, und Kato fragte sich, wie sein geschultes Magierohr den Freund hatte überhören können. Mehr noch: Mit offenem Mund sah er den Ackersaum, von dem sie vor Kurzem gekommen waren, auf der Breite seines Horizonts in mannshohen Flammen lodern, vor denen der Hund wild umhersprang und etwas Unsichtbares ankläffte.

Vor der Feuerwalze stand ein Paar Sandalen. Kohle und schwärzliche Stummel gemahnten daran, dass sie einmal von den schmutzigen Füßen des Dorfvorstehers getragen worden waren.

»Was zum ...«, presste Katos mitfühlende Seite hervor, während militärischer Drill und zwei Jahrzehnte als Kampfmagier auf der anderen seinen Körper ohne weiteres Zutun bewegten. Hier herrschte überall Hitze, die er nutzen, die er aufsaugen konnte.

Er legte Zeige- und Mittelfinger auf den Daumen der linken Hand, spreizte die beiden übrigen Finger ab. Mit diesem Wolfskopf zeichnete Kato feurige Symbole in die Luft, reckte zugleich die Rechte mit Ringen und Stab in die Höhe. Er spürte, wie Schilde und Verzauberungen sich um ihn legten und seinen Körper vor Schaden bewahrten.

Hinter der Flammenwand erhob sich ein Gebrüll, bei dem die Erde zu erbeben schien. Die braven Züge des Hütehunds verzerrten sich zu einer zähnefletschenden, wilden Maske.

Mit einer Handbewegung und einem Kommando, das keinen Widerspruch duldete, befahl Kato den Freund hinter sich.

Keinen Augenblick zu früh. Zaunpfähle wirbelten, flogen wie Geschosse über die Feuerwand hinweg. Mit einem Peitschenknall rissen Holzlatten und Viehseile. Trümmerstücke, die Schweife aus sich kräuselndem Rauch hinter sich herzogen, prasselten nur wenige Schritte vor dem Lohenmagus zu Boden.

Dann teilte sich die Feuerwand mit einem zweiten markerschütternden Brüllen. Ein Schemen von der Größe eines Streitrosses, den die Hitze nicht im Mindesten zu stören schien, kroch hervor.

Es war ein gewaltiges Wesen, das auf den ersten Blick einem tierähnlichen Geschöpf ähnelte. Etwa einer Kreuzung aus Krokodil und Waran, das seibernde Maul voller Reihen gekrümmter Fänge.

Doch kein Tier der Welt, das nicht aus einem Misston göttlicher Lieder geboren worden war, hatte mehr als vier Beine. Dieses Wesen wies deren sechs auf. Sein an Borke erinnernder Schuppenpanzer bestand aus schwarzen Geoden und Vulkangestein und wurde von Rissen durchzogen wie lehmiger Boden. Einkerbungen aus rötlicher Glut glommen, so als wären die Spalten von Lava erfüllt.

Kato murmelte einen unterdrückten Fluch. »Salamander«, zischte er. »Bleib hinter mir, alter Junge! Das ist ein Elementar. Vierte Kategorie. Vielleicht fünfte.« Seine Hand fuhr zum Gürtel, zu den Utensilienbeuteln. Ein noch lauterer Fluch war das Ergebnis. Selbstverständlich hatte er keine Zutaten für eine Abschwörung oder einen Überwältigungsversuch bei sich.

Die Bestie ließ ihm keine Zeit für weitere Erwägungen. Der Salamander bewies abermals, dass er kein natürliches Geschöpf war. Als hätte die Tatsache, dass er unberührt in einer Feuerlohe umherspazierte, dazu nicht genügt. Die Kreatur legte den wulstigen Kopf in den Nacken, öffnete das gräulich zahnbewehrte Maul, zeigte einen Schlund, der aufloderte wie das Innere eines Vulkans, und entsandte mit einem weiteren Brüllen eine mächtige Feuerzunge in die Luft.

Dann rannte die Kreatur auf ihren sechs Beinen vorwärts, mit so viel Gewalt und Gewicht wie eine Geröllawine. Dabei brüllte der Salamander in einer Lautstärke, die dem Feuerzauberer fast den Schädel zerriss.

Der Schall presste die Beine seines Gegners so fest auf den Boden, als wären sie festgeklebt. Nur mit äußerster Willensanstrengung, ohne die eine Ausbildung in den höchsten

Weihen der magischen Künste nicht auskam, konnte der Zauberer sich beiseitewerfen. Hart schlug Kato auf dem verbrannten Boden auf.

Der Salamander verfehlte ihn um Haaresbreite. Im Vorbeistürmen wandte die Bestie den Kopf, riss die Kiefer auf und spie.

Eine Lohe leckte über Kato, hüllte ihn von Kopf bis Fuß in vernichtende Flammen. Jeder andere Mensch wäre tot gewesen, doch für ihn war es nicht mehr als Sommerwind.

»Hat doch einmal was Gutes gehabt, die ganze Tragödie«, keuchte er.

Der Elementar überschlug sich mit zornigem Gebrüll, wendete mit mörderischer Geschwindigkeit, und erneut schoss der gewaltige Rumpf vorwärts.

Katos schwerer Atem ging im Donner sechs stampfender Gliedmaßen unter, als er wieder nur knapp mit dem Leben davonkam. Die Kreatur wiederholte das Spiel. Wann immer der Zauberer eine Formel zu stammeln und Wirkkräfte oder einen Bann gegen den Feuergeist zu entfesseln versuchte, raste der Salamander heran und begrub ihn fast unter seiner Lohe.

Diesmal gelang es Kato nur knapp, dem Ansturm zu entrinnen. Er blickte der gewaltigen Feuerechse hinterher, wie diese auf ihrem Rückweg in die Feuerwalze in Richtung des Dorfs stürmte. Zweifelsohne, um ein weiteres Mal zu wenden.

Stattdessen stieß sie ein verstörendes Kreischen aus und brach in die Knie, kaum dass sie in den Flammenvorhang eingetaucht war. Mit einem Kollern prallte die Riesenechse zurück, so heftig, als wäre sie gegen eine Wand aus Stahl gelaufen.

In gewisser Weise war das auch der Fall.

Torkelnd entkam der Salamander den Flammen, bearbeitete mit zwei seiner sechs Tatzen Schnauze und Kopf. Erst jetzt sah Kato, was geschehen war. Bis zum Heft steckte ein Langschwert in einem der vielen Augen des Feuergeistes, musste bis zum geschmolzenen Kern des Geschöpfs vorgedrungen sein.

Während der schmerzgeplagte Elementar sich vor dem lodernden Vorhang aus Flammen und Qualm wand, wurde ein missgestalteter Schemen sichtbar.

Ein zweiter Geist, ein Phantom in einer Gewandung aus hängenden, tropfnassen Falten, taumelte wie trunken aus dem Inferno. Der linke Arm schien verformt und zu einer gewaltigen Drachenschuppe ausgewachsen zu sein.

Urplötzlich preschte der Neuankömmling vorwärts, langte nach dem Schwert im Kopf des Salamanders, bekam mit Geschick den Griff zu packen und riss die Klinge aus dem Schädel.

Das Brüllen des Elementars erreichte die Höhe einer Tiefwaldjagdpfeife und zerfetzte abermals das Wenige an magischer Wirkmacht, die Kato in seinem Inneren hatte sammeln können. Er fluchte durch die bebenden Zähne, schüttelte sich den Kopf frei und murmelte eine kurze Phrase in der hohen Zunge.

Augenblicklich vernahm er über das Brüllen der Bestie hinweg die Lieder der Schöpfung, *sah* die Welt in Tönen. Er spürte, wie die Erde unter der Gluthitze des Monstrums schmolz und dabei Misstöne von sich gab. Just diese ergriff Kato im Geist. Er wob Stränge seiner eigenen Macht an diese Klangfolge, um eine Verbindung herzustellen.

Da alles in der Gegenwart des Ziels brannte, war es einfach für ihn. Nun, da keine Echse von der Größe eines Achtspänners ihn im Wechsel in Stücke reißen, verschlingen oder zu kokelndem Brei zermalmen wollte, spürte er, wonach er gesucht hatte: eine Höhlung für den Widerhall der Macht, wo ein anderes Element als Erde oder Feuer herrschte, so nahe, dass der Zauber übergreifen konnte.

Unter dem Acker lagen natürliche Gewölbe, reichhaltig gefüllt mit allem, was er brauchte.

Mit höchster geistiger Anstrengung spannte Kato in einem hohen Summton seine eigenen Stränge aus Macht, die er um die elementaren Bestandteile des Bodens unter dem Salamander gewoben hatte. Er zog sie bis zum Zerreißen an.

Der Feuermagier brüllte jäh und entließ das zähe Gewebe seiner Magie wie ein Schütze, der die Bogensehne schnalzen lässt.

Katos Macht, die Aura des Flammengeistes und die verborgenen Kräfte, welche die Hitze des trockenen Bodens bereithielt, vereinigten sich schlagartig.

Das Ergebnis war eine Kaskade aus Erdbrocken. Sie wurden in drei Feuersäulen hochgeschleudert, als der gepeinigte Untergrund mit einem Ächzen seine Geheimnisse preisgab. Das seltsam nasse, faltige Phantom mit dem missgestalteten Arm flog zur Seite, die lose Haut blähte sich zu Schwingen.

Ein gewaltiger Luftstrom wirbelte über den Höhlen. Er hüllte die Echse ein, die bis zum Hals mit einem überraschten Grunzen und Kollern inmitten von Aschewolken und Trümmern ins Erdreich sank. Ausgeblasen wie eine Kerze erlosch ihre Flammenaura.

Kato stürzte vor, um der Bestie mit dem Stab den Todesstoß zu versetzen. Schon schickte sich der Salamander an, das Erdloch zu verlassen. Kato hielt Schritte neben den schnappenden Kiefern des Feuergeistes inne, die mit dem Lärm fallender Eichenbohlen aufeinanderprallten.

In diesem Moment erhob sich der Faltengeist ... und offenbarte seine wahre Natur.

»Bowden?«, entfuhr es dem Lohemagier.

»Fahnenflüchtiger«, entgegnete Bowden Verdian knapp und warf die Ansammlung nasser Säcke und Leintücher von sich, welche seinen Körper vor der Hitze bewahrt hatten. Der Tempelritter hob sein Schwert auf. Er wartete den richtigen Moment ab und stemmte den gepanzerten Fuß so sicher wie ein erfahrener Krokodiljäger auf den Oberkiefer der festsitzenden Feuerechse.

Er wandte die Klingenspitze nach unten und entsandte ein Stoßgebet. Zischend sauste der Stahl herab und drang mit ekelerregendem Knirschen in das Untier ein, vorangetrieben von den Muskeln des Nordmanns. Der halb fleischgewordene Elementar stieß ein Ächzen aus, als das Langschwert bis zum Heft in den Nacken eindrang. Ein Ruck ging durch die Bestie.

Stille.

Wie ein Tanzmeister seiner Truppe wandte sich Kato augenblicklich der Feuerwalze zu. »Khalmathe!«, gebot er und schnippte mit den Fingern. Winde umhüllten die Flammen, brachten sie zum Versiegen, löschten das Feuer. Inmitten der Vernichtungsspuren der Brunst kokelte, was von dem armen Dorfvorsteher von Dunkelfall übrig geblieben war.

Kato sank das Herz. Wieder einer mehr für die Sammlung von Brandleichen. Ein Schicksal, das allen blühte, die seinen Weg kreuzten. Er wandte sich zu dem Paladin um. »Ich zöge es heraus, wäre ich du«, empfahl er und deutete auf das Schwert. »Bevor der geschmolzene Kern im Inneren teuren Schrott daraus macht.«

Bowden verzog das Gesicht, zuckte mit den Achseln und beförderte den Stahl zutage. Er glühte rot. Winzige Rauchfahnen kräuselten sich an seiner Länge.

»Khalmathe!«, wiederholte der Lohenmagus und deutete auf die Klinge, die augenblicklich abkühlte. Statt Dank brachte ihm das einen weiteren Blick der Missbilligung vonseiten des Gotteskriegers ein.

Kato konnte dem Paladin seine Reaktion nicht verdenken. Schon die einfachen Soldaten hassten ihn wegen seiner früheren Schuld. Wie sollte es da erst bei einem Mann sein, der Eide als Lebenskern seines Daseins erachtete?

»Ich kam keinen Moment zu spät«, erklärte der Templer des Architektengottes. »Oder etwas zu früh. Leider. Dann hätten wir jetzt beide Ruhe voreinander, nicht wahr?«

»Ansichtssache«, stimmte der Lohenmagus zu und schlug die Kapuze zurück, um Bowden mit dem honigsüßesten Lächeln zu bedenken, das er zustande brachte. Es verfehlte seine Wirkung nicht.

»Was gibt es da zu grinsen, Verräter?«, blaffte der Paladin. »Um ein Haar hätte dieses Biest dich erledigt. Und die Schmach, dass dein unwürdiges Dasein nicht am Ende eines Stricks endet, sondern im Wanst eines Ungetüms, hätte man schließlich mir zur Last gelegt.«

»Führe mich nicht in Versuchung!«, hörte Kato sich lästern und wollte am liebsten noch nachsetzen. Stattdessen ließ er es bei der Bemerkung bewenden.

Doch nicht Bowdens Wut brachte ihn zum Verstummen. Sein Blick hing an den dampfenden Lumpen auf dem Boden und dem Waffenrock des Paladins, der an den Rändern versengt war.

Darunter, jenseits der Kettenringe und der Bronzeplatten, brach sich die Sonne in einer Myriade von Farbsprengseln, Widerschein in der Tiefe dieses geheimnisvollen Gegenstands. Das Lichtspiel zog seinen Blick auf poetische Weise an.

»Ich frage mich nur, was das ist«, murmelte der Lohenmagus.

Ein scharfes Geräusch weckte ihn aus seiner Versonnenheit. Bowden hatte es vollbracht, die gepanzerten Handschuhe genau vor seinem Gesicht aneinanderzuschlagen.

»Die Augen hierher, Verräter! Du kannst von Glück reden, dass der Brunnen in diesem Kaff Wasser führt, Tamasine. Und was war das überhaupt?«, fauchte der Gotteskrieger. Unnötigerweise deutete er auf das kolossale Untier in seinem ebenso kolossalen Grab, während er mit der anderen Hand den Waffenrock so zurechtrückte, bis er den unwirklichen Glimmer verbarg.

»Feuerfest«, murmelte Kato trocken, der aber noch immer von dem Mysterium gebannt war, das der Ritter unter seiner Rüstung verbarg. Dann wandte er sich zu der Grube um. »Ein Salamander.«

»Die hausen unter feuchter Rinde und jagen Gewürm«, schnaubte der Paladin, aber seine Züge glätteten sich.

»Korrektur: Nicht diese Variante! O nein! Die gehört nicht hierher.« Kato legte einen Finger an die Unterlippe und ging auf den gewaltigen eingesunkenen Kadaver zu. Ohne seine flammende Aura glich der Moloch noch mehr einem gewaltigen verbrannten Krokodil.

Schwanzwedelnd trottete Kincaid seinem Besitzer hinterher und schnappte nach den allgegenwärtigen Ascheflocken, die munter im Wind tanzten. Irgendwie waren es ja auch

Schmetterlinge. Zumindest für ein Wesen, das aus jeder Pfütze soff.

»Der Köter hat das Inferno überlebt?« Ungläubigkeit vermengte sich in der Stimme des Paladins mit halbherziger Anerkennung. Mit treudummem Gesichtsausdruck blickte der Hütehund zwischen seinem Herrn und Bowden hin und her.

»Kincaid steht unter meinem Schutz«, meinte Kato mit einem Achselzucken. »Was ich auf mich wirke, schließt ihn mit ein. Wie übrigens auch dich. Es ist das Band.«

»Warte!« Der Ritter runzelte die Stirn. »Was soll das heißen? *Diese Variante gehört nicht hierher.* Willst du mir erzählen, dass es auf Selachis ein Land gibt, das solche brennenden Monstren beherbergt und noch besteht? Die allgegenwärtigen Chimaerae auf diesen verdammten Inseln sind eine Sache, aber dieses Vieh da …«

»Ich will nur eins sagen«, unterbrach ihn Kato, der sich neben die Bestie hockte und eine Hand auf die verkohlten Panzerplatten legte wie ein Opferpriester, der sich nach getanem Werk an die Götter wandte. »Ich will nur sagen, dass wir hier vor Ort auf eine unsägliche Bedrohung gestoßen sind.« Die letzten Worte flüsterte er. »Eine Riesengefahr …«

»Zumindest dürften die Waldbrände in der Gegend Geschichte sein. Und damit auch unsere gemeinsame Mission.« Der Paladin klang hocherfreut und wandte sich zum Gehen, so als hätte er ihn nicht recht vernommen.

Dem war auch fast so.

Kato ließ ihm drei Herzschläge und genoss den kleinen Triumph, die Schultern seines Beschützers und Wärters zusammenzucken zu sehen, als der endlich wahrnahm, was er soeben gehört hatte. »Warte!«, rief Bowden bestürzt. »Sind wir hier endlich fertig?«

»Alles andere als das, Blechmann. Unser Verhängnis beginnt erst. Irgendetwas sagt mir, dass eine Sturmfront auf uns zuhält, die deine kühnsten Vorstellungen übersteigt.«

8

Niemand hatte ihn je gewarnt, wie viel ein lebloser Körper wiegen konnte. Insbesondere, wenn das Handgelenk des Trägers nach dem herzhaften Hieb mit einer Bratpfanne schmerzte. Die Hitze des Infernos hatte ihr Übriges getan. Schließlich war es Gjalar gelungen, Limbo aus der Gefahr herauszuschleppen.

»Ganz schön schwer seid ihr Oberirdischen, von wegen leichtfüßig«, knurrte der Zwerg. »Ich hoffe, du bist jetzt glücklich. Schau dir an, bis wohin du mich gebracht hast!« Scham wallte in ihm auf, weil er auf einen Mann eingeschlagen hatte.

Mit einem Ächzen legte er den Körper des Vagabunden auf einem Moosbett ab. Dann schnupperte Gjalar an seinen Gewändern und schnaubte. »Bah! Ich rieche wie nach einem langen Tag an der Esse, habe aber nichts vorzuweisen außer einer Bratpfanne mit verbogenem Griff. Und einem Mistbock, der jetzt mein Geheimnis kennt. Wie kannst du nach diesem Hieb noch leben? Verdammter Dickschädel!«

Insgeheim war er froh darüber.

Dennoch versetzte er dem Vagabunden einen sachten Stoß mit der Fußspitze. Der hingebreitete Körper sprach nicht darauf an. Das Gesicht des Mannes war von einem beträchtlichen blauen Fleck und einer gebrochenen Nase gezeichnet. Irrte Gjalar sich, oder wurde die Einblutung an den Rändern schon blasser, so als heile sie?

Es war einfach gottverdammt hell im Sommer in Emrick!

Der Blick des Zwerges schweifte durch den Wald.

Vor ihm mäanderte die Straße unter den hölzernen Kathedralensäulen alter Baumriesen. Hier und dort war das Kopfsteinpflaster von Moos aufgesprengt worden. Breite Streifen aus dunstigem Sonnenlicht ragten in diesen sonst eher lichten Teil des Mirvaali. Die Fettfarne standen höher als Gjalars Schultern.

Hinter ihm, nunmehr Hunderte Schritt entfernt, tobte das Feuer, vom Wind in die Gegenrichtung getrieben, gepriesen sei der Ewige Schmied.

Hier war von Flammen hingegen keine Spur. Auch die Luft roch feuerrein, der schwere Duft des Mirvaali nach Nadeln, Moosen und feuchter Erde erfüllte die Umgebung, vermengte sich mit sonnenheißer, trockener Luft.

Vögel, jene Geschöpfe, die Gjalar vor Jahren bei seinem ersten Ausflug in die Oberwelt von Selachis *Nervpiepser* getauft hatte, flatterten aufgeregt im Astwerk umher. Sie fiepten und zwitscherten und – nervten. Es ließ sich aber nicht sagen, ob ihr Verhalten an der zwergischen Anwesenheit, seiner dicken Fracht oder nicht doch an der Flammenhölle hinter ihm lag.

Er wusste nur eines ... dass er weitermusste.

Wie um seine Entscheidung zu unterstützen, stürzte hinter ihm mit großer Gewalt Geäst in die Flammen. So viele Funken stoben auf, dass es selbst aus dieser Entfernung wirkte, als stiege eine Armee brennender Schwalben in die Höhe.

Der Zwerg in Gjalar konnte nicht anders, als solch ein Spektakel mit pochendem Nebenherzen zu bewundern. Versonnen griff er nach dem Amulett mit dem Clansymbol seiner Vorväter. Eine Rune, geformt wie ein qualmender Schacht, drückte sich schmerzhaft gegen seine Handfläche. Im Gegenrhythmus zu seinem Nebenherzen erwiderte das Silber die Schläge.

»Bald bin ich daheim«, murmelte Gjalar bei sich. Er musste sich regelrecht zwingen, den Blick von den heftig tosenden Flammen abzuwenden, welche den Straßenzug in einen glosenden Horizont verwandelt hatten. Dabei stieg vieles in ihm auf.

Die Mine. Die Schreie, als die Runen aufflammten. Die Gesichter der Kameraden, rußgeschwärzt. Die Eisen, die zu Boden fielen, als das böse Wetter durch den Stollen fegte ...

»Genug davon! Du bist hier, und du lebst«, knurrte der Zwerg.

Gjalar schob die stämmigen Arme unter Limbos Achseln hindurch und umschlang die Brust des Menschlings mit ganzer Kraft. Dann setzte er mit der Last in den Armen zurück, mit einem Fuß nach dem anderen.

Es war nicht mehr weit bis nach Dunkelfall.

Bis nach Hause.

Bei dem Gedanken wurde ihm ganz seltsam zumute. Es waren nur wenige Jahre vergangen, für einen der Drazok Dhar dem Gefühl nach kaum Augenblicke. Für Menschen mit ihrer kurzlebigen Panik vor dem Dahinscheiden und ihrer Rückkehr in die Esse der unfertigen Werkstücke ihrer Götter war die Aussicht auf das Ende allerdings ein Grund zum Fürchten.

Doch gerade weil es nur um eine so kurze Zeit ging, waren die Wunden noch frisch. Gjalar vermutete, dass sie bei seinem Vater, dem Clansherrn der Schachtfeger, noch schwärten. Die Erinnerung an den Unfrieden, mit dem der Zwerg seine Heimat verlassen hatte, brachte sein Herz schmerzhaft zum Pochen.

Zu vieles war vor Jahren vorgefallen. Zu viele hatten den Preis der Unachtsamkeit bezahlt.

Als hätte er ein Stichwort gehört, regte sich Limbo. Der Mann stöhnte laut auf und knirschte mit den Zähnen. Angesichts von Gjalars gebückter Haltung litt auch der Zwerg Qualen, als die Todeswinde aus dem Stummelschlund des Vagabunden seinen Kopf einhüllten. Aus dieser Entfernung sah es aus, als sprössen ihm neue Zähne wie einem Kleinkind.

»Skitja!«, fluchte der Zwerg und wollte dem üblen Geruch entkommen. Gjalar ließ Limbo fallen – unsanft. Es gab ein unangenehmes Geräusch, als der Kopf des Wanderers das Kopfsteinpflaster der Straße liebkoste.

Der Menschling äußerte zunächst nichts. Er rollte kurz mit den Augen. Schmatzte herzhaft. Dann riss er sie mit einem Mal weit auf, als er sich an alles Vorgefallene erinnerte.

Offenkundig wollte er aufspringen, sein Blick schweifte suchend umher. Der Zwerg ließ den Erbärmlichen nicht entwischen, stellte ihm einen Stiefel auf die Brust und verlagerte sein Gewicht dorthin.

»Nix da, Bursche, du bleibst liegen!«, knurrte Gjalar.

Zu seiner Verblüffung folgte Limbo der Aufforderung wie ein gut abgerichteter Hund. Er rollte sogar ähnlich rührend mit den Augen, kaum dass der Zwerg ihn gescholten hatte.

So verharrten sie. Ein abgerissener Vagabund, der keine dreihundert Schritte entfernt von einem Inferno auf der sommerheißen Kopfsteinpflasterstraße lag. Baumschatten huschten ihm über das Gesicht. Über ihm der zwergische Barde, den Panzerstiefel auf dem Rumpf des Mannes, die Schinkenfaust zum Schlag erhoben.

Hat fast etwas von einem bukolischen Gemälde, dachte Gjalar und musste gegen seinen Willen kichern. *Fehlt nur ein röhrender Hirsch im Hintergrund, alles in dicken Farbschichten gemalt, von Sonnenstreifen durchzogen, ein echter Reulgaard oder so. Wenn da die Kleinigkeit mit der tosenden Feuersbrunst im Hintergrund nicht wäre. Flammen der Leidenschaft, der Zwerg und sein Galan. Würdig, die große Halle zu schmücken.*

Als hätte er die Gedanken des Zwerges gelesen, japste Limbo. »Wir sind schon zwei, was, Meister ... Gjalar? Liegen hier wie gemalt in der Landschaft. Warten wir jetzt, bis wir doch noch verbrennen?« Mit überstrecktem Nacken grinste er hoch, damit er dem Zwerg genau ins Gesicht blicken konnte. Er starrte in eine Miene, welche euterfrische Milch zum Gerinnen gebracht hätte. Unvermittelt fragte er: »Wirst du ihn wieder ankl...«

Der Druck des Stiefels schnitt seinen Redefluss so sicher ab wie ein Henkersbeil ein Haupt. »Bring den Satz zu Ende und finde heraus, was dann geschieht!«, zischte Gjalar.

»Also weiß keiner ...?«, hob Limbo mit gepresster Stimme an.

»Jep, und das bleibt auch so, damit du's weißt«, stellte der Zwerg mit einem Tonfall fest, an dessen Endgültigkeit es nichts zu rühren gab. Der Stiefel gab etwas nach.

»Oh«, machte Limbo.

»Jep«, entgegnete Gjalar.

»Nun gut.« Nach kurzem Nachdenken nickte der Menschling eifrig. »Ganovenehre. Ich habe versucht, dir übel mitzuspielen, aber du warst mir nicht nur über, sondern hast meinen Speck auch noch aus dem Feuer gezogen.«

»Sag es nicht!«, knurrte Gjalar, den eine schlimme Vorahnung ergriff, was der heimatlose Streuner mit der erbärmlichen Mundpflege als Nächstes sagen würde.

»Daher schulde ich dir etwas, Herr Trou... Barde. Nicht weniger denn mein Leben.«

Oh-oh.

»Ich werde dich begleiten und weiche dir keinen Schritt von der Seite, bis ich meine Tat gesühnt habe«, gelobte Limbo im Brustton der Überzeugung. »Keinen Moment will ich von dir ablassen, Tag und Nacht werden wir gemeinsam reisen, bis du mich von meinem Schwur entbindest ...«

»Entbunden!«, rief Gjalar entschlossen. »Beim Gott Schmiedevater und allen seinen Werken, bei den ersten sechsunddreißig Runen, die uns der Berg geschenkt, ich entbinde dich ...«

Das brachte Limbo zum Schweigen. Zumindest kurz. Er hielt für einige Herzschläge inne, dann wackelte sein Zeigefinger weltweise, so als fühle er sich wie jemand, der einem Fallstrick entgangen und einer Sache auf die Schliche gekommen war.

»Darf ich?« Limbo deutete auf den Fuß, der bisher kein Stück von seinem Rumpf gewichen war.

»Meinethalben«, stieß Gjalar hervor. »Aber glaub bloß nicht, ich behielte dich nicht im Blick, Bursche. Noch einmal kommst du mit deiner plumpen Masche nicht durch.«

»Niemals würde ich es wagen, ausgeschlossen! Ein Angriff auf eine ...«

»Scht! Nichts da!«, blaffte Gjalar. »Halt den Rand! Wie du sagtest, du schuldest mir etwas.« Zu seiner Verblüffung gab Limbo keinen Ton mehr von sich. Der Zwerg runzelte die Stirn, wartete eine Weile, die er als Augenblick bezeichnet hätte, Menschen seiner Erfahrung nach aber ein längeres Schweigen nennen mochten. Das Feuer fraß sich nochmals ein ganzes Stück näher, während sie da so warteten.

»Du hast wirklich nichts gesagt«, stellte der Zwerg verwundert fest. »Du willst mir doch nicht weismachen, dass du den Auftritt mit dem Schwur wirklich ernst gemeint hast?«

Statt zu antworten, warf Limbo seinem vor wenigen Stunden noch zum Opfer auserkorenen Begleiter einen flehentlichen Blick zu. Gjalar brauchte einige Momente – zwergische Momente –, bevor er begriff.

»Heiliger Höhlenkäse«, murmelte der Zwerg. »Der gehorcht aufs Wort, der Haderlump. Antworte mir, rede wieder!«, verlangte er und vollführte eine einladende Geste.

»Puh!« Mit dem Handrücken wischte sich Limbo die verschwitzte Stirn. Falls sein Ziel eine Reinigung gewesen war, verfehlte er diese Absicht um Längen. Eher verschmierte er das Gemisch aus Schweiß und Ruß, welches als Patina seine Haut allem Anschein nach schon Monate bedeckt hatte, bevor es im Mirvaali überhaupt zu brennen begann. »Ich sagte doch, Meister Gjalar. Ganovenehre. Mein Schinken ist mir einiges wert, auch wenn es anders auf dich wirken mag. Du hast mich aus dem Feuer geholt, dafür stehe ich dir zur Seite.«

»Skitja-nath?«, fragte Gjalar und kratzte sich verwundert an der Schläfe. Sein Misstrauen hatte sich noch immer nicht gelegt. Er wusste, dass den meisten Menschlingen nicht zu trauen war.

»Nein, kein Scheiß«, bekräftigte der Vagabund. »Skitjanath.«

Sie musterten sich einige Herzschläge lang. Gjalar nahm den Fuß von der Brust seines bisherigen Widersachers.

Der Zwerg tat einen Schritt zurück. Unvermittelt streckte er den Arm aus.

Limbo betrachtete die gewaltige Pranke nun seinerseits mit einem Rest von Misstrauen. Schließlich schlug er ein, und der Zwerg nutzte den Griff und zog den weitaus größeren Mann ohne jede Anstrengung am Arm in die Höhe.

Gjalar war dabei, jemanden erneut auf die Welt loszulassen, der ein Mörder oder Vergewaltiger sein mochte und gewisslich versucht hatte, ihn zu seinen Ahnen zu schicken. Noch dazu nach allem, was Limbo gesehen hatte und ausplaudern mochte. Gjalars Vater hätte eine klare Meinung gehabt, wie in solch einer Lage zu verfahren sei. Für einen Mann wie Limbo hätte es in der Welt von Arjuna, Clansfürst der Schachtfeger, auch schon vor seinem Überfall nur einen Verwendungszweck gegeben: Nährhecksel für die Pilzgewölbe und Futter für die Feuerkäfergehöfte.

»Ich bin aber nicht mein Vater«, schnaufte Gjalar und wunderte sich, dass ihm die Worte lautstark entfahren waren.

»Gewiss nicht«, bekräftigte Limbo. Falls er begriff, was der Zwerg meinte, zeigte er es nicht. »Aber was wir bald sind, ist schön knusprig, wenn wir nicht langsam unseren Weg fortsetzen. Zwei, allenfalls drei Meilen vor uns kommt ein Fluss, welcher der Feuersbrunst dort hinten zumindest für eine gewisse Zeit Einhalt gebieten dürfte. Außerdem müssen wir die Bewohner von Dunkelfall warnen.«

Gjalar runzelte die Stirn. »Du scherst dich um Bauern und Minenarbeiter? Und was den Fluss betrifft, kenne ich die Fahlschlinge, habe als Kind dort am Ufer gespielt und Goldmurmeln gesucht. Vergiss nicht, ich stamme aus dieser Gegend!«

Limbo riss die Augen auf. »Da gibt's Gold im Fluss?«, fragte er, das Funkeln wieder im Blick, wenn auch nunmehr ohne das Flackern der Tücke wie bei seinem Angriff.

»Ungefähr so viel echtes Gold zwischen Kieseln im Eiswasser, wie die Menschlinge ehrliche Handwerke beherrschen«, verneinte Gjalar. »Da ist nur Pyrit drin.«

»Py...was?« Nun lag Limbos Stirn in Falten.

»Katzengold. Wertloser Tand, aber hübsch anzusehen«, erläuterte der Zwerg.

Da begriff Limbo, begehrte auf. »Und überhaupt, was soll das denn heißen, ich schere mich nicht um Bauern? Die Leute in Dunkelfall sind wie ich getreue Diener der Königin Kyralia der Dritten, Bürger Emricks. Und selbst wenn nicht, denkst du wirklich, ich ließe das Weibsvolk und seine Bälger einfach wie Speck brutzeln, nur um meine Haut zu retten?«

Gespielt langsam hob Gjalar einen Finger. Dann wandte er sich noch schleppender um, wobei er den Blick theatralisch in Limbos Augen versenkte, ohne ein einziges Blinzeln. Solcherart vor dem Vagabunden aufgebaut, deutete der Zwerg auf die Stelle einige Hundert Schritte hinter ihnen, wo vor Kurzem noch ihr Kampf getobt hatte.

»Oh«, machte Limbo, als er verstand, und räusperte sich. Mehrfach. »Aber das war doch etwas anderes.«

Gjalar schulterte seine bescheidene Habe, warf sich seinen Ranzen und seine zerschundenen Musikinstrumente über die Schulter. Schnappte sich die Axt, wobei ihm Limbos ungläubiger Blick angesichts der Körperkräfte eines Zwerges nicht entging. Scheinbar ungerührt setzte sich Gjalar in Bewegung, ohne auch nur zu warten, ob der Vagabund ihm denn folgen mochte. Innerlich spannte sich der Zwerg jedoch an, der Moment der Wahrheit nahte.

Würde sich Limbo hinreißen lassen, ihn hinterrücks anzugreifen?

»Inwiefern war das *etwas anderes?*«, fragte Gjalar, während er ausschritt.

Während der Straßenräuber seine Habseligkeiten zusammenraffte, raschelte es hinter ihm. Herzschläge später tauchte er schnaufend neben dem Zwerg auf. Ein unerwünschter Trabant, der neben Gjalars Welt die Bahn zog.

»Da kannte ich dich doch noch nicht, Meister ... Barde. Du warst in dem Moment eine Gelegenheit, mehr nicht. Ein Mann muss sehen, wo er bleibt«, erläuterte Limbo.

»Ein Mann könnte hart arbeiten, statt arglose Reisende für ihr bisschen Zeug abzumurksen«, hielt ihm Gjalar entgegen. »Nur mal so nebenbei.«

»Bin doch kein Mörder«, schmollte Limbo. »Umverteiler, sicher. Aber Leute gleich umbringen? Das ist gar nicht mein Stil.«

»Das Gold, oder ich säbele dir den Bart ab und schere dir den Kopf, bevor ich dir die Beine breche und dich lebendig verbrennen lasse. Nun, wie gefällt dir die Vorstellung?«, gab Gjalar aus seinem Steingedächtnis nach kurzer Besinnung zum Besten. Er hatte freilich keine Zeit für eine Probe gehabt. Der heiße Tag, der Rauch und die Funken in der flirrenden Hochsommerluft hatten ihm die Kehle ausgedörrt. Aber die Imitation des Barden kam nach den Maßstäben seines Einmannpublikums der Wirklichkeit erschreckend nahe.

Limbos Gesichtszüge verzerrten sich. Zunächst schien er sprachlos. Dann grinste er, und Gjalar wünschte sich einen Schleier vor dem Gesicht seines unerwünschten Mündels. »Na, das war ja was. Kenne viele, die Stimmen nachmachen können. Ist praktisch unerlässlich in meinem Gewerbe, finde ich. Aber *die* Mucke war doll, richtig doll.«

Gjalar schüttelte den Kopf. »Das war doch ein Scheiß«, konterte er trocken, auch wenn er sich insgeheim über das Kompliment für seine Künste freute. Der letzte Versuch war viel zu lange her. »Mir ging es um die Drohung, nicht um die Wirkung. Du wolltest mich lebendigen Leibes abfackeln. Noch dazu ohne Bart.«

»Dafür. Stirbst. Du. Menschling«, gab Limbo seinerseits eine mehr als passable Imitation von Gjalars Stimme zurück.

Mitten in der Bewegung blieb der Zwerg stehen, starrte Limbo verblüfft an. Er öffnete den Mund. Dann schloss er ihn wieder. Er schaffte es nicht, sich ein Grinsen zu verkneifen. »Du beherrschst das Handwerk?«, fragte er den Vagabunden mit einem gewissen Unglauben.

»Wie ich sagte: Ist in meinem Gewerbe unabdingbar.« Limbo brachte ein gewinnendes Lächeln zustande. Die Götter mochten wissen, wie er das schaffte. »Ich arbeite gern eleganter. Wie ich versicherte, Herr Zwerg, bin ich kein Mörder oder ein ähnlicher Hundsfott.«

»Das sah nach dem Hitzewirbel trotzdem ganz anders aus«, beharrte Gjalar.

Sie hatten die Brücke über den Fluss Fahlschlinge erreicht.

Nach der Brücke sah man hinter Tannen die ersten Dächer und den Menschlingstempel von Dunkelfall aufragen. Gjalars Herz sank, als er gewahrte, dass ein verdorrter Acker jenseits der östlichen Flussbank ebenfalls in Flammen stand. So etwas wie ein Mönch der Menschlinge in wallenden, orangeroten Roben und jemand in schwerer Rüstung schienen neben irgendeinem toten Viech aufzuragen.

Gjalar wollte vom Schmied verdammt und als Schlacke in die Esse zurückgeworfen sein, wenn das nicht der größte Ochse oder etwas von dieser Art war, den er je gesehen hatte.

Sie überquerten die Brücke. Obschon wegen der Hitze stark zurückgegangen, hielt sich der Fluss tapfer, und Wasser murmelte kristallklar über sein Kieselbett. Gjalar liebte den Klang.

Und nicht nur er. Limbo blieb stehen, legte die Schmuddelfinger auf die Steinbrüstung der Bogenbrücke. Stand dort und lauschte. Er sah traurig aus, wie er auf das Wasser sah. Schien in der Zeit zurückzublicken, in die Ferne und auf das Gestern. Gjalar konnte sich nicht dagegen wehren, aber irgendwie mochte er den dreckigen Spinner.

»Ich glaube, es war die Melodie«, unterbrach der Vagabund unvermittelt die Abendstille.

»Was meinst du?«, fragte der Zwerg. »Was war was?«

»Ich will sagen, dass das wie Musik war. Eine Melodie. Dann wurde mir noch heißer, und ich sah rot.«

Gjalar wusste, was Limbo meinte. Er hatte es verspürt. Den Zorn. Es war besser, nichts zu entgegnen, das Ganze zu übergehen. Fürs Erste.

Er schämte sich.

»Gehen wir weiter!«, schlug der Zwerg vor.

9

Tanaqui hatte nicht recht gewusst, was sie bei ihrer Ankunft in Dunkelfall erwarten sollte. Ein Ort der Menschen, noch dazu jener, die mit Unterirdischen im Bunde standen. Sie hatte mit einem eher unschönen Willkommen gerechnet.

Cathwyn nicht minder, in ihrem Inneren hatten ihre widersprüchlichen Gefühle und der Geist des Großen Jägers miteinander gerungen. Sie voller Sorge, er erfüllt von Vorfreude, menschliches Wild mit Pfeilen zu spicken.

Womit sie nicht gerechnet hatte, war dieser besondere Empfang, bei dem mehr als der halbe Ort verwaist zu sein schien. Die Menschen, die sich am Sommerabend noch in Dunkelfall bewegten, bildeten eine Eimerkette, um der brennenden Felder Herr zu werden. Sie arbeiteten mit sprichwörtlichem Feuereifer, um zumindest eine letzte Hoffnung auf die Rettung ihrer Ernten zu bewahren, rangen um jedes bisschen Boden.

Zwei Männer leiteten die Löscharbeiten. Sie strahlten eine ungeheure Ruhe aus. Bildeten eine Insel der Geduld inmitten all der Angst und Unrast, die den Platz und die Straßen zwischen den von der Witterung gekrümmten Fachwerkhäusern erfüllten.

Ein Hüne mit einem anderthalbhändigen Breitschwert an der Seite, dessen Löwenmähne leidlich von einem Stirnband gebändigt wurde. Der Hitze zum Trotz war er in Kettenzeug, Gambeson aus Steppwolle, Lederhose und gepanzerte Armlinge gekleidet. Tanaqui war sich sicher, dass er eine komplette Brustplatte trug. Sein samtgrüner Wappenrock ließ hier und da glänzende Teilchen im Feuerschein hervorblitzen.

Unwillkürlich stieß sie den Atem aus, als sie das eingestickte Symbol der gekreuzten Schlüssel vor dem Zirkel eines Menschenbaumeisters entdeckte.

»Die Kirche des Architekten ist hier«, zischte sie durch gebleckte, kräftige Zähne, unsicher, ob sie mit sich, Mistral oder mit Cathwyn sprach.

Wie viel Leid hatten diese hochmütigen Fanatiker des Affenvolkes ihrem Elfenvolk gebracht? Wie viel Tanaquis Pfeile und ihr Speer den menschlichen Anhängern des Gottes?

Der andere Mann – wenn man ihn so nennen wollte – hatte etwas Eulenhaftes an sich, aber auch etwas von Füchsen, die Tanaqui so verehrte. Weisheit schien sich bei ihm mit verlorener Jugend zu mischen. Sofern man das in weisen Augen erahnen konnte, die aus verschattetem Gesicht unter einer Kapuze hervorlugten. Ihre Mandelform verriet die Herkunft seiner Vorfahren aus den Reihen der Steppenvölker aus der Zeit vor der Diaspora.

Der Mann trug orangerote Roben. Besetzt mit unzähligen Runen und Symbolen, bei deren Betrachtung der Blick verschwamm. Ebenso wie die urgewaltige Hitze, die Körper und Gewandung ausstrahlten. Ein Lohenmagus der Königin Emrick der Dritten, das Gegenstück weltlichen Militärs zum Priesterritter des Architekten.

Kann das sein? Ist er es?

Wer sollte es sonst sein? Wie viele Männer kannte sie schon, deren Fleisch in Flammen stand?

Tanaqui schob sich umsichtig aus den wachsamen Blicken der beiden. Insbesondere vermied sie es, dem Magier aufzufallen. Doch auch der Paladin, dessen Blicke mit der Farbe von Sturmwolken die Welt durchstießen wie Dolchklingen, würde das Eintreffen einer Wüstenelfe so dicht an der Staatsgrenze zwischen dem Mirvaali und den Landen Emricks kaum freudig begrüßen.

Schon gar nicht, während die Ernte der Einwohner verbrannte. Tanaqui hatte keineswegs vor, als ausgemachte Feindin und Schuldige unter Mistforken und Fackeln ihr Leben auszuhauchen. Die Eingesessenen hatten hinlänglichen Grund, Elfen zu verachten.

In einer fließenden Bewegung glitt sie zu Boden und führte Mistral ebenso rasch wie selbstverständlich zur Gasse nahe einer Schenke, solange der allgemeine Aufruhr für Ablenkung sorgte.

Von dort aus beobachtete sie das Geschehen, das die beiden Männer, der Gotteskrieger und sein flammend heißer Kamerad, pflichtgewohnt ordneten. Sie kämpften sicher schon ewig Seite an Seite.

Tanaqui musste es wissen. Sie kannte die Männer. Aus dem Krieg.

Mehr als das.

»Kato Tamasine und Bowden aus dem Hause Verdian«, flüsterte sie Mistral ins Ohr, ihre verhüllte Erscheinung verborgen unter den Stofflagen ihres Kopfschals. Sowohl jener Chalaf als auch die Schatten der Gasse und der allgemeine Trubel verschleierten sie. Mit der Meisterschaft der zur Pantherin geborenen Waldelfe hatte sie die Schatten gewählt, welche ihre Gestalt zwischen dem Pferd und einer Wand verschluckten. In der Unruhe würde kein Vorbeilaufender die Elfe erkennen, sondern nach einem langen Leben in dieser Kleinstadt die offenbar wenig benutzte Gasse leer erwarten. Ein glänzendes Versteck, um die beiden Gestalten zu belauern.

Nicht, dass es wirklichen Schutz bot. Die Reue, die Tanaqui wegen ihrer früheren Schuld empfand, senkte sich tief in ihre Seele.

Wie lange war es her? Bowden Verdian, Patrizier ohne Land. Wer war dafür doch gleich verantwortlich gewesen, dass sich der Zorn der Skraemar-Nordleute gegen seinen Vater richtete? Nicht sie persönlich, doch der Schwertwind, gewiss. Die Waldelfen.

Cathwyns Raunen in ihrem Geist offenbarte, was sich neben den ungewollt aufwallenden Erinnerungen an beide

Männer des Emrick-Reiches geradezu anbot. Es waren knapp dreißig Schritte von Tanaquis Standort aus bis zur Dorfmitte. Allerhöchstens fünfzig. Ferner fiel auf, dass Tamasine keine seiner Mächte und Gewalten über das Feuer nutzte, um den Feldbränden einfach Einhalt zu gebieten. Was wiederum heißen musste, dass seine Kräfte erschöpft waren, aus welchen Gründen auch immer. Oder aber dieses Feuer überstieg seine Fähigkeiten. Vielleicht fürchtete er einfach, sie einzusetzen. Ahnte er, aus welcher Quelle sich die Flammen in Wahrheit speisten?

Wusste der Magier mehr?

Ein Pfeil würde seine Stirn durchbohren, ein zweiter gleich darauf den Nacken des Gotteskriegers, während er sich fraglos nach seinem Schützling umwandte.

Gleich zwei alte Rechnungen aus den Zeiten des Unwerthkriegs beglichen. Hier und jetzt.

Doch so mächtig die Stimme des Jägers in ihrem Inneren rief ... eine andere Regung hielt Tanaqui zurück. Sie spürte das Nagen beim Anblick der Männer und der grimmen Last, welche der Krieg im Antlitz und dem Blick Bowdens hinterlassen hatte. Der Paladin war in der Erscheinung nicht gealtert, seit Tanaqui aus den Tiefen der Wälder Pfeile verschossen hatte, welche das Leben seiner Soldaten alsbald beendet hatten. Doch dies galt nicht für die Augen des Paladins, die zu viel gesehen hatten, und auch nicht für sein verhärtetes Gesicht.

Tamasine wirkte noch grausamer gezeichnet als früher, wenn das überhaupt möglich war. Den Jungen – als solchen kannte Tanaqui den heutigen Magier – hatte man offenkundig nicht nur in den dritten Unwerthkrieg entsandt. Das Königreich hatte weiterhin regen Gebrauch von dem Fluch gemacht, der sein Leben zerstört hatte.

Den ich über ihn gebracht habe, dachte Tanaqui bedrückt.

Katos Blick unter der Kapuze war schwer zu deuten, da die Augen immer wieder glommen wie Kohlen. Dennoch waren die mit der Farbe glühenden Stahls tief in die Haut eingegrabenen Falten trotz der Runen erkennbar. Zeichen, die Sorgen und Trunksucht geritzt hatten. Die Spuren eines Daseins auf dem Schlachtfeld.

Keine Frage, beide Männer waren Gezeichnete. Kato dazu in mehr als einer Hinsicht: Auf der Wange des Magus prangte ein frisches Brandmal, das seinen unzähligen Feuernarben und den glühenden Arkansymbolen nur wenig nachstand.

Dein Heer hat dich als Fahnenflüchtigen geächtet, stellte Tanaqui fest.

»Stinkeknödel!«, polterte es in diesem Moment neben ihr, und die Wüstenelfe zuckte zusammen.

10

Limbo zog Gjalar in eine Gasse, in der jemand in der allgegenwärtigen Not ein Pferd angeleint hatte. Genauer gesagt, ein wirklich edles Tier, weiß wie Neuschnee, das nach Meinung des Zwerges verdammt teuer aussah. Der Sattel stammte aus einem fernen Land, ebenso die kostbaren Teppiche, die aufgerollt neben Scheiden für Reitköcher und Speer daran befestigt waren.

Wer ließ Ausrüstung und Reittier in solch einer Gasse unbewacht zurück?

»Stinkeknödel!«, stieß Limbo hervor.

»Was soll der Unfug, Streuner? Was drückst du dich – uns – in diese Gasse hinein? Bist du noch ganz bei Sinnen? Ist das eine Falle?«, erkundigte sich Gjalar aufgebracht.

Limbo antwortete nicht, schüttelte aber so nachdrücklich den Kopf, als wolle er ihn abwerfen. Deutete auf die Gestalt eines Ritters inmitten des Dorfplatzes, der die Löscharbeiten befehligte. Neben ihm ein Mann, der enorme Hitze auszustrahlen schien.

Beide kamen Gjalar entfernt bekannt vor. Es dauerte eine Weile, bis der Zwerg in seinem Gedächtnis geforscht und die Antwort gefunden hatte. Plötzlich wusste er wieder, wer der Paladin des Reiches Emrick war.

»Bowden heißt er«, murmelte der Barde.

»Du kennst ihn, Meister Barde?«, fragte Limbo. »Du kennst einen von der Kirche des Architekten?«

Seine Stimme war ergriffen von einer Sorge, die der Drazok Dhar sich nicht erklären konnte. Sicher, Limbo war ein Verbrecher. Aber eine solche Furcht kam Gjalar übertrieben vor.

»Kennen ist zu viel gesagt«, flüsterte er, ohne den Blick von dem Hünen im Waffenrock zu lösen. Die Zier des Gottesritters war ebenso verrußt wie seine Wangen. Der Mann sah nicht älter aus als früher, was Gjalar nach mehr als zwei Jahrzehnten seltsam anmutete. Aber seine Augen hatten Krieg und Härten wahrgenommen, sie blickten förmlich durch die Dörfler mit ihrer Eimerkette hindurch, so als befände er sich wieder auf einem längst verlassenen Schlachtfeld. »Kurz gesagt gewann ich ein paarmal zu oft gegen ihn bei *Fünfzehn Barren.* Darüber war er nicht gerade glücklich.«

»Der spielt Zwergentarock?« Die Ungläubigkeit in Limbos Stimme war unüberhörbar.

»Das echte Spiel ist kein Tarock, es ... Ach, egal. Ja, er war sogar ziemlich gut. Ist natürlich ein paar Jährchen her. Fand noch im dritten Krieg statt. Damals sah er anders aus. Blattförmiger, sorgloser. Warum wundert dich seine Vorliebe für solche Spiele? Glaubst du, er habe ein Gelübde gegen diesen Zeitvertreib abgelegt?«

»So in etwa«, antwortete der Vagabund und deutete auf Gjalars Bart. »Hat der auch gesehen ... ich meine ... weiß er, dass ...«

»Noch ein Wort, und wir nehmen deine Körpermasse als Löschsack her. Nein, weiß er nicht. Nachdem dies alles geklärt ist, sollten wir dann nicht bei den Löscharbeiten helfen, statt uns hier zu verkriechen wie Gewürm? Diese Leute brauchen starke Arme, zweifelsohne.«

»Der darf mich nicht sehen«, verneinte Limbo.

»Du hast also doch Dreck am Stecken«, stellte Gjalar fest.

»Hab ich nie verneint.« Limbo zuckte mit den Achseln, aber sein Gesichtsausdruck strafte die gespielte Gleichgültigkeit Lügen. Seine Augen waren weiße Opale im Halblicht der Gasse. Ihn trieb Todesangst vor dem Paladin um.

»Nun beruhige dich doch!«, brummte Gjalar fast tröstend. »Guck, der Robenknecht, den er dabeihat, ist sogar selbst Deserteur. Der hat ein frisches Schandmal auf der Wange. Wollte durchbrennen oder hat wen in eurer Armee auf dem Gewissen.«

»Du weißt wirklich eine Menge über uns Menschen«, stellte Limbo säuerlich fest.

»Bar...de«, sagte Gjalar, deutete sacht auf den Magier und den Paladin. »So schlimm kann der Gottesmann nicht sein, wenn er es im gleichen Tross aushält wie der Verräter. Schau auf ihre Oberarme, ein weißgrünes Band!«

»Achte Elfenjäger!«, hauchte Limbo auf der Stelle den Namen einer Eliteeinheit. Damit gab er mehr über seine eigene Vergangenheit preis, als ihm bewusst zu sein schien.

»Sind das Waldgrenzer?«, fragte seinerseits Gjalar, dem die Einheit nichts sagte.

»Die härtesten. Damals, wo der dritte Unwerthkrieg noch tobte, waren das die Männer, die in dieser Gegend die Pfeile der Elfen abwehrten und Messerohren an Bäume nagelten.«

»Als«, zischte Gjalar.

»Was?«, erkundigte sich Limbo zerstreut. »Ach so, nun ja, wie halt die Messerohren aus ihren Wäldern kamen, Kinder geraubt und Bälger in der Wiege gegen Wechselbälger getauscht haben. Die kennen da nichts, diese Tiere.«

»Nein, ich meine, es heißt: *als der Unwerthkrieg noch tobte,* nicht *wo.* Wieso beherrsche ich deine verdammte Sprache besser als du?«, flüsterte Gjalar.

»Wo sind eigentlich die Zwerge? Davon hat es in Dunkelfall doch sattsam, und mit'm Feuer kennen die sich spitzenmäßig aus. Wieso hilft keiner von denen beim Löschen?«

»Hinter dir!«, blaffte Gjalar. Er sah die Bewegung und wollte das Anhängsel warnen.

»Du bist ein wahrer Possenreißer, Meister Barde«, hob Limbo verschmitzt an. »Hinter mir stecken die doch sicher nicht alle.«

Weiter kam er nicht. Die kurze Bewegung in der Gasse, sogar die ganze Gestalt, von der sie ausging, hatte sich Gjalars Dunkelsicht geschwind entzogen, und er verstand, dass dieser Schemen die ganze Zeit dagestanden und gelauscht hatte. Nur war es bereits zu spät, um einzuschreiten.

Der Zwerg hob noch die Axt in dem Moment, als sich eine Hand mit einer geschmeidigen Bewegung um Limbos Kehle legte und die blattförmige Schneide in sein stoppeliges Fleisch drückte.

»Wer immer du bist, mach nur zu! Von mir bekommst du nichts«, knurrte der Unterirdische. »Ich kenne den Kerl da kaum.«

11

»Na, schönen Dank auch«, presste der Vagabund hervor.

»Tiere töten nur dann zum Vergnügen, wenn es in ihrer Natur liegt. Nimm die Axt herunter, Druchuul!« Tanaqui übte immer mehr Druck auf den Hals des Menschlings in ihrem Griff aus.

Ein Zischen entrang sich ihrer Kehle. Sie wollte verdammt sein, wenn sie ihren ersten Tag in Dunkelfall mit einem Mord an einem der Äffchen des Architekten begann. Aber nach seiner Bluthetze gegen Elfen hatte der Mann eine Lektion verdient, und er war ihre Geisel, um den Unterirdischen zum Reden zu bringen.

»Dru... was?«, fragte der stoppelige Mensch. Sein Gestank raubte Tanaqui schier die Besinnung. In ihm bestätigte sich jedes hasserfüllte Zerrbild, das die vornehmen Elfen gegen die Äffchen aufbauten.

»Druchuul«, antwortete der Zwerg. »Schlammwühler. Ein Begriff der Drizzhi-Drengir für mein Volk. Und ich nehm einen Dreck runter, du Löwenzahn fressende Metze. Meine Axt bekommst du gleich eine Elle tief in deine Flanke, wenn du nicht augenblicklich mit dem Zirkus aufhörst. So liegt das in meiner Natur.«

Es knirschte, als der Unterirdische die Muskeln anspannte. Seine Stirn und die Brauen über den goldgrünen Augen unter dem Barett furchten sich vor Entschlossenheit.

»Drizzhi...hä?«, fragte der Mann namens Limbo, doch ein Dolchdruck Tanaquis brachte ihn sofort wieder zum Verstummen. Sie konnte ein gewisses Erstaunen nicht verbergen. »Du sprichst meine Sprache, Druchuul.«

»Leidlich«, gab der Zwerg zurück. »Es ist anstrengend, zu lernen und zu sprechen. Finde erst einmal die Mengen an Bitterwurz, die notwendig sind, um sie auf eine Zunge zu legen und durch den Geschmack so zu verbiegen, dass sie sich überhaupt anschickt, das absonderliche Gestammel deiner Art herauszulallen.«

Sie überging diese unflätige Beleidigung der ältesten aller Sprachen. »Ohnmächtiges Gestammel eines Gegners, der weiß, dass seine Mittel sich dem Ende zuneigen. Du redest wie einer, der mit nackten Füßen im Nordwind verhungert, Zwerg. Beantworte lieber die Frage deines stinkenden Freundes.«

»Mag mir jemand helfen?«, fragte der bewegungslose Mensch, ohne eine Antwort zu erhalten.

»Und du redest wie eine elfische Frau auf der Menschenseite der Unwerthgrenze, die in einem Menschendorf einen Menschen mit dem Tod bedroht und so ihr ewiges Leben aufs Spiel setzt«, gab der Zwerg zurück.

Allein die Nennung ihres möglichen Schicksals brachte genug Sorge ins Spiel, um Tanaqui für einen Augenblick zu beunruhigen und den Menschen namens Limbo in Kampfeslust zu versetzen.

Er spannte sich zu einem Rippenstoß, den Tanaqui und der Große Jäger kommen sahen und mühelos ablenkten.

Den gekonnten Tritt, mit dem der Vagabund die Ferse mit Gewalt auf ihre Zehen niederfahren ließ, sahen weder die Wüstenelfe noch der Ahn in ihrem Blut vorher.

Tanaqui konnte einen Schrei gerade noch unterdrücken, als ihr der Tritt fast den Fuß brach. Der Schmerz flammte zwischen Zehen und Mittelfußknochen auf und zündete ein Signalfeuer hinter ihren Augen.

Der Mensch riss sich los, wollte aus der Gasse preschen und um Hilfe rufen.

Tanaqui pfiff ganz sacht.

Mistral gehorchte. Die Freundin versperrte dem Mann nicht nur mit ihrer Flanke den Weg, sondern brachte ihn mit einem Stoß zu Boden.

Tanaqui wiederum ließ den Dolch fallen und langte noch während des Öffnens ihrer Hand nach dem Speer, der an einer Gassenwand lehnte. Sie wirbelte mit der Waffe herum, um sie dem Menschen an den Hals zu setzen und ihn so an Hilferufen zu hindern. Da spürte sie die Schneide der Axt an den Oberschenkeln. Auch so kehrte Ruhe ein.

»Ein Gemenge aus viertausendfach gefälteltem Stahl aus den Tiefen der Großen Esse von Kundrheim, verwoben mit Ätzstahl aus Sterneneisen und einem Hauch von eurem Mondsilber«, dichtete der Zwergenbarde in singendem Tonfall. »Übersät mit in diese Welt gebrachten, gewordenen Todesrunen. Schneidet gleichsam durch Eisenkürasse aus Emrick und feine Panzerhemden der Messerohren wie durch Butter.«

Kein Zweifel, der Druchuul erinnerte sich der Worte eines anderen Zwerges.

»Mein Vater mag nur Schachtfeger sein, aber mein Großvater Frekhi war ein famoser Waffenschmied mit Berufung durch den Rat«, brummte er. »Was meinst du, Messerohr, macht eine solche Schneide Unschönes mit deinen Hühnerbeinchen, hm? Da muss ich nicht mal zudrücken und *zack!* Den Speer weg, na los!«

Tanaqui ließ die Waffe nicht fallen. Er klang nicht überzeugend. Sie sah den Schweiß, der nicht nur von der Hitze stammen konnte, auf der Stirn des Zwerges unter dem Barett glänzen. Sie würde auf keinen Fall so dicht am Mirvaali in die Hände der Bewohner eines Grenzdorfs fallen.

»Ich wette, die hat das Feuer gelegt«, merkte der Vagabund an und bestätigte damit nur ihre Sorgen.

Zu Tanaquis Überraschung schüttelte der Unterirdische den Kopf. »Skitja, red keinen solchen Mumpitz, Brigant! Sie ist hier, weil sie wissen will, warum der Wald brennt. Geh und hol die Dorfmiliz! Verständige den Paladin und seinen Robenknecht! Vielleicht wissen die ja, warum keine Zwerge beim Löschen helfen.«

»Warte!« Tanaqui hob die Hand. »Tut das nicht!« Sie deutete auf ihre Gewandung. Ich stamme nicht von hier. »Es stimmt. Ich will lediglich erfahren, was hier vor sich geht.«

Sie bekam keine Antwort. Sowohl der Zwerg als auch der Brigant starrten über ihren Kopf hinweg zum Eingang der Gasse.

»Ach, Pferdedung!«, stöhnte Limbo.

Tanaqui fuhr herum. Die Gasse bildete einen Tunnel in das Inferno hinein, das hinter dem Dorf noch immer die Wälder heimsuchte. Rot, wund und voller Gestalten mit Eimern.

Wie aus Gnade wurde dieser Ausblick jedoch von zwei Schemen verstellt.

»Nicht nötig, wir sind schon hier«, meinte der Paladin Bowden Verdian.

12

»In meinem Leben habe ich einen Haufen Ochsendreck gehört. Nicht zu wenig davon aus den Lügenmäulern von Messerohren«, wandte Bowden Verdian ein. Nichts deutete bei ihm auf einen Willen zur Einsicht hin.

Die Holzplanken in dem Raum, der in Dunkelfall als Amtsstube des Büttels diente, war so heiß wie der staubige Klammergriff, den die untergehende Sonne noch immer um das Kaff legte.

»Jedes Wort stimmt«, beharrte Tanaqui mit einem kühlen Achselzucken.

Die einzigen Gestalten in dem engen und stickigen Zimmer, die noch ruheloser wirkten und Tanaqui mit noch größerem Hass als der Ritter durch Blicke förmlich in den Stuhl brannten, waren drei menschliche Dorfwächter von der sogenannten Miliz.

Männer in bunten Waffenröcken mit der Drachen- und Tannenheraldik Emricks, denen in ihren heißen Brustpanzern das Haar in schwitzigen Nestern am Kopf klebte.

Nicht mehr als Bauern, grob an der Waffe ausgebildet. Kein Hindernis, sollte sie sich zur Flucht entscheiden.

Weder die Wüstenelfe noch der umhertigernde Paladin machten sich die Mühe, die Bauern darauf hinzuweisen, wie nutzlos ihre zu langen Stangenwaffen hier waren. Der Gottesmann war zu wütend dazu, und Tanaqui würde die Hellebarden, die bereits Schrammen an der Decke hinterlassen hatten, dankbar als Reckstangen und Sprungwiderstand benutzen. Sobald sie dem Großen Jäger seinen Willen zum Freikommen ließ.

»Jedes Wort ist wahr«, brummte der Zwerg mit der seidenweichen Stimme, der neben ihr saß.

»Euch habe ich nicht gefragt, Meister Barde«, beschied ihn Verdian barsch. »Ich werde mich schon noch an Euch wenden. Ihr und Euer ... Freund hier marodieren in gefährlichen Zeiten durch das Land, und mich beschäftigt sehr, warum Ihr ausgerechnet hier eintrefft, just wenn die Wälder in Flammen stehen. Noch dazu mit einer Elfe an Eurer Seite.«

»Mit brennender Sorge, könnte man sagen«, frotzelte Kato Tamasine. Tanaquis Blick schweifte zu dem Feuerzauberer hinüber, dem Lohenmagus, wie er sich nannte. Er lehnte als einziger Anwesender in dem stinkenden Würfel von einem Raum an einer weiß getünchten Wand, die Arme in gespielter Langeweile verschränkt und eine Fußsohle gegen die Wand gestemmt.

Die Wand fing kein Feuer. Auch der Boden unter seinen Füßen blieb unversehrt. Tanaqui hatte keine Ahnung, dass man im Turm seiner Zunft seine Kleidung verzaubert haben musste. Oder hielt er diese Macht mit reinem Willen im Zaum?

Dann und wann hob Tamasine den Kopf unter seiner Kapuze. Blies mit gespitzten Lippen über seine Fingernägel, die von Rußspuren bedeckt waren. Mitunter drehte er sich einen Rauchstängel und verpestete die Luft noch weiter.

Gezierte Schauspiele, um Gegner in Sicherheit zu wiegen. Der wache Blick seiner Augen, die im Dunkel der Kapuze glommen wie die Spitzen seiner Tabakstängel, durchforstete den Raum, haftete immer wieder an Tanaqui, dem Zwerg Gjalar oder dessen Anhängsel Limbo.

Tanaqui musste einräumen, dass Bowden nicht gerade unrecht hatte. Selbst wer in den Glassanden eine Stunde ohne Schutz in die Sonne geblickt hatte, konnte sehen, dass dieser Menschling mit dem unerträglichen Geruch Dreck am Stecken hatte. Dagegen war der Tabakrauch beinahe eine Erlösung. Auf die Bestätigung brauchte sie nicht lange zu warten.

»Noch dazu sieht ein Blinder, dass der Kerl hier übelstes Gelichter ist. Da genügt ein Blick.« Mit den gepanzerten Fäusten hieb der Paladin vor Limbo auf den schweren Tisch, an dem sonst ein Zwergenbüttel und seine menschlichen Kollegen saßen. Der Gesetzlose zuckte zusammen.

Sitzen sollten, verbesserte sich Tanaqui.

»Einwand! Ich würde kein Buch nur nach seinem Einband beurteilen«, warf Kato ein. »Selbst wenn der Einband ein Bad und ein oder zwei Dutzend Besuche beim Bader für die Zähne gut vertragen könnte.« Beziehungsvoll wedelte er mit der Hand vor dem Gesicht. Rauchwölkchen kräuselten sich und blieben als wabernde kleine Spiralen dort in der Luft stehen, wo die glühenden Runen in der Haut seiner Finger Bahnen gezogen hatten.

»Nicht. Hilfreich«, polterte der Paladin. »Alles andere als das. Wenn ich die Meinung eines versoffenen Deserteurs hören möchte, werde ich mich melden, danke schön.«

Kato zuckte mit den Achseln.

Tanaqui musterte ihn ebenso gründlich wie er sie. Wenn ihn die barschen Worte seines Kameraden trafen, ließ er es sich nicht anmerken. In seinem Blick erkannte sie einen Hauch von Erkenntnis. Erkennen?

Erinnerte er sich an sie?

Unmöglich, es war so lange her. Menschen waren kurzlebig, nur ihr Gedächtnis überbot sie darin.

Er kann unmöglich wissen, wer ich bin. Für ihn liegt es ein halbes Leben zurück. Oder etwa doch?

»Kann ich etwas zu trinken haben?«, fragte Limbo und setzte dabei so etwas wie ein Lächeln auf, das aber eher dem Öffnen einer lange versiegelten Gruft gleichkam.

»Bursche, was du haben kannst, siehst du, wenn du bis zur Nacht wartest, die Augen schließt, deine stinkende Gewandung über den Kopf ziehst und dich umschaust«, bellte Bowden. Tanaqui spürte, dass sie um ein Haar fähig gewesen wäre, etwas Verhängnisvolles zu tun.

Sie blickte nach draußen. Mindestens eine halbe Sanduhr, bis die Sonne untergegangen war. Viel zu viel Licht. Wenn ihr einer der wütenden Bauern das Gewand wegriss ...

Der Zwerg rettete sie vor dem Fortspinnen gefährlicher Gedanken. Der Unterirdische hatte bisher wenig gesagt, auf dem Bart herumgekaut und die Worte einer angemessenen Erwiderung erwogen.

»Wie ich das sehe, Blechmann, habt Ihr es bis auf die Erwähnung meines Grads der Zunftmeisterschaft an jeder achtungsvollen Form mangeln lassen. Nicht nur dass Ihr mich und meinen ... Limbo hier einfach an einen Verhörtisch schleift, als wären wir Schwerverbrecher.« Er deutete auf Kato, der sich bei den Worten zum Gruß an die Kapuze tippte, als wäre sie ein breitkrempiger Hut. »Ihr und das glosende Stück Presskohle dort setzt mich auch noch neben ein Messerohr.« Wieder blickte er den Magier an. »Nichts für ungut.«

Tamasine winkte ab. »Im Gegensatz dazu, wie der Ritter mich nennt, sind das Schmeicheleien, Meister«, konterte der Magier und grinste schief. Er kauerte sich neben seinen treudummen goldfarbenen Hütehund und fuhr ihm durchs Fell. Tanaqui wunderte sich, warum das Tier weder Furcht vor der ungewöhnlichen Erscheinung seines Herrchens zeigte noch Feuer unter Katos Fingern fing. Es war ebenso verzaubert vielleicht.

»Außerdem«, fuhr der Magier fort, »kann ich im Gegensatz zu Euch meine eigenen Fußspitzen sehen und bin es gewohnt, dass mich haarige kleine Stinker beschnuppern. In dieser Welt gleicht sich alles aus, und der Tod bügelt letztlich sowieso alles glatt.« Neckisch zog er an den Lefzen des Hunds, sodass dieser den Kopf verdrehen musste. »Ist doch so, oder, Kincaid? Wer ist ein guter Junge, ja? Bist du mein guter Junge?«

Der Zwerg lief rot an. Tanaqui hörte, wie das Leder seiner Handschuhe sich zur Faust ballte.

»Diese Behandlung nehme ich nicht länger hin«, erklärte der Unterirdische in forderndem Tonfall. »Ich bin Gjalar Arjunasson aus dem Clan der Schachtfeger. Ich bin Unterwohner von Dunkelfall, Hochwürden Bowden! Bürger des *zwergischen* Dorfs, in dem Ihr Euch gerade derartig aufführt. Und ich verlange zu erfahren, warum noch niemand einen Sagenbewahrer oder Runenpriester gerufen hat, um mich anzuhören. Als Diener des Architekten seid Ihr dem Granitenen Kodex ebenso verpflichtet wie mein Volk Euren Rechtsbüchern, wenn wir in Euren Städten weilen.«

Der Zwerg warf einen unwirschen Blick auf die drei Milizionäre, die nach den Maßstäben der Menschen ältere Männer waren. »Sagt es ihm. Sagt ihm, wem diese Stadt gehört!«

Zu Tanaquis Überraschung tauschten die durchgeschwitzten Bauern einen kurzen Blick. »Wir wissen, wer du bist«, sagte einer von ihnen.

»*Was* du bist«, betonte ein zweiter Stadtwächter.

Tanaqui merkte, wie der Zwerg zusammenzuckte.

»Was ist er denn?«, fragte der Paladin, der das Geschehen mit grimmigem Blick, doch aufmerksam verfolgte.

Der Mann, der Limbo genannt wurde, duckte sich weg, als er der Anspannung des Unterirdischen gewahr wurde. Die Stimmung im Raum veränderte sich auf so merkliche Weise, dass sogar die Menschen dies begriffen.

Selbst aus Kato Tamasines Gesicht wich das schiefe Grinsen. Seine Augen glommen lebhafter unter der Kapuze, und die Runen auf wie unter seiner Gewandung schienen an Strahlkraft zuzunehmen.

Der Jäger machte sich bereit, die lächerlichen Strohfesseln zu sprengen, die man Tanaqui angelegt hatte.

»Ein Wort ...«, drohte der Zwerg dem Milizionär.

»Ein Verräter!«, rief der dritte Soldat und deutete mit ausgestrecktem Zeigefinger auf den Zwerg. »Vor einigen Jahren von besagtem Vater verbannt, weil er seinen Clan entehrt haben soll.«

»He, ein Leidensgenosse!«, spottete Kato und klang fröhlich. Und angetrunken. »Nun sind wir gleich zwei Schandflecke. Mit Limbo können wir schon bald eine Verräterzunft gründen, was, Kincaid? Was habt Ihr denn getan, Meister Zwerg?«

»Ich vermute Brandstiftung. So wie bei mindestens zwei weiteren Anwesenden in dieser Stube«, meinte Bowden, der nun seinerseits einen Finger der Anklage auf den Zwerg richtete. »Bekennt Euch!«

»Darum reist er auch mit einer von den Messerohrigen«, warf einer der Soldaten ein.

»Wenn sie denn eine ist. Wieso hat die eigentlich noch ihre Tücher um?«, fragte sein Kamerad. »Herunter damit!«

»Ruhe!«, blaffte Bowden. »Wir werden die Keuschheit einer Dame in meiner Gegenwart sicher nicht besudeln. Außerdem würde sie das töten.«

Die Soldaten runzelten ebenso die Stirn, wie Limbo es tat. Der Zwerg hielt inne, so als müsse er über das Gesagte nachdenken.

»Ihr habt so lange gegen unsere Völker gekämpft, dass ihr sogar wisst, wer die Silberreiter sind«, bemerkte Tanaqui kalt. »Ich wette, ihr habt längst einige von uns ins Licht gezerrt.«

»Erschlagen habe ich euch heimtückisches Gelichter, dafür dass ihr in unseren Norden gekommen seid und die Pfeile der feigen Waldbrut um eure Speere ergänzt habt«, gab Bowden ohne einen Augenblick des Zögerns zurück. Seine Stimme war um einiges kälter als die von Tanaqui. Sein Tonfall verursachte ihr das gleiche Frösteln wie sein stählerner Blick. »Und der Deserteur dort hat solche wie euch gleich dutzendweise zu Asche verdampft.«

»Ich habe Befehle befolgt«, beteuerte Kato und wirkte plötzlich unendlich müde. »Sprich also nur für dich! Man hat mir keine Wahl gelassen.«

»Damals. Sicher«, knurrte der Paladin.

»Genug jetzt«, unterbrach sie der Zwerg mit einem schwelligen Donner in der Stimme. Alle fuhren zu ihm herum. »Ihr kennt nun meinen Namen, meinen Clan, habt mich ebenso entehrt, wie Eure Soldaten es getan haben, versagt mir auch nur ein Mindestmaß an Höflichkeit. Es reicht mir. Erhebt klare Vorwürfe, aber wisset Folgendes, Menschling!« Er kniff die Augen zusammen, und sein Tonfall ließ in seiner Bedrohlichkeit keinen Zweifel offen. »Dies wird auf euch zurückfallen. Wo ist mein Volk geblieben? Wieso habe ich noch keinen Zwerg in Dunkelfall gesehen?«

»Die Fragen sind berechtigt«, gab der Magier todernst zu. »Mag ja sein, dass wir dieses saubere Trio in einer Gasse bald nach dem Brandausbruch aufgegriffen haben. Und ein Motiv hätten sie alle.«

»In der Tat.« Mit seinen Panzerhandschuhen stemmte sich Bowden auf den Tisch vor den Gefangenen und funkelte ihn an. »Das Motiv: Brandstiftung aus Rache bei dem vermeintlichen Zwergenbarden hier. Brandschatzung bei dem Vaganten da. Und das Messerohr? Eine Rachewütige, welche die Niederlage im Unwerth Drei nicht verwunden hat, zweifelsohne.«

»Dann wäre das ja geklärt«, meinte einer der Milizionäre. Im menschlichen Gesichtsausdruck sah Tanaqui nicht sonderlich gut, doch dieser Mann suchte deutlich einen Schuldigen dafür, dass die Felder und beinahe auch die Häuser des Dorfs in Flammen standen.

»Einschränkung: Die Sache hat einen sehr, sehr großen Haken. Genauer einen, der lodert, sechs Beine hat und das hergebrachte Leben dieser Inselkette hasst«, widersprach Kato. »Keiner der Gestalten wohnt die Gabe wahrer Magie inne. Und ohne die lässt sich ein Elementar schwerlich beschwören. Einen Hauch enthalten die meisten von ihnen.« Sein Blick ruhte auf Limbo, wanderte dann zur Brust des Zwerges. Schweifte über Tanaquis Tätowierungen.

»Du hast sie dir tiefenmagisch angesehen, Deserteur? Wann? Wie?«, wollte der Paladin erstaunt wissen.

»Als ich mit Kincaid spielte«, gab der Magier achselzuckend zurück. »Und was das *Wie* betrifft ... Schon einmal versucht, einem tauben Mann einen Melodiewechsel oder Klangfolgen zu erläutern? Einem Vogel das Staffellaufen? Einem Diener des Architekten die hehren Vorzüge der Vernunft?«

Der Paladin blieb eine Antwort schuldig. Er blickte Kato einige Augenblicke lang an, so als erwöge er, den dreisten Magier an Ort und Stelle zu erschlagen. Tanaqui entging das verhohlene, kaum merkliche Pochen in Schläfen und Wangen nicht, das über gesunden Herzschlag weit hinausging.

Das ist Haltung, dachte sie. *Meisterhafte Selbstbeherrschung, in Jahrzehnten geschult.*

Eigentlich arbeiteten auch die Kiefermuskeln des Gottesmannes, doch nach außen blieb er unbewegt – noch. Sollte der Magier etwas Ketzerisches äußern, wäre es damit vorbei. In Verdians Augen tosten Sturmwolken, die von nahendem Unwetter kündeten.

Der Zwerg schien es gesehen zu haben. Seiner Gleichgültigkeit nach fürchtete er den Paladin nicht, was entweder mutig, sehr dreist, äußerst dumm oder eine Mischung all dessen war.

»Meine Verwandten?«, fragte er mit Nachdruck. »Wo bleibt mein Rechtsbeistand aus der Binge?« Es war offenkundig, dass er sich nicht um das Gerede über Magie scherte.

Magier und Gottesritter wandten ihm die Blicke zu. Beide hoben schon zu einer Entgegnung an.

»Ich habe jedenfalls seit Wochen keinen Zwerg mehr gesehen«, murmelte der Vagabund, die Augen auf den Boden gerichtet. »So werde ich die Summe nie abtragen.«

»Was hat der Abschaum gerade gestammelt?«, fragte Bowden.

Tanaqui runzelte die Stirn. Das feine Gehör des Mannes hatte alle Schlachten unbeschadet überstanden.

Die Silberreiterin beschloss, dass Mitwirkung sie weiterbringen mochte.

»Er sagt, er hat seit Längerem keine Zwerge gesehen«, meinte sie. »Seit Wochen.«

Der Barde fuhr herum. »Stimmt das?«, brummte er. »Davon hast du während der ganzen Reise nichts erwähnt.«

»Ich könnte es vergessen haben«, bot der Brigant mit einem Achselzucken als Antwort an. »Oder aber du, Meister Barde.«

»Mit Sicherheit nicht«, plusterte sich der Unterirdische auf, und sein Bart raschelte vernehmlich. »Barden vergessen nie etwas. Schon gar keine Barden der Zwerge.«

»Wie viele Barden gibt es denn so bei euch?«, fragte einer der Wächter möglichst hämisch.

Der Unterirdische überging den Mann, sein Blick haftete auf seinen stinkenden Reisebegleiter. »Wann wolltest du mir denn davon erzählen, Limbo?«

»In gewisser Weise habe ich das getan«, antwortete Limbo entschuldigend und brachte so etwas wie ein echtes Lächeln zustande. Er hob die Hände. »Sogar sehr oft. Aber du hast nicht zugehört.«

»Ich höre immer zu«, hielt der Zwerg mit jenem überhöhten Stolz dagegen, mit dem die Druchuul sich jeden Tadel verbaten.

Tanaqui sah, dass der Magier, der Paladin und die drei Stadtwächter mit den Blicken der Auseinandersetzung folgten wie die Zuschauer beim Ballspiel. Sie konnte es ihnen nicht verdenken, das Schauspiel des ungleichen Paars hatte etwas Unwirkliches. Kurzweilig war sie noch dazu, vergaß man das Unglück des Brandes.

»In dem Fall nicht«, hielt Limbo dem Zwerg entgegen. »Ich habe dir eine Menge erzählt und auch Fragen gestellt. Aber du hast immer nur von einem geredet.«

»Und was soll das gewesen sein?«, knurrte der Zwerg.

»Wie du mir die Knie kappen wirst und dergleichen. Mit der Axt«, klagte der Vagabund und warf einen flehentlichen Blick in die Runde, so als suche er Unterstützer wegen des ihm zugefügten Ungemachs. Dabei vermied er es jedoch, den Zauberer anzublicken, den er zu fürchten schien.

»Aah«, machte ausgerechnet Kato Tamasine und grinste schief, wobei sich ein Faden schwarzen Rauchs aus der Gluthöhle seines Mundes kräuselte. »Solche Reisegefährten kenne ich. Meiner redet von Schwertern.«

Limbo sank noch tiefer in sich zusammen.

Tanaqui nickte bedächtig. »Seit wann hast du keine Unterirdischen mehr gesehen?«, fragte sie, an Limbo gerichtet.

»*Ich* stelle hier die Fragen«, dröhnte Bowdens Stimme durch die Wachstube. »Also, Bursche, wann hast du den letzten Zwerg gesehen? Und was wolltest du überhaupt von ihnen, wenn es stimmt, was diese ... Elfe ... da über dein Gestammel sagt?«

»Ich habe Spielschulden«, gestand Limbo, nachdem der Anflug einer Überlegung, ob er den Paladin nicht doch besser belügen sollte, über sein Gesicht gehuscht war. »Ich wollte sie zurückzahlen. Zwergische Zinsräuber sind nicht eben für ihre Geduld bekannt. Tankred schon gar nicht.«

Diesmal war für Tanaqui offenkundiger, dass seine Äußerung ins Schwarze getroffen hatte. Bowden Verdian wandte alle Kraft auf, damit seine Gesichtszüge unbewegt blieben.

Sie bemerkte, wie neben ihr der Zwergenbarde dem Paladin einen seltsamen Blick zuwarf, so als erinnere er sich an etwas.

»Du willst mir ernstlich sagen, dass du Merzach Tankred Geld schuldest, Vagabund? Du bist erledigt«, beschied ihn der Zwerg.

Nun war sich Tanaqui sicher. Bowdens Kiefer mahlten so deutlich, dass der Magier einen Schritt auf Abstand ging.

»Merzach Tankred? Wer ist das?«, fragte die Elfe.

»Eben nicht«, überging Limbo ihre Frage, während er sich weiter an den Zwerg wandte. »Ich habe versucht, bei seinen Beauftragten in Braithwairn die säumige Summe abzuliefern, um das Problem aus der Welt zu schaffen.«

»Und?«, fragte Gjalar.

»*Ich* stelle hier die Fragen«, murmelte Verdian tonlos, und jeder der Anwesenden nahm wahr, dass der Paladin mehr oder weniger ein Selbstgespräch führte.

»Nix *und,* Meister Barde.« Limbo hob die Achseln. »Das Kontor war leer. Da waren nur noch ein paar Skraemar. Frühere Leibwächter, vermute ich. Die Nordmänner haben eingesackt, was der Geldschrank und die Regale noch hergaben, und meinten, Tankred sei fort und alle seine Zwergenleute auch. Als ich fragte, was sie meinen, war die Antwort ein Griff zur Axt und die Worte: *Verschwunden eben. Verpiss dich!* Hielt es für klüger, dem nachzukommen.«

Das weckte den Paladin aus seiner seltsamen Erstarrung. »Du willst mir sagen, es gibt Nordleute in der Hauptstadt, die mit einem zwergischen Galgenstrick gemeinsame Sache machen, damit er Bürger durch Zinsen ruinieren und in die Schuldknechtschaft treiben kann?«

»Ganz anders als die Reichsbank von Braithwairn, natürlich. Da ist es das Werk des Architekten, Leute auf die Straße zu setzen, die kein Kupferstück für die Miete mehr aufbringen können«, murmelte Kato, der an seinen Stammplatz an der Wand zurückgekehrt war. »Was viel gerechter ist.«

»Halt deine aufrührerische Possenluke geschlossen, Deserteur!«, befahl Verdian. »Schwätz nicht wie ein Straßenbandit! Andernfalls lehre ich dich Benehmen.« Das Eis im Sturm kehrte in seinen Blick zurück. Aber da war auch eine tiefere Sorge zu sehen. »Soll das heißen, nicht nur hier sind die Zwerge verschwunden, sondern auch in der Hauptstadt Ihrer strahlenden Majestät, Königin Kyralia Emrick der Dritten, möge sie einhundert Jahre regieren?«

»Weiß ich nicht, Herr«, murmelte Limbo, der immer wieder sorgenvoll zwischen dem Paladin, seinem unheimlichen lodernden Begleiter und dessen Hund hin- und herblickte. »Ich weiß nur, dass ich in ganz Emrick keinen Unterirdischen mehr gefunden hab. Ich mein, so viele waren es ja nie, mit ihren Unterquartieren und all dem. Und dann die Sache mit dem Runengesetz, dass keiner hinunter darf zu ihnen und all das. Nun erfahre ich, dass die hier auch nicht mehr an die Oberfläche kommen. Als ich dann Meister Gjalar, den Trouba... Barden traf, war ich guter Dinge, endlich zahlen zu können.«

»Inwiefern?«, hakte Bowden nach. »Fass dich kurz, Bursche!«

»Na ja, indem er mich mit hinunternimmt zu seinem Volk. Damit ich einen Laden von Tankred oder einem aus seiner Sippe unter Dunkelfall suchen kann. Wegen des Runenfluchs.«

»Dass sie den aufheben, hättest du niemals erreicht«, widersprach Gjalar, dessen Lippen unter seinem Bart arbeiteten. Bei den Worten seines Begleiters wurde er zunehmend blasser, gar fahrig.

Beinahe tat er Tanaqui leid. »Runenfluch?«, fragte sie.

Die Wirkung war durchschlagend. Bis auf den Unterirdischen, der seinen düsteren Gedanken nachhing, wandte sich jeder in der Stube zu ihr um. Alle Menschen – und da war Limbo mit eingeschlossen – starrten sie an, als hätte sie gerade bestritten, dass es den Mond gab. Anscheinend wusste jeder in diesem Raum, wovon gerade die Rede war. Plötzlich kam sie sich sehr töricht vor.

»Mein Volk machte schlechte Erfahrungen mit den anderen Völkerschaften«, hob Gjalar zu einer Erklärung an. Eine Untertreibung, die sowohl Kato als auch Bowden ein Schnauben entlockte. »Unsere Runenmeister haben Todesflüche gegen euch alle geritzt, geschnitten und gebracht.«

»Mit jeder Silbe verstehe ich weniger«, gab Tanaqui zu. Der Jäger in ihr fragte sich, wie lange sie ihre Zeit mit dieser Farce vertun wollten.

Töte sie! Finde den Verräterzwerg!, vernahm sie den Drang des Großen Jägers so deutlich wie Worte. *Das Feuer wütet, Tanaqui Fuchstochter. Vertrau mir, Kind!*

Cathwyn hatte seine Fährte, er kannte das Wild. Nun wollte er jagen. Die Tätowierungen juckten, und Tanaqui wusste nicht, wie lange sie ihm Einhalt gebieten konnte, bis er den Schwarzen Tribut forderte und einfach Macht über sie erlangte. War sie bereits weit genug auf dem Pfad?

Kato Tamasine gab Zeichen: Er würde erklären. Als er vortrat und schwelende Gekräusel zurückließ, wohin er die Füße setzte, zuckte Limbo zusammen, ohne dass ihn der Magus eines Blickes würdigte. »Ich würde im Sommer aufpassen damit«, murmelte einer der Wächter, der wirkte, als ob er seinen Schuldigen für die Waldbrände gefunden wähnte. Ein Knuff von einem der anderen Männer brachte ihn zum Schweigen.

Tanaqui sah, dass auch hier wieder die kleinen Feuer erloschen, bevor sie ernsthaft Schaden am Boden anrichten oder gar Brände auslösen konnten. Die Zeichen auf den Roben mussten etwas damit zu tun haben, ebenso wie die Handschuhe, die Tamasine trug.

»Ritzen, Schneiden und Bringen sind die drei Stufen der Runenmagie«, erklärte Tamasine. »Ritzen bringt sie auf einen Grundstoff, der kurzlebig ist. Holz. Ton. Schneiden nennt man es, wenn mehr Dauer im Spiel ist. Granit oder Fleisch.« Er musterte Tanaqui lange, und sie spürte, wie der Ungeist der Erinnerung sich in ihrem Inneren erhob. Würde er sie erkennen? Er zeigte keine Anzeichen.

»Bringen«, fuhr der Magier fort. »Bringen ist übler. Eine Rune in diese Welt zu bringen und das arkane Geflecht dauerhaft zu verankern, bedarf eines Opfers.« So ruckartig wandte er den Kopf in Richtung des Barden, dass die Glut seiner Augen im Halbdunkel des Gelasses Lichtspuren zog wie ein Kerzentanz.

»Ich war damals nicht dabei«, beteuerte der Unterirdische und zuckte mit den Achseln. »Sechs von ihnen waren danach bei den Ahnen im Stein statt in der Waffenkammer des Schmieds«, stieß er mit grimmem Blick hervor. Erstmalig lag so etwas wie Hochachtung darin. Der Magier hatte Kenntnisse offenbart, die die Tiefe seiner Unterweisung und Kunst offenbarten. Der alberne Schalk in seinem Gehabe war nur ebendas: Gehabe. Der Zwerg schien das wertzuschätzen.

Cathwyn sah das anders. *Er kennt das Geheimnis, er weiß um die Hautbilder. Er muss sterben.*

Tanaqui schüttelte den Kopf zu ihrem Ahnen hin, was ihr einen musternden Blick vonseiten des Magiers und des Paladins einbrachte. »Soll das heißen, sechs alte Runenmeister der Zwerge haben sich allein unter dieser Stadt geopfert?«, fragte sie.

»Genau das«, erklärte Kato. »Jeder von ihnen hat einen Todesfluch über die Stollen gelegt. Kein Mensch, kein Elf, kein Hyänenkopf. Ja, kein vernunftbegabtes Geschöpf, das nicht ausdrücklich erwähnt wird, kann die Bingen und Tunnel betreten, ohne zu sterben.«

»Azikkai brakosh fylleth Gylthdaudhi«, hauchte der Barde.

»Mit flüssiger Hitze und Rauch aus tödlichem Gold sollen sich ihre Lungen füllen«, verkündete Bowden feierlich und konnte den Zwerg damit ein wenig mit sich versöhnen wie schon der Magier vor ihm.

»Machtvolle Elementarmagie«, murmelte Kato, in Erinnerungen versunken. »Aus ... dem Boden. Komm, Kincaid!« Sein Gesichtsausdruck veränderte sich. Etwas Dunkles, Besorgniserregendes huschte über seine Züge. Er wandte sich jäh zum Gehen, einen Finger an der Unterlippe. Sein Goldhund trottete ihm nach.

»Wohin, glaubst du wohl, dich von hier entfernen zu dürfen, Deserteur?«, rief Bowden aufgebracht.

»Antworten holen, Blechmann. Salamander«, gab der Magier zurück und war schon aus der Tür. »Lass die Gefangenen leben! Wir brauchen sie.«

»Brauchen?«, fragte Bowden, aber in der flirrenden Abendhitze gab nur das Zikadenheer Antwort.

13

Sie hatten sich verändert seit jenen Kriegstagen. Sie alle. Die Wege und Lebensläufe der letzten Elfen des Mirvaali ebenso wie die Gefilde des Ewigen Forstes, die sie bewohnten.

Ein beklagenswerter Zustand, in dem zugleich ein gewisser Trost lag, zumindest für Prinz Vesshelin, den Letzten der Falkenreitersippe von Thar Gwynleth. Es gab Schlimmeres als die Schönheit des Verfalls, wenn der Verfall nur Schönheit barg, befand der Prinz. Sah man von den Schmerzen des Waldes ab, der nicht nur fortwährend unter den Verletzungen seitens des Unwerthkriegs litt, sondern auch unter den Feuern, die ihm in jüngster Zeit zusetzten.

Vesshelins Blicke wanderten über den zartblauen Marmor des Söllers, auf dem er stand, musterten das verhangene Spiegelbild. Ein Elf mit einem Hautton, der an Stutenmilch mit einem Hauch von Zimt gemahnte, und versehen mit den Augen eines Tigers, bleckte die Zähne, als der Prinz lächelte.

Die Augen blickten ohne Seele seit den Tagen, da er zum Handeln genötigt und elfisches Blut vergossen worden war. Es waren die Augen einer Eule, von einem bernsteinfarbenen Gold und mit der Wachheit des Raubvogels. Sie verbanden ihn mit Kioni, seiner Ziehmutter aus der Wildnis, wie es alter Völker Brauch war. Der Hausmantel des Prinzen war aus prachtvoll glänzender Spinnenseide und Fäden aus Mondsilber gewoben.

Der hochgewachsene Leib unter dem Mantel war von vollkommener Ebenmäßigkeit in seinem schlanken und sehnig kraftvollen Wuchs, sah man von einem Makel ab.

Gedankenverloren strich der Prinz über das knotige Narbengewebe, die Stelle, wo der Pfeil ihrer Uneinsichtigkeit sein Ziel gefunden hatte. Natürlich wäre es selbst in diesen armseligen Tagen arm an Wundern ein Leichtes gewesen, die entstellenden Wülste magisch beseitigen zu lassen. Doch Vesshelin glaubte an die Macht von Andenken und Erinnerungsmalen.

Er blickte zum Himmel hinauf. So weit oben vor dem jungen Nachthimmel war die Gestalt seiner ältesten Freundin noch immer erkennbar, was beredtes Zeugnis über ihre Größe ablegte. Kioni war gewaltig geworden mit den Jahren, und Vesshelins Herz schlug höher, sie dort oben frei und lebendig umherfliegen zu sehen, nach allem, was geschehen war.

Er löste den Blick von dem kreisenden Schatten und ließ ihn über seine Stadt gleiten. Die Minarette und Flötentürme aus Kristall gemahnten an die besseren, erhabeneren Zeiten von Thar Gwynleth, als die Plätze dazwischen noch vor Leben gedröhnt hatten. Kunstvolle Spitzen aus Kristall und feinstem Elfenmarmor fingen das Mondlicht ein und verwandelten jeden der vielzähligen Paläste dieser nahezu verwaisten Fürstenstadt in einen schimmernden Schrein zwischen Strahlen aus dem Boden schießenden Mondlichts.

»Wir sind keineswegs vernichtet, Herrin«, murmelte Vesshelin und gedachte der beiden Statuen, die ihn auf dem Balkon flankierten. Meisterwerke aus der Sangeskunst von Eltharin'ar Syrandion, dem Letzten der Kristallsänger der Idrilneth. Die beiden Frauengestalten bildeten Selachia ab, die Göttin seines Volkes. Die eine Variante reckte als blinde Schönheit in ihrer Palla, einem marmornen Umhang, einen Halbmond zum Firmament, die andere schüttete das Füllhorn der Ozeane aus. »Noch nicht, zumindest«, meinte Vesshelin schmunzelnd.

Dass sein Volk solchen Schaden erlitten hatte, mochten viele Hinterbliebene bedauern. Nicht aber er. Die Unwerten waren ausgesiebt worden, das Geschmeiß hatte man in die Wüste getrieben. Wenn seine Versprochene zurückkehrte – und das würde sie –, sollte ein neues Zeitalter beginnen.

Sein Blick streifte über die gewaltigen Wipfel des ewigen Mirvaali, dorthin, wo einige Baumkronen brannten. Ein kleines Flackern vor dem Horizont, das mehr schmerzte als die Pfeilwunde.

Das verhasste Dunkelfall, das noch immer stand. Der Affenabschaum dort taugte nicht einmal für Löscharbeiten. Schon gar nicht jetzt, da die Druchuul ...

Vesshelin hielt im Gedankengang inne. Er hob den Blick über den Schandfleck aus dem dritten Unwerthkrieg hinaus zum Horizont, wo der gewaltige Nadir mit seinen schwach glimmenden Blattgebirgen alles überstrahlte. Keines lächerlichen Affen oder Schlammkriechers Auge mochte diese Schönheit zu sehen, so wie auch die Silberreiter mit ihren lächerlichen Hautbildern die göttliche Gunst verloren und den Baum der Bäume vergessen hatten.

Ein Baum, der nur den Hochelfen des Waldes gehörte.

Ein Baum, halb so groß wie die Insel, einer Ulme gleich, deren Größe den Verstand zu sprengen drohte. Seine Äste bedeckten die sichtbare Welt, seine Krone reichte bis in die Himmel hinauf. Selbst Vesshelin wusste nicht, was diesen ältesten aller Geister des Mirvaali hervorgebracht hatte. Er musste alt gewesen sein, bevor die Diaspora auch nur ein Gedanke war.

Dort, in den Höhen des Nadir, hausten sie und hatten ihm zugesagt – ja, versprochen –, dass die Zeiten sich wenden würden. Dass *sie* zu ihm zurückkehren würde, nun, da das *Lied* erklungen war, das ihn bis in die Träume heimsuchte.

Wer spann diese Fäden aus Klang und Ton? War es Selachia selbst, die ihm den Sieg verhieß?

»Und?«, fragte Vesshelin, als er der Bewegung in den Prunkgemächern hinter sich gewahr wurde. »Kennen sie den Grund für die Feuer? Wir müssen der Flammen auf Dauer Herr werden. Weißt du das?«

Die Gestalt in seinem Schatten war leiser als der Nachtwind und behänder als ein Herztod. Jede Bewegung, jeder Blick, ja, jeder Atemzug dieses mächtigsten aller Diener verströmten nichts als völlige Selbstbeherrschung und Geisteskraft.

»*Sie* ist zurück, Herr«, wisperte Kaelanos.

»Das war zu erwarten. Sie hat das Lied vernommen.« Sie spürte, dass sich etwas von Grund auf verändert hatte, wusste aber nicht, was es war. »Sie ist nicht die Einzige«, gab er zu, obwohl es ihm schwerfiel. Aber Kaelanos glich einem anhänglichen Hund. In seiner Gegenwart fühlte sich Vesshelin wohl.

Warum auch nicht? Gewissermaßen war dieses Wesen sein Geschöpf.

»Wird sie uns Scherereien bereiten, Herr?« Kaelanos hauchte jede Silbe mit heiserem Rasseln. Auch Vesshelins bester Pirscher und Mörder trug seine eigenen Narben.

Der Prinz legte seine ebenso ebenmäßigen wie sorgfältig gepflegten Finger auf den Marmor der Balustrade, von dem sie sich in Farbe und Beschaffenheit im Mondlicht kaum zu unterscheiden schienen. Mit der gelangweilten und doch so kunstsinnigen Geduld von Jahrhunderten beobachtete er, wie das Mondlicht seine Haut zu durchdringen schien. Die Nacht des Mirvaali zirpte und sang in der Brise.

Sie schwiegen.

Vesshelin erwachte aus seiner Betrachtung. Es machte nichts aus. Kaelanos war derartige Versunkenheiten gewohnt. Auf gewisse Weise wohnte dem Meuchler ein Schöngeist inne.

»Ich weiß nicht, Jagdmeister. Wird sie das? Aufbegehren?«, fragte Vesshelin, ohne sich umzuwenden.

»Sobald sie begreift, *was* sich geändert hat, Herr.«

»Was sollte sie tun? So sicher, wie Kioni dort oben ihre Kreise zieht, Kaelanos. Wenn sie begreift, was sich wirklich abspielt, wenn sie das pure Ausmaß dessen ersieht, was entfesselt wurde ... Ihr Verstand wird zerbersten. Sie kann nichts tun, da es schlicht nichts mehr zu tun gibt. Wenn der Plan der Herren gelingt, wenn ihre Vier Könige, was immer sie sein mögen, ihr großes Werk vollendet haben, wird unser alter Glanz zurückkehren.« Allein bei der Vorstellung überkam Vesshelin ein köstlicher Schauer.

Kaelanos tat einen raspelnden Atemzug, und darin lag ein gewisser Nachdruck.

Zum ersten Mal wandte sich Vesshelin um und musterte seinen treuen Knecht. Kaelanos war schlank und recht klein für jemanden, der einst ein Elf gewesen war. Gehüllt in jenes erdbraune Jagdleder, das nahezu alle vom Schwertwind bevorzugten, die nicht dem hohen Blut vor der Zeit der Diaspora entsprungen waren, sondern nur die letzten Jahrhunderte im Mirvaali kannten. Nicht, dass Vesshelin alt genug gewesen wäre, um sich an die Zeit vor dem großen Exodus zu erinnern. Auch er war auf den Inseln über seinen Seelenbaum in diese Welt gekommen.

Er musterte seinen Jagdmeister. Ein einfacher Ringelpanzer aus Sternensilber, geschwärzt, unter einem derben Lederwams. Zwei Albarisi-Sichelschwerter im Gürtel, ein Hornbogen gefaltet in der Hüftscheide neben dem Köcher. Unterarmschienen aus Borke, aus denen Wurfdolche hervorragten, und der grünsamtene weite Tarnumhang des Kundschafters fügten sich noch in das Bild. Jenes vom grausamen jungen Frühlingself, das Menschen sahen, die zu töricht waren, sich vom Mirvaali und seinen Tiefen fernzuhalten.

Der letzte Anblick, den solche Menschen mitnahmen, wenn der Schwertwind sich offenbarte und der erste Pfeilschaft nachzitternd in einem der Äffchen steckte.

Doch da endete das Elfische. Selbst Vesshelins meisterlich ausgebildete Nachtsicht vermochte das widernatürliche Dunkel unter der Kapuze seines treuesten Dieners nicht zu durchschauen. Wahrlich, der Nadir hatte an diesem höchste Magie vollendet und ein Werkzeug erschaffen, wie Vesshelin es liebte. Willfährig. Gehorsam. Unbeirrbar in seiner tödlichen Sorgfalt.

Ein zweiter, betonter Atemzug.

»Was gibt es?«, fragte Vesshelin. »Erklär dich! Aber gib mir vorher eines von diesen!«, befahl er und deutete auf die Albarisi.

Der Griff der Waffe lag in seiner Hand, ohne dass der Prinz ihren Weg erahnen konnte. Kein Moment des Zögerns. Bewegungen, schneller, als ihnen selbst sein Auge zu folgen vermochte. Er war froh, dass Kaelanos' Treue über alle Zweifel erhaben war.

»Sprich!«, gebot Vesshelin. Der Prinz ließ die Finger über die Flanke der Schneide gleiten, genoss das Gefühl, wie der seidige, kühle Stahl seine erhitzte Haut liebkoste. Den Tanz des Fingers an der rasiermesserscharfen Schneide entlang. »Ah, Wonne!«, murmelte Vesshelin, als der unvermeidliche Schnitt das weiche Fleisch zwischen Daumen und Zeigefinger teilte. Blut von der Farbe reifer Trauben quoll hervor.

»Es könnten Aufzeichnungen zurückgelassen worden sein. Und wenn wir dieses Wissen erlangen, wird auch sie sich die Zeichen und Spuren zusammenreimen. Mehr noch, auch Velkha Wulfbodhir wird begreifen, was da heranzieht.« Kaelanos ließ seine Ausführungen wirken.

Vesshelin hob die Brauen. »Du sprichst die Sprache der Äffchen aus dem Norden?«

»Der Name ist älter, Herr. Ich meine die Jötnar. Sie ist ihre Königin. Ihr kennt sie.«

»Jedes deiner Worte verwirrt mich nicht nur umso ärger, es ekelt mich auch, mit welcher Sorgfalt du die barschen Silben ausspeist. Als würde deine Zunge freudig Axthiebe austeilen.« Angewidert schüttelte sich Vesshelin. Er übertrieb seine Abscheu nicht.

»Ich bin mir sicher, die letzte Jarlin der Frostriesen bedarf keiner Zunge für ihre Hiebe, Herr«, gab Kaelanos zu bedenken.

»Jetzt weiß ich wieder, wen du meinst. Dieses vermessene Weib, das mich um Hilfe anflehte.« Er lächelte bei dem Gedanken daran, wie er sie zurückgewiesen hatte. Erregend. Wie reizvoll es war, Nein zu sagen, wenn ein Ja nahelag. »Dein letzter Bericht besagte, sie sei vom Kap an der Leviathansrast gesprungen. Bei Kundrheim.« Vesshelin wandte sich wieder ab, hielt die Klinge nach hinten, während sein Blick über sein Reich schweifte.

»Das ist sie, Herr.« Der Jagdmeister steckte die Waffe so unmerklich weg, wie er sie gezogen hatte.

»Dann weißt du auch, dass sie zermalmt wurde. Niemand gelangt dorthin, in diese Tiefen. Nicht ohne guten Grund, Kaelanos. Der Druck hat sie wahrscheinlich zerquetscht.«

»Ihr müsst es wissen, Herr. Wer, wenn nicht Ihr?«

Mit einer herrischen Handbewegung gebot ihm Vesshelin zu schweigen. Gedankenverloren betrachtete er die Wunde, die sich allmählich wieder schloss. Er spürte die Verzauberungen, die durch die Herren des Nadirs an seinem Leib vorgenommen worden waren. Nur mit Mühe hielt er beim Anblick des Bluts die seltsamen Gelüste zurück, die sein Fleisch seitdem hervorbrachte. Er spürte, wie sich seine Zunge auftrennte, sich spalten wollte.

Sie hatten seinen Körper für die große Aufgabe verändert. Ein Preis, den sonst nur Chimaerae zahlten. Doch was tat man nicht alles als Herrscher für sein Volk?

Sorgen überfielen Vesshelin, verteilten sich, zerstreuten sein Denken wie Löwenzahnsaat in der Brise. Hatte jemand die Riesin gewarnt, was sie dort erwartete? War der Sprung mehr gewesen als der Wille, sich in Schande zu entleiben, weil sie ihr ganzes Volk an ungewaschene Nordmänner der Äffchen und ein paar Jagdtruppen der Druchuul verloren hatte?

Hatte sie die Emissäre gar erreicht? Nein. Lächerlich.

Mit schierer Willenskraft kämpfte er den Drang nieder, der Verwandlung nachzugeben. Es erschöpfte ihn dermaßen, dass er beinahe in die Knie brach.

»Herr?«, fragte Kaelanos nicht ohne aufrichtige Sorge in der Stimme. »Geht es Euch nicht gut?«

»Im Gegenteil, Kaelanos. Ich sehe, was du meinst. Mach dich auf den Weg! Hinab, zu den Unterirdischen. Tanaqui darf keine Hinweise darauf finden, was sich inzwischen ereignet hat. Mein Diamant ist zu kostbar, um zu splittern. Sie muss unbefleckt bleiben.«

»Seid unbesorgt! Sie wird nichts finden, Herr«, erklärte Kaelanos mit der Bestimmtheit eines Lebens im Dienst seines Herrn. So ungesehen wie die Wasser beim Wechsel der Gezeiten zog er sich zurück.

»Was fürchtet der Nadir an dir, Tanaqui, meine schöne Heimkehrerin?«, fragte der Elfenprinz in seine leeren Prunkgemächer über den Minaretten und Turmflöten seiner Stadt hinein. Mondlicht ergoss sich wie silbriger Balsam über den Mirvaali und brachte die Wirbel uralter Magie in der Krone des Nadirs in weiter Ferne zum Leuchten wie Früchte eben der Götter, die sie unleugbar erschaffen hatten.

Mit Eulenaugen musterte der Herr über die sterbenden Waldelfen des Klingenwindes den Weltenbaum, während es hinter seiner Stirn arbeitete.

Über ihm zog der Tod seine Kreise. Kioni. Die Einzige, die ihm geblieben war.

»Bald, Tanaqui«, versprach Vesshelin dem Nachtwind und erschauerte.

14

»Du hast *was* getan!?«, fragte Kato entgeistert. Er sah Bowden an, dass die Hitze in dem dumpfen Gemach unerträglich sein musste. Ein Teil seiner selbst wünschte sich trotzdem das natürliche Wärmeempfinden zurück.

Der Paladin verzog das schweißgebadete Gesicht, das von Hunderten salziger Tautropfen glänzte. Er war mürrischer als ein Vielfraß mit einem rostigen Nagel in der Tatze. Das hielt Kato nicht davon ab, ihn zu reizen. Ihm war nicht danach zumute, die Launenhaftigkeit seiner blechumhüllten Anstandsdame zu ertragen.

»Ich habe sie verdammt noch mal eingesperrt«, brummte der Gotteskrieger.

»Auch den Zwerg?« Kato atmete tief durch, legte die Handfläche gegen die Stirn und den Daumen gegen die narbenlose Wange. »In einer Zwergenstadt. Und seit wann fluchst du überhaupt? Hat dein Architekt dagegen keine Regel oder dergleichen?«

»Vorsicht!« Bowden baute sich vor ihm auf. »Manch loses Mundwerk muss erfahren, dass *seine* Wege mitunter auch zur Pein führen können«, zitierte der Paladin. »*Unser* Herr, der Architekt, sieht nicht nur deine Werke, sondern hört auch, was dein loses Mundwerk von sich gibt. Und etwas in meinem Inneren sagt mir, dass du bei ihm nicht den besten Stand hast. Deserteur.«

»Stand, Schmand. Mein Orden ist befreit und außerhalb eurer Reichweite. Seit jeher beraten wir das Königshaus. Schon vor der Diaspora. Ergo: Jeder Magus ist es. Das mag euren Pfaffen nicht passen, aber mehr als diese Posse mit dem Brandzeichen und dir als meinem Aufpasser war an Strafe gar nicht zu denken. Also tu mir einen Gefallen, Bowden Verdian! Spar dir die leeren Drohungen, denn ich schritt durch das Tal der Flammen. Als Kind bekam ich die Schlagringe von Wilie Greifers Anhängern zu schmecken. Ich habe für Rennick Beutel geschnitten, als du noch im Überfluss lebtest. Du weißt sehr wohl, wo ich groß geworden bin. Ich mag keine Drohungen. Noch wirken sie bei mir.« Kato hob die Achseln und griente scheel, als hätte er aus einer Schale voller köstlicher Leckereien gedankenverloren die einzige verdorbene in den Mund gesteckt. Er deutete auf Kincaid. »Und diese Bestie mag sie noch weniger. Ein Wort, und er wird das Werkzeug meiner Vergeltung sein.«

Kincaid, der unter der Hitze augenscheinlich weniger litt, als für einen Hund seiner Fellmassen zu erwarten war, hatte den Kopf zwischen die Pfoten gelegt und gab ein fragend klingendes Winseln von sich. Dann gähnte er herzhaft, bevor er beschloss, dass lautes Hecheln der Lage angemessen war.

»Nutzlos«, bemerkte Kato mit belustigtem Kopfschütteln. »Ich wiederhole: Erachten Ihro Gnaden es als gar weise, in einer Enklave der Drazok Dhar den einzigen Vertreter des Volkes der Schmiedebrüder des Architekten zu inkarzerieren, dessen wir habhaft wurden?«

»Irgendwann schluckst du noch deinen eigenen Spott, Hexenmeister«, zischte Bowden. Er stapfte an Kato vorbei zum Fenster eines Gastzimmers in Dunkelfalls einziger Taverne. Hier war es so heiß, dass die dunkelbraunen Wandbohlen und die Vertäfelung Harz schwitzten. Der Paladin stieß die Fensterläden weiter auf, so als könne er damit die Hitze unter dem Dachstuhl lindern oder wenigstens seine Missstimmung aufhellen.

Ein vergebliches Unterfangen, denn stattdessen gesellte sich nur noch stärkerer Brandgeruch zu jenem unvergleichlichen Dunst aus Asche und Glut, der Kato seit jener Nacht umgab, da seine Welt zerbrochen war. Die Hitze, die durch das Fenster hereinquoll, konnte dem Anblick des Paladins nach nur wenig besser sein als die bereits drinnen brütende Luft. Irgendwo im Wald wütete ein neues Feuer.

Kato spürte es. Und da war noch etwas anderes. Tastend. Suchend. Das Gefühl, beobachtet zu werden.

»Götter, ich brauche Fusel«, murmelte er beim aufkommenden Gedanken an Zitronenbrand.

»Nichts da!«, bellte der Paladin. »Bei der Pflichterfüllung wird nicht gesoffen. Schluss.« Mit ewig missgelauntem Blick musterte Bowden den Magus, glitt über ihn hinweg wie zwei abgespreizte Finger eines Hausmajors, der vor der Dienerschaft einen Schrank nach Staubspuren abtastet.

»Hab nur laut gedacht«, lenkte Kato ein. Was stimmte. Er musste seine Trunksucht überwinden.

Morgen. Oder an einem anderen Tag.

Kincaid gähnte herzhaft und tat etwas Unanständiges.

»Hat der Brandgeruch also doch etwas Gutes«, bemerkte Bowden. »Widerlich.«

»Die Natur fordert von allen und jedem ihren Preis. Selbst von den größten unter uns. Apropos Gestank: Zwerg? Gefängnis?«

»Ich hatte keine andere Wahl«, entgegnete der Paladin, und seine Stimme wollte so gar nicht zu dem aufgesetzt gequälten Gesichtsausdruck passen. »Was sollte ich tun? Sie gehen lassen? Die Messerohrige ist klar eine Spionin der Wüstenelfen. Was sonst triebe diese Metze der Unsterblichen so weit in den Norden? *Du* solltest von allen am ehesten wissen, wie sie wirklich sind, Deserteur.«

»Nenn mich nicht ständig so!«, maulte Kato. Er kippelte auf einem schäbigen Korbstuhl, dessen armseliges Dasein nur von den feuerbannenden Glyphen des Ordens vor der jähen Verpuffung bewahrt wurde. »Wir haben so etwas wie Frieden, Bowden. Der Unwerthkrieg ist wie wir beide, Paladin. Geschichte, als Rumpelkammer der Bedeutungslosigkeit mit nutzlosen Erinnerungen angefüllt, von denen jede einzelne nur schmerzt.«

»Es gibt keinen Frieden mit den Messerohrigen.« Bowdens Feststellung duldete keinen Widerspruch. So als träte er in den Regen hinaus und äußere, das Wasser sei nass.

»Manchmal glaube ich, dir hat dieser Krieg noch mehr Seelenpein zugefügt als selbst mir, Verdian«, vermutete Kato und war überrascht, dass das Mitgefühl mit dem Paladin in seiner Stimme echt klang.

Seine Worte trafen den Gotteskrieger ins Mark. Brüsk wandte er sich vom Fenster ab und näherte sich der Zimmertür.

»Niemand kann vor seinen Dämonen davonlaufen«, meinte Kato, und seine Bestimmtheit entlockte Kincaid ein weiteres müdes Brummen. »Wir alle haben unser Bündel zu tragen. Unsere Last. Bekanntlich haben wir dabei geholfen, dem Schwertwind eine verheerende Niederlage beizubringen. Das Waldvolk spannt wenn überhaupt nur noch den Bogen gegen Holzfäller und Köhler an. Und das auch nur, wenn Vergeltung ausgeschlossen ist. Du warst dabei an jenem Tag, als die Mutter Ihrer Majestät den Waldelfen androhte, was sie andernfalls erwartet.«

An der Tür hielt Bowden Verdian inne. Nicht zum ersten Mal bemerkte Kato den tiefen Schmerz hinter der geweihten Fassade. In den Augen unter der Löwenmähne stand stille Trauer, die von hohen Wangenknochen eingerahmt noch an Melancholie gewann.

»Ich gebe erst Ruhe, wenn keiner von ihnen noch eine Gefahr darstellt, Kato«, beharrte Bowden.

Der Lohenmagus konnte sich nicht erinnern, wann der einstige Kamerad ihn zuletzt mit dem Vornamen angesprochen hatte.

»Haben deine Nachforschungen etwas Neues erbracht? Bei dem Kadaver, meine ich?«, fragte der Gotteskrieger, ohne Hand oder Blick von der Zimmertür zu lösen.

Kato nickte. »Das haben sie. Ich fand einen Tunnel, geschmolzenes Glas anstelle von Erde. Er kam aus der Tiefe herauf.«

»Deine Vermutung?«, erkundigte sich Bowden.

»Dass das Übel unterirdisch wirkt. Das würde auch die Feuer erklären. Es gibt keinen Funkenflug, wo meine Macht wirkt«, antwortete Kato.

»Nicht, wenn du es nicht willst«, stimmte Bowden zu, der um die Kräfte seines Schützlings wusste.

»Eben. Aber wenn die Brände an den Wurzeln beginnen, haben wir die greifbare Erklärung, was hier geschieht. Einen Ansatz. Vielleicht kommen wir der Bedrohung damit bei und kehren schon bald nach Hause zurück.«

»Du hast dein Anrecht auf dieses Wort verwirkt, Deserteur«, knurrte Bowden und stieß die Tür auf. »Ein Heim ist für alle, die im Licht der Rechtschaffenheit einherschreiten.«

»Und wohin gehst du?«, fragte Kato.

»Nach draußen. Nachdenken. Ich muss mir eine Handhabe gegen die Gefangenen überlegen. Morgen in aller Frühe suchst du mir ein Schwelen, und wir schauen, ob sich dein Verdacht bestätigen lässt.«

Der Paladin polterte die Treppe hinunter und ließ Kato mit seinen Gedanken allein. »Rechtschaffenheit. Die ist überschätzt.« Er musterte Kincaid. »Dann machen wir uns eben ein eigenes Licht. Mit Branntwein und Huren«, murmelte er. Kato war sich des armseligen Versuchs bewusst, sein Elend als Ausgestoßener zu überspielen. Ihm wurde die Kehle eng.

»Zu viel Gerede über Messerohrige und den dritten Unwerth, alter Knabe«, murmelte Kato, an Kincaid gewandt.

Mit der Einsamkeit kehrten die Schatten zurück. Sie flossen wie zähflüssiger, dunkler Sirup aus den Winkeln des unbeleuchteten Zimmers heran. Das Zirpen von Zikaden und der Frieden der Abendstunde konnten sie nicht fernhalten.

Kato spürte jeden Muskel im Rücken, erst kalt, dann krampfend, als sich die Furcht, das Alleinsein, die fürchterlichen Bilder und Geräusche jener Tage, da seine Flammen als unsterblich geschaffene Leben und deren Bäume hinwegfegten, mit Eisklauen in sein Bewusstsein gruben.

Ruhe bewahren. Er durfte sich nicht der Verzweiflung hingeben. Mehr denn je wünschte er sich, unten in der

Wirtsstube zu stehen, in der Hand ein eiskaltes Getränk. Doch Kato wusste auch, dass sie einen anderen Weg zu ihm finden würden, wenn er das unvermeidliche Aufeinandertreffen mit ihnen nur aufschob.

Er blickte zu Kincaid hinab. Wie immer spürte der haarige Geselle nichts von den unheimlichen Besuchern. Oder war er tatsächlich aus härterem Holz geschnitzt, als Kato annahm?

Versuchen wir etwas Neues. Wagen wir selbst einen Vorstoß, dachte der Lohenmagier mit vorgetäuschter Beherztheit.

»Habt ihr wieder gelauscht?«, fragte er in die Schatten und Winkel des Zimmers hinein. Sie bogen sich, wölbten sich wie nasses Holz. Spien Schemen aus, als flössen sie aus den dunklen Tiefen der Maserung.

Da waren sie. Einmal mehr. Alte und Junge, Dicke und Dünne. So vielseitig wie ihre Art, ihr Volk. Jede Art. Jedes Volk.

Nur dass keiner von ihnen mehr lebte.

Er hatte dafür gesorgt. Seine tanzenden Hände hatten es getan.

Meine Gedanken. Meine Worte. Meine Melodien.

Jeder Einzelne von ihnen war in seinen Flammen vergangen. Jede Einzelne von der Macht seiner Magie zerrissen worden.

Magie. Das Hohelied, dachte er angeekelt.

Jenes unbeschreibliche Gemisch aus köstlichen Schauern, blanker Furcht und zitternden Fingern überlief ihn, welches nur die Allmacht gewährte.

Einst hatte er vergeblich gehofft, dass auch diese andere, die ohnmächtige Furcht, diese nackte Angst vor ihnen weichen würde, die für ihn wie aus den Schatten hervorquoll. Es war eine vergebliche Hoffnung. Eher mochte er darauf harren, dass die Sonne sich am nächsten Tag nicht mehr erhob.

»Wenn ihr nur wenigstens einmal, nur ein einziges Mal jemanden von der anderen Seite mitbrächtet, den ich wirklich gern wiedersehen würde«, beklagte sich der Lohenmagus gequält. »Alte Freunde. Kriegskameraden. Meine Eltern.«

In den ersten Jahren nach dem Krieg hatte er noch wegzulaufen oder sie wegzusaufen versucht. Doch weder Beine noch Schnaps erreichten ihre Wirkung, wenn seine stummen Begleiter beschlossen, sich aus den Erkern und Winkeln seines Gewissens in die sichtbare Wirklichkeit zu versetzen.

Sie waren noch nie so häufig erschienen wie in diesem göttervergessenen Dorf.

Ein Seitenblick auf Kincaid. Keine Antwort. Kein Knurren, kein Winseln, nur der treudumme Blick, der das leidende Herz eines einsamen Magiers besser wärmte, als es jedes Zauberfeuer vermochte.

Mit einer Handbewegung und einem kurz gemurmelten Gedankenlied deutete Kato aus einigen Schritten Entfernung zur Tür. Dann änderte er seine Tonhöhe.

Der Zaubertrick, eine der ersten simplen Hymnen, die alle Novizen erlernten, stieß die Tür auf. Der tonale Wechsel schob den Hund wie von Geisterhand vor diese Pforte und schloss sie hinter ihm.

»Nimm es mir nicht übel, alter Freund«, sagte Kato Tamasine wie so oft. Der Lohenmagus wusste, dass die Furcht Menschen zu irrsinnigen Handlungen trieb. Er wollte seinen einzigen Freund nicht im Wahn versengen.

Der Schweiß in seinem Nacken war diesem Backofen von einer Stube zum Trotz eiskalt.

Kato. Tamasine.

Unvermittelt, aus dem Flirren der untergehenden Sonne tretend, war sie zugegen. Das Lumpenmädchen. Einmal mehr sie.

Für einen kurzen Moment war seine Verwirrung so überdeutlich wie im Fieberwahn. Sollte nicht ein anderer aus ihrem Reigen der Verdammten erscheinen, ihm zuzusetzen?

»Was willst du?«, zischte er. »Was wollt ihr? Wann ist meine Zeche bezahlt?«

Morgen. Gestern. Niemals, entgegnete das Lumpenmädchen. *Vielleicht.*

»Vielleicht auch nicht«, murmelte er im Gleichklang, als sie es wisperte, und fragte sich einmal mehr verwundert, ob er eigentlich nur ein Selbstgespräch führte.

»Was auch sonst? Geschieht mir recht«, befand er. »Der Militärheiler meint, es gäbe euch gar nicht.«

Gäbe? Oder darf es nicht geben?, entgegnete sie. *Du hast so etwas angedeutet. Oft. Was denkt er, was wir sind?*

»Ich habe diese Frage Hunderte von Malen beantwortet, totes Mädchen.« Er schüttelte den Kopf.

Die Toten haben ein langes Gedächtnis. Sie zuckte mit den Achseln. Bandagen hingen herab. *Aber nicht für alles. Erfreu mich! Uns.*

Kato seufzte. »Ihr seid Ausdruck meiner Schuld. Wegen der Elfen. Des Unwerthkriegs. Die Seelenheiler der Königin sprechen von Veräußerlichungen.«

Und was denkst du, was wir sind? Für was hältst du uns, Kato Tamasine?

»Wen schert es, was ich denke? Ihr seid, was ihr eben seid. Plagegeister.«

Und das glaubst du? Wunderst du dich nicht, dass wir binnen eines Tages zweimal auftauchen, obwohl wir dir sonst so lange fernbleiben, wie du Zugang zur Flasche hast?

Er zuckte mit den Achseln. »Hitze. Eben der Mangel an Branntwein. Dafür mag es Gründe in meiner Gemütsverfassung geben. Ich vermute die andauernde Belastung dahinter. Oder das Trauma, wie man es wohl nennt, die ursprüngliche Erschütterung der Seele.«

Vermuten lässt sich viel, entgegnete sie. *Die Wahrheit ist weitaus schwieriger zu ermitteln.*

»Wahrheit!«, schnaubte er. Wie er dieses Wort hassen gelernt hatte ... »Was ist denn die Wahrheit?«, fragte er herausfordernd und spürte, wie sich seine Furcht zu etwas wandelte, das eher hilfloser Wut gleichkam. »Erleuchtet mich! Was könnte mir entgangen sein, was könnte mir so zusetzen, dass die Tiefen meines Geistes gleich zweimal binnen weniger Stunden die Dämonen meiner Vergangenheit ausspeien, um mich zu geißeln? Das letzte Mal, als ich in den Spiegel sah, mag ich eine Ruine erblickt haben. Aber diese Ruine hält den höchsten akademischen Titel der königlichen Zauberkunst, den ein Kampfmagier erringen kann.«

Bescheidenheit steht dir besser, mahnte sie.

»Ja, aber man wird leicht bissig, wenn man dauernd von einem Ort zum anderen geschleift wird und eine überkandidelte Blechdose einen dabei beschimpft. Wenn man in brütender Hitze Feuer löschen und unerwartet gegen Salamander kämpfen muss, während Bauern, die einem vertraut haben, vor den eigenen Augen zur Fackel werden. Schon wieder«, zischte Kato. Er fuhr zusammen. Unwillkürlich betrachtete er den Rest der geisterhaft Versammelten. Der Dorfvorsteher war nun unter ihnen. Ohne Füße schwebte er über dem Boden und stierte Kato an.

Das Phantom streckte ihm den Strohhut entgegen. Das war zu viel. Der Drang, aufzuspringen und davonzurennen, wurde beinahe unerträglich.

Seit wann scheren dich Bauern? Hitze macht dir nichts aus. Und was die Sterbenden angeht, sollte sich lebendige Artillerie nicht längst an den Anblick gewöhnt haben? Das Mädchen drehte sich langsam mit baumelnden Bandagen im Kreis wie bei einer Tanzaufführung. Es deutete dabei auf den schweigsamen Trauerzug aus Gestalten, der im Halbdunkel vor den Zimmerwänden wandelnd ihrer Unterhaltung beiwohnte. *Als wir uns lebend begegneten, warst du kein besonderer Freund unserer für dich wohl belanglosen Leben. Wie nanntest du uns noch gleich? Überhangesser? Nein, warte: Begleitschäden.* Ihre Stimme troff vor Hohn.

»Unleugbar«, bestätigte Kato. »Du hast recht. Ich war damals ein anderer Mann. Ich war überhaupt kein richtiger Mann. Die haben mich als Kind von der Straße gepflückt, mein reiches Talent in nur eine Richtung getrieben und mich als lebendige Waffe in einen Krieg geschickt. Ich war dafür nicht gemacht.«

Ausflüchte. Unsere Zeit ist zu begrenzt, um deinen Rechtfertigungen bis ans Ende aller Tage zu lauschen. Zumal wenn es so rasch kommen wird wie auf Selachis.

»Was meinst du? Weitere Andeutungen. Warum seid ihr diesmal nach eurem Besuch auf dem Acker gekommen?«

Weil dich eine Frage plagt, die sowohl für dich als auch für uns von größter Wichtigkeit ist. Du möchtest wissen, warum du sie nicht hören kannst, hielt sie fest.

»Wen nicht hören?« Kato spürte das Verlangen, hin und her zu laufen. Allerdings wollte er denen nicht zu nahe kommen, deren verkohlte Gestalt von den Schatten in den Ecken vor seinen Augen gnädigerweise verhüllt wurde.

Die Melodie, offenbarte sie mit eiserner Endgültigkeit, und er spürte die Erkenntnis wie einen Ruck.

»Die Neuankömmlinge haben davon geredet. Der Vagabund. Was er unten in der Stube des Büttels beschrieben hat. Magie. Was meinst du, warum ich die anderen verließ und den Acker noch einmal untersucht habe?«

Und? War der Salamander noch zugegen?

Kato blickte zu Boden. Hier geschahen Dinge, auf die er sich keinen Reim machen konnte. Oder insgeheim nicht wollte. Warum war diese Sandelfe hier, hatte die Insel bis in ein Land hinein überquert, in dem sie nichts als Feindseligkeit erwartete? Warum war der Zwerg eingetroffen, der nicht nur in unehrenhafter Gesellschaft reiste, sondern mit einer Stimme und einem Feinsinn gesegnet war, die nicht zu seinem derben Aussehen passen wollten? Wer waren diese Gestalten? Warum trafen sie sich ausgerechnet jetzt in diesem Dorf?

Zufall?, fragte sie.

Er blickte nicht auf, ließ die Blicke immer wieder über die Maserung des ausgetretenen Holzbodens schweifen, bis sie sich vor seinem Auge in Rauchschwaden der Entrücktheit seiner Meditation zu verwandeln schien.

»Es gibt keine Zufälle. Was uns als Zufall erscheint, ist nichts denn eine Verkettung dessen, was wir nur deshalb als unwägbar erachten, weil die Götter dem schlichten Geist Scheuklappen anlegen. Vielleicht ihre einfachste Gnade, doch zugleich die mächtigste ... das Gemüt des kleinen Mannes vor der Größe dieses Kosmos zu behüten.« Jetzt erst merkte er, wie er flüsternd einen seiner Meister zitiert hatte.

Du blickst nach unten, stellte sie fest. *Scham? Oder Erkenntnis?*

»Letzteres. Ich weiß längst, dass der Salamander aus der Tiefe kam, gekommen sein muss. Ein Elementar dieser Größe formt sich nur um einen Kern aus flüssigem Erz.«

Aus der Tiefe. Du weißt, wo du bist? Du weißt, was du zu tun hast?

»Ich kann nicht hinabsteigen. Selbst wenn ich es wollte. Du hast es gehört: Die Runenmagie der Zwerge tötet jeden Unbefugten, der nicht von einem ihrer Priester oder dem Bergkönig selbst dorthin geladen wurde.«

Wenn du nicht gehst, werden noch Unzählige enden wie ich. Wie wir. Das kannst du nicht wollen. Und ist das wirklich die Frage? Der Barde hat dir bereits die eine Antwort geliefert. Warum es nämlich einen Weg in die Tiefe gibt. Du entziehst dich deiner Pflicht.

»Und welche Frage sollte ich mir weiterhin stellen?«, wollte Kato erbost wissen.

Wer die Melodie hören kann. Und wer nicht, Kato Tamasine. Dir bleibt nicht viel Zeit, um die Antwort zu ergründen. Der Schlummer der Vier Könige endet. Wenn es denn noch ihrer vier sind. Eine Stimme warnt, dass der Gierigste unter ihnen die anderen übertölpeln wird.

»Das klingt so, als ob viele sie vernehmen könnten. Nur ich nicht. Ein Mann, ausgebildet, den Melodien des Kosmos zu lauschen. Eine angenehme Abwechslung, einmal nicht im Wissen um die Gesänge der Schöpfung zu stehen.«

Rede dir das nur ein!, spöttelte sie. *Du weißt so gut wie ich, dass dir dieses Rätsel niemals Ruhe lassen wird. Du wirst dich totsaufen, wenn dir die Zaubermacht, die zu diesem Geheimnis hinführt, von einem anderen, besseren Magier entrissen wird. Und wir werden nicht von dir lassen. Was dich zuletzt in noch schlimmeres Elend stürzen wird.*

»Schlimmeres Elend«, schnaubte er. »Als wäre das überhaupt möglich.«

Wir können den Bauern fragen, der dich herumgeführt hat, was er dazu denkt. Er hat dir vertraut, dass du die Not seines Dorfs beheben wirst. Von verhärmten Menschen, denen du nicht einmal Zeit gegeben hast, von dem Verlust zu erfahren. Seine Frau sitzt zu Hause. Wartet auf ihn. Doch du windest dich. Du grübelst. Bemitleidest dich. Erbärmlich. Soll ich ihn reden lassen? Siehst du ihn?

Er sah ihn.

Kato zuckte zusammen. Ein Funken des Pflichtgefühls, des echten, angeborenen, nicht des eingeübten, glomm auf.

Er hob den Kopf. »Das wird nicht nötig sein …«, setzte er an. Doch die Tote und ihre Begleiter waren davon.

»In die Tiefe«, murmelte Kato. Er musste den Blechmann in Kenntnis setzen. Doch vorher hatte er einen anderen Gang vor sich.

Er würde niemanden vorschicken, um der Witwe ihren Verlust nahezubringen. Er wollte verdammt sein, wenn er eine solche Last jemand anderem aufbürdete.

»Zu spät«, erklärte Kato Tamasine. »Wieder einmal zu spät.«

Er spürte ein Brennen in den Augen, das diesmal nicht seinem Schicksal galt.

Draußen vor der Tür saß Kincaid und hechelte.

15

Von der anderen Flurseite aus beobachtete Bowden den Hund seines Schützlings. Er hatte nie verstanden, was die Westlinge und ihre Stadtmenschen an solch zahmen Geschöpfen und ihrer treudummen Art fanden. Noch dazu an diesem Hund, den die Kirchenväter dem dreckigen Deserteur an die Seite gestellt hatten. Die Töle wirkte mitunter, als schmunzele sie.

Bowden hasste alle, die schmunzelten. Das waren die Schlimmsten. Unsanft schloss er die Tür seiner Kammer.

Sicher, er war seit einigen Jahren ein Paladin des Gottes der Menschheit, ein Verteidiger von Heim, Herd, Stadtmauer und rechtschaffenem Arbeitsdrang. Aber er war eben auch irgendwie ein Nordmann, ein Skraemar. Und als solcher verachtete er die Köter des Westens. Zoll für Zoll so fett und nutzlos wie viele dieser Memmen, für die bessere Männer ihr Leben auf dem Altar des Kriegs geopfert hatten und es noch immer taten.

Er war ein Nordling. Geboren in ein Leben der Härte, aber auch des verdienten, erarbeiteten Wohlstands, was einen Unterschied bedeutete. Sein Vater, ein Westling, der mächtigste Handelsherr aller Fjorde, nannte Dutzende Leibeigene in den Katen und Tausende Pfund Silber und Armreifen in den Kontoren sein Eigen.

»Früher«, rief er sich ins Gedächtnis, und die Erkenntnis verfärbte seine Stimme düster. Er sprach es aus. »All das *war* mein Vater.« In der Stille seiner Kammer knirschte es. Der Panzerhandschuh sang in Bowdens geballter Faust, das Schmiedewerk so straff gespannt wie der ganze Körper des Paladins.

Unwichtig. Er hatte anderes zu tun, als sich einmal mehr vom unauslöschlichen Zorn über Vergangenes einfangen zu lassen.

Langsam atmete Bowden ein und aus. Verlangsamte seinen Puls. Ein Stich der Scham, während er das Ornat für das nun Kommende ablegte.

»Der Zweck heiligt die Mittel«, flüsterte der Paladin, als er die Riemen seines Rüstzeugs löste, um es Stück für Stück abzustreifen. Der Architekt, Schöpfer aller Dinge, würde ihm vergeben auf diesem Weg durch das Dunkel, den Bowden beschreiten musste, wollte er zum Licht gelangen.

Teil um Teil der kostbaren Panzerung landete auf dem Bett. Diese Rüstung war das Einzige, was ihm von seiner Mutter geblieben war, wie der Vater nie genug hatte betonen können.

Der Kristall jeder Platte, sämtlicher Spangen war auf Hochglanz poliert und auf eine Art, die an Seife gemahnte, nahezu opak. Das prächtige vielfarbige Lichtspiel eines Regenbogens glomm dort in den Edelsteinscheiben auf, wo das Licht der Laterne in dieser Kammer oder ein letztes Blinzeln der erlöschenden Sonne es liebkosten.

Er wurde nicht müde, das kostbarste Erbe zu betrachten, das ihm von seinem Haus überantwortet worden war. Ein stetes Gemahnen und die Frage, wer seine Mutter gewesen war. Woher sie stammte.

Überdeutlich spürte Bowden seinen Puls, eine Erinnerung an sein Tun. Daran, wo sein Ursprung lag. Er blickte in den Spiegel und fühlte sich auf vielfache Weise angewidert, als offenbar wurde, was ihn unter seinem Panzer erwartete. Er konnte tun, was er wollte, am Ende gab es keine Flucht vor der eigenen Erscheinung.

»Jeder hat seine Geheimnisse«, murmelte Bowden unwirsch. Er betrachtete sich. Dieser Tage kam es selten vor, dass er sich ohne Rüstung wiederfand. Es war kein Anblick, den er übermäßig schätzte. Sein Körper war gestählt und von der sehnigen Kräftigkeit eines Wolfs, ja. Doch er spürte, wie der alte Ekel aus den Niederungen seines Geistes hervorkroch. Die Rippen, die unter der ebenmäßig gebräunten Haut ihr Werk verrichteten. Die Gelenke, die Länge der Finger. All das kam ihm falsch vor.

Von den kantigen Gesichtszügen zu schweigen, den strengen Lippen, den beiden Zornesfalten, die sich über der Nase eingruben und ihm sogar in den erbaulichen Stunden schöner Erinnerungen ein finsteres Aussehen verliehen. Selten genug waren die.

Wahrlich, er mochte sich nicht.

Ein verächtliches Schnauben unterstrich seine Haltung. Wortlos eilte er zum Schrank, der für kurze Zeit seine bescheidene Habe barg. Er griff nach einem seiner Überwürfe, wie sie die Männer und Frauen seines Glaubens innerhalb der Klosterfestung des Zirkels zu weltlichen Anlässen trugen.

Nachdem er sich die Mönchskutte übergeworfen hatte, trat er abermals vor das polierte Messing des Spiegels. Hier spürte er sogar noch mehr Abscheu, die ihm wie ein fremdartiger bitterer Geschmack auf der Zunge lag. Dann nahm er sich die Lederriemen, mit denen er die Gewandung diesmal besonders aufwendig festzurrte, und stimmte sich auf jene Tat ein, die jeder in seinem Orden als verabscheuungswürdig erachtet hätte.

Bowden selbst bildete da keine Ausnahme.

Er wusste, dass er einfach dort hinunterpoltern und die Wahrheit aus dem seltsamen Gespann herausholen sollte, das mittlerweile in der Bergwerksenklave angekommen war.

Was suchte dieses Gelichter in einem Kuhdorf, das zur Hälfte aus Bauernkaten und den Häusern erzschürfender, oberirdisch lebender Zwerge bestand?

Seine Ausbildung sagte dem Paladin des Architekten, dass es keine Zufälle gab. Schon gar nicht, wenn es um diese

Brände ging. Und sosehr er den Deserteur auch verachten musste, Katos Gespür für Magie war unübertroffen. Wäre es anders gewesen, er wäre ob seiner Fahnenflucht im Unwerthkrieg und der üblen Zechgelage wegen längst von den Scharfrichtern des Königs in magiebannendes Kalteisen gelegt worden. Seines Gehörs für die kosmischen Melodien der Zauberkunst beraubt und dann gerichtet.

Nein, die Jammergestalten im Keller verbargen etwas. Er würde seine Talente nutzen, welche er auf den Jagden in den Fjorden und Küstenwäldern seiner Kindheit im Norden des Inselreiches erworben hatte, und es herausfinden.

Gefangene, die sich allein wähnten, vertrieben sich die Zeit gern mit Plaudereien.

Als der letzte Riemen gebunden war, betrachtete Bowden das Ergebnis. Alle losen Teile seiner Kutte waren dämpfend um seinen Körper gelegt, damit kein Rascheln und keine Bewegung ihn verraten würden.

Das war wichtig.

»Ihre Ohren sind denen der Wulfen und Warge der Wälder gleich«, zitierte er die Brandschriften aus dem Unwerthkrieg über die Elfen und Zwerge. Wollte er ihre sagenhaften Sinne trügen, musste jede Regung verborgen bleiben.

Es war eine Strategie, die sich im Krieg bewährt hatte, obwohl sie im blakenden Schein des Widerspruchs zu seinem Glauben und den Ausführungen der Kirche stand.

Er wartete nicht zu lange. Die Aufregung der Dorfgemeinde über die Geschehnisse des Tages war noch allgegenwärtig. Die Menschen redeten über das Vorgefallene, ihre Stimmen hallten durch die Nacht. Sie würden seinen Sohlen die nötige Dämpfung bieten, wenn sie durch die Luken des Kerkers schritten.

Geschwind und mit weichen Bewegungen, die ihm niemand zugetraut hätte, der ihn nur in Rüstung kannte, huschte Bowden aus der Kammer. Er verließ den Gasthof durch die Hintertür, mehr ein Bedürfnis als eine Notwendigkeit und die richtige Einstimmung auf sein Vorhaben.

Dunkelfall war noch erfüllt vom Aufruhr eines Dorfs, in dem sonst nie etwas geschah und das nun Opfer unfassbaren

Unglücks geworden war. Die erdrückende Tageshitze war dem drückend feuchten Tuch der Nachtschwüle gewichen. Aus dem Schatten blickte Bowden auf verrußte Gestalten in ärmlicher Kluft, die auf dem Marktplatz unter den Sternen ihre Mahlzeiten und ihr Leben teilten. Er hatte den Magier oft genug bei solchen Erforschungen beobachtet, um zu wissen, dass der Deserteur womöglich andernorts in Dunkelfall stand und es ihm gleichtat. Wenn nicht jetzt, dann später. Sie konnten nicht anders. Sie waren Soldaten, und das Leben, das diese Menschen führten, war für sie beide für immer dahin.

»Eines Tages, Vater. Eines Tages wirst du Gerechtigkeit erlangen«, murmelte er.

So leise wie möglich setzte er den Weg fort und betrat die örtliche Amtsstube. Als der Wächter den Kopf hob, gebot er mit einer Handbewegung, zu schweigen und kein Geräusch zu verursachen. Ein weiterer Wink des verkleideten Paladins sandte den Mann samt seiner fragenden Miene in die Nacht hinaus.

Bowden huschte am wuchtigen Schreibtisch vorbei. Tunlichst umging er den Lichtkreis, den eine Fackel vor dem Aufgang der Kellertreppe zum Tanzen brachte. Dann machte er sich an den Abstieg die Treppe hinab, wenn sich zwei Wendungen mit Stufen aus festgehauener Erde so nennen ließen.

Hinab in den Kerker.

Wenn sich einige Strohhaufen zwischen eisernen Gestängen in einem getünchten Gewölbe so nennen ließen.

Hier hatte er die Eindringlinge gegen den Protest des Zwerges eingesperrt und es dabei selbst auf ein Blutvergießen seitens der Wüstenelfe ankommen lassen. Sie hatte sich jedoch in ihr Schicksal gefügt.

Vorerst.

Sicher war, dass hinter ihrem Gebaren kein echter Wille zum Handeln in gemeinsamer Not stand. Sie belauerte ihn und den Deserteur, dessen war sich der Paladin sicher. So wie sie ihrerseits die Elfe nicht aus den Augen ließen.

Man würde sehen. Er würde hören.

Er verharrte am Treppenaufgang, ging langsam in die Hocke und lauschte angestrengt. Tatsächlich befanden sich die Gefangenen in eifrigem Gespräch. Bowden lugte um die Ecke, sah, wie der Zwerg und sein schmuddeliges Anhängsel auf zwei Beinen an einem Gitter am Gang standen. Das Licht der einzigen Fackel hier unten reichte nicht bis in ihre Gesichter, sondern ließ Schattenflecken etwa über die derben Züge des Unterirdischen gleiten und verlieh seinen Augen etwas von polierten kleinen Eisenkugeln.

»Gibt es einen Grund, weshalb ihr so miteinander tuschelt, dass ich kein Wort verstehe?«, beschwerte sich der ungewaschene Vagabund just in diesem Augenblick. Sein Blick flackerte zwischen dem Unterirdischen und der Wüstenelfe hin und her, die auf der anderen Seite des vergitterten Gangs unbewegt im Schneidersitz und mit geschlossenen Augen auf ihrer Pritsche verharrte.

Bowden musste ein befriedigtes Nicken unterdrücken. Natürlich würden die verschwörerischen Vertreter der Alten Völker den menschlichen Handlanger nicht einweihen.

»Sicher willst du nicht hören, was wir zu sagen haben«, vermutete die Elfe in diesem Moment in der Gemeinsprache.

»Vielleicht irrst du«, maulte der Vagabund und versetzte dem Zwerg einen Knuff gegen die Schulter. »Vielleicht will ich genau das. Sollte ich nicht erfahren, was hier gespielt wird?«, verlangte er.

»Was hier gespielt wird«, knurrte der Zwerg, »ist das gute alte Spiel mit Namen *Ich reiß dir die Schulter samt Sockel aus dem Rumpf, wenn du mich noch einmal ungefragt anfasst,* klar? Hat dir deine Mutter nicht beigebracht, wann man die verflixten Griffel bei sich behält!?«

Der Vagabund, Limbo, wenn sich Bowden recht entsann, warf in gespielter Verzweiflung und mit rollenden Augen die Hände in die Höhe wie ein Mann, der sich einem possenhaft aufgeblasenen Amtswalter ausgesetzt sah. Seine spöttische Art gemahnte den Paladin an Kato. Vielleicht verabscheute er den Kerl deshalb.

»An deinem Begleiter ist ein begnadeter Schauspieler verloren gegangen«, neckte das Messerohr daraufhin und brachte damit zum Ausdruck, was Bowden dachte. »Mir ist unbegreiflich, warum er auf den Straßen davon leben muss, sich zu nehmen, was ihm nicht gehört.«

Der Zwerg schnaubte. »Ich wusste nicht, dass ihr Baumbeschlafer euch um Eigentum sorgt, das über den blöden Wald hinausgeht.«

»Was soll sie mir nicht sagen?«, unternahm Limbo einen zweiten Anlauf. »Kommt schon, Herrschaften! Wir sitzen alle im selben ... Loch, stimmt's?«

Die Elfe wechselte fließend in die hohe Sprache der Alten Völker aus der Zeit vor der Diaspora. Bowden lächelte überlegen. Das mochte ihre Unterhaltungen vor den Wächtern in diesem Bauernnest schützen, aber kaum vor ihm oder Kato. Was, wenn sie erführen, dass er diese Sprache seit frühester Kindheit beherrschte?

»Warum weihst du ihn nicht ein?«, fragte die Elfe, deren Gewänder in der Dunkelheit mit der Farbe von Dünen im Mondlicht glommen.

»Weil er längst Bescheid weiß. Er kennt mein Geheimnis«, seufzte der Zwerg mit einem Achselzucken.

»Und du bist damit einverstanden?«, wunderte sie sich.

Bowden runzelte die Stirn. Sie sprachen wie Freunde miteinander. Eine Täuschung? Oder kannten sie sich doch nicht? Von welchem Geheimnis war hier die Rede?

»Mädel«, knurrte der Zwerg, »ich bin mit dem Burschen seit einem Tag unterwegs. Ich hab seinen ungewaschenen Hintern aus dem Feuer gezogen, als er versuchte ...« Limbo zuckte zusammen. »... als wir zusammen reisten und in eins dieser vermaledeiten Flurfeuer gerieten. Ich habe ihn gerettet. Seitdem scharwenzelt er mir hinterher wie ein Welpe. Was ist da meine Schuld? Und da ist er eben draufgekommen.«

»Wieso hältst du das Ganze dann noch aufrecht?«, wollte die Wüstenelfe wissen.

Der Zwerg rümpfte die Nase. »Gewohnheit, schätze ich.«

»Und er hält dicht?«, fragte sie misstrauisch, wieder in der Gemeinsprache.

»Oh, der hält dicht, nicht wahr?«, meinte der Zwerg und wandte sich an seinen Begleiter. Das drohende Funkeln im Blick und der Tonfall, der aus zusammengebissenen Würfelzähnen hervorzischte, waren unverkennbar. »So etwas von dicht.«

»So etwas von dicht«, murmelte Limbo, und irgendwo im Stoppelwald seines Halses tanzte sein Adamsapfel zittrig auf und ab. »Sicher.«

»Dann wäre das ja geklärt«, brummte der Unterirdische. »Und du, Messerohr? Was hat so ein Mädel aus dem Sand südlich der Grenze im Norden verloren? Vor allem jetzt, da es allerorten lodert und qualmt? Hast du keinen Schiss, dass die Menschlinge dir und deinesgleichen diesen Mist anhängen? Also, falls ihr es nicht doch wart ...«

Zum ersten Mal, seit Bowden die Eindringlinge belauschte, öffnete die Wüstenelfe die Augen. Der Blick ihrer pupillenlosen Feenaugen fraß sich in denen des Zwerges fest. Beide tauschten in diesem Moment ein Gefühl aus, vielleicht einen Schmerz, den nur ein Nachkomme der Alten verstand.

Bowden verspürte einen empfindlichen Stich im Innersten, eine unerwartete Regung. Plötzlich fühlte er sich wie ein Dieb, der in die Nacht hinein lauscht, klein und schäbig. Schlimmer war diese alte Empfindung der Einsamkeit. Da war sie wieder, wie in seiner Kindheit. Dieses Wissen, nicht dazuzugehören. Von den Wegen der Menschen in ihren Städten ausgeschlossen zu bleiben, wie auch kein Teil der Wildnis zu sein. Nicht vollgültig zu den Skraemar zu gehören. Ein Fremder zu sein.

Unwillkommen.

Nach allem, was er wusste, mochten sich Zwerge und Elfen nicht besonders. Doch hier saßen die beiden und teilten einen Blick, in dem mehr Mitgefühl lag, als er je mit einem anderen zu tauschen fähig gewesen wäre.

Der wichtigste Grund für seinen inneren Schmerz aber war die Tatsache, dass dies eine Geste unter Fremden war, die etwas teilten. Er hatte solche Momente in seiner Heimat in den Fjorden zwischen anderen Jungen und Mädchen miterlebt, im Noviziat über Bierkrügen in verrauchten Kaschemmen der Hauptstadt.

Dies waren Fremde, die einander kennenlernten. Keine Verschwörer.

Verdammt!

Beinahe war ihm, es hätten die drei Insassen seinen stummen Fluch vernommen. Denn der Zwerg erhob sich urplötzlich und kramte in seinen Gewändern.

Bowden hatte keine Ahnung, was der Unterirdische dort noch zu finden erhoffte. Er hatte den Barden gründlich durchsuchen lassen. Hatten die Milizionäre etwa nicht alles sichergestellt, was auch nur im Entferntesten für einen Ausbruch taugen mochte?

Zur Verblüffung seiner Mitgefangenen wie auch des Paladins zückte der Zwerg einen winzigen Gegenstand. Im Lichtkranz der einzigen Fackel hier unten kam eine Flöte zum Vorschein, kaum länger als der Zeigefinger eines erwachsenen Mannes. Bowden biss sich beinahe auf die Zunge. Wo bei allen unfertigen Plänen des Architekten hatte dieses Mitglied der Alten Völker Platz gefunden, eine Flöte zu verbergen?

Wurde Bowden alt? Verlor er an Schärfe? Wieso hatte er ihn nicht selbst abgetastet?

Der Paladin verwarf diesen Gedanken. Es gab eine Reihe von Gründen, die gegen vorzeitiges Altern sprachen, wie er am besten wusste. Wie von allein fuhr seine Hand zum Gesicht, betastete die Haut. Beinahe makellos glatt. Nein, hier gab es noch keinen Verfall, mit dem er sich herumschlagen musste. Vielmehr war geboten, dass er angesichts der unzähligen Schatzverstecke an ihren Körpern bei weiteren Begegnungen mit Zwergen weitaus gründlicher zu Werke gehen musste.

Eingehender.

Der Unterirdische hielt die Flöte hoch. So konnten sowohl der Vagabund Limbo als auch die Wüstenelfe das Kleinod betrachten. Das Instrument funkelte, bestand aus Bergkristall oder einem ähnlichen Material und war kunstvoll gearbeitet. Soweit Bowden das von Weitem einzuschätzen vermochte.

Offenkundig war, dass Limbo diese Einschätzung teilte. In den Augen des feisten Vogelfreien glomm ein Funkeln der Gier. »Was hast du jetzt vor?«, erkundigte sich der ungewaschene Stinker bei seinem ungleichen Reisebegleiter.

»Was ich habe«, brummte der Zwerg, »sind jede Menge Fragen. Wer sind die beiden Menschlinge, die es wagen, mich einfach gefangen zu setzen? Wieso kommt mir niemand aus meiner Binge zu Hilfe? Wieso schicken die Menschen nur zwei Ermittler, wenn doch allerorten Feuer ausbrechen, beileibe nicht nur hier? Dunkelfall liefert der Königin große Mengen Erz für Waffen und Rüstzeug.«

Bowden runzelte die Stirn. Er spürte, wie sich sein Herzschlag beschleunigte. Als hätten der Anblick der Flöte und die ernsten Fragen des Zwerges ihr Inneres angerührt, erhob sich die Elfe aus dem Schneidersitz. Ohne Zuhilfenahme der Hände, nur mit der Kraft ihrer sehnigen, feinen Muskeln schob sie sich, mit den Unterschenkeln beginnend, nach oben, entfaltete sich wie eine Blüte oder ein fremdartiges Insekt. Allein die für menschliche Augen viel zu geschmeidige Bewegung erweckte das Grauen des Schlachtfelds in Bowdens Gedächtnis wieder zum Leben.

Er erinnerte sich nur zu gut an die tödliche Beweglichkeit und Kampfkraft der Waldelfen des Schwertwindes. Daran, was sie seinen Kameraden im dritten Unwerthkrieg angetan hatten. Wie schwer sie zu treffen waren, gleichgültig, über welche Schwertkunst ein Mann gebot.

Was tat dieses Weib aus den heißen Ebenen des Glassandes bei ihren aussterbenden Vettern in den Wäldern? Welche Pfade führten sie hierher? Offenkundig trieben den Zwerg die gleichen Fragen um.

»Beeindruckende Körperbeherrschung«, stellte der Barde mit dem kundigen Blick des Bühnenkünstlers fest. Auch Limbo hatte mit einer Gier im Blick auf die gelenkige Meisterleistung gestarrt, die sein Verlangen nach der Flöte bei Weitem übertraf. Angewidert sah Bowden im Blick des Mannes aufscheinen, wie er sich ausmalte, was sich wohl unter den zahllosen weiten Tüchern und dem Burnus der Elfe verbergen mochte.

»Weißt du mehr über die Feuer? Und willst du diese lächerliche Scharade nicht endlich beenden?« Die Stimme der Elfe hatte etwas von einem eingesperrten Raubtier, sie glich einem schnurrenden Dröhnen. Ein Ton, der bei Getier durch mächtige Fangzähne drang und keinen Zweifel an ihrer Gefährlichkeit zuließ. Sie näherte sich dem Zwerg mit einem einzigen Schritt, wobei Bowden nicht klar war, ob es eine Geste der Bedrohung oder der Versuch war, das Vertrauen des Unterirdischen zu gewinnen. Zu fremdartig waren die Bewegungen der Alten Völker für das menschliche Auge, zu unbekannt ihr Begehr.

»Zu beidem lautet die Antwort nein, Schwester«, antwortete der Zwerg. »Glaubst du wirklich, die würden mich hier einpferchen lassen, noch dazu mit dieser neuen Geschwulst, die mir gewachsen ist, wenn ich auch nur im Entferntesten ahnen würde, worin der Grund von alledem zu suchen ist?«

»He!«, beschwerte sich Limbo mit gespielter Betroffenheit. Sein Blick wanderte unverhohlen zwischen der schlanken Gestalt der Elfe und der Flöte, die der Zwerg neben ihm immer noch zwischen Fingerspitzen schweben ließ. »Auch eine Geschwulst hat Gefühle, Meister.«

Ohne den Blick zu lösen, der sich an den Augen des Zwerges festgesaugt hatte, das Gesicht aber Limbo zugewandt, sagte die feengleiche Wüstenkriegerin: »Du kannst gern versuchen, das auszupacken, was du siehst, Menschling. Nur zu! Ich hörte, Menschen, denen Gliedmaßen fehlen, bringen es in euren schmutzigen Städten als Bettler weit. Nun, was ist?«

Abwehrend hob Limbo die Hände und trat einen Schritt zurück. Bowden musste ein Zähneknirschen unterdrücken, als die Elfe jene Gemeinschaft schmähte, die zu schützen er gelobt hatte. Selbst ein tiefer Atemzug blieb ihm verwehrt, wollte er wissen, was hier vor sich ging.

Unvermittelt ließ sich die Elfe wieder in den Schneidersitz fallen, keinen Schritt weit von dem Zwerg entfernt, angreifbar, die Hände geöffnet, die Augen hinter dem Sichtschlitz ihrer Chalaftücher knapp auf der Höhe mit den seinen. »Wenn du so gar nichts weißt, warum bist du dann hier, Druchuul?«

»Wie ich unserem unwirschen Kerkermeister schon zu erklären versuchte: Ich bin auf dem Weg zurück zu meiner Familie, um mein Eigentum einzufordern. Nicht, dass es dich etwas anginge. Nicht, dass ich mich einer von den Seidhe erklären müsste. Noch dazu, wenn dieses Mitglied der Alten Völker eine der Silberreiterinnen aus den Glassanden ist. Wie viele Prüfungen hast du bestanden?«

»Prüfungen?«, fragte Limbo.

Bowden hatte von den Ritualen jener Elfen gehört, welche nach einem Schisma die Lebensweise der Wälder aufgegeben hatten, um zwischen den gewaltigen Dünen auf mächtigen Katzen unter dem silbrigen Mondlicht zu reiten. Es hieß, dass sie den Tag mieden und ein Aufstieg in ihren Reihen nur mithilfe der Riten möglich war. Umso merkwürdiger, dass eine von ihnen mitten im Hochsommer in den Nordosten Emricks kam.

Die Äußerungen des Zwerges schienen eine Wunde zu berühren. In einer menschlichen Geste zuckte die Sandfee zusammen. Eine rasche Handbewegung in ihrem Nacken ließ ihrerseits den Zwerg und seinen Begleiter zusammenfahren.

Bowen konnte es ihnen nicht verdenken. Viele Messerohren führten Waffen auf dem Rücken, und offenkundig wusste nicht nur er davon.

Abermals musste der Paladin ein erleichtertes Aufatmen unterdrücken. Sie förderte keine verborgene Klinge zutage, sondern entrollte ihre Stoffbahnen.

Beim Anblick ihrer statuenhaften, bleichen Schönheit, die in hartem Gegensatz zu ihren derben Aschezöpfen und ihren seelenlos wirkenden Augen stand, brauchte Bowden seinen Atem nicht mehr zurückzuhalten.

Er stockte von ganz allein.

16

»Du weißt recht viel von unserer Lebensart«, stellte Tanaqui fest. »Ob es zu viel ist, werde ich wohl nicht ohne Weiteres erfahren.«

»Ich bin verdammt noch mal Barde«, rumpelte der Zwerg mit einer ungeduldigen Geste, bei der er mit der freien Hand gegen den Oberschenkel klatschte. Sein rauer Tonfall konnte die Melodie in seiner Stimme nicht überdecken. »Wir wissen eben so manches. Wir werden in Künsten aller Völker unterwiesen, wir wissen alles, woran man sich je zurückerinnern kann. Seit der Diaspora jedenfalls. Ich habe mir weitaus mehr angeeignet, als es ein Mensch meiner Zunft wohl täte. Aus naheliegenden Gründen. Bardentum gehört zu den Handwerken, und wir meistern die unseren. Ich mag keine Edelsteine schleifen und keine Äxte schmieden, ich schmiede und poliere Verse. Wer schreiben will, muss lesen.«

»Seit der Diaspora?«, unterbrach ihn Limbo, bevor Tanaqui etwas entgegnen konnte.

Sowohl sie als auch der Unterirdische übergingen das Rundohr. Ihr Blick huschte für einen Moment zur Ecke des Flurs, wo eine einsame Fackel knisterte. Sie neigte leicht den Kopf, konnte ein Lächeln nicht unterdrücken.

»Ja gut, ich weiß, dass ich nicht der hellste Docht der Laterne bin, meine Nichteltern haben daran keinen Zweifel gelassen«, klagte der Gesetzlose.

Tanaqui konnte seinen unerträglichen Körpergeruch kaum ertragen. Nicht nur Schweiß und Dreck, sondern auch eine schwere Krankheit?

»Du hattest deine Frage«, grollte ihr Gegenüber. »Ich würde sagen, mir langt es. In einem Dorfbann, dessen einzig rechtmäßiger Bewohner unter allen Neuankömmlingen ich bin, will ich nicht verhört werden, als wäre ich der Fremde, verflixt noch eins! Was führt dich denn nun her? Was treibt eine der Silberreiterinnen der Quarzsande aus den Weiten des Kalifates um, einen wochenlangen Ritt nach Norden auf sich zu nehmen, nur um sich in besagter Dorfgemeinde von einem – wenn auch beeindruckend gerüsteten – Krieger und seinem Zauberschützling einfach so gefangen nehmen zu lassen? Ganz ohne Gegenwehr? Noch dazu hier, wo der Krieg zwischen eurem Volk und dem Reich der Königin am schlimmsten tobte?«

Tanaqui spürte, dass sie in ihrer Gefangenschaft nichts weniger als eine gemeinsame Oase in der Wüste gefunden hatte. Dass sie unter fremden und feindseligen Menschen, wenn man so wollte, mit dieser Person aus einem Alten Volk mehr verband. »Offen gesprochen?«

»Ich bitte darum. Wir sind ja unter uns, und mein Geheimnis scheint mittlerweile jeder durchschaut zu haben«, antwortete der Zwerg, und sein Begleiter nickte eifrig. Die Geste fand ein rasches Ende, als Tanaqui die Augen zu Schlitzen verengte und eine Hand zur Faust ballte. Augenblicklich zog sich Limbo auf seine Pritsche zurück.

Tanaqui schluckte. Der Mann tat ihr leid, aber sein Miasma war unerträglich.

Warum war sie hierhergekommen? Diese Frage hatte sie sich auf dem Weg zurück in die unwirtlichen Wälder ihrer Heimat doch selbst hundertfach gestellt. Sie wusste wohl, dass es hier nichts mehr für sie gab. *Sie, ihre große Liebe,* war tot. Nahezu alle, die seinerzeit an ihrer Seite im Kriegstrupp gekämpft hatten, lebten nicht mehr. Wenn der Magier des Paladins begriff, wer sie war, wenn er sie entgegen jeder Wahrscheinlichkeit wiedererkannte, würde sie brennen. Bei dem Nordmann im Waffenrock des Architektenkults würde es ihr ähnlich ergehen. Ihre Herzen schmerzten bei der Vorstellung, dass sie einer falschen Eingebung nachgeritten sein mochte. Ein Junge war dafür gestorben.

»Ich dachte, ich müsse mich hierher begeben, weil die Wälder in Flammen stehen«, sagte sie nach langer Pause ganz einfach und meinte jedes Wort ehrlich. Sie konnte die Trauerfärbung nicht aus ihrer Stimme verbannen. »Selbst in meiner Heimat hat man von den unbändigen Flammen gehört.«

»Bereits vor Wochen«, murmelte der Zwerg und kaute in den Tiefen seines Barts an der Unterlippe. Das Barett auf seinem Kopf wippte keck.

»Es hat dich also geradezu bren...«, hob Limbo an.

»Beim Vater der Esse, Furunkel, sprich das Wort nicht aus!«, warnte der Zwerg, die Faust geballt.

»Es hat mich brennend beschäftigt, in der Tat«, beendete Tanaqui die Stichelei des Rundohrs. »Ich weiß nicht, ob es dir je eingefallen ist, doch wenn der Mirvaali brennt, die Seelenbäume von den Flammen verzehrt werden, sterben auch alle Tiere auf diesem Eiland. Also gibt es kein Jagdwild mehr für euch Menschen und eure Ritter, keine Insekten, welche die Blumen bestäuben und das Wachstum von einfach allem sicherstellen. Willst du zwischen Kohlen und Aschehügeln an Börsen zupfen?« Sie warf einen geringschätzigen Blick auf seine schmierige Haut. »Vergiss die letzte Frage! Offenkundig tust du das ja schon.«

Mit einer raschen Handbewegung klappte der Zwerg den aufgesperrten Mund des Menschen neben sich zu und ersparte ihnen weitere Einblicke in die Grabhöhle. Aber nicht für lange.

»He, Meister Barde hier ist zwischen Kohle und Aschehügeln groß geworden, da bin ich mir sicher«, setzte Limbo an.

»Ich sage dir auf den Kopf zu, du bist gewiss aufgebrochen, weil Teile der Wälder brennen, durchaus. Aber nicht, weil es nur wegen des alles erhaltenden Mirvaali wäre, nicht wahr?«, erkundigte sich Gjalar.

Gegen ihren Willen spürte Tanaqui, wie ihr ein Schauer über den Rücken lief. Der Zwerg beeindruckte sie auf mehr als eine Weise.

»Es ist auch *dein* Mirvaali. Du bist nach Hause zurückgekehrt, denn du entstammst diesen Wäldern. Du witterst eine große Gefahr, doch du hängst auch verlorenen Gefühlen nach.« Mit diesen Worten tastete er sich bestechend genau vor. Die letzten Überlegungen teilte er zudem in einem der seltensten elfischen Dialekte des Südens mit, den er verblüffend gut beherrschte. Fast augenblicklich spitzte die Sandkriegerin das rechte Ohr, als sie ein leises Scharren aus der Richtung der Fackel wahrnahm.

»Geschossen wie ein Elf der Wälder aus dem Schwertwind und ins Schwarze getroffen«, entgegnete sie im gleichen Dialekt. Es gelang ihr nicht, die Trauer darüber aus ihrer Stimme herauszuhalten, wie sie die Heimat vor Jahren hatte verlassen müssen und nun in eine Welt zurückkehrte, die brannte. »Wozu die Flöte?«, fragte sie unvermittelt, um den Moment der Schwäche zu überspielen und dem Großen Jäger keine Zeit und Gelegenheit zum Rumoren einzuräumen. Er würde früh genug aus seinem Schlummer in ihren Hautbildern erwachen und das Blut von Limbo oder dem Zwerg verlangen, weil sie zu viel wussten.

»Mir ist dein Blick nicht entgangen. Als wir über das üble Abenteuer berichteten, das mir und meinem Anhängsel hier auf der Landstraße widerfuhr, meine ich«, erklärte der Druchuul. Unvermittelt hob der Unterirdische die Kristallflöte an die Lippen und begann zu spielen.

Es dauerte nur kurz an. Doch bereits beim Auftakt durchfuhr es Tanaqui. Wie vom Donner gerührt und blitzartige Schübe in jedem ihrer Hautbilder verspürend, kauerte sie auf dem Zellenboden.

Ihr war, als liefen die Kugelblitze der Dünen durch jeden der gewölbten Steine unter ihrer Haut, als drohe ihr der Atem zu stocken und sie zugleich vom Boden abzuheben. Sie fuhr herum, tauschte einen Blick mit Limbo. Sämtlicher aufgesetzte Schalk, alle Fassade war von den derben Zügen des ungepflegten Menschen gewichen. Seine Wangen hingen wie bei einem Bluthund herab, schlackerten, als er ungläubig den Kopf schüttelte.

Dann war es vorüber. Der Zwerg hatte nur für Takte angesetzt, und doch hatte sie es sofort bemerkt. Limbo erging es nicht anders. Ebenso wenig wie ihrem leisen Besucher an der Fackel, der sich gut, aber nicht gut genug verbarg, und natürlich dem Großen Jäger. Wenn Cathwyn wusste, welche Tonfolge dies war, so teilte ihr Urahn sein Wissen nicht mit Tanaqui.

»Das ist die Melodie«, staunte Limbo.

»Das ist sie«, stimmte Tanaqui zu, die wie der Streuner den Unglauben nicht aus ihrer Stimme verbannen konnte.

»Das ist nichts als reines Hexenwerk!«, zischte Bowden Verdian. Der Ritter fegte um die Ecke, die mitleidlosen, kantigen Züge vor Zorn verzerrt. Er fletschte die Zähne wie ein Wolf.

Während sie den vermeintlichen Neuankömmling noch in Augenschein nahm – er war ein geübter Pirscher, aber sie hatte ihn gehört –, war Cathwyn längst weiter gediehen als sie. Er hatte ihren Körper in eine federnde Grundhaltung erhoben, bereit, den Paladin mit bloßen Händen zu töten. Denn der schickte sich an, die Zelle aufzureißen. Ballte die Fäuste. Öffnete sie wieder. Unbeherrscht und fahrig nestelte er an seiner Kleidung auf der Suche nach dem Zellenschlüssel.

»Also kannst du doch die Macht wirken, lügnerischer Zwerg. Wir haben unsere drei Brandstifter also gefunden«, presste der Gotteskrieger zwischen den Zähnen hervor.

»Was macht dich so sicher?«, hörte sich Tanaqui fragen. Ungewiss, ob sie selbst oder der Große Jäger durch ihren Mund die Frage gestellt hatte.

»Genau dieses Lied vernahm ich, eigentlich eher die Abwesenheit einer Melodie, die letzthin wieder doch eine ist. Im Tempel, kurz vor dem Ausbruch des Feuers, dem Auftauchen der Bestie.«

»Und das beweist genau *was?*«, grollte der Zwerg, der seine Schinkenfäuste ebenso ballte wie Tanaqui und allem Anschein nach so wenig Lust verspürte wie Cathwyn, in einem

Kuhdorf nach einem Kesseltreiben unter der Hetze eines rasenden Templers verbrannt zu werden.

Selbst Limbo schien durch diese Wendung zu Kampfeswillen gefunden zu haben. Er schnappte sich schon einmal einen Notdurfteimer. So standen sie zu dritt dem Paladin gegenüber.

»Wenn es Zauberei ist, dieses dämliche Lied nachzuspielen«, bellte der Zwerg den Gotteskrieger an, »und nur Magier diese Zauberei hören können, dann bist du auch einer. Und sogar der Stinker hier neben mir«, folgerte er.

Das brachte Bowden Verdian zum Innehalten, wenn auch nur für einen Moment.

»Eine Waffe. Beim Schlüsselbrett«, murmelte er geistesabwesend, als könne er so Gjalars Gegenbeweis entkräften, und wandte sich jählings um.

Er kam gerade zwei Schritte weit.

Rauch kräuselte sich, quoll wie Nebel aus der Biegung des Korridors mit der Fackel hervor. Rote Glut erfüllte den Zutritt zum Gewölbe.

»Nicht nötig, die Waffe befindet sich hier«, meldete Kato Tamasine.

Tanaqui musterte den Magier. Seine würdevolle Art zu schreiten wollte so gar nicht zu seinem frechen Gesichtsausdruck und dem losen Mundwerk passen.

Du bist weit gekommen, nach allem, was wir dir angetan haben, dachte sie bei sich. Zumindest in einer Sache musste sie dem Paladin jedoch recht geben: Es konnte kein Zufall sein, dass sie alle an diesem Ort aufeinandertrafen. Sie hatte diesen Menschen vor vielen Jahren zuletzt gesehen – zumindest nach seinen Maßstäben. Die damaligen Ereignisse hatten ihn auf eine Weise verändert und entstellt, die nun etwas in ihrem Innersten anrührte. Ihre Schuldgefühle saßen so tief, dass sie vernehmlich schluckte.

»Keine Sorge, ich bin nicht hier, um Streit zu suchen oder weiter irgendwen einzuschüchtern«, versicherte der Magier mit dem Hund im Schlepptau. Der Feuerzauberer missdeutete ihre Beklommenheit. Eindrücklich musterte er ihre Gesichtszüge. Runzelte unter der Kapuze die Stirn, soweit das im Wechselspiel des Glühens seiner Augen, seiner schwelenden Haarpracht und der unzähligen orangeroten Hautrunen selbst mit ihrem scharfen Blick erkennbar war.

Erkannte er sie? Magier hatten ein famoses Gedächtnis. Bedachtsam senkte Tanaqui den Blick, etwas, das dem großen Jäger ganz und gar nicht gefiel. Er trieb sie an, das Kinn herausfordernd nach vorn zu recken.

»Warum solltest du uns dann heimsuchen, Deserteur, wenn nicht, um Zwietracht zu säen oder mir die Geduld zu rauben?«, fragte Bowden Verdian, dem der Auftritt seines Gefährten ersichtlich gegen den Strich ging.

»Dir auch einen schönen Abend, werter Leibwächter«, antwortete Kato Tamasine und blieb zwei Schritte vor dem Paladin stehen, welcher ihn seinerseits mit geballten Fäusten anstarrte. »Du solltest deine Wut wirklich zähmen, Bowden. Vor lauter Zorn sind dir Rüstung und Waffenrock davongeflogen, obwohl du ganz offenkundig im Einsatz bist und hier Kriegsgefangene oder wen auch immer verhörst.«

»Der richtige Ausdruck lautet Aufpasser. Hütehund. Geleit. Nenn es, wie du willst, Magier, mir ist das einerlei. Was ich aber nicht bin, ist dein Leibwächter. Vergiss das niemals! Ich schütze die anderen vor dir und deinen Flammen. Oder benötigst du eine Gedächtnisauffrischung darüber, was im Flusshain während des ärgsten Scharmützels vorgefallen ist?«

Tanaqui zuckte zusammen. »Veal'garni'en?«, hauchte sie. »Ihr wart dort? Im Flusshain?« Die Wut ihres Urahnen flammte auf. Den Schmerz darüber, was die Elfe damals über den Brand der Seelenbäume vernommen hatte, vermochte sie indes nicht zu verdrängen. Das Entsetzen fühlte sich so frisch an wie an dem Tag, als sie – längst im Süden angekommen – die Kunde aus dem dritten Unwerthkrieg vernommen hatte.

So leise sie war, Bowden Verdian hatte sie ebenso gehört wie der Zwerg. »Halt an dich, Ritter, wenn du nicht Worte ausstoßen willst, die du nicht mehr zurücknehmen kannst!«, mahnte der Unterirdische, und sein Brummton und der derbe Kieselgrat in seiner Stimme waren einer Eiseskälte unter jeder geäußerten Silbe gewichen.

Alle Mitglieder der Alten Völker, seien sie Trollblütige, Riesen, die Hyänen, die Zwerge oder die am meisten betroffenen, die Elfen: Tanaquis Muttervolk. Niemand von ihnen würde den Tag vergessen, an dem die Ritter der Königinmutter und Vorgängerin der jetzigen Herrscherin bis zu den Seelenbäumen in die Heiligtümer jenseits der Elfenmetropole Thar Gwynleth vorgedrungen waren.

Die Menschen hatten ein beispielloses Gemetzel angerichtet. Seelenbäume waren vor dem trauernden Sternenhimmel zu Hunderten niedergebrannt worden. Seit diesem Tag, jener Nacht, waren ihrer nur wenige übrig, welche die Unsterblichkeit der letzten Waldelfen des Schwertwindes bewahrten. Das ganze Volk war dem Untergang geweiht.

»Ich halte an mich, zumal ich weiß, wo ich bin«, presste der Paladin hervor. »Meine Frage ist noch nicht beantwortet, Deserteur. Warum bist du hier? Warum der theatralische Auftritt, das neckische Gehabe?«

Es dauerte lange, bis Kato Tamasine antwortete. Zu ihrer Verwunderung musste Tanaqui feststellen, dass der Weltschmerz über jene Tragödie, welche sogar den Geist ihres Vorfahren in ihrem Fleisch zu bändigen vermochte, nicht nur in ihrem Inneren und den Augen des Barden tobte.

Sie erkannte eine Verwandtschaft ihrer Pein in den Augen des Magiers. Die Feuer, die in seiner Iris loderten, tanzten unstet hinter einem wässerigen Vorhang. Kato Tamasine schämte sich.

Der Magier blickte an seinem noch immer vor Wut und selbstgerechtem Auftrumpfen bebenden Begleiter vorbei auf die drei Insassen der Zelle. »Ich bin aus den gleichen Gründen hier wie du, Bowden Verdian. Zumindest aus ähnlichen. Ich will erfahren, was diese drei wissen ...«

»Gut, dann schreiten wir zur Tat. Genug Zeit vertändelt!«, rief der Gotteskrieger und wandte sich wieder zur Treppe um.

Die Hand des Magiers an seiner Schulter hinderte seinen Gang ein weiteres Mal.

»Und ich brauche Eure Hilfe, Meister Barde. Wenn Ihr sie denn gewähren wollt.«

Der Unterirdische neben Tanaqui verschränkte die Arme. »Nach allem, was ich gerade gehört habe, bin ich mir dessen noch weniger sicher als in dem Augenblick, da ihr beiden Hundsstricke mich über den Bingen meiner eigenen Heimatstadt in dieses Loch geworfen habt. Gehört nicht viel dazu, eins und eins zusammenzuzählen. Brennende Seelenbäume, brennende Frauen und Kinder der Messerohren sowie ein Mann, in den man das Feuer mit Runen nicht nur geritzt, sondern gebracht hat«, zischte der Druchuul. »Wer sagt mir, dass du das Feuer nicht selbst gelegt hast, um einige Aufrührer der Nichtmenschen zu belasten, wie ihr uns nennt? Aber wenn ich von hier entkommen will, habe ich wohl keine andere Wahl.«

Tanaqui zuckte zusammen.

Etwas zerbrach in ihr, als die Worte des Zwerges in ihr Gemüt einsickerten. Deren Richtigkeit hatte sie längst begriffen, bisher aber nicht wahrhaben wollen.

Du hast den Mann erschaffen, der dort vor dir steht, sagte ihr die innere Stimme, die sie selbst und nicht der Große Jäger war. *Du hast dieses Geschöpf durch deine eigene jugendliche Torheit in die Welt gebracht.*

Die Bilder jener Nacht inmitten der Stadt der Menschenkönigin standen ihr klar vor Augen.

Später verformte man ihn zu einer Waffe der Königin, zu einem Lohenmagus, einem aus dem Kollegturm der elementaren Magie. Ihn lehrte man nicht, Wasser, Erde, Luft oder Metall zu zähmen. Man machte ein Katapult aus ihm. Eine Ramme. Eine Speerschleuder, einen Belagerungsturm. Eine menschgewordene Kriegsmaschine. Du warst der Ursprung, Tanaqui.

»Nein«, hauchte sie, nach innen gewandt.

»Wem ich helfe, entscheide immer noch ich, Messerohr, obgleich ich dir für deinen Beistand dankbar bin«, missverstand sie der Zwerg.

Sie vernahm die Stimme des Unterirdischen als unbestimmtes Rauschen oder Blubbern am Rand ihrer sonst so geschulten Wahrnehmung. Kein Verständnis seiner Worte stellte sich ein. Die Welt drohte im Dunkel zu versinken, ihr Fluchttrieb verengte sich zu einem Tunnel nackter Angst.

»Deine Hilfe brauche ich auch, Tochter der Septen des Südens. Wenngleich nun klar ist, dass du in gewisser Weise auch eine Tochter der Wälder bist«, erklärte Kato, und beim Klang der Stimme des Magiers schärfte sich zumindest ihr Blick wieder ebenso wie der des Großen Jägers.

»Was denn?«, fragte sie noch etwas wirr. Sie fühlte sich, als erwache sie soeben aus einer durchzechten Nacht mit zu viel Wein und bitteren Pilzen. Die Urahnen vor der Diaspora und die Seemutter Selachia mochten bezeugen, dass sie diese reichlich vertragen konnte.

»Nichts da!«, rief Bowden. Der Paladin verstellte dem Magier den Weg zur Zelle. »Was soll das heißen, du bräuchtest diese Verdächtigen? Das sind Verbrecher.«

Limbo wollte aufbegehren, aber der Druchuul kam ihm zuvor. Er stapfte an Tanaqui vorbei und stützte die Fäuste in die Hüften. »Noch ein einziges verächtliches Wort, Menschling, und ich …«

»Und du … *was?*« Der Paladin trat vor und richtete sich drohend vor den Gitterstäben auf. Er überragte den Zwerg um das Doppelte. Wieder erschien da dieses wölfische Zähnefletschen, das Tanaqui schon einmal an ihm bemerkt hatte. Eine Aura der Drohung, die weit über Waffen, Drill und jene Todesfälle hinausging, die an ihm als geschworenem Krieger hafteten.

Was der Druchuul von all dem spürte, ließ er sich nicht anmerken. Der Zwerg biss seinerseits die Zähne zusammen, die mächtigen Fäuste und die Unterarmmuskeln arbeiteten, während sich die ungleichen Widersacher nur durch wenige Eisenstecken getrennt gegenüberstanden.

Es war eine reine Prahlerei, was den Zwerg betraf. Die Elfe wusste, dass er Gewalt verabscheute. Auf gewisse Weise ähnelten sie sich. Bis auf einen wichtigen Unterschied: Eine Jägerin musste töten, um zu überleben. Dem Gesetz der Wildnis folgen.

Ein leises Knirschen neben ihr erregte Tanaquis Aufmerksamkeit. Sie bemerkte, wie Limbo den Griff um den Blecheimer fester schloss, sich spannte. Wer immer der stinkende Mensch war, er wirkte aufrichtiger, als es bisher den Anschein hatte, und war offenkundig fest entschlossen, den unterirdischen Genossen zu verteidigen. Wort zu halten. Oder wollte er nur ein mögliches Kampfgetümmel nutzen, das Weite zu suchen, sobald sich die Gelegenheit dazu ergab?

»Es kommt aus der Tiefe.« Katos Stimme erhob sich, zugleich wallte das Licht der Fackel hinter ihm zu einem Trugbild auf. Rauch und Flammen schienen seinen Worten Gestalt zu verleihen, stiegen auf, formten im Spiel aus Licht und Schatten den Ausblick auf einige Tannenbäume. Sie brachen an vielen Stellen auf, Rauch kräuselte sich wie Gespinst aus dem Schattenboden, bevor er sich urplötzlich zu Feuerzungen entzündete und kleine Häuser mit ihren Bewohnern aus dem Halbdunkel heraus verschlang.

Daraufhin zerfiel das Bild, und die Fackel beleuchtete das Gewölbe wie bisher. Die Streithähne musterten den Magier.

»Das Feuer kommt aus der Tiefe«, wiederholte Kato mit bedeutungsschwerer Stimme. »Wir brauchen wirklich deine Hilfe, Meister Barde.« Er warf seinem Bewacher einen fragenden Blick zu. Das Glühen seiner Augen brannte sich in das eisig unbewegte Antlitz des Paladins ein. »Genug der Spielchen, Bowden Verdian!«, beschied ihn Kato, während Schatten hinter ihm tanzten. »Wir stecken tatsächlich bis zum Hals in Dung. Und es ist Dung, der hervorragend brennt. Wenn wir ihn löschen wollen, brauchen wir jede Hand. Jeden Bogen. Jeden Speer, jede Axt ... und Zugang zur Minenstadt.«

Sein Blick fiel auf Limbo. »Wenn wir ihn löschen wollen, benötigen wir jeden Eimer.«

17

Da endlich erschien es. Ein Ziel, nicht für den Großen Jäger, sondern das, was er nur als Gefäß seines Willens erachtete. Voller Erregung wandte er sich an den Magier. »Wenn du verkündest, die Feuer, welche die Wälder verheeren, stammen aus der Tiefe, meinst du damit, die Druchuul seien schuld?«

Ungläubige, fragende Blicke kamen von den anderen.

»Die Zwerge«, fügte Tanaqui erläuternd hinzu. »Sie also tragen die Schuld an dieser Verwüstung, welche einmal mehr unsere Seelenbäume bedroht.«

»Pure Verleumdung! Mein Volk beging keine Brandstiftung.« Der Zwerg stampfte so heftig mit dem Fuß auf, dass es in dem dumpfen Gewölbe wie Donner hallte. »Warum sollten wir auch? Wir brauchen Bauholz wie alle anderen auch. Wir müssen Holzkohle meilern, wo Steinkohle nichts nützt. Was hätten wir davon, die Wälder anzuzünden?«

»Einen Krieg der Völker«, hauchte Limbo mit dem ganzen Schrecken, der diesem Wort anhaftete, welches die Welt in Gut und Schlecht, in Minderwertig und Wertvoll einzuteilen suchte.

»Nicht hilfreich, Anhängsel«, tadelte der Zwerg. »Ich für meinen Teil kann für mich und meine Sippe beim Schmied und jedem seiner geheiligten Werkzeuge beschwören, dass niemand von uns jemals so etwas täte.«

Zögernd schenkte Tanaqui ihm Glauben. Sie hatte die Bestürzung des Zwerges bemerkt, der sich Gjalar Arjunasson aus dem Clan der Schachtfeger nannte, als es um die brennenden Seelenbäume ging. Nach allem, was die Wüstenelfe über diesen Unterirdischen wusste, log er darüber, wer er war. Doch was die Feuer betraf, sprach der Druchuul die Wahrheit.

»Verdammt, Deserteur, du musst dich irren! Beim leibhaftigen Übel, mit diesem Geplänkel lenken die Verschwörer doch nur von ihrer Tat ab. Wer muss schon die Ränke und Spitzfindigkeiten aller Völker kennen, um Verbrecher ihrer Strafe zuzuführen?«, fragte Bowden herausfordernd.

»Ein Paladin, dem etwas an der Gerechtigkeit liegt«, stellte Kato mit rauchschwerer Stimme fest, sodass sich ihm alle Versammelten zuwandten. »Der sollte so vorgehen. Oder nicht, Bowden Verdian ... aus dem Hause Kaltkluft?«

»Nimm noch einmal diese Verhöhnung meiner Familie in deinen rußigen Mund, und du lernst das wahre Ausmaß meines bisher gemäßigten Zorns kennen, Deserteur«, drohte der Gotteskrieger.

Tanaqui sah Bowden indessen an, dass die Worte des Lohenmagus ihre Wirkung nicht verfehlt hatten.

»Aber ein Zwerg muss schuld sein«, fasste Tanaqui nach. »Wenn das Feuer aus der Tiefe stammt?«

»Jetzt fangen die schon wieder an«, knurrte Gjalar. Limbo ging auf Abstand, wie um sich vor dem Zwergenzorn in Sicherheit zu bringen. »Wir haben da unten mehr als Zwerge. Schrate. Trolle. Nicht mehr viele, aber sie alle könnten so etwas angerichtet haben. Es wimmelt in den Tunneln vor Chimaerae.«

»Hast du Beweise gegen die Drazok Dhar? Wenn du etwas weißt, Messerohr, musst du es preisgeben. So will es das Gesetz«, mahnte Bowden.

Kato verschränkte die Arme. »Oder besser: So will es die Blechbüchse. Zwerge haben damit nichts zu tun, ebenso wenig wie das Gesetz. Höchstens seins.«

Tanaqui schüttelte den Kopf. »Worte lügen gern, und ehe ich mich versehe, schreit wieder jemand, ein anderer droht, und Tücke sickert in alle ein. Gleichviel, ob man ein Herz oder zwei Herzen in der Brust trägt, vom Menschenvolk oder den Alten abstammt.« So würdevoll, wie es nur ein geborenes Raubtier vermochte, wandte sich Tanaqui der verbissensten Gestalt im Kerker zu. »Paladin. Du hast meine Habe beschlagnahmt. Sieh unter meinen Satteltaschen – der Satteldecke – nach! Dort findest du ein Versteck, etwas Eingenähtes, aber leicht auszumachen, sobald man davon weiß. Ganz außen, wo es Mistral nicht stören würde. Sieh hinein!«

»Eine lächerliche Finte, um mich nach draußen zu schicken und dann den Deserteur im Handstreich zu überwältigen«, weigerte sich Bowden.

Kato atmete schwer aus, um die Unmöglichkeit eines solchen Unterfangens mit rollenden Augen zu unterstreichen. »Dann ziehe eben ich los«, hob er an.

Bowden verzog das Gesicht. »Auf keinen Fall. Wer sagt mir, dass du nicht mit irgendeinem abgekarteten Trug zurückkommst, den du mit diesen Gestalten hier ausgeheckt hast, um mich zu hintergehen? Nein, ich gehe selbst. Aber seid euch gewiss, ich kenne jeden Trick.« Er wandte sich auf dem Absatz um und stapfte aus der Zelle.

»Meinen Hintern kennst du«, murmelte Limbo fast unhörbar, kaum dass der Gotteskrieger hinaus war. »Zumindest weißt du nichts von umgekehrten Gedankentricks, du Witzfigur.«

»Vorsicht!«, mahnte Kato.

»Was denn, Herr? Seid Ihr etwa auf der Seite von diesem Wüterich?«, hielt der Vagabund dagegen.

»Sicher ist er das. Die dienen in der gleichen Streitmacht«, presste der Zwerg hervor.

»Das meine ich nicht. Er hat nur verdammt gute Ohren, das ist alles«, erklärte der Magier, der lässig auf den Boden neben seinem Hund in die Hocke ging und auf seinen Stab gestützt verharrte, sodass sich ihm die Robe straff um die Knie legte. Dabei ächzte er, als litte er Schmerzen.

Brandnarben peinigen ewig, dachte Tanaqui. Unbewusst fuhr sie an ihren Tätowierungen entlang.

Doch schon nach Kurzem hörte sie, wie der Paladin in den Kerker zurückkehrte. Bowden reckte ihr geraubtes Dokument nach oben.

»Lies!«, befahl er Kato und streckte ihm das Schreiben entgegen. Kincaid, der zwischen ihnen saß, blickte bei der Übergabe mit tumben Augen hechelnd zwischen den beiden hin und her. Vielleicht erschien es ihm wie eine gebratene Taube.

Kato las geschwinder als jedes Geschöpf außer Elfen, das Tanaqui in ihrem Leben je gesehen hatte. Er überflog die Zeilen. Die Lieder des Kosmos hatten ihm die Augen geöffnet.

Der Magier hob den Blick vom Geschriebenen und wandte sich zu Bowden um. Der Paladin stand einmal mehr mit gefletschten Zähnen vor den Gitterstäben. Sein Gesichtsausdruck gefiel Tanaqui noch weniger als zuvor, es lag ein grimmes Rechthaben darin.

»Du behauptest, ein gebildeter Mann zu sein, Barde?« Kato hatte sich erhoben und streckte dem Zwerg das Pergament entgegen. »Lies du und dann erklär es mir! Du beherrschst doch die Sprache des Emirats.«

Gjalar nickte. Er hatte aufgehört, zu poltern und zu schimpfen. Offenkundig war dem Unterirdischen nicht entgangen, wie sich Bowden verändert hatte.

Zuerst verfinsterte sich die Miene des Zwerges beim Lesen, und er kniff die Augen zusammen. Dann verzogen sich die Mundwinkel, glätteten sich wieder und wichen einem Ausdruck zwischen Abscheu und Wiedererkennen.

Gegen ihren Willen war Tanaqui beeindruckt. Nach allem, was sie gehört hatte, waren die Erdwühler plumpe Gesellen, zu nichts zu begeistern als zur Mehrung ihrer Schätze und dem Vortrieb ihrer Stollen auf der Suche nach ihrem in der Tiefe schlummernden Schmiedegott. Was sie sich dadurch erhofften, nannten sie Wiedervereinigung.

Um ihrem Herrn nicht mit leeren Händen gegenüberzutreten, sammelten sie alles an Gold, Erz und Geschmeide, um es zu Kunstwerken zu verarbeiten.

Und aus Raffgier, wohlgemerkt, das hatten sie in drei Unwerthkriegen bewiesen. Nach allem, was die Wüstenelfe vernommen hatte, war ihnen dabei jedes Mittel recht, ihren Wohlstand zu mehren. Die jämmerliche Furcht des Gesetzlosen vor diesem Zwerg, dem er Geld schuldete, bestätigte solche Eindrücke umso mehr.

Hier stand Gjalar Arjunasson aus dem Clan der Schachtfeger, und ein Gemisch widerstreitender Gefühle huschte über sein Gesicht. Ein solches Mienenspiel, dass es elfische Jägeraugen brauchte, um im Flackern und Blinzeln auf den Zügen des Unterirdischen Deutbares wahrzunehmen.

»Zweifelsfrei Blödsinn, um eine Handvoll Weichhäute mit runden Ohren zu überlisten. Da wollte euch einer eine ganze Horde Höhlenbären aufbinden. Bestenfalls. Ich würde eher sagen, ein solcher Wisch hat einiges an politischem Gewicht und könnte unter unglücklichen Umständen einen Krieg auslösen«, warnte der Zwerg nicht ohne Spott und riss Tanaqui mit diesen Worten aus ihren Beobachtungen.

Sie beobachtete, dass Kato das Mienenspiel ebenfalls mitverfolgt hatte.

»Zumindest, was deine Bedenken betrifft, stimme ich dir zu, Gjalar Arjunasson«, meinte der Lohenmagier und nickte mit Bedacht, einen Finger an der wulstbesetzten Unterlippe.

Fast so viele Hautbilder wie mich zeichnen ihn, dachte Tanaqui. *Welche Ironie der Geschichte liegt doch darin! Es ist meine Schuld, dass dieses Aussehen über ihn verhängt ist, und wir gleichen uns in dem, was uns schmückt. Uns verunstaltet.*

Nein. Was euch Kraft gibt, drang der Geist des Großen Jägers in ihre Betrachtungen.

»Wenn du es ebenso durchschaut hast, bist du der gebildete Mann, für den ich dich halte, Feuerkleidträger. Das Gedächtnis der Magier soll dem der Barden bekanntlich in wenig nachstehen. Ebenso wenig wie dem der Drazok Dhar. Dem meines Volkes«, brummte der Unterirdische anerkennend.

»Zu viel der Ehre.« Einmal mehr griente der Zauberer wie ein Straßenjunge, der mit der Hand im Apfelkorb eines Marktschreiers ertappt wurde. »Erläuterung: Ich habe mir lediglich alle eure Namen vorhin noch einmal im Gefangenenregister angesehen. Aber trotzdem danke.«

Bowden schnaubte. »Genug der Possen. Bekenn dich, Arjunasson! Bist du mit diesem Burschen im Bunde? Kennst du einen gewissen Kundalath Gemmenschneider? Und wag es nicht, das Bündnis zwischen den Menschen, unserer Kirche und den gewissenhaften und ehrlichen Mitgliedern deines Volkes zu beflecken, indem du und dein Vagabundenkomplize mich erneut anlügen. Den Namen eines Wucherers habe ich heute schon hören müssen, nun kommt der eines Brandstifters und Verschwörers hinzu. Wer ist der Kerl, und wo finde ich ihn? Sprich! Oder, beim Architekten, es wird dir übel ergehen. Vielleicht bist du am Ende selbst der Verbrecher.«

»Komm herein und wiederhole deine Worte, Blechmann! Du hast gerade deine Rüstung verlegt, also klären wir das Ganze doch einfach wie Männer«, knurrte der Zwerg. Tanaqui spürte, dass dies abermals nur ein Spiegeltrick war. In den Augen des Unterirdischen lag eine merkwürdige, fahle Abwesenheit, wenn er drohte und Gewalt beschwor. Erneut sah sie sich bestätigt, dass er wahrlich Dichter war, dass er Mord und Totschlag verabscheute. Eine weitere Lüge des Druchuul.

Doch sie verstand, worum es dabei ging. Wie sollte sie auch nicht? Ähnelten sie sich in dieser einen Eigenschaft doch, die Arjunasson ganz offenkundig zwang, sich beständig zu verstellen.

Bevor ihm Bowden oder Kato antworten konnten, sprach der Zwerg weiter. »Der Name ist eine Chiffre. Verborgen in den Übertragungen in die Sprachen des tiefsten Südens.«

»Aha! Ein Geheimzeichen für Verschwörer gegen die Reiche der Menschen«, zischte der Paladin.

»Klarstellung: Du machst dich lächerlich«, tadelte der Magier seinen Aufpasser. »Nun lass ihn doch wenigstens ausreden! Und du wirst ihm kein götterverdammtes Haar krümmen.«

Sämtliche Farbe wich aus dem Gesicht des Gotteskriegers. Bowden wandte sich zu dem Magier um, die Fäuste mit solcher Anspannung geballt, dass sie weiß wurden. »Vorsicht, Deserteur! Meine Geduld ist auch mit deinen Possen am Ende. Du führst hier nicht das Wort. Schon gar nicht mit solch ketzerischer Rede!«

»Ganz im Gegenteil.« Kato erhob sich, wich keineswegs zurück, sondern trat zwei Schritte nach vorn, bis er dicht vor dem Paladin stand. Sie waren in etwa gleich groß, aber der Templer wirkte um einiges eindrucksvoller, muskelbepackt, kraftvoll. Er konnte mit bloßen Händen töten, dazu genügte Tanaqui ein Blick. Zudem war ihr klar, dass der Tempel ihn gegen die Magie seines Begleiters unverletzbar haben musste, alles andere wäre närrisch gewesen. »Ich übernehme dann die Führung, wenn eine magische Bedrohung des Reiches den Gefahrenfall auslöst und die Befehlskette außer Kraft setzt«, betonte der Feuerzauberer.

»Ganz im Gegenteil, soso«, echote Bowden. »Eine magische Bedrohung von immenser Tragweite. Wie gelegen dir das wohl kommt, Deserteur.« Sein rechter Ellbogen zuckte sacht zurück, sammelte Schwung, bereit für einen Schwinger in die Magengrube, den der Magier im Halbdunkel und aus dem Glimmen seiner Kapuze heraus unmöglich wahrnehmen konnte.

»Es ist die Kennung für einen roten Hering!«, blaffte der Zwerg in diesem Moment, um die Lage zu retten. »Kein Grund, ihm einen Faustschlag zu verpassen. Steht dir natürlich frei, ihn einfach nur so zu schlagen.«

Der Spott des Zwerges und seine laute Stimme versetzten Bowden in Zorn, und er fuhr herum.

Der Druchuul sprach weiter, nachdem er nun die Aufmerksamkeit des Templers hatte. »Bevor du mich wieder anschreist oder bedrohst ... das ist kein echter Fisch. Das ist ein Begriff aus der Erzählkunst. Ursprünglich meinte man damit geräucherte Heringe, mit denen man Jagdhunde angeblich auf falsche Fährten lockte.«

Kincaid brummte.

Der Unterirdische räusperte sich umständlich und fuhr fort. »Ausgemachter Blödsinn, wenn ihr mich fragt. Die meisten Köter, die keine Schlitten ziehen, hassen Fisch, nach allem, was ich weiß. Jedenfalls ist es ein Wort für eine Täuschung, eine Kriegslist oder eine Finte beim Erzählen. Letzten Endes ist das Kriegshandwerk auch nur bestimmt von der Erzählkunst. Es heißt ja, Sieger schreiben Geschichte.«

»Fahr fort!«, verlangte Bowden, dem solche Ausdrücke nicht fremd sein konnten. Tanaqui sah eine gewisse wache Neugier hinter dem Zorn in seinem Blick.

»Da gibt's nicht viel fortzufahren«, entgegnete der Zwerg mit ehrlichem Achselzucken. »So wie ich das hier lese, wollte jemand dem Emir eins auswischen, woher auch immer dieser Wisch kommt. Man hat Spione schon schlechter aufs Glatteis geführt. Schließlich kann keiner davon ausgehen, dass da unten zwischen dem Sand, den Kamelen, Palmen und Gewürzen irgendjemand Drazok Dhar mit allen Feinheiten spricht, geschweige denn den Sinn unserer Namen zu enträtseln weiß. Kundalath und das zwergische Wort für Gemmenschneider bedeuten in Kombination wörtlich übersetzt: *Fisch mit der Farbe von Kupfer.* Oder eben ...«

»Roter Hering«, unterbrach ihn der Paladin, der eine Zeit lang auf dem Wortgemenge herumkaute und seltsam brummte. Tanaqui benötigte vier Herzschläge und einen Blick auf das beeindruckte Mienenspiel des Unterirdischen, um zu begreifen, dass der Gotteskrieger brockenweises Zwergisch sprach und die ganze Bedeutungsschwere des Namens zu enträtseln suchte.

»Ich bin also in die Irre geführt worden?«, entfuhr es ihr unvermittelt. Sie sank in sich zusammen. »Ich bin diesen weiten Weg hergekommen, um einen Schuldigen oder zumindest Mitwisser für die Brände zu finden, welche die Heimatwälder aller Elfen zerstören. Und es gibt diesen Druchuul gar nicht?« Sie musterte den Zwerg und konnte nicht verhehlen, dass sich ihre Stimme überschlug.

Ein Flammenregen aus widerstreitenden Gefühlen ging auf sie nieder.

»Ich fürchte, nein«, entgegnete Gjalar. Es lag verblüffend echtes Mitgefühl im Blick des Unterirdischen.

Du hast alles aufs Spiel gesetzt, hörte Tanaqui in Gedanken die tadelnde Stimme des Großen Jägers.

»Das beweist gar nichts. Es sagt immer noch nicht, dass es in diesem Loch keine Verräter gibt, die hinter dem Brand stecken. Zuträger, die du aufsuchen wolltest, Zwerg«, erklärte Bowden. Soweit Tanaqui in ihrer Benommenheit einschätzen konnte, bemerkten alle im Raum einschließlich des Paladins selbst, wie wenig überzeugt sein neuerlicher Versuch klang.

»Alles schön und gut«, befand Kato und neigte den Kopf. Sein Blick fiel auf die Kristallflöte. »Was war das für ein infernalischer Singsang, den du da gespielt hast? Wenn man das Gequäke denn überhaupt Spiel nennen will. Eigentlich sollte mein dramatischer Auftritt dazu dienen, eure Zungen zu lösen und euch für mein Unterfangen zu gewinnen. Dann hat mich dein Gepfeife davon abgelenkt, ich kenne kein vergleichbares Lied. Es mag etwas darin liegen, dass die Wörter Lied und Leid sich ähneln. Zumindest von dir hätte ich ein empfindsameres Gehör erwartet, Messerohr. Soll das also die Spitze der Kunstfertigkeit eurer Alten Völker sein?« Der Magier blickte zwischen Tanaqui und dem Druchuul verloren hin und her.

Die anderen Anwesenden im Kerker tauschten verwirrte Blicke.

»Willst du etwa sagen, du hättest das Lied nicht zu hören vermocht, Deserteur? Nicht, dass ich es besonders schätzen würde, aber ich muss dem Barden lassen, dass er zumindest sein Handwerk beherrscht, Brandstifter hin oder her«, sagte Bowden.

»Jetzt fängt der schon wieder an«, zischte der Unterirdische Limbo zu.

»War doch gut, Meister Barde. Keine Ahnung, was den umtreibt.« Limbo nickte und lächelte schief zu Kato hinüber, der zu Tanaquis Überraschung der Einzige der Runde zu sein schien, der den ungewaschenen Heimatlosen nicht gänzlich verabscheute.

»Hast du etwa nichts gehört, Zauberer? Wie kann das sein, da ihr doch die Lieder der kosmischen Sphären nutzt«, gab Tanaqui dem Magier auf seine Frage zurück. »Es ist das Lied, das anscheinend jeder in diesem Gewölbe schon einmal gehört hatte, kurz bevor äußerst Einschneidendes geschah. Ich vernahm es im Wind der Wüste. Mehrere Tage lang. Wundersam zog es mich auf die Straße. Zurück in eine Welt, die längst hinter mir lag.«

»Das war vor dem Feuer ... und auch auf der Straße«, ergänzte Limbo, entschieden für einen Mann, der sich bislang als Duckmäuser erwiesen hatte.

»Jep«, brummte der Unterirdische, bevor er gewohnt bombastisch weitersprach. »Selbst nach den Maßstäben der scharfen Sinne meines Volkes und den geschulten Ohren meiner Gilde darf ich mich rühmen, über das zu gebieten, was man das absolute Gehör nennt. Zumindest in musischen Belangen.«

»Es war im Tempel, kurz bevor ich dem Deserteur zu Hilfe kam«, murmelte Bowden Verdian gedankenverloren eher zu sich selbst, als in den Chor einzustimmen. Aber sie vernahmen ihn. »Also habe ich die Weise vorher schon einmal gehört. Komm schon, Verräter, du etwa nicht?«, fügte er mit Nachdruck hinzu. Er wirkte ruhig für einen Mann, der eben Köpfe einschlagen wollte.

Der dies getan hätte.

Wieder ließ sich Kato Tamasine Zeit für die Antwort.

Tanaqui entging nicht, wie er im Halbdunkel und der Glut unter seiner Kapuze angestrengt auf der Unterlippe kaute. Ein Mann, der gegen einen geschickten Gegner das Spiel der Könige spielte oder ein Rätsel zu lösen suchte. Selbst der Paladin schien keine Eile zu haben, den Schützling beim Nachdenken zu stören und mit weiteren Anschuldigungen um sich zu werfen.

Erst als der Hund ein an seinen leeren Magen erinnerndes Geräusch von sich gab und mit hängenden Lefzen zwischen den Vorderpfoten zum Herrchen hinauflugte, fand der Feuerzauberer seine Stimme wieder.

»Einordnung: Das bedarf im Moment keiner Klärung. Wir müssen viel dringender in Erfahrung bringen, warum kein einziger Zwerg über der Erde wandert, sehr wohl aber Flammen heraufdrängen und hier oben alles verheeren.« Der Lohenmagus klang selbst nicht überzeugt. Er wirkte, als wolle er von seiner Verwirrung über die Unfähigkeit ablenken, das Lied zu vernehmen.

»Was genau erwartest du von uns?«, fragte Tanaqui und half ihm damit, von der Frage nach der Tonfolge abzulenken. Es war das Mindeste, was sie für ihn tun konnte. Nach allem, was sie einst über ihn gebracht hatte, bevor sie hier wieder aufeinandertrafen, am verwunschensten aller Örtlichkeiten.

Kato Tamasine verriet es ihnen.

18

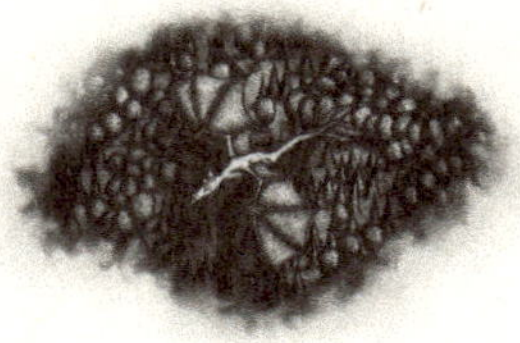

»Niemals. Einen Troll- und Schratdreck werde ich tun, gegen die ältesten Gebote meiner Ahnen zu verstoßen und einfach irgendwelche Menschlinge in unsere Bingen zu führen.« Der Unterirdische verschränkte die Arme vor der Brust und biss die Zähne zusammen. Tanaqui wusste, dass dies auf Außenstehende wirken mochte, als berühre er eine Wunde. Sie aber wusste, dass Gjalar wegen eines anderen Schmerzes zusammenfuhr.

»Dort steige ich auf keinen Fall hinunter«, erklärte Limbo im Brustton der Überzeugung. »Stimmt doch, Meister Barde, oder?«

»Zum ersten Mal sind wir einer Meinung.« Der Zwerg bohrte seinem Begleiter einen Finger in den Wanst. »Keiner von euch steigt nach unten.«

Allein bei der Vorstellung, in die lichtlosen Tiefen der Erde hinabzufahren, packte Tanaqui das lange verhohlene Gefühl blanken Grauens. Eine Macht, welche die Kopfhaut zu eng an den Schädel klebte und das Gehirn mit Eis füllte. Das Gefühl war an die Erinnerungen jener Nacht gebunden, deren Ereignisse erst zu ihrer Flucht geführt hatten. Zu dem ungläubigen Schrecken in den Augen ihrer großen Liebe, als die Zähne der Wildtiere in makelloses Fleisch schlugen. Tanaqui indes eilte zu spät herbei, und von da an veränderte sich ihr Leben für immer. Nur damals hatte sie solches Entsetzen ergriffen.

Nun war dieses Gefühl wieder da und griff mit eisigen Klauen nach Tanaquis Herzen. Das Gefühl, nicht einmal mehr den Sternenschein und den bleichen Mond Selachias, der Meeresgöttin der Elfen, auf ihrer der Nacht preisgegebenen Haut zu spüren. Das Gefühl, einzutauchen in völlige Finsternis, begraben unter Bergen von Erde, Geröll und Felsen. Abgeschnitten von allen Sinneswahrnehmungen und gehetzt von Schrecken, welche nur die Unterwelt ausspeien konnte. Allein der Gedanke daran raubte ihr den Atem.

Wenig überraschend ging ihr Herzschlag nicht nur vor Sorge schneller. Cathwyn, der größte aller Jäger, fand die Vorstellung unterirdischer Scharmützel ermunternd und blickte mit Abenteuerlust auf das Felsenportal, vor dem sie alle standen.

Es schien den Rachen aufzureißen, es klaffte. Sog Tanaqui in sich auf. Eine Weltwunde. Das Tor zu den Höllen der Menschlinge.

Der Paladin und sein Schützling hatten sie freigelassen, wenngleich keiner der Neuankömmlinge im Ort bisher seine Waffen oder Habe zurückerhalten hatte. Es folgte ein kurzer Marsch, den wieder schwer gerüsteten und seinen Waffenrock tragenden Gotteskrieger stets im Nacken. In der Schwüle der Nacht, die den beißenden Brandgeruch wie von Tausenden Lagerfeuern erstickend in der Luft um die geschundenen Wälder in sich trug, überwanden sie einen Hügel außerhalb der Siedlung.

Nun standen sie am Rand einer gewaltigen Grube. Für Tanaqui war sie eine Versündigung an der Natur. Eine Spirale aus Serpentinen, verstrebten Gerüsten und Halteseilen zog sich in einem Wirrwarr seltsamer Aufbauten in lichtlose Tiefe. Die gebogenen Wände des titanischen Schachts durchlöcherten Höhlen und Abzweigungen in die Dunkelheit. Dazwischen hingen die Gerätschaften der Zwerge an Winden und Flaschenzügen.

Sie alle standen vor einem Kran, dessen Ausleger über der Rotunde querlag, wie schwebend. Vier straff gespannte Seile, in die armdicke Stahltaue eingedreht waren, führten lotrecht in die Tiefe. Wie vier Säulen ragten sie aus der Finsternis hinaus. Die Wüstenelfe konnte nicht anders, wie in einem Zauber gefangen, blickte Tanaqui diese Schäfte hinab, so weit das Auge reichte.

Die Augen nahezu aller Abkömmlinge der Alten Völker waren an die Beschaffenheit ihrer Heimat angepasst. Elfen jagten seit Anbeginn der Zeit im Zwielicht von Blattwerk und Moos, nutzten Streubündel von Sonne und Mondlicht. Wie Katzen vermochten sie die Nacht in ein Grau zu tauchen, in dem sie nahezu so scharf sahen wie am Tag. So konnte sie vielleicht tiefer in das Bergwerk hinabblicken, als es die Menschen hier vermochten.

Sie wusste nicht, ob die Glut, die aus nahezu jeder Pore von Katos Körper glomm, auch die Weise änderte, wie er die Welt sah.

Bei Limbo und Bowden hätte die Elfe gern gewusst, ob sie auch nur halb so tief hinabblicken konnten, wie Tanaqui selbst es vermochte. Sie hatte sich auch niemals gefragt, wie die Riesen, die blutdurstigen Hyänenmänner und andere Tierlinge oder die Druchuul die Welt eigentlich sahen.

In mehr als einer Hinsicht.

Reichte der Blick Gjalars tiefer hinab ins Dunkel als der ihre? Die Zwerge lebten dort unten, gewiss, doch Tanaqui war die Laterne am Ranzen des Barden nicht entgangen.

Zu ihrer Überraschung ließen der Paladin und die Milizionäre, die zu ihrer Bewachung mitgekommen waren, sie gewähren, als die eigenen Beine sie wie von selbst bis zum Rand einer Art Hebebühne vor dem Kran trugen. Die Apparatur aus Holz wies zwei Räder links und rechts des Auslegers auf. Noch ehe sie sich auf all dies einen Reim machen konnte, räusperte sich Kato.

Als sie sich umwandte, sah sie, dass der Magier einmal mehr in die Hocke gegangen war, als zögen ihn die Schere seiner wulstigen Tätowierungen und die Bürde seines Lebens in die Knie. Auf seinen Stab gestützt, sah er mit ernstem Gesicht zu ihnen auf und fing Bowdens Blick ein.

»Wie ihr euch denken könnt, halten wir uns nicht zum Vergnügen in einer solch bedrückenden Nacht hier draußen auf«, erklärte er. »Noch heute werde ich dort hinuntersteigen. *Wir* werden es tun.« Er nickte dem Paladin zu.

»Ihr werdet verrecken«, stellte der Zwerg schroff fest. »Noch bevor die Fahrbühne des Hauptaufzugs auch nur das erste Drittel des Eingangsrings von Kozath Khar durchquert hat, brennt es euch das Fleisch von den bereits schwarzen Knochen, und ein jammernder Wind wird euch verwehen«, verkündete er, während er mit den Händen eine Geste beschrieb, die bei einer anderen Schilderung als feierlich gegolten hätte.

»Er hat recht. Wir schaffen es keine zweihundert Schritte in die Tiefe, dann wird uns der Runenfluch töten. Oder kennst du Bannsprüche dagegen, Deserteur?« Bowden hatte aufgehört, zu schimpfen und zu poltern. Tanaqui nahm an, dass es mit der Ernsthaftigkeit des Magiers und der Besinnung auf ihre Mission zu tun hatte. Dass es um seine Pflicht ging.

»Gegen so mächtige Magie vermag kein Bannspruch zu bestehen. Hundert mächtigere Zauberinnen aus dem Inneren Zirkel des Turms und doppelt so viele Elementaristen meines Grads könnten gemeinsam hinabfahren und würden doch nichts ausrichten.«

»So viele Zauberer gibt es?« Limbos Stimme war ein Krächzen, was nicht zuletzt daran lag, dass sie alle seit Stunden nichts getrunken hatten. Er rieb sich die stoppeligen Teigkinne mit einem Geräusch, als raspele jemand alten Hartkäse.

Seltsam, dachte Tanaqui. *Wieso stört sich der Menschling so an der Menge der Zauberkundigen?*

»Da triffst du fürwahr eine wunde Stelle. Klarstellung: Nein, kein Zehntel davon gibt es mehr seit drei Kriegen, mein verblüffend wissensdurstiger Freund«, antwortete Kato. »Was angesichts der Aufgabe hier jedoch jede Bedeutung verliert. Ob nun tausend Magier schreiend vergehen oder es nur mein knochiger Allerwertester ist, bleibt schlussendlich belanglos.« Er lächelte den Vagabunden schief an. »Nun ja, außer für mich. Ich hänge an meinem Dasein.«

»Oh, das hast du allen bewiesen!«, zischte Bowden neben seinem Ohr. Sowohl der Zwerg als auch der Magier und Tanaqui wandten sich zu ihm um.

»Gibt es hier eigentlich jemanden, der nicht so großartig hört wie eine Katze?«, fragte der Paladin.

Als nähme er die Frage ernst, hob Limbo kriechend langsam den Finger, legte ihn auf den scharfen Blick des Gotteskriegers hin jedoch weitaus rascher wieder hin. Plötzlich beäugte er die nächtliche Landschaft und den Krater näher.

»Du willst, dass ich euch mit dort hinunternehme, Paladin? Ihr beide habt das eingefordert, und ich habe im Kerker eingewendet, dass ich das für ein dummes Vorhaben halte. Schließlich weiß ich nicht, ob das überhaupt zu bewerkstelligen ist.« Bedächtig schüttelte der Unterirdische den Kopf, und Tanaqui entging nicht, dass seine Augen wieder eine tiefe Trauer zeigten.

»Seit dem ersten Unwerthkrieg sind unsere Völker Verbündete. Seit der Diaspora.« Bowdens Tonfall verlor an Schärfe. »Ihr habt die Elfen überzeugt, uns mitzunehmen. Die Menschheit, meine ich. Unsere Talente beim großen Unterfangen zu vereinigen und auf der Suche nach den alten Elfeninseln des Südens gewinnbringend einzusetzen. Seit eurer Fürsprache, dass der mythische König Aganthyr, sein erwähltes Gefolge und die Kolonisten die Hochelfen begleiten mögen, sind unsere Völker Freunde. Und du willst mir sagen, du wüsstest nicht, ob ihr Besuch mit nach unten bringen dürft? Wir werden ja wohl nicht die Ersten sein, die eure Minenstädte aufsuchen wollen.« Er hielt inne. Deutlich war zu erkennen, dass weder der Magier noch er selbst je diese Möglichkeit erwogen hatten. »Oder?«, fragte er.

»Nun ja, ich weiß nicht ... Jedenfalls hab ich noch nie jemanden mit runtergenommen, und ich war auch nie dabei, wenn es einer getan hat.« Mit der Linken kratzte sich der Zwerg am Hinterkopf.

Es lag nichts als Ehrlichkeit in seiner Stimme, und doch nahm Tanaqui ein leichtes Zittern wahr. War es Unkenntnis? Unwille? Es mochten die Gründe dafür sein, was sie über den Unterirdischen herausgefunden hatte. In seiner Brust schlug nur ein Herz, und dann war da noch diese besondere Sache.

»Wir haben keine andere Wahl.« Kato stützte sich in der Hocke schwer auf seinen Stecken, den dickfelligen Hund neben sich, dem die Nachtschwüle ebenso wenig auszumachen schien wie seinem in feste Gewänder gehüllten Herrn.

Selbst Tanaqui spürte sie. Seit der ersten Tätowierung mit gewappnetem Leib gegen Elemente wie Hitze und Kälte gesegnet und noch dazu mit den zwei Herzen der Alten Völker und entsprechendem Kreislauf ausgestattet. Dennoch merkte sie, wie ihr der Schweiß über die Schultern rann.

Die Augen aller richteten sich auf den Magier. »Mit der Kraft meines ganzen Wissens bestätige ich euch, dass die zerstörerische Hitze aus der Tiefe stammt. Mehr noch. Blechbüchse, du hast mich gefragt, welche Handschrift die Magie hinter dem mächtigen Feuersalamander trägt, den wir erlegt haben.«

»Verschwende unsere Zeit nicht, Deserteur! Vertu die Zeit unseres Gottes nicht mit Ratespielchen und Wortklauberei. Heraus damit!«

Der Magier schenkte ihm ein knappes Nicken, statt eine seiner vorlauten Antworten zu geben. »Es ist Runenmagie. Die Artefaktkunst der Zwerge wohnt diesen Flammen inne.«

Neben Tanaqui tauschten die Wächter einen unsicheren Blick. Sie entfernten sich vorsichtig von dem nun frei handlungsfähigen Gjalar. Jegliche Farbe wich aus dem Gesicht des Unterirdischen. Sie alle vernahmen das Mahlen, als seine mächtigen Zähne aufeinanderschlugen und knirschten.

»Aha, also doch! Gute Arbeit, Deserteur!« Bowden schlug eine gepanzerte Faust in die offene Handfläche des anderen Panzerhandschuhs. Es schoss Tanaqui wie ein Peitschenknall durch die Gehörgänge.

»Das ist doch die Höhe!« Gjalar trat einen Schritt auf den Paladin und den Magier zu. »Ich habe langsam genug von dieser Schratscheiße«, knurrte er bedrohlich leise und deutete auf den Kran, auf die Bühne, auf der sie standen. Sie alle folgten dem Blick des Unterirdischen. Metallmedaillen mit Runen, zweifelsohne von einer Handwerkszunft oder einem zwergischen Adligen, waren in das Eisenholz eingelassen. »Ihr steht gerade auf dem Boden der Drazok Dhar.«

Der Blick der drei Milizsoldaten wurde noch unsicherer, und plötzlich begriff Tanaqui, dass sie unleugbar mitten in einen Grenzstreit ihrer Völker schlitterten.

»Wem dient ihr drei Witzfiguren? Wagt es ja nicht, noch einmal so etwas zu sagen wie *Nicht dir!* Oder, beim Schmiedevater, ich vergesse mich«, giftete der Zwerg sie an.

»Herr.« Der Sergeant blickte Bowden an. Im zerfurchten Doggengesicht des Mannes, über das Sturzbäche von Schweiß aus seinem Helm rannen, stand blanker Schrecken. »Der Vertreter der Drazok Dhar hat recht. Wir können nicht ... dürfen nicht ... ich meine ...« Hilflos hob er die Hände, sank förmlich vor dem Gotteskrieger in sich zusammen.

»Das hättest du doch wissen müssen«, fuhr Bowden den Magier an. Seine Augen sprühten. »Dass du ihn geradewegs dorthin führst, wo er sich meiner Gerichtsbarkeit entziehen kann.«

Mit dem Ächzen eines viel älteren Mannes erhob sich Kato. Kincaid wedelte verzagt mit dem Schwanz und winselte. Dem Hund missfiel die Zwietracht.

»Anfrage: Was sagt dir, dass ich es nicht wusste? Wer sagt dir, dass es eine Torheit war?«, fragte Kato. Der Lohenmagus ließ seinen Stab stehen, der gegen jedes Naturgesetz aufrecht an Ort und Stelle verharrte. Geziert strich er sich mit den Händen die Schöße seiner Robe auf dem Oberschenkel glatt und betrachtete betont gelangweilt seine Stiefelspitzen.

Der Paladin stockte ob der Dreistigkeit seines Schutzbefohlenen, bevor er zu einer weiteren Tirade ansetzen wollte. Ihm entfuhr ein Laut, den vielleicht sonst ein Mann von sich geben mochte, der vom Galgen stürzte, kurz bevor das Seil sich straffte. Verdian öffnete den Mund, schloss ihn, öffnete ihn wieder, nur um ihn erneut zu schließen.

»Es war in der Tat Absicht, dass ich dich hierherbrachte, Meister Gjalar Arjunasson aus dem Clan der Schachtfeger«, offenbarte Kato im Tonfall eines Mannes, der seine Entscheidung längst gefällt hat.

»Das wirst du mir büßen. Dafür zahlst du. Du untergräbst meine Anführerschaft, noch dazu vor Zeugen und Nichtmenschen.« Bowden hatte aufgehört, zu schimpfen und aufzubrausen. Nun war er leise. Gefährlich leise.

Unauffällig lockerte Tanaqui ihre Muskeln und ging gemeinsam mit dem Großen Jäger seit der ersten Silbe von Katos Geständnis in Gedanken verschiedene Manöver und Kampfzüge durch. Sie wusste, dass die Wesensanlage des Paladins, der sich in seiner Mannhaftigkeit und heiligen Aufgabe verletzt fühlte, kaum eine andere Antwort dulden mochte als Gewalt. Und dafür wollte sie bereit sein.

»Ganz und gar nicht.« Statt in Sicherheit zu gehen, trat Kato auf den Gotteskrieger zu, blieb zwei Schritte vor ihm stehen. »Wir brauchen das Vertrauen dieses Zwerges, damit er uns freien Willens in die Tiefe bringt. Es nutzt uns nichts, Angehörige von Völkern und Kulten mit Zwang zu begegnen, die sogar als Einzelwesen so viel älter sein könnten als die Lebensalter unserer beider Sippen zusammengenommen. Für sie sind wir die Kinder, die sich frech im Ton vergreifen, Bowden Verdian.«

Ernst zog der Magier die Kapuze herunter, sodass Tanaqui und die anderen sein Gesicht sehen konnten, die Runen, die überall darauf glühten, selbst auf der Kopfhaut unter seinen lodernden Haaren, die wie Stahlschwamm im Essefeuer glühten.

Kato wendete den Kopf zur Seite und hielt Bowden die Wange hin. »Streck mich mit einem Hieb nieder, wenn du anders urteilst! Aber wisse dies, Paladin Ihrer Majestät: Deine Wut hat dich ebenfalls nachlässig gemacht. Deine Kirche gehört zu den ältesten Verbündeten der Zwerge, und doch hast du diesen Mann wie einen Schwerverbrecher behandelt, beleidigt und in seiner Würde verletzt. Ich fand, es war an der Zeit, ihm etwas davon zurückzugeben, noch dazu, wenn wir seine Hilfe erbitten wollen. Außerdem hättest du genauso gut wissen können, dass wir uns gerade auf zwergischen Grund begeben.« Er grinste schief und verfiel in die vertraute spöttische Art. »Oder wie immer man das auch nennt, wenn der Boden, auf dem man ganz wörtlich steht, gar keiner ist, sondern frei in der Luft hängt.«

Bevor Bowden antworten konnte, rührte sich Gjalar. »Meinst du das ernst, Robenknecht?«

»So ernst, wie ein Mann es meinen kann, der keine Lust hat, von seinem schwer gepanzerten Wachhund die Zähne ausgeschlagen zu bekommen.«

»Ich schlage keine unbewaffneten Männer. Ich bin kein Schläger, ich bin die strafende Hand des Architekten, ebenso Priester wie Krieger. Wäre es anders, stündest du kaum noch aufrecht, Deserteur.« Bowden verschränkte die Arme und trat so eckig wie gekränkt einen Schritt zurück.

»Sicher, Leutnant«, bestätigte der Magier und meinte das Gegenteil, da war sich Tanaqui gewiss. »Wir müssen dort hinabsteigen, Meister Gjalar Arjunasson. Und wir brauchen jede Hilfe, derer wir uns versichern können, wenn wir den Brandherd dieser Flammen aufdecken wollen. Ich habe nie behauptet, dass dein Volk hinter der Verwüstung steckt. Das musst du schon mit meinem Begleiter ausmachen. Aber ich sage dir die Wahrheit, ich schwöre es dir, wenn du willst: Die Flammen tragen das Signum der zwergischen Runenmagie.« Mit großer Geste streckte Kato beide Hände von der Stirn bis zu den Füßen hinunter. »Vertrau mir! Von Runen und Zauberzeichen verstehe ich so einiges.«

»Dir vertrauen?« Bowden schnaubte. »Vorsicht, Herr Zwerg! Solche Gutgläubigkeit haben andere schon teuer genug bezahlt. Er weiß sehr wohl, was ich meine. Jeder in meiner Heimat weiß Bescheid. Kato Väterbrenner. Kato, die Fackel der Auwiesen. Außer mir sind aus unserer Einheit keine mehr übrig, die Kunde weiterzutragen.«

Wie unter einem erwartbaren und dennoch von nirgendwoher kommenden Peitschenhieb zuckte Kato zusammen, fasste sich aber ebenso rasch. Er überging Bowdens Anwurf und wandte sich an Tanaqui. »Deine Hilfe benötige ich ebenso, Tochter der Silberreiter.« Er räusperte sich. »Oder

Tochter des Mirvaali. Zwar verstehe ich nicht recht, was dich letztlich hergeführt hat, doch es scheint für dich wichtig genug gewesen zu sein, um durch halb Selachis zu reiten.«

Da war es. Tanaqui spürte einen Stich. Erinnerungen, die sie teils für Wochen, teils sogar jahrelang begraben hatte, stießen in ihrem Gemüt wieder nach oben. Sie griffen nach ihr wie Schlingen und Ranken aus Teer, die sie in ihr Innerstes hinabziehen, sie mit Schwärze ersticken wollten.

Jene Nacht, in der die Liebe ihres Lebens unter den Pranken und Reißzähnen einer ganzen Meute von Wölfen und Bären zerrissen wurde, die gegen jede Naturregung gemeinsam angriffen. Angeheuert als Meuchelmörder von jemand Verruchtem, den sie bis heute nicht kannte, sondern nur in einem feigen Menschenmagier oder der Gestalt eines tödlich eifersüchtigen Mannes vermuten konnte.

Und dann jene Nacht, in der sie selbst zur unbarmherzigen Mörderin wurde, als sie wie besessen das Pergament an sich bringen wollte.

Der Blick eines Elfen, der in dieser Nacht sein Leben aushauchte, für immer aus dem Kreis der Wiedergeburt gerissen. Geboren ohne Lebensbaum. Gestorben, bevor die Tätowierungen ihm das Tor geöffnet hatten. Für jene, die nicht im Mirvaali lebten, um ihr ewiges Licht von der Macht der Seelenbäume zu erhalten, gab es nur die Verschmelzung mit den Urahnen über die Hautbilder. Starb ein Silberreiter früher, erwartete ihn nichts als das Vergessen in einer unbekannten, furchterregenden Nachwelt.

Dem Nichts.

Womit sie wieder bei der vor ihr liegenden Dunkelheit anlangte.

»Wie könnte ich dir dort unten nützlich sein?«, zweifelte Tanaqui. Sie war selbst unsicher, ob sie mit der Frage bloß Zeit schinden wollte, um nicht in die erstickende Tiefe hinab zu müssen, oder tatsächlich die Antwort zu erfahren suchte.

Kato deutete auf den Mechanismus des Krans. »Wie ihr seht, brauchen wir mindestens drei Leute hier oben, die über die Haltestangen mit der Kraft und dem Gewicht ihrer Körper das große Schwungrad in Gang halten und so behutsam die Seilwinden abwickeln. Dann setzt sich die Aufzugsbühne nach unten in Bewegung. Mit uns als Besatzung«, fügte er fast frohgemut hinzu und deutete weiter in Richtung der Apparatur, während seine Hand mit dem Zauberstab die drei Milizsoldaten in einer Geste einschloss. »Also müsst ihr drei hier oben das Schwungrad bedienen und uns in die Tiefe hinablassen.«

Tanaqui blickte zwischen dem Magier und den drei Menschlingen hin und her. Die Soldaten schienen nicht erpicht zu sein, in einer heißen Nacht einen solchen Dienst verrichten zu müssen. So als hätte Selachia, Herrin über Gezeiten und Elemente, Tanaquis Gedanken vernommen, rauschte ein unerträglicher Wind über das Plateau. Heißer als alles, was der Tag bislang hervorgebracht hatte. Ein Blick auf die anderen genügte Tanaqui, um zu erkennen, dass sie den gleichen Druck verspürten wie sie selbst. Die Luft wurde dick, sirupartig und an den Fußknöcheln heiß, ein Phänomen, das sie sonst nur von den Kristallsanden her kannte.

»Sturm«, murmelte Limbo und deutete auf Wolkenberge mit der Farbe von Tinte in Milch, die sich mit gewaltiger Dichte am Nachthimmel zusammenballten. Sie rasten mit der Gewalt von Wildpferdeherden über das Firmament, bildeten Inseln, die sich zu Weltteilen weiteten, nur während man zusah.

»Wie du siehst, ist Zeit nicht eben ein Gut, dessen ich mich im Überfluss erfreuen könnte, Tochter der Silberreiter«, sagte Kato. »Ebenso wenig, wie Bowden und ich hier erprobte Truppen hätten, um dieser schweren Gefahr zu begegnen. Ich benötige dort unten eine fähige, wendige Kämpferin, die gut im Dunkeln sieht. Ich brauche auch nicht lange um den heißen Brei herumzureden, ich sah oft genug Waldelfen ebenso wie Wüstenelfen kämpfen. Der Blecheimer und ich mussten gegen euresgleichen Dutzende Male bestehen. Einst waren wir also Feinde, und ich habe gelernt, eure Talente zu fürchten. Jetzt brauche ich genau die ... deine Fähigkeiten mit Bogen und Speer. Dein waches Auge. Deine Gabe, dich ungesehen zu bewegen. Die Eingebungen einer Unsterblichen. Also, was sagst du?«

»Ich biete mich freiwillig an, hier oben zu bleiben und die Maschine mit zu bedienen«, wagte Limbo einen Vorstoß. Niemand antwortete.

Tanaqui spürte die Ungewissheit. Sie erinnerte sich an den Ruck, mit dem die Waffe durch den Körper des Häuptlingssohns gedrungen war. Den Blick in seinen Augen über den unsäglichen Bruch von Vertrauen, den Verrat. Sie konnte niemals wieder nach Hause zurückkehren, es gab kein Zuhause mehr. In den Wäldern erwarteten sie eine Heirat gegen ihren Willen und Erinnerungen an jene Nacht, in der ihre große Liebe Sahar zerfleischt worden war. Kehrte sie in die Wüste zurück, müsste sie sich dem Urteil einer Septe stellen, die sie zwar wie ein verlorenes Kind aufgenommen, zum Dank aber ein Kind verloren hatte.

Nein, alles, was Tanaqui Fuchstochter noch zu tun blieb, war zu erkunden, was es mit den Bränden auf sich hatte. Wollte sie weitere Hautbilder der Gunst des Jägers erringen und ihr unsterbliches Licht vor der Dunkelheit ihrer Erinnerungen und der tödlichen Zukunft retten, musste sie handeln. Den Großen Jäger mit Heldentaten speisen, um ihn daran zu hindern, ihren Körper zu übernehmen. Beim Anblick des Schachts packte sie blankes Grauen. Dort unten wartete jene Dunkelheit auf sie, die sie nach dem Tod erfassen würde, vollzöge sie nicht alle Prüfungen.

Sie musterte den Unterirdischen, der sich Gjalar nannte. »Was sagst du, Zwerg? Eine Seidhe hüpft durch deine Heimat. Ein Messerohr?«

Er kaute auf der Unterlippe. »Wie seltsam, dass du mich zum ersten Mal in deiner schnurrigen Sprache nicht *Schlammwühler* nennst, kaum da ihr etwas von mir wollt.« Gjalar wandte sich an die drei Männer der Miliz. »Ich gehe nicht davon aus, dass ihr mich auf meinen Befehl allein in die Tiefe kurbeln werdet, auch wenn ich diese Gestalten hier nicht mitnehme?«

Tanaqui sah den Milizionären an, dass sie für Nächte wie diese nicht geschaffen waren. Letztlich waren es Bauern, die man ein wenig als Krieger verkleidet hatte. Unstet blickten die drei zwischen der vielleicht drohenden Wut eines Zwergs und dem zorngeschüttelten Gottesritter und einem Mann hin und her, der mit bloßen Gedanken einen Höllenbrand heraufbeschwören konnte. Sie trafen ihre Wahl. Ihr Anführer schüttelte bedächtig den Kopf, um eine Andeutung von Scham zu verbergen.

»Dachte ich mir«, brummte der Zwerg und betrachtete den Rest auf der Aufzugsbühne. »Das ist eure Beerdigung. Aber wenn ihr glaubt, ich kehre ohne die Axt meiner Altvorderen in mein Ahnenheim zurück, dann habt ihr als Bartlinge zu dicht am Rand vom Schrägstollen gespielt. Also, was ist?« Herausfordernd musterte der Zwerg den Paladin.

»Bist du sicher? Völlig sicher? Mit all der Weisheit und Vernunft, die du bis zu der Nacht des Verrats für unsere Königin und unser Heimatland aufgebracht hast?« Mit seltsam feierlichen Worten wandte er sich an Kato.

»Klarstellung: Ich bin todsicher«, bekräftigte der Magier, wandte den Blick in die Runde und schien einmal mehr durch sie alle hindurchzublicken, so als spräche er mit jemand anderem.

Limbo hob einen Finger und räusperte sich. »Bevor wir dort hinunterfahren, sollten wir nicht lieber – ich weiß nicht – erst einmal die Häuser der oberirdisch lebenden Zwerge nach Hinweisen untersuchen? Ich meine, der Meister hier kann Runen lesen, vielleicht hat jemand ein Tagebuch oder …«

»Ich werde nicht in den Schriften von Verwandten und Freunden, ja, nicht einmal bei Rivalen wühlen wie ein dreckiger Tierling der Hyänenstämme«, begehrte der Zwerg auf. »Gedanken, die in diese Welt geritzt wurden, gehören dem, der sie niederlegt, oder jenen, für die sie bestimmt sind. Habt ihr Menschen denn keine Ehre, wenn ihr nicht gerade Eide schwört wie diese Blechbüchse hier?«

»Ich habe längst alles durchsucht«, vermeldete Kato mit einem Achselzucken und wandte sich zur Aufzugsbühne um.

»Du hast was!?«, fragte der Zwerg ungläubig und mit hängenden Schultern.

Bowden stellte einen mächtigen Ranzen auf dem Boden ab und drückte ihm seine Axt in die Hand.

Es war vielleicht nicht der weiseste Moment dafür.

19

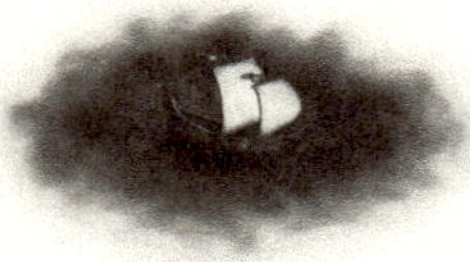

Tanaqui lauschte dem Rasseln und Klicken der Metallglieder beim Arbeiten der Ketten. In der brütenden, sturmgeschwängerten Luft war jeder Ton ein Vorbote, der sich mit dem donnernden Rumpeln aus der Tiefe verband. Die Männer der Miliz ächzten in den beiden mächtigen Rädern zu beiden Seiten des Krans. Ebenso wie Gjalar, der es sich nicht hatte nehmen lassen, den vierten Platz darin einzunehmen. Störrischer Druchuul.

Abseits der anderen stehend und vom Paladin misstrauisch beäugt, beendete Tanaqui ihre Musterung der Vorrichtung, mit der die Plattform nach oben zu ihnen geholt wurde. Sie blickte an sich hinunter. Betrachtete ihre Hände, die ohne ihr Zutun unstet miteinander rangen.

Alles in ihr schrie, diese Stätte zu verlassen. Doch war sie nicht gekommen, um herauszufinden, warum die Wälder brannten, die sie geboren hatten? Konnten die anderen hier ermessen, was es hieß, Waldelfe zu sein? Ohne ihren Seelenbaum und ohne abgeschlossene Rituale ihrer einstigen Verbündeten bei den Silberreiter-Wüstenelfen war sie dazu verdammt, in ewiger Dunkelheit zu versinken, wenn sie starb. Mit dieser seltsamen Maschine in die Tiefe zu fahren, erschien ihr wie eine Vorahnung dieser Verdammnis. Dort unten gefangen zu sitzen, eingeschlossen zwischen Massen von Erde und Stein, das war, wie in den Gräbern der Menschen eingesperrt zu werden.

Sie rang mit der Bestie in sich, der Seele einer Waldelfe, groß geworden unter Tieren. Eine Füchsin, die sich aufbäumte und die nicht einmal der Große Jäger zu zähmen vermochte. Ein unnatürlicher Zustand für die Elfen. Aus dem Krieg wusste sie, dass die Menschlinge ihn Panik nannten. Das Gefühl, hilflos eingepfercht zu sein, nicht fähig, etwas am eigenen Schicksal zu ändern – zum Zusehen verdammt. Angekettet.

Als hätte Kato ihre Gedanken gelesen, trat der Magier zu ihr herüber.

»Du weißt, dass niemand von uns dich zwingen wird«, erklärte er. Er langte in seine Tasche, holte einen Beutel mit dünnen Blättchen aus Maispapier und eine Prise Tabak hervor. Geübt verdrehte er sie mit nur einer Hand zu einem Stängel und schnalzte diesen mit drei Fingern geistesabwesend in den Mund. Er schnippte, und ein Ende des Stäbchens glomm auf. Er zog daran. Der aufziehende heiße Sturm zerrte an dem zarten Gebilde und verwirbelte den Rauch.

»Bemerkenswert, dass dein Freund mich und den Unterirdischen sowie den stinkenden Wind, der ihm folgt, sämtlicher Untaten verdächtigt, wenn ein Mann unter uns ist, der so etwas vermag«, gab sie zurück. Tanaqui versuchte, sich in ihrer Gewandung so klein wie möglich zu machen, und hielt den Blick gesenkt. Sie wollte nicht, dass Kato sie erkannte. Nicht in dieser Verfassung. Das würde alles nur weiter erschweren. Wenn das denn ging. Mit dem Kopf wies sie unauffällig in Richtung des Paladins. »Du hast gut reden, doch ich fürchte, dass dein Waffenbruder das mit der Freiwilligkeit ganz anders sieht.«

»Bowden?« Kato nuschelte mit dem Menschenrauchstäbchen zwischen den Zähnen. Es legte ihr Verhalten wohl als menschenscheu oder schüchtern aus. »Der ist gewissermaßen auch nur Wind. Seiner riecht weniger nach schlechten Zähnen als beim armen Limbo, aber sein Gestank nach Selbstgerechtigkeit lastet umso schwerer.« Der Magier zuckte mit den Achseln. »Ich mag ihn, auch wenn es anders wirkt. Wir waren Waffenbrüder. *Seit' an Seit'*. Der ganze verherrlichte Mist«, sagte er, doch mehr als nur ein Hauch von Trauer schwang mit.

»Er hat kein gutes Wort für dich übrig«, erinnerte sie ihn.

»Die wenigsten haben das. Er hat allen Grund dazu. Umso wichtiger ist mir, dass niemand mit uns dort hinunterfährt, der nicht wirklich entschlossen ist. Lass Bowden meine Sorge sein! Er wird dir keine Scherereien machen, er poltert, aber sicher begreift er längst, dass ihr drei nicht hinter den Flammen steckt. Wer einen solchen Salamander beschwören kann, der bleibt nicht im Loch hocken und wartet brav, bis er im Wechsel bedroht, vernommen und angeschrien wird.«

»Salamander?« Tanaqui kannte viele Kreaturen, darunter etliche, die seit den Tagen der Diaspora *nur'echem vas'thali* – von vielem zu einem geformt – geworden waren, wie die Elfen es nannten. Die Chimaerae, wie die Menschlinge sagten. Verbindungen spottend jeder natürlichen Ordnung, die Tiere hervorbrachten, wenn man sie denn so nennen wollte, die kein Gott sich hätte so erdenken können. Jedes von ihnen tückischer als das andere. Wo jenseits von Selachis nur Pferde durch die Welt streiften, hatte die einmalige Magie der Eilande mächtige Rösser hervorgebracht, die Fleisch fraßen, über Reißzähne verfügten und ein tödliches Horn auf der Stirn trugen. Im Lauf der Jahrhunderte brachten Narren dieses Einhorn aufgrund lächerlicher Legenden mit ihrem Volk, den Elfen, in Verbindung.

»Salamander. Ein Feuergeist, der meist in Gestalt eines Reptils erscheint«, zitierte Kato Tamasine. Er nahm einen tiefen Zug, und sein Blick schweifte über die Ferne jenseits der Grube.

»Ah«, machte Tanaqui. »Wie ein Drache?«

In der Tiefe seiner Kapuze zog der Magier die Stirn kraus. »Alles andere als ein Drache. Wenn es denn noch welche gäbe.«

Sie überlegte einen Augenblick lang, ob sie ihn über seinen Irrtum aufklären sollte, was die schlummernden Kinder der Sterne betraf. Viele Götter hatten die Drachen nach deren Flucht aus den Tiefen des Raums auf der Welt willkommen geheißen, als die Menschen noch in Pelzen mit Jagdblut auf den Lippen und Steinäxten in der Hand zum Firmament heulten. Die Drachen hatten den Göttern der Elfen zum Dank hundertfach geholfen. Als Architekten, Baumeister, Tutoren und Verbündete im Kriege. Doch aus Gründen, die sie für sich behalten hatten, zogen sie sich nach und nach an die stillen Orte der Welt zurück, um zu schlafen. Offenkundig wusste Kato nichts von diesen Dingen. Was angesichts seiner Bildung umso erstaunlicher war.

Tanaqui verwarf den Gedanken. Die Menschheit würde noch früh genug bemerken, wie wenig sie selbst in einem Jahrtausend über ein überschaubar kleines Land wie die Inseln von Selachis herausgefunden hatte. Die Wüstenelfe hielt es für unmöglich, dass nicht zumindest eine Handvoll der Sternenkinder irgendwo in den Tiefen der Glassande oder im finstersten Mirvaali auf ihren Horten schlummerten und von besseren Tagen träumten.

»Erinnert irgendwie an die Meeresgrenze im Norden, oder?« Kato blickte sehnsuchtsvoll aus seiner Umhüllung heraus zu den kochenden Wolkengebirgen hinauf. »Manchmal sehne ich mich in diese wilden Tage zurück, so schlimm der Krieg zwischen unseren Völkern auch war.«

Augenblicklich wallte der alte Zorn in ihr auf, aber sie ließ den Menschling gewähren und schwieg.

»Damals wusste ich, wer ich bin. Was ich zu tun hatte. Feste Aufgaben, Befehle und Tagesordnungen. Du könntest es verstehen, so weit von den Deinen entfernt unter uns Menschen. Ich bin auf der Straße groß geworden, nachdem meine Eltern ... Jedenfalls fand ich mich irgendwann in den Diensten der Streitmacht Ihrer Majestät wieder. In den Anfangstagen des dritten Unwerthkriegs war ich gerade gut genug geschult, um mit dem Feuer Schaden anzurichten.« Er schüttelte den Kopf und nahm einen weiteren tiefen Zug. Die Glut an der Spitze des Stängels glomm auf, und die Runen im Gesicht des Lohenmagus taten es ihr gleich. »Damals war ich in den Fjorden von Bowdens Heimat. Ich sah die Sturmgrenze weit jenseits der schiffbaren Gewässer. Vermutlich weißt du, dass es niemandem gelang, diese Insel zu verlassen, seit sie sich erhob. Ich vermute, ein Volk, so fortschrittlich wie das eure, wird es lange vor unseren stümperhaften Gehversuchen versucht haben.«

Das Erstaunen über das Lob war stärker als der Zorn. Sie vernahm keinerlei Hohn in seiner Stimme, lehnte sich an einen mächtigen Holzpfeiler und verschränkte die Arme. »Du hältst uns für geistig hochstehend, nach allem, was du und deine Kameraden uns damals angetan haben?«, erkundigte sie sich mit mehr Schärfe, als sie beabsichtigt hatte.

»Selbstverständlich. Als ich jünger war, konnte ich nicht genug Geschichten über euch lesen. Zumindest bis zu jener Nacht, als ein Trupp Freischärler der Mess... der Waldelfen des Schwertwindpakts aus eurer Hauptstadt in die unsere kam. Gesetzlose, Schattenkämpfer, nenn sie, wie du willst. Sie waren Meister ihres Fachs. Mein Vater besaß ein Kontor für magische Utensilien samt Laden. Schon als Kind durfte ich mich dort in alles vertiefen, in jede Dichtung oder Erzählung über Kriege eintauchen. Auch meine Geschwister sprangen gern vom Elternhaus herbei, um mit mir zwischen den Regalen auf Entdeckung zu gehen.«

»Was geschah dann?« Tanaqui erschrak vor sich selbst, so tonlos klang sie. In diesem Moment erbebten Holz und Metall, als die mächtige Plattform an Zahnrädern sich in ihren vier Führungsketten auf eine Ebene mit jener brachte, auf der sie standen. Der Fahrstuhl hatte sein Ziel erreicht.

»Waldläufer der Messerohren wie du vernichteten das Kontor seines Vaters, weil er für die magischen Krieger des Königreiches mystische Schriften, alchemische Tinkturen und seltene Metalle aus dem Emirat und von den Hyänen beibrachte. Die Elfen brannten alles nieder und töteten seine Familie, weil sein Vater ein Genie war, wenn es um das Schaffen magischer Dinge ging. Unser sauberer Freund hier landete auf der Straße, und erst die Armee bot ihm wieder eine Heimat. Bis er sie schmählich verriet und ich seitdem täglich auf seine feixende Fratze aufpassen darf.« Bowden war zu Tanaquis Überraschung unbemerkt hinzugetreten. Er deutete zuerst auf den Magier und dann auf die Plattform. »Los, Deserteur! Schauen wir endlich, ob deine Vermutung nur Humbug ist oder ob du wirklich etwas Vielversprechendem auf der Spur bist.«

Tanaqui folgte dem Blick des Paladins auf Kato. Falls der Gottesmann bemerkte, dass das Gesicht des Magiers allen glühenden Zauberzeichen zum Trotz aschfahl und seine Lippen strichdünn geworden waren, bemerkte er es nicht. Er wandte sich zur Plattform um, während sich Katos Blick, dem einer Brillenkobra aus den Glassanden gleich, in den Rücken seines Begleiters bohrte.

»Er hat übrigens in einem recht, Messerohr. Ich will dich wenn überhaupt nur als Freiwillige dort unten einsetzen, weil du sonst zu nichts nutze bist. Ich werde dich jedoch auf keinen Fall hier oben unbewacht im Dorf lassen.« Er wandte sich an die keuchenden Milizsoldaten. »Falls sie hier oben bleibt, schafft ihr sie in den Kerker, bis wir wieder zurückgekehrt sind. Danach lassen wir sie ziehen. Aber hier beim Aufzug könnte sie viel zu viel Schaden anrichten.«

Der Anführer der Männer nickte.

Kato trat seinen Rauchstängel aus und nickte Tanaqui mit versteinerter Miene zu. Zum ersten Mal seit ihrer Ankunft in diesem Ort sah sie ihn um einen frechen Spruch verlegen. Mit hängendem Schwanz und ebensolchen Ohren trottete sein vierbeiniger Begleiter dem Magier hinterher. Einmal mehr ging ihr auf, wie die verweichlichten und ihrer Wildheit beraubten Tiere der Menschlinge mit der Zeit das Aussehen ihrer Herren annahmen.

Tanaqui fasste einen Entschluss, bevor der Große Jäger dieses Recht für sich in Anspruch nehmen konnte. Sie würde ihrem Schicksal entgegengehen. Aus eigener Kraft. Wenn sie zur Erkenntnis vordringen wollte, woher die Feuersbrunst stammte, dann zu ihren eigenen Bedingungen.

Sie stapfte auf die schwitzenden Bauernlümmel in Uniform zu, deutete auf ihren Ranzen auf dem Boden, den letzten, der vom vorherigen Haufen noch übrig war und neben dem ihr Speer und ihr Bogen lagen. »Das gehört mir«, stellte sie fest. In einer Bewegung, die keiner der schlecht ausgebildeten Menschlinge vorausahnen konnte, klaubte die Wüstenelfe ihre bescheidene Habe auf und wandte sich zur Plattform um. Ihre Füße wirkten schwerer als Bleigewichte. Je näher sie dieser seltsamen, frei schwebenden Platte aus Holz kam, desto stärker wuchs die Beklommenheit, die wie ein Harnisch aus Marmor ihre Brust verengte.

»Willst du das Angebot nicht annehmen und dich anstelle des Messerohrs einsperren lassen, Stinker?«, hörte sie in diesem Moment Gjalar fragen.

»Ich habe gelobt, Wiedergutmachung zu leisten. Bei dir und bei den verdammten Schlammwühlern, denen ich Geld schulde«, gab der Gesetzlose verblüffend keck zurück. Tanaqui vermutete, dass er sich selbst Mut machen wollte, genauso wie sie. »Und was den Gestank betrifft, so seid ihr alle kein Ausbund an Reinheit mehr. Was nach einem Tag voller Feuer und einer solch schwülen Nacht auch ein Wunder wäre. Ich verstehe nur nicht ganz, warum wir jetzt dort hinunter müssen und nicht bis morgen früh warten können.«

Alle wandten sich zu Kato um, an den die Frage gerichtet war. »Nicht ganz von der Hand zu weisen, Deserteur. Warum jetzt?«

Es sollte einmal mehr eine Weile dauern, bis der Magier antwortete. Indessen betrat Tanaqui die Plattform und kam dort wie auf einem Boot oder Floß zu stehen. Nur dass darunter kein beruhigendes Wasser wartete, aus dem man wieder auftauchte, sondern nichts als ein Sturz in schier endlose Finsternis, bevor man aufprallte. Sie spürte, wie der Große Jäger anbot, ihr durch die Hautbilder Mut zu schenken und ihr Kraft zukommen zu lassen, schlug dies aber aus.

Die Aufgabe musste sie allein meistern, wenn ihr Tun einen Wert haben sollte. Befriedigt schien ihr der Urahn in ihrem Geist zuzustimmen.

»Ich sah schlicht keinen triftigen Grund, weiter zu warten. Erstens könnten sich Sturm und Brand hier oben weiter verschlimmern. Wir sollten rasch zurück sein, um eine weitere Hölle zu verhindern. Außerdem missfällt mir, dort unten wehrlos umherzutasten, weil meine sonnengeblendeten Augen im Dunkeln nichts taugen. Besser, wir steigen hinunter, solange wir noch an eine Form des Dunkels gewöhnt sind. Das Gleiche dürfte für dich und Limbo gelten, Blechbüchse.

Außerdem ... müsst ihr irgendwohin? Noch schnell einen Marktgang unternehmen oder die Dame eures Herzens ausführen? Hm, Bowden? Einige der Reichtümer deiner Familie verprassen?«

Diesmal war es der Paladin, der erbleichte. Seine Kiefer mahlten, seine Augen sprühten Funken. Tanaqui hatte oft genug gegen Männer seines Schlags gekämpft, um zu wissen, dass die wahre Gefahr von ihnen ausging, wenn ihr Mundwerk verstummte und ihre aufbrausende Natur unheilvoller Stille wich.

Nicht nur ihr war die bedrohliche Spannung aufgefallen. Limbo zog sich an den Rand der Plattform zurück, um von den beiden Rivalen Abstand zu nehmen.

Gjalar tat das genaue Gegenteil. Der Druchuul verfügte über ein Gespür für sein Publikum, also trat er zwischen die Erzürnten. »Ihr beiden könnt euch später noch gegenseitig umbringen und damit gegen jedes Gesetz und jeden Auftrag eurer Königin verstoßen. Vorher aber will ich noch wissen, wohin mein Volk verschwunden ist und woher dieses Feuer kommt. Wenn ihr so gut sein wollt ...« Er warf einen Blick in die Runde. »Können wir uns alle – verdammt! – darauf einigen, dass es gerade Wichtigeres gibt als unsere persönlichen Empfindlichkeiten?«, rief er und hielt inne. »Herr!«, wandte er sich dann mit Nachdruck an den Paladin.

Bowden schüttelte sich kurz, so als erwache er aus einem Traum. Er schenkte Kato einen letzten finsteren Blick und nickte knapp. Als er zum Zeichen die Hand hob, gab auch der Zwerg den Milizsoldaten einen Wink. Einer von ihnen trat an einen Hebel, und mit einem Ächzen setzte sich der Lastenfahrstuhl nach unten in Bewegung.

Mit ihm sanken Tanaquis Herzen.

Stockend rumpelten sie in die Tiefe, und es dauerte eine ganze Weile, bis die Elfe sich zumindest fürs Erste daran gewöhnt hatte. Wie auf Schiffen suchte sie die Mitte der schwankenden Plattform, weil dort erwartungsgemäß der Schwindel und die seltsamen Beklemmungen, die sie überkamen, am schwächsten sein würden. Mit einer Hand hielt sie sich an einer Kiste fest, die an der Stelle mit einem Netz befestigt stand.

Von dort aus beobachtete sie, wie Zoll um Zoll der gewaltigen Schachtwände an ihnen vorbeikroch. Richtete sie den Blick nach oben, sah sie den Nachthimmel, doch schon bald fühlte sie sich wie ein Winzling, der aus dem Inneren eines Fasses nach oben blickte. Der Aufzug fraß seine Strecke unerbittlich, und die Scheibe Mondlicht in Sturmwolken und Sommerhitze verschwand mit jedem Herzschlag ein wenig mehr, während sie weiter hinabsackten.

Bald stellte sich Dunkelheit ein, die selbst ihre Augen nicht mehr durchdrangen. Sie nahm die anderen zwar gerade noch als graue Schemen wahr, ahnte aber, dass es in Bälde damit vorbei sein mochte.

Gjalar musste zu einem ähnlichen Schluss gelangt sein. Der Zwerg stand mit verschränkten Armen stoisch und still neben seinem unruhigen Begleiter, während Kato, im Schneidersitz bei seinem Hund meditierend, einen würdigen Widerpart des Unterirdischen abgab. Bowden schritt über die Holzbohlen und bewegte stumm den Mund. Tanaqui konnte schwer sagen, ob er betete oder wieder schimpfte. Limbo stand an dem Teil des Aufzugs, der sich so dicht wie möglich an der Wand befand.

Da löste sich der Zwerg aus seiner Starre. Er stapfte zu einer von vier mit Bleiglas eingefassten Laternen am Rand der Plattform, rieb für einen Moment daran und murmelte in der barschen Sprache seines Volkes einen Spruch.

Was immer sein Plan war, er schlug fehl. Der Zwerg runzelte die Stirn und wiederholte seine Worte mit noch lauterer Stimme.

Nichts geschah.

Kato öffnete die Augen und linste zu Gjalar hinüber. Das orangefarbene Glühen unter der Kapuze zog Schlieren im Dunkel. Es lag Missbilligung darin.

Eine Pracht für jeden Scharfschützen, wie Tanaqui keineswegs entging.

»Was ist?«, fragte Bowden und stieß in das gegenteilige Horn. »Das war kein dummes Unterfangen. Entzünde doch Licht!«

»Das täte ich gern«, gab der Unterirdische zurück. »Aber die Laternen versagen den Dienst.«

20

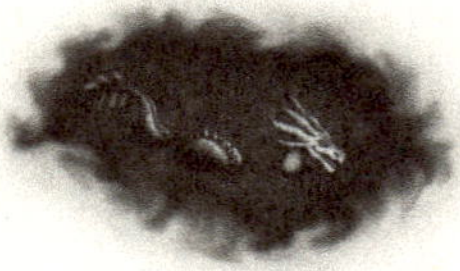

Allein diese Feststellung genügte, um Kato zum Aufstehen zu bewegen. Tanaqui nahm ihren Mut zusammen und begab sich ebenfalls in Richtung der Laterne.

»Was soll das heißen?«, erkundigte sich der Magier. »Das sind zwergische Nachtlichter, die einfachste und robusteste Vermengung der Baukunst der Drazok Dhar mit der Runenmagie.«

Der Zwerg bedachte den Magier mit einem Blick, bei dem Milch geronnen wäre. »Witzig, Kleidträger. Denkst du, das wüsste ich nicht? Seit Jahrhunderten nutzen wir diese Lichtquelle. Schon lange vor der Diaspora beleuchteten wir damit Stollen und Tunnel, als deine Vorfahren noch in Fellen und Hirschgeweihen über den Alten Kontinent krochen.«

Katos Züge blieben unbewegt.

»Hätte jemand von euch die Güte und würde erklären, was hier geschieht?«, verlangte Tanaqui. Es war vielleicht eine Wohltat, ein wenig zu plaudern, doch der Aufzug setzte seine Fahrt unerbittlich fort. In kurzer Zeit verschlang sie nachtschwarze Dunkelheit. »Zündet sie doch einfach wieder an!«

Sowohl der Unterirdische als auch der Magier warfen ihr einen Blick zu, den Tanaqui an bestimmten Männern stets gehasst hatte. Eine Form herablassender Besserwisserei, gern angebracht, sobald etwas schiefging und man einen Rat erteilte. Doch nicht etwa, dass die Herren eher Bescheid wussten. »Was denn?«, fragte sie herausfordernd. Sie verschränkte die Arme, stellte sich zwischen die beiden Mitfahrer und musterte den umgedrehten Glashumpen mit Zinndeckel, der bei Zwergen als Laterne diente.

»So einfach ist das nicht«, entgegnete der Unterirdische.

»Diese Lampen arbeiten wie vieles bei seinem Volk mit Runenmagie. Ist sie abwesend, lässt sie sich kaum ersetzen.« Kato betrachtete die Hülle. Tanaqui bemerkte, dass kaum erkennbar Silberstaub in die Vertiefungen in Schriftzeichenform eingelassen war.

»Ich wüsste gern, was hier geschieht. Kannst du die Funzel öffnen? Nachschauen, ob es denn noch drinnen ist?«, fragte Kato.

Bowden war hinzugetreten und vollbrachte das Kunststück, durch seine Sturmhimmelaugen einen Blick mit Tanaqui zu tauschen, der nicht aus blanker Feindseligkeit bestand. »Was soll noch drinnen sein?«, erkundigte er sich. »Jedes Hemmnis unserer Fahrt ist mir mitzuteilen.«

»Wie lange dauert das eigentlich noch, bis wir diese Todesrunen erreichen?«, wollte Limbo hinter ihnen wissen. Er hockte bei der Kiste inmitten der Plattform und sah aus wie ein Soldat im Grabenkrieg, der mit seinem Leben abgeschlossen hat. Seine Teigmassen wirkten aschfahl. Doch unter der ersichtlichen Furcht lag noch etwas, das Tanaqui nur schwer zu deuten vermochte.

»Dauert noch«, brummte Gjalar, der den Magier keinen Moment lang aus den Augen ließ. »Du glaubst doch wohl nicht, dass ich solche Geheimnisse unserer Handwerkskunst vor euch Menschlingen und dem Messerohr offenbare.« Da tat sich eine neue Feindseligkeit, ein Misstrauen auf, das Tanaqui von den Zwergen nur zu gut kannte. Es konnte nur um eine Sache gehen.

Katos Gesicht blieb wie versteinert ernst, sein Glimmstängel erlosch im Mund, bevor er durch ein aufblitzendes Zauberzeichen in der Haut eines Fingers wieder entflammte. Tanaqui entging nicht, dass dies schwerfälliger geschah als beim letzten Mal. Etwas gefiel ihr hier ganz und gar nicht. Kato blieb indessen ungerührt. »Was meinst du, Gjalar?

Glaubst du wirklich, ich stehe hier, um es mir zu nehmen?«, fragte der Magier.

»Was *nehmen,* verdammt?«, blaffte Bowden.

»Dort oben bedrängt uns viel zu viel Feuer, lässt Landstriche brennen, offenkundig so weit ausgreifend und so heftig, dass eine Sendbotschaft das Emirat im Süden erreicht hat und man selbst dort davon gehört hat. Hier unten dagegen fehlt uns Feuer in diesen Laternen. Und zwar völlig. Denkst du nicht, das sei verdächtig genug, um eine Untersuchung zu erfordern?« Eine wegwerfende Geste des Magiers. »Nur so eine dumme Grille von mir.«

Der Zwerg kaute so heftig auf seiner Unterlippe, dass sein Bart auf komische Weise hin und her wippte. »Verdammt«, maulte er schließlich und stampfte so mächtig mit dem Fuß auf, dass er Stoßwellen durch die Holzbohlen der Plattform sandte, die immer mehr ins Schwingen geriet.

Limbo gab ein fremdartiges Geräusch von sich, das eher erleichtert als ängstlich klang.

»Schon gut. Niemand rührt es an, verstanden?«, presste der Zwerg durch die Zähne hervor. Er berührte die Laterne und murmelte ein einziges, hässlich klingendes Wort in einer Sprache, die Tanaqui zuvor noch nie vernommen hatte. Augenblicklich trat Kato vor und blickte über die Schulter des Unterirdischen, ebenso wie Bowden. Sie tat es ihnen nach.

Eine Vorrichtung ähnlich einer Schublade war aus dem Boden der Lampe hervorgesprungen. Vergleichbar mit jenen Apparaturen, die Tanaqui bei den Kaffeemühlen ihrer Wahlheimat gesehen hatte. Sie war zu zwei Dritteln mit einem Pulver gefüllt, das nur Goldstaub sein konnte und das abweisende Gepolter des Unterirdischen in ein neues Licht hüllte.

Die Stimme Gjalars beim Anblick des Inhalts war jedoch tonlos. »Das kann nicht sein.«

»Inert«, kommentierte Kato. »Nahezu ausgebrannt und wirkungslos«, fügte er hinzu, als er Tanaquis fragenden Blick bemerkte.

»Und was soll das für uns bedeuten?«, fragte Bowden. »Es ist doch bloß Goldstaub. Im Kontor meines Vaters habe ich Kübel voll davon gesehen, später am Boden von Kriegskassen ebenfalls.«

»Gold?«, fragte Limbo mit erfrischtem Lebensmut, nachdem er seinen jähen Stimmbruch wohl in der Kiste unter dem Netz zum Abschluss gebracht hatte.

»Kommst du auch nur einen Schritt hier herüber, setzen wir unseren Tanz von der Landstraße fort, Bursche.« Die Stimme des Zwerges klang tödlich ruhig. »Das ist Dara-gul. Ihr würdet das wohl wörtlich mit *Zwergengold* übersetzen. Wir nennen es auch Wurzelgold. Man findet es in ganz besonderen Minenadern, die sich wie Wurzelwerk durch die Tiefen graben. Wächst in mächtigen Knoten außen daran, das Erz. Hebt man das Gold ...«

»... verflüchtigt es sich zu nahezu schwerelosen Wolken, die sich leicht mit der Macht der Magie lenken wie auch wohl mit derselben durchtränken lassen«, trug Kato in lehrbuchhaftem Singsang vor.

»Eigentlich sollte ein solches Wolkengebilde als Magiequelle in der kleinen Lade wabern und die Feuerrunen speisen«, ergänzte Tanaqui und erntete ungläubige Blicke von allen Seiten. Sie lächelte verlegen, was aufgrund ihrer Gewandung einmal mehr an ihre Begleiter vergeudet war. »Nun ja, euer Erstaunen verrät, wie sehr ihr meinem Volk einen Mangel an Wissen über Maschinenkunst unterstellt. Warum sonst sollten Kato und Gjalar so überrascht sein?«

Das Misstrauen war in den Blick des Paladins zurückgekehrt, doch er schwieg.

Der Unterirdische antwortete nicht. Er eilte über die Plattform, was ein neuerliches Schwanken der Platte nach sich zog, und sah die Laternen durch. »Keine davon leuchtet mehr«, verkündete er.

»Das ist nicht möglich. Nicht ohne Zutun eines Dritten zumindest.« Kato ging vor seiner Lampe in die Hocke und ergriff mit zwei Fingern eine Prise des Goldstaubs. Er flüsterte einige Worte, die mehr wie ein Auftakt zu einem Gesang klangen, und verrieb den Staub dabei zwischen Daumen und Zeigefinger.

Es geschah jedoch nichts. Verdutzt ließ er den Staub in die kleine Lade zurückrieseln und schloss sie.

»Du hast versucht, wieder etwas Kraft einzuspeisen?« Bowden musterte den Begleiter. Kato nickte nur.

»Offenkundig gescheitert«, bemerkte Tanaqui. »Wie vorher schon auch bei dir, Kato.«

»Hm?« Geistesabwesend starrte der Zauberer auf die kalte Laterne. »Ich habe keine Ahnung, was du meinst.«

»Dein Rauchkraut, Magier. Es hat gedauert, bis du es wieder entzünden konntest.« Mit ausgestrecktem Finger deutete Tanaqui mitten in das Gesicht des Zauberers.

Mit gerunzelter Stirn zog Kato den Stängel aus dem Mund. »Brennt doch«, wandte er ein.

»Sie hat recht. Ich habe es auch gesehen.« Zu ihrer Verwunderung pflichtete Bowden Tanaqui bei. Sie sandte ihm einen zweifelnden Seitenblick.

»Nun, wir werden es sehen«, antwortete der Magier. »Gjalar, Sohn des Arjuna aus dem Clan der Schachtfeger. Limbos Frage war doch nicht so abwegig: Wie lange noch bis zum Beginn des Schutzgespinsts der Runen? Ab wann droht uns von dort der Angriff? Ich habe bislang nämlich nichts gespürt.«

»Oh.« Der Zwerg verschloss die letzte der hastig aufgerissenen Laternen, stand mit dem Rücken zu den anderen. »Wir sind längst hindurch«, meinte er beiläufig.

Jeder auf der Plattform unterbrach, womit immer er oder sie beschäftigt war. Der Blick von vier Augenpaaren brannte sich mit einem Wechsel aus Eiseskälte, Unglauben und Zorn in das Gesicht des Unterirdischen. Der Barde spürte es, wandte sich langsam um. »Ich habe gleich bei Fahrtantritt eure Namen als meine Gäste an die Unteren magisch preisgegeben und auf das Beste gehofft. Wie gesagt, ich war lange nicht daheim und weiß gar nicht, wie unser Schutzwall zurzeit arbeitet.«

»Du hast auf das Beste für uns gehofft?«, knirschte Bowden, der bei aller Wut seine Erleichterung darüber, noch zu leben, ebenso wenig verhehlen konnte wie die übrigen Anwesenden.

»Ganz ehrlich. Ich war in euren Städten, Blechmann. Ich habe gesehen, dass ihr nicht schnell urteilt, sondern eure Verbrecher teilweise jahrelang im Kerker verschmachten lasst, bevor ihr sie aufs Schafott führt. Ich hab die Gesichter solcher Leute gesehen, die wissen, dass ihnen der Tod blüht.« Der Zwerg zuckte mit den Achseln. »Ihr langen Leute wollt unbedingt hier herunter. Ihr habt mich nicht gezwungen, sondern um meine Hilfe gebeten. Ich hab sie euch gegeben und euch Todesangst und panisch rasende Gedanken erspart. Nun ja, allen außer dem feigen Stinker.«

»Unmöglich.« Kato schritt Kreise auf der noch immer in die Tiefe sinkenden Plattform ab, die Hände hinter dem Rücken verschränkt.

Kincaid folgte ihm lächelnd und wedelte dabei mit dem Schwanz, so als betriebe der Magier ein besonders reizvolles Spiel. Gegen ihren Willen musste Tanaqui bei diesem Anblick lächeln.

»Das kann nicht sein«, fuhr der Lohenmagus fort. »Ich hätte es spüren müssen, wenn wir uns durch ein Netz solch gesammelter magischer Macht bewegen würden. Eine Grenze ist immer ein Ort unglaublicher Kraft. Es gibt das Dorf, die Hecke und den Außenbann, bei den Druiden etwa. In der Hecke liegt die Macht, dort, zwischen zwei Welten. Das ist ein magisches Axiom, ein Gesetz also, das niemals gebrochen wird. Wir sind nun im Außenbann. Oder im Dorf, magisch betrachtet, je nach Blickwinkel und Volk, dem man angehört. Ich hätte den Runenring beim Übergang zwischen beiden metaphysischen Zuständen spüren müssen, machtvoll genug, uns das Ende zu bringen, im Moment, da wir uns ihm nähern.«

Gjalar ließ sich neben Limbo nieder, der sein Glück nicht fassen konnte und sich abtastete, als wäre er gerade von einem Berg gestürzt, ohne auch nur eine Schramme abbekommen zu haben. »Vielleicht hast du's einfach nur verpasst. Du konntest ja auch das Lied nicht hören, das hier sonst jeder kennt. Bist du sicher, dass bei dir alles in der Reihe ist?«, fragte der Zwerg.

»Unmöglich …«, murmelte Kato.

»So ungern ich den Deserteur verteidige, aber ihm entgeht nichts. Wenn Kato sagt, dass er etwas hätte wahrnehmen müssen, weiß er, wovon er spricht.« Bowden musterte die Felswände nahe der Aufzugsplattform. Tanaqui folgte seinem Blick. Erzadern zogen sich durch das Gestein wie der silbrige Schimmer des Mondes über einen Bach unter dem Nachthimmel.

Der Nachthimmel. Tanaqui blickte nach oben. Der Sternenhimmel, die Vorsprünge und Kettenwinden waren mittlerweile zu einem Ring geschrumpft, der gerade noch einmal die Größe einer Silbermünze aufwies. Der Mond blitzte zwischen Sturmwolken auf wie die Pupille eines Raubvogels.

»Die Zeit läuft uns davon«, warnte sie. »Wir brauchen Licht. Kannst du Licht schaffen, Zauberer?«

Katos Antwort bestand in einem abschätzigen Schnauben. Er schnippte, wie er es beim Entzünden des Glimmstängels vorher bereits getan hatte. Herzschläge später erschien eine Flamme auf der Spitze seines Stabs. Ein kurzer Singsang, und sie rundete sich zur Kugel, die nunmehr kaltes Licht verbreitete. Sie pulsierte schwach, und nicht nur Tanaqui fiel auf, dass sie ins Außen hinein zerfaserte und sich auflöste. Wie Rauch, der verweht wurde. Dennoch spürte sie Erleichterung, sie würde nicht in der Finsternis dort unten gefangen sein. Zugleich nahm sie die Verachtung des Großen Jägers für ihre Schwäche wahr.

Auf Katos Gesicht spielte sich das genaue Gegenteil ihrer Gefühle ab. Sie meinte, eine Mischung aus Gebanntheit, Neugierde und Schrecken über seine Züge huschen zu sehen.

»Du hast eine andere Wirkung erwartet«, verlieh Gjalar ihren Gedanken Ausdruck.

»Es ist schwer zu erklären. Etwas Unbekanntes zieht förmlich an meiner Kraft. Ich habe so etwas noch niemals erlebt. Diese Flamme sollte auf der Stelle erscheinen und deutlich stärker leuchten.« Kato schüttelte den Kopf.

»Die gleiche Macht, die den Laternen das Licht geraubt hat?« Unwillkürlich führte Bowden die Hände zum Bastardschwert an seiner Seite und zum Schild auf seinem Rücken.

»Ich ... ich weiß es nicht. Es bleibt ein Rätsel.« Der Magier sah auf verblüffende Weise erschrocken und zugleich aus wie ein Kind, vor dem ein Sack festtäglicher Zuckerstangen aufs Pflaster gefallen war.

»Was immer es ist, wir sollten längst Licht von dort unten sehen.« Gjalar war an den äußersten Rand der Plattform getreten und blickte in die Tiefe. Die Sorge in der Stimme des Unterirdischen war unüberhörbar. »Tanaqui, komm bitte!«

Sie legte den Kopf schief, verwundert, dass sich der Zwerg ihren Namen gemerkt hatte. Beinahe verspürte sie Scham, dass sie von ihm immer noch als dem *Druchuul* dachte. Neugierig kam sie der Bitte nach, darauf hoffend, dass ihr hervorragender Gleichgewichtssinn und der Große Jäger sie retten würden, sollte das Geschöpf einen grausamen Streich planen.

Als sie am Rand der Plattform ankam, deutete der Zwerg in die Finsternis unter ihnen. »Was siehst du, Waldelfe?«

»Ich bin eine der Silberreiter geworden, vergiss das nicht, Gjalar!«

»Nach deinen Schilderungen bist du eine Jägerin oder Kundschafterin, die während des Dritten im Zwielicht des Mirvaali jagte. Verprell mich nicht mit diesen Spitzfindigkeiten, nicht jetzt! Ich bitte dich höflich, deine scharfen Sinne dort hinunter zu richten.« Der Zwerg schluckte. Sein Finger wiesen noch in die Richtung.

Tanaqui folgte der angedeuteten Achse. Es war beinahe kein Mondlicht mehr übrig, das ihren Augen nutzen konnte, doch das Adlerauge des Großen Jägers vollbrachte es. Am Boden des Schachts entdeckte sie eine urgewaltige Höhlung. Unter dem Felsendach, das nahtlos in die Schachtwand überging, erschienen mehr als drei Handvoll dunkle Schemen.

Sie erinnerten zuerst an gewaltige, von einem Kindgott zurückgelassene Würfel und Spielhäuser. Doch es lag eine feinsinnige geometrische Ordnung in der Weise, wie sie errichtet worden waren. Die Terrassen einer großen Stufenpyramide, die Umrisse eines Palastes und viele Statuen, die Spaliere bildeten und Äxte reckten, bestimmten das Bild. So groß, wie dies alles aus noch ferner Höhe wirkte, mussten die Bauwerke gewaltig sein.

»Ist das eine eurer Städte?«, fragte Tanaqui, ohne den Blick von den mächtigen Gebäuden abzuwenden.

»Kozath Khar«, antwortete der Unterirdische und konnte den Stolz, aber auch die Sorge nicht aus seiner Stimme heraushalten. »Heimat der drittgrößten Bingen dieses Erdteils.«

»Wo sind die größten?«, erkundigte sich Limbo aus dem Hintergrund und schaffte es, eher neugierig denn gierig zu klingen.

»Unter meiner Heimatstadt.« Bowdens Stimme hatte ihre alte Kälte zurückgewonnen, verriet für Tanaquis Ohren jedoch auch den Schmerz seiner Seele. »Kundrheim. Die Platinburg. Heimat des Hohen Runenschmieds Danghbran, des obersten Verbündeten der Skraemar.«

»Ihr kommt nicht aus dem Königreich, Herr. Aber Ihr seid doch ein heiliger Mann?« Limbo schien ernsthaft überrascht.

»Und was spricht deiner Meinung nach dagegen, dass ein Gottesdiener aus den Fjorden der Nordmänner kommt, Wurm?« Der Paladin gesellte sich zu Gjalar und Tanaqui, kniff die Augen zusammen und spähte in die Tiefe. Etwas an ihm war Tanaqui über ihre Begegnung im Krieg hinaus vertraut. Seine Stimme verriet eine gefährliche Falle, die für Limbo bestimmt war.

Der weigerte sich, hineinzutappen. »Nichts, Herr. Im Gegenteil, die Skraemar sind tapfere Leute, die sicher mehr von Reichtum verstehen als ein Wurm wie ich.« Nachdem Bowden halb versöhnt gebrummt hatte, ergriff Limbo erneut das Wort. »Zumindest darin, wie man sich den anderer aneignet.«

Bowden zeigte keinerlei Regung, über den Vaganten herzufallen. Er widmete sich ganz der neuen Aufgabe.

»Ich war noch nicht fertig, Tanaqui«, drängte Gjalar. »Was siehst du dort unten noch? Bitte bestätige mir, dass ich mich irre!«

Sie runzelte die Stirn und fragte sich, ob sie die Art der Frage missverstanden hatte, weil ihre Völker so verschieden waren. Sie spürte, wie Röte ihre Wangen überzog. Sie hasste es, vor vielen Leuten zu sprechen und sich in Rätseln beweisen zu müssen. »Ich sehe kein Licht«, sagte sie. »Die Stadt liegt in vollständiger Dunkelheit.«

Der Zwerg gab einen tiefen Seufzer von sich, der an ein Schluchzen erinnerte. Verzweiflung färbte seine Stimme.

»Überhaupt kein Licht? In der Tat.« Kato stand neben ihnen und streckte die Hand aus. Seine Augen waren geöffnet, die Pupillen wie bei Tanaqui nicht zu sehen. Stattdessen glänzten sie milchweiß und blind, während der Magier eine Melodie summte. »Keine Laternen auf den Straßen. Keine Spur von Feuermagie oder Runen, die ich spüren könnte. Alles kalt. Nein, warte! Dort. Ich kann nicht wie ihr sehen, was dort ist, aber dort ist eine gewaltige Macht versammelt.«

Tanaqui und Gjalar folgten seiner Bewegung, als er auf das hoch aufgeschichtete Gebäude deutete, das einer Stufenpyramide aus dem Dschungel des Südens nicht unähnlich schien und die Stadt beherrschte. Ihnen entging nicht, wie Bowden dem Fingerzeig ebenfalls folgte und in die Dunkelheit starrte. Sah er das Gleiche wie sie? Kannte sein Gott Wunder, die ihm Weitsicht verliehen, wie es Tanaqui durch den Großen Jäger widerfahren war?

»Was ist das für ein Bauwerk?«, wollte sie wissen.

»Der Hochtempel von Kurzukhuun, dem ersten Khar meines Volkes«, antwortete der Unterirdische.

»Das ist der Schmiedegott der Zwerge«, erklärte der Gotteskrieger und blickte in die Dunkelheit. »Nach ihrem Glauben kehrte er als der Erste der Herrscher und Ahnen in den Fels zurück, der sie einst alle hervorgebracht hatte. Dort entdeckte er das Geheimnis der Schmiedekunst. Er fand das Feuer in der Tiefe unter allen Kontinenten, die ewige Flamme, und brachte sie aus dem nie sterbenden Fels zurück. Nachdem er die Flammengewalt den Bingen seines Volkes übergeben hatte, damit sie das Große Werk beginnen konnten, zog er hinaus in die Welt. Ihre Aufgabe seither: ihn zu suchen. Erst wenn das vollbracht ist, erhalten sie ihren Lohn.«

Tanaqui runzelte die Stirn. »Was soll das für ein Lohn sein? Keiner der Götter aus dem Pantheon der Sidhe verlangt uns etwas ab.«

»Ihr müsst nichts für eure Götter tun?«, fragte Bowden. »Welchen Sinn hat euer Dasein, wenn ihr den Göttern nicht gefallen müsst?«

»Wir werden aus dem Licht durch ihren Atem geformt, wir werden aus unseren Bäumen als wilde und grausame Kinder des Frühlings geboren, ob in den Türmen der alten Hochelfen vor der Diaspora, in den Tiefen des Mirvaali oder in den Zelten der Silberreiter. Nachdem wir einige Jahrzehnte in der Wildnis gejagt und unsere grausamen tierischen Neigungen abgelegt haben, werden wir zu Sommerelfen, lernen von unseren Eltern, die uns erwählen, Sprache und Lebensformen. Danach bleiben wir in dieser Welt, so lange wir wollen.«

»Über diese unbezähmbaren tierischen Neigungen erführe ich gern mehr«, murmelte Limbo, und Tanaqui lief ein Schauer über den Rücken. Sie drehte sich zu ihm um und erwartete ein lüsternes Grinsen. Seine Züge erschienen vielmehr erbärmlich und vor Seelenqual verzerrt.

Sie wollte schon fragen, was er meinte, da erklärte es Gjalar bereits. »Das große Werk. Wenn wir ihn erst einmal durch unsere Handwerkskunst und unsere Baumeisterschaft in unseren Minen gefunden haben, müssen wir vor ihm danach unseren Wohlstand darbieten und alle unsere Lehrjahre unter Beweis stellen.«

»Und dann?« Mit mehrfachem Fingerschnippen entzündete Kato einen weiteren seiner Krautstängel, der nur gemächlich entflammte. Tanaqui befürchtete, dass das dauernde Einatmen von Rauch der Lunge des Magiers nicht guttat. Andererseits qualmte alles an dem Mann ohnehin, und er atmete Rauch, ob er wollte oder nicht. Wer wusste, ob seine Lunge nicht ohnehin brannte?

»Dann haben wir die Gesellenprüfung bestanden, und die Lehre geht weiter«, erklärte Gjalar mit todernster Miene. »Er wird uns für würdig befinden und uns in die tieferen Geheimnisse der Welt einweihen, auf dass wir noch bessere Werke in seinem Namen vollbringen und von Glück erfüllte Leben mit unseren Clans und Stammfamilien führen dürfen.« Trotz der geschilderten Verheißung klang er bedrückt, und Tanaqui war sich sicher, dass es nicht nur an der Dunkelheit lag, in die so besorgniserregend die Stadt unter ihnen eingetaucht war. Sie öffnete abermals den Mund, um ihrem unfreiwilligen Weggefährten nach Art ihres Volkes etwas Trost zuzusprechen, kam aber nicht dazu.

Denn in diesem Moment vernahmen sie den Donner aus der Stadt.

21

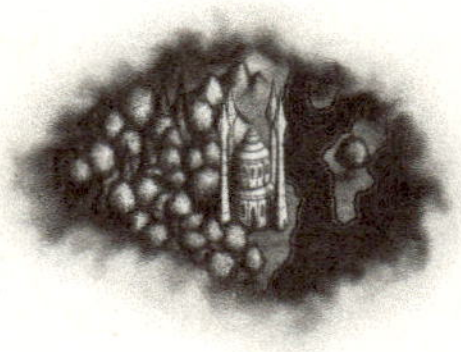

Tanaqui war nicht die Erste, die ein Rauschen vernahm, das auf sie zuflog. Zuerst war es das laute Krachen eines Zerberstens von Stein und Holz unter ihnen gewesen, das sie erschüttert hatte, dann dieses Rauschen fortstiebender Luft von etwas Gewaltigem. Jetzt hörte sie deutlich, wie die Luft an dessen Flanken beinahe pfiff.

Währenddessen raste dieses Gewaltige heran, von unten auf sie zu.

Nur einer verstand noch schneller als sie. »Hinunter! Festhalten!«, brüllte Gjalar und warf sich zur Seite. Auf der Plattform befanden sich zwei ausgebildete Krieger, zwei Kämpfer der Alten Völker und ein Galgenstrick, dem sein eigenes Leben wichtiger war als alles andere. Alle lagen sie am Boden, noch ehe der Zwerg geendet hatte.

Sie alle hörten den gewaltigen Lärm, mit dem etwas von der Größe eines Pferdekadavers einige Schritte entfernt an der Plattform vorbeischrammte. Einen Herzschlag später folgte der Donner heftigen Zerberstens, als es gegen die Höhlenwand prallte.

Tanaqui warf sich auf den Rücken und fletschte die Zähne wie ein Raubtier. Sie fauchte, als sie die Felsbrocken von dort auf sich herabstürzen sah, wo das Geschoss zerschellt war und nun in Trümmern auf sie herabregnete.

»Verteilen!«, befahl der Paladin.

Zu Tanaquis Erstaunen blieb Limbo stehen, blickte nach oben und breitete die Arme aus, als wolle er die todbringenden Steine begrüßen.

»Nichts da!«, zischte Bowden. Er sprang in einer Rolle auf und warf sich auf den Landstreicher. Mit einem kräftigen Schulterstoß drängte er den Dicken zur Seite. Tanaqui hörte, wie Limbos Rippe oder Schlüsselbein brach, als die Rüstungsplatten des Paladins ihn trafen.

Einen Augenblick später erbebte die Plattform. Sie tanzte und buckelte unter Einschlägen. Tanaquis empfindliche Ohren schmerzten, als kopfgroße Felsbrocken ringsum und zwischen ihnen einschlugen. Sie zersprangen auf dem Eisenholz, zerbarsten zu Mehlstaub und verteilten Geschosse mit der Wucht von Pfeilspitzen. Zwei davon trafen Bowden und prallten hörbar von seiner Brustplatte ab.

Kato richtete sich mitten in der Gefahr zu voller Größe auf, breitete die Arme weit aus und stimmte einen machtvollen Singsang an. Einen Herzschlag später blickte er verwirrt um sich, weil nichts geschah. Mit einem Satz warf er sich zur Seite, als auch schon ein Felsbrocken dort aufschlug, wo er eben noch gestanden hatte.

Drei weitere folgten, die Plattform ächzte.

Sie sprang hin und her wie ein störrisches Pferd oder ein Zuchtbulle, der versucht, seinen Reiter abzuwerfen. Der letzte Aufprall war zu viel, selbst für diesen widerstandsfähigen Aufbau. Ein mächtiger Brocken zerschlug die Frachtkiste, zerriss das Netz und blieb wie eine Messerklinge in der Mitte des darunter liegenden Holzes stecken.

Mit einem Krachen schoss ein Riss wie ein Blitz mitten durch die Plattform.

»Endlich«, murmelte Limbo, der breitbeinig über dem Spalt stand. »Vielleicht diesmal!« Dann besann er sich und wagte einen schwerfälligen Schritt über die rasch wachsende Kluft.

»An die Ketten, rasch!«, befahl Bowden.

Alle preschten los. Unerwartet flink rannte der Vagabund vorwärts, packte den Unterirdischen noch im Laufen an der Schulter und zog ihn mit sich. Sie sprangen ab und hielten sich an den großen Kettengliedern in einer der damit verankerten Ecken der Plattform fest.

Tanaqui hatte die ihre längst erreicht, ebenso wie Bowden, der aber mit einer Hand Kato am Schlafittchen packte. Sie sah, dass der Magier Gift und Galle spuckte, fluchte und mit den Fäusten um sich schlug, aber gegen die Kraft des Paladins nichts auszurichten vermochte. Und gegen seine Feuermagie wirkte der kirchliche Bann. »Kincaid!«, schrie Kato. »Lass mich los, du Hundsfott! Ich muss meinen Freund retten! Er ist alles, was ich habe!«

Tanaqui folgte der Blickrichtung des Lohenmagus, sah den Hundekörper mit goldenem Fell zwischen Steinen, Gipsstaub und Holztrümmern liegen, genau in der Mitte der Plattform, über dem Spalt. Die ganze Konstruktion ächzte und hob sich an den äußeren Rändern, während die Mitte langsam nach unten nachgab. Augenblicke noch, dann würde sie brechen.

Tanaqui spürte den Wahnsinn des Großen Jägers in sich. Ihre Bestrebungen trafen sich in der Mitte – seine nach Taten und ihre, ein Tier nicht ohne Schuld vor seiner Zeit sterben zu sehen, und galten sie auch nur dem zu fetten Hund eines Menschen.

Ich habe sein Leben genommen, seinen einzigen Freund nehme ich ihm nicht.

Die Elfe betrachtete die Plattform mit der Schärfe ihrer Sinne. Sie würde zu spät kommen, keine Zeit für Gedankenspiele. Gleichzeitig packte sie ihren Speer, stürzte durch die herabfallenden Steine auf die Gestalt des Hundes zu. Zwei Schritte vor ihm sprang sie zur Seite und rammte den Speer unter das größte Trümmerstück, das den Hund einquetschte. Ihr Körper straffte sich, ihr Rücken schrie auf, als sie ihre ganze sehnige Kraft gegen den sich biegenden Speer stemmte, während immer noch kleinere Trümmerteile niedergingen. Mit äußerster Anstrengung gelang es ihr, den Brocken aus dem Weg zu hebeln.

In diesem Augenblick sackte der Boden unter ihren Füßen mit einem durchdringenden Geräusch weg.

Sie spürte gähnende Leere, als das, was eine durchgängige Platte gewesen war, zu zwei riesigen Hälften einer Falltür zu werden drohte. Tanaquis Magen stieg ihr dem Gefühl nach bis in den Hals herauf. Ihr Körper übernahm von sich aus das Handeln, während sie eine Entscheidung traf.

Noch im Sturz stieß Tanaqui den Speer mit aller Macht nach vorn. Ihr blieb nur ein Versuch. Sie trieb die Klinge aus Mondstahl und mit Zauberliedern gehärtetem Bernstein haargenau zwischen zwei Bohlen und packte mit der anderen Hand das Hundehalsband. Alles in der Zeitspanne, die ein Menschenherz für einen Schlag brauchte.

Keinen Moment zu früh. Mit der rechten Hälfte rutschte sie von der Plattform ab, die an ihren beiden Kettenösen ungestüm hin und her pendelte. Den Hund an der einen Hand, die andere mit aller Macht um den Speer gekrallt, schrie Tanaqui auf. Sie spürte, wie ihre Nacken- und Schultermuskeln drohten, ihren Hals zu sprengen. Der Druck auf ihren zusammengebissenen Zähnen war unerträglich. Immer wieder prallte sie mit ihrer Last gegen die neu entstandene Holzwand.

Sie war außergewöhnlich stark, selbst nach den Maßstäben der drahtigen Kraft ihres Volkes und durchdrungen von der Macht eines Geistes der Altvorderen. Aufgewachsen in der Wildnis, war ihr Zweitname Fuchstochter weit mehr als eine Ehrenbezeugung. Doch alles stieß an Grenzen. Sie spürte, wie ihre Finger nachgaben. Das frei hängende Gewicht des schlaffen Hundes und ihr eigenes hingen lediglich an ihrem einen Arm. Sie würde abstürzen.

Ein Finger nach dem anderen wurde taub. Nach und nach verlor jeder von ihnen die Kraft, während ihr Körper wild hin und her schwang. Unter sich hörte sie in diesem Moment ein Getöse, als die Ladung der Plattform, die Kisten und das Netz auf den Straßen der Zwerge Hunderte Schritte unter ihnen aufschlugen und in Tausende Splitter gerissen wurden.

Lass das Tier los! Es ist schwach. Der Wille des Altvorderen Großen Jägers war eindeutig.

Etwas in ihrem Inneren widersetzte sich. Jeder Hautbildkrieger der Silberreiter musste auch dem Drang zu widerstehen lernen, der Macht der Alten nachzugeben, wenn sie Erbarmungslosigkeit durchzusetzen versuchten. Sie wusste, dass der Ahne recht hatte, doch dieser Hund verkörperte alles, was dem einstigen Jungen, den sie in entsetzliches Elend getrieben hatte, noch geblieben war.

»Nein!«, kreischte sie, entfesselte die letzten Kräfte. Der Gedanke, etwas gutzumachen, befeuerte sie, brachte ihre Muskeln quasi zum Brennen. Gegen jede vernünftige Erwartung, gegen jede Hoffnung zog sich Tanaqui ein Stück weit in die Höhe, verankerte die Finger mit neuer Kraft um das Holz, schloss einen sicheren Ring aus Muskeln und Sehnen. Zumindest eine kurze Zeitspanne hatte sie ihnen beiden erkämpft.

Tanaqui spürte, wie Schweiß ihre Kleidung tränkte, der nicht nur aufgrund der ungeheuren Anstrengung ihr Gesicht und ihren Nacken in Sturzbächen hinabrann. Die Hitze hier unter der Erde nahm mit jedem Schritt zu, den sie tiefer sanken. Sie wagte einen Blick nach unten, konnte den Boden immer mehr erahnen. Es waren immer noch Hunderte Schritte, und sie hatte den Pfad des Druiden nie beschritten. Gestaltwandel war keine der Künste, über die sie gebot. Kein Vogelkörper würde sie retten. Sie würde in die Tiefe stürzen und mit voller Gewalt aufschlagen.

Wenn sie fiel, brauchte man einen Flaschenkürbis als Sinnbild für ihr Gedenken. Zerplatzt im ewigen Dunkel. Erneut wallte Panik in ihr auf. Diesmal schien sie kein Ende zu nehmen.

22

In diesem Moment schob sich eine Hand vor ihr Gesicht, die sich von einer der oben angespannten Ketten aus in schräger Richtung bis zum Speer vorgetastet hatte. Erst jetzt, in ihrer ausweglosen Lage, sah die Elfe zu ihren Begleitern auf, hatte schlicht nicht damit gerechnet, dass einer von ihnen auch nur einen Finger für sie rührte.

Zu ihrem Erstaunen erblickte sie nicht den Paladin, der viel zu weit entfernt stand und unfähig war, etwas zu unternehmen. Er hielt sich mit Kato und dem Unterirdischen an einer Kette des noch begehbaren Teils der Plattform und wirkte ernsthaft besorgt.

Nein, rittlings auf der Holzwand über ihr hockte Limbo und verankerte sich mit einem Arm geradezu wie ein Kämpfer, begleitet von einem Ausdruck grimmiger Entschlossenheit, vermengt mit Panik in den viel zu großen Augen. Er ähnelte dadurch wieder einem Mann mit Fallsucht, der seinem Leben, festgeklammert am Rand einer Brücke, ein unrühmliches Ende zu setzen gedenkt. Doch stürzte er sich nicht in die Tiefe, sondern streckte mit aufforderndem Gesichtsausdruck Tanaqui die Wurstfinger entgegen.

Sie ließ sich nicht zweimal bitten, packte zu und verkrallte sich im speckigen Unterarm des Vagabunden. Mit gewaltiger Kraft, die sie ihm nicht zugetraut hätte, zog er sie und den Hund fast leichthin in die Höhe. Er bugsierte sie nach oben, bis sie wie der Wasserspeier eines Tempels mit den

Füßen auf ihrem Speer zu hocken kam, der zur Fahnenstange geworden war und aus den Holzbohlen hervorragte. Kincaid war aus seiner Benommenheit zu sich gekommen, starrte Tanaqui treudumm an und wedelte mit dem Schwanz, so als hätte er vor weniger als zehn Herzschlägen nicht über dem Abgrund gebaumelt.

Da wandte der Hund den Kopf. Der liebe Ausdruck schwand aus seinen Augen und wich wölfischer Wildheit. Er fletschte die Zähne, zog die Lefzen hoch und grollte mit tiefer Stimme. Dabei strampelte er so heftig mit den Beinen, dass Tanaqui ihn kaum festhalten konnte.

Eine seltsame Spiegelung tierischer Angriffslust trat in den Blick des Vagabunden. Er biss die Zähne zusammen und starrte dem Hütehund scharf in die Augen. Urplötzlich fing dieser an zu winseln, so als merke er, in welch misslicher Lage er steckte. Dabei leckte er sich die Schnauze und schnappte nach Luft, gähnte herzhaft.

»Bist du wohlauf, Schwester?«, wollte Limbo wissen.

»Ging mir nie besser«, versicherte Tanaqui und meinte jedes Wort aufrichtig. Sie spürte ihre Herzen rasen, das erhabene Gefühl des Überlebenskampfs, fühlte, dass sich der Jäger letztlich zufrieden mit ihrem Vorgehen zeigte und sie einen Schritt weiter auf seinem Pfad gegangen war. Sie nickte Limbo zu. »Danke.«

»Noch sind wir nicht unten angelangt«, wandte der Vagabund ein und strahlte mit offenem Grabsteinmund übers ganze Gesicht. Er strahlte die Zufriedenheit eines belasteten Mannes aus, der für einen Augenblick etwas wie Vergebung erfahren hatte. Limbo warf noch einen unschönen Seitenblick auf den Hund, dann zog er sich rittlings wie auf einem Balken rutschend wieder in Richtung seiner Kette zurück.

Tanaqui stieg vom Speer ihrerseits auf das mächtige Seitenholz der Plattform, wobei sie Kincaid gewissenhaft mitführte. Sie hievte den Hund am Halsband mit den Vorderpfoten sowie dem Brustkorb auf ihren Speer, der sich nun nicht mehr so stark durchbog, nachdem er sie nicht mehr beide tragen musste.

Durchdrungen von einem Gefühl wilder Erhabenheit, richtete sie durch den Schlitz ihrer Chalafs den Blick auf Kato. In den Augen des Magiers stand nichts als Dankbarkeit, und für einen Moment hatte Tanaqui das Gefühl, in ihm einen Freund finden zu können, wenn das mit den kurzlebigen Menschen denn überhaupt möglich war.

Dann erinnerte sie sich daran, welches Schicksal sie beide verband.

Das, was von der Plattform übrig war, erreichte den Boden. Mit einem hässlichen Knirschen setzten die klobigen Holztrümmer auf mächtige Steinplatten auf. Augenblicklich sprangen Tanaqui und alle Begleiter ab. Wohl wissend, dass die Ketten weiter nach unten fahren und das zerstörte Aufzugsgebilde in sich zusammenstürzen würde, sobald die Halteeinrichtung nicht mehr straff gespannt war.

Die Wüstenelfe landete aus dem Sprung in geduckter Haltung, die Sinne bis zum Bersten gespannt, den Hundekörper von dem einem Arm umschlungen, während der andere in der ewigen Nacht der Höhle den Speer etwaigen Gefahren entgegenreckte.

Kurz darauf war es so weit. Ein zweites Mal erhob sich Donner in der gewaltigen Kaverne, hallte hundertfach wie eine ganze Salve von Katapultschüssen wider. Es klang, als trommelten die Fäuste eines Titanen gegen ein gewaltiges Tor, und in gewisser Weise war das auch so. Die beiden Plattformhälften krachten zu Boden. Wolken aus Staub stoben auf, legten sich auf Gesichter, Hände, krochen bis in die Lungen.

Bis auf Gjalar husteten alle heftig. Tanaqui versuchte, etwas in der Finsternis zu erkennen. Was immer ihnen die gewaltige Steinmasse entgegengeschossen hatte, höchstwahrscheinlich ein mechanisch ausgebautes Stück Hauswand oder eine ganze Statue, stand hier unten dicht bei ihnen. Sie konnten nur hoffen, dass eine zweite Entladung sich genauso laut wie beim ersten Angriff ankündigen würde, damit sie die Gefahr rasch erkennen und sich auf die Seite retten konnten.

Es gab sonst nicht viel zu sehen. Richtete Tanaqui den Blick nach oben, sah sie ein Perlenrund aus Nachtlicht, selbst mit ihren scharfen Sinnen kaum noch zu erahnen. Sie waren am Boden des Kamins angekommen, zu weit entfernt, oben noch das Geringste auszumachen. Das einzige Licht schwebte in verstörender Ruhe neben ihr über den Boden, bewegte sich zum *Tock-Tock* eines Steckens auf dem Granit des Straßenpflasters.

Kato Tamasine. Seine Kapuze vermochte nicht alle Glut ganz einzuschließen, welche in seinen Augen und den quälend tiefen Narben und Tätowierungen seines Gesichts glomm. Vor ebendieses hob er einen Finger. Ein Singsang ertönte. »Das muss genügen«, befand Kato, und Tanaqui spürte ein leichtes Prickeln in ihren Hautbildern, was auf verfeinerte Magie hinwies.

In der Finsternis flammte etwas Kühles, Blaues auf. Auf einem Zeigefinger des Zauberers erschien abermals eine winzige Flamme von der eisblauen Farbe eines Blitzes und warf einen schwachen Lichtkreis.

»Vorsicht!«, mahnte Bowden. »Geschöpfe der Unterwelt erspüren andere auf vielfache Weise, frag den Zwerg! Hitze gibt einen hier preis, manche Wesen wittern Wärme oder spüren Schall mit Tasthaaren auf dem blinden Leib.«

»Tsk, tsk, tsk.« Kato spitzte die Lippen. »Was denkst du Anfänger, warum ich die Lichtkugel als Zauber erlöschen ließ? Dieser hier ist Elmsfeuer, eine Minderkraft, die aufzurufen man uns Magiern als Erstes beibringt. Die Flamme ist so kalt, wie sie nur sein kann. Zumindest du, Limbo und ich brauchen Licht, um uns zurechtzufinden. Andernfalls wird uns unser Katapultschütze mit dem nächsten dicken Geschoss aus der Welt fegen. Limbo«, wandte er sich an den Straßenräuber, »Kincaid ist noch zu schwach, neben uns herzulaufen. Unsere Elfe hier muss andererseits kampfbereit sein. Könntest du übernehmen ... den Hund ...«

»Schon gut, schon gut, ich habe es hier heruntergeschafft, also trage ich das fellige Ungetüm auch ein Stück weiter«, erklärte sich der Vagant bereit und nahm sich Kincaids an.

»Ich kann im völligen Dunkel auch nicht sehen«, flüsterte Tanaqui. Unwille wallte in ihr auf, als sie vor Nichtelfen Schwäche eingestand. Der Jäger war alles andere als zufrieden darüber.

Ich habe das Vertrauen dieser Leute gewonnen und bin mit ihnen unter die Erde gestiegen. Wo ich wahrscheinlich auf unschöne Weise ableben und von einem riesigen Hundertfüßer oder von Asseln gefressen werde, dachte sie an ihn gerichtet. *Ich werde ihre Gunst nicht einfach fortwerfen. Sie wollen den Wald ebenso retten wie ich und du. Oder haben sich deine Neigungen, was das betrifft, geändert, geehrter Vorfahr? Haben wir den Jungen etwa vergebens mit dem Speer durchbohrt?*

Ein Brennen durchzog die Hautbilder, eine Warnung, nicht zu weit zu gehen. Doch sie spürte auch Zustimmung.

Für einen Augenblick lehnte sie den Speer gegen sie Schulter, legte beide Hände in einer Geste der Dankbarkeit zusammen. So verneigte sich Tanaqui vor dem elfischen Halbgott, der Jahrtausende vor ihr in einer Schlacht gegen die fürchterlichen Eroberer von jenseits der Sterne und ihre längst ausgestorbenen Orkheere gefallen war.

Das Wohlwollen des Jägers kehrte zurück.

»Halte das wenigstens so niedrig, dass niemand vorgewarnt ist!«, knurrte Bowden und deutete auf das Flämmchen. Kato nickte und zog die Hand beinahe ganz in den weiten Ärmel seiner Robe zurück. Es blieb gerade genug Licht, dass die Menschen ein, zwei Schritte weit sehen konnten, wohingegen Tanaqui und Gjalar immerhin tiefer in das erstickende Dunkel blicken mochten.

Gerade genug Licht, um nicht erneut in Panik zu verfallen. Bereits jetzt erspürte Tanaqui mit ihren tierhaften Sinnen, dass dies nicht einfach nur ein Höhlenabenteuer war. Der unglaubliche Druck, der auf allem lastete, hing schwer in der Luft. Er stellte Seltsames mit der Wahrnehmung an, weil so vieles aus der Betrachtung und den Empfindungen verschwand. Es würde nicht lange dauern, bis der Erste von ihnen den Verstand verlor und sich einbildete, Stimmen zu hören. Tanaqui musste annehmen, dass die Rundohren mit ihren weniger ausgereiften Sinnen hier eher im Vorteil waren.

»Hier ist niemand. Kein einziger Drazok Dhar. Wo sind die Meinen?« Die Stimme des Zwerges bebte, klang eine Spur zu hoch. Tanaqui hatte vom Familiensinn und der Liebe zu ihren Sippen bei den Unterirdischen gehört. »Wir müssen in die Innere Stadt. Zum Hochtempel von Kurzukhuun. Dort entlang. Es ist die Stufenpyramide, die du von oben gesehen hast, Messerohr.« Ehe jemand etwas einwenden konnte, setzte sich der Zwerg behände auf seinen kurzen Beinen in Bewegung.

Tanaqui wusste nicht mehr zu sagen, wie lange sie unterwegs waren. Das Zeitmaß war der erste gewohnte Halt, der hier unten verloren zu gehen drohte. Sie vernahm die klackenden Echos, mit denen die Stiefel der Gefährten und die gepanzerten Sporenstiefel des Paladins über uralten Zwergengranit schritten.

Ab und zu schälte sich eine monolithische, unermesslich hohe Säule in einer für Tanaquis Augen herrisch kantigen Bauweise aus dem Dunkel. Mit kostbarem Silber und Edelsteinen eingelassene Runen funkelten wie Katzenaugen im Laternenschimmer, wo das Licht des Elmsfeuers darüber hinwegstrich.

Gezackte Schatten enthüllten sich als Kolossalstatuen von bärtigen Kriegern in fußlangen Kettenmänteln. Mit toten Steinaugen durch Brillenvisiere von Hörnerhelmen und Flügelhauben blickend, standen sie entlang der Straße Spalier.

»Wir könnten den Runenzug nehmen, wäre es hier unten nicht so traurig leer«, seufzte Gjalar. »Unsere Erfinder bauen Runenkessel mit dem höchsten Druck, wir machen mehr Fahrt, als uns mancher Narr von den Südbingen von Skirri Birrath zutrauen würde. Pah! Die dachten, niemand entwirft bessere Maschinen als sie.« Der Zwerg spuckte herzhaft aus.

Niemand antwortete. Tanaqui hatte das Gefühl, dass er jemanden zitiert hatte. Es klang bei aller Wut und Sorge weihevoll, war eher ein Raunen der Hochachtung von seiner Seite. Erinnerte er sich vielleicht an Worte seines Vaters?

»Still wie die Flussdörfer«, murmelte Bowden nach einer Weile. »Still wie der Tod selbst im Fluss, nachdem die Freischärler der Messerohren uns tagelang unter Wasser eingekreist hatten, bevor sie zuschlugen. Es blieb keiner übrig. Der Farsoth und die Nebenflüsse waren für Stunden rot eingefärbt.« Er klang, als führe er ein Selbstgespräch. »Du erinnerst dich, Tanaqui?«, fragte er plötzlich.

Sie spürte einen scharfen Stich. Sie war damals nicht an diesen Massakern beteiligt gewesen. Wie auch? Ihre Truppe hatte oben im Norden bei den Skraemar ihrem Zorn freien Lauf gelassen.

Oben im Norden, wo Bowdens Familie ein Kontor betrieben hatte, bevor sein Vater in Ungnade gefallen war. Vielleicht sollte sie froh sein, dass es hier unten so dunkel war. Sie wollte nicht wissen, was geschähe, wenn sich der Paladin oder der Lohenmagus ihrer erinnerten.

»Ich war nicht dabei«, bekräftigte sie ehrlich. »Ich bin Kundschafterin, renne mit dem Wind und heule mit den Tieren. Am Farsoth habe ich gern gebadet und Bären bei der Lachsjagd beobachtet. Ich weiß nicht, wovon du redest, Blechmann.«

»Muss das Gemaule jetzt wirklich sein? Klärt eure alten Geschichten doch, wenn wir wieder oben sind!« Limbo klang gereizt und wenig unterwürfig. »Erstens steht uns wohl hier Heftiges bevor, und zweitens musst du deiner Töle weniger zu fressen geben, Herr Magister«, empfahl der Vagabund. »Ganz abgesehen davon, dass derjenige am Katapult das Gezänk vielleicht mitbekommt und uns ordentlich einen überbrät. Hier drinnen ist es dunkler als im Hintern von Tanaquis Bären.«

Rebellisch und aufmüpfig. Widerwillig bemerkte Tanaqui, dass der ungewaschene Galgenstrick sie langsam für sich einnahm. Er war nur ein Rundohr, aber er erinnerte sie an ihre Zeit zwischen Farn und Moos, wild und ohne Verpflichtungen. Sah man von einem Riesenberg an Schulden in nutzlosen Metallscheiben ab, für den man ihm die Gurgel durchschneiden würde.

»Ich sage es ungern, aber er hat recht. Ich muss den Stamm meiner Binge suchen. Meine Familie ist hier ... muss hier sein!« Die Stimme von Gjalar klang so rau und belegt, als bestünde seine Kehle aus Bimsstein und doch immer kurz davor, sich viel zu hoch zu überschlagen. Die Sorge um seinen Clan, um die Zwerge, setzte dem Unterirdischen übel zu und machte ihn unvorsichtig, was seine Scharade den Menschlingen gegenüber betraf.

Tanaqui wartete im Dunkel auf den geeigneten Moment. Dann sandte sie dem Zwerg mit den Fingern Botschaften in der geheimen Zeichensprache der Kundschafter.

Wenig überraschend verstand der belesene Unterirdische ihre Gebärden.

»Wenn du nicht aufpasst, gibst du preis, wer du wirklich bist«, deutete sie in der Gebärdensprache an. »Dein Geheimnis ist bald offensichtlich.«

Selbst in der Finsternis war der metallische Schimmer unübersehbar, als sich Gjalars Augen weiteten.

»Du weißt es?«, kam es als Geste zurück.

»Wenn du dich nicht zusammennimmst, weiß es bald jeder.«

»Ich weiß es auch«, gestikulierte Limbo. »Was denn? Was denkt ihr denn? Dass ich keine Gaunerzinken beherrsche? Jeder in meinem Gewerbe spricht Fingerling.«

»Mich wundert vielmehr, wieso du unsere Hände in dieser Finsternis sehen kannst«, gab Tanaqui zurück. Sie suchte Limbos Blick im Dunkel, spürte wieder diese Verwandtschaft.

Sie sollte keine Antwort erhalten.

23

Bowden warf einen Seitenblick auf seine Begleiter. Er sah, wie das Messerohr, der Zwerg und der feiste Gesetzlose mit den Händen wedelten. Offenkundig tauschten sie sich in einer geheimen Sprache aus. Wahrscheinlich über den dummen Blechmann und seine überkommenen Traditionen und religiösen Ansichten. Dass er ihr Fingerspiel selbst bei diesen Lichtverhältnissen sehen konnte, musste er ihnen schließlich nicht verraten.

Ich bin nicht wie dieses Gelichter. Ich will auch nicht so sein, dachte er bei sich. Allein das Schnaufen des Vagabunden, der sich mit dem Gewicht des Hundes abmühte, ekelte ihn an. Er verspürte zudem einen widerlichen Geschmack im Mund, der auch davon herrührte, dass die drei Gestalten hinter ihm jederzeit seinen Tod planen konnten.

Sollen sie es versuchen. Der rechtschaffene Mann ist stets seiner Umgebung gewahr, und er wird niemals in Gegenwart seiner Neider und Feinde unvorsichtig. Die Mauer und das Dach trotzen dem Neid und der Gier der Verkommenen. Sollten sie ihn für schwach halten, weil er ihnen den Rücken zuwandte. Sie würden einen Angriff in diesem Irrtum nicht lange genug überleben, um ihn zu bereuen.

Ein Seitenblick auf Kato zu seiner Rechten ließ ihn just in die unnatürlichen Augen des Magiers sehen, denn Kato musterte seinerseits Bowden.

Götter, wie er den Deserteur verachtete! Wie über nur einige Jahre aus Freundschaft und männlicher Rivalität ein regelrechtes Rachegelüst gewachsen war. Doch die Pflicht war heilig, und der Kult des Architekten hatte ihm nun einmal auferlegt, dieses Gebilde von Wert, diesen Rückhalt der Königin wie seinen Augapfel zu hüten. Genau das würde er tun, und genau das war Kato Tamasine, nur noch Deserteur genannt: eine Waffe auf Beinen, eine Armbrust oder ein Schwert von besonderer Güte, welche aufgrund ihrer Vortrefflichkeit vor dem Einschmelzen bewahrt worden waren.

»Was? Was gibt es?«, blaffte ihn Bowden an, als er ein Grinsen dieses Mistkerls auffing.

»Nichts gibt es«, flötete der Magier. »Ich frage mich nur, ob hier eigentlich irgendetwas auch nur annähernd ist, wie es zu sein scheint«, fuhr er fort und warf einen bedeutungsschwangeren Blick auf das Dreigespann hinter ihnen, das wegen der kurzen Beine von Meister Gjalar und des Gewichts von Speckmann und Hund langsamer vorankam als die beiden Krieger der Königin.

Seit sie hier herabgekommen waren, um ein lebenswichtiges Rätsel zu lösen, und die lasterhafte Elfenmetze den Köter gerettet hatte, war Kato geradezu abstoßend fröhlich. Er erinnerte Bowden nicht nur an die Jungen in der Skraemarsiedlung im Fjord und später in der Tempelschule, die ihn gehänselt hatten als den, der er nun einmal war. Der gottesfürchtige Sohn eines frommen Westlings, der nun unter den Stadtmenschen seines Vaters leben musste.

Nein, so fröhlich, wie der Magier wirkte, erinnerte er ihn gar an die Gesichter seiner Peiniger aus dem Fjord. Fratzen, die Bowden Verdian, einst zu Ehren ihrer Gastgeber im Norden Baudhilin Baldur Ferdinnir Verdian genannt, nie vergessen würde. Sie waren es, die seiner ruhmreichen Familie, dem Haus seines Vaters, den spottenden Beinamen Kaltkluft eingebracht hatten.

Sie waren es, die dafür zahlen würden.

Kaltkluft. Eine Bezeichnung, jener Frau vorbehalten, die Bowden geliebt hatte wie keine andere auf der Welt. Eine wenig schmeichelhafte Benennung, um ihre untere Leibeshälfte mit einem Kenning, einem Kunstvers aus Stabreimen, zu verunglimpfen, der ebenso wie der Rest von ihr ins Meer gegangen war. Kalt.

Mutter, dachte Bowden, und der Stich schmerzte so frisch wie am ersten Tag. *Du hattest so viel Besseres verdient als das. Du und Vater.* Er würde es den Nordleuten heimzahlen. Was nicht leicht werden würde, in der Fjordsiedlung waren sie nun gewiss schon allesamt Huskarls. Leibwächter und Eingeschworene eines Jarls, ihres Herrschers.

»Ich finde einen Weg«, knurrte Bowden, in Gedanken versunken und weiterhin mit bitterem Geschmack auf der Zunge.

»Herauszufinden, was mit ihnen und dem Ort hier nicht stimmt? Oh, da bin ich sicher, Oberritter Tiefsinn«, frotzelte Kato.

Das ständige Geräusch, mit dem sein Magierstab auf den Granitplatten aufschlug, brachte Bowdens Blut im Wechsel zum Gefrieren und zum Kochen. Einmal mehr. »Könntest du das vielleicht einfach eine Zeit lang sein lassen?«, verlangte er in Richtung des Magus.

Dazu bestand keine Notwendigkeit. Schlagartig änderte sich das Geräusch. Wurde gedämpft und ledrig.

»Was zum ...?«, stieß Kato hervor und hob den Stab. Bowden blickte daran vorbei, als der Magier einen Lederstiefel samt Schnürung aufhob, in den das Stabende gestoßen war. Wortlos deutete der Paladin auf das, was sich am Boden vor ihnen ausbreitete.

Es waren Kleider. Eine ganze Ausstattung. Das Gegenstück des Stiefels. Eine Schnürhose. Ein vor Kohlestaub und Flecken starrendes Arbeitshemd. Eine zerkratzte Schürze aus derbem Rindsleder. Ringe, die nur Bartschmuck sein konnten. Kaum kleinere Ringe für mächtige Zwergenfinger.

Bowden ließ den Blick schweifen. Jenseits von Katos kalter Flamme lagen mehrere dieser Haufen.

»Was ist das hier?« Der Zwerg Gjalar war herangetreten. Der Anblick erschreckte ihn, er trat einen Schritt zurück, so als wäre er an eine unsichtbare Mauer gestoßen. Wie Bowden ließ er den Blick schweifen. Die Kiefer des Zwerges mahlten. Sein Bart wippte, er zerkaute sich fast die Unterlippe.

Bowden entging nicht, wie sich der Nichtmensch die Hände rieb, so als wüsche er sie mit Seife. Er war eine Spur bleicher geworden, wenn das angesichts ihrer Erlebnisse hier unten überhaupt möglich war.

Der stinkende Gesetzlose und das Messerohr blickten wie erstarrt auf den Fund. Bowden rechnete damit, dass sich der Abschaum bücken mochte, um den Schmuck aufzuklauben als der Aasgeier, der er war. Der Paladin machte sich bereit, den Galgenstrick niederzustrecken, falls er so etwas versuchte.

Zu seiner Überraschung blickte die Diebeselster mit Ekel auf den Schmuck. Unverhohlen und ebenso unerklärlich. Limbos Blicke sogen sich am Silber der Bartringe und des Fingerschmucks fest.

»Wo sind sie?«, fragte die Wüstenelfe. Das Messerohr durchstieß mit den ewig wachen Sinnen seiner verdammten Art die ewige Nacht. »Ich sehe mindestens ein Dutzend dieser Kleiderhaufen. Die Besitzer haben sich ja kaum einfach ausgezogen, um ein Bad zu nehmen, oder? Wir sind ja nicht bei meinem Volk«, brachte sie vor.

»Sollten wir über etwas Bescheid wissen?«, erkundigte sich Kato mit anzüglicher Miene an den Zwerg gewandt, den Mund zu einem schiefen Grinsen verzogen. »Ich meine, gibt es zwergische Vergnügungen, von denen wir nichts ahnen, Gjalar? Aua!«

Bowden hatte ihm einen Stoß mit dem gerüsteten Ellbogen versetzt. Gerade genug, um den Wurm von einem Magier zur Räson zu bringen. »Halt an dich!«, zischte er. Das Letzte, was sie wollten, war ein Zwerg im Berserkerzorn.

Es bestand kein Anlass zu dieser Sorge. Gjalar taumelte förmlich vorwärts, wühlte wie betäubt in den Haufen aus Kleidung und Schmuck. Seine Finger griffen zu, fanden mit untrüglicher Findigkeit etwas Glänzendes. Erst jetzt riss es Limbo aus seiner seltsamen Versunkenheit.

Schweigend, andächtig hob der Zwerg seinen Fund zwischen zwei Fingern in die Höhe. Er funkelte im Sturmlicht von Katos Elmsfackel. Es war ein Goldzahn, viel zu groß, um zu einem Menschen zu gehören.

»Oha«, machte der Magier, und seine Miene wurde plötzlich ernst.

Seine Hochstimmung verflog, was Bowden erfreute. Ihm entging nicht, wie die kampferprobte Elfe bei dem Anblick fröstelte, während Limbos ewig hin und her fliegende Blicke die Schatten jenseits der Flamme absuchten. Täuschte Bowden sich, oder hatte eines der Ohren des feisten Halunken gezuckt?

Nun erkannte es auch Bowden. Die unregelmäßigen Haufen aus Kleidung, Werkzeuggürteln und Proviantranzen jener Zwerge, die am Aufzug und bei den Lagerhallen eingesetzt wurden.

Alle Gegenstände ruhten am Boden. Als hätte sich jeder Arbeiter vor Ort entschlossen, sich seiner Kleidung zu entledigen. Dabei waren sie nicht ordentlich gefaltet, was Bowden noch ungewöhnlicher für dieses arbeitsame und von harten Lebensregeln bestimmte Volk erschien.

Wohin waren sie verschwunden? Wieso hatten sie die Kleidung nicht abholen lassen oder jemanden entsandt? Er sah einen Rock, Haarbänder und Zierkämme, die er aus der Stadt Ihrer Majestät kannte. Weibliche Zwerge waren unfassbar selten, nach allem, was er wusste. Sie hatten Wangen, die mit einem an Pfirsichhaut erinnernden Flaum bedeckt waren, darüber fielen dichte Schläfenlocken. Mit solchen Kämmen bändigten die Frauen ihr Haupthaar. Sie trugen sie oftmals darin, verziert mit Runen und kostbar gearbeiteten Clansymbolen aus Platin oder Halbedelsteinen.

Hatten die bekanntermaßen so streng auf die Bräuche und von den ältesten Männern ihrer Art bestimmten Gesetze bedachten Frauen sich hier entkleidet? Vor den Augen männlicher Bergarbeiter? Niemals. Das kam Bowden zu unwahrscheinlich vor. Doch wo waren sie dann geblieben?

»Hey! Hallo!?« Gjalar stand vor einem Haufen, blanke Verzweiflung in den Augen. Seine Hände lagen an den Lippen, bildeten einen Schalltrichter. Die eigene Stimme antwortete ihm hundertfach, wurde von den Wänden der Binge zurückgeworfen. Sie kam anderslautend zurück, als sie seine Lippen verließ, verzerrt, falsch.

Ein fremdes Wesen schien langsam vom Steiß aus Bowdens Hüfte heraufzukriechen. Eines mit den klammen Fingern einer Wasserleiche, das nach seinem Nacken trachtete, sich in seine Gedanken wühlen wollte wie ein Parasit. Er kannte die Anzeichen, wenn die Angst sich eines Mannes bemächtigen wollte, aus den wachen Nächten im Krieg nur allzu gut.

»Bist du von Sinnen?«, fuhr Bowden den Zwerg an und musste sich zwingen, dem stolzen Mitglied eines verbündeten Volkes nicht die gepanzerte Hand auf den Mund zu legen. »Willst du uns um jeden Preis verraten? Was geschieht deiner Meinung nach, wenn sich der Schütze auf unsere Position einstellt und uns erneut mit einem Stück Haus beschießt?« Der Paladin hatte gesehen, was da aus der ewigen Nacht und der Tiefe auf sie zugeflogen war, sie alle beinahe vernichtet hätte. Es umfasste die ganze Ecke eines Gebäudes.

Seit diesem Angriff mühte sich sein Verstand damit ab, wer oder was für eine solche Attacke verantwortlich sein mochte. Die Antwort darauf lag Bowden wegen der Erfahrungen in seiner Heimat und den ganz bestimmten Gräbern einer ganz bestimmten Kultur dort auf der Zunge, und sie gefiel ihm ganz und gar nicht. Wenn seine Vermutung stimmte, dann hatten sie allen Grund zur Sorge.

Er sah, wie Kato seine Anstrengungen verstärkte. Offenkundig teilte er Bowdens Gedanken und wollte für größtmögliche Ablenkung sorgen. Dies tat der Deserteur, indem er ein zweites Kaltfeuer heraufbeschwor und zu beachtlicher Größe anwachsen ließ. Dann entsandte er es über ihre Köpfe in die Höhe. Das offenbarte ihnen einerseits das volle Ausmaß unzähliger Kleiderhaufen, bot andererseits aber ein weit besseres Ziel jenseits ihrer Gruppe, nun, da sie schon verraten waren.

Bowden beobachtete Gjalars Reaktion.

Der Blick des Zwerges enthielt nicht das, was Bowden erwartet hatte. Keine Wut auf ihn. Der Sprössling dieses so stolzen Volkes war verletzt, seine Augen schwammen, während er auf seinem Bart kaute und um Fassung rang. Die Hände des Barden öffneten und schlossen sich.

»Mein Haus! Mein Clan!«, stieß Gjalar plötzlich hervor. Er spurtete los, verhedderte sich mit den Füßen in den Kleiderhaufen und ruderte sich mit tollpatschigen Bewegungen ins Gleichgewicht zurück. Dann erst legte sich der Zwerg erst richtig ins Zeug.

»Wir sollten nicht unvorsichtig werden, Meister Gjalar«, mahnte ihm Kato laut hinterdrein, bevor Bowden den Mund öffnen konnte. Sein verräterisches Mündel nickte ihm zu, und ausnahmsweise musste er dem Deserteur recht geben, auch wenn es einen bitteren Geschmack in seinem Mund hinterließ.

»Ich hole ihn schneller ein«, wisperte die Wüstenelfe. Mit an wehenden Sand erinnernden Bewegungen ihrer Gewänder, in denen die ganze tödliche Wendigkeit ihrer verfluchten Art lag, floss sie dem Zwerg schier hinterher. Limbo war ihr dichtauf, brachte es zu erstaunlicher Schnelligkeit für einen Mann seiner Statur. Noch dazu einem, der noch immer die wohlgenährte Töle auf den Armen hielt.

Der Stich in seine Ehre war kaum zu ertragen. Bowden eilte hinterher, wohl ahnend, dass jemand diese Narren verteidigen musste, wenn sie mit solchem Lärm den Zorn aller Zwerge auf sie zogen, die noch in dieser Stätte leben mochten. Sie waren Eindringlinge, und verloren sie Gjalar aus den Augen, mochte man sie für diesen Frevel töten, da er nicht mehr für sie eintreten konnte.

»Ich glaube nicht, dass sich hier noch Zwerge versteckt halten«, hörte Bowden Kato hinter sich raunen.

»Ich habe dich bereits deutlich gewarnt, meine verdammten Gedanken zu lesen, Deserteur!« Der Zwerg lief verflucht schnell, und Bowden war verblüfft, dass er Kraft und Tüchtigkeit aufbringen musste, um zu den anderen aufzuholen. Fertigkeiten, über die der verlotterte Magier mit seinem Lebenswandel aus Rauchstäben und zu viel scharfem Schnaps freilich nicht verfügte.

»Und ich habe dir versichert«, ächzte Kato wortreich gegen die Anstrengung an, »dass ein weltlicher Elementarist wie ich, noch dazu vom Konklave des Turms verdammt, nur ein einziges Element zu beherrschen, so etwas ... gar nicht ... vermag.« Er rang nach Luft. »Deine Kirche und ihre Märchengeschichten ... Meinst du tatsächlich, man kann das Band zwischen uns, das der Krieg geschmiedet hat, einfach zerreißen? Ich kenne ... dich eben wie einen ... Bruder. Ich weiß stets, was ... dir ... durch den ... Kopf geistert ...« Kato geriet hörbar von der kurzen Strecke in Atemnot. Der Zwerg war allerdings nur noch wenige Schritte voraus.

»Bleib stehen, Gjalar!«, hörte Bowden die Elfe bitten, die um die Gefahr ihrer Lage ahnte. »Wir gelangen gemeinsam zu deiner Familie.«

Wer immer dieser zwergische Barde war, den Hang seines Volkes zu militärischem Gehorsam teilte er nicht. Ungestüm bahnte er sich seinen Weg eine ansteigende Serpentinenstraße hinauf, die aus dem Bergwerk der Zwergenstadt in die Wohnviertel führte. Kontore mit Frachtkränen, Würfelhäuser und mächtige Runensäulen glitten im harten Schlagschatten der ihnen folgenden Lichtkugel an ihnen vorüber.

Hinter sich gewahrte Bowden, wie Kato innehielt und wohl etwas aufhob. Als er den Kopf wandte, sah er, dass der Magier einen zwergischen Geldgürtel in der Hand hielt, während er, mit dem Stab in der Linken ausholend, der Truppe hinterhereilte, so schnell er es vermochte.

Kato fing seinen Blick auf. »Leer«, teilte er mit. »Welcher Drazok, der seine Barthaare wert ist, lässt seinen leeren Goldbeutel liegen, wenn er sich auszieht?«

»Einer, der sich das nicht ausgesucht hat. Ich habe in meinem Leben viele Kulte gesehen und noch mehr davon ausgehoben. Es würde mich wundern, wenn die Zwerge plötzlich dem des Freikörpers angehören würden«, ließ Bowden verlauten, den die Abstrahlung der Kaverne und der Dauerlauf in voller Rüstung allmählich aufwärmten. Es war erst einmal unverständlich, aber seine Laune besserte sich. Wie immer, wenn er rannte und die seinem Körper innewohnende Kraft spürte, umhüllt von der Schwere des Panzers. Der Zwerg lief geschwind, was alle zum Mithalten zwang.

Mutter, hab meinen ewigen Dank für dein großzügiges Geschenk und deine Ausdauer, die du mir vererbt hast. Er sandte das Stoßgebet dorthin, wo immer sie nun sein mochte, ließ im Lauf den Anderthalbhänder munter durch die Luft pfeifen und Bögen beschreiben. Dabei achtete er absichtlich nicht groß auf seine Umgebung.

»He!«, ächzte Kato. »Schützen und sichern ... lautete dein Befehl, als ... man dich mir zuteilte ... nicht metzeln und schlitzen! ... Ich hab das v... verdammte Ding kaum kommen ... sehen!«

»Wollte ich dich treffen, käme deine Antwort jetzt von deinem Kopf unten auf dem Steinpflaster, während dein Körper noch einige Schritte weiterstaksen würde«, stieß Bowden hervor. »Wie du sagtest: gemeinsam in der Schlacht. Du weißt, was ich vermag.«

»Besser, als dir ... lieb ist«, gab der Magier irgendwo hinter ihm zurück.

Doch Bowden hörte ihn nicht mehr. »Heiliger Zirkel des Architekten, was ist das?«, kam es ihm über die Lippen. Er spürte eine Kälte, die schlagartig einsetzte und ihm als Wind ins Gesicht stieß wie die Brise an den Fjorden seiner Heimat. Aus dem Dunkel flogen sie heran, so unerwartet wie weißliche Ascheflocken eines fernen Feuers, die sich anderswo niederlegen wollten und in der Nacht wie aus dem Nichts auftauchten.

»Ist das ...?«, hörte er Limbo fragen.

»Schnee, ja.« Die Elfe war ebenso stehen geblieben wie der Gesetzlose und der Zwerg. Sie fing eine einzelne der Flocken mit dem Finger. Bowden musste im Lauf innehalten, um niemanden in den Rücken zu rammen. Gjalar und alle anderen starrten in das Dunkel ringsum. Auch sie waren jäh zum Stillstand gekommen. Zwischen Stadthäusern, die Bowdens Ansicht nach der arbeitenden Bevölkerung gehörten, hatten sie einen weiten Platz erreicht.

Nun standen sie am Sockel eines Standbilds, das einen Zwerg ehrte, der mit Humpen und Axt bewehrt nach getaner blutiger Arbeit auf dem Kopf eines erschlagenen Drachen hockte. Das Biergefäß wie zum Trinkspruch hochgereckt und breit grinsend. Eine beeindruckende Steinmetzarbeit, fraglos ein König oder Held des Volkes.

Die Häuser folgten an Quader und Würfel gemahnenden Formen. Über und über durchzogen sie vertiefte Bänder und Bildschnitte, in die Metalle oder Legierungen wie Bronze und Messing eingelassen worden waren, was ihre breiten Wände angenehm für das Auge unterteilte.

An jedem Eingang prangte ein Wappenschild, oftmals verziert mit dem Bild eines Werkzeugs, eines Ambosses oder einer Zwergenwaffe. Der Name darauf zeigte den Clan und den Unterclan der jeweiligen Bewohner und deren Verbündete an, wie Bowden aus der Hauptstadt Ihrer Majestät wusste.

Ein unfassbar tiefer Brummton, mehr ein Gefühl als ein Geräusch, verdichtete sich. Bowden brauchte einen Moment, um zu begreifen, dass es dabei um weit mehr ging als nur um einen Ton.

Wie zur Antwort schwoll das Gestöber der Flocken augenblicklich zu einem verheerenden Schneetreiben an. Das Undurchdringliche über ihnen allen sank nun herab und umgab sie vollständig, ergoss sich in Flocken und Eiswind in schier jede Richtung.

Der Hund schreckte auf, so als hätte er einen Peitschenknall oder Tritt erlitten. Kincaid schoss von den Armen Limbos, fletschte die Zähne und begann unaufhörlich zu kläffen. Limbo seinerseits war zu Boden gefallen wie ein Mann, den man mit dem Streitkolben niedergestreckt hatte. Er umfasste seinen Kopf, so als drohe er zu platzen, hielt ihn in den Nacken gelegt und schrie aus Leibeskräften.

»Was war das für ein Geräusch?«, fragte Kato.

»Kein Geräusch!«, rief Tanaqui. »Ein Lied.« Sie musste sich mächtig anstrengen, um den Eiswind zu übertönen.

»Sie hat recht«, pflichtete Bowden der Elfe bei, so wenig es ihm auch schmecken mochte. Es war nicht nur ein Geräusch, das da die Luft erfüllte. Das Lied, die Tonfolge, wie auch immer man es nennen wollte, erinnerte ihn an Erlebnisse aus seiner Jugend. Er meinte, solche Laute zwischen den eisigen Fjorden der Skraemar vernommen zu haben, doch das war Jahrzehnte her.

Der zwergische Barde nickte ebenfalls. Grimm lag auf seinen Zügen. Auch in seinem Gesichtsausdruck erkannte der Paladin eine Vertrautheit mit dem Brummen, ein Nachforschen, woran ihn die Töne erinnerten.

Bei den Worten seiner Begleiter verfinsterte sich das Gesicht des Magiers. Wie Bowden es hundertfach gesehen hatte, sammelte der Deserteur kurz seine Geisteskraft, seine Augen rollten förmlich in den Schädel zurück, wurden weiß. Herzschläge später ertönte die Stimme des Zauberers. Wie so oft, wenn er in diesen Zustand verfiel, klang es nicht so, als dringe sie aus seinem Mund, sondern jemand töne sie anderswoher wie aus einem Bronzeschrein.

Am Ende der Beschwörung setzte er die anderen über das Erfahrene in Kenntnis. »Wir hören ein Zauberlied. Schamanisch. Wassermagie, etwas Luft, elementar, aber eher ein Gebet als arkane Wissenschaft. Das Versmaß ist archaisch und mir vollkommen fremd. Es scheint von den Alten Völkern zu stammen.«

Kincaids Gebell steigerte sich ins Frenetische, das Gesicht des sonst so braven Tiers verzerrte sich zu einer Fratze des Hasses. Über den Sturm aus Flocken hinweg, der nahezu jede Sicht raubte, sah Bowden Limbo als Schemen Rücken und Nacken so weit nach hinten durchbiegen, als drohten sie jederzeit zu brechen. Seine Kiefer waren unnatürlich weit aufgerissen, während er die feisten Finger auf die Ohren presste.

»Verdammter Mist!«, entfuhr es Kato in diesem Moment.

Da fiel auch Bowden wieder ein, woher er die Melodie kannte. Er tauschte einen Blick mit dem Zwerg. Der erkannte inzwischen ebenfalls die Gefahr.

Ihre beiden Völker teilten eine Gemeinsamkeit, was jene betraf, die so sangen.

Zu spät.

Mit einem Mal teilte sich der Schnee, und zum zweiten Mal in dieser ewigen Nacht unter der Erde rauschte etwas Vernichtendes heran.

Der Schemen war urgewaltig und hielt aus dem Gestöber auf sie zu.

Diesmal gab es kein Ausweichen mehr.

24

Es musste ein sonniger Tag gewesen sein, als der junge Bowden Verdian sich irgendwann am Anfang des ersten Frostmonds erhoben hatte. Er preschte aus dem Kontor seines Vaters, vorbei an strohgedeckten Langhäusern.

Er war mit Sicherheit über gefrorene Pfützen mit unansehnlichem Inhalt gesprungen, und die Einzigen, die ihm in dieser frühen Morgenstunde hätten hinterherblicken können, waren Schweine, die freilaufend zwischen den Häusern nach karger Nahrung suchten.

Eine Katze hatte ihm zugeblinzelt, ohne dass der Knabe darauf einging. Vielleicht bellte ihm ein Hund nach, deutlich rauer als Kincaid. Es mochte ein riesiger Hund gewesen sein, dessen Schultern einem Mann an Höhe weit über den Nabel hinausreichten. Einer, der in seiner Gestalt mehr einem Wolf gleichkam und damit in der Art nach seinen Skraemarherren geraten war.

Der junge Bowden mochte an einem solchen Morgen wie alle aus dem Fjordvolk zum Hafen unterwegs gewesen sein, weil mit hoher Wahrscheinlichkeit ein Hornstoß erklungen war. Ein Hornstoß, der ankündigte, dass sich eine Schule schlanker Klingenwale auf der Flucht vor mächtigen Eisschollen von der hohen See abkommend in den Fjord verirrt hatte.

Traf der Bursche am Hafen ein, war er gewiss gewahr geworden, wie sich die Stege rasch mit Booten oder Drachenbooten füllten, welche eigentlich schon für den Winter in den Docks ruhten. Doch mit der Aussicht auf Tran und reiche Beute an Knochen, Speck und Fleisch hatte man sie rasch wieder aufgetakelt. Dort hatte der junge Bowden Verdian vielleicht gesehen, wie die ersten Boote besonders flinker Sippen über das Wasser glitten.

Männer standen möglicherweise neben ihnen auf dem Eis, mächtige Hammer und lange Stangenmeißel in Händen, als einer der Wale ahnte, was binnen der nächsten Stunde geschehen mochte, und zum Angriff überging. Das Eis brach unter einem Rammstoß des schwarz-weiß gezeichneten mächtigen Tiers, welches beinahe schon mit gewisser Behutsamkeit einen Mann an den Beinen ergriff. Es zog ihn mit der gleichen Mühelosigkeit, mit der ein Kind seine Puppe schlenkern ließ, in sein kaltes Schicksal unter Wasser.

Der Wal mochte sich danach gedreht haben. Vielleicht war der junge Bowden gar Zeuge geworden, wie das Tier abermals Schwung holte. Wie es für einen zweiten Stoß aus der Tiefe heraufgeschnellt war, der wie ein leichter Stoß aussah, aber einen weiteren Skraemar mit zersplitterten Knochen in einem Schrei durch die Lüfte sandte ...

Ein ohrenbetäubendes Krachen hallte in Gjalars empfindlichen Ohren. Der Strom poetischer Gedanken über das Leben des unwilligen Begleiters erfüllte den Geist des Zwerges, als der Paladin von einer gewaltigen Masse aus dem Schneegestöber heraus getroffen wurde. Fortgeschnippt wie ein zu groß geratenes Insekt, flog er in hohem Bogen als Katapultgeschoss in das Dunkel im Rücken der entsetzten Schar.

Ein zweiter Donner, als sein Körper irgendwo aufschlug.

Kato schrie auf, echter Schmerz lag in seiner Stimme. »Bowden!« Der Magier wollte sich umwenden und dem einstigen Kameraden zu Hilfe eilen, als er erstarrte wie ein Reh vor dem Luchs, die Füße standen unbewegt wie am Boden festgenagelt. Die Erde erbebte unter einem mächtigen Aufstampfen in der Finsternis vor ihnen.

Dann folgte ein einzelner kostbarer Moment der Stille, der nichts anderes bewirkte, als dass Gjalar einmal mehr um Fassung rang. Vor ihnen, über ihnen ragte eine gewaltige Gestalt auf. An die zwanzig Fuß hoch, dreimal größer als selbst der Robenknecht mit seinem magischen Feuer. Abgemagert wie der Wintergeist des Hungers und in räudige und verrottete Pelze gehüllt, stand sie da. Die Haut schimmerte im Ton von Knochen, denen das fade Blau gefrorenen Meerwassers anhaftete. Auf dem Kopf der mächtigen Gestalt thronte ein riesiger Brillenhelm nach Art der Nordleute. Von der Helmdecke standen Reste eines zerbrochenen Geweihaufbaus ab, der seinerseits kunstvoll aus Dutzenden kleinerer Geweihe zusammengefügt worden war.

Das Riesenwesen sah aus wie ein Skraemar, ein Nordmann, der monatelang hungernd in einer Eiswüste umhergeirrt war. Nur dass die Augen der Nordleute nicht schwärzer als Kohle, ihr Atem nicht wie der tödliche Frost selbst schienen. Auch ragten einem Nordmann nicht zwei Hauer mit der Länge von Kurzschwertern aus dem Unterkiefer, wenn auch einer davon abgebrochen und mit einer trinkhornförmigen Goldkappe verwahrt war.

Er hätte übelst stinken sollen, so ungewaschen und von Parasiten befallen, wie er war. Doch kein Geruch, nichts als der saubere Dampf ewigen Frosts umwaberte den Koloss.

Kincaid stand vor dem ausgemergelten Giganten, eine Zwergmaus vor einer Katze, und bellte ihn an. Furchtlos knurrte der Hund. Gjalar löste sich dadurch aus der Erstarrung.

»Beim Lied des Kosmos!«, hörte er Kato stöhnen. »Ist das ein …«

»… Frostriese«, bestätigte die Elfe. »Ich dachte, die seien ausgestorben. Habt ihr Zwerge sie nicht vernichtet? Ist das einer ihrer Zauberer?«

»Schamane«, berichtigte Kato sie mit erstickter Stimme, die kein Zauberlied mehr anzustimmen vermochte. Seine flammenden Augen konnten nicht fassen, was sie sahen. »Einer der Jötnar, ja. Er hat den Schneesturm gerufen. Die Ursache des Gesangs.«

Bevor jemand weitersprechen konnte, bleckte der Riese Zähne von der Farbe gelöschter Kohle zu einem Grinsen, breit wie ein Bärenfangeisen. Als er zu sprechen anhob, spie er neben Worten des Hohns Eiszapfen in die ewige Nacht unter der Erde, so laut, dass Gjalar glaubte, sein Schädel könne zerplatzen. Für einen Moment erwog der Zwerg, das Amulett abzunehmen und durch dieses Zeichen magische Hilfe herbeizurufen.

»Stelpa Vidh erum hér enn. Einn eedha tveir af okkur! Meira en thú átt eftir, ég hef ekki bordhadh í langan tíma!«, brüllte der Riese. Daraufhin lachte er so dröhnend, dass die Welt zu beben schien. Erst jetzt bemerkte er den kläffenden Kincaid. Mit einer gelassenen Geste legte der Frostriese eine seiner dürren Hände von der Größe einer Schubkarre um das Standbild, zog behutsam.

Es knackte so ohrenbetäubend, dass die Zähne schmerzten, als er die Zwergenstatue vom Steindrachen wegriss und in der Hand wog wie einen Faustkeil, als wolle er den Hund wie ein lästiges Insekt erschlagen. »Ekkert ykkar er satt. Thidh erudh allir blekkingar, jafnvel hundarnir ykkar tveir.«

»Was sagt er?«, hörte Gjalar jemanden rufen. Er selbst suchte noch immer den Platz hinter ihnen mit Blicken nach Bowden ab. »Verdian?! Blechmann?«, rief der Zwerg.

Das befreite Kato aus seiner Lähmung, und er rannte auf seinen Hund zu.

»Er sagt, dass es sehr wohl noch welche ihrer Art gibt. Und dass wir verratzt sind, weil wir als sein Festschmaus enden werden!«, rief Gjalar gegen den Schneewirbel an. »Er hält uns für Lügen oder Trugbilder. Auch unsere beiden Hunde, meint er. Das Ungetüm ist von Sinnen. Medizinmänner fressen H…H…Höhlenpilze!« Seine Stimme schien den anderen weit entfernt, sein Herz schlug wie verrückt, während das Amulett seines Clans am Hals im gleichen Takt mitzitterte.

»Dachte ich mir«, bekräftigte Tanaqui grimmig, und eine seltsame Vorfreude glomm in ihren Augen, was Gjalar beinahe mehr ängstigte als der Riese selbst. Ein verdammter

Riese, hier unten in seiner Heimat. Warum hielt ihn keiner auf?

Die Wüstenelfe lachte. »Hier gibt es nur einen einzigen Hund, und den packst du dir ganz sicher nicht, Riese Frostbeule. Also, dann zeig uns, was ihr Druchuul fertigbringt, wenn es um die Jötnar geht, Unterirdischer!« Mit einem Unterarm richtete sie den Speer auf den Koloss, der noch unschlüssig wie ein Mann an einer Tafel voller Köstlichkeiten vor ihnen stand und ihren Austausch belustigt beobachtete.

Kato packte Kincaid am Halsband und zog ihn aus der Gefahr, während sich Tanaqui zwischen die anderen Mitstreiter und den Giganten stellte. Der gewaltige Frostriese schüttelte beinahe traurig den Kopf, seine Bartzöpfe mit der Farbe von Neuschnee pendelten hin und her. »Leyfir Vesshelinr nú gódhvild mína veidha eins og dvergarnir gera, álfur? Ég vildi sleppa dhér ...«

Gjalar sah, wie der Speer der Elfe für einen Moment herabsank, als der Name des Elfenprinzen Vesshelin fiel. »Wenn du die Gemeinsprache beherrschst, dann sprich so, dass wir dich verstehen!«, rief Tanaqui. »Was soll das heißen, du wolltest mich ziehen lassen im Gegensatz zu dem Zwerg? Seit wann jagt der Elfenprinz der Stadt der Türme die letzten Jötnar?«

»Viele Fragen. Alles Lügen, wie immer, wenn ihr Würmer mit euren Winzmäulern schmatzt!«, donnerte der Riese, das Gesicht unter seinem Brillenhelm vor Hass verzerrt, was ihm angesichts seiner ausgemergelten Statur noch mehr von einem Geist verlieh. Jedes seiner Worte in der Gemeinsprache kam stockend und hatte das Gewicht einer ganzen Kette von Mühlsteinen. »Willst du etwa behaupten, der Schatten aus deinem Volk, der mir nachpirscht, gehört nicht zu eurer Bande hier, Alfar? Mach dich nicht lächerlich! Bevor die Stämme fielen, war ich ein Weiser. Nun wandele ich mit dem Hunger des Winters.«

»Schatten aus deinem Volk?«, fragte Gjalar. »Ein Elf folgt ihm? Ich schwöre dir, Jötnar, es gibt nur ein Messerohr hier, und das steht zwischen uns.«

»Ah. Duergi. Wieder lügst du. Mehr Nebel, mehr Täuschungen. Du wirst nicht freikommen. Genau wie der andere, den ich gerade zermalmt habe. Ihr werdet mich wärmen.« Der Frostriese summte und grinste so breit, dass Gjalar spürte, wie die Kälte seiner Furcht die des Schneesturms noch übertreffen wollte. Der Jötnar schmetterte die Faust auf seinen eigenen leeren Magen. Sie hörten ein gewaltiges Rasseln von Metall und das Schaben einer Platte unter den verlausten Bärenpelzen. »Von innen.«

»Der trägt eine verdammte Rüstung? Soll das ein schlechter Scherz sein?«, flüsterte Kato, der neben Gjalar Stellung bezogen hatte. Laut erhob er die Stimme. »So muss es nicht enden zwischen uns, Sohn der Berge. Wir können sicher auch Frieden halten. Ich bin mir gewiss, wir finden gemeinsam labende Speise für dich«, wagte der Magier einen Versuch, der in den Ohren aller unzureichend klingen musste.

»Deine Worte ehren dich, und ich höre keine Lüge. Du siehst wie ich wahr. Und doch reicht unser Krieg zurück bis vor die Zeit der Verbannung, Mensch. Als wir selbst verzweifelt Boote bauen und schwimmen mussten, während die Messerohren für die Hyänenköpfigen Schiffe anlandeten, als die Welt brannte. Als das Heimseld tobte.« Der Kopf des Riesen schwankte traurig. »Vielleicht lasse ich dich doch am Leben. Du singst vielfältige Lieder. Und die Toten singen mit dir. Aber das eine Lied vernimmst du nicht, ich merke es dir an.«

»Heimseld ... Weltfeuer? Boote zur Flucht? Wovon redest du? Meint er die Diaspora?«, fragte Gjalar. Er hatte keine Ahnung, worauf sich das Geschöpf bezog. »Von welcher Verbannung spricht er?«

»Was weiß ich denn schon? Ihr seid doch die Ewigkeitsfeinde dieser Giganten«, zischte Kato hinter vorgehaltener Hand zur Seite. Der Magier war bei den Worten des Riesen erbleicht, als sähe er den Untergang aller. »Versucht eine Finte, während ich ihn hinhalte!«, verlangte er.

Der Magier deutete auf den Frostriesen. »Du erwähnst das Lied. Offenbar hört es jeder außer mir.«

»Ich habe an den Wurzeln der Welt genagt!«, brüllte der Riese. »Ich habe vom falschen Gold gekostet, das nun zerstoben ist wie das echte. Meine Augen sind geöffnet. Ich sehe! Ich sehe! Ich habe den Nadir gesehen. Jedes Wort der Jarlskona ist wahr! Heil dir, Königin! Heil, Velkha! Du führst uns zurück zum Ruhm. Die Wurzeln schenken neues Leben dem, der sie findet und den Schoß daran nährt. Doch bin ich nicht weise genug, um zu ergründen, warum dieser Duergi noch lebt. Der Zwerg sollte verschwunden sein. Vergessen. Wie die anderen!« In den Augen des Giganten brannte tödlicher Wahn, der über die Verzweiflung des Hungers hinausging. »Wenn ihr das Gift der Duergi und ihre Gier sehen wollt, müsst ihr mich nicht verfolgen. Steigt tiefer! Dringt zu den Minen vor, zu den Gängen im Westen! Aber wir haben ihrer Suche nach einer Allherrschaft ein Ende gesetzt.«

Gjalar durchzuckte der Schreck des Begreifens, dem sogleich heiße Wut folgte. Wie von selbst suchten seine Finger nach dem Griff jener Runenaxt, die noch nie Blut vergossen hatte. Vielleicht würde sich das bald ändern. Hatten die Riesen sein ganzes Volk verschleppt?

Tanaqui warf ihm einen durchdringenden Blick zu. Täuschte sich Gjalar, oder glommen ihre Augen im Licht des Magiers in einem anderen Farbton? War sie von der Macht ihres Ahnen durchdrungen? Der Zwerg wollte seine Axt fester packen, doch noch immer versagten ihm die Beine.

»Gib das Kommando!«, forderte Kato mit harter Stimme und ruderte mit der Linken unstet in der Luft. Vollführte kreisende Bewegungen, die jederzeit in magische Gesten umschlagen mochten.

»Ich wiederhole: Ich bin kein Riesentöter. Man hat mich verbannt. Erinnerst du dich daran, was der Wächter aufbrachte?« Gjalar verspürte einen Stich. »Ich durfte nur wenig Zwergisches erlernen, bin Meisterbarde, von Menschen ausgebildet.«

»Wunderbar!«, zischte Kato angespannt. »Aber unser großer Freund hier behauptet gerade, dass er beim Verschwinden seiner Lieben die klammen Finger im Spiel hatte.« Der Lohenmagus wandte sich an den Schamanen. »Sohn der

Berge, willst du sagen, dass eure Königin hinter dem Verschwinden der Unterirdischen steckt? Wisse, ich bin nicht dein Feind, niemand hier ist es. Aber wir lassen uns nicht bedrohen, und ich gebiete wie du über Macht. Feuer schmilzt jeden Schnee.«

»Da ist er wieder. Der unbedingte Wille der Menschlinge, zu beherrschen und zu unterdrücken. Wenn der Honig der Worte keine Süße mehr trägt, wird eure Zunge zu Stahl.« Der Schamane wirkte plötzlich viel trauriger. »Im Wahnwitz weltlicher Wonnen webt ihr Wehe, wenn der Weisheit Werke weichen«, zitierte der Gigant.

»Flammen, Funken, feuriges Fanal ... Finsternis gewohnt ficht Fuchstochter furchtlos!«, rief Gjalar zurück. »Du bist nicht der Einzige, der die Zunge als Waffe zu führen versteht.«

»Kenningar. Stabreime aus alten Tagen, eine Tugend aus besseren, aus edleren Zeiten«, erinnerte sich der Riese traurig. »Einst waren unsere Völker Brüder. Ihr liefertet uns Gold und Eisen, wir schützten euch. Dann brachtet ihr uns den Tod, als ihr begriffen hattet, was unsere Berge bergen. Nun bringen euch Velkhas neue Weggefährten gleichsam das Feuer und den Zorn der dunklen Tiefen. Doch will ich Gnade vor Recht ergehen lassen.« Der Riese ging in die Hocke, die Faust mit der Statue sank. »Ihr könnt frei abziehen. Doch du, Zwergenblut, bleibst hier. Du musst dorthin, wo der Rest von deinesgleichen harrt! Fort in das Anderswo! Was auch immer dich behütet haben mag, dein Schutz endet nun. Keine zwergische Zauberkraft vermag dich noch zu retten. Und den dürren Hund lasst ihr mir auch. Beide, dich und den Köter, brauche ich als Wegzehrung. Eure schrillen Stimmchen schmerzen meine Ohren. Genug der eitlen Worte, lasst Taten sprechen!«

Gjalar fuhr zusammen, die Wahrheit der Silben traf ihn wie ein Keulenschlag. Der Riese zumindest hielt jede davon für wahr. »Einen Dreck werde ich tun, Jötun. Wo stecken meine Anverwandten? Antworte!« Mit der Hand packte er die Axt so fest, dass es schmerzte.

»Der Zwerg hat recht«, beschied Kato den Riesen. »Du hast den letzten Kameraden aus meiner Einheit getötet. Nun willst du meinen Freund verschlingen. Das lassen wir niemals zu.« Der Magier sprach mit zitternder Stimme, ob vor Angst, Trauer oder Wut, war nicht zu erkennen. Er summte, das Licht löste sich von seiner Hand, schwebte als kalkweißer Kugelblitz in die Höhe und warf messerscharf gezackte Schatten. Unter der Kapuze glommen die Augen des Magiers auf, die Wut verlieh seiner Kampfeskraft Flügel. Die Glyphen an seinem Körper und den Roben glommen, füllten sich mit Feuer.

Mit einer Hand strich er über die Axt.

Entsetzt verfolgte Gjalar, wie die Zwergenrunen sich in Glut hüllten, doch ohne ihm die Hand zu verbrennen.

»Ihr habt es so gewollt«, sprach der Riese feierlich. »Ég mun bordha eins vel og Fjórir konungar.«

»Die Vier Könige!?«, murmelte Gjalar und sah, wie sich Katos Augen bei diesen Worten weiteten. Weiter kam er nicht. Der Riese erhob sich.

25

Kaum zu voller Größe aufgerichtet, nahm der Koloss das Schattenspiel in seinem Nacken gerade noch wahr. Kato zog den Kopf ein. Im Dunkel kaum auszumachen, raste eine mächtige Gestalt, ein Schemen, von einem der Hausdächer in der Nähe des zerbrochenen Standbilds heran. Er schlug mit dem Gewicht eines Ambosses in den Nacken des Frostriesen.

Der Koloss warf den Kopf nach hinten und brüllte vor Schmerz und Wut. Er bekam die wuchtige Masse in seinem harten Fleisch mit der freien Hand zu fassen und riss daran. In einem Schwall teerartigen Bluts schleuderte der Riese den Angreifer von sich weg, der mit ebensolcher Wucht wie zuvor Bowden außerhalb der Wahrnehmung gegen ein festes Hindernis geschmettert wurde.

Das Geräusch war ekelerregend. Kato sah, wie der Riese schwankend auf die Beine kam und mit ungläubigem Schrecken auf seine blutverschmierte Hand starrte.

»Was war das?«, rief Gjalar. »Wer war das?«

»Wenn dieses Riesenmonstrum auch nur ansatzweise den Skraemar ähnelt, wird es hier sehr schwierig«, warnte er, an Tanaqui gewandt.

»Noch einmal: Was war das für eine Bestie?«, rief Gjalar aus.

In diesem Moment veränderte sich die Miene des gewaltigen Schamanen.

»Keine Zeit für Antworten. Abscheulicherweise behalte ich recht«, zischte Kato, als gewaltige Mengen an Schaum von der Farbe trüben Urins über die Hauer und Lippen des Frostriesen liefen. »Vorsicht!«, schrie Kato besorgt, doch Tanaqui hatte bereits mit übermenschlichem Geschick das Weite gesucht. Noch während seines Rufs hatte sie ihren Speer gegen eine schwere Holztür geschleudert, ihn als Sprungbrett auf ein Würfelhausdach genutzt und im Flug nach oben mitgerissen.

Das Schauspiel war so atemberaubend, dass Kato einen Moment lang gebannt innehielt.

Irgendetwas traf ihn so hart in die Rippen, dass ihm die Luft aus der Lunge getrieben wurde. Er hörte Kincaid aufjaulen. Nur einen Augenblick später verging die Welt in Lärm, Splittern und Staub.

»Bist du von Sinnen!?«, zischte Gjalar. Der Zwerg lag schwer auf Kato, hatte ihn und seinen vierbeinigen Freund drei Schritt beiseitegestoßen. Mit der gleichen Verwunderung, in die Tanaquis Kunststück ihn versetzt hatte, starrte Kato Tamasine auf die Stelle, wo er soeben noch gestanden hatte. Dort klaffte ein Loch, aus dem der blutende Riese seine neu entdeckte Statuenwaffe hochriss, den auftrumpfenden Zwergenhelden aus sehr hartem Stein. Trümmerstücke, Splitter und selbst nackter vulkanischer Felsengrund regneten herab, als er die Waffe wie einen Dolch aus einer Wunde zog, dort, wo zuvor gediegene Granitplatten verlegt waren.

»Bei den Weisen des Turms«, keuchte Kato. Er nickte Gjalar zu, wollte den Zwerg von sich wegdrücken, der sich gerade schon selbst aufzurappeln versuchte. Da durchfuhr es den Magier wie ein Blitz. Auf seiner Brust, aus dem Panzerhemd des Zwerges gerutscht, kam kurz ein Amulett zu liegen, von dem unfassbare Kraft ausging, besetzt mit einem ganzen Ring aus Runen. Konnte das sein? Diese Zeichen dienten der Heilung und Lebenserhaltung, jedes der fünf Elemente war daran gebunden.

Das Gebrüll des Riesen erstickte aufkeimende Neugierde und die Fragen, die Kato angesichts der Kraft und der Machart des Wunderwerks bedrängten. Wie ein Burgturm ragte der schäumende Gigant auf.

»Wir wollen dich nicht töten, Bruder«, hörte Kato Tanaqui schreien, während er und Gjalar auseinanderstoben. Ein zweiter Aufschlag, als der Riese wie von Sinnen die bereits sehr mitgenommene Statue dorthin warf, wo das ungleiche Paar eben noch gelegen hatte.

»Er will dafür aber uns hier zerschmettern!«, brüllte Kato. Schweiß rann ihm den Rücken hinunter, seine Glieder ächzten vor solch ungewohnter Anstrengung. Jede Faser seines Körpers schmerzte, die alten Narben unzähliger Brandverletzungen unter der Haut drohten aufzubrechen. Sie sandten Qualen durch jeden Muskel, jede Sehne.

Götter, er brauchte Schnaps!

»Gerate nicht in Versuchung, meide sie, gib der Versuchung nicht nach, steht mir bei, Edle!«, brabbelte der Magier, als er spürte, wie die Geister der Vergangenheit nach ihm griffen.

Ihr seid für immerdar verloren, beschied ihn das verbrannte Mädchen. Es stand ungerührt und mit seiner verkohlten Puppe inmitten des Wirbels aus Steinstaub hinter ihnen, der für einen Augenblick gnädigerweise den Blick auf den Frostriesen verhüllte. *Also endet deine Reise doch hier,* ergänzte das tote Kind noch mit traurigem Kopfschütteln.

»Annar hundurinn thinn hefur thegar sýnt klaenar sínar!«, schrie der Riese und grinste in mörderischem Wahn ins Leere. »Aber gegen diese Bestie verabreiche ich meine eigene Medizin. Mächtige Medizin.«

»Welchen verdammten anderen Hund meinst du? Welche Art von Bestie?«, rief Gjalar mit sich überschlagender Stimme zurück.

Der Koloss blieb ihnen die Antwort schuldig. Stattdessen spürte Kato die Macht seiner Magie inmitten des Frosts aufwallen, während er selbst hoffnungslos unterlegen blieb. Er brauchte Flammen, um zu lenken. Was die Schöpfung ihm an Musik eingab und was immer in dieser Stadt geschehen war, hier blinkte kein Fünkchen. Schwer zu glauben, da sie doch unter der Erde umherwanderten, umgeben von Vulkangestein und nur wenige Hundert Schritt von unfassbar großer Macht entfernt, wie er wohl wusste. Es blieb ihm auch keine Zeit mehr, Flammen zu suchen.

Die Macht des Schneewirbels verstärkte sich, als der Riese die Kräfte der Natur gefügig machte und mit seiner Wut vermengte. Mit dem dritten Auge der Magie spürte Kato, wie die Melodien der Schöpfung Zorn und Raserei des Giganten vereinten. Sein Rücken wölbte sich zum Buckel, Fell spross auf dem bebenden, knochigen Leib, die ausgezehrte Hülle beugte sich. Die Züge des Riesen verformten sich tierhaft, bärenartig. Die Hände wurden von der Kraftwirkung förmlich entstellt, sichelartige Krallen wuchsen aus Tatzen hervor.

»Das ist doch – bei allen Feuern – unfassbar!« Der Magier stemmte sich auf, doch die Knie gaben nach. Er umklammerte seinen Stab. Kato fühlte sich, als wäre er schlagartig um neunzig Jahre gealtert. »Er steckt in einer verdammten Rüstung, er überragt uns wie ein Schiffsmast, und jetzt ist er ein götterverdammter Berserker?!«

Am Klang der Stimme schien ihn das Ungeheuer im Gestöber ausgemacht zu haben. Der Riese wandte den Kopf. Er trat einen ersten Schritt auf Kato zu.

Da erschienenen sie. Zeigten sich endgültig. Das war nun also das Ende.

Zur Unzeit, mitten in diesem todbringenden Kampf, traten sie aus dem Schatten der jenseitigen Welt hervor, füllten die Ränder des Platzes, jeden freien Winkel im Zwielicht. Sie saßen entlang der Dächer und ließen die Beine hängen. Einer von ihnen stand gar auf dem steinernen Drachen. Die Übrigen wogten wie eine Versammlung von Geweihten im Halbdunkel. Die Geistwesen der Verbrannten.

»Götter, Götter, nicht jetzt, bitte!«, flehte der Magier. Sein Mund war ausgetrocknet vor Angst und Grauen. Sein Magen brannte. Er brauchte Schnaps. Jetzt. Er musste etwas zu trinken bekommen.

Ein Faustschlag traf ihn hart gegen die Hüfte. »Kramst du da etwa nach deinem vermaledeiten Fläschchen? Verbrenn den Riesen endlich, oder wir sind geliefert!« In Gjalars Augen stand Verzweiflung, wie sie Kato selbst schon des Öfteren erlebt hatte. In seiner Jugend, bei den ersten Einsätzen – bei seinen eigenen Kameraden.

»Erkenntnis: Du hast noch nie gekämpft«, stellte er fest. »Du bist gelähmt vor Angst, weil du – verdammt! – diese Axt noch nie gegen einen Gegner eingesetzt hast.«

»Umso mehr Grund, dass du jetzt deine Kräfte wirkst«, gab der Zwerg zurück, den der Vorwurf nicht zu treffen schien. Doch seine Augen verrieten, dass Kato recht hatte.

Der Magier deutete auf die Axt. »Da ist alles an Feuer enthalten, was ich noch aufbringen konnte, wenn wir weiter Licht behalten wollen.«

»Nutzlos«, stellte der Zwerg fest. Es war unklar, wen er gerade wirklich meinte.

Der Riese unternahm schwankende, schwere Schritte und kam auf sie beide zu. Kato linste zu Tanaqui herüber. In den Augen der Wüstenelfe stand eine andere Art der Verzweiflung. Mit Schuldgefühlen, die er als lebende Waffe nur zu gut kannte, musterte sie den Speer in ihren Händen. Darauf den Koloss aus einem Volk, das beinahe ausgerottet worden war.

Über die Waffe hinweg warf sie ihm einen seltsamen Blick zu.

»Auf ihn!«, formte Katos Mund lautlos.

Dann flog der Speer seine gedachte Bahn.

26

Mit Vernunft war ihm nicht beizukommen. Die Verzweiflung wühlte tief in ihr. Riesen waren den Alten Völkern entsprossen, und jeder von ihnen gebot über tiefste Weisheit und großes Wissen.

Doch der hier würde den Mann schlicht zertreten, dem sie bereits mehrfach unermessliches Leid angetan hatte, wenn Tanaqui nicht einschritt.

Was schert dich die Eintagsfliege?, fühlte sie den Unwillen ihres Urahnen. *Menschen sterben die ganze Zeit. Es ist der Weg, der ihnen beschieden ist.*

»Es ist der Weg, den auch wir beschreiten, wenn wir den Ritus der Bilder nicht zu Ende führen«, flüsterte sie. Sie nahm nicht an, dass ihr Seelenbaum noch aufrecht stand. Und so traf sie ihre Entscheidung.

Der Speer flog so sicher und wahr, als jage sie zwischen den Lichtflecken und Bodenschatten des Mirvaali Rehe. Der Riese war gut gerüstet, und seine seltsame Bärenverwandlung verlieh ihm einen dicken Schutz auf dem Schultergürtel. Doch wann immer er sich bewegte, klaffte eine Lücke, wo Helm und Nacken einander trafen.

Tief vergrub sich der fünf Fuß lange Speer in die ungeschützte Stelle. Tanaqui spürte den Kitzel der Jagd durch ihre Glieder und ihren Leib rauschen, ein feines Prickeln des Triumphs, der Erregung. Leben nehmen war inniger als selbst das Liebesspiel, ein einmaliger Gipfel der Lust, der für einen der Beteiligten den letzten bedeutete.

Nicht jedoch für den Giganten.

Einen Herzschlag später sank ihr Mut. Der Frostriese schien nicht einmal recht bemerkt zu haben, dass da etwas aus seinem Nacken ragte, das sich gegen seine Größe freilich wie ein Küchenmesser in einem Ochsen ausnahm. Er stampfte weiter, zwei Schritte, einen Schritt, holte aus, um Zwerg und Magier mit einem Prankenhieb zu zerfetzen.

Tanaqui sah, dass Kato Gjalar anbrüllte, doch der Zwerg stand erstarrt, die brennende Axt hing nutzlos herab. Beherzt griff Kato nach der Waffe, entwand sie den Händen des Begleiters.

Kein kluger Einfall. Der Körper des Magiers ruckte nach vorn, als hätte man ihm einen Amboss in die Arme geworfen. Zwar gelang es ihm noch, die viel zu schwere Waffe fallen zu lassen, doch Kato stürzte hart zu Boden.

Bei all dem starrte der mächtig breit gebaute Zwerg nach oben. Hilflos wie ein Kätzchen. Tanaquis Bogen flog ihr in die Hände. Sie nockte einen Pfeil so geschwind auf, wie eine Wüstenschlange ihre Beute packt. Doch musste sie einsehen, dass hier jeder Schuss vergeblich war.

Der Riese grinste teuflisch in seiner Raserei. Statt zuzuschlagen, änderte er seine Meinung und hob den Fuß. Ein Pelzstiefel von der Größe eines Wassertrogs warf im kalten Licht von Katos Magiekugel einen Schatten über den Zauberer und den Unterirdischen.

Mit grausiger Gebanntheit verfolgte Tanaqui, wie das Knie des Frostriesen innehielt. Das Gewicht des Giganten verlagerte sich. Kato rollte sich auf den Rücken und schrie.

In diesem Augenblick schoss aus dem Dunkel abermals ein Schemen heran, beinahe so schnell wie die Wüstenelfe. Metall schimmerte. Ein gezackter Blitz zerteilte das flackernde Zwielicht. Das Einschneiden von Stahl in Fleisch war zu hören. Bowden war herangestürmt. Der Paladin hatte seinem Anderthalbhänder dem Schamanen zwar treffsicher in den Fuß gestoßen, doch selbst das mächtige Bastardschwert beeindruckte den Frostriesen anscheinend nicht.

Der vor Wut schäumende Koloss hatte auch diesen Angriff abgeschmettert. Dennoch hieb der Paladin ein zweites Mal auf die Ferse ein. Brachte sich mit einem Sprung in den Sehwinkel des Giganten. Mit der Schulter rammte Bowden Verdian den Zwerg beiseite, packte gleichzeitig den liegenden Kato an der Kapuze und riss ihn mit sich.

Keinen Augenblick zu früh. Trotz der Wut, die ihn vor Schmerzen schützte, stieß der Riese unvermittelt einen erschreckten Schrei aus. Ein Geräusch erhob sich wie Peitschenknall, das in dem hohen Gewölbe wie eine Reihe von Katapultschüssen nachklang.

Während er mit hochgerissenem Fuß dastand, brach der Eisriese unvermittelt nach hinten weg. Kurz stand er still wie ein Turm vor dem Fall, dann ruderte er mit beiden Armen. Der Zwergenheld stürzte herab, als er den Giganten nach hinten zog. Er fiel mit dem ganzen Gewicht einer mächtigen Eiche, krachte schwer der Länge nach auf den Platz.

Noch im Sturz versuchte der Riese sich zu drehen. Sein behelmter Kopf traf mit ohrenbetäubendem Gongschlag auf den Sockel des Standbilds. Er schlug mit den Gliedmaßen um sich wie eine Windmühle, deren Radnabe gebrochen war.

Diese Lederstiefel sind viel zu dick, genäht aus den Häuten gleich mehrerer Tiere. Wie soll der Arm eines Menschen gewöhnlichen Stahl durch solches Material treiben? Und doch ist es geschehen.

Tanaqui vernahm die Stimme ihres Urahnen am Rande der Wahrnehmung. Zu verstörend war der Anblick des Giganten, dem die Raserei die Berserkerkräfte angefacht, aber den Verstand geraubt hatte. Er schien nicht zu begreifen, dass ihm ein Bein mit durchtrennter Sehne den Dienst versagte. Er versuchte, sich in die Höhe zu stemmen. Immer wieder zuckte der Frostriese in seltsamen Bewegungen, bog den Rücken durch.

Tanaqui zögerte nicht. Mit einigen flinken Sätzen sprang sie zu den anderen hinüber. Keiner der drei Mitstreiter machte Anstalten, den Giganten in seiner misslichen Lage anzugreifen.

»Ich verstehe, dass ihr ihn schonen wollt. Ich möchte ihn auch nicht töten. Aber entweder wir fliehen sofort von hier, oder wir sorgen für sein Ende. Ich glaube nicht, dass er uns nicht nachkommt, wenn er sich erholt hat.«

Bowden stellte das Schwert mit der Spitze auf den Boden. Fast schwarzes Blut rann an der Rinne des Stahls herab. Es dampfte vor Eiseskälte.

Kato hatte sich erhoben. Gjalar stand offenkundig noch immer vom Schrecken gelähmt, stierte auf das Schauspiel des leidenden Riesen. Der Magier warf dem Paladin einen fragenden Blick zu. »Was setzt ihm denn so zu? Lediglich diese Beinverletzung?«

Bowden schüttelte den Kopf. Auf die Parierstange des Schwerts gestützt, hob er einen Panzerhandschuh und deutete mit ausgestrecktem Zeigefinger auf den Nacken des Riesen.

Tanaqui folgte dem Fingerzeig und begriff. Sie spürte einen lange unterdrückten Stich des Mitgefühls. Ein bitterer Geschmack, gepaart mit einem Wühlen in den Eingeweiden und einer gewissen Enge im Hals. Lange hatte ihr das harte Leben in der Wüste unter den gnadenlosen Silberreitern solche Empfindungen versagt.

Ihr Speer steckte zu zwei Dritteln im Genick des Frostriesen. Im Sturz hatte sich der Gigant die Waffe wie einen riesigen Nagel tief zwischen die Nackenwirbel getrieben.

»Wir müssen ihm helfen!«, stieß Kato atemlos und voller Erbarmen für den Koloss hervor, der ihn eben noch hatte wie eine Laus zertreten wollen. »Wenn er wieder zu Verstand kommt, können wir ihn behandeln. Wir müssen …«

»Einen Dreck müssen wir! Er wird dies ohnehin nicht überleben. Falls doch, wird er uns in Stücke reißen, du hast ihn erlebt, Deserteur. Deine Anteilnahme für einen urweltweisen Zweibeiner in allen Ehren, aber da ist nichts mehr auszurichten«, beschied ihn Bowden und ächzte wie unter Schmerzen.

»Gesprochen als wahrer Diener des Architekten«, murmelte Kato bissig.

»Warum hast du nicht versucht, euch mit einem Zauber zu retten?«, fragte Bowden zur Seite gewandt, ohne den Blick von dem grausigen Todeskampf des Riesen zu wenden.

»Ausgebrannt«, gab Kato zurück. Er verhehlte nicht, wie es ihn abstieß, die Qualen mit anzusehen.

Es war ein Gefühl, das Tanaqui nur zu gut kannte. »Wir müssen dem Ganzen ein Ende bereiten. Es ist einfach unwürdig«, erklärte sie. »Wenn wir ihn schon nicht heilen können, müssen wir ihm wenigstens Frieden schenken. Vor Kurzem wollte er die meisten von uns noch abziehen lassen.« Sie musterte den Gotteskrieger.

»Willst du das im Ernst?«, fragte Bowden.

Die Wüstenelfe nickte stumm. Obwohl sie dazu entschlossen war, konnte sie den Riesen nicht selbst erlösen. Sie kam nicht an ihren Speer, solange der Sterbende derart um sich schlug.

Bowden zog eine grimmige Grimasse. Der Ausdruck in seinen Augen gab ihr recht. Sie hörte ihn ein Stoßgebet murmeln. In großem Bogen umrundete er den Giganten, der eben noch als tödliche Naturgewalt gewütet hatte und sich nun als mitleiderregendes Wesen in den letzten Augenblicken seines einsamen, freudlosen Daseins wand.

Der Paladin wartete auf ein Fenster, eine Möglichkeit, dem Geplagten in seinen wilden Bewegungen beizukommen. Als es sich öffnete, zögerte er nicht. Er stieß einen Pfiff aus. Der Riese wandte im Wahn den Kopf. Der Anderthalbhänder verschwand im Brillenvisier des Helms, versank bis zum Ansatz des Parierkreuzes in der Augenhöhle.

Ein letztes Zucken und ein Stoßseufzer. Dann lag der Riese still.

»Danke«, murmelte Tanaqui mit gesenktem Kopf und meinte es ehrlich. Er nickte ihr zu.

»Und wieder ein Riese weniger. Wieder durch die Hand eines Skraemar«, stellte Kato fest. »Bald wird es auf dieser Insel keine Wunderwesen mehr geben. Die eine Hälfte hat unsere Habgier erschlagen, den Rest werden Feuer und

Krieg besorgen.« Die Stimme des Magiers ließ keinen Zweifel daran, wie sehr er dieses Unrecht verurteilte. Wut färbte jedes Wort, ohne sich jedoch gegen ein festes Ziel zu richten.

Müde wandte er sich seinem Hund zu und kraulte ihn. »Wofür schleppst du diesen Klumpen Metall eigentlich mit, wenn du nichts damit anzustellen weißt? Da kannst du ja genauso gut einen Amboss an einer Kette hinter dir herziehen, Meister Gjalar«, maulte er, den Rücken dem Zwerg zugewandt.

Der seines Namens holte den Unterirdischen langsam aus seiner Lähmung. Bluteis nannten dies die Waldelfen. Andere rannten im Kampf davon. Alle klugen Wesen taten das, ebenso wie das meiste Wild. Es war der Naturtrieb, der einen am Leben erhielt, während die Tapferen starben.

Letztere blieben zurück und fochten. Manche überlebten, die Mehrheit nicht. Doch wer zuerst starb, waren immer jene, die zu Bluteis erstarrten. Die Furcht vor Gewalttätigkeit nagelte sie fest und lieferte sie als lebendige Zielscheiben den Pfeilen, Klingen und Zornausbrüchen der Feinde aus.

Gjalar sah sich um wie jemand, der aus langer Ohnmacht erwacht. »Haben wir überlebt?«

Bowden, der inzwischen auf die Brust des Frostriesen gesprungen war und ihm die Augen geschlossen hatte, kehrte zu ihnen zurück. Er reichte Tanaqui ihren Speer, wenn auch langsam und zögernd. Ihr entging nicht, dass er die Waffe abgewischt hatte. »Gewissermaßen aus Anstand«, erklärte der Paladin und wandte sich an den Zwerg. »Der Deserteur hatte recht. Warum schleppt man eine Bartaxt aus Meteoreisen mit sich herum, wenn man sie nicht benutzt? Das hätte schwer ins Auge gehen können. Ihr könnt von Glück reden, dass ich euch noch gerettet habe.«

Für einen Moment wirkte Gjalar betroffen, doch er fasste sich, nun, da die Gefahr gebannt war. »Es sind überhaupt viele Fragen offen. Ich wüsste zum Beispiel gern, warum du noch am Leben bist. Einen solchen Tritt samt Höhenflug fängt keine Blechrüstung von euch Menschen auf. Und selbst wenn ... der anschließende Aufprall gegen Zwergengranit hätte dich eigentlich in roten Brei verwandeln müssen. Was trägst du da wohl unter deinen Gewändern, hm?«

»Da wir bei überflüssig sind ... wohin ist eigentlich dein stinkender Lakai entschwunden?«, lenkte der Gotteskrieger ab.

Wie auf Verabredung taumelte Limbo aus dem Dunkel am Rand des Platzes hervor. »Hier! Hier bin ich!«, keuchte er atemlos. Seine Körpermasse wabbelte. Zwischen den Schlagschatten und weiß-blauen Lichtfingern der Zauberkugel über ihnen wurde sie offenbar.

Tanaqui sah die Risse in den groben Gewändern des Gesetzlosen, die er notdürftig mit Stricken und Gürtelfetzen zusammengebunden hatte. Er wirkte wie ein Mann, den eine Wolfsmeute durch Dornensträucher gehetzt hatte.

Bei diesem Anblick hob Bowden stumm die Brauen. Kato hockte vor seinem Hund, wandte den Kopf über die Schulter und runzelte die Stirn.

»Was ist mit deiner Kleidung geschehen?«, staunte der Zwerg und schüttelte den Kopf, als könne er kaum glauben, dass der Vagabund, den er angeschleppt hatte, überhaupt noch heruntergekommener aussehen mochte als vordem.

Limbo zuckte mit den Achseln. »Beim Anblick des Riesen hab ich das Hasenpanier ergriffen, bin durchgebrannt. Irgendwie bin ich im Dunkeln falsch abgebogen und eine Treppe hinunter. Allerdings nicht auf den Beinen, wenn du verstehst, was ich meine.«

Der Paladin schnaubte. »Typisch! Nachdem wir glücklich wieder beisammen sind, sollten wir einiges besprechen. Ich bin in diese Gewölbe herabgefahren, weil mir Erklärungen wegen dieses Feuers versprochen wurden, welches die Heimat Ihrer Majestät bedroht. Stattdessen erhalte ich mit jeder Stunde, die hier unten verstreicht, eine ganze Schriftrolle voller neuer Rätsel.« Bowden wandte sich an Gjalar, der noch immer einen Blick darauf zu erhaschen suchte, welche besondere Rüstung der Paladin unter seinen Klerikergewändern verbarg, die sogar einen Riesentritt abzuwehren vermochte. »Zwerg, ich erwarte, dass du mich zu jemandem führst, der Antworten für mich weiß.«

»Hast du ihn denn nicht gehört?« Tanaqui war erschrocken, wie erschöpft ihre Stimme klang. Sie blickte immer noch mit traurigem Herzen auf den gewaltigen Leichnam, der nur Schritte entfernt neben ihnen aufragte. Dann fasste sie sich und sprach zum Paladin. »Der Riese versicherte doch, es sei niemand mehr hier. Alle verschwunden. Hast du nicht gesehen, wie er regelrecht erschrak, Gjalar hier unten zu begegnen?«

»Weil seine Frostkönigin alle Zwerge in ihre Gewalt brachte«, vermutete Kato, noch immer mit Kincaid beschäftigt.

»Das ist doch Unfug! Punzenschlacke, nicht wert, in die Esse von Kurzukhuun zurückzufliegen.« Der Zwerg stampfte vor Wut und Unglauben mit dem Fuß auf.

Tanaqui musterte den Unterirdischen. Gesicht und Gebaren des Barden wirkten störrisch und verstockt, sein Gemüt verweigerte sich der Wirklichkeit. Der Verstand des Zwerges hatte jedoch die furchtbare Wahrheit längst begriffen. Seine Augen verrieten es.

»Und wo sind dann alle hin?«, wagte Limbo einen Versuch. »Meister Gjalar, hier liegen nur noch Gewänder, und selbst die Münzen der Zwerge sind fort. Silberschmuck und Platin mitunter. Aber kein Gold!«

»Bursche, wenn du auch nur ein Gran edlen Metalls stibitzt hast ...«, fuhr ihn Bowden sogleich an.

Statt einer Rechtfertigung ließ der Vagabund seine Kleidung fallen, die er bislang mit den Händen zusammengehalten hatte, wie um zu zeigen, dass er keine Beute bei sich trug. Stattdessen zeigte er viel mehr.

»Uch«, machte Bowden und wandte angewidert den Kopf von der bleichen Körperfülle des Vagabunden.

»Seht Ihr, Herr? Nichts drin! Außerdem, was die Damen lieben ...«

»Noch ein Wort, und beim Architekten, ich strecke dich nieder.« Bowden ruckte mit einer Schulter vor, doch die Einschüchterung verfing nicht. Limbo blinzelte nicht einmal.

Tanaqui sah erstaunt, dass die Haut des Wanderers für einen Mann seines Gewichts und Lebenswandels makellos war. Sie schimmerte in der Farbe von frisch geschlagenem Marmor, kam fast ihrer gleich. Wann hatte dieser Berg von einem Menschen je die Sonne gesehen?

»Wirklich, Meister Gjalar«, wagte Limbo einen zweiten Versuch. »Hier unten glimmt nicht einmal mehr Feuer, Ihr habt den Herrn Magister gehört. Wäre es anders, er hätte uns gewiss alle mit seinen Zauberkräften gerettet.« Wie um Unterstützung heischend wandte sich Limbo mit offenen Handflächen an Kato. »Oder?«

»Ganz im Gegenteil«, hauchte der Magier tonlos. Seine Augen waren abermals in Weiß getaucht, seine Stimme klang, als schwebe sie. »Nun, da der Schneesturm abgeklungen ist, sehe ich wieder klar. Dort vorn lodert die Mutter aller Flammen.«

»Der Tempel des Runenmeisters.« Gjalars Stimme bebte vor Ehrfurcht. Er griff sich die wieder erkaltete Axt und gürtete sie um, als wöge sie nichts. »Dort müssen wir hineilen«, sagte er zu Bowden. »Wo Feuer ist, da sind Zwerge.«

»Endlich Antworten«, pflichtete ihm der Paladin bei. Die beiden machten sich auf den Weg.

Tanaqui warf einen Blick auf Kato. Der nahm gerade die restlichen Mitstreiter sehr genau in Augenschein. »Mit einem hat er recht, ob ich ihn nun mag oder nicht: Hier lauern viele Fragen, die auf Antworten warten. Doch im Augenblick beunruhigt mich nur eine Frage.« Der Lohenmagus durchdrang mit den Augen das umgebende Dunkel.

»Was der Riese hier unten wollte?«, erkundigte sich Limbo.

»Nein. Wer dieser Elf sein soll, der den Riesen verfolgte. Ich kenne ihre Art zu kämpfen. Gut genug, um zu wissen, dass sich dieses Spitzohr hier nicht ankündigen wird, falls es uns angreifen will.«

»Ihr werdet den Elf gewiss nicht nahen sehen«, wandte Tanaqui ein. »Doch wisse eines, Kato Tamasine: Ich werde es sehr wohl. Und sollte dies der Fall sein, schuldet er mir Rechenschaft. Was Grauenvolles auch immer über dieses Volk kam ... Er hat es nicht vereitelt.«

Während sie Zwerg und Gotteskrieger folgten, schlurfte Limbo hinter ihnen her. Was immer Kincaids Groll gegen ihn entfacht hatte, nun trottete der Hund lammfromm neben ihm her, ohne Knurren und Bellen.

»Vielleicht sind ja auch alle Elfen verschollen. Und er oder sie ist hier, um nachzusehen«, erwog der Vagabund wohlmeinend in seinem gleichmütigen Tonfall.

Die wenigen Worte trafen Tanaqui wie ein Hammerschlag. Seit dem Tag, da ihre große Liebe in ihren Armen gestorben war, hatte sie keinen solchen Schrecken mehr verspürt.

27

Gjalar hörte jede Silbe der aufgewühlten Gespräche hinter seinem Rücken. Es war ihm unmöglich, die Verstörung der Begleiter abzutun. Er spürte den besorgten Blick der Elfe zwischen den Schulterblättern brennen. Limbo hatte nicht nur ausgesprochen, was allein Tanaqui fürchtete. Auch Gjalar fragte sich, ob der Mensch recht hatte.

Das ganze Wesen des Zwerges sträubte sich gegen die Antwort. Doch dann erinnerte er sich an den Blick des Frostriesen. Härter als Gletschereis und genauso klar in dem Zweck, der ihn in die Tiefe geführt hatte. Der Blick eines Riesen, der in einer Provinzhauptstadt seiner Erzfeinde herumspazierte und ihre Schätze durchwühlte.

Mit seinem Volk auf der Hut wäre er nicht einmal bis zum Waldrand gekommen, bevor eine Ballista ihm Speere durch die Herzen gejagt hätte. Bis auf die Messerohren wusste niemand, dass sich die Zwerge Waldläufer hielten. Reiterei, ausgestattet mit Armbrüsten und Sichtrohren, der nichts entging.

Schon gar nicht hätte er es bis zum Rand des Kraters und hier heruntergeschafft, nagte die Stimme in Gjalars Hinterkopf. *Selbst wenn, die Runen hätten ihn getötet.*

»Runen, die keinen Dienst mehr leisten«, presste Gjalar leise hervor.

Nicht leise genug. »In der Tat. Ein Versagen mit furchtbaren Folgen«, antwortete Bowden, als hätte der Zwerg ihn angesprochen.

Gjalars Miene verfinsterte sich. Dem Zwerg war nicht am Austausch mit dem bombastischen Gotteskrieger gelegen. An einer Auseinandersetzung über die unverrückbaren Dogmen und Regeln, die das Innerste dieses Menschen bestimmten. So er denn überhaupt Mensch zu nennen war.

»Eine feine Rüstung, die du da trägst, Bowden Verdian aus dem Hause Kaltkluft«, setzte Gjalar an. Vielleicht war der Zwerg nur neugierig oder wollte sich vom unaussprechlichen Schrecken der Tatsachen ablenken, die nach und nach in seinen Geist einsickerten.

Niemand war hier noch unterwegs außer ihnen. Und einem geheimnisvollen Elfen, der den Riesen verfolgt haben sollte. Dass der Koloss gelogen haben könnte, dieser Gedanke kam Gjalar gar nicht.

»Meine Warnung gilt nicht nur für den Deserteur, Meister Barde. Du magst mittlerweile deine Ergebenheit gegenüber Ihrer Majestät, Königin Kyralia, unter Beweis gestellt haben. Möge sie einhundert Jahre lang regieren. Das ändert aber nichts daran, dass mich niemand bei diesem Namen nennt, ohne dass ich Genugtuung fordere.«

»Aber ich dachte, das sei ein Ehrentitel«, wandte Gjalar ehrlich verwirrt ein. »Und du hättest nur dem Magier verboten, dich so anzusprechen. Weil du doch aus einem Fjord kommst. Einer kalten Kluft.«

»Gewiss, doch ich heiße Bowden Verdian. Das andere ist ein Schmähwort. Ich will es nicht hören. Es kommt als reine Bösartigkeit von diesem Narren, dem das Feuer zu Kopf stieg wie deinem feisten Begleiter zu viel Wein, Völlerei und Rauschpulver. Er benutzt es, um mich bis aufs Blut zu reizen.«

»Es scheint seine Wirkung nicht zu verfehlen, mein Herr«, antwortete Gjalar. »Ich werde dich niemals wieder so nennen, du hast mein Wort.« Weitere Feinde brauchte niemand, am wenigsten er. Sein ganzes Volk blieb unauffindbar, und jemand hatte Teile der Insel in Brand gesteckt.

»Wenn die Verlautbarungen des Monstrums stimmen, haben wir alle ohnehin gänzlich andere Sorgen als unser Missverständnis aus dem Dorf.« Bowden schnaubte. Aus den Augenwinkeln nahm Gjalar wahr, wie der Menschling den Kopf schüttelte.

»Du vertraust uns nun also?« Gjalar konnte die Überraschung in der Stimme nicht verbergen.

»Ich vertraue niemandem außer dem Architekten. Ihm allein gehört mein Herz und meine Seele, ihm habe ich Schwert und Fleisch geweiht«, bekannte der Paladin, und das Blendwerk verdeckte wieder sein eigentliches Wesen. »Aber wir sitzen im selben Boot, wie man so schön sagt. Unsere Inseln sind bedroht. Unsere Wälder und Städte, Hoffnungen und Freundschaften drohen zum Raub der Flammen zu werden.«

Doch Gjalars Ohren konnte man nichts vormachen, seinem feinen Gehör entging nicht, dass die Stimme des Gotteskriegers zitterte, er mit seinen Gedanken ganz woanders weilte. Der Zwerg erinnerte sich an die Andeutungen, die sowohl der Paladin als auch der Magier über aufwühlende Geschehnisse aus der Vergangenheit im Heimatort Bowdens fallen gelassen hatten. Wenn jemand einen Mann erkennen konnte, der schwelenden Groll hegte, war es ein Zwerg.

»Glaube ich hier als Einzige, dass jemand alten Wahn und die Geister des vergangenen Kriegs erwecken und abermals auf uns loslassen will?«, wollte Tanaqui wissen. Die Wüstenelfe, der Magier und beide Anhängsel hatten am Ende zu ihnen aufgeschlossen.

»Mir sind anfangs ähnliche Gedanken gekommen«, räumte Bowden ein. »Nur will sich mir der Sinn nicht erschließen. Niemand vermag die Sturmgrenze zu überqueren. Es wurde Dutzende Male versucht. Wer immer sie errichtet hat, was immer diese Lande einhüllt ... wenn der Mirvaali brennt, brennen wir alle. Uns mit den Flammen in dieser magischen Umfriedung einzukerkern, bringt auch einem Feind den Tod.«

»Selbst in drei Unwerthkriegen war sich dessen jeder bewusst.« Gjalar nickte grimmig.

Sie erreichten den Haupttempel. Die Stufenpyramide war eine unglaublich große Landmarke, erinnerte eher an etwas, das entstanden war wie ein Berg, als an die Schaffenskraft von Zweibeinern.

Limbo pfiff anerkennend durch die Zähne. Die Züge über den hängenden Wangen waren für Gjalar leicht zu lesen. Im Kopf überschlug er gewiss eifrig, wie viel Gold in dem Runentempel zu erbeuten sein mochte. »Trau dich nicht einmal, daran zu denken!«, zischte der Zwerg.

»Ich?« Limbo formte das Wort tonlos mit den Lippen. Mit übertriebener Geste deutete er auf sich und ließ dabei den geübten Blick eines Marktgauklers schweifen, als suche er das Schlitzohr, das gemeint war.

»Wir werden kaum lange genug leben. Um zu brennen, meine ich.« Kato stand zwischen ihnen, Ringfinger und Mittelfinger der linken Hand vorgestreckt, während Zeigefinger und Daumen in die Höhe ragten.

Gjalar begriff, dass der Feuerzauberer die Strahlen aus der Ewigen Esse des Tempels erspürte. Ein Urfeuer aus grauer Vorzeit, das im Herzen jeder Heiligen Binge ruhte. Mehr noch, man sah, wie dieser mächtigste aller Schmelzöfen nur durch sein bloßes Bestehen Kraft spendete, zu der Kato sofort Zugang fand. Die Zeichen auf seiner Haut glühten stärker, das alte Feuer glomm in den Augen des Zauberers und zog Schlieren vor denen des Zwerges, wann immer Kato den Kopf bewegte.

Der Magier sprach weiter, ohne sich um seine Zuhörer zu scheren. »Wir werden vorher ersticken. Es gibt gewichtige Hinweise, dass die Sturmgrenze keineswegs nur einen Ring bildet. Gleichgültig, ob man sie nun Brandmauer, letzte Mauer oder Sturmwall nennt. Vermutungen besagen, sie sei eine Kugel, die sich bis unter Wasser und sogar in Sternenhöhe erstreckt.«

Er hielt weiter die Hand ausgestreckt, richtete nun die Schnauze eines Wolfskopfs als Fingerzeichen auf den Tempel. Mit der Rechten stützte er sich auf seinen Stecken. Nicht zum ersten Mal hörte Gjalar pfeifende Laute aus der Lunge des Zauberers dringen. Das feine Gehör vernahm ein Knistern unter den Gewändern. Haut, trocken und rissig wie Pergament. Alte Narben.

»Was soll das heißen? Dass wir alle vorher vor die Hunde gehen?« Seltsamerweise klang Limbo, als freue er sich. Kincaid jaulte auf.

Kato musterte Gjalar mit fragendem Blick. Machte eine einladende Geste. Der Zwerg kam ihr nach und stieg als Erster herauf.

»Klarstellung: Genau das soll es heißen, Herr Limbo«, bekräftigte der Magier. »Wenn der Verdacht stimmt und eher eine Kuppel als eine Wand die Insel umschließt, könnten die Flammen verzehren, was wir an Luft zum Atmen brauchen. Lange Zeit also, bevor wir verbrannt sein werden und unsere Feldfrüchte vollständig vernichtet sind, werden wir ersticken oder verdursten. Unsere Seen werden verdunsten.« Er folgte Gjalar nach.

»Schöne Aussichten«, stellte Limbo fest. Wieder klang er so, als könne er dieses schreckliche Ende kaum erwarten.

Sie erklommen die Pyramide und nahmen einige Stufen auf einmal, begleitet vom eintönigen Klacken von Bowdens Panzerstiefeln, das für Gjalars Ohren eine einlullende Wirkung hatte.

Da meldete sich Tanaqui. »Das ist keineswegs nur eine Vermutung.«

»Nein?« Bereits nach den ersten zwanzig Steinstufen atmete Kato schwer. Vielleicht auch aus Furcht vor dem kommenden Ungewissen. Aber Gjalar würde ihn sicher rasch beruhigen, sobald er offenbart hatte, wohin ihr Weg wirklich führte.

»Es würde zu lange dauern, allen zu erläutern, woher mein Volk dies weiß. Doch einige von uns kamen bis dort oben, um nachzusehen. Falkenreiter etwa. Unsere Druiden.«

Gjalar linste über die Schulter zurück. Das Messerohr richtete den Blick in der Dunkelheit gen Himmel.

»Gestaltwandel. Eine vernachlässigte Kunst im Turm. Mit dem Vogelflug etwa hätte man sich rasch über solch eine wichtige Frage Gewissheit verschaffen können«, stellte Kato fest.

»Warum habt ihr es nicht getan?« Von Limbo war nicht das geringste Schnaufen zu hören, seine Masse flog förmlich die Stufen hinauf.

Gjalar runzelte die Stirn, als ihm auffiel, wie leichthin das Anhängsel die Treppe erklomm, geradezu wie ein Waldläufer.

»Ich weiß nicht, wie es sich bei den Elfen verhält. Doch ein Magier aus Emrick oder den Sümpfen des Weisen Volkes muss sich wie eine Klanggabel auf die Lieder des Kosmos einstimmen«, antwortete Kato.

»Hmm?«, machte Limbo.

»Man muss wahrhaftig singen. Entgegen landläufiger Meinung und Beschreibung singen etwa Vögel gar nicht. Sie stoßen vielmehr Paarungsrufe aus. Nicht geeignet, dieses Liebesverlangen, um die kosmischen Mächte kraft seiner Gedanken zu bändigen und Zauber aufrechtzuerhalten.«

»Hast du je etwas anderes getan, wenn du stockbesoffen Feuerwerk veranstaltet hast, um eine der Kameradinnen auf dein Lager zu ziehen?« Trotz dieser Verächtlichkeit und des Tadels in seiner Stimme wirkte Bowdens Tonfall weitaus weniger kalt und herablassend als vor der Begegnung mit dem Riesen.

Bevor der Magier antworten konnte, bedeutete Gjalar ihnen, sie sollten innehalten. Gleich darauf erreichten sie den ersten weit gefassten Absatz der Pyramide.

»Was gibt es?«, fragte Tanaqui hastig. Es zischte in der Luft, ihr Speer zuckte einsatzbereit, bevor nur eine Silbe ihre Lippen verlassen hatte.

Der Zwerg antwortete nicht. Gjalar ließ sich auf ein Knie nieder. Herzschläge später hatten Finger und Augen die Kombination aus Runen unter dem Staub der Stufen gefunden. Er blies, entfernte die sorgfältig ausgestrichene Ascheschicht. Augenblicklich wurde die Wärme der schimmernden Zauberzeichen für Gjalars Augen offenbar, einzig inmitten des kalten Zwergengewölbes.

»Sie sind sicherlich alle hier drinnen versammelt. Wenn größte Gefahr droht, steigen wir Zwerge entweder in die Tiefen zur Feste des Bergkönigs hinab. Oder wir harren hier aus, um das Heiligtum zu verteidigen.« Gjalars Worte klangen sogar in den eigenen Ohren hohl. Ein bitterer Geschmack erfüllte seinen Mund. Redete er sich fromme Lügen ein?

»Wir finden deine Lieben schon. Aber warum zaudern wir nun?« Bowdens Stimme klang drängend. Gjalar begriff, wie sehr sie auf diesem Umgang ohne jede Brüstung und nur dem einen Stufenweg zum Rückzug einem feindlichen Angriff ausgeliefert waren.

Gjalar berührte die Runen in jener Reihenfolge, in die ihn der Vater einst eingeweiht hatte. Damals hatte es keinen Mann namens Gjalar gegeben, doch war der spätere Gjalar als Bartling in die Lehre gegangen wie jeder Zwerg seines Alters. Sie hatten ihn noch nicht verstoßen. Als die Runen im ewigen Dunkel aufglommen, brandete der alte Schmerz wieder auf.

»Diese hier zeigen noch Wirkung«, bemerkte Kato über die Schulter des Zwerges hinweg. »Welchem Zweck dienen sie?«

»Sie sind dermaßen tief im ältesten Mutterfelsen verankert, die saugt niemand heraus«, antwortete Gjalar und spürte einen Hauch Zuversicht. »Dachtet ihr wirklich, wir bauen in die Höhe?«, kam seine belustigte Gegenfrage. Mit der flachen Hand schlug er sich vor die Stirn, um die Schwachsinnigkeit eines solchen Handelns zu verbildlichen, und zeigte den Gefährten den Vogel. Daraufhin hob der Zwerg in ausholender Geste die Arme.

Augenblicke später rumpelte es, als ein Abschnitt der weiter nach oben flüchtenden Treppe ihr Gefüge verschob und auf wohlberechneter Bahn nach unten kippte. Nun führten die Stufen in die Tiefe.

»Ganz schön durchtrieben«, sinnierte Kato anerkennend. »Ich nehme an, dort unten erwartet uns der wahre Tempel eures Hohepriesters und des Herrn Kurzukhuun, während uns weiter oben eher Unschönes zugestoßen wäre.«

Gjalar vermochte nicht zu antworten. Es kostete ihn seine ganze Willenskraft, nicht wieder schreiend nach vorn zu preschen und auf der Suche nach Sippe und Clan ins Tempelinnere zu stürmen. Er spürte die Schmerzen kaum, während er sich die Unterlippe zerkaute. Er starrte ins Dunkel der Tiefe und wartete darauf, dass der ruckende Mechanismus die echte Treppenführung ins Allerheiligste endlich preisgab.

Weder das Messerohr noch die Menschen zeigten sich unklug genug, ihn abermals anzusprechen.

Weil sie längst voraussehen, dass dort unten nichts auf dich wartet, und sie deinen Zorn nicht auf sich ziehen wollen.

Ach was, die haben längst erkannt, dass du mit der Axt nichts taugst.

Gjalar kramte in seinem Ranzen und förderte seine Laterne zutage. Menschengemacht. Taugte nicht viel, brauchte aber keine Runen, um mehr Licht zu spenden, als die Kugel des Magiers abstrahlte. Da gab es sehr wohl einen Unterschied zwischen Dunkelwahrnehmung und echter Dunkelsicht. Die Treppe vor ihnen führte in die Dunkelheit hinab wie in ein riesenhaftes Fass voller Tinte.

»Keine Zauberlaterne?«, fragte Limbo und schien in die Gedanken des Zwerges mit einzustimmen.

»Nu...uh«, brummte Gjalar. Die Bürde, allem Anschein nach der einzige Verbliebene seines Volkes hier unten zu sein, zog ihn in die Tiefe. Jählings wandte er sich den Begleitern zu, darum bemüht, gleichzeitig die Laterne zwischen den Händen zu entzünden. »Ich verstoße hier gegen mindestens hundert Gesetze meiner Clans. Dieser Tempel sollte von einem gewöhnlichen Zwerg überhaupt nicht betreten werden. Schon gar nicht sollte ich irgendwelche Langbeiner oder Messerohren dort hinunterführen. Für all das würde mir eine empfindliche Strafe drohen.«

»Verbannung?« Erwartungsvoll hob Kato die Brauen. Im Herdglühen unter seiner Kapuze sahen alle sein schiefes Grinsen, das ihm einmal mehr den zornerfüllten Blick des Bewachers einbrachte.

»Witzig.« Gjalar schüttelte den Kopf. »Ich meine es ernst, Menschling. Insbesondere du, Kleidträger, solltest wissen, dass hier uralte und machtvolle Geheimnisse ruhen, die von keinem einfachen Clansmann zu berühren sind, geschweige denn für Menschen.«

»Dennoch traust du dich mit uns dort hinunter«, hielt ihm Bowden entgegen.

Die Achtung des Zwerges vor dem Gotteskrieger stieg. Dem Paladin war anzusehen, dass er selbst dann nicht gegen eherne Gesetze einer heiligen Ordnung verstoßen wollte, wenn es nicht einmal die des eigenen Volkes, der eigenen Religion, ja, der eigenen Naturart waren. Selbst dann nicht, wenn allem höheren Leben ein Feuertod drohte. Der Paladin war eher Zwerg als Mensch. »Fürchtest du nicht, was die Wächter dir antun werden?«, fragte er. »Fürchtest du nicht, die Gesetze des felsgeborenen Schmieds Kurzukhuun zu brechen?«

»In mehr als einer Weise gelten die Gesetze für einen einfachen Clanskrieger wie mich nicht, ich werde das beizeiten erklären.« Gjalar war fertig mit dem Getüftel an der kleinen Glastür. Der winzige Anzünder der Laterne in seinen mächtigen Händen klickte. Nachdem er es fertiggebracht hatte, die Finger ins Fenster zu zwängen, fing der Docht nach einem Dutzend Anläufen Feuer.

»Ich bitte darum«, erklärte Bowden mit tiefem Ernst in der Stimme.

»Hier gibt es mehr als einen, der den anderen zumindest ein Quäntchen Wahrheit schuldet, wenn wir wirklich gemeinsam gegen den brennenden Zorn der Elemente stehen.« Tanaqui gelang es, so zu klingen, als äußere sie eine reine Betrachtung. Da war keine Forderung herauszuhören, eher eine Würdigung gewisser Umstände, und weniger so, als stelle sie Bedingungen.

»Was nun die Wächter betrifft ...«, hob Gjalar an und drehte am Regler der Laterne. Statt in den Schacht vor sich richtete er den Lichtfinger auf dunkle Wölbungen auf den Vorsprüngen der Pyramide, die ihm schon beim Aufstieg aufgefallen waren.

Der Lichtfleck tanzte über vier Haufen mächtiger, wuchtiger Rüstungsplatten.

»Sieht aus, als hätte jemand Riesentürme zu einem Schachspiel für einen stählernen Palastgarten geschaffen, die Partie haushoch verloren und sie aus Wut in Trümmer gehauen.« Wieder einmal bewies Limbo einen verblüffenden Sinn für das Poetische, der auf ungeahnte Bildung schließen ließ.

Wer aber bist du nun, Vagabund?, dachte Gjalar bei sich. Der Zwerg hatte nun schon lange darüber nachgedacht, seit dieser sonderliche Mann ihm begegnet war. Erinnerte sich, wie er ihn, den armen Barden, hatte bestehlen wollen. Wie er es darauf angelegt hatte, Gjalar stets aufs Neue und bis aufs Blut zu reizen. Was bezweckte der feiste Menschling?

»Keine Schachtürme«, antwortete Bowden, bevor Gjalar zu einer Erklärung ansetzen konnte. Zur Untermauerung seiner Kenntnisse klopfte sich der Paladin mit der rechten Faust gegen die Brust, wo der Klang eines festen Gebildes fast schon an Gesang erinnernd widerhallte. »Rüstungen. Kürasse. Schwerste Platten.«

Dieser Klang ... kein Metall, das ich kenne. Jeder Zwerg wusste, welche Legierung mit welchem Ascheanteil wie sang, wenn ein anderes Werkstück darauf traf. »Die Bingenwacht«, erklärte er seinen Begleitern. »Unsere Elitewache. Jede dieser Rüstungen ist dem Träger meisterhaft angepasst.« Gegen seinen Willen spürte er, dass Wehmut seine Stimme tränkte, die nicht nur von der Angst um den Verlust seines Volkes sprach. Gjalar hätte so gern zu ihnen gehört, doch es gab mehr als einen Grund, der dem widersprochen hatte.

»Erinnern mich an Menschenburgen«, meinte Tanaqui.

Diese Bemerkung brachte ihr zugleich Seitenblicke von Kato und Bowden ein. Es lag wohl auf der Hand, selbst für einen Zwerg, dessen Volk sich großteils aus dem Unwerthkrieg herausgehalten hatte, wie viele alte Verletzungen auf einer solchen Äußerung lasteten. Augenblicklich wurde erkennbar, woher eine Elfe aus der Tiefe der Wälder, die später in der Wüste gelebt hatte, die Architektur menschlicher Burgen kannte.

»Ich werde mich beizeiten auch an den einen oder anderen bedeutsamen Ort erinnern und dich darauf aufmerksam machen, Tanaqui«, äußerte sich Bowden mit Grabesstimme.

»Ich meinte ja nur ...«, antwortete die Wüstenelfe. Der Ausdruck ihrer Augen hinter dem Sichtschlitz ihrer Schleier stand der Stimme des Paladins an Düsterkeit in nichts nach.

Bevor die Lage abermals aus dem Ruder laufen konnte, meldete sich Gjalar zu Wort. »Die eckige Bauweise mit Riegelverbindungen auf Schultern und Knien ist wohldurchdacht. Die Elite kann sich verkanten, wenn jemand in die Tunnel eindringt.«

»Klug. Zwei Zwerge halten so hundert von den Hyänenköpfigen auf«, sagte Kato.

Gjalar brummte Unbestimmtes und wandte sich der Dunkelheit zu. Augenblicklich fegte der Lichtfinger der Laterne die Finsternis im Schräggang hinweg. Der Zwerg grinste, als er hinter sich die überraschten Ausrufe seiner Begleiter hörte.

Das Licht wurde in vielfarbigen Brechungen zurückgeworfen.

Kantige Figuren mit Bärten und Visierhelmen. Mächtige Gestalten im Halbprofil. Lindwürmer mit an Treppenstufen erinnernden rechtwinkligen Körpern waren tief in jede Stufe, jeden Stein der Wände eingelassen. Die polierten Flachbildwerke und eingegossenen edlen Metalllinien spiegelten den Laternenschein.

»Ist das Silber?«, fragte Limbo mit einer Stimme, die vor Ehrfurcht erstickt klang. Wenn es denn Ehrfurcht war.

»Platin. Sein Bruder Osmium, dichter als die ewige Nacht in der Tiefsee. Ruthenium und Palladium. Gold. Etwas Silber. Mehrere Lagen davon, so wie bei der Haut von Lebewesen. Darunter fließt flüssiges Mondsilber, das eure Alchemisten auch Rasches Silber nennen. Was wir hier sehen, sind die Adern meines Herrn Kurzukhuun. Oder zumindest Kunstwerke, die sie darstellen.« Noch immer hatte sich Gjalar nicht umgedreht. Dennoch stellte er sich die Gier auf Limbos Zügen lebhaft vor.

Als der Zwerg sich umdrehte, um die Eindrücke aus den Gesichtern seiner Begleiter aufzunehmen, fand er eher eine Form gequälter Verzückung in den Augen des Gesetzlosen. Sie war vermengt mit blanker Furcht. Der Herzschlag versetzte die Kinnfülle des Vagabunden in heftige Bewegung.

Auch Bowden warf einen strengen Seitenblick auf Limbo, sagte aber nichts.

Tanaqui musterte den Zwerg mit eindringlichem Blick.

»Schon gut«, wiegelte Gjalar ab und wandte sich in die Tiefe.

»Warte hier und sei brav, alter Junge!« Kato band seinen Hund am Eingang an, indem er eine Lederleine zwischen die Kanten eines Wandspalts klemmte. »Die kommen doch nicht so bald wieder hoch, oder?«

»Nicht, solange kein anderer Zwerg oder zumindest Kundiger den Mechanismus bedient«, erklärte Gjalar nach oben gewandt.

Genug Zeit vertändelt, der Moment war gekommen, sich der Wahrheit zu stellen. Entweder fand er hier unten alle, die er noch immer liebte. Oder aber Gjalar Arjunasson aus dem Clan der Schachtfeger durfte endlich sterben, weil es keinen Grund mehr für seine erbärmliche Maskerade gab.

O Vater, dachte der Zwerg, und für einen Augenblick überkam ihn Wehmut.

Der Wunsch, keine Lüge mehr leben zu müssen, erfüllte ihn mit Hoffnung und Scham zu gleich.

O Vater.

28

»Mir wird immer wärmer. Sollte es nicht eigentlich abkühlen, je tiefer wir kommen?«, ächzte Limbo.

»Wirklich? Ich merke nichts«, antwortete Kato. Ihm war immer warm ... oder auch kalt. Die Unterscheidung verlor sich, wenn die eigene Haut einen Unglücklichen in einen wandelnden Pulverturm mit stets brennender Lunte zur Pforte hinein verwandelt hatte. Limbos Gejammer klang in seinen Ohren aufgesetzt. Der Dicke war ausdauernder als er und selbst der Zwerg. Aus einer Laune heraus hielt Kato dem Vagabunden bei ihrem Abstieg sein Fläschchen hin. »Schluck gefällig?«

Im Halbdunkel des Treppenabgangs, der sie schon länger immer tiefer hinabführte, wirkte die Miene des Vagabunden, der Kato vorausgegangen war, augenblicklich hocherfreut über das Angebot. Als die Blicke des Gesetzlosen jedoch auf die Blechflasche fielen, verschwand der Gesichtsausdruck, und er verzog angeekelt das Gesicht.

»Nicht deine Sorte, was?«, flüsterte Kato und ahnte, warum Limbo die Flasche ablehnte. Er erinnerte sich an den Kampf gegen den Riesen und hatte bestimmte Beobachtungen nicht vergessen, die noch immer der Erklärung bedurften. Er wollte nicht, dass Bowden ihn hörte. Was verdammt schwierig war, denn der Paladin verfügte über gute Ohren.

»Könnte man so sagen«, gab Limbo ebenso leise zurück. »Ich bin da recht wählerisch. Wieso brennt der Schnaps eigentlich nicht bei all dem Feuer?«

»Der Saukerl verdünnt ihn mit Wasser. Gepanscht also. Er ist ebenso ein Lügner und Vagabund wie du, Bursche. Außerdem ist die Flasche verzaubert«, schimpfte Bowden einige Schritte vor ihnen. »Dauert es noch lange, Meister Gjalar?«, fragte er dann.

Der Zwerg antwortete nicht, weil es sich erübrigte. Kato hatte mit jedem Schritt hier herunter die zunehmende Kraft in der Dunkelheit vor ihnen gespürt. Er brauchte nicht hinzuschauen, um sich zu vergewissern, dass der Zwerg in ein Quadrat aus stetem Licht getreten war. Dort vorn gab es reichlich Feuer. Was auch die Hitze erklärte, die dem Gesetzlosen angeblich so zu schaffen machte.

»Bei den Ahnen«, keuchte Gjalar mit erstickter Stimme. »Das kann nicht wahr sein!«

29

Es kündete die Wahrheit, das erfasste Kato stets von Neuem mit einem Blick. Das Feuer log nicht. Niemals. In der maßlosen Gier und seinem endlosen Zorn war es ehrlicher als jeder Mensch. Schamlos hungrig.

Ich brauche einen Schnaps, dachte er und fingerte wieder nach dem Fläschchen, doch bei Gjalars Ausruf fuhr er zusammen.

»Bei den Ahnen«, ächzte der Zwerg. »Die Große Halle des Schmiedevaters und die Handwerksstuben. Alles verschwunden. Alle Stände, alle Häuser, Ambosse, Drehbänke, Steinmetzhöfe. Gänzlich dahin, alles!«

Hier erhoben sich also die Reste einer Markthalle, die verbunden gewesen war mit einem der Haupttempel und den Buden und Läden der Drazok Dhar. Was immer dieses mächtige Stützengebilde unter der Zugangsgalerie bedeutet haben mochte, auf der sie bis auf den Zwerg jetzt standen, nun war es nichts mehr als ein See aus geschmolzenem Gestein. Die Glut reichte bis zur Decke der Halle hinauf, die Streben und Säulen, die sie stützten, glommen wie Eisen frisch aus der Esse. Inmitten des Sees tummelten sie sich, jene sechsbeinigen gewaltigen Urwesen, gegen die Kato zuvor gekämpft hatte.

»Salamander«, murmelte der Magier.

Es waren etliche der Feuergeister, ein regelrechtes Gewühl. Die Kolosse schenkten den Gestalten auf der hoch gelegenen Galerie keine Beachtung. Sie tummelten sich, schwammen durch flüssiges Metall und Gestein. Die Geschöpfe erklommen Wände. Manche von ihnen tollten mit anderen umher, ausgelassen wie Tierkinder.

In gewisser Weise sind sie das ja auch, dachte der Magier bei sich. *Was beim Feuer habt ihr hier zu schaffen?* Ihre rohe Kraft summte wie ein gewaltiger Wespenschwarm in Katos Ohren.

Der gewaltige Portikus wurde von den Statuen der Zwergenschmiede getragen, Dutzende Klafter hoch und in Marmorschürzen gehüllt. Ihre gestrengen, leeren Augen in hehrer Büstenweise schauten auf das unwürdige Treiben herab, die Mienen versteinert, die Fußknöchel und Stiefel rot glühend. Wann sie einstürzen würden? Kato kannte das Feuer besser als jeder andere, es war erst sein schlimmster Feind und dann sein einziger Freund gewesen, wenn man von Kincaid absah. Allein das Fortbestehen des brennenden Bauwerks, gestützt von diesen Statuen, legte beredtes Zeugnis über die hohe zwergische Baukunst ab.

»Das sind mindestens zwei oder drei Dutzend«, staunte Bowden mit gedämpfter Stimme. Es war lange her, dass Kato den früheren treuen Kameraden so hatte sprechen hören. Wenig vermochte den Mut des Paladins zu erschüttern. Zumindest hatte Kato das immer gedacht, bis zu jener Nacht, in der die Ereignisse über sie hereingebrochen waren.

Kato sammelte kurz seine Gedanken. Er hob die Hand, schloss die Augen und lauschte. Die vertraute Melodie kosmischer Sphären erklang, durchdrang jeden Quadratzoll der Schöpfung hier unten. So deutlich, als wäre er nicht Hunderte und Aberhunderte Schritte tief unter der Erde zwischen all den abschirmenden Schichten aus Quarz, Mineralien und alchemisch reinem Grundwasser.

»Zählung: Es sind genau einhundertundvier von ihnen«, antwortete Kato dem Paladin, eingefühlt und ausgerichtet auf jedes urzeitliche Flammenherz. »Und ihre Quelle lodert dort hinten.« Er deutete auf das einzige Bauwerk neben den

Gewölbeträgern, die das Inferno ebenfalls überstanden hatte. Auf der anderen Seite der mächtigen Halle erhob sich ein gewaltiges Tor, das an alte Bauten aus Triliten erinnerte. Das waren mächtige Dolmen, wie sie die frühen Menschen lange vor der Diaspora zu Steinpforten in Kreisen aufgeschüttet hatten. Doch dieser Aufbau zeigte sich in weitaus beeindruckenderer Größe.

Von diesem Tor – oder was immer es vorstellen mochte –, das selbst aus so großer Entfernung immer noch gewaltig wirkte, ging enorme Hitze aus. Eine Kraft, die jeden Knochen, jede Faser, ja, jeden Blutstropfen in Kato Tamasine mit der Erinnerung an jene ersten Jahre seiner Ausbildung überflutete. Ungebändigte, rohe Macht des Feuers. Sie erfüllte jeden Winkel seines Körpers und seiner Seele, ließ ihn das Sein und die Schrecken seines Lebens vergessen.

Ausnahmsweise brauchte er keinen Schnaps, sondern war seltsam im Reinen mit sich. *Wie lange ist es her, dass wir uns so gefühlt haben, alter Knabe?*

Obschon der übermächtige Torturm so weit entfernt auf der anderen Seite der Tempelhalle lag, vermochte Kato jede Rune auf dem Aufbau zu erkennen. Sie standen so deutlich hervor, dass sie sich förmlich in seinen Blick brannten. Doch selbst er, als einseitig begabter Meister ganz auf das Feuerelement eingeschworen, vermochte keines der Zeichen einzuordnen, geschweige denn zu lesen oder seinen Sinn zu entschlüsseln.

»Hohe Runen«, murmelte er. »Von den Ahnengöttern der Drazok Dhar höchstselbst aus den Höhlen des Schmiedevaters Kurzukhuun nach seinem Verschwinden zum erwählten Volk zurückgebracht. Keines Menschen oder Elfen Auge darf sie erschauen. Und doch dürfte so mancher Fürst der Riesen von ihrer Macht gekostet haben, wenn eine davon auf die Spitze eines Speerschleuder-Geschosses geritzt wurde, scharf genug, in die Wirklichkeit selbst zu schneiden.«

»Das kann nicht wahr sein«, wiederholte Gjalar in blanker Verzweiflung. Die Stimme des Zwerges überschlug sich in ihrem Jammer und erreichte Höhen, die Kato bei ihm nicht für möglich gehalten hätte. Der Barde raufte sich die

Haare, griff in seinen Bart, wie um ihn sich auszureißen, hielt aber im letzten Moment inne. Stattdessen zog er wie wild an seinen Ohren.

»Ich hätte es selbst nicht geglaubt, so etwas einmal zu Gesicht zu bekommen. Dann auch noch Dutzende dieser Runen, die sich in großem Zug um den Torbogen ziehen. Was ist das für eine Art des Bauschmucks?« Kato murmelte eher, als dass er sprach. Er war in Gedanken versunken. Es schien offenkundig, dass sie der Lösung des Rätsels nahe waren.

»Was kann nicht wahr sein, Unterirdischer?«, fragte Tanaqui nach. Erst jetzt merkte Kato, dass ihn die Wüstenelfe mit tadelndem Blick musterte. Offenkundig hatte er den Zwerg falsch verstanden, der mit aufgerissenen Augen entgeistert auf das Schauspiel aus Feuer, Glut und gewaltigen sechsbeinigen Echsenmonstren blickte. Augen, die vor Unglauben und Qual in Tränen schwammen.

Was hat der Krieg aus mir gemacht, dass selbst das Offenkundige mich nicht mehr anrührt? Er hat hier seine Verwandten erwartet, die in die Sicherheit dieser Tempelhalle geflüchtet wären.

Betreten warf der Lohenmagus einen Seitenblick auf Tanaqui. Ihre Miene war ein wenig milder geworden.

An wen erinnert sie mich nur? Das fragte er sich schon länger. Genau besehen beschäftigte ihn das, seit Tanaqui das glücklose Dunkelfall betreten hatte.

Die Wüstenelfe legte eine tröstende Hand auf die Schulter des Zwerges, der dies geschehen ließ. Allein die Geste zwischen den beiden Nichtmenschen sprach dafür, wie mitgenommen Gjalar sein musste. Trotz der Hitze erschauerte Kato.

Aus dem Schutz der Kapuze heraus musterte er Bowden. Ausnahmsweise gebärdete sich sein alter Kamerad nicht, als wäre er Herr der Lage. Limbo hielt sich von den anderen fern. Er richtete die Blicke mitnichten auf die Salamander. Mit einem seltsamen Ausdruck, der Kato auf dem Bingenaufzug und vor dem Kampf gegen den Riesen aufgefallen war, starrte der Vagabund wie ein Besessener im Wechsel auf die Hohen Runen und das glühende Binnenmeer. Dabei leckte er sich die Lippen.

Wer bist du, mein Freund?

Als hätte ihn Limbo gehört – vielleicht hatte er das, vielleicht vermochte er das? –, fuhr der Gesetzlose zusammen. Ein schuldbewusster Ausdruck trat auf seine Züge, den Kato von einem Leben auf der Straße allzu gut kannte. So sahen auf der Tat Ertappte aus.

Kato öffnete den Mund, da trat Gjalar einige Schritte nach vorn, auf eine Marmorstiege zu. Eine übliche breite Tempeltreppe, die tief hinunterführte, wenn auch für die Beine von Zwergen ausgelegt. Doch leckte schon an der ersten von etlichen Stufen bereits flüssige gelbrote Glut.

Gjalars Bewegung war mehr ein Taumeln als ein Gehen. Ein Mensch wäre wohl gestürzt.

Bowden war schneller zur Stelle als Tanaqui, obwohl ihre Hand gerade noch auf der Schulter des Zwerges gelegen hatte. Der Paladin packte zu, riss den Zwerg zurück.

»Was glaubst du wohl, was du da tust, Meister Barde? Willst du dich ins Unglück stürzen?«, zischte der Paladin, besorgt, die Armada der Feuerwesen nicht auf sie aufmerksam zu machen.

»Was ich tun muss! Sie warten irgendwo hier. Sie müssen hier verborgen sein.« Der Zwerg fuhr zu ihnen herum, die Augen schwammen in Verzweiflungstränen, die Zähne hinter den dichten Barthaaren mahlten. Kato kannte diesen Blick von Soldaten und Opfern aus dem Krieg. Nur hatte er noch nie einen Zwerg in solch einer Verfassung erlebt.

»Und du denkst, du müsstest dich dafür in einen See aus flüssigem Metall werfen, du Narr? Wie willst du deine Lieben umarmen? Als Pfütze und Kohle!?« Die Stimme Bowdens klang aufgebracht vor Sorge.

Allein der Tonfall versetzte Kato einen Stich. Es hatte eine Zeit gegeben, da hatte sein Kamerad noch ihn angeherrscht. Damals, Jahre nach dem magischen Unfall, der alles verändert hatte. Es war Bowden gewesen, der die Männer und Frauen im Trupp ertüchtigt, die Kameraden zur Ordnung gerufen und über den abgemagerten Straßenjungen mit der flammenden Haut gewacht hatte. Den Sonderling. Die Laune der Magie.

Bowden hatte das Feuer gezähmt und ihn seinerzeit beruhigt, während die Nacht voller Augen gehangen hatte, der Tod unter den alles verhüllenden Umhängen der Messerohren lauerte und einen allzu rasch ereilte. Kato hatte ihn dafür geliebt. Als Freund, als Waffenbruder. Für einige Herzschläge war dieser Mann zurückgekehrt, sein weiser, aber unerbittlicher Kamerad. Nur galt seine Sorge nun Gjalar.

»Soll ich hier herumlungern und Däumchen drehen? In der Stadt hält sich niemand mehr auf. Ich habe mein Volk hier erwartet ... und finde diesen Skitjakak vor.« Der Zwerg fluchte.

Limbo hob neugierig die Brauen. »Muss ich dir dieses Wort jetzt wirklich erklären?«, deutete Kato stumm mit der Fingersprache an.

»Kannst du uns herüberbringen, bevor sich der Meister trostlos verdampft?«, gab der Vagabund seinerseits mit den Händen zurück.

Kato nickte bedächtig. »Vielleicht«, sendeten seine Finger. »Die Frage ist, ob wir das wirklich wollen«, sprachen sein Gesichtsausdruck und seine innere Stimme. Auf der anderen Seite warteten Antworten, die Kato heiß begehrte. Doch ahnte er, dass sie dem Zwerg weiteres Unheil verhießen.

»Meister Barde, du weißt nicht, ob sie sich nicht doch noch irgendwo verkrochen haben.« Bowden sprach weiter mit einer Güte, die jeden außer Kato verblüffen musste. Der Paladin ließ sich auf ein Knie nieder, wobei Rüstplatten auf Zwergengranit krachten. Bei dem Hall fuhr er zusammen, packte den Zwerg dennoch mit beiden Händen in einer befremdlich vertrauten Geste an den Schultern und blickte ihm fest ins Gesicht. »Wir finden deine Familie, deinen Clan. Wir werden weiterhin nach ihnen suchen, allein schon deshalb, weil ich meiner Königin und unser aller Gott diesen Schwur zu ihrem Schutz geleistet habe. Aber du musst dich zusammenreißen, hörst du?« Bowden hob den Kopf, blickte auf die Mitstreiter und betrachtete dann besorgt die Feuerwesen.

Kato bedeutete ihm mit der Hand am Ohr und einem Kopfschütteln, dass die Wesen nicht auf die Weise hörten, wie der Paladin es befürchtete. Die Sphärenmusik aus den Reichen der Götter zwischen den Sternen legte sich über ihre gesamte Wahrnehmung. Diese waren Urwesen von der Ebene des Feuers. Fleischgewordene Eigenbewegung, der Funke der Schöpfung. Menschlicher Lärm störte sie nicht. Sehr wohl aber, was sie sehen konnten.

»Aber Gjalar hat recht«, beschied Tanaqui wenig hilfreich mit einer Stimme völliger Sicherheit. Es war die Stimme einer Jägerin, die seit Langem verstanden hatte, warum Mungos oder Bären ihre Beute nicht mit einem Biss töteten, sondern manchmal ohne Erlösung qualvoll lebendig fraßen. Dass die Natur keinen Unterschied des Erbarmens kannte und man sich mit manchen Widrigkeiten abfinden musste. All das lag eingeschlossen im Geist eines Geschöpfs, dessen Lebensspanne die eines Menschen oder Zwerges weit überstieg, das eigentlich ewig leben konnte. »Ich habe hier unten niemanden gehört. Eigentlich müssten es Hunderte, ja, Tausende Unterirdische sein. Ich entdecke keinen einzigen. Hinzu kommt das, was der Jötun gesagt hat.«

Der hatte wahr gesprochen, da war sie sich gewiss.

»Kann hier einmal jemand so reden, dass man das als dummer Mensch versteht?«, fragte Limbo.

»Sie meint den Riesen«, erklärte Kato. Er richtete den Blick unverwandt auf das gewaltige torartige Bauwerk auf der jenseitigen Hallenseite. »Wenn hier noch irgendwo Zwerge versteckt liegen, dann dort drüben. Aber da kommen wir nicht hinüber. Nicht so ohne Weiteres.«

»Was soll das heißen?« Gjalar fasste Hoffnung und blickte Kato fragend an.

Statt zu antworten, wandte sich Kato an seinen Wachhund Bowden.

Der Gotteskrieger schwieg für einen Moment. Seine Kiefermuskeln arbeiteten. »Kannst du uns dorthin bringen, Deserteur? Ohne dass sie uns sehen?«, fragte er schließlich.

»Ich weiß nicht, was mich mehr beleidigt, diese dauernde Beleidigung oder die Tatsache, dass du schon bezeugt hast, was ich vermag. Und dann stellst du so selten dämliche Fragen, dass Meister Schwarte dagegen wie ein Gelehrter wirkt.«

»He!«, begehrte Limbo auf. »Ich habe auch Gefühle und so etwas. Glaube ich zumindest. Müsste meine Eltern finden, um sie zu fragen. Aber dann hätte ich Besseres zu tun, als zu reden.«

»Gold ist zumindest kein Gefühl und Gier eine Sünde«, sagte Bowden, ohne den Gesetzlosen anzublicken. »Ebenso wie Ungehorsam gegenüber deinen Älteren oder die Androhung, ihnen Schaden zuzufügen. Du hast dir drei weitere Tadel von mir eingehandelt, Bursche. Mach nur so weiter!«

»O nein, Herr! Bitte alles, nur keine Tadel. Was soll jetzt aus mir werden?« Der Vagabund kickte einen Stein in die Glut und grinste breit. Dann fuhr er so zusammen wie Bowden zuvor. Kato beachtete ihn gar nicht. Diese Störung reichte ebenfalls nicht aus, die Salamander auf sie aufmerksam zu machen.

»Du weißt, was du beizutragen hast, wenn ich uns hinüberbringen soll«, stellte er stattdessen Bowden gegenüber fest. Er hielt den Blick ruhig und offen, verzog die Lippen ausnahmsweise nicht zu einem schiefen, sondern zu einem ehrlichen Lächeln. Zu seiner Verwunderung stellte er fest, dass er die offene Freundlichkeit ernst meinte. Obwohl es nicht sichtbar wurde – wenn es denn je mehr gewesen war als reine Gaukelei der Schuld –, hörte er das verbrannte Mädchen in verächtlichem Tonfall seine berechnende Art verurteilen.

Nichts da, dachte er.

»Was meint er?«, fragte Tanaqui, an Bowden gewandt. »Was meinst du denn?«, richtete sie sich schlicht an Kato, als sie keine Antwort erhielt.

»Der Deserteur meint« – Bowden betonte jede Silbe der Schmähung –, »ich solle ihm gestatten, seine wahre Macht zu entfesseln.«

»Kannst du ihn denn davon abhalten?«, fragte Limbo, der ein Ohr spitzte. »Willst du sagen, dass man seine Kräfte unterdrücken kann? Warum sollte er das zulassen? Äh, Herr …«

Bowden überging ihn und wandte sich an Kato. »Du weißt, was deine Macht vor deiner Verurteilung angerichtet hat. Du bist dir messerscharf bewusst, wie ich mit dir verfahre, und es entsteht bei mir der nicht geringe Eindruck, dass du mehr deiner Kräfte nutzt, als mir lieb ist.« Es waren Bekräftigungen, keine Fragen.

»Ganz und gar. Aber du musst mir vertrauen, Bowden. Vergiss nicht, ich kann dich nicht mitnehmen, wenn wir diesen Feuersee überqueren!«

Die Miene des Paladins wurde noch grimmiger als sonst, wenn dies überhaupt möglich war. Forschend durchdrangen seine Blicke jeden Zoll von Katos Gesicht, so als wolle er alles Falsche ausmerzen, bis der wahre Mensch übrig blieb.

Was immer Bowden Verdian hinter Katos Stirn fand, es überzeugte ihn. »Also gut. Wir haben keine andere Wahl. Wenn die Zwerge doch noch irgendwo zu finden sind, ist dies auf der anderen Seite des Feuers zu erwarten.«

»Ha!« Gjalar schlug sich mit der Faust in die Handfläche. Alles an dieser Bewegung sah aufgesetzt und seltsam falsch aus. Kato wusste nicht, ob dies vielleicht daran lag, dass der Zwerg den neu gefassten Mut nur vorspielte.

»Wer auf die andere Seite will, stellt sich neben mich.« Kato trat einige Schritte auf den Lavasee zu und vernahm einen erschrockenen Aufschrei. Erst jetzt begriff er, dass er wie ein Wassermagier auf die dritte Stufe der Marmortreppe hinuntergestiegen war und in den dünnflüssigen Ausläufern des Magmasees stand.

»Nicht so schnell!«, begehrte Bowden auf. Er musterte die Elfe. »Du weißt, was er deinem Volk angetan hat, genauso wie ich. Hier ist mein Gelöbnis. Legst du Hand an ihn, während ich ihn nicht behüten kann, stirbst du im Namen des Architekten.«

Tanaqui schwieg. Statt zu antworten, griff sie sich hinter den Nacken und entwand ihre Schleier. Dabei schenkte sie Kato einen seltsamen Seitenblick, so als warte sie auf etwas.

Limbo gab ein kurzes Ächzen von sich, als ihr marmorbleiches Antlitz enthüllt wurde, wunderschön und vollkommen fremdartig. Knochig und zu schmal für menschliche Vorstellungen, leicht nach innen gewandte Wangen, eine Haut wie die Kreuzung der Rinde einer Birke und makellosem Marmor. Ein Wald aus schlangenartigen Aschelocken und Augen aus blinkendem Eis.

Kato zuckte zusammen. Das Gefühl, sie zu kennen, wurde endgültig zur Gewissheit. Damit verband sich allerdings keine Erinnerung.

Sie teilte die fein geschwungenen Lippen zu einer Erwiderung. Entblößte dabei makellose Zähne, obschon es viele mehr und dünnere als bei einem Menschen waren. Noch dazu prangten Reißzähne dazwischen.

Bowden hob eine Hand und gebot ihr Ruhe, jedoch nicht unfreundlich.

»Ich bin noch nicht fertig«, erklärte er, und sie hielt inne. »Wenn jedoch der Deserteur zu singen anfängt und einen von euch dabei ansieht ... ich bin mir sicher, du hast Vertreter seiner Art im Unwerthkrieg oft genug erlebt. Dann gilt das Umgekehrte, und er will euch gegen jedes Recht töten. Ich hingegen brauche einen verlässlichen Bewacher auf der anderen Seite dieses Sees und muss die Bürde einem erfahrenen Kämpfer übertragen, weil ich sonst meinen ritterlichen Schwur breche.«

»Das fällt dir gewiss nicht leicht«, vermutete Tanaqui.

Kato sah, dass sein ehemaliger Freund und Kamerad dreinblickte, als marschiere er inmitten eines Trauerzugs.

Er musste kichern. *Irgendwie hat er ja recht. Seine Laufbahn im Tempel geht mit meinen Fehlern den Bach hinunter.*

»Es wird entweder so geschehen, oder es geschieht gar nicht, und wir kehren zurück. Niemand kann das wollen«, verkündete Bowden.

»Ich werde es tun«, meldete sich Gjalar mit Festigkeit in der Stimme.

»Nun, vielen Dank auch, mein Herr«, bemerkte Kato säuerlich.

»So wie bei dem Riesen, Meister?«, warf Limbo ein, was ihm böse Blicke von fast allen Seiten einbrachte. »Ich meine ja nur.«

»Nicht schlecht, Anhängsel. Da wir gerade dabei sind: Wo warst du da eigentlich?«, gab der Zwerg zurück. »Ich dachte, du hättest geschworen, mir bis in den Tod zu folgen, bis deine Schuld beglichen ist. Oder war das nur Gewäsch? Gerettet hat uns am Ende wohl dieser mysteriöse elfische Verfolger, von dem der Schamane der Jötnar sprach. Ein *Gestaltwandler*, wie er ihn nannte.«

»Du kränkst mich«, zeterte Limbo geziert, das Gesicht im Schatten verborgen. Doch Kato sah, dass unendliche Traurigkeit aus dem Blick des Vogelfreien sprach. »Einer hätte aus dem Schutz der Dunkelheit heraus darauf achten müssen, ob euch etwas Schlimmes widerfährt. Um Verwundete aus dem Weg zu ziehen und so etwas. Ich habe meine Vorzüge, aber ich muss sie nicht alle preisgeben«, beharrte er.

»Genug davon!«, bellte der Paladin. »Ihr bringt ihn einfach alle gemeinsam um, sobald er sich gegen euch wendet.«

»Wir haben gar keine andere Wahl«, sinnierte Tanaqui.

Kato spürte, wie die Wut in ihm anwuchs. »Vielleicht veranstalten wir einen kleinen Wettstreit, wer mich dafür in feinere Stücke schneiden darf, dass ich diese zusammengewürfelte Meute über einen Feuersee trage wie ein verdammter Lastkahn mit Eishülle. Ich bin eure einzige Möglichkeit, dort hinüberzukommen. Vorschlag: Wollen wir erst noch ein Münzwerfen über den Mord an mir veranstalten?«

Er gab den anderen mit einem Wink zu verstehen, dass sie herüberkommen sollten. Tatsächlich störte er sich an seiner eigenen Empfindlichkeit. Er wusste nicht, warum er das Vertrauen dieser Gestalten begehrte, von denen noch dazu mindestens zwei gar keine Menschen waren. Vielleicht lag es an den Wunden der Vergangenheit zwischen ihm und den alten Völkern. Dass ihn verfolgte, was er so vielen von ihnen angetan hatte. Vielleicht war er einfach nur einsam. Am Ende war es gleichgültig.

Kato Tamasine fühlte sich für einen Moment wieder nützlich.

Doch er wusste, dass er schon bald einen Schnaps brauchte. So stand es nun einmal um ihn.

Die Wüstenelfe nickte dem Paladin grimmig zu. Warum sie sich enthüllt hatte, darüber konnte Kato gleichfalls nur Mutmaßungen anstellen. Nun, da sie sich der Glut des Feuers näherte, wand sie ihre Tücher erneut mit ebenso geübten wie kunstvollen Handgriffen um den Körper und war binnen kürzester Zeit wieder verhüllt.

»Haltet Abstand, eine Armlänge! Ich will nicht, dass ihr euch verbrennt«, gebot er, während er bis zu den Knien einmal mehr in der kochenden Schlacke stand. Er hatte sich längst an solch drastisches Handeln gewöhnt, seit jener Nacht, da sich das Kontor seines Vaters in einen Feuerball verwandelt hatte. Da hatten der Rauch und der Nachtwind Katos ganze Familie mit sich genommen.

Die Blicke der anderen verrieten ihm, dass selbst in einem Inselreich wie Selachis, welches den Mirvaali geboren und beeindruckende Geschöpfe hervorgebracht hatte, als abwegig galt, was Kato da unternahm. Dass sie vor weniger als einer Stunde einen Riesen gefällt hatten, der über Zauberkräfte gebot, erstaunte sie weniger.

Selbst die Elfe, deren Haut mit Zauberzeichen beschrieben war, starrte ihn gebannt an, wie er da einem Krabbenfischer in der Morgensonne gleich in brodelndem Magma stand.

Er zögerte das Warten nicht länger hinaus, wohl wissend, wie fremdartig sein Gebaren auf jemanden wirken mochte, der kein Magier war. Stattdessen nickte er Bowden zu.

Der Paladin sagte nun Sprüche auf, die in den Ohren Katos klangen, als zerkratze jemand mit den Fingern aus blankem Stahl eine Tafel oder einen Spiegel. Für einen Moment wurde das Kreischen unerträglich. Dann war es, als würde der Damm, den er hier unten seit geraumer Zeit in seinem Inneren spürte, in einem Mahlstrom aus Hitze hinweggefegt. Die geballte Kraft des Feuers strömte auf ihn ein. Es war, als könne er jeden Moment losfliegen, sich auflösen, in reine Flammen verwandelt.

Er begriff, dass die Macht der Feuersbrunst keineswegs dem See oder den sich windenden Salamandern entstammte.

Es war die tiefste Feuermacht des Tors, die sie speiste. Er kam sich vor wie eine Ameise unter dem Strahl eines Brennglases in der Hand eines grausamen Kindes. Nur dass er eine Ameise war, welche Licht und Hitze trank, sich daran mästete, sich vollsog wie ein Schwamm mit der reinen Kraft urzeitlich gezeugten Feuers.

Er war Flamme.

Er war Lohe.

Er war ein Gott.

Er war tot, wenn er diesen Gedanken nicht sofort Einhalt gebot und wie ein Verzückter zu grinsen aufhörte. Bowden befingerte bereits keuchend sein Schwert.

Mit einer Willensanstrengung, mit der man an einem anderen Tag ein Gebirge bewegt haben mochte, kappte Kato die gefährlichen Gedankenströme. Setzte der Trunkenheit ein Ende. Plötzlich war er unendlich leer und traurig.

Sucht blieb Sucht. Am Ende kam immer der Zusammenbruch. Gleichgültig, womit man sich besoff.

Ich brauche einen Schnaps.

Bowden nickte befriedigt.

Kato summte weiter, riss die Arme hoch und steckte die anderen in Brand.

30

Gjalar gewahrte, wie sich die Flammen ausbreiteten. Mit dem Begreifen setzte zunehmend das Entsetzen ein. Plötzlich standen die Finger in Flammen. Erst einer, dann zwei. Kein Schmerz, nur Feuer. Nicht genug Feuer, um jemanden aus dem Volk der Drazok Dhar zu erschrecken, der in einem Alter in einer Schmiede gespielt und Funken abbekommen hatte, in dem Menschenkinder nicht einmal zu laufen vermochten.

Dann aber griff das Feuer aus. Ein blauer Flämmchenkranz mit orangefarbenen Ausläufern, der die Handschuhe hochkroch. Trotz des Glutwindes hier unten vermeinte Gjalar zu riechen, wie Fleisch und Leder Feuer fingen.

Es war ein Geruch aus der Jugend, mit dem jede hässliche Erinnerung in das Gemüt des Zwerges aufstieg. Der Weg hinab in die Stollen. Die Neugierde. Der Ungehorsam und seine schlimmen Folgen für viele der Zwerge. Die Hitze, als sich der Feuerball durch die Stollen fraß wie ein hungriger Sternmull auf der Suche nach Regenwürmern, alles auf seinem Weg verschlingend.

Gjalar stieß einen jähen Schrei aus, als das Feuer sich über den Körper legte, alles überzog. Die Welt wurde dunkel, das Gefühl zu fallen ergriff Besitz vom Zwerg. Ein endloser Sturz in tiefste Schwärze folgte, wie damals, als die Hitze und ihre Stoßkraft seinen Körper getroffen hatten.

Der Aufschlag. Der Druck in der Brust. Die unfassbaren Schmerzen in einem der beiden Herzen, Schnitte von gesplittertem Glas, wo Rippen gewesen waren. Endlose Qualen, an keine Körperstelle gebunden, eine Welt aus Pein.

Dann der Druck auf den Schultern. *Druck? Auf den Schultern?*

Gjalar öffnete die Augen. Sie befanden sich immer noch in der Halle, doch alles Wahrnehmbare schien von Grund auf verändert. Sie standen auf einer hohen Terrasse auf der Seite gegenüber des Eingangs, viele Dutzend Schritte über dem Magmasee. Die Salamander waren näher gerückt, ihre mächtigen Körper mit der Größe von Bauernhütten tollten unter ihren Füßen umher wie die von zu viel groß geratenen, brennenden Katzen.

Die hinabführenden Stufen, die sich über die ganze Breite der Halle erstreckt hatten, schienen verschwunden. *Nein, nicht verschwunden,* verbesserte sich der Zwerg. Sie waren Hunderte Schritte entfernt. Eine winzige Gestalt in samtgrünen Gewändern hielt auf einem Knie Schwertwacht und beobachtete scharf, was bei ihnen vor sich ging.

»Was zum ...?«, stieß Gjalar hervor.

»Güterverbringung«, hörte er Kato erläutern, der vor ihm stand. »Die erste Übung für jeden Eleven, der das erste Lied vor den Hoheliedern der Magie eines Erzmagisters erlernt hat. Versteht sich so: *Die Hälfte eines* Liedes *beschreybet dein Element, die andere beschreybe, was damit geschehe«,* zitierte er. *»Forme dich, Feuer. Erlisch, Feuer. Töte für mich, Feuer. Trage uns, Feuer.«*

»Ich verstehe davon kein Wort«, beschwerte sich Limbo. »Ich dachte, ich brenne, aber davon war nichts echt.«

»Du branntest sehr wohl«, erklärte Tanaqui. »Aber soweit ich es verstehe – und das ist nicht viel –, hat das Feuer eine gänzlich andere Wirkung gezeigt, als es sie sonst entfaltet hätte. Es hat uns bewegt, statt uns zu verzehren. Durch sein Dasein als Element.«

»Ein Tunnel. Durch das Elementare.« Kato nickte. Zumindest wirkte er wie ein Mann, der auf Verständnis hoffte, und sah sich um. Er begriff, dass sie genau im Schatten des Bauwerks standen, das am besten als ein Tor zu beschreiben war. »Nun lasst uns doch einmal nachforschen. Also, Gjalar, was glaubst du, wo stecken deine Verwandten?«, fragte er einladend, wenngleich geistesabwesend. Der Blick des Zauberers war starr auf den hoch aufragenden Bau gerichtet, begleitet von dem Gesichtsausdruck, den er annahm, wenn er nach seinem Schnaps griff.

Es war ein Mienenspiel, das jeder Zwerg kannte, das feinster Handwerkskunst, dem Anblick von Gold und Edelsteinen vorbehalten war.

Es war blanke Gier.

Sie standen auf der breiten Terrasse vor dem Herzstück des Hochtempels, und Gjalar erkannte mit einem Blick, dass der Magier ihren Weg nicht von sich aus herausfinden würde. Nicht aufspüren konnte. Runenmagie war selten, wurde beileibe nicht für alles genutzt. Unterirdische setzten auf die Geheimnisse der Baukunst, des Handwerks und schlichten Zwergenverstand, um ihre Schätze zu hüten.

»Dort entlang!« Gjalar deutete auf den Schatten zu Füßen des turmhohen Toraufbaus. Dessen Hauptwölbung war von unfassbaren Mengen an Feuer erfüllt. Es loderte wie ein gewaltiges Segel oder ein wallender Vorhang. Dieses Urfeuer überstrahlte die gesamte Terrasse, wobei durch die hohe Einfassung des Herds alles im Schatten blieb, was sich zu ihren Füßen befand.

»Nun sehe ich es«, bestätigte Tanaqui, ohne selbst auf die Stelle zu weisen. »Wenn man weiß, wo es sich befindet. Es ist recht klein.«

»Ich habe keine Ahnung, was ihr meint«, gab Kato zurück.

Mit einem Seitenblick beobachtete Gjalar, dass auch Limbo zur richtigen Stelle blickte, kurz die Stirn runzelte und sich dann Verstehen auf seinem Gesicht ausbreitete. Ertappt fuhr der Gesetzlose zusammen, als er merkte, dass seine Begleitung von der Straße ihn belauert hatte. Gjalar ersparte ihm weitere Peinlichkeiten.

Stattdessen deutete der Zwerg nochmals nach vorn. »Gehen wir! Meinem Finger nach!«

Sie überquerten die prächtige Marmorterrasse, die in Größe und Form eher einem Festplatz gleichkam. Sie war mit kostbarsten Gesteinsarten eingelegt, des Hochtempels würdig.

Katos Schritt war beschwingt, hüpfend wie bei einem Kind. Er wirkte andererseits wie ein Mann, den Blitze getroffen hatten. Nur war er dabei nicht verbrannt, sondern hatte ihre Wirkmacht in sich aufgenommen. Selbst Gjalar, der nichts von Magie verstand, begriff sogleich, dass die Gegenwart der gewaltigen Feuersbrunst und des Lavasees den Zauberer speisten, ihn aufluden.

Kein Wunder, dachte Gjalar bei sich. *Er wird bald erkennen, was das hier ist.*

Sie erreichten den am stärksten im Dunkel versunkenen Teil des Schattens, unterhalb des Herds für das Urfeuer. Selbst als sie noch ganz in die Dunkelheit eingetaucht waren und mit der Nase auf die geheimnisvolle Stelle hätten stoßen müssen, bemerkte Kato nichts.

Gjalars prüfender Blick in Limbos Richtung offenbarte, dass der Vagabund zwar ein tauglicher Dieb, aber bei Weitem der bessere Schauspieler war. Er tat so, als sähe er sich unruhig um und nickte Kato mit wabbelndem Kinn zu.

Es war offenkundig, dass er alle von seiner Unwissenheit überzeugen wollte.

»Was immer Tanaqui da erschaut, ich habe keine Ahnung, was ihr mir zeigen wollt«, sagte der Magier kurz darauf und löste Limbos weiteres Nicken aus. Dieses führte der Strolch in solchem Übereifer aus, dass man fürchten musste, sein Kopf könne abreißen. Wie von Gjalar erwartet, verstärkte Kato seine Lichtkugel mit einem kurzen Singsang. So verbreitete sie einen helleren Schein und beraubte just den Magier damit endgültig der Möglichkeit, die entscheidenden Feinheiten zu bemerken.

»Tanaqui?«, fragte Gjalar.

»Ich könnte schwören, dass es genau hier war, aber jetzt finde ich es nicht mehr«, erklärte die Wüstenelfe. Ihre Verwirrung wirkte echt. Die pupillenlosen Augenschlitze in der Art ihres Volkes waren verengt, durchstießen das Dunkel wie Pfeilspitzen. Sie glühten im schwächeren Widerschein des Tors und der unnatürlich gefärbten Kugel wie bei einer Katze in einem Laternenstrahl.

»Das wäre auch noch schöner. Wir können nicht jeden hier hereinbitten, der unsere Geheimnisse stehlen will. Das Hitzeflimmern, das man aus der Ferne erblickt, verzerrt absichtlich jeden Winkel. Auch das riesige Tor dient allein der Irreführung. Pomp und Bombast, um die Augen abzulenken«, behauptete Gjalar voller Stolz auf die Handwerkskunst seines Volkes. »So bleibt der wahre Eingang verborgen, der noch dazu tief und bewusst bei einem Vorsprung im Schatten liegt. Ach ja, und eine Sache wäre da noch.«

Mit einer Hand wedelte der Zwerg zu dem geheimen Eingang hinüber. Jetzt sah er Katos Begreifen, echtes Erkennen in der Kopfbewegung der Elfe und eine gespielte Verwunderung bei Limbo. Der Eingang war ein Schacht, selbst für einen Zwerg so niedrig gebaut, dass jeder Besucher in Helm und Rüstung an Wände und Decke schrammen musste. Eine viereckige Lücke, als wäre einfach ein großer Quader aus dem Torsockel herausgefallen.

»Ziemlich niedrig«, befand Limbo und klang dabei wie von Einsicht ergriffen.

»Doch nicht weniger klug«, befand der Magier und pfiff durch die Zähne. Ohne einen Blick, ohne Singsang, aufgeladen von der Macht des Feuers, gab er der Kugel lediglich einen Wink. Er ließ sie von rechts nach links schweben und achtete darauf, wie der Schatten, den ihr Häuflein warf, die Türöffnung immer wieder geschickt verschluckte. Die ausgefeilt scharfsinnig angeordneten Schattenränder verdeckten stets das Portal. Machten es nahezu unsichtbar für den, der kein Zwerg war und nicht wusste, wonach da gesucht wurde. »Verdammt gerissen. Und ganz ohne elementare Magie, die bei so viel umgebendem Feuer ohnehin versagen würde«, fügte er tief beeindruckt hinzu.

»Wir können nicht für alles Runen hernehmen. Das Geschenk des Schmiedevaters darf nicht vergeudet werden«, bestätigte Gjalar.

»Ihr könntet aber die Öffnung größer bauen«, stellte Tanaqui in dem ihr üblichen Tonfall fest. Der klang zugleich wie ein Raubtierfauchen und eine sanfte, kalte Melodie.

»Wie dumm wäre das wohl?«, hielt ihr Gjalar entgegen. »Wir würden unsere größte Stärke verschenken, falls jemand eindringt.«

Kato schnippte mit den Fingern. »Die Rüstungshaufen draußen. Ihre Bauweise. Kantig und dabei so kalt wie Bowdens Bett. Lebendige Festungszinnen.«

Statt zu antworten, stellte sich Gjalar halb in den Eingang, zog die Runenaxt. Er richtete sie zu Boden, um sie nicht wie im Kampf zu heben, wollte die Ahnen des Kriegs in den Zauberzeichen nicht wecken.

Er sah Limbo. Da war er, der begehrliche Blick auf die Waffe. Die Zunge des feisten Vagabunden, die wie ein Nager aus seinem Bau hervorhuscht und wieder verschwindet. Zugleich aber die Trauer in den Augen des Mannes.

Der Zwerg trat einen Schritt zurück, in den Geheimgang hinein, und spürte die beruhigende Wirkung unzerstörbarer, schrittedicker Granitwände der Torbasis unter sich, über sich und neben sich. Gjalar machte sich größer, hob den linken Arm, als wäre da ein Turmschild, die Rechte mit der kurzen Axt angedeutet kampfbereit.

»Verdammt schlau. Ein Zwerg hält allein diesen Zugang gegen ein Dutzend Mann. Zehn von denen hintereinander, und sie brauchen Tage, vielleicht Wochen, um durch diesen Gang zu dringen, so wenig wie ihr schlafen und essen müsst.« Kato nickte anerkennend. »Doch was, wenn ich einfach einen Magmastrom aus dem See dort hinauflenke, ihm eine hübsche Form verleihe und ihn hier durchpumpe?«

Statt zu antworten, beließ es Gjalar bei einem geheimnisvollen Nicken. Bei allem Gram musste er sich ein Grinsen verkneifen. Er steckte die Axt weg, wandte sich um und ließ die Begleiter mit einem Wink, ihm zu folgen, hinter sich.

»Ich halte hier draußen Wache, das ist mir zu eng«, wandte Limbo von hinten ein.

Nicht zum ersten Mal zog sich der Vagabund plötzlich aus allem heraus. »Was ist aus deiner Zusicherung geworden?

Von wegen: *Ich schütze dich mit meinem Leben, das schwöre ich?*«, fragte Gjalar über die Schulter zurück. »Hat sich das bereits erledigt?«

Ein leiser Fluch, und der Zwerg hörte, wie sich Limbo in den Laufgang zwängte.

»Du hast meine Frage noch nicht beantwortet«, mahnte Kato.

»Ich habe bereits mehr als genug gesagt«, antwortete Gjalar. »Ich weihe dich wohl kaum in unsere letzten militärischen Geheimnisse ein, Robenträger.«

»Du weißt ganz schön viel über diesen Ort für jemanden, dessen Name Schachtfeger lautet. Für mich klingt das nach einer eher niedrig gestellten Zunft, oder irre ich mich?« Obschon Tanaquis Frage einen Hauch ehrlicher Neugier enthielt, bewirkte der elfische Tonfall sachter Überheblichkeit, dass Gjalar mit den Zähnen knirschte. Da rührte sich Wut auf sie in seinem Inneren. Nur, woher stammte die?

Im Gegensatz zu dem Magier schien es für die Wüstenelfe ein Leichtes, sich durch den schmalen Gang zum Allerheiligsten zu zwängen. Gjalar wusste, dass es von dort aus keinen sichtbaren Ausgang gab. Freilich gab es verborgene Gänge, sollten der oberste Runenpriester und der übrige Klerus fliehen und vor allem Reliquien aus dem Tempelbann schaffen wollen.

»Sollten wir nicht auch von euren Priestern Kleidung oder Ähnliches gefunden haben?«, fragte Limbo.

In diesem Moment fühlte Gjalar einen Stich. Ein seltsames Gefühl in der Brust, das sich zu einem Brennen steigerte. Es griff nach den Gedanken, nach der Seele, breitete sich aus. Eine Form von Hitze, die in der Körpermitte begann und bis in die Fingerspitzen und die Augäpfel zu wandern schien.

Sie kam ihm schlagartig vertraut vor, erinnerte an den verstörenden Magnetismus auf der Landstraße.

Das Ergebnis war unbändige Wut. Sie drang aus der Tiefe nach oben wie etwas, das lange am Grund eines Schachts geruht hatte und gestört worden war.

Ich schwöre, wenn die verdammte Elfe noch einen Ton von sich gibt, dann vergesse ich mich, dachte der Zwerg bei sich.

Da standen plötzlich Bilder vor Gjalars Augen, wie sie zuvor noch nie aufgetaucht waren. Gewalt. Gjalars Hände taten Furchtbares. Blindwütiges Zuschlagen. Er sah sich immer weiter auf sie einschlagen, ohne Mitleid oder Innehalten, während die Elfe, der Magier und der Vagabund längst am Boden lagen.

Alles verschlingendes Rot, unfassbare Hitze, die fraß und immer weiter fraß und sich an Gjalars Zorn nährte, bis alles verschwunden war. Zugleich aber war das Gefühl gedämpft, fand nur Platz in einem der zwergischen Herzen. Wie von Pilzen betäubt, erwachte Gjalar und fühlte sich benommen. Ein Singsang schwebte in der Luft.

»Kommt zu euch!«, murmelte Kato, bevor er das Summen rasch wieder fortsetzte. »Alle.« Tief hockend in einer alles andere als bequemen Haltung, beugte er sich wie die anderen beiden großen Wesen unter die Decke des Gangs.

Erst jetzt erfasste Gjalar, dass er sich an Tanaqui vorbeigedrängt hatte. Die Hände des Zwerges waren in die Gewänder des Zauberers verkrallt, zerknüllten kostbaren Stoff.

Nun ging ihm auf, dass auch die beiden anderen Begleiter entweder auf Kato, ihn selbst oder aufeinander losgegangen waren. Limbos Pupillen schienen winzig, gemessen an der Dunkelheit. Seinen Augen haftete ein kranker Schimmer an, den Gjalar mit seiner farblosen Dunkelsicht nicht richtig deuten konnte. Allerdings war offenkundig, dass die Augen eine besondere Tönung oder Farbe angenommen hatten, welche sich nun wieder auflöste.

Erschreckt legte der Vagabund beide Hände über den Mund, wie um die Zähne zu verbergen.

Tanaqui hielt ein Messer in den Händen und starrte entgeistert auf die Schneide, die auf Gjalars Rücken zielte.

Alle tauschten erregte Blicke. Einzig Kato blieb ruhig und gefasst. Mit enormer Anstrengung hielt er mithilfe seines Gesangs einen magischen Schutz aufrecht, während ihm der Schweiß von der Stirn tropfte. Das Säuseln und Summen seiner Stimme klangen beruhigend, hielten den ungebändigten Zorn auf Armeslänge weg.

»Wenn du mit dem Singen aufhörst, gehen wir aufeinander los, oder?«, meinte Gjalar.

»Sofern ich nicht schnell wieder in den Ton finde«, bekräftigte der Zauberer und unterbrach den Singsang für einige Augenblicke.

Sogleich spürte Gjalar die Wut zurückkehren.

»Die Macht des Feuers, seine reine elementare Essenz, ist hier unfassbar stark. Zu stark. Sein Zorn verschlingt uns. Aber gerade das Übermaß schafft Gesetze, durch die ich darüber gebieten kann. Dennoch: Beeilen wir uns!«, fuhr Kato fort.

Er nahm das Summen wieder auf, und alle setzten ihren Weg fort. Die Menschen krochen Gjalar durch den Schacht hinterher. Nach einer Weile machte dieser einen sachten Knick und wurde abschüssig, führte weiter in die Tiefe.

»Da kommt kein Feuerball durch«, wies Limbo den Magier auf das Offenkundige hin. »Spätestens an der Decke dort vorn dürfte Schluss damit sein.«

Aus den Augenwinkeln betrachtete Gjalar ihre Halbspiegelbilder im polierten Gestein. Wie durchscheinende Zwillinge wirkte jeder des kleinen Trupps an den Wänden, und sie bewegten sich, von dem Zwerg einmal abgesehen, in zunehmend verkrümmter Haltung abwärts.

»Verdammter Flaschenhals!«, maulte Kato, als sein Singsang von einer schmerzhaften Begegnung seiner Schädeldecke mit Gestein unterbrochen wurde. »Feststellung: Ihr solltet besser hoffen, dass ich mich hier nicht selbst in die Ohnmacht befördere. Könnte schlecht für euch ausgehen.«

»Wenn wir so blind vor Wut sind, werden wir wohl kaum vor Bewusstlosen zurückschrecken«, wies ihn Tanaqui freundlich darauf hin.

Der Magier schluckte und stimmte zum dritten Mal seinen Gesang an.

Gjalar schwieg. Die Vielzahl der Gedanken, die auf den Zwerg eindrangen, erstickte jede andere Regung, zog das Denken immer wieder in die Innenwelt. Dass er sich dort nicht einschloss, entsprang dem einzigen Grund, dass er dem tapfersten und starrsinnigsten aller Völker angehörte.

Den anderen Drazok Dhar war er es einfach schuldig, dass sie wiedergefunden wurden. Nichts, was ihn davon abhielt, durfte geduldet werden.

Doch je weiter sie kamen, desto mehr nagten die Vorahnungen und Ängste an Gjalar, füllten seine Beine bis zu den Knien mit Blei. Jeder Schritt wurde zur Qual, jeder neue Gedanke zog und dehnte sich unter der Last des nächsten, und alle besagten, was schreckliche Gewissheit in ihm geworden war: Er würde niemanden finden.

Herzschläge später erhielt der Zwerg die Bestätigung.

»Da sind ja die Gewänder dieser Betbrüder«, meldete sich Limbo. »Au, verdammt!«

Nur beiläufig sah Gjalar den Rippenstoß, den Tanaqui und Kato dem Vagabunden nahezu einmütig versetzten.

Gjalar hatte das Gefühl zu fallen. Niemand war mehr hier, und es gab auch keine Spuren, als wären Hunderte Zwerge mit Kohlestaub in den Bärten oder in geschwärzter Bergwerkskluft hier durchgehastet.

Dem Brauch nach trugen die Runenpriester des Schmiedevaters freilich niemals Schuhe, in Ausnahmefällen von schlichten Sandalen abgesehen. Die Fußsohlen sollten Erz und Stein so nahe wie möglich sein. Nichts verriet, welchen Weg sie nahmen.

Doch man sah auch keine einzige Stiefelspur.

Es war der endgültige Beweis.

Gjalars Familie war verschwunden.

31

Kein einziger Zwerg lebte noch in dieser Stadt. Ein Edikt des Hochkönigs befahl, dass sich alle Zwerge im Fall einer Belagerung oder eines feindlichen Angriffs bei einem Rückzug an diesem Ort versammeln sollten.

»Niemand hier. Sollten wir nicht noch in deinem Heim nachschauen? Deine Familie hat doch gewiss ein Haustier, Meister Trou... Barde.« Limbo sprach aus, was Gjalar befürchtete, seit er oben zum ersten Mal vernommen hatte, dass die Wächter seit Tagen, wenn nicht Wochen keinen Zwerg mehr zu Gesicht bekommen hatten.

Für einen Moment drehte sich alles im Schwindel, bis Tanaquis Finger auf den Schultern des Zwerges liegen blieben. »Es nutzt uns allen nichts, wenn du jetzt den Zusammenhalt deines Geistes verlierst«, flüsterte sie in den ältesten Mundarten der Alten Völker, die nicht einmal der Magier beherrschte. »Noch wichtiger: Du nutzt dir selbst nichts. Bewahre Ruhe! Wir finden einen Hinweis, wohin sie verschwunden sind.«

Gjalar schluckte und blickte zu der Wüstenelfe auf. Nickte bedachtsam und brachte an Haltung auf, was immer sein Inneres noch hergab. Die Hand verkrallte sich um den Griff der Runenaxt. Zum ersten Mal nahm der Zwerg das Allerheiligste des Hochtempels von Kurzukhuun mit wachem Sinn auf.

»Was hat sie gesagt? Was hast du gesagt?«, fragte Limbo, erst an Kato, dann an Tanaqui gewandt.

»Nichts, was du verstehen könntest«, antwortete die Wüstenelfe anstelle des Magiers. »Dir fehlen schlicht die geeigneten Ohren dazu, Vagabund. Zu wenige Stimmbänder schaffen auch nicht gerade Verbesserung. Du stammst vom Affen ab, wenn man den huldvollen Weisheiten der Hochelfen glauben mag. Eure Götter haben euch aus dem gemacht, was sie gerade zur Hand hatten.« Ihre Stimme blieb gleichförmig, sodass offenblieb, ob sie spottete.

»Aha. Nun denn«, staunte Limbo und lächelte geheimnisvoll.

Gjalar war dankbar für ihre Frotzeleien und konnte sich des Gedankens nicht erwehren, dass sie vor allem einem Zweck dienten: ihn, den verwaisten Zwerg, abzulenken. Er blickte sich um. Das Heiligtum war eine grob achteckige Rotunde, die sich zum Rundschacht verschliff und nahezu ewig nach oben fortsetzte.

Sechs zwergische Mannshöhen über ihnen wuchsen zwei kunstvoll gearbeitete Drachenschädel aus dem Granit der Wände hervor. Jeder davon trug eine ebenso fein mit Intarsien und Runenarbeiten verzierte Kette an einer Öse am Kinn. Gehörige Mengen an Qualm wogten aus ihren Nüstern.

Ein schmuckloses Becken beschrieb einen Ring inmitten des Allerheiligsten. Ihn umgaben runde Werkbänke, aus derbem Eisenholz errichtet. Abseits stand der Altar in Form eines beispiellos alten, geehrten und von Myriaden Schrammen bedeckten Ambosses. Gjalar beachtete jenes Schmuckstück wenig. Denn im Ringbecken der Esse loderte von je das heißeste und hellste Feuer, das Gjalar je kennengelernt hatte. Und nun, da er wieder ganz wach war, traf ihn ein weiterer Schlag.

Denn zugleich loderte dieses Feuer nicht. Es flackerte und flottierte in seiner Kraft zwischen der Rotunde und einem Herd anderswo. Gjalars Blick schweifte zu dem Magier hinüber, der fortwährend inmitten der Drachenschädel, der göttlichen Symbole auf Ketten und Amboss, des Ringbeckens und der Geisterflammen hin und her tanzte. Das linke Augenlid des Magiers zuckte dazu. Er wirkte wie ein Mann angesichts einer Botschaft, die sein Leben für immer verändern sollte.

»Verschon mich mit dieser Wahrheit!«, unterbrach er für einen Augenblick das Summen. Zum allerersten Mal, seit Gjalar den Menschling getroffen hatte, war jede Form von Wärme, Humor oder zynischem Spott aus Katos Stimme verflogen. Mit blankem Zorn deutete der Lohmagier auf das Schmiedebecken und das unwirkliche Flackern des Feuers, das seine übernatürliche Natur preisgab. »Sag mir nicht, dass das eine von *ihnen* ist! Sag mir nicht, sie sind mehr als eine Legende! Sag mir nicht, *die hier* ist seit ewiger Zeit unbewacht und lodert so vor sich hin!«

»Ich ...«, hob Gjalar an, schloss aber den Mund wieder. Er ahnte, worauf Kato hinauswollte, doch die tiefsten Mysterien des eigenen Volkes nicht zu kennen, war ein Mal der Schande. »Ich weiß es nicht. Das hier habe ich noch nie gesehen, als ich noch ... als ich ...«

»Was ist das?«, fragte Tanaqui, die ebenso gebannt in das Flackern der Esse stierte wie Limbo. Da war er wieder, dieser Blick, den der Vagabund auf der Landstraße und auf dem Bingenaufzug zur Schau gestellt hatte, die Zunge, die hervorzuckte. Gedanken hinter seiner Stirn, die rasch arbeiteten.

»Sag es ihnen!«, befahl Kato und begann seinen Singsang aufs Neue, wohl wissend, was bei einer langen Unterbrechung voller Erklärungen geschehen mochte.

»Das ist eine der Götterschmieden«, erklärte Limbo zu ihrer aller Überraschung, ohne den Blick von den unnatürlich heißen, weiß glühenden Kohlen zu lösen. »Vor der Diaspora, während der Zeit des Höchsten, lange bevor die Götter sich zerstritten haben sollen, gab es einige davon. Damals waren die Drazok Dhar ihre Hüter. Doch war es ihnen untersagt, sie mitzunehmen, als unser aller Vorfahren beschlossen, gen Selachis zu segeln und für ihre Lieben in der Heimat das neue Land zu erschließen. Das liegt nun ein Jahrtausend zurück. Die Hochelfen des Alten Kontinents wollten nicht, dass diese überaus mächtigen Kultfeuer bei der Überfahrt in falsche Hände gerieten oder die Flotte niederbrannten, heißt es.«

»Für einen Mann, der nicht weiß, wie ein Stück Seife von Nahem aussieht, bist du recht belesen«, hielt Gjalar fest, fast schon weise. Nun, da ihm bestätigt worden war, welches Heiligtum vor ihnen stand, färbte Ehrfurcht jede Silbe seiner Sprache. Ebenso wie Anklänge blanken Grauens vor der zügellosen Macht dieser Flammen.

»Wer auf der Straße lebt, der muss sich irgendwie die Zeit vertreiben, wenn er Schmiere steht oder bettelt«, gab Limbo mit einem Achselzucken zurück.

Blicken und Körperhaltungen nach glaubte ihm keiner der Mitstreiter ein Wort.

»Die Flotte niederbrennen ...« Kato schmunzelte, während er quäkend nasal weitersummte. »Die größte Untertreibung in Jahrhunderten. Klarstellung: Mit diesen Flammen kann man einen Berg zum Vulkan geraten lassen.«

»Ich kenne die Legenden«, wusste Tanaqui. »Die Zwerge, Hüter der ewigen Flamme. *In ihrer Verantwortung liegt es, das Einfließen der Elemente.*«

»Jetzt verstehe ich die Bedeutung«, bekräftigte Gjalar. »Doch davon wusste ich damals nichts. Als ich zuletzt auch nur zu Gast im Haupttempel war, galt ich selbst nach den Maßstäben der Menschlinge noch als Kind. Das war, bevor ich ... ging.«

»Bevor du gegangen wurdest«, stellte Limbo richtig.

»Ja. Bevor man mich verbannte, genau, wie die Männer oben gesagt haben. Dass das eine der heiligsten Schmieden der Drazok Dhar sein muss, war mir schon bekannt. Der Runenpriester hat es allen Kurzbärten und Lehrlingen eingeschärft wie der Wetzstein der Axt. Aber dass es eines der Götterfeuer sein soll, wusste ich nicht.«

Sie vernahmen ein Krachen zu ihrer Linken. Ungläubig beobachtete Gjalar, wie Kato die Knie versagten. Der Magier hockte mit dem Gesäß auf einem der Werktische, die für ihn die Höhe einer Schulbank haben mochten. Sein Oberkörper schwankte, seine Miene war unlesbar. Verzerrt von einer

Mischung aus Unglauben und blankem Grauen im Zusammenspiel mit dem Flackern der Geisterflamme im Kohlebecken, seiner Lichtkugel und dem Feuer auf seiner Haut.

»Wie viele solcher Tempel habt ihr?«, fragte er urplötzlich mit tonloser Stimme. Sie alle vernahmen, wie eine dahinfließende Tonfolge seines Singsangs aus der Lichtkugel ertönte, so als spule man einen schier endlosen Faden aus Tönen ab. Die Lippen des Magiers zitterten, und anscheinend führte er gleichzeitig mehrere Selbstgespräche. Sein Blick flackerte wild, die Finger suchten nach dem Schnapsfläschchen. Dann stürzte er die Hälfte des Inhalts mit einem tiefen Schluck hinunter.

»Ich glaube nicht, dass in jedem Tempel eine solche Schmiede steht«, mutmaßte Gjalar, wusste aber nicht, ob es stimmte.

»Ich befürchte, schon. Es müssen mindestens drei oder vier sein, wenn man den Berichten über die Feuer im Land und den Nachbarstaaten Glauben schenken will.« Der Magier schüttelte den Kopf.

»Warte. Willst du sagen ...«, hob Limbo an.

»... dass wir die Herde für diese Brände gefunden haben, ja.« Kato hustete und steckte mit zitternden Fingern das Fläschchen in seine Roben zurück.

Wie um Katos Worte zu unterstreichen, wurde die Flamme im mittigen Steinbrunnen so heiß, dass ihre Helligkeit zu schauen, dem Blick in die Sonne gleichkam. Gjalar wandte den Kopf ab, doch der singende Schmerz pflügte wie ein glühendes Schwert durch seine empfindliche Dunkelsicht. Der Zwerg taumelte zurück und heulte auf.

Als er das Gleißen in den Augen weggeblinzelt hatte, sah er, dass zwei Drachenköpfe mehr in das Gemach hereinragten, welche die stofflich geformten geisterhaft überlagerten. Deren Mäuler vergossen Ströme aus Hitze von der Farbe weißen Marmors in den Ring. Während die beiden Schädel in der wirklichen Welt geschlossen und stoisch wie Büsten ins Leere stierten, entließen ihre geisterhaften Echos unwirkliches Feuer ohne Unterlass in den Brunnen.

Eine ganze Weile ging dieses Schauspiel, während die Welt zu brummen und zu flirren schien, wie ein Bienenflügel sirrte. Ein allseitiges feines Erbeben griff um sich, nur die hier Versammelten standen starr.

»Wir sind durch und durch verratzt«, klagte Kato. »Vor uns sehen wir eine Götterschmiede. Wenn diese vergleichsweise kleine Zwergenstadt hier als einzige ein solches Heiligtum versteckt hält, dann sind wir trotzdem am Allerwertesten. Doch ich sehe mehr als einen Grund, daran zu zweifeln. Berichte im ganzen Reich, in allen Nachbarländern. Tanaqui etwa erhält im tiefsten Süden Kunde vom Feuer im Norden von Selachis, das den Mirvaali bedroht.«

»Meine Wüstenfreunde haben ein Dokument des Emirs abgefangen«, stimmte Tanaqui ein. »Wie ich oben deinem wütenden Freund, dem Blechmann, schon versicherte: Deswegen bin ich hier.«

»Wenn ich es richtig verstehe, so wie ich es damals gelesen habe: Alle Völker haben sich geeinigt, dass die Siedler der Diaspora keinen dieser Feuertröge mitnehmen.« Unverwandt starrte Limbo in die Flammen, während die Begleiter sich vom Geisterfeuer abgewandt hatten.

»Das war die Abmachung.« Kato nickte, zog seine Flasche und stürzte einen Schluck hinunter, als wäre er vergiftet und dies sei ein Gegengift.

»Und du zwitscherst dir nun einen, weil du bei diesem Anblick dermaßen schlotterst, nur weil du ihn hier so nicht erwartet hast? Hast du Angst vor diesem Feuer, mein Herr? Weil es kein echtes Feuer ist?«, erkundigte sich der Vagabund.

»Oh, glaub mir!«, platzte Kato etwas zu laut heraus. »Wahrhaftigeres Feuer loderte nie. Ich dachte schon bei dem gewaltigen Portal, dass ich selten solche Kraft verspürt hatte. Doch die hätte ich noch mit zwergischer Magie erklären und mir das Ganze beschönigen können. Aber diese Rotunde hier? Diese beiden Schlünde? Nein, ich trinke, um mich darauf zu besinnen, wer ich bin.«

»Du fürchtest, was diese Macht mit dir anrichtet, solltest du deiner Gier nachgeben und sie in dich einlassen«, vermutete Tanaqui.

Der Magier nickte stumm. Krampfhaft versuchte er, den Blick von den Flammen abzuwenden, wie zum Hohn ähnlich dem Trunksüchtigen, der auf den verwünschten Humpen starrt.

»Diese Schmieden beherrschten einst jedes der vier Elemente ... oder fünf, je nach Lesart«, sagte Kato. »Ihre Meister erhielten in der Zeit der Legenden über diese heiligen Orte die Geschenke der Götter. Eingebungen. Den Geist. Berührungen reiner Schöpferkraft. Wie auch immer man es nennen möchte, die Wunder der ersten beiden großen Zeitalter wurden mit solchen Wunderwerken erschaffen. Was sie vor allen auszeichnet, macht sie für alle umso gefährlicher.«

»Feuer? Das angeblich da ist und dann doch nicht?« Limbo deutete mit beiden Armen auf das Geschehen in der Mitte des Raumes.

»O nein, mein Freund! Dieses Feuer ist an diesem Ort gegenwärtig vorhanden, ganz wie wir es sind. Es ist meine Willenskraft, die Art, wie meine Haut beschaffen ist, seit ich seit frühester Kindheit das Verhängnis seines Kusses erfuhr, die uns alle – mich eingeschlossen – in diesem Augenblick davor errettet, zerfetzt zu werden. Wäre ich nicht hier, dieses Gemach hätte uns längst alle verschlungen. Hier drinnen wäre es viel zu heiß für uns. Aber das Feuer wäre zugleich magisch gehemmt, die Rotunde selbst zum Glühen zu bringen. Unsere Natur selbst würde verbrennen.«

»Unsere Seelen und unsere Körper?«, folgerte Limbo. »Nicht aber unser Besitz?«

»Die verschwundenen Zwerge«, murmelte Tanaqui, die Augen hinter dem Sichtschlitz geweitet. Ihre Hände rangen miteinander. »Aber warum ist dann ihr Gold verschwunden?«

Gjalar spürte blankes Grauen in sich aufsteigen. Sollte das heißen, alle seine Verwandten, seine früheren Freunde und

Clanshäupter waren ein Raub der Flammen geworden, ohne dass ihr Eigentum davon berührt war?

»Nein.« Kato schüttelte den Kopf. Er nippte an der Flasche, so als berausche er sich vor allem am Staunen der anderen. »Das ist nicht ihre Wirkweise. Dann wären nicht nur ihre Kleidungsstücke, Schuhe und Werkzeuge zurückgeblieben, sondern wir hätten ... sie gefunden.«

»Leichname«, stellte Gjalar fest und verspürte eine seltsame Beruhigung. Wen man nicht tot vor Augen hatte, den musste man nicht aufgeben.

Der Magier nickte. »Und wir sahen keine Toten. Aber das macht es nicht besser. In den kurzen Momenten jeden Tages, während derer diese Feuer in unsere Wirklichkeit eintreten, entzünden sie alles Entflammbare ringsum. Ich nehme an, alles hier im Tempel ist gegen Hitze gefeit. Aber wir weilen in einer Binge der Drazok Dhar.«

Einen Augenblick lang dachten sie nach. Gjalar ahnte, worauf der Magier abzielte. Als kein anderer es aussprach, benannte es der Zwerg: »Kohle. Endlose Flöze aus Steinkohle verlaufen durch das Reich meines Volkes unter euren Füßen. Sie durchziehen die Tiefen unter der Insel, unfassbare Vorräte davon. Wenn sie in Brand geraten ...«

»Wir stehen auf einem verdammten Grillrost, wenn das Feuer um sich greift«, schloss Limbo trocken.

»Zustimmung: Das trifft das Geschehen ziemlich genau«, pflichtete ihm Kato bei.

Tanaqui fuhr herum. »Lösch es! Ich muss hier nicht ausmalen, was droht, wenn magische Flammen aus elementarem Feuer, welche Seelenstoff selbst verzehren und zugleich festes Holz entzünden können, die Seelenbäume der wenigen, die von meinem Volk noch übrig sind, im Inneren des Mirvaali erreichen.« Nachdem sie eben noch Gjalar eindringlich ermahnt hatte, seinem Gram nicht nachzugeben, schritt sie erregt auf Kato zu. Sie baute sich vor ihm auf, die Hände ausgestreckt, so als wolle sie ihn würgen. In blanker Verzweiflung ging sie stattdessen wie eine Jägerin an einer Spur auf einem Knie vor ihm nieder. Nicht in Demut, sondern um seine Schultern auffordernd zu packen und ihm tief in die Augen zu schauen. Sie schüttelte ihn sacht. »Ich weiß, was du mit Feuer vermagst, Kato Tamasine.«

Er hatte auf sein Fläschchen gestarrt, als läge darin die Lösung aller Rätsel. Nun sah Gjalar den Magier den Kopf heben und die Wüstenelfe mustern. »Ist das so? Du kamst mir von Anfang an bekannt vor. Sind wir uns je begegnet?«

»Ich kenne nur die Geschichten über dich«, wich Tanaqui aus. »Davon, was du an den Auen in jener Nacht angerichtet hast, gegen eure Befehle, wie man sagt.«

»Sagt man das?«, hauchte er tonlos.

»Ich flehe dich an, Magister. Mein Volk hat keine Magier mehr, seit wir den Dritten Unwerth verloren haben. Du weißt wie jeder andere hier, dass wir zerfallen sind. Die alten Hochelfen sind verschollen, unsere letzten Baumsänger und Druiden hausen in den Ruinen unserer Minarettstädte. Die Übriggebliebenen gingen in die Wüste, ihre Unsterblichkeit zurückzuerlangen, da sie die Bäume verloren hatten, die ihre Seelen trugen. Es ist niemand mehr geblieben von meinem Volk, der dem Feuerfraß Einhalt gebieten könnte.«

»Da muss ich dich berichtigen.« Traurig schüttelte Kato den Kopf. »Es ist überhaupt niemand mehr unter uns, der diesen Bränden etwas entgegenzusetzen vermag. Ich bin kein Runenpriester. Ich bezweifle obendrein, dass selbst ein Magier solchen Ranges diese Schmiede wieder auslöschen könnte, wenn einmal das Portal in das elementare Anderswo geöffnet wurde. Es gibt gute Gründe für die Verbote der Vorfahren, mit dieser Macht mutwillig zu spielen.«

»Jemand muss Bescheid gewusst haben. Worüber du gesprochen hast, meine ich. Dass die Zwerge noch einen solchen Herd besitzen, ja, sogar heimlich in Brand halten.« Limbo wandte sich zum ersten Mal zu ihnen um. In der verwandelten Hitze des Geisterfeuers und seiner Helligkeit meinte Gjalar zu erkennen, dass seine Augen für einen Herzschlag in einem tierhaften gelben Schein aufleuchteten. »Dies war kein Unfall, ich glaube nicht einmal, dass die Zwerge tot sind. Sie mussten einfach verschwinden, weil sie einem Widersacher hier im Weg waren. Wenn wir nur den genauen Grund dafür wüssten ...«

Zeigt sich nicht überhaupt eine üble Lebererkrankung in deinen Augen?, fragte sich Gjalar. *Wer bei den unbrauchbaren ersten Werkstücken des Schmiedevaters bist du, Stinker?*

Kato hob den Kopf. Der Magier linste an Tanaqui vorbei zu Gjalar hinüber, einen Hauch von Zuversicht in der Stimme. »Herr Gjalar, erinnerst du dich, was der Riese von sich gab? Du dürftest nicht hier sein, meinte er. Weiß einer von euch diese Schmiede zu bedienen? Kannst du es?«

»Er sagte doch, er war Jahre nicht hier und davor viel zu jung«, wandte Tanaqui ein.

»Das weiß ich, Fuchstochter«, gab der Lohenmagus zurück. »Aber das bedeutet nicht alles. Wir haben immerhin noch einen Zwerg unter uns. Und wenn jeder Unterirdische grundsätzlich die Runen dieser Schmiede lesen kann, könnte ich es vielleicht im Zusammenspiel mit ihm vollbringen.«

Traurig schüttelte Gjalar den Kopf. »Das Wissen um Runen auf den Heiligen Wunderwerken hat nichts mit unserer gängigen Runenschrift auf dem gemeinen Zeug zu tun. Diese Priesterzeichen gehören zu den sechsunddreißig Hohen Runen. Ihr Alphabet entwächst der Sprache des Schmiedevaters selbst und wird nur den Würdigsten gelehrt. Abgesehen davon müsste man noch dazu ein Talent für Magie besitzen.«

»Du hast das Lied in der Zelle gut vernommen«, hielt ihm Tanaqui entgegen. »Doch selbst wenn uns gelänge, diese Schmiede zu veröden – wenn du recht hast, Kato –, schwären dann nicht noch Dutzende auf der ganzen Inselkette?«

»Es sind ihrer viele, ja.« Der Magier blickte finster drein. »Doch einen Anfang sollten wir wagen, nicht wahr, Meister Gjalar? Und, was denkst du? Sollen wir es nicht gemeinsam versuchen?«

Gjalar ließ den Kopf hängen. Er spürte die Bedrängnis des Unvermeidlichen. »Ich besitze doch gar kein Gespür für Magie, nicht das geringste. Ich werde euch erklären, was mich umtreibt, ich denke, es ist an der Zeit. Wenn wir mein Elternhaus erreichen, das Haus meines Clans. Ich will verdammt sein, wenn ich nach Hause zurückkehre und mir nicht die Laute aneigne, derentwegen ich überhaupt erst aufbrach. Sie steht mir zu.«

»Bald können wir keinen Atem mehr schöpfen, um Musik zu lauschen«, vermutete Kato. »Jemand hat die Götterschmieden im Land nicht nur in Gang gesetzt, sondern noch dazu geöffnet und – soweit wir annehmen müssen – mit einem Hohelied allesamt auf das Element des Feuergefildes gestimmt. Was bedeutet, dass endlose Flammen aus der Anderswelt in unsere hineintreiben.«

»Bis es zu heiß wird, um auf dieser Insel noch zu leben. Bis die Meere kochen«, sinnierte Limbo düster, als spräche er eine Verwünschung aus. »Bis nichts mehr bleibt.«

Kato erschrak. »Woher stammt das!? Kennst du sie? Redet sie mit dir? Das Mädchen, meine ich. Hast du sie etwa auch gesehen?«

»Keine Ahnung, was du meinst, Herr.« Der Vagabund zuckte mit den Achseln. »Während sie mich großzog, brachte mir meine Mutter das bei.« Mit trauriger Miene und hängenden Wangen starrte Limbo ins Leere.

»Die Vier Könige. Schon einmal davon gehört? Weckt der Ausdruck bei irgendjemandem von euch Erinnerungen?« Kato hatte einen fiebrigen Ausdruck in den Augen, der Gjalar nicht gefiel. Es wurde Zeit, von diesem trügerischen Feuer wegzukommen. »Uns hier führen Vier Könige«, erläuterte er. »Jeder von ihnen dient dem Hochkönig, dem Beherrscher der Berge, als Thaine. Ähnlich einem Jarl bei den Skraemar oder einem Baron im Reich Emrick«, fuhr der Zwerg fort, um den abdriftenden Magier geistig zu beschäftigen.

Und tatsächlich leuchteten Katos Augen bei diesen Worten auf. Da war ein Erkennen, ein Zusammenhang, den Gjalar nicht begriff. »Wieso fragst du?«

»Was ist das?« Tanaqui deutete im gleichen Augenblick auf den Amboss. Hammer und Meißel lagen darauf, warfen in einer Aufwallung des Phantomfeuers klar abgegrenzte Schatten wie solche von gewaltigen Bauten an die hintere Wand der Altarnische. Zwischen den Werkzeugen ruhte etwas, eine lang gezogene Pyramidenform von der Größe eines Kurzschwerts.

»Ein Runenstab«, erkannte Gjalar. »Vielleicht finden wir da eine Antwort.« Er eilte zu dem Altar hinüber und verbeugte sich so weihevoll, wie die Umstände es zuließen, vor dem Erbstück des Schmiedevaters. Unter den neugierigen Blicken der anderen hob der Barde den kantigen Riegel auf die Höhe seiner Augen. Er war so aufgeregt, dass er den Runenstab beinahe fallen ließ. »Erinnert ihr euch an meine Worte über die Erinnerungskultur bei den Zwergen?«

»Das meiste wird mündlich weitergegeben«, erinnerte sich Tanaqui. »Dass ihr ein Gedächtnis wie ein Walfisch habt, ist gemeinhin bekannt.«

»Ja. Außer wir wollen etwas sehr Eigenes hinterlassen, das andere finden sollen ... und lesen«, raunte Gjalar und reichte Kato den Stab.

Der Magier las.

32

Der Brief des Runenmeisters – Interludium

Sie haben uns gezeigt, was die Insel ist. Ich wollte es nicht wahrhaben, doch Hochmeister Kargazun vom Tempel von Kundrheim ist anderer Meinung als wir Übrigen. Jedes Aufbegehren, jeder Hinweis, diese fremden Ratgeber könnten falsche Kunde bringen, hinweggewischt in Ansehung, welch nobles altes Erbe sie umgibt. Es umweht sie mit der gleichen Strenge, der Wucht wie ihre Fäulnis. Sie sind alt, gar viel zur alt, selbst nach unseren Maßstäben, aber Kargazun wollte davon nichts hören.

Wo Alter ist, da ist Weisheit. Schon immer lag in diesem unleugbaren Glaubenssatz meines Volkes eine Schwäche, bei allen Stärken, aller Unverrückbarkeit, die uns diese Wahrheit beschert. Ja, wir sind starr, hart wie ein Block unverwüstlicher Stahl stemmen wir uns in jeden Sturm. Doch weil wir einen Block bilden und keine Rute schnüren, mangelt es uns an Biegsamkeit. Ich bin der Jüngste aus unserem Kreis von zwölf Runenmeistern. Mein Wort hat am wenigsten Gewicht, doch dafür sehe ich klar.

Sie führen uns in Versuchung. Sie versprechen, dass die Sturmgrenze fällt und Wahrheit über die Diaspora die Augen aller auf Selachis öffnet, wenn wir nur ihrem Rat folgen. Der Prinz der Waldelfen bürgt für sie, was immer das nach dem langen Krieg noch wert sein mag. Doch ich hege Zweifel, die in meinen Herzen brennen. Was, wenn Kargazun Danghbran Schimmerbarts Weisheit versagt? Was, wenn er sich irrt? Wir spielen mit Mächten, die wir

nicht besitzen dürften. Kargazuns Mäzene haben irgendwie erfahren, was selbst der Hochkönig nicht wissen darf. Wir haben alte Schulden bei seinen Gönnern. Schulden zu begleichen, ist die Art der Drazok Dhar, im Guten wie im Schlechten. Sie fordern Bezahlung für unsere Rettung vor vielen eitlen Jahrhunderten. Wir sollen die Götterschmieden in Gang setzen, die unsere Priesterkaste so lange selbst vor unseren Herrschern verborgen hielt. Jeder Versuch meinerseits scheiterte, den Rat der Runenmeister und seinen Oberen zur Umkehr zu bewegen. Meine Einwände, dass noch nicht alle Nachfahren gefunden sind, liefen fehl. Kargazun ließ sich zu einem Ort führen, den seine Gönner den Nadir nennen. Verborgen soll er mitten unter uns liegen, irgendwo auf dieser Inselkette, die doch vollständig erkundet sein sollte. Doch sind sie nicht auch andererseits wie aus dem Nichts erschienen? Geisterwesen aus der Geschichte, die Vergangenheit sein sollten? Wo waren sie in der ganzen Zeit? Wieso sind sie zurück, nachdem sie uns so lange im Stich ließen?
Kargazun sagt, ihr unumstößlicher Wille und ihr Rat seien es, dass die große Unternehmung beginne. Er ist wie besessen, hat mit den Ältesten der Alten unseres Volkes Ratschluss gehalten. Geheimnisse aller Völker liest er, stöbert in arkanen Schriften. Er ist überzeugt, inmitten des Nadirs gebe es noch einen weiteren, einen Wahren Nadir, wie er es nennt. Der Elfenprinz hat Andeutungen gemacht. Die Gönner Schimmerbarts aus dem Nadir schweigen zu dem Thema.
Woher wissen sie überhaupt von der großen Unternehmung? Wer hat ihnen das älteste Geheimnis meines Volkes anvertraut, welches mündlich von Runenmeister zu Runenmeister unter dem Siegel absoluter Verschwiegenheit überliefert wird? Wieso vertraut er ihnen?
Was haben sie ihm gezeigt, um mit einem Mal einen Vorstoß auszulösen, den wir vor Jahrhunderten selbst vorbereiteten? Als wir nämlich gegen das Edikt verstießen, die Schöpfungsschmieden des Ahnvaters wie aufgetragen

nicht zu zerstören, sondern sie vielmehr bewahrten und auf den Schiffen der Diaspora mitführten.
Ein Geheimnis, das niemand außer uns kennen durfte.
Kargazun sagt, es wird Zeit, die Schmieden zu entzünden. Es sei der Wille der Vier Könige. Ob er damit unsere eigenen Herrscher meint, hat er offengelassen. Ich bin ein Handwerker. Ein einfacher Mann, wenngleich gesegnet wie alle meines Ordens, die Melodie zu verstehen. Bei Hammer und Axt, bei den Zangen und den Ringen des Schmiedevaters, mein Witz gelangt an sein Ende vor allem, was hier geschieht.
Mein letzter Rat an Kargazun lautete, er möge warten, bis wir alle Nachfahren gefunden haben. Es hat uns so viele Jahrhunderte gekostet, die Zuchtstränge immer feiner zu flechten. Die richtigen Frauen und Männer zusammenzubringen. Der dritte der Kriege der Messerohren gegen die Menschlinge zerstörte alles. Nur noch wenige Jahre, dann hätten wir handeln können.
Doch im Wirrsal, in all der Gewalt gingen die handverlesenen Stammlinien verloren, und ganze Geschlechter mussten neu besät werden. Mein Einwand an Kargazun stieß auf taube Ohren, dass wir nämlich die Schmieden nicht in Gang setzen sollten, solange jene nicht gefunden sind, deren Talent vor dem leisesten aller Hohelieder Bestand hat und ihnen erlaubt, den Strom der Elemente wieder zu versiegeln.
Es sei keine Zeit mehr, habe er gesagt. Die Brüder und Schwestern seiner Gönner seien auf dem Weg, erweckt von der Torheit der letzten Königin der Frostriesen. Möge der Schmiedevater uns gnädig sein, doch die Jagden meines Volkes an der Seite der Skraemar könnten uns allen den Untergang beschert haben, sollte mein Verdacht sich bewahrheiten. Denn wenn Kargazun sich irrt, wird kein Zwerg in der Lage sein, die Schmieden wieder zum Erlöschen zu bringen.
Ich begreife nicht die Hälfte dieser Ereignisse. Kargazun weiß mehr. Wenn die Tat getan ist – denn den Befehl verweigern, das werde ich nicht –, werde ich ihn aufsuchen

und Antworten verlangen. Er hat mit jedem von uns gesprochen. Zwölf Runenmeister. Zwölf Götterschmieden der Urzeit. Sobald ich weiß, in welcher Reihenfolge und mit welchem der Elemente sie besungen und wodurch ihre Hohen Runen gebracht wurden, werde ich vielleicht auch verstehen, was die Gönner meines Meisters in Kundrheim von ihm wollten.

Bis dahin bleibt mir nur eines, um die Große Unternehmung, soweit ich kann, vor Schaden zu bewahren: Die Menschlinge von Emrick daran zu hindern, Verdacht zu schöpfen, dass unser Pakt über gemeinsame Werke weit mehr ist, als es den Anschein erweckt.

Ich werde versuchen, das Alter und den Starrsinn meines geliebten Förderers bei dieser Schicksalsaufgabe durch den Mut meiner Jugend auszugleichen. Ich habe mich seinem Wort zwar nicht bewusst widersetzt, doch ich werde mich auch nicht ausruhen und den Lauf der Dinge abwarten.

Ich werde meine Anstrengungen verdreifachen, bei den Arbeitern in den Stollen der Unterebene nach möglichen Nachfahren zu suchen. Ich werde herausfinden, wen Kargazun mit den Vier Königen meint.

Was der Nadir ist. Wenn ich mehr weiß, kann ich …

33

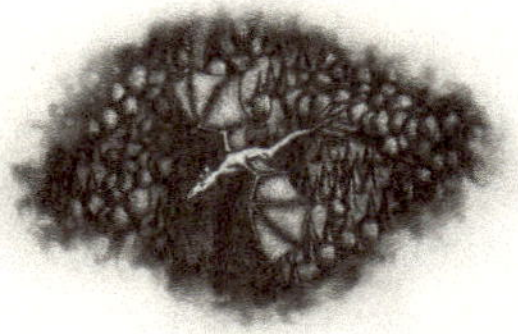

Das Haus des Clans der Schachtfeger entsprach keineswegs der Bescheidenheit des Zunftnamens. Tanaqui hatte an kohleverschmierte Zwerge gedacht, die auf den Dächern ihrer Oberen umherkletterten wie ... nun ja, wie Affen. Sie hatte nicht mit einer Ansammlung von Gebäuden gerechnet, die an übergroße Silberbarren der Karawanen des Emirs erinnerten und kunstvoll geschmückt waren.

Nicht zum ersten Mal ergriffen Tanaqui in dieser Umgebung aus Reichtum und Kunstfertigkeit der Unterirdischen Zweifel, ob Limbo nicht mehr umtrieb, als der Vagabund einräumen wollte.

Wie die anderen saß er im verwaisten Haupthaus von Gjalars Vater, dem Clansherrn der Schachtfeger, an einem niedrigen, doch umso längeren Tisch. Doch der feiste Mensch hatte noch keinen der zahllosen verstreuten Kostbarkeiten aus den mit Bernstein und Schnitzarbeiten verzierten Gängen und Kammern an sich gebracht. Er hatte sie nicht einmal aus der Nähe betrachtet, während er sich unbeobachtet wähnte. Dabei lag das Herrenhaus der Zwergensippe so im ewigen Dunkel wie der Rest der aufgegebenen Stadt.

Gjalar war noch nicht zurück, hatte seine Axt am Kopf des Tischs angelehnt. Während sie nun um diesen Familientisch in der weiten Diele des Langhauses saßen, hörten sie den Unterirdischen im übrigen Bau rumoren. Zwischen Rundschilden und gekreuzten Äxten und Werkzeugen wie Besen und Schaufeln an den Wänden saßen sie da. Volle Hörner mit feinstem Bier, kostbarsten, aus Höhlenpilzen gebrauten Weinen oder in Tanaquis Fall Bergquellwasser standen vor ihnen.

Der Geruch nach Waffenöl, Asche und Kohlestaub überlagerte den ihrer Körper und somit auch die strenge Ausdünstung des feisten Vagabunden ... was ein Segen war.

Die Luft war im Druck des Quadersteinbaus schwerer verdichtet, als sie ohnehin auf den Schultern der Notverbündeten lastete, seit sie unter der Erde weilten. Tanaqui warf einen vorsichtigen Blick aus dem Schutz ihrer Gewänder in die von Kerzen beleuchtete Diele, deren Runensteine ebenso ihres Lichts beraubt waren wie die übrige Ansiedlung. Überdeutlich nahm sie die Gesichter der Begleiter wahr. Kato drehte den Runenstab zwischen den Fingern. Allem Anschein nach las er seine Botschaft zum dritten Mal. Sein Blick flog von rechts nach links über die Zeichen, sein Gesicht war wie versteinert, und seine Lippen formten immer wieder zwei Worte.

»Vier Könige«, hauchte er fast unhörbar.

Limbo hielt die Finger aneinandergelegt, die Augen auf die Runenaxt Gjalars gerichtet. Aus seinem Blick sprach eine Mischung aus Wehmut, Qual und Entschlossenheit, die Pupillen schienen klein für einen Mann, der sich im Halbdunkel aufhielt.

Bowden hatte sich auf einem hohen Zierthron zurückgelehnt, ruhte an Kissen und Pelzen. Seit der Rückkehr ins Haus hielt der Paladin die Augen im Gebet geschlossen. Wie Kato bewegte er den Mund, ließ im Gegensatz zum Zauberer jedoch nichts verlauten. Bowden sprach mit seinem Gott, den die Menschen den Architekten nannten. Tanaqui bezweifelte, dass dieser Städtebauer den Zwergen noch etwas beibringen konnte, nach allem, was sie staunend gesehen hatte.

Sie vernahmen schwere Schritte. Gjalar war entschwunden, und an seiner statt betrat das wahre Wesen des Unterirdischen die Halle.

In Gjalars schwer gerüstete Gewandung gehüllt, eine meisterlich gefertigte Zwergenlaute mit einem dreieckigen Korpus und vier Saiten einladend in der Rechten, stand eine Zwergenfrau vor dem teils staunenden Tross.

Bowden öffnete die Augen und bemerkte, dass sie vollzählig waren. Beim Blick auf den verwandelten Gjalar wirkte er zunächst überrascht, dann erbleichte er. Die alte Wut des Blechmanns, derer Tanaqui so überdrüssig war, löschte alle Farbe aus seinen Zügen.

»Was zum ...«, zischte er.

»Wie ich sehe, hast du die Scharade beendet«, bemerkte Tanaqui. »Das freut mich sehr. Wer eine Lüge lebt, erkrankt auf die Dauer daran.«

»Wo kein Richter, da kein Henker. Warum sollte ich verbergen, wer ich bin? Alle, die mich an diesem Ort hätten tadeln können, sind gegangen«, stellte die Zwergengestalt in weiblichem Tonfall fest.

Beim Klang der zuerst befremdlichen Stimme hob Kato den Kopf. »Tatsache: Du bist eine Frau«, stellte er überrascht fest, nur um hinzuzufügen: »Ich wusste gar nicht, dass ihr Frauen braucht. Ich dachte, ihr entsteigt dem Fels oder etwas anderem Harten. Es gibt da diese Legenden ...«

»Keine davon stimmt«, antwortete die Zwergin knapp. »Für euch hat sich nichts geändert. Ich bin Gjala. Gjala Ausmundarsdottir.«

Bowden sprang auf, hämmerte mit den Fäusten so heftig auf den Tisch, dass Kerzen und Getränke in die Luft sprangen. Schaum plätscherte und kroch über Eichenholz. Bowdens Lippen bebten. »Sagt hier irgendwer eigentlich auch nur einmal die Wahrheit? Was wird hier gespielt? Wer bist du, Weib? Was ficht dich an, dich wie ein Mann zu kleiden und mit den Rechten und Bürden eines Mannes durch die Welt zu stolzieren, so als sei dir klar, was damit einhergeht? Damit versündigst du dich gegen die Schöpfung.«

»Wer ich bin, darfst du als Gast im Haus meines Vaters in der Stadt meines Volkes getrost mir überlassen«, gab Gjala zurück und zog das Barett vom Kopf. Zwei an gewundenes Backwerk erinnernde breite und straff geflochtene Haarrollen fielen an den Seiten herab. Dann warf sie die Kappe achtlos in die Ecke. »So. Endlich. Wie habe ich den Deckel gehasst!«

»Und du bindest nicht mehr die Brust ab. Gewiss war das schmerzhaft«, bestärkte Tanaqui sie. »Es scheint dich bei mir doch auch nicht zu stören, dass ich kämpfe. Oder wie ich es bewerkstellige«, fügte sie an Bowden gewandt hinzu.

»Alles an deinesgleichen stört mich«, giftete der Gotteskrieger zurück.

»Genauer gesagt: Alles stört dich«, murmelte Kato, ohne vom Entziffern aufzusehen. Kincaid hechelte fröhlich. Seit der Hund wieder erwacht war, ruhte er still zu ihren Füßen. Als frohes Zeichen hatten alle gedeutet, ihn auf der Pyramide unversehrt aufgefunden zu haben.

Tanaqui spürte ein starkes Verlangen, über das sie sich unschlüssig war. Statt es zu unterdrücken, gab sie jedoch dem Gefühl nach. Mit einer geschmeidigen Bewegung umarmte sie Gjala. Es war ein seltsam tiefes Erlebnis nach den Jahrhunderten der Feindseligkeit und Schismen zwischen ihren Völkern. Doch nach allem, was sie gemeinsam bestanden hatten, war sie überzeugt davon, in dieser Unterirdischen keinen der gierigen Schlammrobber zu sehen. Nur eine Kameradin.

Bowden sank in sich zusammen und wandte sich an Kato. »Wusstest du davon?«

»Die Hälfte der Zeit saufe ich, um zu vergessen, in der übrigen Zeit bin ich mit unserer Mission betraut, Hochwürden. Wie gut, wenn ich weiß, welche Tageszeit gerade anbricht.« Der Magier blickte noch immer nicht von seinen Untersuchungen auf. »Übrigens, mit Verlaub: Bekäme ich wohl einen Schnaps ausgegeben und vielleicht einen zum Nachfüllen? Zu viel nagt an mir, um nüchtern zu bleiben«, erklärte er, an die Zwergin gewandt.

»Und was ist mit dir, Abschaum? Du bist doch mit diesem *Barden* gereist. Willst du mir weismachen, dir sei nichts aufgefallen?«, fuhr Bowden Limbo an.

»Ich weiß es, seit wir uns auf der Straße ... nun, kennengelernt haben. Ich bin auf ihren abgebundenen, äh ... ich bin auf ihr gelandet, Herr«, antwortete der Vagabund.

»Bei einem Gerangel wegen eines Zerwürfnisses hat er mir den falschen Bart abgerissen«, fügte Gjala hinzu. Sie hatte sich von Tanaqui gelöst und die Diele durchmessen. Die Wüstenelfe setzte sich wieder, ließ die neue Stimmung auf sich wirken. Kato war zwar leicht verdutzt über diese Gefühlsbezeugung, doch was er nach und nach auf diesem Runenstab entdeckte, fesselte zum Gutteil seine Aufmerksamkeit. Wenn Tanaqui genau hinhorchte, vernahm sie seinen raschen Herzschlag. Erst als die Zwergin ihm eine Korbflasche reichte, beruhigte er sich. Ein stechender Geruch drang daraus hervor, als er sie geräuschvoll entkorkte.

Wortlos hielt ihm die Zwergin einen Zinnbecher hin. Ihre Augen glänzten, während sie mit jedem flinken Blick ihr Elternhaus auf der Suche nach Lieben durchmaß, die sie doch nirgends finden sollte, und obendrein von dem Paladin beschimpft wurde. Tanaqui beneidete sie um ihre Geduld.

»Wunderbar! Eine leere Stadt. Geisterfeuer und brennende Wälder. Umgeben von Lügnern und von einem Frostriesen angegriffen.« Bowden schüttelte den Kopf. »Selbst bei allem möglichen Wohlwollen und meiner ganzen Glaubensstärke, dies ist weit mehr als eine schlichte Prüfung meiner Langmut durch den Architekten. Es *muss* einfach weit mehr sein.«

Auf Tanaqui wirkte der Paladin getroffen. Hatte er trotz seines barschen Gehabes Vertrauen zu ihnen entwickelt, das enttäuscht worden war? »Du vergisst, dass wir zudem verfolgt werden«, gab sie zu bedenken.

Vor Erstaunen fiel dem Paladin förmlich die Kinnlade herunter. »Und das erfahre ich erst jetzt?«

»Hier unten hält sich doch noch ein Elf auf. Der Schamane der Jötnar verkündete das so laut, dass es durch die ganze Stadt hallte. Hast du dem Riesen nicht zugehört? Oder warst du ohnmächtig? Letztlich ist es einerlei.«

»Was weißt du schon?«, knurrte der Gotteskrieger.

Tanaqui überging ihn. »Wir müssen herausfinden, wer unser Häscher ist. Wenn er denn einer ist. Bislang befindet er sich am Rand meiner Wahrnehmung, um die er naturgemäß weiß. Mit voller Absicht lässt mich dieser Sidhe aber wissen, dass es ihn gibt.« Tanaqui legte beide Hände unters Kinn und lächelte den Paladin so freundlich wie möglich an. Sie hatte sich für die Unterredung demaskiert.

»Oder sie«, warf Limbo ein. »Vielleicht folgt uns ja eine Elfe.« Er wirkte geradezu erpicht darauf.

»Dir folgt nur dein Pesthauch, Kloß. Was das Zuhören anbetrifft: Ich war damit beschäftigt, mich aus einer Hauswand herauszuwinden, falls ihr das vergessen haben solltet«, zischte der Gotteskrieger.

»Womit wir bei den Geheimnissen und Geständnissen gelandet wären, bei dem ganzen Herumwinden, nicht wahr? Herr.« Limbo neigte leicht den Kopf, blickte aber gleichzeitig vorgeblich unterwürfig auf die Tischplatte. Dabei hatte er etwas von einem Hofhund, der um einen Knochen bettelt, nur um in einem unaufmerksamen Moment zuzubeißen. »Wie überlebt man solch einen Riesentritt eigentlich, ohne dass der Plattner mit der Eisenschere und zwei Kaltblütern die Grütze, die von einem übrig blieb, aus der Rüstung holen muss? Als tumber Kloß verstehe ich von derlei nun einmal sehr wenig.«

»Noch ein Ton, Bursche, und das einzige Geheimnis, von dem du in dieser Nacht noch erfährst, ist die Grenze meiner sonst maßlosen Geduld.« Der Blick des Paladins wurde kälter als Gletschereis.

»Sosehr ich deine Neigung zum Widersprüchlichen wie auch die unbeirrte Wiederholung deiner blumigsten Beleidigungen auch schätzen mag, alter Kamerad, plagen uns doch ganz andere Sorgen«, mischte sich Kato ein. Geräuschvoll legte er den Runenstab auf der Tischplatte ab. Tanaqui sah, wie das feine Werkstück dort für zwei oder drei Herzschläge ruhte, bevor der Magier mit zittrigen Fingern in einer linkischen Bewegung zulangte und es verschob. Er hielt erst inne, als der Stab, genau den Stiel der mächtigen Streitaxt nachzeichnend, liegen blieb. »Bist du sicher, dass du der

Botschaft dieser Worte gewachsen bist?«, wandte er sich an Gjala.

»Ich habe sie zuerst gelesen, Robenträger«, antwortete die Zwergin. »Und du kannst mich Bierschaum nennen. Das war mein Spitzname, bevor man mich verbannte.« Sie deutete auf ihre Haare, die einen Kupferton aufwiesen, der zu den Wurzeln hin ins Weißblonde überging.

Bowden schnaubte. »Bierschaum ... Aber meinethalben. Kehren wir zur Mission zurück, bevor ich mich weiter damit befasse, warum sich hier noch ein Mannweib anmaßt, Beinkleider zu tragen.« Er musterte Kato mit einer auffordernden Bewegung.

Tanaqui wartete aufmerksam. Limbo lauschte, und sein Blick schweifte immer wieder zu der Axt hinüber.

Der Magier wandte sich an die Zwergin, bevor er sich wieder dem Bestaunen des Stabs hingab. »Ist dir das recht? Oder willst du uns erst erklären, was diese Verkleidung bezweckte? Wir sollten es erfahren, denn es könnte für die weitere Aufgabe bedeutsam werden.«

Die Zwergin holte tief Luft, und Tanaqui befürchtete, dass sie sich zum ersten Mal verlegen fühlte, als sie ihre Kunst ausüben und eine Geschichte zum Besten geben sollte.

34

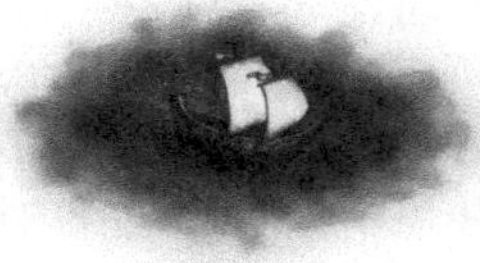

Das Haus war wie leer gefegt. Niemanden fand man hier vor, nur den Nachhall jener Zwerge, die sie nie zu lieben aufgehört hatte, selbst nach allem, was seinerzeit vorgefallen war. Wozu ihr Vater sich gezwungen gesehen hatte. Es war ein Hort der Gespenster, verwaist. Was stets warm und voll knisterndem Leben am Herd ihrer Mutter gewesen war, hallte auf seltsame Weise hohl wider. Die Gerüche ihrer Kindheit und Jugend, die Schmerzen, nachdem sie sich zum ersten Mal an der Esse verbrannt hatte und Kräutersalbe, vermengt mit dem Talg eines Höhlenkäfers, von ihrer Mutter aufgetragen bekam.

Die müden Spukbilder dieser Erlebnisse und Eindrücke lagen noch immer in der Luft und flüsterten von einer Vergangenheit, die nie wiederkehren, einer Gegenwart, die sich nicht mehr formen sollte.

Allein diesen Gedanken mit einem vielleicht unabänderlichen Ergebnis weiterzuverfolgen, schmerzte derart, dass sie stattdessen das Vortragen ihrer traurigen Geschichte vorzog.

»Viel ist nicht dran«, meinte Gjala, um Nüchternheit bemüht. Sie wollte verdammt sein, wenn sie sich über Gebühr ausbreitete. Obschon sie sich der Kunst verschworen hatte, gab sie sich verschlossen, sobald die Geschichten um sie und ihr Leben gingen. »Ich erspare euch Nebensächliches. Dieses Haus, der Wohlstand, den ihr seht. Die Schachtfeger haben ihn damit erlangt, dass sie die Kamine der Mächtigen kehrten. Doch vor allem hält der Clan unsere Feuerstellen und die Minen in Gang.«

»Kamine müssen ziehen«, murmelte Kato. Es war nicht klar, ob er zuhörte oder sich geistesabwesend und rein zufällig zutreffend äußerte. Dann drehte er wieder den Runenstab zwischen den Fingern.

Gjala nickte. »Genau. Wenn Unrat aus der Oberwelt die verzweigten Schlote verstopft, kann das gefährlich werden. Hinzu kommen Pilzsporen. Grubengas. Wie ich sagte, verlieren wir uns nicht im Kleinen. Mein Vater ist jedenfalls ein Zwerg ...« Sie spürte den Stich, hielt mitten im Satz inne. Sollte sie *war* sagen? Wo war Vater, wo Mutter? Ihre Brüder? Sie schluckte. »Er ist ein Zwerg von Bedeutung und Einbildungskraft. Als Kind geriet ich auf einer von Vaters Wächterreisen aus einer Karawane heraus in die Klauen einer Jagdpartie der Hyänenköpfigen. Arjuna weigerte sich, Lösegeld zu zahlen, und ersann einen Plan, um mich zu retten. Drei Zwerge und er genügten, um alle Geiseln aus der Gefangenschaft zu befreien.«

»Du wolltest dich kurzfassen«, erinnerte Bowden. Familiengeschichten verschlechterten seine Laune noch weiter, als es ohnehin der Fall war.

»Richtig.« Gjala verlangte es nicht nach Streit, obschon Zorn auf diesen Großsprecher, der auf Magie herabschaute, in ihr aufwallte. »Mein Vater ist Erfinder. Den Wohlstand, den unser Clan in Jahrhunderten mehrte, führte er mit dem Meisterwerk meines Großvaters zur letzten Größe. Ich selbst weiß nicht, wie es seine Wirkung entfaltet oder woraus es besteht. Aber er ersann ein Gebräu aus drei alchemischen Stoffen.«

»Oh-oh!«, stieß der Magier hervor. Als Sohn eines Magiehändlers und Alchemisten ahnte er wohl, worauf die Geschichte hinauslief. Kato schob den Stab beiseite, beugte sich auf seinem zu kleinen Stuhl nach vorn, legte die Ellbogen auf die Tischplatte und die Fingerspitzen aneinander. Wie ein Fuchs spitzte er die Ohren unter seiner Kapuze.

»Seinerzeit war ich jung. Unbedarft. Ihr Menschen würdet vielleicht *halbwüchsig* sagen, obschon das bei meinem Volk etwas ganz anderes bedeutet und in einem ganz anderen Alter stattfindet. Solche Kurzbärte wollen sich beweisen. Ich bildete da keine Ausnahme. Ich wollte den anderen zeigen, was ich alles vermochte. Und dass ich – auch und gerade als Frau – ebenfalls zum Schachtfeger taugte. Also bekniete ich meinen Vater, mir die Begleitung eines Trupps in den unteren Minen zu erlauben, wo die wirklich harte Arbeit stattfindet. Dort, wo wir Erz schürfen, keine Kohle.«

»Vermutlich verlief der Abstecher nicht so, wie du es dir erhofft hattest«, mutmaßte Limbo und zeigte wieder den traurigen Ausdruck in den Augen, der die Vermutung nahelegte, dass er vor dem Leben auf der Straße ein anderer Menschling gewesen war. Es lag kein Funken Abschätzigkeit in der Bemerkung wie bei Bowden, sondern ein Verstehen, wie es Gjala im Leben selten erfahren hatte. »Wahrscheinlich wurden die Pläne deines lieben Herrn Vaters auch ein wenig durchkreuzt.«

Auch Katos Gesichtszüge offenbarten immerhin Verständnis. Lediglich Tanaqui und der Paladin saßen mit dünnen Lippen da und warteten auf die Krönung ihrer Geschichte.

Als ihr Blick auf den Paladin fiel, ärgerte sich Bowden. »Ich muss schon sagen, ihr Zwerge stellt so allerhand an, wovon eure Verbündeten weder etwas ahnen noch wissen. Ihr fackelt das halbe Land ab und erfindet geheimnisvolle Mixturen, die ihr in der Tiefe am Erz erprobt.«

Gjala spürte einen weiteren Stich und biss die Zähne zusammen. »Nicht am Erz. Am Stein. Die wahre Rezeptur meines Vaters birgt in sich die Kraft, etwa als Pulver oder Sirup in ein Rohr oder eine Steinkugel eingefüllt und darin versiegelt, aus der Ferne entzündet Felsen zu sprengen. Richtig angewandt, so ist Vater bis heute überzeugt, vermag sie Hunderten Zwergen die Arbeit zu erleichtern.«

»In eurem Volk, das so sehr am Brauchtum hängt, hatte er sicher einige zu überzeugen, nicht wahr?«, erkundigte sich Tanaqui.

»So war es. Über ein Jahrzehnt lang bemühte sie sich, sie überhaupt zum Zuhören zu bewegen. Ich erinnere mich über meine ganze Kindheit hinweg, wie er abends beim Essen mit allen beisammensaß und schimpfte, weil die Runenmeister und die Könige so misstrauisch blieben. *Noch kein Jahrhundert erprobt, was kann solch eine Erfindung schon wert sein?*, äffte er die Nörgler nach und wetterte gegen ihren Starrsinn. Doch schließlich gelang es ihm, die Oberen zu überzeugen.«

»Nicht zuletzt, weil er ihnen einen Handel anbot«, bemerkte Kato mit klarer Stimme und scharf arbeitendem Verstand. »Er bot deine Talente und deine Mitarbeit dem Tempel der Runenmeister an. Worin auch der Grund dafür besteht, dass du uns dort herumführen und vor Fallen bewahren konntest.«

Gjala wollte sich ihre Erschütterung nicht anmerken lassen. Es misslang. »Woher weißt du ...?«

»Der Saukerl kann Gedanken lesen und benutzt das manchmal als List bei Feiern, um durch geschickte Schmeicheleien Mädchen um den Finger zu wickeln«, zischte Bowden. »Und er weiß, dass er das in meiner Gegenwart bleiben lassen soll.« Er griff nach seinem Zinnkrug mit Bier und stürzte grimmig die Hälfte davon wie beim Preistrinken hinunter.

»Dieser mächtige Zauber nennt sich Einfühlung. Man gewinnt ihn, indem man nicht jeden im Wechsel anherrscht oder mit dem Tode bedroht. Du solltest es erproben, Verdian.« Kato griff seinerseits nach einem Glas mit dem Pilzweißwein und prostete seinem unwilligen Leibwächter zu. Kincaid gab unter dem Tisch erst ein Maunzen und dann einen weit weniger erfreulichen Laut anderen Ursprungs von sich.

»Nicht übel«, ächzte Limbo, den die Winde am ärgsten eindünsteten. Er klang nicht im Mindesten böse.

Ungerührt sprach Kato weiter. »Ich las auf dem Stab unterdessen etliches, das mich zu ganz eigenen Annahmen führt. Aber gedulden wir uns, bis ich Gewissheit erlangt habe und wir in Kundrheim angekommen sind. Bitte erzähl weiter, Gjala!«

»Kundrheim?« Bowden runzelte die Stirn. Auf verblüffende Weise wirkte er erfreut, erhob sich halb von seinem Stuhl. »Was wollen wir denn dort?«

»Bitte berichte uns!«, überging ihn der Lohenmagus.

»Ich weiß nicht, warum der Tempel sich ausgerechnet meiner Dienste versichern wollte, vermute aber, dass es an meiner Singstimme lag. Jedenfalls spielte das Pulver, das Vater ersonnen hatte, bei meiner Rettung in der Kindheit eine besondere Rolle. Und nun sollte es unsere Arbeit erleichtern. Ich bettelte, ob ich an einem der Einsätze teilnehmen dürfe, weil ich wusste, wie viel es ihm bedeutete, ein solches Vermächtnis wie seine Erfindung zu hinterlassen.«

»Und es scheiterte.« Tanaqui räusperte sich.

Gjala sah ihr in die Augen, die keine Pupillen aufwiesen und doch alles andere als leer dreinblickten. »Ich fuhr mit den Arbeitern in den Schacht ein. Den halben Tag setzten wir die Pulverröhren in der Tiefe ein, ohne dass etwas geschah.« Der alte Schmerz kehrte mit der Schilderung zurück, als sich Bilder in das Gemüt drängten, die ein Zwergengedächtnis niemals begraben konnte. »Der Zündstoff wurde in diesen Röhren von den Bergarbeitern fest in Felsspalten gezwängt. Dann nahmen sie Abstand und entfachten die geballte Macht mit einem Runenstab.«

»Vermutlich befand sich ein Gegenstück der Zauberzeichen des Stabs auf dem Behältnis«, mutmaßte Kato.

»Genau das«, antwortete Gjala. »Der Erste Arbeiter kündigte an, es werde einige Zeit dauern, bis die Abordnung der Beobachter und Amtsträger für die letzte Sprengung des Tages eintreffen sollte. Er bat mich, uns allen das Warten ein wenig zu vertreiben, indem ich während der wohlverdienten Mahlzeit etwas Schönes sang. Dem kam ich gern nach.« Sie spürte eine Träne über ihre Wange rinnen. Das salzige Nass schien wie von dort aufgestiegen, wo sie den Schmerz zur Ruhe gebettet hatte. Ihr verbliebenes Herz schlug peinvoll und pochte im Einklang mit dem zitternden Amulett ihres Vaters bis zum Hals herauf.

»Kaum ertönten die ersten Dreiklänge, stand mit einem Mal die Welt in Flammen und zerbarst. Der Stab lag in sicherer Entfernung. Und doch hatte sich irgendwie jeder Feuertopf im Stollen zugleich entzündet. Es war der Drache, wie man dieses Unglück in unserer Sprache nennt. Menschen sagen *Böse Wetter* dazu. Feuer unter der Erde, aus Gas, das durch einen Tunnel rast. Zuerst verbrennt es einem die Lunge. Dann begraben die Trümmer alles unter sich. Ich flog durchs Gewühl. Ich schlug auf. Ich sah den Drachen an Freunden und Gefährten vorbeifegen. Bärte kräuselten sich. Männer wollten schreien, aber der Drache hatte schon alle Luft gefressen und mästete sich gar an Glasblasen aus Stollen, die bei der Sprengung aufgingen. Dann versank alles im Dunkel.« Gjala hob den Blick. Erst jetzt nahm sie wahr, dass sie sich mit beiden Händen am Methorn ihres Vaters festgekrallt hatte.

»Ich erwachte einige Zeit später. Wie gesagt, ich erzähle in großen Zügen. Der Erfindergeist meines Vaters und die Gunst von Runenmeister Dothigun retteten mir das Leben. Ein Teil meines Körpers verbrannte. Ich war ertaubt, doch man fand sogar einen Weg, mein Gehör nach dem Donner wiederherzustellen. Es zu vervollkommnen.«

»Warum dann die Scharade?« Zur Verblüffung aller wirkte Bowden sichtlich mitgerissen. »Warum die Verkleidung als Kerl? Warum ein Leben als Vagabund mit Fingernageldreck wie ihm da?«

»He!«, rief Limbo mit empörtem Gesicht. Er hatte sich während der Erzählung einen Schinken von der Decke genommen und kaute mit Genuss, spülte das Fleisch mit Bier hinunter. »Der Fingernageldreck hat einen Namen, Herr.«

»Die Ehre meines Clans wurde besudelt. Vaters Leumund auf ewig beschmiert. Mein Volk bestraft Verbrechen nicht, wie ihr es begreifen würdet. Ich hätte den Freitod wählen können. Hinausziehen in die Schlacht, in die tiefsten Stollen eindringen, Kämpfe gegen Trolle und Schrate suchen oder was auch immer die Finsternis ausspeit. Ich wollte es. Aber Vater und meine Verwandten sollten sich nicht so aufopfernd um meine Rettung bemüht haben, nur um mich dann einfach sterben zu sehen. Trotz allem liebt er mich. *Bierschaum ist meine kostbarste Gemme,* schmunzelte er immer wieder. Aber es war für mich gar nicht möglich zu sterben, so oder so.«

»Und weshalb?«, zischte Bowden. Die alte Ungeduld mit seinen Schützlingen packte ihn wieder.

»Weil auf eine Frau bei meinem Volk rund zwei Dutzend Männer kommen. Unsere Geburten sind über die Jahrhunderte auf der Insel immer weiter zurückgegangen. Ich bin, was man in der zwergischen Weltsicht eine Pfründe nennt. Die Räte drängten Vater, mich wegzuschließen. Mich vollständig zu entmündigen, als wäre ich das als Frau im Geprahle der Bärte, Krieger und Bergarbeiter nicht ohnehin. Mich wie eine eurer Menschenprinzessinnen im Turm festzuhalten, bis der eine Prinz mich heimführt und mit Bälgern beglückt. Das kam für Vater nach dem Tod meiner leiblichen Mutter nie infrage. Er und Mutter fassten einen Plan.«

»Man gab dich als entfernten männlichen Verwandten aus dem Geäst des Clans aus. Du wurdest verkleidet, der Ruchlosigkeit bezichtigt und dann möglichst wirksam vor aller Augen aus der Stadt verstoßen.«

Die Blicke ringsum richteten sich auf Limbo. »Was? Denkt ihr, nur weil ich Pasteten mag und ein möglicherweise fragwürdiges Leben geführt habe – was ich weder bestätigen noch verneinen kann –, sei ich auf den Kopf gefallen?«

Gjala starrte beklommen ins Leere, doch andererseits war sie froh. Endlich war die Last geteilt, die sie jahrelang auf den Schultern durch die Oberwelt gestemmt hatte. »Du hast recht. Ich war jung, Widerspruch unserer Frauen wird nach der Sitte meines Volkes ohnehin nur daheim am Tisch wirklich ernst genommen. Wenn wir das Haus führen und über die Kinder sprechen. Man braucht uns vor allem, um das Volk zu erhalten. Die Verkleidung war ein Weg, mich unbemerkt in die Welt zu entlassen. Für viele war ich ohnehin bei dem Unfall ums Leben gekommen. Doch Vater hatte Neider, und diese legten sich mächtig ins Zeug, seinen Leumund zu besudeln. Sie deckten unser Geheimnis bei uns unter der Erde auf und gaben es oben in der Stadt bekannt.«

»Die Wächter müssen deine Tarnung durchschaut haben. Man hatte sie vorgewarnt, und Jahre später erkannte dich ein Posten wieder. Man zog deine Familie in den Schmutz, und das wegen eines nicht absehbaren Unglücks. Das ist erbärmlich.« Bowdens Züge waren auf denkbar seltsame Weise weich geworden. Gjala verstand nicht, warum, doch es war das erste Mal, dass sie den Gotteskrieger nicht hasserfüllt oder hart wie Felsgestein in die Welt stieren sah. Stattdessen barg er in seinem Inneren ein schwelendes Feuer. Einen Zorn, während er in seine Vergangenheit zurückblickte. Sie spürte, dass sie mit der Schilderung ihres Schicksals eine Verbindung zu ihm aufgebaut hatte, und seine Züge spiegelten dies in einer nie gekannten Milde wider.

Sie atmete erleichtert aus. »Das war es im Großen und Ganzen. Ihr verübelt es mir also nicht, dass ich euch getäuscht habe? Der ganzen Welt etwas vorspielen musste? Es vergeht kein Tag, keine Nacht, da ich nicht den Drachen im Schacht höre. Ich schrecke hoch, betaste meine Verbrennungen. Suche mein zweites Herz, das bei dem Unfall zerrissen wurde«, klagte Gjala. Sie blickte in die Runde und entdeckte nichts als Gesichter der Anteilnahme. Zustimmendes Nicken.

»Daher hast du gezögert, wusstest nicht, ob du kämpfen solltest. Du verabscheust Gewalt? Manchmal ist sie notwendig, weißt du das?« Tanaqui hielt den Kopf geneigt wie ein Raubvogel, doch auch ihre porzellanweißen Züge waren milder geworden.

»Ich kann mich wehren, wenn es sein muss. Die Straße war ein guter Lehrmeister.« Gjala erschrak, wie abgrundtief müde sie klang. Sie sah Kato und Limbo einmütig nicken. »Doch das war es nicht. Es war ein inneres Wiedererkennen. Die unbändige Gewalt des Jötnar, noch dazu im Herzen meiner Heimat, zwischen den Stollen und in der Stadt. Für einen Augenblick lag ich wieder verschüttet in diesem Schacht. Damals. Außerdem tat mir der Riese leid, so seltsam das klingt. Mein Volk hatte seine Art gehetzt, schon vor der Diaspora. Wir waren uns schon immer so feindlich gesinnt wie Vitriol und falsches Erz, ohne dass mir jemand erklären könnte, woher dieses Zerwürfnis eigentlich stammt. Weißt du's?«, fragte sie und wandte sich an Bowden.

»Ich weiß nur, dass die Riesen die Skraemar ebenfalls jagten. Sie dulden niemanden in ihren Landen. Die Jötnar wähnten sich stets als Herren über die Wale, Berge und Küsten. Alles, was die Kälte berührt, beanspruchen sie als ihr Eigentum. Zudem pflegen die Nordleute ihren eigenen Glauben – möge der Architekt diesen Heiden vergeben –, und demzufolge erschuf einer der Hauptgötter der Skraemar auch die Welt, indem er einen der Ahnherren der Riesenheit erschlug. Sie denken, unsere Länder gehören ihnen, weil der gesamte Rücken aus Erde unter allen Reichen der Leichnam ihres Gottes sei. Und euch hassen sie, weil ihr euch ihrer Religion zufolge wie gefräßige Maden durch sein Fleisch bohrt.«

»Ah, die Schönheit der Religionen! Stets ein Vergnügen, erklärt zu bekommen, wer weswegen aufgrund welchen Verhaltens für wen auch immer wertlos oder wertvoll ist und wie sich das Ganze binnen weniger Augenblicke ändern kann.« Erschöpft vom Spielen mit Worten, nahm Kato einen Schluck von seinem Wein. Er lächelte so sauer, als hätte er puren Essig getrunken. »Jaja. Aufgebrochen sind wir als Gefangene mit Wärter. Alles, was ich jetzt noch sehe, ist ein Fähnlein Heimatloser.«

»Sprich nur für dich, Deserteur! Und du hast dich deine Heimat selbst gekostet.« Bowden klang kein bisschen so gemein, wie die Worte vermuten ließen. Gjala merkte, dass er nicht aufgehört hatte, sie anzusehen, während er von seiner Heimat erzählt hatte, von den Riesen und dem Bündnis der Skraemar mit den Zwergen.

»Jedenfalls widerstrebte mir, auch nur eine Hand gegen den Riesen zu erheben. Bis zuletzt hoffte ich, dass er uns vielleicht nur missverstand«, gab sie zu bedenken. Doch so völlig überzeugt klang sie nicht.

»Manche sprechen nur eine Sprache, Frau Bardin«, wusste Limbo.

»Da wir gerade bei Sprachen sind …« Kato hob den Runenstab und tippte sich damit gedankenverloren an die Unterlippe. »Kommen wir zur Überlieferung des Runenstabs! Wir haben uns ausgeruht und wurden in das Geheimnis der geprüften Zwergin eingeweiht. Was mich angeht, sind wir miteinander im Reinen, Gjala. Ich habe mich die ganze Zeit gewundert, woher ich dich wohl kenne. Dann ist es mir wieder eingefallen. Meinst du wirklich, du könntest in der Hauptstadt von Emrick einträgliche Kartenturniere gewinnen und keinerlei Aufsehen erregen? Mich hast du gehörig ausgenommen, nach allen Regeln der Kunst, möchte ich anmerken. Es hat ein bisschen gedauert, bis ich dich damit in Verbindung brachte. Du erinnerst dich nicht an mich?«

Natürlich erinnerte sie sich. Wer könnte einen brennenden Mann vergessen, einen Menschen, der bei seinen militärischen Kameraden gleichermaßen beliebt und gefürchtet gewesen war. »Auch bei mir hat es ein Weilchen gedauert, bis mir die Spiele wieder einfielen. Das Gedächtnis meines Volkes mag aus Stein gebildet sein. Doch es ist Jahre her, du warst viel jünger, und meine Männerverkleidung verlangte mir sehr viel Geschick ab. Aufzutreten und Rollen zu spielen, während man bereits eine verkörperte, dabei Lieder und Gedichte im Geist zu behalten, das kostete viel Kraft. Noch dazu ähneln sich die meisten Menschen für mich sehr, aber ich habe nie den brennenden Mann vergessen, dessen Karten bei jedem Stich behandelt werden mussten. Sieh es mir nach! Als ich dich oben im Dorf wiedertraf, ging ich davon aus, dass jene eurer Zauberer, die mit Flammen umgehen, einfach alle so aussehen wie du.«

Ihr entging nicht, dass Tanaqui kaum merklich erschrak und einen durchdringenden Blick auf den Magier warf. Meldete sich da ebenfalls die Erinnerung an eine gemeinsame Begegnung? Schmerzte sie nur die Erinnerung an Feuerkämpfe?

»Bringt uns denn nun weiter, was wir herausgefunden haben, Deserteur?« Mit einem Klicken seiner Panzerhandschuhe legte Bowden die Hände aneinander.

»Wie gesagt, wir müssen nach Kundrheim. Auf uns warten dort im Norden vielfältige Aufgaben.« Kato ächzte wie ein Mann, der vor einem unüberwindlichen Berg steht. »Doch zuvor müssen wir den Fahrstuhl reparieren, um in die Höhe zu gelangen. Klarstellung: Ich werde sicher keine Stunde rittlings auf der Plattformkante in die Höhe fahren. Gelingt uns eine solche Ertüchtigung des alten Apparats, Gjala? Vermutlich hat deine Familie jede Menge Werkzeug gehortet.«

»Das bekommen wir hin«, antwortete sie lakonisch.

35

»Das bekommen wir nicht hin«, ächzte Limbo. »Wir sitzen hier unten fest.«

Bowden Verdian konnte dem feisten Vagabunden nicht widersprechen. »Diese Feiglinge!«, zischte er. »Sie haben die geborstene Plattform in die Höhe gezogen. Müssen gehört haben, was sich hier unten ereignete. Den Lärm, den Donner unseres Kampfs. Das heißt aber nicht, dass wir verloren sind. Ich weiß aus der Kunde meiner Kirche, dass Zwerge stets mehr als einen Zugang zu ihren Städten legen«, log er. Es war ein Schuss ins Blaue, doch ihm fehlte die Geduld, mit Bierschaum erst über weitere Schritte zu feilschen wie ein Krämer über Makrelenpreise.

»Wir entkommen von hier«, antwortete die Zwergin mit fester Überzeugung.

»Müssen wir dabei am Ende durch die Tiefe?«, erkundigte sich der Deserteur. Für Bowden war unübersehbar, dass der Magier guten Grund zum Misstrauen hatte. Auch wenn Bowden nur noch halb hingehört hatte, seit in den Schriften des zwergischen Weisen die Rede von Kundrheim gewesen war, so war ihm doch die Schilderung des seltsamen Zuchtvorhabens nicht ganz entgangen, das der Runenpriester der Unterirdischen enthüllt hatte, bevor auch er auf mysteriöse Weise verschwand.

»In der Tat. Wir gelangen nur durch die tiefsten Tunnel zu den geheimen Portalen, die jenseits des Dorfs in Wald und Feldern verborgen liegen. Es wird länger dauern«, antwortete Gjala.

»Wie viel länger?«, wollte Limbo wissen.

»*Viel* länger«, bekräftigte sie mit ernstem Blick.

Sie sollte recht behalten mit ihren Worten. Zumindest meinte Bowden zu fühlen, wie viel länger es diesmal dauerte, in die Tiefe hinabzugelangen. Dieser dunkle Ort, nur erhellt von dem kalten Feuer des Deserteurs, mochte einen schwächeren Mann mit Grauen erfüllen. Er veränderte die Wahrnehmung, nagte an der Zeit.

Immer weiter stiegen sie nach unten. Da niemand mehr die Bedienung der Aufzüge übernahm, die in die untersten Stollen hinabführten, lotste die Zwergin den Tross durch gewaltige hohle Säulen, die sich als Treppenhäuser entpuppten. Stufe um Stufe ging es in noch tiefere Finsternis hinab.

Bowden hatte sich für einen Mann gehalten, den nichts mehr zu überraschen vermochte. Doch er musste sich eingestehen, wie sehr es ihn mitnahm, dass es unter der so tief liegenden Zwergenstadt noch viel weiter hinabging. Mit jedem Schritt, den sie vorankamen, wurde es wärmer, und ihm entging nicht, wie besorgt der Deserteur aussah. Immer wieder blieb der Magier stehen, legte eine von den verdammten Zeichen bedeckte Hand an die Wand und kritzelte in seinem Grimoire. Der Wälzer füllte sich zusehends mit Tamasines Aufzeichnungen.

Bowden war kein dummer Mann, was immer viele in seiner Gegenwart von dem vermeintlich tumben Nordling auch glauben mochten. Er ließ ihnen ihre Irrtümer. Jene, die ihn unterschätzten, begingen unvermeidliche Fehler. Für ihn die wertvollste Lehre verdeckter Überlegenheit. Er ahnte, dass Kato das Verhältnis zwischen der vermutlichen Tiefe und der beständigen Erwärmung zu erfassen suchte. Da ihm seit dem Vorfall in der Jugend die Sinne für Wärme fehlten, bat der Lohenmagus die Begleiter immer wieder, eine Hand an die Wände zu legen. Manchmal auch zwei von ihnen, um einen Vergleich zu ziehen, und das häufige Anhalten verzögerte die Reise durch die Tiefe noch weiter.

Immer wieder ertappte sich der Paladin dabei, dass sich Bilder aus der Vergangenheit seinem inneren Blick aufdrängten. So wie vor einigen Tagen, als er im Tempel vergeblich Ruhe durch Meditation zu finden hoffte. Sie wandelten einfach zu nahe an seiner Heimat. Seit der Name der zwergischen Festung unter der Fjordsiedlung gefallen war, gab es keinen Weg mehr, den Zorn und die damit einhergehende Bilderflut in Schach zu halten.

Die schier endlosen Schatten steinerner Säulen und hölzerner Stützpfeiler, bizarrer Stalagmiten und wie Reißzähne herabhängender Stalaktiten taten ihr Übriges. Wann immer man ihn ansprach, schreckte Bowden hoch, musste abschütteln, womit er sich gerade befasst hatte.

Was ihn gerade erfasst hatte.

»Vater«, flüsterte er.

Sosehr er sich auch einreden wollte, zum Architekten zu beten, er wusste, dass er eigentlich mit seinem leiblichen Vater darüber sprach, was seinerzeit zwischen ihnen vorgefallen war. Nach seinem Rat sehnte sich Bowden insgeheim, mehr noch als nach der Gunst seines Gottes.

Und doch: Es war sein Gott, der die Hand im Spiel hatte. Welche Fügung des Schicksals! Eine Mission, die ihn in seine Heimat zurückführen würde, um seiner Familie die lang ersehnte Gerechtigkeit zu verschaffen. Und wenn er die neuen Erkenntnisse richtig deutete, hatten die Zwerge irgendeinen Frevel begangen, welcher Selachis bedrohte.

Er musste sich zwingen, gegen jeden Anspruch der Demut nicht breit zu grinsen. Sicher, alle Fährnisse hatten ihm schwer zugesetzt, und er bedauerte Bierschaum mit ihrem schweren Schicksal aufrichtig. Doch zugleich war sie ein Schlüssel. Eine Pfründe, wie ihr eigenes Volk sie wohl genannt hatte. Denn mit den Geheimnissen, die hier unten enthüllt worden waren, und der Zeugenschaft einer lebendigen Zwergin kehrte er nicht als Bittsteller eines gefallenen Hauses in seine Heimat oder gar zur Königin zurück.

Nein, o nein! Er war Paladin im Namen des Architekten und erfüllte eine Sendung, die ihn nun in jenes Dorf zurückführen würde, wo sein harter Weg begonnen hatte. Er würde den Spottnamen wegwaschen, mit dem die schmutzigen und derben Skraemar seine Eltern besudelt hatten.

Denn jetzt – o ja, von jetzt an! – leitete ihn ein triftiger Grund, Gerechtigkeit mit der vollen Macht seiner Kirche im Rücken walten zu lassen. Sollten sie es wagen, sich Emrick und dem Architekten zu widersetzen! Sie vermochten ihm keinen größeren Gefallen zu tun als dies.

»Wir werden noch immer verfolgt«, raunte Tanaqui und unterbrach das Hochgefühl. Er verspürte jedoch weiterhin großen Tatendrang, der sich ausnahmsweise nicht gegen seine Begleiter wandte.

»Anzahl?«, erfragte er soldatisch knapp durch Fingerzeichen in der allgemeingültigen Sprache des Schlachtfelds, die das Messerohr beherrschen musste.

»Nur unser Verfolger«, gab sie auf gleiche Weise zurück und bedeutete ihm, die Hände vor der Brust sprechen zu lassen.

Also hinter uns, dachte er bei sich.

»Was will er?«, gestikulierte er weiter.

Die Wüstenelfe schüttelte nur den Kopf unter ihren Tüchern.

Bowden sollte nicht lange auf seine Antwort warten müssen.

Er erhielt sie kurz darauf.

Sie hatten den Gang erreicht, der ihre Weltsicht umstoßen sollte.

36

»Wie viele mögen dies sein?«, fragte Tanaqui ergriffen. Sosehr sie sich auch bemühte, mit dem ihr üblichen Abstand und beschirmt vom Großen Jäger das vor ihr Ausgebreitete gefasst aufzunehmen, es war unmöglich.

»Dutzende. Hunderte? Du hast die schärferen Augen, Fuchstochter.« Kato hielt seine Macht so dicht gesammelt, wie er es hier unten vermochte, um den Gang zu erhellen. Doch gerade in der gleißenden Helligkeit wirkte er eingefallen und kränklich. Seine Stimme klang unendlich müde. Es war ersichtlich, wie entsetzt der Feuerzauberer von dem Anblick war, der sich ihnen bot. Tanaqui mochte es ihm schwerlich verdenken.

Ihr erging es keinen Deut anders.

»Erklär mir das jetzt einer!«, befahl Bowden, doch niemand zweifelte, dass sich seine Worte vor allem an Gjala richteten.

»Ich weiß nicht das Geringste«, räumte Bierschaum ein. Ihr Mund stand offen. Sie wiegte den Kopf hin und her. »Ich war noch nie so tief unten.«

»Lüge. Wie hättest du uns sonst führen können?«, widersprach der Paladin.

»Lasst sie, Herr. Warum sollte sie denn noch etwas verbergen?« Limbo setzte einen Fuß nach vorn. Er bückte sich und hob auf, was die Finsternis preisgegeben hatte. Hielt es in die Höhe, so als wäre die Ansammlung gleichartiger Stücke, die sich von hier bis zum Rand der Dunkelheit am Boden zog, nicht unübersehbar.

Bowden spürte das unwiderstehliche Verlangen, den Galgenstrick niederzustrecken. »Hüte deine Zunge! Ich bin dein vorlautes Mundwerk leid. Zwerge haben das hier geschaffen, und Zwerge werden es erklären.«

»Sie war aber nicht zu Hause«, äffte Kato den Tonfall eines Lehrers nach, der den immer gleichen begriffsstutzigen Schülern sein seit Jahrzehnten wiederholtes Wissen einzutrichtern versucht. »Sie war verbannt. Nachweislich. Wir haben sogar ihre Verkleidung als Zeugnis, wenn du denn unbedingt eines benötigst.«

»Wir haben nur, was sie sagt. Was sie behauptet«, wandte der Paladin etwas lahm ein. Doch es war peinlich spürbar, dass er einen Schuldigen suchte und im Trüben fischte. Er hatte nichts Wirkliches auf seiner Seite, zu offenherzig, zu ehrlich war das Geständnis von Bierschaum gewesen. Und gleichwohl, wer oder wie Bowden Verdian sonst war, er achtete die Wahrheit.

Das Beweisstück war eines aus der unüberschaubaren Anzahl am Boden. Es baumelte in zwei gleichen Teilen von Limbos Hand herab. Ein Klirren war zu hören, wo zwei Schellen aus Eisen, mit Flügelmuttern verschlossen, im Höhlenwind aneinanderstießen.

Tanaqui kannte solche Geräte nur allzu gut aus dem Krieg. »Fußfesseln. Handschellen. Eisen, in dem Träume vom freien Himmel und dem Wind auf der Haut langsam sterben und verfallen wie das Fleisch darunter«, erklärte sie. Sie fletschte die Zähne ... oder vielmehr tat es der Große Jäger. Doch hatte sie keinerlei Grund, ihn davon abzuhalten. Es hieß, ein furchtbares Schicksal zu verhängen, jemanden auf Dauer festzusetzen, noch dazu in der quälenden Dunkelheit und dem Druck der unterirdischen Welt. Ein Speerwurf, ein Bogenschuss auf der Flucht, das war die Art ihres Volkes, um zu strafen. Schnell wie ein Wolfsbiss.

Schlimmstenfalls drückte man jemandem ein Messer in die Hand und sandte ihn ohne Ausrüstung in die Wälder. Wer sich dort bewies, hatte das Weiterleben verdient.

»Jede davon ist geschlossen.« Limbo durchquerte den Minenschacht, bückte sich, hob auf, bückte sich, hob auf. Er besah sich Dutzende der Schellen, zog sie in die Höhe, schleppte einen ganzen Haufen davon zu den Kameraden zurück.

Tanaqui warf einen prüfenden Blick darauf. Der Vagabund hatte recht. Er traf in letzter Zeit verblüffend oft ins Schwarze, wenn man danach urteilte, was die anderen Rundohren und Gjala über den undurchsichtigen Mann dachten. Sie hatte längst begriffen, dass die feiste Fassade einen gänzlich anderen Menschen verhüllte.

Jemanden, der weitaus mehr mit ihr gemein hatte, als der Rest der Ehrbaren hier vermutete, wenn sie sich nicht täuschte.

»Die meisten stattlich, einige etwas kleiner, je nach Körperbau. Männer, aber auch Frauen und vereinzelte Kinder.« Kato schüttelte angewidert den Kopf. »Das kennen wir aus den Straflagern der Sumpfweisen nördlich von Emrick, oder, Blechbüchse? Kinder kriechen in den kleinsten Stollen.«

Angewidert spie sie aus, was Tanaqui bei dem Magier erstmals sah. Nach allem, was sie wusste, waren Haare, Fingernägel und Speichel eines Lebewesens zaubermächtig. Wenn ein Zauberer etwas davon verschwendete, gab er magische Gewalt preis. Sie wollte ihm gern helfen, doch der Magier nuckelte wieder nur an seiner Flasche.

»In der Tat«, musste Bowden mit dem Tonfall eines Mannes beipflichten, der in etwas Herzhaftes beißt und dabei schreit, dass der Putz von der Decke fällt. Es kamen keine Zurechtweisung, keine Beleidigung, kein Tiefschlag.

»Nicht eines davon ist für einen Zwerg«, stellte Bierschaum tonlos fest. Als die anderen sie anblickten, antwortete sie nicht, sondern hob stattdessen die größten der Schellen vor Arme und Schenkel. Der Größenunterschied selbst einer Zwergenfrau gegenüber war unübersehbar. Die Fesseln waren ihr einfach zu klein. Sie klaubte noch etwas vom Boden auf und steckte es ein, bevor man einen genaueren Blick darauf erhaschen konnte.

»Für Elfen?«, fragte Bowden.

Nun war es Tanaqui, die verneinte. »Gleichviel, ob Schwertwindelf aus Stadt und Wald oder einer der Silberreiter der Wüste, wir müssten eingehen, wenn man uns von den Jahreszeiten, der Sonne und dem Wind fernhielte. Nach wenigen Wochen in dieser Finsternis bei körperlicher Arbeit würden wir erlöst. Unsere Götter haben uns schlicht nicht für ein Leben wie eures geschaffen.«

»Oder umgekehrt«, murmelte Limbo so leise, dass wohl nur Tanaqui und die Zwergin es hören konnten. Seine Kiefer mahlten beim Anblick dieses Zwangslagers unter der Erde.

»Dies kann nicht sein«, murmelte Bowden. »Das darf einfach nicht möglich sein.«

»Du weißt, wie der Schluss lautet, Blechmann. Elfen gehen ein, für Zwerge sind die Schellen zu klein, die Hyänenköpfigen würden sich lieber totbeißen, als sich von einem der anderen Alten Völker oder uns Menschen gefangen setzen zu lassen. Riesen und Trolle kannst du ausschließen, die Messerohren haben die Orks schon vor Jahrhunderten für immer zum Verstummen gebracht. Diese Schellen sind für ein einziges Volk bestimmt.«

»Das waren alles Menschen«, bestätigte Limbo und nickte dem Magier zu.

»Das kann nicht sein«, wiederholte Bowden. »Auch von den Bedingungen her nicht.« Damit zeigte er, dass er lange vor ihnen die Tragweite ihres Funds begriffen hatte. »Viel zu viele Menschen. Emrick ist ein großes Reich, aber sicher nicht vergleichbar mit dem Alten Kontinent. Selbst Selachis bleibt daneben überschaubar. Woher sollen die alle kommen? Und wenn sie aus Emrick stammen ... wir sind doch mit den Zwergen verbündet. Seit den Tagen der Ankunft.« Er blickte mit einem Ausdruck solch hilfloser Verwunderung in die Runde, dass es Tanaqui einen Stich versetzte.

Sie konnte nicht anders, als Kato anzuschauen, sich an seinen Gesichtsausdruck in jener Nacht zu erinnern, da er noch ein Junge gewesen war und das Elternhaus des späteren Magiers in Flammen stand. Wie er davor auf der Straße stand, genauso in Orangerot getaucht wie jetzt. Zwischen ihnen, den Mördern seiner Eltern, und einer Mörderin, die nun wieder an ihn herantrat, obgleich verhüllt.

Du hast ihn aus dem Haus geborgen, bevor er mit diesen Kriegsgewinnlern verbrannt ist, hörte sie den Jäger antworten. *Du hast ihm das Leben gerettet. So schien es dir zumindest. Doch Feuer konnte ihm auch da schon nichts anhaben.*

»Anscheinend sind wir inniger mit denen verbündet, als ein jeder von uns bislang dachte, Herr«, bemerkte Limbo ohne den üblichen Biss in der Stimme. »So viele Menschen verschwinden nicht einfach, ohne dass sich irgendjemand daran bereichert. Und dass zwergische Sklavenjägerkarawanen die Lande unsicher machen, davon habe ich zumindest noch nie gehört.«

»Das ist ... das sind ... Wer hat das getan?« Bowden schien nicht imstande, den grausigen Fund zu erklären. Es berührte Tanaqui, wie sein erster Blick zu dem Mann hinüberschweifte, den er am meisten zu hassen vorgab und mit dem er doch die schwersten Prüfungen des Kriegs bestanden hatte. Zu seinem Kameraden.

»Ich habe keine Antworten für dich. Noch nicht.« Katos Stimme hatte noch immer einen müden Beiklang. Das Fläschchen, das er in Gjalas Haus nachgefüllt hatte, steckte er unter seine Gewänder. »Aber eines weiß ich.«

Limbo hob fragend den Kopf, ließ die Schellen fallen. Das Klirren hallte durch die Gänge.

»Uns steht das Schrecklichste noch bevor. Ich rieche es. Ich schmecke es, ich spüre es auf jedem Fleckchen dieser zerstörten Haut. Was immer bisher geschah, wohin auch je es alle verschlagen hat, hier herrscht eine Bedrohung anderer Größenordnung.«

Bowden hielt sich äußerlich ruhig, verbarg seine Bestürzung. »Was hast du gesehen, Deserteur? Was könnte schrecklicher sein als all das?«

Kato antwortete nicht. Er nickte Gjala zu.

Dann zeigte er es ihnen.

37

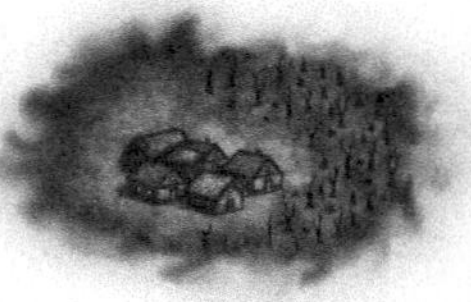

»Wie lange geht das wohl noch so?«, fragte Bierschaum schwer atmend. Die Stirn der Zwergin glänzte vor so viel Schweiß, dass es wie Öl anmutete. Tanaqui kam halbwegs zurecht, sie hatte sich in Jahren an die strengen Bedingungen der Wüste gewöhnt. Allerdings bedeuteten die Verhältnisse hier unten eine weitere Steigerung. Nur sie und Kato ächzten nicht unter der unfassbaren Hitze, die an der Öffnung zum Seitengang herrschte.

Auf Katos Hinweise hin hatte Gjala sie hierhergeführt. Sie hatten ein Schott aus schwerem, viel zu heißem Metall am Eingang eines Schrägstollens geöffnet. Nur Kato war es zu verdanken gewesen, dass sie weder verbrannt noch erstickt waren.

»Inferno.« Bowden klang überzeugt. »Wir sind so tief hinabgestiegen, wie es die Schriften des Architekten beschwören. Wir haben die Tiefen der Höllen erreicht, die den schlimmsten Sündern gegen das Gesetz der Gemeinschaft vorbehalten sind.«

Langsam wendete Bierschaum den Kopf hin und her. »Flözfeuer. Lagebrand«, murmelte sie. »Der Drache frisst sich durch die Erde.« Hatte sie auf Tanaqui einen bereits gebrochenen Eindruck gemacht, nachdem kein Sprössling ihres Volkes mehr in der Stadt weilte, so schien sie nun endgültig alle Hoffnung aufzugeben.

»Vielleicht beschreibst du das so, dass man es versteht, auch wenn man nicht in einer Mine aufgewachsen ist, Frau Bardin? Bitte?«, fragte Limbo.

»Wie ich schon in der Stadt befürchtet hatte. Die Lagerstätten der Steinkohle. Die Feuergeister, wie Kato sie nennt, haben reiche Beute und Speise darin gefunden, was unter der Erde liegt. Brennt Kohle in der Tiefe und erreicht die notwendige Hitze, schwelt sie im schlechten Fall ewig.«

Sie alle starrten durch eine magische Wand von ihm selbst gelenkter Flammen, mit denen der Zauberer unbeschreibliche Mengen schwarzen Rauchs und tosender Glut hinderte, aus dem Tunnel zu schlagen und sie zu verschlingen. Tanaqui musste Bowden recht geben. Die mystische räumliche Kraft, die dem Willen des Lohenmagus folgte und das Feuer am Hinauspeitschen hinderte, öffnete zugleich ein Fenster dort hinein, was Menschlingspfaffen die Hölle nannten.

»Wie das Gitter eines Röstgrills«, meinte Bowden ungerührt. »Und wir stehen darauf.« Mit einem gepanzerten Finger stieß er gegen die Brust seines alten Kameraden. »Deinetwegen sind wir hier unten, Deserteur. Nun entfessele endlich deine gesamte Macht! Du hast meine Genehmigung. Lösch dieses verdammte Feuer!«

»Das liegt nicht in seiner Macht«, ließ sich eine Stimme hinter ihnen vernehmen, ebenso melodiös wie rau.

Tanaqui hatte den Neuankömmling bereits gewittert, bevor dieser auch nur sein erstes Wort gesprochen hatte oder Kato nur die Lippen zu einer Antwort teilen konnte. Sie ließ sich zur Seite fallen und griff nach ihrer treuesten Waffe. In einer Bewegung, mit der sie tausendfach geübt hatte, einen Wasserfall kurzzeitig mit dem Speer zu teilen, ließ sie den Stahl vorzucken wie eine zubeißende Kobra.

Die Spitze schwebte in der Luft, weniger als ein Fingerbreit von der Kehle einer Gestalt im Hintergrund entfernt.

Tanaqui spürte einen Stich. Eine Vertrautheit, die schmerzte. Zwar hatte sie gewusst, dass ihnen ein Elf folgte, doch es war weitaus berührender, das Geschöpf leibhaftig zu sehen. Es trug die angestammte Kleidung der Waldläufer, von der bei ihr nur Überreste als Zierrat vorhanden waren.

Eng anliegendes Leder, das ein Sammelsurium an Waffen barg. Ein mächtiger Kapuzenumhang aus Samt. Arm- und Beinschienen aus nahezu unzerstörbarer Eisenborke. Schatzholz aus der Zeit vor dem dritten Unwerthkrieg, bevor sie die Haine dieser Pflanze der Hochelfen vernichtet hatten.

»Er befiehlt, dass ihr sterben müsst. Bevor ihr zur Gefahr heranwachst. Wir wollen das Gegenteil. Um der alten Zeiten willen.« Das Gesicht der Gestalt war unter der Kapuze verborgen, hinter Tüchern selbst der natürlichen Nachtsicht der Wüstenelfe entzogen. Die Stimme klang so rau, so schmerzhaft heiser, und doch lag ein Gefühl der Nähe darin, die Tanaqui seelische Qualen bereitete.

»Wir kennen uns doch irgendwoher«, mutmaßte sie, ohne für einen Moment ihre Deckung aufzugeben.

Alle Ereignisse seit Auftauchen des Fremden hatten sich zwischen beiden Elfen abgespielt. Für die anderen nur ein undurchschaubarer kurzer Schlagabtausch.

Und doch folgten Bowden und Limbo Tanaquis Beispiel fast auf der Stelle. Der Vagabund versuchte Bierschaum und Tanaqui mit dem Körper zu decken, eine erneute Probe seiner Selbstlosigkeit, die ihm mittlerweile wohl nur noch Bowden absprach.

Statt seines mächtigen Bastardschwerts hatte der Gotteskrieger ein kurzes Hiebschwert aus den Tiefen seiner Gewänder hervorgeschwungen, welches in einer Reihe mit Tanaquis Speer in der Luft vor der Brust des Elfen verharrte.

In einer gemessenen Bewegung, langsam, um niemanden herauszufordern, hob der Neuankömmling die behandschuhte Linke und strich sich geziert über den Oberkörper. Just an den Stellen, auf welche die Spitzen deuteten, wischte die Gestalt eifriger, so als entferne sie Schmutz.

Kato wandte den Kopf nach hinten und grinste schief, wobei sein Augenlid zuckte. »Ich will mich ja nicht einmischen, was auch immer ihr einander antun wollt. Doch falls ich in meiner Abwehrkraft nachlasse, ergeht es allen hier sehr schlecht.«

»Dann herrscht hier jetzt wohl ein kleines Patt«, röchelte der Fremde mit einer biestigen Freude in der Stimme.

»Wenn ihr euch umdreht, um das schwere Tor zu schließen und den Magier zu entlasten, greifen wir an. Oder wir erwischen ihn, schneller, als ihr uns aufhalten könnt. Und das Feuer verschlingt uns alle. Also lasst schön die Hände ruhen, wo sie sind. Heute muss niemand sterben. Wir wollen uns zunächst ein Bild verschaffen!«

»Du steckst hinter dieser Teufelei? Du schuldest uns Rechenschaft!«, blaffte Bowden, ganz Paladin. Er trat einen Schritt nach vorn, und wie durch Zauberhand erschien ein Wurfdolch zwischen den Fingern des Fremden. »Und wo stecken diese Komplizen, von denen du sprichst? Komm hervor, Gelichter!«

Tanaqui ihrerseits ließ den Speer zucken, schlug eine der Waffen beiseite. Wie erwartet hatte das Geschöpf aber bereits einen zweiten Dolch in der Hand und nahm Maß auf Kato, während es zugleich zurücksprang.

»Wie wir sagten: Patt!«, ächzte der Neuankömmling und atmete schwer.

»Man hat dich verwundet«, stellte die Wüstenelfe fest. »Der Riese hat dich erwischt?«

Der Elf, dessen Gesicht noch immer nicht zu erkennen war, zuckte mit den Achseln. »Wir wurden alle verwundet.« Der Schmerz in seinem Seelenlied tränkte jede Silbe aus seinem Mund.

Bowden wollte etwas sagen, während Limbo die Lage abwartete. Tanaqui bedeutete beiden, sich zurückzuhalten. Das schmeckte dem Paladin nicht, doch sah er, dass niemand einen zweiten Wurfdolch abfangen konnte, der dann entweder Kato oder Bierschaum an seiner Seite treffen mochte. Der Blick der Zwergin war vor Hass verzerrt, sie mahlte mit den Zähnen. Vor sich wähnte sie bereits den Schuldigen hinter dem Elend ihres Volkes stehen zu sehen.

»Du trägst das Kleid des Frühjahrs«, erklärte Tanaqui und deutete mit ihrem Speer auf die Ausrüstung des Waldläufers. »Die Kleidung eines Kindes unserer Art. Und doch redest du wie ein Erwachsener, der den Wuchs seines Sommers erreicht hat, statt uns einfach von hinten zu töten. Zu alt, um grausam und töricht genug zu sein, mit uns spielen zu wollen. Wer bist du? Steckst du hinter dem ganzen Schrecken hier? Und wem dienst du? Wer wünscht uns den Tod?«

»So viele Fragen.« Unter seiner Kapuze schüttelte das Geschöpf den Kopf. »Man nennt uns Kaelanos.«

»Euch?«, zischte Bowden. »Ich sehe keinen deiner Spießgesellen. Bist du einer Anstalt der Seelenheiler entlaufen?«

»Dein Haustier hat keinen Anstand«, schimpfte Kaelanos auf Elfisch. »Wir werden gern alle deine Fragen beantworten. Doch dafür wirst du uns begleiten, Tanaqui Fuchstochter aus den Landen der Westauen.«

Sie fühlte sich, als hätte sie einen Schlag in die Magengrube erhalten. »Woher kennst du meinen Namen?«, stöhnte sie fast unhörbar. »Niemand weiß mehr um diesen Namen.«

Ihre Stimme ging in Bowdens Drohung unter. »Das Haustier zieht dir gleich einen Scheitel mit zwanzig Pfund Stahl, Messerohr, den du nicht mehr auskämmst«, versprach er in vollendeter Betonung des Elfischen.

»Das Äffchen kann kratzen«, kicherte Kaelanos.

Bowden begehrte auf, aber Tanaqui ging dazwischen. »Hör auf, Bowden Verdian! Bitte! Um meinetwillen. Oder zumindest um der Mission willen, wenn dich mein Los nicht schert.«

Der Gotteskrieger verzog das Gesicht. Angewidert starrte er den Neuankömmling an, schwieg aber.

»Wer will sie haben? Wer will Tanaqui bei sich?«, fragte Limbo in der Sprache der Menschen von Emrick.

Kaelanos schien den Vagabunden eben erst wahrgenommen zu haben. Die Gestalt wechselte ebenfalls wieder in die Menschensprache. »Du hast ja eine ganze Kollektion deiner Äffchen dabei, Tanaqui Fuchstochter aus den Westauen. Nicht schlecht. Wenngleich dieses hier wohl zu viel vom Konfekt der Rundohren genascht hat. Gar nicht schlecht. Es ist besorgt um dich. Aber um die Frage zu beantworten: Tanaqui weiß genau, wen wir meinen. Du gehörst ihm, Fuchstochter. Du bliebst stets sein Eigen, und niemand entrinnt seinem Schicksal. Begleite uns freiwillig, dann müssen wir keine Gewalt anwenden!«

»Du meinst, wie du auch alle Zwerge oder diesen Riesen von Gewalt verschont hast? Indem du eine ganze Stadt entvölkert und gebrandschatzt hast? Meinst du diese Art von Gewaltverzicht?«, stieß Kato bitter hervor. »Solcherlei Friedfertigkeit durften wir hautnah erleben. Die kennen Bowden und ich nur allzu gut aus dem Krieg. Wir können ja meine Eltern fragen, wie verträglich ihr Elfen Feuer handhabt.«

»Er weiß es nicht«, murmelte Kaelanos. Das Geschöpf war wieder ins älteste Elfisch verfallen. »Ach, wie fein! Willst du es ihm nicht beizeiten sagen, Fuchstochter? Schau nicht so verdutzt! Den erkenne ich wohl.«

Sie fuhr zusammen. Scham kroch in ihrem Innersten hoch, trieb ihr die Röte ins Gesicht.

Kato runzelte die Stirn und lächelte kalt. »Was hat er gesagt? Ich habe seinesgleichen hundertfach zu Schlacke verbrannt, mich gar nicht erst der Mühe unterzogen, euer Gefiepe zu erlernen.«

Diesmal war es an dem Neuankömmling, die Fassung zu verlieren. »Genug der Plänkelei! Denkt ihr Narren wirklich, wir würden den Mirvaali entzünden? Unsere Wiege, unseren Schoß, unsere Mutter in Brand stecken? Du hast keine Wahl, Tanaqui Fuchstochter aus den Westauen. Du wirst uns begleiten. Wie heißt es doch so schön im Poem der Menschlinge? Und bist du nicht willig ...«

»Einen Dreck wird sie.« Bowdens Stimme wies wieder das Klirren jenes Nordwindes auf, der Männer, Frauen und Kinder unterschiedslos erfroren zurückließ. »Wer oder was immer du vorstellst ... oder ihr ... oder wie immer du genannt werden willst. Du gibst hier keine Befehle.«

»Bedauerlich«, konterte das Geschöpf und ließ die ganze natürliche Grausamkeit der Jugend ihres Volkes in seiner Stimme aufglimmen. So wie sie auch vor so vielen Wochen in der Wüste beim Sohn des Stammesführers hervorgeschienen war. Tanaqui spürte die Macht ihres Gegenübers aufwallen, eine Formlosigkeit wie Herbstwind, der vielfarbenes Laub trug und sich von nichts und niemandem aufhalten ließ. Sie machte sich bereit, einen Angriff zu parieren.

In diesem Augenblick stieß Bierschaum einen scharfen Pfiff aus, der die Aufmerksamkeit des Waldelfen für einen winzigen Moment auf die Zwergin lenkte.

Kato zischte einen Befehl.

Kaelanos schrie auf, als Kincaid die Zähne in der Wade des Elfen vergrub. Der Mörder aus dem Wald warf sich herum, um den Hund zu töten, doch mit einem grellen Ton prallte der Stahl seiner Krummschwerter auf die Spitze von Tanaquis Speer. »Niemand wird dich heute begleiten«, zischte sie.

»Du hast recht«, räumte er in dem Moment ein, da Bowdens Stoßschwert auf seine Brust zufuhr. »Aber das muss auch niemand.« Das Wesen wich einem weiteren Hieb aus. Seine Bewegungen waren so behände, dass Tanaqui kaum mit den Augen folgen konnte. »Wir müssen euch nur dorthin folgen, wo euch die Lösung für das Rätsel der Feuer erwartet. Du hättest uns freiwillig begleiten sollen, Fuchstochter.«

»Mein ganzes Leben lang erzählt man mir, was ich hätte anstellen oder vermeiden sollen«, presste sie durch die Zähne Hervor. Sie stieß mit dem Speer zu, als sie ein Fenster in der Deckung von Kaelanos entdeckte.

Sie traf nur ins Leere.

Die fremde Gestalt war verschwunden. Vor ihren Augen tanzte ein Wirbel aus Laub an ihrer Stelle. Erregt blickte Tanaqui um sich, doch von Kaelanos war nichts geblieben als ein magischer Nachklang der Wälder, nachdem er sich mit einem Wandlungsspruch der Waldläufer an einen anderen Ort gewünscht hatte. Nur ein feiner, schmerzlich vertrauter Geruch hing noch in der Luft.

Sahar.

War dies möglich? Hatte ihre große Liebe einen unbekannten Bruder verschwiegen, als sie beide sich als unschuldige Kinder am Anfang ihres Sommerlebens, am Anfang ihres Erwachsenendaseins aneinandergeschmiegt hatten? Erst Lehrlinge der Druidin, dann Soldatinnen? Zuletzt Gefährtinnen?

»Kennst du ihn?«, wollte Bowden wissen. Seine Stimme troff vor Misstrauen.

»Wenn es ein Mann ist«, warf Limbo ein. »Klang nicht so.«

»Ich sah es mit an«, murmelte Tanaqui abwesend. Erst als sie sich Bowden zuwandte, bemerkte sie, dass sie sich des Elfischen bedient hatte. »Es kamen so viele Wölfe, Verdian. Es herrschte bitterer Winter, und es erschien uns natürlich, dass sie alle Scheu abgelegt hatten.« Dann sprangen sie überraschend vor, blindwütig. Für Sahar gab es kein Entkommen. Sie spürte in der Hitze des Schachts, wie ihre Tränen die Wangen benetzten.

»Sahar?« Bierschaum war in die Hocke gegangen und besah sich die Blattreste.

»Meine Freundin. Meine Liebe.« Tanaqui schüttelte den Kopf. »Dieser Verfolger roch wie ... Sie starb in meinen Armen. In der letzten Stunde war ich bei ihr. Mit ihrer Seele ging auch ein Teil von mir. Damals floh ich in die Wüste. Die Wölfe. Die Bären. Es waren zu viele. So viel Blut. Ihre Kehle. Ich habe versucht ... ich wollte ...« Sie schluchzte. Sie konnte keinen klaren Gedanken mehr fassen.

Diesmal war es umgekehrt. Diesmal wurde sie getröstet. Gjala war herangetreten und hatte ihre mächtigen Arme um Tanaquis Hüfte gelegt. Für einen Moment standen sie verbunden in ihrem beiderseitigen Verlust, eine Insel aus Schmerz inmitten dreier Männer, die betreten dreinblickten.

Limbo wandte sich um. Aus den Augenwinkeln beobachtete Tanaqui, wie er rein aus eigener Kraft das Schott packte und es zuschob, als wöge es nichts und wäre auch nicht unheilig heiß. Bowden hob die Brauen und tauschte einen vielsagenden Blick mit Kato. Sie schloss die Augen wieder, gab sich gebeugt der Umarmung hin. Es tat gut, so seltsam es auch war, eine der Unterirdischen zu umschließen. Nicht nur wegen des Größenunterschieds. Sie überbrückten erstmals eine alte, tiefe Kluft.

»Du kennst ihn also nicht«, drängte Bowden mit drohendem Unterton.

»Lass sie! Sie weiß nicht, wer das war. Keiner von uns weiß das.« Kato tätschelte Kincaid den Kopf.

»Hier ist mir zu vieles rätselhaft«, knurrte der Gotteskrieger. Tanaqui spürte noch immer seinen brennenden Blick auf sich lasten. »Fremde tauchen auf und bedrohen uns. Wollen das Messerohr entführen. Behaupten, nicht zu wissen, warum die Kohleflöze in Flammen stehen und alle Zwerge verschwunden sind. Deuten an, wer Tanaqui für sich will.«

»Auf mich wirkt es eher, als wüsste er ... oder sie ... oder es ... oder was auch immer, warum die Zwerge fort sind. Aber die Sache mit dem Feuer war dann doch auch für dieses Wesen eine Überraschung.« Limbo schnaubte. Kein Strauchdieb wurde gern selbst beschlichen.

Bowden gab keine Ruhe. »Also, Messerohr, wer hat ihn geschickt, weiß du das wenigstens? Du wirst uns auf dem Weg nach draußen berichten.«

Kato räusperte sich. »Ergänzung: nicht nur nach draußen. Auf dem Weg nach Kundrheim. Denn zumindest damit hatte Kaelanos recht. Uns bleibt gar keine andere Wahl, als dorthin zu gehen. Ich vermag nichts gegen diese Flammen auszurichten. Sobald ich irgendwo ein Feuer lösche, wird die Schmiede weitere elementare Gewalten gen Selachis bluten lassen, um den Verlust auszugleichen. Korken in einem Damm. Wir könnten zehn Dörfer über uns haben, die ganze Bevölkerung von Emrick mit Eimerketten hier herunter befehlen. Wir schließen dieses Feuerportal nicht.«

»Wir löschen auch das Flöz nicht mehr. Nicht bei diesem Fortgang der Brände und ohne die Kraft der Ahnen«, fügte Bierschaum hinzu. Es drang genuschelt hervor, weil sie ihr Gesicht gegen die Gewänder um Tanaquis Hüfte gedrückt hatte. Sie lockerte ihren Griff ein wenig. »Nein, der hohe Runenmeister ist der Einzige, der uns noch helfen kann.«

»So er denn noch da ist«, murmelte Limbo finster.

»Sofern er noch lebt.« Kato nickte und wirkte keineswegs guter Hoffnung.

Tanaqui wischte sich die Augen. Es war ewig her, dass sie einer solch starken Aufwallung ihrer sonst so wohlbewahrten Gefühle nachgegeben hatte. Sie fühlte sich wie eine aus Holzgliedern gemachte Puppe, die von losen Hirschsehnen zusammengehalten wurde und jeden Augenblick auseinanderfallen konnte. Sie spürte Verachtung, ausstrahlend von gleich zwei Seiten. Weder Bowden noch der Große Jäger billigten ihr Verhalten.

Sie nahm es sich nicht zu Herzen, nicht einmal bei Cathwyn. Sie hatte so viel aufgegeben während eines Lebens der Flucht, des Verlusts und der Heimatlosigkeit. Diese Qual, diese Scham gehörte ihr, und bei allen Göttern, sie würde sie meistern. Sie nickte Gjalar zu, als sie sich endgültig aus der Bärenumarmung der Zwergenfrau löste. »Danke, Bierschaum«, sagte sie schlicht und doch mit so viel Gefühl in der Stimme, dass die Zwergin breit lächelte.

»Eigennutz«, brummte sie mit einem Zwinkern. »Ich konnte auch noch etwas Nähe vertragen. Der Blechmann braucht seit Jahrzehnten solche Zuwendung, ganz offenkundig. So ein finsteres Gemüt, das muss einsam machen.«

»In der ewigen Nacht ist jeder allein, doch der Tapfere steht in seiner Insel aus Licht, wo der Rest im Dunkel vergeht«, zitierte Bowden einen seiner zahllosen heiligen Sätze.

»Wenn ich mich nicht irre und mich noch recht an meinen kirchlichen Unterricht erinnere, erschafft der Architekt Häuser, Städte und Gärten für Familien, nicht für Einzelgänger und einsame Wölfe«, hielt Kato dagegen, zog spielerisch mahnend die Hand aus Kincaids zerzaustem Kopffell und hob den Zeigefinger wie ein Schulmeister.

Tanaqui entging nicht, dass seine Worte sowohl dem Paladin als auch Limbo einen Stich versetzten.

Kato fuhr fort: »Also ist es gut, dass wir hier unten anscheinend zumindest so etwas wie Kameraden werden durften. Es ist offenkundig, dass niemand außer uns die Vernichtung noch aufzuhalten vermag.«

»Kannst du keine Verstärkung rufen, Magister?« Limbo blickte neugierig.

Kato schüttelte den Kopf. Er entfachte einen Rauchstängel und nuschelte durch die Zähne. »Wie ich vor einigen Stunden erklärt habe, bin ich kein Gedankenleser, gleichgültig, was dieser tumbe Klotz in seiner Blechhülle auch behaupten mag. Geschweige denn, Eindrücke über Meilen senden zu können.«

Zum Erstaunen aller nickte Bowden zustimmend, ohne den Magier seinerseits zu beleidigen. »Emrick liegt über eine Woche im Westen entfernt von hier. Bis wir dort die Meldung abgesetzt haben und dann die Nordausläufer des Mirvaali mit einem Tross durchritten, genug Soldaten und Hilfskräfte ausgehoben haben, um die Flammen zu löschen ... nein, das dauert alles viel zu lange. Bis dahin hat sich das Feuer uneinholbar ausgebreitet.«

Trotz der Schmerzen, trotz der Erinnerungen, die ihren Geist vergifteten, sah Tanaqui ihr Misstrauen geweckt. Der Paladin wirkte ein wenig zu begierig auf sie, als Anführer einer solchen Schreckensmission in seine Heimat zurückzukehren. Trieben ihn eigennützige Gründe? Andererseits: Wer folgte denen nicht?

»Ich marschiere mit euch«, verkündete sie. »Was auch immer mich dort erwartet. Die Leute von Emrick fürchten und hassen uns in einem Atemzug, aber die Skraemar erschlagen jeden von uns, dessen sie nur ansichtig werden. Ist doch so, Bowden Verdian?«

Der Paladin schwieg.

38

»Du hast *was* getan, bitte?« Prinz Vesshelin ließ die Karaffe mit dem Blaubeerwein sinken, die er soeben angehoben hatte, statt den köstlichen Inhalt in eine Flöte aus besungenem Kristall zu gießen. Mit Bedacht, behutsam stellte er Gefäß und Glas wieder ab. Er war es gewohnt, mit der Erlesenheit seines Hausrats und der Vornehmheit seiner Bewegungen Höflinge zu beeindrucken. Doch in einem Reich, das zunehmend verlassen war, von allen Schwächlingen und Verrätern aufgegeben, die den Tiefen des Mirvaali den Rücken gekehrt hatten, verlor solcherlei an Bedeutung.

Abgesehen davon, dass der Formwandler ohnehin gegen Ränkespiele solcher Art gefeit war. Was die Macht des Waldes unter Vesshelins Fingern damals erschaffen hatte, war kein Elf mehr in dem Sinn, wie es vielleicht törichte Rundohren begreifen mussten. Niemand wusste besser als der Prinz, dass Kaelanos Lockungen übersah. Das Geschöpf war der Wille des Waldes und über solcherlei erhaben. Wer so außerhalb der Zeit sein Wesen trieb, ließ sich nur schwerlich beleidigen oder überraschen.

Der Wandler stand hinter ihm, die Arme wie immer pflichtbeflissen hinter dem Rücken gefaltet. So erwartete Kaelanos seine Befehle.

Seltsam, dachte Vesshelin. *Ich sollte vor Wut außer mir sein.*

Er fühlte sich unbehaglich damit, nicht in Wut zu verfallen, nach allem, was ihm Kaelanos soeben offenbart hatte. Doch was immer die Herren des Baums getan hatten, selbst nichts als Knechte und zugleich Kerkermeister ihrer Vier Könige: Es wirkte sich auf wundersame Weise besänftigend auf Vesshelin aus.

»Zwing mich nicht, die Frage zu wiederholen! Du magst meine rechte Hand sein, doch der Wolf, der in die Falle getappt ist, nagt sich die Pfote ab.«

»Wir haben sie gehen lassen. Alle. Auch Tanaqui.« Die Stimme des Wandlers klang ruhig und rau, sein Tonfall wirkte völlig unbeteiligt. Dabei wusste der Prinz, wie sehr das Wesen mitgenommen sein musste.

Langsam nahm Vesshelin die Weinflöte zur Hand, goss etwas ein und drehte sich um. Schauer überliefen ihn. Er kostete jeden Moment aus. Das Leben auf Selachis war zu einer belanglosen Wiederholung von Beliebigkeiten inmitten einer verwaisten Metropole geworden. Mehr als Grund genug, eine solche Erfahrung von etwas Neuem, sogar von einem unerwarteten Verhalten eines Knechts nicht zu vergeuden. Jedes genussreiche Gefühl musste gekostet werden und überflügelte diesen unbezahlbaren Wein, wie ihn nie wieder eines Elfen Hände keltern würden.

Dafür hatten die verdammten Äffchen gesorgt.

»Wünschst du eine ausführliche Erklärung, Herr? Oder reicht es, wenn wir uns kurz fassen?« Kaelanos neigte den Kopf im Dunkel der Kapuze zur Seite und wagte einen Blick auf seinen Meister. Ihm konnte die Verzückung des Prinzen nicht entgangen sein.

»Wandeln wir einfach ein wenig auf dem Mittelweg, hmm?« Spöttisch prostete der Prinz seinem Diener zu. Er warf sich auf einen Diwan inmitten seiner Kemenate. Noch immer von leichten Schauern erfüllt, rollte er das Glas zwischen den Fingern. Studierte, wie sich der Inhalt verhielt. Betrachtete sein Spiegelbild im Marmorboden. Hielt inne beim Anblick dessen, welches Bild der scheinbar elfische Körper auf dem polierten Stein enthüllte.

Kaelanos lieferte eine Erklärung, der weder Lügen noch Ausflüchte anhafteten. Schmucklos und ohne Talent zum Erzählen berichtete sein Jagdmeister.

»Daher also stammt das Feuer«, murmelte Vesshelin. »Ein ganzes Land in Flammen. Ich kann nicht behaupten, dass keine gewisse Schönheit darin läge.«

»Das Land birgt die letzten Seelenbäume der Elfen«, bemerkte Kaelanos. Nach wie vor zeigte die Stimme des Wesens keinerlei Regung.

»Es birgt *unsere* letzten Seelenbäume, mein armer, fehlgeleiteter Jagdmeister. Oder müssen wir dein Gedächtnis ein wenig auffrischen? Ich kann deinen Geist leicht dorthin zurückführen, wo alle deine Träume endeten.« Für einen Augenblick war da ein leises Zucken. Doch selbst diese winzige Regung bei Kaelanos war ein Genuss für Vesshelin. Erfüllender, als mit zwei Klingen in der Hand ein Haus der Äffchen zu betreten und die verzweifelte Angst in ihren Augen zu sehen, wenn er auf ihre Kinder zuschritt. Schwarze Seelennahrung nach vielen Jahrzehnten der Entbehrung in einem toten Traum vom geeinten Reich ohne das so rasch nachwachsende Ungeziefer.

Das Wesen winkte ab und schüttelte schweigend den Kopf, wie um ein ernst gemeintes Angebot abzulehnen.

»Es ist bedauerlich, wie viel von deinem Feingeist für immer verloren scheint«, murmelte Vesshelin und ertappte sich für einen Moment bei der Unsicherheit, ob er immer noch mit dem Jagdmeister sprach oder sich selbst meinte. »Die Diener der Riesin wandeln also dort unten. Und diese Flammen aus der Ebene aller Feuer haben sie nicht verwundert?«

»Da zeigte sich nur einer, Herr. Einer ihrer grobschlächtigen Zaubererpriester. Doch er war von Sinnen vor Gram. Die Jägerin und ihre seltsamen Begleiter haben ihn getötet.«

»Bedauerlich. Wie gern wäre ich zur Jagd ausgeritten! Stell dir nur vor, Kaelanos! Ein Riese, der vollkommen den Verstand verloren hat.« Der Prinz meinte jedes seiner Worte ernst. Er verspürte Erregung bei der Vorstellung eines irrsinnigen Giganten, der mit Schaum vorm Mund mehr Todesgefahr verströmte, als eine solche Begegnung ohnehin barg.

»Wir müssen ihn uns nicht vorstellen, Herr. Wir haben ihn gesehen und erlebt, wie er kämpft.«

»Wie er kämpft ...« Vesshelins schwenkte versonnen den Wein und nahm einen tiefen Schluck. Augenblicklich brachte der Jagdmeister die Karaffe und schenkte nach. »Wie er kämpft, nun, gleichwohl. Viel wichtiger ist mir, wie *sie* gekämpft hat.« Gegen seinen Willen fühlte er, wie ihm ein Lächeln über das Gesicht huschte.

»Wir sahen sie. Sie nutzte den Speer, trug ihren Bogen.« Kaelanos zuckte mit den Achseln, eine Bewegung, die etwas von einem Aal unter einer Decke hatte.

»Das meine ich nicht, Narr. Ich meine die Art und Weise. Die Erlesenheit der Gebärden. Das Tänzeln. Die Vollkommenheit ihrer Grazie und Anmut. Ich begehre sie noch immer, Kaelanos.« Er erhob sich. Durchmaß mit unruhigen Schritten den Raum. »Sie hat sich widersetzt, den Weg der Vernunft nie beschritten. Aber sie lebt diese Wildheit des Lebensfrühjahrs selbst noch im Sommer aus, die mich so an mich selbst erinnert. Ich kann nicht anders, als mich ihr zu verschreiben mit ganzem Verlangen. Mit meiner Seele, mit Haut und Haaren und allem, was ich bin. Das verstehst du sicher nicht.«

Wieder erfasste Vesshelin eine starke Regung. Seine Zähne juckten, als er seinen Jagdmeister zurechtwies, und spürte, wie die Eckzähne sich von allein bewegten. Schmeckte die zähen Tropfen Gift, die aus ihren Kanälen kurz hervorquollen, bevor sein Wille die Veränderungen wieder bezwang, welche die Herren des Nadir seinem Körper hatten angedeihen lassen.

»Müssen wir es verstehen, Herr? Ist es ein Befehl? Wir sind der Frage nicht gewachsen.«

Vesshelin tätschelte dem Knecht unter der Kapuze die Wange. Etwas wie ein eiskalter Blitz durchfuhr seine Finger, Ekel mit einer Mischung aus Gebanntheit und Erregung über die Wesenheit in diesen Gewändern, welcher er und das wahre Feuer des Mirvaali Leben eingehaucht hatten. Er hatte sie erschaffen. In gewisser Weise war dies sein Kind.

»Lass gut sein, mein braver Kaelanos!«, tröstete ihn der Prinz. »Ich verstehe dich. Ich sehe ein, dass du nicht begreifen kannst. Doch ich bin neugierig. Ich erwäge, dich zu maßregeln, doch ich will deine Erklärung hören. Warum lebt die Bande also noch? Warum liegt Tanaqui nicht in meinen Armen oder zumindest zu meinen Füßen?«

Er beobachtete seinen Knecht genau. Achtete auf verräterische Zeichen des Aufbegehrens, als er Kaelanos absprach, seine Begierde ermessen zu können.

Das Geschöpf enthielt sich jeder Andeutung in dieser Richtung. Der Jagdmeister kam sofort zum Hauptgrund seines Handelns. »Das Feuer, Herr. Wir wissen nun, woher es kommt. Euer Verdacht hat sich bestätigt. Sie hielten Götterschmieden verborgen. Die Druchuul, meine ich. Und bei der Bewachung haben sie gänzlich versagt.«

Diesmal war es kein köstlicher Schauer, der den Prinzen überlief. Er kannte die Legenden seiner hochelfischen Vorfahren. Den dreckigen Schlammwühlern war streng untersagt worden, diese Artefakte aus dem Urgrund der Schöpfung mit in ein neues Zeitalter der Erkundung zu führen. Natürlich hatten die starrsinnigen Drecksbiester das Gegenteil getan und seither die heiligen Herde in ihren götterverfluchten Schatzkammern versteckt.

»Hat das niemand geprüft, bevor sie entrückt wurden?« Er spürte Zorn in sich aufwallen, der für einen Augenblick in Richtung des Jagdmeisters entflammte, tatsächlich aber den Herren des Nadirs galt. War der Hochmut in ihren maskierten Schädeln derart angeschwollen und wie ein übersatter Fluss über die Ufer getreten, dass sie diese Gefahr nicht bedacht hatten? Steckte Absicht dahinter? »Sag mir nichts! Die Schmiede unter Dunkelfall wurde entfacht, speit Flammen aus.«

»Mitnichten nur sie, Herr.« Kaelanos schüttelte auf eine Weise den Kopf, die Prinz Vesshelin überhaupt nicht gefiel. »Jemand oder etwas hat sie in der Tat entzündet. Sie und alle anderen. Allesamt ausgerichtet auf die Ebene der Flammen. Ungezügelte elementare Gewalt verbreitet sich über die Gefilde. Im ganzen Inselreich, in der Tiefe unter den Meerarmen zumindest ist der Feuerzauberer der Menschlinge davon überzeugt. Sein Paladin-Leibwächter ebenso. Die Schlammwühlerin und auch eure einstmals Angelobte schenken ihm Glauben. Ebenso wie die beiden Kinder der Älteren Macht. Doch es droht noch größere Gefahr.«

»Schlammwühlerin? Du hast eine Zwergin erblickt? Ich dachte, es sei ein Zwerg heimgekehrt.« Vesshelin runzelte die Stirn.

»Sie hat sich vor uns in ihrem Elternhaus demaskiert. Wir sind verwirrt. Ist das Geschlecht dieser Kreatur erheblich, Herr? Sie lebte eine Lüge bis dahin.«

»Das tun wir alle. Fahr fort!«, entgegnete Vesshelin äußerlich so kalt, wie er es gerade vermochte. Innerlich litt er Höllenqualen. Feuer unter dem Mirvaali? Ungebändigt. Was konnte Schlimmeres drohen? Da weckte eine Äußerung von Kaelanos seine Neugierde. »Kinder der Älteren Macht? Willst du mir sagen, es weilen welche unter ihnen, die dir gleichkommen?«

»Nichts kommt uns gleich, Herr, mit Verlaub. Doch wir sahen es. Einer ist berührt von der Schöpfungsmacht der Wurzeln des Nadirs. Er zog uns in seinen Bann. Der Wandel tobt in ihm.« Kaelanos hielt kurz inne. »Sie beeindruckten uns.«

»Ist das die Abscheu vor dir selbst seit deiner Verschmelzung, Formwandler? Wieder eine deiner Marotten, wo du von einem Wesen als etwas Vervielfältigtem sprichst. Oder sind es wirklich mehrere? Ja oder nein?«

»Eines, das sie begleitet, ist eine Bestie. Das andere hat dauerhaft eine falsche Gestalt und ist ebenso eine Bestie. Das eine wünscht das ewige Leben im Tod, das andere nur Seelenfrieden.« Kaelanos sprach so, als berichte er von einem längst vergangenen Geschehen.

»Ich bin nicht sicher, ob ich dir noch folgen kann. Aber ich werde mir selbst einen Eindruck von den Verwicklungen verschaffen – müssen. Wir werden ihnen folgen. Ich nehme an, daher ließest du sie ziehen. Und dass dies den wahren

Grund ausmacht. Die noch größere Gefahr, von der du sprachst.«

Der Jagdmeister nickte und deutete einen Salut an. »Ja, Herr. Nachdem sie sich des Riesen entledigt und ihre Kräfte gesammelt hatten, stiegen sie tief hinab in die Minen der Schlammwühler. Dort wurden wir gewahr, dass die tobenden Feuer der Schmiede etwas entzündet hatten. Kohle unter der Welt, Herr. Überall.«

Zum ersten Mal seit langer Zeit wurde Prinz Vesshelin heiß und kalt, ohne dass er bei den machtvollen Wallungen die üblichen Schauer empfand. *Brennende Kohleflöze unter der Erde,* dachte er bei sich.

»Und niemand vermag sie zu löschen«, setzte Kaelanos den Gedankengang ungebeten fort.

Die Bewegung war so schnell, dass sie nicht einmal der Jagdmeister mit seinen besonderen Fähigkeiten abfangen konnte. Vesshelin war im Frühling seines Lebens bei Eulen und Adlern groß geworden. Nichts und niemand waren todbringender als seine Klauen. Die Spitzen der beiden Krummsäbel trafen sich vor der Kehle seines Knechts. »Niemals. Wieder. Meine Gedanken sind mein. Halt dich davon fern, oder du erfährst den wahren Preis der Rebellion gegen den rechtmäßigen Herrscher unserer Heimat.«

»Sie sind auf dem Weg zu den Fjorden nahe dem Leviathansfriedhof«, antwortete der Jagdmeister, ungerührt von den tödlichen Waffen. Der Selbsterhaltungstrieb bestimmte dieses Geschöpf nicht.

Ebenso wenig war Vesshelin jemand, der von seinen Leidenschaften beherrscht werden wollte. Beschämt steckte er die Klingen wieder in ihren Gurt. »Sie werden bitter kosten dürfen, was es heißt, unseren Zorn herauszufordern. Wir haben noch eine Unterirdische zu beseitigen, wenn die Sturmgrenze fallen soll. Außerdem freue ich mich auf das Wiedersehen mit meiner Holden. Ich habe lange genug gewartet, damit sie zur Vernunft kommt. Ist sie immer noch nicht folgsam, werde ich sie eben erziehen.«

Vesshelin grinste kalt, doch die Vorfreude darauf, Tanaquis Fleisch zu seinem eigenen zu machen, erlosch ebenso wie seine Mordlust angesichts möglicher glorreicher Gewalttaten wie etwa einer Tötung der allerletzten Zwergin der Welt.

Die Kohle brannte. Feuer wütete in diesem Moment unter seinem Wald, griff aus unter die Stadt der Menschenkönigin, zog in Richtung des Emirats, zu den Gebirgen der Hyänen. Es gab keinen Ort, den die Flammen verschonen würden. Und nun, da alle dies wussten, erwarteten sie listig die weiteren Ereignisse. Der Moment seiner Befreiung wäre vertan. Aus zahllosen langweiligen Unterredungen mit dem stinkenden Hochkönig der Unterirdischen wusste er, wie viel Kohle unter den Inseln lag. Wie stolz das bärtige Gezücht darauf war.

»Du hast sie aus Weitsicht nicht getötet?«, fragte er den Jagdmeister.

»Sie sind die Einzigen, die das Feuer noch aufhalten können. Selbst wenn sie gerade eine vergebliche Suche weiterverfolgen.« Kaelanos zuckte mit den Achseln. »Es erschien uns nützlich, sie ziehen zu lassen, auf dass ihr Feuerzauberer die Flammen löscht. Vielleicht findet er bei den Fjordzwergen etwas, das ihm die nötige Macht verleiht. Wenn nicht, droht uns ohnehin die Verheerung.«

»Wenn der Sturmwall nicht fällt, werden wir alle erstickt oder verdurstet sein, lange bevor wir verbrennen«, meinte Vesshelin abschließend. »Du hast wohlgetan. Sattle Mutter! Wir fliegen zur Jagd aus.«

39

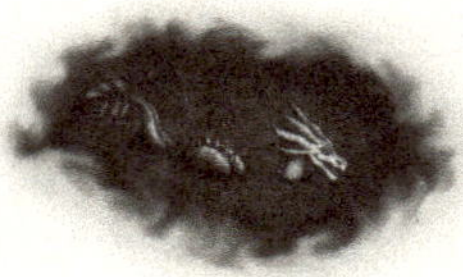

Nachdem sie mithilfe der Unterirdischen wohlbehalten in die Oberwelt zurückgekehrt waren, hatten sie einige der traurigen Mähren gemietet, die in Dunkelfall bereits als Pferde galten.

Sie hatten sich nur wenige Stunden Schlaf gegönnt, denn das Erlebte im Untergrund der Zwerge hatte weitaus mehr Zeit verschlungen als gedacht. Die Erschöpfung hatte ihren Preis gefordert, doch Bowden hatte dem kleinen Trupp irgendwann die nötige Rast verweigert. Eile war geboten. Feuer kannte keine Müdigkeit.

Sie waren nun knapp vier Tage lang unterwegs gewesen, seit sie Dunkelfall verlassen hatten. Bereits jetzt waren die Schäden durch den Brand unter der Erde unübersehbar. Er erfasste ihren Umfang mit der langjährigen Erfahrung des Kriegers, aber auch mit der eines Skraemar, der die Eigenheiten des Nordens und seiner Vulkane kannte.

Es war zu warm für die Jahreszeit. Der Sturmwall, so besagten es die Weisheitssätze der Magister des Turms, verfuhr von jeher launisch mit der Witterung auf der Inselkette. Heiße Wüsten im Süden. Eiswüsten im Norden. Dazwischen der Mirvaali, das fruchtbare Grün der Hügelländer Emricks. Die mächtige Magie des Sturmwalls erzeugte verschiedene Landstriche eng beieinander, deren Wetter und Gestalt sich völlig voneinander unterschieden.

Doch damit wäre es bald vorbei. Bowden nahm die versteckten Anzeichen wahr. Der Paladin witterte die Dünste, die aus dem Boden quollen, während sie am Rande des Mirvaali in Richtung der Fjorde unterwegs waren.

Es mochte Sommer sein, doch unter dem schützenden Blätterdach war es ein Quäntchen zu warm und zu trocken. Noch war es kaum merklich. Sehr heißes Wetter, sicher. Sonnenflecken, die auf dem Kopfsteinpflaster der Emrick'schen Reichsstraße in die Fjorde zu den Skraemar führten, den Handelsgenossen. Der leicht brandige Geruch von Nadelwald, der sich aufgeheizt hatte, Harz, das unter einer Rinde in der Hitze Blasen warf.

Aber all dies trog. Die Luft stand nicht still wie jeden Sommer im Wald. Sie wälzte sich umher, träge und doch unruhig, weil das Feuer in der Tiefe bereits warme Luft aufsteigen ließ.

Bowden spürte das Flirren in der Luft des Lagerplatzes, den sie letzte Nacht gewählt hatten. Bereits jetzt, in den frühen Morgenstunden, war es stickig warm, obwohl noch Tau auf dem Grün lag. Die Sonne blinzelte durch die Wolken, und für das ungeschulte Auge wirkte alles wie gewohnt. Doch die Luft war einen Hauch zu stark eingetrübt.

Das Feuer würde die Erde aufbrechen und alles verheeren. Wenn der Mirvaali zum großen Teil brannte, waren dies bereits die Vorboten.

Wir werden lange vorher erstickt sein, hatte einer aus ihrer Runde unten in den Bingen gesagt.

Bowden würde es nicht so weit kommen lassen. Er würde sein Haus retten und den Vater rächen. Er würde jene fallen sehen, die das Haus Verdian erniedrigt hatten. Er würde – gottverdammt! – nicht auf klägliche Weise verenden.

»Ich bin entsetzlich müde.« Gjalas Stimme wirkte so sehr getränkt von Schmerz, dass ihr Klang tiefer in Bowdens Wesen schnitt, als er einräumen wollte. Sie unterbrach seine Gedankengänge just in dem Augenblick, als er auf einem Baumstumpf hockte und der eigenen Schwermut Einhalt zu gebieten versuchte.

»Ich dachte, ihr Unterirdischen werdet nie von Müdigkeit überwältigt. Übersteht jeden Sturm. Unbeugsamer Wille. Unbeugsames Herz.« Mit diesen Worten wollte er die Zwergin ermutigen. Doch wie sie aus seinem Mund drangen, hörten sie sich bitter und herablassend an. Gleichgültig, wie man es drehte und wendete.

Er wunderte sich denn doch, schämte sich für den Mann, der er wohl geworden war, und vermochte seiner Barschheit dennoch keinen Einhalt zu gebieten. *Habe ich verlernt, wie man anderen Achtung entgegenbringt?*

Es ärgerte ihn wiederum, dass solche Selbstzweifel und die Bedrohung durch das Feuer seiner Hochgestimmtheit Abbruch taten. Anderthalb Tage, und er wäre zu Hause. In königlichem Auftrag, fast als Statthalter Ihrer Majestät. Bewaffnet mit einer ganzen Rüstkammer aus Gründen, warum ein hoher Gotteskrieger des Architekten in Kallasfjord nach dem Rechten sehen musste. Nicht zu überbieten!

Da wurde er des Gesichtsausdrucks der Zwergin gewahr. Eine Miene blanken Leids, gramverzerrt, sodass das für eine Nichtmenschenfrau hübsche Gesicht mit den Sommersprossen kaum wiederzuerkennen war. Bierschaum fletschte die Zähne wie ein Hund. Ihr Blick ging ins Leere. Sie öffnete die Fäuste. Schloss sie wieder, suchte nach einem Ansatz, einem Weg aus ihrer Misere. Kickte einen Stein in das erkaltete Lagerfeuer.

»Narr!«, zischte Tanaqui in Bowdens Richtung. Sie glitt zu Gjala hinüber, setzte sich neben die Zwergin. Legte ihr eine der verhüllten Hände auf die Schultern. »Er ist ein Grobian und Dämlack wie die meisten seines Volkes«, sagte sie und warf ihm wiederum einen bösen Blick zu.

Er konnte ihr nicht widersprechen. Er ging mitunter so tollpatschig mit den Leuten um, so grob. Er sollte einfach nur den Mund halten und lauschen. Aber genau dann redete und schimpfte er los, konnte sich nicht zügeln.

»Ich bin so entsetzlich müde«, wiederholte Bierschaum. »Unsereins werden lange Lebensspannen geschenkt. Doch nicht so lange wie euch.« Ihre Gedanken brachen roh und ungeordnet aus ihr hervor, sie schluchzte. »Ich dachte, es bliebe Zeit, die Scharte auszuwetzen. Unrecht wiedergutzumachen. Mich zu vertragen. So viel Zeit. Und doch viel zu wenig Zeit.«

»Jeder glaubt das. Es ist der Lauf des Schicksals, dass man damit meist falschliegt«, versicherte ihr Tanaqui mitfühlend. »Ob man nun zwanzig oder zweitausend Winter erleben darf, am Ende blieb nie genug Zeit, das wirklich entscheidend Wertvolle zu begreifen.« Für Bowdens Ohren klang die Wüstenelfe selbst traurig bei diesen Worten. Ein tiefer Schmerz durchzog die letzten Sätze, während sie der nunmehr zu einer Leidensgefährtin gewordenen Zwergin den Rücken und die Schulter streichelte.

Urplötzlich wandte Bierschaum Tanaqui das verweinte Antlitz zu. »Was, wenn wir keinen von ihnen wiederfinden? Was, wenn auch in Kundrheim keiner mehr lebt? Was dann? Der verdammte Jötun meinte, ich sei die Letzte gewesen.« Sie war der Verzweiflung nahe.

»Das darfst du dir gar nicht erst ausmalen«, mahnte Tanaqui. »Solange es keinen überzeugenden Grund gibt, Schlimmeres anzunehmen, bleibt die Hoffnung.«

Bowden fühlte sich bemüßigt, etwas beizusteuern. Doch er unterließ es. Bislang hatte er kein Geschick mit irgendeinem der Gefährten bewiesen, was den Umgang und gar etwas wie Trost anbetraf. Wann immer er zu sprechen anhob, traf er den falschen Ton. Welche Hoffnung gab es auch schon? Nichts sprach dafür, dass die Zwerge überlebt hatten. Dies jetzt auszusprechen, hätte nichts als Kummer bedeutet und Bierschaum weiter geängstigt.

Es behagte ihm nicht, doch mittlerweile mochte er das Geschöpf. Zwar war auch sie eine Lügnerin und Vagabundin gewesen. Doch sie war reumütig, hatte ihre Verfehlungen eingestanden. Dies stimmte ihn milde.

Außerdem brauchte er keinen weiteren Zwist. Davon drohte – weiß der Architekt! – in Kürze mehr als genug, wenn er seinen Peinigern gegenüberstand. Diesmal gäbe es kein Halten. Die Tage seiner Jugend waren ebenso vorbei, wie er sich jener Gelübde entbunden fühlte, die ihn bislang bei jeder Heimkehr daran gehindert hatten, für Gerechtigkeit zu sorgen.

Geräusche von Schritten unterbrachen seine Gedanken. Äste knackten, und Gras raschelte. Kato und der Vagabund kehrten von einem nahe gelegenen Bach zurück. Sie musterten die Zwergin. Der Deserteur wie seine angemessene Begleitung wurden überrascht von dem Anblick, wie Elfe und Zwergin beieinanderkauerten und wisperten. Sie verstummten, als die beiden Männer sie anstarrten. Binnen weniger Herzschläge wurde die Stimmung unbehaglich. Sie standen da, und der warme Morgenwind bewegte ihr Haar und ihre Kleidung, säuselte durch den benachbarten Wald und das Gras am Wegesrand.

Urplötzlich verfielen die Männer in so eifriges Werkeln, dass Bowden gegen seinen Willen grinsen musste.

Der Gesetzlose trug ein Bündel Fische über der Schulter. Er zeigte seinen Fang herum und grinste dabei wie ein Kind, das zu oft beim Wickeln fallen gelassen wurde. Dann machte er sich mit verblüffendem Geschick und einer gewissen Hast an das Ausnehmen und Entschuppen, tunlichst auf weiteres Wegsehen von den innig fühlenden Frauen bedacht. Der Lohenmagus räumte Gerätschaften zusammen und klaubte ihre Habe auf.

Er hatte sich offenkundig zusammengereimt, was besprochen worden war. Kato warf Bowden einen Blick zu, der keiner weiteren Worte bedurfte. Es sei ohne Bedeutung, ob es noch Zwerge gab oder nicht, besagte dieser Blick. Sie würden alle verbrennen, wenn der hochmütige Alleingang der Unterirdischen die Früchte ihres Verderbens trug. Wenn die trügerische Saat jener geheimnisvollen Mächte, welche sie entführt zu haben schienen, aufging und man noch grausigere Ernte einfuhr.

»Verzweifle nicht! So hoffnungslos die Lage auch erscheinen mag, für den nächsten Tag haben wir dennoch Vertrauen darauf, dass die Sonne mit der ganzen Schönheit einer Morgenröte wieder aufgeht. Das mag platt klingen, aber es liegt Trost darin, wenn man sich erst einmal darauf eingelassen hat.« Tanaqui klang ernst, den unheimlich leeren Blick in die Ferne hinter den endlosen Wäldern gerichtet.

Bowden entging das Knarren ihrer Lederhandschuhe nicht, als sie die Fäuste ballte. Eingehüllt in ihre Gewänder, verkrampfte sich die Wüstenelfe, allein unter den Schrecken der Erinnerung.

»Du hast leicht reden«, meinte Gjala und schüttelte den Kopf. »Ja, ihr Elfen habt entsetzliche Verluste im Krieg erlitten. Doch wenigstens weißt du noch, wohin es deine Lieben verschlagen hat. Ihre Schicksale sind euch zumindest bekannt, nicht wahr?«

»Man könnte deine Worte plump nennen, Gjala«, murmelte Kato zwischen seinen Handgriffen gedankenverloren über die Schulter hinweg.

»Sie waren aber nicht so gemeint«, antwortete die Zwergin gekränkt. »Sogar alles andere als das. Doch es stimmt. Nach allem, was ich gehört habe, führen die Elfen ein unbeschwertes Leben zwischen den Bäumen, dem nichts von der Ernsthaftigkeit meines Volkes anhaftet. Ich meine das nicht böse.«

»Du irrst. Du weißt gar nicht, wie sehr, Bierschaum«, erwiderte Tanaqui.

»Wir irren alle, wenn wir meinen, dass wir hier noch länger verweilen können. Die Zeit läuft uns davon. Während wir plaudern, kriecht das Feuer jeden Tag ein paar Dutzend Schritte unter der Erde weiter. Wir wissen nicht einmal, ob die Schmiede unter Dunkelfall die schlimmste von allen war oder andere noch mehr Hitze ausspeien.« Kato hatte sich erhoben, sein peinlich berührtes Schweigen war überwunden.

Als er die Stimme erhob, wandten sich seine Begleiter zu ihm um. Ausnahmsweise verspürte Bowden keinerlei Verlangen, den Deserteur aus der Fassung zu bringen.

Er sagte ein einziges Mal die Wahrheit.

Der Wind wurde mit jeder Viertelstunde wärmer, seit die Sonne am Himmel stand. Bowden meinte plötzlich zu verspüren, dass die Erde erzitterte. Seine Hand flog zum Bastardschwert, und er blickte Kato an, in Erwartung, dass der Untergrund einen weiteren Salamander ausspie. Doch der

Magier stand nur da und starrte wie alle anderen in Richtung Wald. Bäume schwankten, und Bowdens Herzschlag beschleunigte sich. Er war kampfbereit.

Schweigend hob die Wüstenelfe den Arm und wies ins Dickicht.

Das war ganz und gar unnötig.

40

Sie alle hörten, wie es rauschte. Sie alle sahen sie: unzählige Hufe, Ballen und Klauen. Der Wald war überwältigend lebendig geworden. Eine Armada von Tieren stob und preschte durchs Unterholz, blökte, schrie und brüllte. Räuber wie Wölfe und Luchse brachen vor den Rehen und Hirschen durch die Wildnis, rollten mit den Augen, bis das Weiße hervortrat. Die Mäuler waren verklebt vor zähem, blasigem Schaum.

Sie mussten seit Stunden gerannt sein.

Fassungslos beobachteten alle, wie der wilde Ansturm der Tiere vorbeizog. Das dauerte eine gehörige Weile.

Mindestens ebenso lange sprach niemand.

»Bin ich der Einzige, der das gerade gesehen hat?« Limbo musste schlucken. Er fühlte sich wie ausgedörrt, seine Stimme klang belegt. Offenkundig machte ihm der Anblick mehr zu schaffen als alles, was er bisher ausgestanden hatte.

Einmal mehr hegte Bowden den Verdacht, dass sich hinter dem Vagabunden mehr verbarg, als er bisher angenommen hatte. Seine wie gelähmte Haltung schien ungewöhnlich.

»Fliehen die auch vor dem Feuer?«, wollte der feiste Gesetzlose wissen.

Bowden nahm die Hand vom Schwert. »Sag du es uns, Nageldreck! Du bist doch Meister im Reißausnehmen, stimmt's?«

»Sie kamen aus dem Norden«, ging Kato dazwischen, bevor Limbo einschnappen konnte. »Sie kamen von dorther, wohin wir vorrücken.«

»Ich glaube nicht, dass sie das Feuer erschreckt hat«, warf Tanaqui ein. Gedankenverloren blickte sie der Wolke aus Laub und Lärm hinterher, die sich Schritte vom Straßenrand entfernt den Weg durch die Wälder nach Süden bahnte. »Sie wittern Flammen, und im Süden lodern davon inzwischen mehr als genug. Tiere haben schärfere Sinne als ihr. Ja, selbst als ich.«

Augenblicklich schweifte ihr Blick zu der makellosen weißen Stute, die sie Mistral nannte. Bowden musste einräumen, dass sie das prächtigste Pferd ihr Eigen nannte, das ihm je im Leben vor die Augen gekommen war.

Es bedurfte keiner weiteren Hinweise vonseiten Tanaquis. Selbst der feiste Fußgänger Limbo erkannte mit einem Blick, wie unruhig ihre Tiere geworden waren, wie laut sie schnaubten. Sie stampften hin und her und wedelten mit den Ohren. Immer wieder schüttelten sie ihre kräftigen Körper, wie um Bremsen zu vertreiben. Allerdings war in der Luft keine Spur der Plagegeister zu beobachten.

Einzig Kincaid lag hechelnd auf dem Boden und hatte den Kopf zwischen die Pfoten gelegt. Der Tag war ihm schon jetzt zu warm. Wer ihn prüfend ansah, dem gähnte der Hund mit aufgerissener Schnauze entgegen und brummte dann wie peinlich berührt.

»Wie vor einem schweren Gewitter«, murmelte Kato, der den Blick zum klaren Himmel wandte. »Ein Sturm. Vielleicht eine Folge aufsteigender Hitze, durch die sich die Wolken auftürmen und später entladen. Doch ich fühle nichts dergleichen in der Luft. Die Melodie der Schöpfung zeigt keinerlei Missklang oder Auftakt.«

»Kein Sturm«, sagten Tanaqui und Bierschaum wie aus einem Mund und wechselten einen Blick mit einem warmen Lächeln.

Bowden kannte solches Einvernehmen und solch freundliche Achtung nur von seiner Mutter. Der Stich saß tief. Er schüttelte den Kopf und machte eine brüske Handbewegung, wie um die Gedanken zu verscheuchen, als wären sie lästige Insekten.

Tanaqui verstand die Geste falsch. »Aber es stimmt. Ich bin im Einklang mit der Wildnis. Außerdem habe ich nach euren Maßstäben lange in der Wüste gelebt. Die Tiere wirken wie vor einem Sturm, richtig. Doch da fehlt diese ganz bestimmte Wahrnehmung in der Luft. Der Geruch nach verbranntem Eisen.«

So wenig es ihm gefiel, Bowden musste den weit gereisten Weibsbildern recht geben. »Sie sprechen wahr«, äußerte er knapp.

»Soll das heißen, dass wir keine Ahnung haben, wovor den Viechern da gerade die Lefzen schlabbern?«, fragte Limbo. Er beäugte sein Pferd voller Misstrauen. Die Vorstellung, auf einen Koloss mit rollenden Augen zu steigen, der noch dazu tänzelte, behagte ihm sichtlich wenig.

Unterhaltsam.

»Es soll heißen, dass wir keine weitere Zeit verlieren dürfen. Falls doch ein Feuer sie zur Flucht treibt, dann wütet es sogar in den Fjorden, und seine Gewalt vermag diese Herden in Richtung anderer Flammen zu hetzen.« Kato stand seitwärts von ihnen, die von leuchtenden Zeichen bedeckte Stirn in Falten gelegt.

Gleichgültig, wo sie gerade lehnten oder saßen, sie alle folgten dem Blick des Deserteurs nach Norden.

Bowden war sich sicher, dass sie irrten. Er spürte es in der Luft. Es fuhr ihm so unvermittelt durch den Leib, als hätte er einen der tödlichen Flussaale des Südens mit der Faust gepackt und spüre dessen verheerende Kraft seinen Körper schütteln.

Er roch es jetzt, Tage bevor sie ihr Ziel erreichen würden, was schlicht unmöglich war.

Es war der Geruch einer Frau, die nicht mehr lebte, nachdem sich der Zorn der Skraemar über sie ergossen hatte.

Es war der Geruch seiner Mutter.

Das Aroma von Tang und Salzwasser erfüllte die Luft. Der Geruch der See.

Ganz plötzlich war das Hochgefühl verflogen.

Was zurückblieb in Bowden Verdian, war die Furcht.

41

Blankes Grauen. Es lag auf den Zügen jedes einzelnen Menschen, der zusammen mit Dutzenden anderen in Kallasfjord jene schlammigen Pisten verstopfte, die bei den Skraemar als Straßen und Wege dienen sollten.

Dahinter wirbelte und wogte die graue See. Sie leckte schwarzen Kies hoch, brach sich in schaumiger Gewalt an Felsen. Weit draußen, wo das Meer und der Himmel einander an der Horizontlinie in ewiger Umarmung begegneten, spürte Kato Tamasine sie, bevor er sie sah. Die rohen Elemente der Sturmgrenze, wo der Himmel sich in etwas verwandelte wie Tinte, die aus ihrem Fass heraus in kochendes graues Waschwasser gekippt wurde.

Blitze in der Farbe von Migräneschüben gingen in einem flackernden Tanz draußen auf dem Ozean nieder. Sie streiften das Wasser, krochen am Horizont entlang. Verdampften, was je an Lebendigem die Sturmgrenze zu berühren wagte.

Keiner der Menschen aus Kallasfjord scherte sich darum. Für sie war der Anblick alltäglich. Fast jeder, der hier lebte, stand unter freien Himmel vor dem Langhaus des Jarls, wie die Dorfbarone genannt wurden.

Die Skraemar waren nahezu alle größer als die Neuankömmlinge. Sie standen in ihren kurzen Hosen, Pelzwesten und Hemden zwischen mächtigen Langhäusern, die auf

Pfosten ruhten. In den kostbaren Monaten ohne Dauerfrost hatte sich der Ort in eine Farbmischung aus brauner Erde und satten Grüntönen solcher Pflanzen gekleidet, denen es gelang, dem erstorbenen Boden Leben abzutrotzen.

Wo immer die mächtigen Berge um den Fjord Schatten boten, je die mit unzähligen Rundschilden und Speeren verzierten Häuser den Untergrund verdunkelten, spross das Grün. Dennoch konnte es nur Inseln inmitten der von unzähligen Füßen jahrzehntelang gemarterten Landschaft bilden. Wo weder Schlamm noch Gras zu sehen waren, ragten die schwarzen Steine der Bucht auf. Sie zogen sich einige Hundert Schritt wie ein Spalier auf beiden Seiten zur Küste hinunter, wo sie inmitten der vom Meer rund gewaschenen Kiesel vereinzelt aufragten.

So viele der Nordleute standen vor dem mächtigsten aller Langhäuser auf dem Hügel, dass ihre Ausdünstungen Kato wie ein Fausthieb entgegenschlugen.

Doch dies war nicht der Gestank der darbenden Einwohner von Dunkelfall, denen es an Wasser und guten Sitten mangelte. Er wusste nicht zuletzt durch Bowden, wie sehr die Skraemar das Bad liebten. Nein, es war ein sehr eigener Geruch, den Kato von einem Studiengenossen noch in der Nase behalten hatte.

Festus Ballwitz.

Das Bild war ihm ungewollt vor die Augen getreten. Ein junger Mann, den an der Akademie niemand gemocht oder gar geachtet hatte. Festus war mit Hoffnungen wie alle anderen im ersten Jahrgang aufgenommen worden. Als er zurückfiel, seine Noten schlechter wurden und die Mittel seiner Familie ausblieben, wurde er zusehends immer verzweifelter. Statt etwas an seiner Lage zu ändern, hatte sich Festus in Drogen und den Versprechungen leichtfertiger Burschen verloren.

Seinerzeit hatte sein Banknachbar angefangen, derart zu riechen. Kato hatte sich wie alle anderen in der Klasse an dem Gestank gestört und dem Studiengenossen mangelnde Sauberkeit zugeschrieben. Erst später, als Festus sich hoffnungslos verschuldet hatte und allerlei Pülverchen verfallen war, hatten sie erfahren, dass dieser Geruch darauf hindeutete, was die Heiler den Schwarzen Hund nannten.

Gedanken, so lähmend, dass sie einen kräftigen Kerl in eine solche Ruine verwandeln konnten, dass er morgens das Bett nicht mehr verließ und sich erst recht nicht mehr wusch. Geplagt von Augenflimmern, gelähmt von Ängsten und quälenden, wirren Eingebungen. Ein gebrochener Mensch, der annahm, die ganze Welt habe sich gegen ihn verschworen.

Wie hätte der Studiengenosse das auch nicht befürchten sollen? Wochen später, als der Geruch ständiger Begleiter des einst hoffnungsvollen jungen Mannes geworden war, hatten die Kustoden der Akademie Festus aufgefunden. Er hing mit einem Gürtel um den Hals vom Dachsparren seiner Kammer im Wohnturm.

Danach hatte Kato den Geruch immer wieder an Männern wie auch Frauen bemerkt. Eine saure Note, die irgendwo zwischen Achseln und Füßen ihren Ursprung hatte und Menschen entströmte, die das Gefühl dauernder Bedrängnis nicht mehr überwinden konnten. Es war ein Rätsel, das die Heilkunde bisher nicht zu lösen vermocht hatte.

Hier schlug ihm dieser Geruch vielfach gesteigert entgegen, eine Brandmauer aus Angstschweiß, vermischt mit dem Dunst blanker Verzweiflung.

Kato bahnte sich neben Bowden zu Fuß einen Weg über die Passstraße tiefer in den Fjord hinunter. Sie hatten ihre Pferde vor der Siedlung zurückgelassen, wo Tanaquis aufgeweckte Stute auf sie achtgeben sollte.

Die Elfe und Bierschaum folgten. Trotz der prallen Sonne hielt sich Limbo sorgsam bedeckt. Er hatte Kato um einen Mantel gebeten, angeblich, um den ans Dunkel des Blätterdachs gewöhnten Kopf vor der gnadenlosen Helligkeit zu schützen. Doch der Magier nahm vielmehr an, dass Limbo nicht erkannt werden wollte. Warum der Gesetzlose bei den Skraemar schlecht angeschrieben war, entzog sich seiner Kenntnis.

Als ihr Häuflein das hintere Ende der Menschentraube erreicht hatte, war durch die Lücken zwischen den Versammelten zu erkennen, worum die Menge sich aufgebaut hatte.

Auf dem Boden lag der mächtigste Klingenwal, den Kato in seinem Dasein je erblickt hatte. Das schwarz-weiß gezeichnete Tier maß so viel wie ein Langboot der Nordlinge. Etliche Baumstämme, die meisten davon blutverschmiert, ruhten an der Schräge, die zum Meer hinunterführte.

Das Maul des Wals war weit aufgerissen, der Kadaver wirkte auf den ersten Blick sauber und glänzend. Es war offenkundig, dass das mächtige Tier erst am Morgen aus den Fluten gezogen worden war. Wobei Kato annahm, dass der Gigant angeschwemmt worden war, seinem enormen Gewicht nach zu urteilen. Warum nur hatten sich die Anwohner die Mühe gemacht, ihn an Land zu schleifen? Üblicherweise zerlegten sie die Kolosse im Wasser.

Dann sah Kato das beunruhigend Andersartige an dem Tier, und sein Blick sog sich ebenso an dem gewaltigen Körper fest wie der aller Anwesenden. Seine Begleiter blieben ruckartig stehen. Tanaquis Augen weiteten sich. Gjala runzelte die Stirn. Bowden packte Limbo im Nacken, als dieser näher herantreten wollte, und zog den Vagabunden zurück.

Die glitschige, zähe Haut des Wals schien sich verändert zu haben. Sie wirkte beinahe gläsern, war von einer Vielzahl geplatzter Adern durchzogen.

Als sich die Ankömmlinge der Menschenmenge bis auf einen kurzen Abstand genähert hatten, wurde deutlich, wie sehr der erste Blick getäuscht hatte. Der Orca lag so auf der Seite, dass seine Entstellung anfangs nicht zu sehen war. Nun, dicht davor, wurde es offenkundig. Der Bauch war gewaltig angeschwollen, die weiße Flanke so violett wie ein vor Stunden blau geschlagenes Auge. Obwohl der Kadaver erst seit wenigen Stunden dort lag, war er so aufgedunsen, als könne er jeden Moment vor Faulgasen platzen.

Nun sahen alle die beiden Wunden an der dem Fischerort abgewandten Flanke. Zwei mächtige Stichverletzungen, die allem Anschein nach tiefer als die Beinlänge eines Mannes in das Fleisch eingedrungen waren. Rings um die beiden

Wunden war der Körper verfärbt, schien kurz vor dem Bersten zu sein.

»Ist das ...«, setzte Limbo an.

»Gift«, hauchte Tanaqui. »Das sieht aus wie etwa jeder Schlangenbiss, den ich in meinen Jahren im Wald wie auch in der Wüste aussaugen musste. Kein Zweifel.«

Unverständlich äußerte Limbo etwas offenkundig wenig Schmeichelhaftes und spie aus. Er war wohl kein Freund von Schlangen.

Beim Klang ihrer Stimmen wandten sich einige der Nordleute um. Erst runzelten die Skraemar die Stirn. Dann ging ihnen auf, was dem kleinen Trupp bereits am Eingang zum Fjord aufgefallen war: Niemand hielt Wache, und eine ganze Reisegesellschaft von Fremdlingen spazierte fröhlich in ihren Ort herein.

Dies hatte mit den Bauern der Waldniederungen nichts gemein. Vielmehr musterten die Anwohner die Neuankömmlinge voller Neugier. Dabei richteten sich die Blicke der blonden und rothaarigen Hünen sowie der fast gleich großen Frauen ebenso rasch wie wenig überraschend auf Kato. Es war das alte Spiel. Gleich danach entdeckten die Skraemar Bowden.

Bei den Älteren setzte Wiedererkennen ein, bei den Jüngeren eine Mischung aus Verachtung und Misstrauen, einen der Ihren in der Gewandung eines Gotteskriegers von Emrick zu sehen. Kato mochte es ihnen nicht verdenken. Der einzige Sohn aus dem Haus Verdian war in seiner Erscheinung mit Stirnband und Haarmähne nebst Gewändern über schwerer Rüstung eine einzigartige Verschmelzung zweier Welten.

Die heißblütigen jungen Dörfler hatten von ihm gehört, so viel stand fest. Manche spuckten aus, was andere dazu bewegte, sich umzudrehen. Bald war der Wal der weniger begaffte Gegenstand der Neugier.

»Bowden Verdian!«, rief jemand aus dem Schutz der Menge heraus. »Der Stadtknilch!« Für Kato war der Schreihals in der Menge nicht auszumachen.

»Bowden Kaltkluft!«, setzte eine Frauenstimme aus der Mitte der Anwesenden dem Krakeeler hinterdrein.

Kato erschrak und lugte unter der Kapuze hervor, um nach dieser Beleidigung den Gesichtsausdruck seines alten Kameraden zu deuten. Was er sah, machte ihm weitaus mehr Angst als ein polternder Blechmann. Der Paladin verengte die Augen, sicher. Seine Nasenflügel bebten. Doch zugleich umspielte ein Ausdruck seine Lippen, den Kato in dieser reinen, bösartigen Ehrlichkeit seit den Nächten, da sie gegen die Elfen standen, nicht mehr gesehen hatte.

Ein Lächeln, kälter als die tauenden Eisberge, die sie zwischen der Sturmgrenze und dem Dorf vor dem Horizont erblicken konnten.

»Verfluchter Tag!«, rief ein anderer. »Nicht eine Schlange, sondern zwei.«

Viele in der Menge brachen in Gelächter aus. Ältere Nordmänner und Speermaiden ließen Bowden hingegen nicht aus den Augen. Wie Kato war ihnen sein Gesichtsausdruck nicht entgangen. Ihre Blicke schweiften zu seinen Händen. Zum Bastardschwert des Paladins, während sie selbst sich vergewisserten, in der Nähe einer der Hauswände zu stehen, wo Speere und Schilde warteten. Manche befingerten Bartäxte und Ulfberths genannte Breitschwerter.

Kato wusste nur zu gut, wie Krieger aussahen, die mögliche Kampfbedingungen abschätzten.

In diesem Moment fiel jemand anderem Limbo auf. »Ein Wahnsinnstag, bei Ymmr und Frynn! Hat er einmal angefangen, nimmt der Irrsinn kein Ende. Seht!« Mit ausgestrecktem Finger wies der Mann anklagend auf den Vagabunden, der sich unter seiner Kapuze kleiner zu machen versuchte. »Da ist er! Der Verfluchte! Hast du deine Seenymphe endlich gefunden, Dieb?«

Die Verschworenen richteten den Blick auf ihren Mitstreiter. Kato runzelte die Stirn. Kincaid knurrte. »Dieb?«

»Möglicherweise war ich schon einmal hier«, erwog der Schurke gepresst. »Möglicherweise habe ich denen weisgemacht, ich wolle eine Meerjungfrau erhaschen. Ich war betrunken. War eine harte Zeit in meinem Leben.«

»Möglicherweise«, meinte Bowden. Er klang so ruhig, fast unbeteiligt, als übe er mit seiner Stimme nur für die Rolle in einem Schauspiel. »Möglicherweise«, wiederholte er fast tonlos.

Kato musste sich zusammenreißen, um nicht einige rasche Schritte vor dem Leibwächter zurückzuweichen. Er tauschte einen vielsagenden Blick mit Gjala.

Die Menge beobachtete den Wortwechsel sehr genau.

»Möglicherweise!«, rief jemand aus der Menge. »Dass wir nicht lachen! Dieser Haufen Hundedreck ist auf die höchste Klippe gekrochen und hat den Göttern ihr Opfer gestohlen.«

»Ich verstehe mit jedem Satz, der hier fällt, immer weniger«, murmelte Tanaqui so leise, dass niemand in der Menge sie hören konnte, und hielt sich ungesehen in Bowdens Schatten. Kato ahnte, dass nicht viel fehlte, und die Meute würde auf sie losstürmen. Es musste ein beunruhigender Tag gewesen sein.

Bierschaum spürte es ebenfalls. Bevor jemand etwas Unkluges vom Zaun brach, trat die Zwergin vor. Spielend wechselte sie in eine Variante der Gemeinsprache, der die rollende Nordzunge der Skraemar anhaftete. »Ihr guten Leute! Gjalar Ausmundarsdottir heißt man mich, Reim und Kenning ehre ich! Skaldin von Beruf und Berufung, fünffach gesalbt mit dem Met der Dichtkunst. Meisterin des Metrums, Walterin des Wortes, Fäden feinen Frohsinns führend.«

Sie breitete die Arme aus, als wolle sie die Menge umarmen. Erst jetzt schien den Skraemar aufzufallen, dass einer der verbündeten Zwerge zu den Hinzugekommenen gehörte. Die Mienen erhellten sich, wenn auch nur leicht.

»Mag jemand von euch guten, freien Leuten mir sagen, was hier vorgefallen ist? Wieso seid ihr so in Aufruhr? Ein solcher Wal früh am Morgen und zu dieser Jahreszeit, das sollte doch ein Grund zum Feiern sein. Alt sieht der mir nicht aus. Fette Beute, möchte ich meinen, noch vor den ersten Kaperfahrten.«

»Heil dir, Skaldin!« Einer der Männer trat vor. »Oleif bin ich, erster Huskarl von Jarl Varrok.« Er legte die Linke aufs Herz und die andere Hand auf das rechte Auge. »Ich sehe dich, Tochter der Ausmundar! Gern wollen wir deine Fragen beantworten, doch erkläre du uns zuerst: Warum reist du mit einem Mann – nein –, einem Wurm, der die Götter bestahl? Ich will dich nicht zeihen, dass du zu denen dort gehörst. Aber wundern möchte ich mich schon.«

Bierschaum wandte sich gespielt langsam zu dem bunten Trupp um und musterte Limbo mit verengten Augen, so als sähe sie ihn zum ersten Mal deutlich. Unvermittelt wandte sie sich wieder so heftig zu den Nordmännern um, dass ihre Zöpfe bebten. »Der da? Das ist mein Thrál. Mein Leibeigener. Gute Sitte, die ihr Skraemar uns da gezeigt habt. Wollte mich umbringen. Ist kläglich gescheitert, die Jammergestalt. Ich schonte sein Leben, nun dient er mir. Ist doch so, oder, Knecht?«, fragte sie über die Schulter hinweg.

Kato hoffte, dass Limbo die Finte aufgriff, und wollte ihm Zeichen geben, doch da war dieser schon vorgetreten. Im Gegensatz zu Bowden zeigte der Vagabund keinerlei Ehrengehabe. In gespielter Demut ließ er sich fallen und wälzte sich am Boden.

»Ja, Herrin«, stieß er kläglich hervor und blieb zur allgemeinen Verwunderung seiner Begleiter liegen. Kato entging nicht, dass Tanaqui das Schauspiel mit einer Mischung aus Abscheu und Gebanntheit verfolgte, sich zum Schweigen zwang. Bowden lächelte noch immer wie ein Mann, der im Zwergentarock das glänzendste Blatt auf der Hand hielt und wartete, bis der Einsatz nochmals drastisch erhöht wurde. Er wirkte nicht einmal froh, durch Gjala aus der allgemeinen Aufmerksamkeit gerückt worden zu sein. Einfach nur auf grausige Weise entspannt stand er da.

Kato fröstelte. Er konnte sich nicht erinnern, wann er zuletzt in seinem Leben solche Herzenskälte bei dem früheren Freund und Mentor verspürt hatte.

»Also, nachdem das nun geklärt wäre, sagt mir, wie euch mein Thrál so schwer beleidigt haben kann! Die Scharte will ich wohl auswetzen«, fuhr Gjala fort. Sie verneigte sich vor der Menge, nickte beiläufig hier und da älteren Nordleuten achtungsvoll zu und zauste Kindern das Haar, sofern die Eltern es zuließen. »Wie hat er die Götter gegen euch aufgebracht?«

Oleif, der Leibwächter des Jarls, spie aus. »Er schuldet ihnen einen Tod.«

»Soso. Das sind schwere Anschuldigungen. Und weshalb genau? Vielleicht schlage ich noch einmal zehn Jahre unter meinem Joch wegen seiner Schandtaten obendrauf. Vielleicht bekommt er auch einfach nichts zu fressen von mir. Oder nur Heu. Oder ich vermiete ihn. Fehlt hier jemandem noch ein Mann, der nichts kann außer fressen und aus dem Hals stinken?«

Kato ächzte. Er erkannte, dass Limbo seine Rolle gut spielte, dass ihm die zweifellos zu ihrer aller Schutz herausgerufenen Beschimpfungen aber nahegingen. Der Vagabund am Boden zuckte wie unter Peitschenhieben. Die Menge überzeugte Bierschaum dadurch endgültig davon, auf ihrer Seite zu stehen. Die Nordleute grölten ob des derben Spaßes auf Kosten des Heimatlosen.

Kato verspürte nichts als Ekel.

»Er ist von der Klippe gesprungen. Hat den Göttern das höchste Opfer gebracht. Das war erst vor wenigen Monden, noch vor dem langen Winter, als es noch genug zu beißen und zu trinken gab.« Oleif schüttelte den Kopf. »Hat bei uns allen mächtig Eindruck geschunden, wie er als Neuankömmling in Kallasfjord auf den Götterfelsen steigt und sich niederlegen will unterm Meer.«

»Wochen vor ihm vollbrachte die Königin der Riesen das Gleiche!«, rief eine Stimme, klar und schneidend. Die Menge teilte sich. Ein mächtiger Hüne im prachtvollen ärmellosen Kettenhemd war aus dem Langhaus getreten. Einst mochte er flachsblond gewesen sein, nun zeigte sein Haar einen silbrigen Schimmer. Sein Schnurrbart war so lang und buschig gewachsen, dass er zu beiden Seiten des vernarbten Mundes bis auf den Hals herabfiel. Des Mannes Augen standen denen des Paladins an Kälte wenig nach.

»Varrok«, murmelte Bowden ungläubig und verächtlich. »Du bist jetzt Jarl? Es wird immer besser.« Niemand außer Kato und Tanaqui schien seinen Unmut zu bemerken.

»Sie erklomm im Sturm die Felsen weit jenseits unserer guten Stadt. Wir sahen sie im Blitzgewitter stehen, voll angetan mit dem Rüstzeug ihres Vaters, des letzten Königs der Jötnar. Dann sprang sie in die Tiefe. Wählte den Freitod im Eisenkleid unter den Fluten vor dem unrühmlichen Ende auf dem Stroh, will mir scheinen.« Er blickte in die Runde, musterte seine lachende Gefolgschaft und die Neuankömmlinge. »Als dein Fass von einem Leibeigenen hier ankam, dachten wir, er suche das gleiche Schicksal, Skaldin.«

»Heil dir, Jarl Varrok! Mögen dir ein langer Lebensfaden und noch mehr Langmut mit deinen Söhnen beschieden sein«, entgegnete Bierschaum und verneigte sich tief.

Der Fürst nickte huldvoll, sprach aber weiter, ohne sich in seinem Gedankenfluss unterbrechen zu lassen. Er genoss das Bad in der Menge. »Stunden nachdem wir ihn auf den Felsen und dem stahlharten Wasser förmlich zerbersten sahen, geschah es. Dein Mann da, dieser Berg aus Tran, entstieg einige Hundert Spann weiter die Küste hinunter den Fluten. Verflucht haben ihn die Götter für seinen Frevel, nicht zu sterben.«

»Was willst du damit sagen, guter Jarl?«, fragte Gjala, erfüllt von einer Neugierde, die sie nicht vorspielen musste.

»Er will sagen«, Bowden hob die Stimme, »dass sie das Opfer für ihre Götter dann selbst vollzogen und dem Vagabunden nachjagten. Dass sie ihn mit Pfeilen und Wurfäxten nur so spickten. So sühnt man es hier, wenn sich jemand den Göttern zum Opfer darbietet, sich am Ende aber doch als zu feige erweist, um in den Tod zu springen. Doch jetzt steht unser Freund immer noch lebendig vor ihnen. Für sie ist er ein Genganger. Gespenst. Wiedergänger. Ausgerechnet an dem Tag, an dem ein Mörderwal angespült wird, den die Tiefe gezeichnet hat.«

»Leviathan«, erklärte Kato, der begriff. »Das ist der Biss einer Seeschlange. Mehr Gift, als in Weinfässer passt. Ein Raubtier von solcher Größe, dass es die natürliche Ordnung erschüttert. Chimaerae. Natürlich.« Er schlug sich vor die Stirn, bis die Funken stoben, und lenkte die Blicke aller auf sich. Kincaid winselte. »Die fliehende Herde. Die Tiere«, sagte er und wandte sich an Tanaqui. »Ein gewaltiger Räuber, der Panik über viele Meilen verbreitet. Doch wie kann das sein? Die Leviathane wurden ausgemerzt, als man die Insel gangbar machte.« Dann bemerkte er, dass die Aufmerksamkeit aller auf ihm ruhte.

»Deshalb hast du auf der Plattform in die Tiefe gespäht, während in deinen Augen nichts als Sehnsucht lag«, sinnierte Tanaqui mit Blick auf den Vagabunden. Sie reckte sich, stand mit ihrem Speer wie eine wiedergeborene Wüstengöttin im Küstenwind, während ihre Gewänder flatterten, nun, da jeder sie ohnehin anzustarren schien.

»Bowden aus dem Haus Verdian und eine Elfe aus dem hitzigen Glassand«, stellte Varrok fest. »Du reist in seltsamer Gesellschaft, Skaldin. An einem Tag, der nichts als Unheil verspricht, kehrst du mit einem Leibeigenen, den die Götter verflucht haben, hier ein. Bringst ein mörderisches Waldkind mit, dazu einen Mann, der heller brennt als jedes Feuer. Und an deinen Fersen haftet der Gestank von Bowden Kaltkluft.«

»Der Gestank seiner Mutter«, ertönte einmal mehr der Rufer aus dem Schutz der Menge.

Kato schluckte. Abermals streifte er Bowden mit vorsichtigem Blick. Würde sein Kettenhund die Beherrschung verlieren und er selbst sogleich mit dem Schwert unter die Menge fahren?

Er sollte sich gründlich irren.

42

»Was, bei allen Höllen ...?«, stieß Kato hervor.

Der Paladin war verschwunden. Er hatte keine Vorstellung, wie Bowden es stets fertigbrachte, laut zu poltern, wenn er es nicht sollte, statt sich leise zurückzuziehen, wenn es nicht gefragt war. Eine bemerkenswerte Fähigkeit. Er war sich sehr sicher gewesen, dass der Gotteskrieger über keinerlei besondere Kräfte verfügte, abgesehen von einem magischen Starrsinn von der Größe eines Mittelgebirges.

Um Gjala beizustehen, trat er vor. Er hasste es, begafft zu werden, doch sie brauchten endlich Verständigung, keine weiteren Rätsel. »Grüße, Jarl. Ich bin Kato Tamasine von den Kollegien der Hohen Magie des Turms der Finalen Weisheit, Kriegszauberer und Lohenmagus Ihrer Majestät Königin Kyralia Emrick der Dritten, möge sie einhundert Jahre lang regieren.«

Der Fürst musterte ihn von unten nach oben und wieder zurück. Kato hatte nie als Krieger im üblichen Sinn Waffendienst geleistet, wohl aber im Krieg gekämpft. Unabhängig von seinem für den unbedarften Betrachter erschreckenden Erscheinungsbild konnte das jeder sehen.

Da bildete Jarl Varrok keine Ausnahme. Er gab ein Grunzen von sich, in dem auf wunderliche Weise zugleich Herablassung sowie Anerkennung zum Ausdruck kamen. Seine Schnurrbärte pendelten sacht, und Kato hatte nicht übel

Lust, dem Fjordherrscher die Manneszier ein wenig zu versengen, um ihn in seiner Anmaßung zurechtzustutzen.

Auf meine alten Tage werde ich für den Kettenhund in seiner Blechbüchse doch nicht noch Mitleid entwickeln.

Unverkennbar teilten Bowden und dieser Mann in der Vergangenheit eine Geschichte.

»Wir sehen dich wohl, Kriegszauberer. Sei uns willkommen, solange dein Feuer unseren Behausungen fernbleibt!«, brummte Varrok. »Mein Vater erzählte von einem wie dir. Vielleicht meinte er sogar dich, denn er beschrieb ein Kind, das Dörfer der Messerohren erntete wie eine Sichel die Sommergerste.«

Die Menschenmenge schwenkte die Köpfe stets zwischen den verschiedenen Rednern hin und her. Dies steigerte schon nach kurzer Zeit Katos Unmut. Er versuchte, den Anwurf zu überspielen, doch spürte er Tanaquis zornigen Blick auf sich brennen, bis sie sich dem Fürsten zuwandte. Unübersehbar ballte die Elfe die Fäuste, schwieg aber.

Der Jarl hielt der Drohung in ihren Augen stand. »Versuch es nur, Waldkind, trau dich! Wir wissen, wie man mit euch Halbmenschen verfahren muss. Seid lieber so klug wie die Zwerge! Findet euren Platz!« Er nickte Gjala zu, die noch immer die Scharade vom Leibeigenen aufrechterhielt und gerade Limbo für irgendetwas tadelte. Die Zwergin nickte zurück und sandte zugleich ein angedeutetes Kopfschütteln in Richtung der Wüstenelfe.

»Kein Funke wird eure Häuser treffen«, versicherte Kato, um die Lage zu entspannen, und biss sich zugleich auf die Zunge. Er lernte nicht aus seinen falschen Versprechungen. »Sagt mir, Jarl: Seid ihr sicher, dass eine der mächtigen Schlangen der Tiefe dem Walfisch diesen Biss zugefügt hat? Kein Irrtum möglich?« Beschwichtigend hob er die Hände. »Ich suche keinerlei Übel.«

»Es muss so sicher ein Seewyrm gewesen sein, wie deinen Begleiter da der Fluch der Götter für sein feiges Entwischen ereilen wird und dein hinterlistiger Freund Verdian ein Bastard zweier Welten ist.«

»Wie lange habt ihr hier keinen solchen Leviathan mehr gesehen?«, wollte Kato nun wissen.

»Viele Fragen! Keine Antworten für uns bislang. Warum kehren wir nicht alle in mein Haus ein und besprechen uns in Ruhe? Derlei Zwistigkeiten pflegt man als guter Gastgeber nach einem üppigen Mahl und Met unter aufrichtigen Leuten in Ruhe beizulegen, die sich zu sehen verstehen«, antwortete Varrok.

»Ihr ladet mich ein?«, entfuhr es Limbo, der mit einem Mal sehr hungrig wirkte.

»Ich fürchte nur, uns fehlt die Zeit, auf dein überaus verlockendes Angebot einzugehen«, bedauerte Kato voller Geschick und ohne den Vagabunden auch nur zu beachten. Es war das Beste, die Not der Lage zu betonen. »Dringende Befehle führen uns nach Kundrheim, Jarl. Sie betreffen die Feuer. Ich bin sicher, du und deine Leute haben sie bemerkt.«

»Uns entgeht wenig«, erwiderte Varrok trocken.

Kato konnte von sich das Gleiche behaupten. Er übersah keineswegs, dass sich der Huskarl Oleif zu den anderen drei Leibwächtern neben seinem Fürsten aufgestellt hatte. Noch weniger entging ihm der eigentümliche Blick, den der Jarl und seine Vertrauten wechselten. Ein seltsames Lächeln umspielte die Lippen des Fjordfürsten.

»Nun, wir wollen dem Sengen Einhalt gebieten. Die Zwerge Kundrheims könnten uns dabei helfen«, erläuterte der Magier. Er erforschte die Gesichter der anwesenden Skraemar. Hielt Ausschau nach Anzeichen, die seine Furcht vor einem Hinterhalt bestätigten oder zerstreuten. Doch er sah nichts als Schaulustige, die dem Austausch zwischen ihrem Häuptling und den Besuchern beiwohnten.

Gjala wandte sich wieder dem Fürsten zu. »Sind unter euch Sprösslinge aus meinem Volk?«, wollte sie erfahren und musterte den Pulk vor ihr auf mögliche Zwerge hin.

Nun tauschten die Skraemar Blicke, die Gjala schwerlich entgehen konnten. Es zeigte sich nur zu deutlich, dass die Nordleute in dieser Stadt verborgenes Wissen oder Vermutungen nicht ohne Weiteres preisgeben wollten. Kato hoffte, dass Gjala weise genug war, diese Fährte trotz ihrer Verzweiflung nicht mit Nachdruck zu verfolgen. Bowden blieb verschwunden, und bei dem Gedanken, von einer ganzen Meute Skraemar angegriffen und verschleppt zu werden, überlief den Magier ein kalter Schauer.

Nicht weil sie es wirklich vermocht hätten, sondern deswegen, was er ihnen würde antun müssen, um sich und seine Begleiter zu schützen. Er warf einen Seitenblick auf Kincaid. Der Hund war still geworden, nach Katos Erfahrung wohlig eingelullt in satter Tollpatschigkeit. Sein Goldjunge stand steif da und schien den Kadaver des Meeressäugers nicht aus den Augen zu lassen. Ab und an grollte der Hund, jedoch so leise, dass es im Meeresrauschen und dem Murmeln der Anwesenden sogleich wieder unterging. Warum Kincaid im Gegensatz zu allen Tieren der umliegenden Wälder vor dem drohenden Übel nicht das Weite suchte, überstieg Katos Wissen.

»Wenn dem so ist, wollen wir euch unterstützen«, erklärte Varrok und breitete huldvoll die Arme aus, wobei Trophäen und silberne Spangen an seinem kraftstrotzenden Körper klimperten. Diese Geste schloss jeden Menschen ein, der ins Freie getreten war, um den Wal zu begutachten. »Wir geleiten euch zu den Toren an der Fjordflanke, die nach Kundrheim führen. Bei eurer Rückkehr sprechen wir über euren seltsamen Leibeigenen.«

»Äußerst großzügig von dir, Jarl«, bedankte sich Gjala und schenkte Kato einen Seitenblick, der verriet, dass ihr der Austausch zwischen dem Fürsten und seinen Vertrauten nicht entgangen war. »Wir nehmen dankend an. Doch zuvorderst müssen wir unseren Kameraden zurückholen. Ohne ihn können wir nicht aufbrechen.«

Nun war sich Kato endgültig sicher, dass irgendetwas den Argwohn der Zwergin geweckt hatte. Wenn sie lieber erst nach Bowden schauen wollte, statt sofort weiter auf die Suche nach ihrem Kundrheim zu gehen, befürchtete sie Schwerwiegendes.

Tanaqui schenkte ihr und dem Magier einen Blick, der den Zeichen zwischen Varrok und seinen besten Kämpfern in nichts nachstand. Nur hoffte Kato, dass sie selbst noch etwas unauffälliger vorgingen.

»So soll es sein. Macht ihr euch immer nur auf die Suche nach dem Haus der Kaltkluft! Ihr könnt es nicht verfehlen. Folgt dem Strand nach Westen bis zum Rand des Küstenwaldes. Wenn ihr eine ebenso riesige wie schäbige und leere Kaschemme vorfindet, habt ihr das Ziel erreicht«, höhnte Varrok. Seine Männer lachten kehlig, alle Anwesenden auf dem Platz folgten ihrem Vorbild.

Mit diesen Worten beendete der Jarl denn auch die Unterredung. Er klatschte in die Hände, um die Menge zu zerstreuen. »Wie euer unsterblicher Vagabund da jagt der Krieger eures balkenfügenden Gottes einem Gespinst seiner Träume nach, das die Schicksalsweberinnen ihm zur Verwirrung eingetrichtert haben!«, rief Oleif ihnen noch zu, bevor er und sein Fürst sich zu dem Langhaus aufmachten. Es gab keine Erklärung, was bei dem Vagabunden genauer gemeint war.

Kato ging neben Kincaid in die Hocke, wie um den Hund zu beruhigen. In Wahrheit beobachtete er die drei anderen Huskarls, die dem ersten unterstellt waren.

Einigermaßen plump schritten sie einfach zu den mächtigsten Nordmännern und Speermaiden auf dem Volksplatz hinüber, raunten ihnen allerlei zu und luden sie zum Thing ins Langhaus ein.

Kato wäre verwundert gewesen, wenn diese Ratsversammlung nichts mit ihrer Anwesenheit zu tun gehabt hätte.

Bis auf wenige Fischer, die ihre Netze auf Bänken vor ihren Katen pflegten, und eine matronenhafte Hebamme, die, auf einem Faltstuhl sitzend, Pfeife rauchte, waren sie unversehens allein bei dem Kadaver.

Kato ließ sich nicht davon abhalten, den Wal zu umrunden und seine Wunden in Augenschein zu nehmen. Die beiden Löcher sahen aus, als sei das bemitleidenswerte Tier in gewaltige angespitzte Pfosten geschwommen. Doch statt sich an den Rändern zu wulstartigem Gewebe zu türmen, zeigte das Fleisch um die Bisswunde eine quallenartige Beschaffenheit, Teile waren glasig geworden.

Trotz des Anflugs von Wärme und des wenn auch fahlen Sonnenlichts hier im Fjord kreiste keine einzige Fliege um den Kadaver. Die winzigen Augen standen weit aufgerissen und glommen in einem rötlichen, krankhaft wirkenden Gelb, nachdem Mengen an Eiter aus den Tränenkanälen des toten Tiers geflossen waren.

»Unsterblicher Landstreicher?«, fragte Tanaqui vorwurfsvoll hinter dem Magier. Man hörte das Ächzen, mit dem Limbo sich erhob.

»Das erkläre ich euch beizeiten. Aber an eurer Stelle würde ich mir Sorgen machen. Diese Seebären haben es nicht nur auf mich abgesehen, dafür habe ich einen Riecher.« Er trat fest mit den Füßen auf. »Gehen wir die Blechbüchse suchen?«, erkundigte sich der Vagabund sodann.

Kato nickte. Mit einem Pfiff und einem Schnalzlaut holte er Kincaid an seine Seite und machte sich auf den von Varrok beschriebenen Weg zu Bowdens Elternhaus. Sie durchquerten die Siedlung der Skraemar und näherten sich der Küste.

Kato musste nicht spüren, dass es kühler wurde, mit jedem Schritt, den sie der rauen See näher kamen, wirkten Gjala und Limbo wie erlöst. Sie breiteten die Arme aus, sogen die salzige Meeresluft mit ihrem schweren Tangaroma ein. Unübersehbar genossen sie den kühlenden Wind aus Richtung des Sturmwalls.

Schließlich erreichten sie den Strand. Schwarze Kiesel und ganze Wagenladungen kalkiger Muschelscherben, begraben unter angespülten Pflanzenteilen und Treibholz, zogen sich vor ihnen gen Horizont. Hier und da durchbrachen Inseln aus grauem Sand und mit feinerem Muschelglanz den Belag. In gewaltigen Zungen leckte die See zu den Wandernden herüber und kroch in ihrem ewigen Rhythmus wieder zurück, bevor sie sich für einen neuen Anlauf sammelte.

Schwalben und auch größere Möwen kämpften gegen den Wind an, standen förmlich still in der Luft.

Deutlich waren die Fußabdrücke eines schwer gerüsteten Mannes zu sehen, der mit forschem Tritt hier vorausgestapft war. Für Kato war die Spur unverkennbar, und er hätte diese Art zu gehen unter Tausenden erkannt. Mit seinen Schritten hatte der Paladin den Boden aufgewühlt und damit allerlei Leckerbissen aufgeschreckt, die sich in Sand und Kies verborgen gehalten hatten und nun freigelegt zappelten. Was die Vögel zum Festmahl lockte.

Die Gefährten waren im Donnern der Brandung beim Gehen zusammengerückt, um sich unterhalten zu können. Hier bestand keine Gefahr, belauscht zu werden.

»Woher hast du gewusst, dass wir den Skraemar nicht trauen können?«, fragte Tanaqui unvermittelt an Gjala gewandt und stieß damit an eine wunde Stelle, die irgendwo in Katos Hinterkopf pochte. Angesichts drängender Fragen und wegen des Walkadavers hatte er sie jedoch vergessen.

»Genau«, hakte sich Limbo ein. »Ich erkenne einfach Leute, die Dreck am Stecken haben. Und als ich vor einigen Monaten hier ankam, gaben sie sich zwar fremdenfeindlich, wirkten aber nicht so, als müssten sie irgendetwas verbergen.« Er spuckte in die Brise und brachte es dabei zu einer stattlichen Weite.

Bierschaum stellte eine grimmige Miene zur Schau. Sie blickte zu Limbo auf. »Ich habe nur eine Frage an dich, Anhängsel: Haben sie damals versucht, dich nach Kundrheim zu bekommen? Offenkundig hat dich ja seinerzeit keiner von ihnen angegriffen. Aber haben sie versucht, dich zu beschwatzen, die Zwergenstadt zu besuchen?«

»Mussten sie das denn?«, fragte Tanaqui die Zwergin. »Hattest du nicht ohnehin nach den Unterirdischen gesucht, um deine Schulden zu tilgen?«, richtete sie sich ihrerseits an Limbo.

»Damals noch nicht«, entgegnete der Vagabund und wirkte auf seltsame Weise verlegen. Folgerichtig vermutete Kato, dass er einmal mehr nicht die ganze Wahrheit sprach, ohne blankweg zu lügen.

Limbo sprach weiter. »Aber du hast recht, Frau Bardin. Den Eindruck, dass ich mir auf ihr Drängen die Zwergenstadt anschauen solle, hatte ich wohl, wenn ich mich recht erinnere.«

»Worauf willst du hinaus, Bierschaum?«, wollte Kato wissen. Unvermittelt blieb er stehen, weil etwas seine Aufmerksamkeit erregte. Er verengte die Augen, lugte auf das Meer hinaus und zum endlosen Sturmwall hinüber, der als Ring die Inselkette umgab. Etwas bewegte sich dort.

»Erinnert ihr euch, wie ich dem Kerl durch das Lob schmeichelte, wir hätten die Sitte mit den Leibeigenen von ihresgleichen gelernt?«, fragte Bierschaum.

Kato schlug sich so heftig vor die Stirn, dass Funken stoben. »Natürlich!«, rief er aus.

»Weder du noch Bowden hatten auch nur damit gerechnet, Sklavenringe in den Minen vorzufinden«, stellte Tanaqui ruhig fest.

»Weil sich dein Volk keine Leibeigenen hält«, fügte Limbo hinzu.

»Zumindest ist das die landläufige Meinung und das Gegenteil wohl ein dunkles Geheimnis der Drazok Dhar, das eigentlich niemand außer ihnen kennen sollte. Noch dazu eines, in das zumindest eine von ihnen überhaupt nicht eingeweiht war«, meinte Kato.

Traurig senkte Bierschaum den Blick und kickte einen Kiesel in die Gischt. »Genau das war meine Probe aufs Exempel, Robenträger. Woher hätte er wissen sollen, dass wir Leibeigene in unseren Minen haben? Wenn ich etwas vermeintlich Neues über ein Volk erfahre, noch dazu etwas, wofür man mich belobigt, würde ich es doch in Abrede stellen, wenn ich es besser wüsste.«

»Oder ich nähme es einfach hin, weil es für mich so altbekannt und alltäglich ist, dass es mir keinen Ton mehr entlocken würde«, ergänzte Limbo.

Sie schwiegen einen Augenblick lang und ließen die Erkenntnisse sacken. Kato fühlte sich entsetzlich müde. Im Geist war er wieder Jahre zurück in die Vergangenheit gereist. Unbelehrbare Generäle schickten ihre Krieger in den Tod, vorangehetzt von ebenso unfähigen Offizieren. Kämpfer auf allen Seiten starben, ohne dass hervortrat, wer eigentlich die Schuld trug. Wenn es eine solche überhaupt gab. Aber eines stand fest: »Einer weidet sich letztlich immer am Sterben«, raunte er und spuckte seinerseits ins Meer.

43

»Das ergibt Sinn.« Tanaqui war in die Hocke gegangen. Mit einem Stück Treibholz zog sie Striche in den Sand. In seiner Zeit als Waffe seiner Königin hatte der Menschling Kato so viele strategische Karten der Inselkette von Selachis betrachtet, dass er sicher keiner Erläuterungen mehr bedurfte, um zu begreifen, dass er sie vor sich sah. Sie blickte zu Bierschaum und Limbo hinüber, um deren Aufmerksamkeit auf sich zu ziehen.

Tanaqui ließ den Stock auf und nieder fahren wie die Spitze eines Degens, stocherte im Sand. Mit gepunkteten Linien führte sie ihre Zuschauer von den Küsten der Skraemar und mehrerer ihrer Fjordsiedlungen um die Landmasse herum. Sie zogen im Osten am Mirvaali vorbei, der die gesamte rechte Hälfte von Selachis bedeckte. Sie umrundeten westlich weiträumig Emrick und stießen vereinzelt in abgelegene Küstengebiete vor.

Unten im Süden von Selachis trafen die Linien zusammen, dann kehrten sie zurück in Richtung Westen, Osten und Norden. Wieder ließ Tanaqui sie Abstecher in alle Gebiete machen. »In den Emiraten sind die Küstenplünderungen durch die Skraemar bis ins Binnenland zur Plage jedes Herbstes geworden«, erläuterte Tanaqui. »Immer jagen sie Sklaven, aber die Silberreiter haben sie oft davon abgehalten.«

Sie erntete verwunderte Blicke. »Was?«, fragte sie erbost. Hielten die Leute jeden Elf, gleichgültig, ob Geschöpf der Wüste oder der Wälder, für nichts als grausam?

»Wir wundern uns nur«, meinte Limbo mit einem Achselzucken, das seine Körpermasse in Bewegung versetzte.

»Denkt ihr, wir sind Tiere?«, setzte Tanaqui nach und zwang sich, die Wut des Großen Jägers über die Beleidigung nicht die Oberhand gewinnen zu lassen. »Die Wüstenelfen mögen mit dem Emir und seinen Kriegern in Feindschaft leben, sicher. Doch wenn ihr denkt, wir sähen tatenlos dabei zu, wie man eure Kinder aus den Oasen verschleppt, um sie in Ketten in der Fremde verenden zu lassen, geht ihr fehl. Ich sagte doch, kein Geschöpf soll derart unterdrückt leben, wenn es nach uns geht.«

»Ich dachte, wir seien nur Äffchen?«, wunderte sich Kato schnippisch. Tanaqui konnte es ihm nicht verdenken. Einmal mehr beäugte er sie mit der Miene eines Mannes, der ein vertrautes Rätsel wiedersieht.

Gjala stützte die Fäuste in die Hüften. »Können wir den überkommenen Unfug mit dem tumben Rassenwahn in dem Schandloch unserer leidvollen Vergangenheit einfach verrotten lassen? Ich will hören, worauf Tanaqui hinauswill.«

»Sie liegt goldrichtig«, ließ Limbo verlauten und klopfte sich auf den Wanst, als schlüge er eine Pauke. »In wenigen Wochen sind wir ohnehin alle erstickt, Groß und Klein, Dick und Dünn. Zwerg, Elf, Altes Volk, junge Menschen ... Äffchen, was auch immer.«

Tanaqui nickte ihnen dankbar zu. Mit dem Zeigefinger berührte Kate seine Lippen. Schließlich nickte er. Auf Tanaqui wirkte er wie ein Mann, der echte Einsicht verspürte, nicht wie jemand, der schmollte. »Entschuldige«, bot er an und bedeutete ihr, sie möge fortfahren. »Alte Angewohnheit.«

Tanaqui bedankte sich und linste zu Bierschaum hinüber. »Ich habe lange nachgedacht. Darüber, was wir in der Mine gefunden haben. Bei deinem Schmied in den Aufzeichnungen. Die große Unternehmung oder wie er es nannte. Ich weiß nicht, was damit gemeint ist. Aber so viel steht fest: Man brauchte viele Arbeiter dafür. Mehr, viel mehr, als ihr als Zwerge euch stellen konntet. Du beschriebst es selbst. Was euch fehlte. Als Volk.«

»Wir sind sehr wenige. Und es werden uns nur wenige Frauen geboren«, antwortete Bierschaum. Am Stocken ihrer Stimme und dem Beben ihrer Unterlippe erkannte Tanaqui, dass die Zwergin das Unerhörte zu begreifen begann.

»Eben«, stimmte Tanaqui zu und wartete ab, ob auch die anderen Begleiter ersahen, worauf sie hinauswollte.

»Meinte der Riese nicht etwas von der Art, dass die Zwerge nach ihrer Zukunft gegraben hätten?«, fragte Limbo. Er kratzte sich am Kopf.

»So weit kannst du also nicht von uns entfernt gewesen sein«, meinte Kato und grinste scheel.

Der Vagabund räusperte sich ertappt.

»Was haben Zwerge, Elfen und Riesen gemeinsam? Von ihrem Hass aufeinander und auf mein Volk einmal abgesehen?«, fragte die Elfe.

»Wir sterben aus«, bekundete Gjala, noch bevor Tanaqui geendet hatte, und jeder konnte ihre Beklommenheit heraushören. »Wir bringen zu wenig Frauen hervor, wir werden zu alt. Uns fehlt es an frischem Blut, wir brauchen – anders als die Menschen – ewig bis zur Geschlechtsreife und schlüpfen nicht aus Bäumen wie die Elfen.«

»Bäume, die immer rascher aussterben«, erwiderte Tanaqui. »Uns es ist unser Licht, das aus dem Baum kommt. Wir schlüpfen nicht, sondern unsere Eltern ...« Sie hielt inne. Ihr Tonfall verriet, dass sie hinter ihren Schleiern errötete. »Es ist kompliziert.«

Gedankenverloren kraulte Kato seinem Hund das Nackenfell, seine Augen über die Schultern der anderen hinweg leer auf das Meer gerichtet. »Bierschaum, was genau hat der Riese verkündet? Wörtlich, keine Umschreibung. Mein Gedächtnis ist zuverlässig, aber nicht ausgezeichnet. Ich brauche die Gabe einer Bardin.«

Tanaqui beobachtete, wie die Zwergin für einen Moment die Augen schloss. Als sie sie wieder aufschlug, trug ihr verzogenes Gesicht täuschend echt die wahnhafte, bärenartige

Fratze des Frostriesen. Mit einem verblüffend tiefen Grollen, das mit der Brandung wetteiferte, stimmte sie ihre Worte an.

»Ich habe an den Wurzeln der Welt genagt! Ich habe vom falschen Gold gekostet! Meine Augen sind geöffnet. Ich sehe! Ich sehe! Ich habe den Nadir gesehen. Jedes Wort der Jarlskona ist wahr! Heil dir, Velkha! Du führst uns zurück zum Ruhm! Die Wurzeln schenken neues Leben dem, der sie findet und den Schoß daran nährt!«, rief sie aus. Dann schüttelte sich die Zwergin, so als erwache sie aus einem Traum.

»Beeindruckend«, lobte Kato und nickte ihr zu.

Tanaqui hörte ihm nur halb zu. Sie spähte zu der Stelle hinüber, zu der Kato seit geraumer Zeit geblickt hatte, so als verspüre er von dorther etwas. Nur dass sie keiner magischen Talente bedurfte, um zu erkennen, dass sich vor dem Sturmwall Bewegung an einer gewaltigen Front entfaltete, so als balle sich einer der Zauberorkane just vor ihnen weiter landeinwärts zusammen. Nach allem, was sie wusste, war das unmöglich.

»In der Tat.« Tanaqui sah den Lohenmagus seine Aufzeichnungen entziffern. *»Kargazun ließ sich zu einem Ort führen, den seine Gönner den Nadir nennen. Verborgen liegt er angeblich mitten unter uns, irgendwo auf dieser Inselkette, die doch vollständig erkundet sein sollte«,* zitierte er den jungen Runenschmied von Dunkelfall.

»Kargazun Danghbran, genannt Schimmerbart, der oberste Runenfürst aller Zwergenpriester«, erläuterte Bierschaum. »Er hat seinen Sitz hier in Kundrheim.«

»Stand in dem Geschreibsel nicht auch etwas von Zuchtsträngen und Stämmen und wie irgendetwas wiederholt werden muss?«, fragte Limbo. »Dann das Gewäsch von dem tollen Riesen aus der Mine und all das? Darf ich daran erinnern, dass der Jarl meinte, die Königin der Riesen sei vor einigen Wochen in der Nähe seines kleinen Reiches ins Meer gesprungen?«

»Und?«, wollte Tanaqui wissen.

»Und? Nun ja, die Zwerge haben vielleicht nach irgendwelchen Zauberwurzeln gegraben. Aber vielleicht wachsen die ja auch unter Wasser.«

»Das glaube ich nicht«, widersprach Kato. »Riesen leben länger als alle Völker in den Bergen mit entsprechender Erfahrung, von den Zwergen vielleicht einmal abgesehen. Von Klippen zu springen, kommt bei ihrer Größe einer Entleibung gleich. Vielleicht beging sie eine Verzweiflungstat, weil sie erfuhr, dass sie unfruchtbar bleiben würde, wer weiß? Reines Rätselraten. Aber eines scheint weniger rätselhaft: Dieser Ort, Nadir, wird als *mitten unter uns* beschrieben. Es gab eine große Geheimunternehmung der Zwerge, die sie schon lange vorantrieben. Sie gruben tief, brauchten dafür viele Arbeiter.«

»Sklaven«, stellte Tanaqui richtig und bereute es sogleich wieder, da Bierschaum schuldbewusst zusammenzuckte. »Verzeih!«, sagte sie zu der Zwergin.

»Korrektur: Viele Zwangsarbeiter«, berichtigte sich Kato. »Die Zwerge jedenfalls haben sich von kundigen Fremden Hilfe geholt und sich alles erklären lassen. Fremde, die Masken trugen.«

»Vielleicht diese unheimlichen Vier Könige«, schlug Limbo mit einem Schnippen vor.

Wie um das Gruseln in seinen Worten zu unterstreichen, frischte der Küstenwind auf. Tanaqui fröstelte und war überzeugt, dass dies nicht nur dem Küstenwetter geschuldet war. Sie wollte den Blick einfach nicht von den Wolken des Sturmwalls lösen. Dort ballte sich etwas Bedrohliches zusammen. Sie schlang die Arme um den Körper. »Wir sollten weitergehen, Bowden suchen«, hauchte sie und war sich im selben Moment nicht einmal mehr sicher, ob sie die Aufforderung nicht nur stumm gedacht hatte.

Diesem Sturm entkommt ihr nicht, raunte der Große Jäger aus seinem verborgenen Gemach in ihren Hautbildern.

»Was?«, fragte Tanaqui. »Wieso?«

Keine Antwort.

»Vielleicht diese vier, ja«, erwog Kato. »Doch auch nach Jahrhunderten der Suche fand dein Volk nichts, Bierschaum. Bis sich wohl etwas von Grund auf änderte.«

»Was sollte das gewesen sein?«, fragte die Zwergin.

»Wer? Du. Dein Vater«, behauptete Kato, die Hand am Kinn. »Ich bezweifle, dass die Hyänenwesen dich grundlos verschleppten. Ich glaube, es war ein Täuschungsakt. Genau wie deine Verbannung anstelle der harten Todesstrafe.«

»Wie bitte!?«, begehrte sie auf.

»Hör mich an!« Kato hob die Hände.

»Nehmen wir an, jemand hätte vom Vorhaben Arjunas, des Herrn der Schachtfeger, Näheres erfahren. Vom Ehrgeiz eines Zwerges, der seine eigene Stellung in der Zwergenordnung hinterfragte? Jemand wiederum, dem daran gelegen war, dass dein Vater seine Erfindung zu Ende brachte, mit der er vielleicht einmal in bierseliger Laune geprahlt hatte? Sprengpulver, das die Arbeit von zehn Zwergen in kurzer Zeit leisten konnte?«

Tanaqui wurde noch kälter. Etwas Fremdartiges näherte sich. Rasch. Sie spürte es deutlich. Mittlerweile waberte der Horizont regelrecht im Dunst. »Wir sollten uns Bowden anschließen«, verlangte sie einmal mehr, konnte aber weder die Stimme heben noch den Blick von der Küste lösen.

»Er brauchte nur einen guten Grund, meinst du?«, hörte sie Limbo fragen.

Es klang für sie, als spräche er unter Wasser. Ihre Hautbilder juckten. Ein quälendes Gefühl, doch auch dieses erreichte ihren Geist nur am Rande. Ihr Blick hatte sich kurz am Meer festgesogen. Unwillkürlich riss sie sich von dem Eindruck los, blickte über die Steilküsten hinter ihnen in Richtung Landesinneres. Hier und da stiegen vereinzelte Rauchsäulen auf. Eine Regung warnte Tanaqui, dass sie nicht auf den in diesen Breiten üblichen vulkanischen Ursprung zurückgingen.

Eingekerkert, schon wieder, dachte sie bei sich. *Zwischen den Gewalten von Wasser und Feuer werden wir zerrieben.* Seltsam poetische Gedanken, doch es waren ihre eigenen, nicht die des Jägers.

»Genauso ist es«, bestätigte Kato mit einem Fingerschnippen. »Zeig es uns, Gjala! Was du im Gang mit den Fußfesseln aufgeklaubt hast. Doch halt! Ich kann bereits angeben, worum es sich handelt. Ich bin mir absolut sicher. Es ist einer der Runenzünder, die du erwähntest. Die Erfindung deines Vaters, Auslöser für sein Sprengpulver. Oder eines der leeren Gefäße mit Pulverresten.«

Bierschaum antwortete nicht, sondern warf etwas. Ein deutlich anderer, kürzerer Runenstab als das Tagebuch des jungen Runenschmieds, das von dreieckiger Form war, ruhte wie eine Anklage im grauen Sand.

»Grundgütiger!« Limbo schüttelte den Kopf. »Woher hast du's gewusst, Magister?«

»Sie erpressten Gjalas Vater, sich mit seinem Pulver zu beeilen. Daher die Entführung seiner Tochter.«

»Jeder weiß, dass die Hyänen sich als Söldner verdingen«, raunte Tanaqui versonnen. Wie ein einziges, lästiges Insekt, dessen man im Dunkel des Zelts nicht Herr wird, schwebte ein Summton in ihrem Kopf. »Lasst und von hier verschwinden!«

»Weil die Runenpriester ihre große Unternehmung voranbringen wollten«, verdeutlichte Bierschaum. »Und ihr meint, diese dient dazu, den Tod meines Volkes zu vereiteln? Durch mehr Frauen? Mehr Schwangerschaften? Oder wie? Mit irgendwelchen Wurzeln? Die meines Vaters Gabe an die Zwergenheit freigelegt hat. Das ist doch hanebüchen!«

»Genau das ist eine meiner Hypothesen«, bestätigte der Lohenmagus ohne seinen sonst üblichen, spöttischen Unterton, den bohrenden Feuerblick auf Bierschaum gerichtet. »In Kundrheim erfahren wir mehr. Aber ich bin mir gewiss, dass wir nicht irren. Kincaid?«

Tanaqui folgte Katos Blick. Der Hund hechelte nicht länger. Vielmehr winselte und grollte er im Wechsel mit einer hilflosen Miene und in Richtung Meer.

»Wir müssen uns beeilen. Auf zu Bowden!«, drängte Tanaqui.

»Was habt ihr denn alle?«, fragte Gjala.

»Es liegt etwas in der Luft.« Limbo nickte nachdrücklich Tanaqui zu.

»Wetterumschwung. Am Meer ist das nicht gerade etwas Besonderes.« Nun klang Kato selbst so, als wolle er eine üble Tatsache verleugnen. Sein Tonfall und die pausenlosen Störungen durch den Hund brachten Tanaqui wieder zu sich.

»Nebel zieht auf«, stellte sie fest, und das Frösteln durchlief abermals ihren ganzen Körper. Was hatten sie übersehen? Wieso mochte sie nur nicht glauben, dass die Königin der Jötnar ins Meer gesprungen war, um sich das Leben zu nehmen?

Der Wind fegte als kalter Niesel über das Häuflein, den die See vor sich herzutreiben schien. Tanaqui verspürte eine Vorahnung, dass sie ihre Antworten bald erhalten würde. Es war ihre eigene Eingebung, nicht die Stimme des Jägers.

Der schwieg. Er war zu besorgt.

44

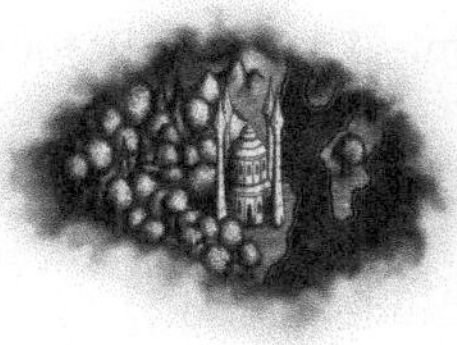

Es war eine Sünde, und Bowden Verdian beging sie aus freien Stücken. Nachdem er gesehen hatte, welche Männer seit seinem letzten Aufenthalt an der Spitze des Dorfs standen, erfüllte ihn eine Mischung aus Grauen und Blutdurst. Seit den schwülen Nächten unter dem Blätterdach des Mirvaali hatte er nicht mehr derart Zwiespältiges empfunden.

Seine Sünde bestand darin, einem ausgemachten Feind nicht offen entgegenzutreten, sondern ihm vielmehr den Rücken zu kehren. Bowden hoffte, dass ihm der Architekt gnädig war. Er musste nachsehen, wie es seinem Vater unter der Herrschaft der Peiniger seines Sohns ergangen war.

Von Missmut erfüllt, stapfte er den Strand entlang. Sein Hochgefühl war getrübt. Sicher, er hätte versuchen können, den *Jarl* und Oleif vor der Dorfgemeinschaft in Eisen zu legen. Doch er wusste nur allzu gut, wie wild und treu ergeben die Skraemar sein konnten, wenn man zu den Ihren gehörte.

»Wenn man denn zu ihnen gehört«, fauchte er sich selbst an.

Wann hatten sie Jarl Tryggvi und seine Huskarls ersetzt? Gewiss, es war nichts Ungewöhnliches, dass ein Herrscher und sein ganzer Stab an Verschworenen bei den Nordleuten ausgetauscht wurden. Das Leben war rau, Kaperfahrten und Walfang forderten ihren Tribut von den Söhnen wie auch von den Töchtern der Skraemar. Männer konnten keine Kinder und Weiber keine Püppchen sein in einem Leben mit der Gewalt des Meeres.

»Wer wüsste das besser als Bowden aus der kalten Luft, Sohn einer Meerjungfrau?«, verhöhnte er sich selbst. Der Stich schmerzte frisch wie in den Nächten seiner Jugend. »Er, der nie zu unserem Dorf gehört hat ... Und doch bin ich zurückgekehrt, und wir werden alle einige gehörige Worte miteinander wechseln. O ja, das werden wir«, knurrte der Paladin.

Ein Krebs huschte aus einer am Strand liegenden Muschel davon, eilte über den dunklen Untergrund in die Brandung, so als flüchte er vor Bowdens Zorn. Es war kein vielversprechendes Unterfangen und der Augenblick unklug gewählt. Die Möwe, die herniederstieß und mit ihrem Fang davonflog, mochte das anders sehen.

Angeekelt schüttelte Bowden den Kopf. Er verachtete, was Druiden und Messerohren die natürliche Ordnung nannten. Er sah nur das Grauen und die Schrecken, welche die Wildnis gebar. Er war dabei gewesen in den Notfällen nach dem Krieg, wenn Trupps den Waldrand sicherten. Er hatte die Försterfamilien erlebt, die Holzfäller, deren Kinder von Berglöwen oder Bären gerissen worden waren, die bei ihren Angriffen den Eltern aber die Gnade des Todes verweigert hatten.

Hier war es nicht anders. Er spürte eine seltsame Aufwallung von Mitgefühl für das fremdartige Wesen mit den sechs Beinen, das nichts als leben wollte und nun in sein ungewisses Schicksal verschleppt wurde. Genau besehen, jedoch ein recht gewisses. Doch so ging es immer aus, nicht wahr? Jene, die in Frieden leben wollten, wurden von jenen drangsaliert, welche die Macht innehatten und ihren Gelüsten frönten.

Damals hatte er den Vater dafür gehasst, ihn von hier fort in die Stadt zu schaffen, bevor man des Familiengeheimnisses weiter gewahr wurde als ohnehin. Er hatte alles dort verabscheut, den Tempel, die Stockschläge durch die so gestrengen Lehrer. Die endlosen Exerzitien. Das Eiswasser und das frühe Aufstehen, den Drill an Waffen und Schilden.

»Ich danke dir und deinen Dienern, o Architekt, dass du mich recht geleitet hast. Aller Segen sei dir und der Welt aus Bauwerken und Vernunft, die du uns zu errichten hilfst. Wir werden nicht enden wie die verdammte Krabbe und die schreienden Kinder dieser Förster«, knurrte er.

Da stieg sie wieder hoch, die Wut, die er in seiner Jugend hatte bezähmen können, welche ihn aber seit den in Kriegszeiten erlebten Gräueln immer von Neuem überkam, ihn überwältigte. Der Architekt mochte ihm Kraft schenken, aber diesen tief sitzenden Zorn zu bändigen, das schien nicht einmal sein Gott zu vermögen.

Die Prüfungen enden niemals, dachte Bowden bei sich.

Der Wind drehte für einen Moment. Seine Sinne, seit frühester Kindheit schärfer als die seiner Zeitgenossen, fingen den Geruch des Rauchs ein, der unleugbar aus dem Binnenland herüberströmte. Dann verging dieser Eindruck, die Brise wehte wieder von der See her. Doch auch darin lag eine verdächtige Spannung, unerklärlich und auf gewisse Weise bedrohlich.

Er fühlte sich an die Gleichnisse über einen König aus seinen Unterrichtungen erinnert, welche die Priester erzählten, um an die Bürde der Verantwortung zu erinnern. Von einem König, über dessen Thron ein großes Schwert an nur einem einzigen feinen Faden hing. Beständig schwebte die scharfe Spitze über dem Haupt des vermeintlich so Mächtigen. Ein solches Schwert meinte er auch über sich im Luftzug schwanken zu spüren.

Da waren Gewissensbisse. Sosehr er sich auch einreden mochte, dass er Katos Vorstoß bis zu diesem Ort aus Gründen der Vernunft und seiner Berufung unterstützt hatte. Bowden wusste sehr gut, dass es hier in Wahrheit bloß um Sühne für seine Unbill ging. Und mit zunehmender Verbitterung musste er einsehen, dass seine Gedanken an Vergeltung gegen die Peiniger seiner Familie und die Räuber der Ehre seines Vaters und der geliebten Mutter vor allem eins waren.

»Zeitvergeudung«, murmelte er ernüchtert bei sich.

Niemand wird mehr leben, wenn der Brand den Untergrund durchdrungen hat. Und wer sagt mir, dass dies nicht längst geschehen ist? Selbst der Deserteur weiß nicht, wie viel vom Land unter der Erde bereits brennt. Wenn aus jeder Höhle, jeder Kluft lange vor dem Hauptfeuer selbst und dem Ersticken solche Monstren aus einer anderen Welt wie etwa die Salamander hervorquellen, welche ihre Umgebung in Brand stecken ... welcher Ausweg bleibt uns noch?

Nein. Er wischte seine Verzagtheit beiseite. Zuerst würde er Vergeltung dafür erzwingen, was seine Familie so lange geplagt hatte. Was ihm so lange zusetzte.

Das Herz sank ihm, als er die Dachspitzen des Kontors und der angeschlossenen Herberge der Fuhrmänner mitsamt dem Frachthafen jenseits der Bucht entdeckte. Bereits aus Hunderten Schritten Entfernung war der Verfall des verdianschen Herrenhauses unübersehbar.

Schindeln mit abblätternder Farbe wie unter schuppiger Haut. Tiefe Krater im Dachstuhl, in den Grassoden hineinlappten wie Haut bei einer Verletzung durch einen Armbrustbolzen. Fensterlöcher gähnten hohl. In einem davon nisteten beschaulich Reiher.

Es hätte ihn nicht überrascht, wenn Fledermäuse von dort ausgeflogen wären, sobald die Nacht angebrochen war.

Bowden bog vom Strand ab, erklomm eine Anhöhe in der Gegenrichtung zum Küstenhafen seines Vaters und stieg weiter den Hügel hinan, auf dem das Anwesen seiner Familie stand. Als er die Kuppe erreicht hatte, lag das volle Ausmaß der Verwüstung vor ihm ausgebreitet. Das Haus Verdian und seine Nebengebäude unterschieden sich in nichts von einer Holzfällersiedlung, die vor Jahrzehnten aufgegeben worden war. Moos und vertrockneter Seetang bedeckten das Mauerwerk. Ganze Gebäudeteile waren eingestürzt und überwuchert.

Wäre dies nicht sein Elternhaus gewesen, es hätte für ihn etwas Malerisches in diesem Bildnis der Verwüstung gelegen. Wie sich das Meer an den Klippen der Küste brach, sein stetes Lied widerhallte und jenem verfallenden Zeugnis der einstigen Größe seines edlen Geschlechts zum Abschied huldigte.

Doch dies *war* sein Elternhaus, und so spürte Bowden nichts als eine Mischung aus Trauer und Hass auf jene, die für diesen Niedergang verantwortlich waren. Er erinnerte sich noch gut an die Nacht der Enteignung, an die Fackeln und die von Zorn und Fremdenhass verzerrten Gesichter jener Nordmänner, die sich lange am Handel und Wandel seines Vaters in ihrer Mitte sattsam bereichert hatten.

Niemand hatte Einwände dagegen vorgebracht, dass der Handelsherr Verdian eine der Skraemar zur Frau nahm, lange vor Bowdens Zeit. Damit war der Mann aus Emrick einer der Ihren geworden. Doch als Dunja Anfangrsdottir schwer erkrankt war und den Weg aller Sterblichen hatte gehen müssen, war von ihm erwartet worden, sie auf die Weise der Skraemar zu bestatten. Prunkvoll und mit allen Ehren.

»Ihr götterverfluchten Heuchler, ein Sturm möge über euch kommen. Skraemar. Plünderer und Barbaren, mehr nicht, ihr könnt nur zerstören, nicht erschaffen. Der Architekt fege euch hinweg!«, zischte Bowden.

Sein Vater hatte sich geweigert, seiner verstorbenen Frau, der Tochter des Huskarls Anfangr, die Zofe und die Knechte wie den armen Blair mit in das Schiff zu legen. Blair, der dank Bowdens Vater noch immer lebte und den kleinen Schrein von Dunkelfall pflegte. Statt seinerzeit in einem Drachenboot gelandet zu sein, gefesselt und noch lebendigem Leibes dem Tod überantwortet. Das eingeölte Holz auf See mit Brandpfeilen entflammt, um der Verstorbenen auf diese Weise Gesinde in die Silberne Götterhalle der Skraemar mitzugeben.

Damit hatte sich der Herr Verdian den unauslöschlichen Zorn seiner neuen Stammesgenossen eingehandelt. Jahre später, längst zum geächteten Außenseiter unter den Nordleuten geworden, der nur keiner Blutrache anheimfiel, weil er als Städter aus Emrick unter königlichem Schutz stand, hatte sein Vater Bowdens Mutter gefunden. Tödlich verletzt, in jene Rüstung aus seltsamem singendem Kristall gehüllt, hatte sie nach den Schilderungen der Eltern in ihrem Blut am Strand gelegen, dem Tod näher als dem Leben.

Vater hatte seine Meerjungfrau, wie er sie seitdem nannte, in letzter Minute gerettet. Niemand wusste, wer sie tatsächlich war, woher sie stammte, nicht einmal, ob sie überhaupt ein Mensch gewesen war. Bowden aber wusste nur eins: Sie war seine Mutter und hatte die Fülle des Lebens verbreitet. Und wer mochte es schon wissen ... vielleicht beschenkte sie andere immer noch, bis zu jener Nacht, in der sie mit ihren Fackeln zum Hallenbrand angerückt waren, wie sie ihren verderbten Rechtsbrauch nannten.

Jarlin Aslaugh, damals Anführerin der Skraemar von Kallasfjord, hatte Schliche gefunden, das Edikt zu umgehen, keinen der Männer der Königin von Emrick zu töten. Das Feuer hatte gelodert in jener Nacht, die Skraemar hatten genommen, was Vaters gewesen war, alle Wächter getötet und alles Silber aus dem Besitz der Verdians in Eidringe und Armreifen verwandelt, die bis in die Gegenwart Finger schmückten und Glieder umspannten.

Bowden aber hatte man aus des Vaters Obhut verschleppt.

»Das dreckige Halbblut zum Mann erziehen«, raunte Bowden und schüttelte den Kopf. Dann wandte er den Blick in Richtung Meer, um sich von der Brise die schlimmsten Erinnerungen aus dem Schädel wehen zu lassen. Er stieg zum Haus hinunter, und es war nicht die massive Panzerung, die seine Beine so schwer machten.

Er warf einen letzten Blick auf das Meer. Diesseits der Sturmgrenze bewegte sich etwas auf dem Ozean.

»Nebelbank«, murmelte Bowden und merkte nicht, wie sich ein eiskaltes Grinsen auf seine Züge stahl. »Ihr seht uns nicht kommen. Ich biete dem Deserteur an, sich reinzuwaschen von seinen Schandtaten. Ein einziger frevlerischer Brand am heutigen Tag gegen die unzähligen sündhaften Feuer seiner Vergangenheit, ein gerechter Handel.«

Vielleicht würde er Kato am Ende sogar vergeben. Alles war möglich.

Der einzige Sohn des Hauses Verdian wollte gerade die vermoderte Pforte aufstoßen, nachdem er drei mit Meeresschlick und Seegras verschmierte Stufen zum Eingang erklommen hatte. Die Klopfer, einst die Gesichter stolzer Panther, waren von schimmerndem Grünspan und Salzkrusten überzogen. Als Bowden eintreten wollte, spürte er ein Prickeln im Nacken. Hinter sich, am Rand seiner Sicht, meinte er, eine Bewegung erhascht zu haben. Augenblicklich flog seine Hand zum Schwert. Er fühlte sich an die Minen unter Dunkelfall und die Begegnung mit dem seltsamen Geschöpf Kaelanos erinnert.

Tatsächlich stand in großer Entfernung auf den Klippen zwischen dem Haus und Kallasfjord eine einzelne Gestalt von schlankem Wuchs. Bowden spürte eine gewisse Vertrautheit im Umriss. Sie gemahnte ihn an den wandlerischen Waldelfen, wie sie da mit wehendem Umhang im Küstenwind verharrte, ein winziges Zeichen vor dem Himmel.

Er durfte nicht weiter unvorsichtig sein. Dies war das Haus, in dem sein Vater vielleicht noch lebte. Oder andere hatten sich seiner bemächtigt. Bowden brachte seinen Dreiecksschild in Anschlag, um sich gegen etwaige Pfeilschüsse zu wappnen, und stieß zugleich mit der Schulter die Tür auf.

Die Türflügel traten selbst bei dem vergleichsweise sachten Stoß beinahe aus den Angeln. Die Haupthalle des Hauses Verdian befand sich in erbärmlicherem Zustand, als es von außen den Anschein hatte. Die Hinterlassenschaften von Ratten und Küstenvögeln besudelten einst polierte Steinplatten auf dem Boden. Ölgemälde waren vom Feuer tief geschwärzt wie der Großteil des Anwesens. Den Rest des Zerstörungswerks hatte die Feuchtigkeit des Küstennebels bewirkt und die einst so gestrengen Gesichter von Verdian-Ahnen bis zur Unkenntlichkeit aufgebläht.

Bowden warf die Türen zu. Mithilfe eines Kriegsgebets und eines kurzen Mantras beruhigte er Atem und Herzschlag, suchte dann mit scharfem Blick die Felsen ab. Die Gestalt war entschwunden. Dafür aber entdeckte er ein vertrautes Vierergespann mit Hund als winzige Figuren den Strand entlangkommen.

Verdammt!

Er musste sie warnen, aber er wollte verflucht sein, wenn er seinen Vater einem elfischen Mörder überließ, der von sich wie von mehreren Personen faselte.

»Vater?«, rief Bowden.

Es dauerte schmerzhaft lange, bis seine Rufe von einer schwächlichen Stimme beantwortet wurden. Kurz erwog Bowden, die halb zertrümmerte Tür mit einer Gardinenstange oder einem Schürhaken zu verkeilen. Dann warf er einen Seitenblick auf den eingestürzten Westflügel, der eine weit gefasste Aussicht auf die Landschaft dahinter bot. Ein Rabe hockte auf der Ruine und krächzte den Paladin an.

»Fahr zur Hölle!«, stieß Bowden hervor.

In diesem Augenblick wurde er eines sich nähernden größeren Trupps gewahr. Zu Pferde und auf dem Landweg war rund ein Dutzend Gestalten hierher unterwegs. Bowden verengte die Augen. Sie ritten wie Huskarls und ihr Gefolge, Rundschilde und die Schemen von Axtstielen und Breitschwertern ließen daran keinen Zweifel.

Er musste sich beeilen, wenn er den Entgegenkommenden ein Schnippchen schlagen wollte. Verflucht, warum hatte er Zeit mit Träumen auf dem Hügel vertan?

»Ich bin hier«, vernahm er eine Stimme, dünner und zerbrechlicher als das erste Eis des Herbstes. Der schüttere Klang zerriss ihn innerlich. Sein Vater war uralt geworden.

Bowden eilte in Richtung der Stimme und betrat den zerfallenen Wohnflügel seines Elternhauses.

45

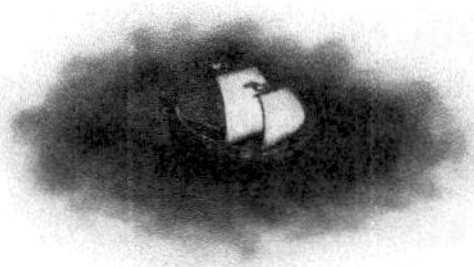

Der Greis auf dem Stuhl roch so stark nach Urin, dass es Bowden in der Nase biss. Seine Haare waren ein Gespinst, seine Augen weißer als Neuschnee oder Tanaquis Antlitz. Flechten und Schorf bedeckten die Haut, deren Farbe und Zeichnung sich zwischen alten Kartoffeln und noch älterem Leder bewegten, so pergamenten, dass sie sich wie straffes Segeltuch über spitze Knochen spannte.

Sein Vater saß auf einem Stuhl mit merkwürdigen Metallrädern.

»Sohn«, ächzte das Wesen, das einst als stattlicher Mann Bowden das Leben geschenkt hatte. »Baudhilin, mein Junge, bist du es wirklich?«

Entsetzt versuchte Bowden zu verschlucken, was in seinem Hals anschwoll. Am liebsten hätte er auch seinen Augen Gleichmut geboten, doch beides versagte ihm den Gehorsam. Er spürte, wie Tränen diese Augen füllten und sich ein Aufschluchzen Bahn brach.

»Ich bin es, Vater. Ich bin wieder zu Hause, keine Angst«, brachte er hervor. Behutsam trat er auf den Greis zu. Betrachtete die Züge, die das Leben dem Mann, den er über alles verehrte, noch übrig gelassen hatte. Seraf Verdian war durchaus noch viel jünger, als sein erbärmlicher Zustand den Anschein erweckte. Doch das, was ein Mensch durchleben musste, veränderte ihn auf ewig.

Wer wusste das besser als Bowden Verdian? Der hatte mit ansehen müssen, wie ein junger Waffenbruder erst dem Selbstzweifel und dann der Trunksucht verfiel, bevor er zum Verräter und Deserteur wurde.

»Mein Baudhilin. Mein guter, mein einziger Junge! Heimgekehrt, um nach deinem Vater zu sehen! Gepriesen seien die Götter! Ich dachte schon, ich hätte dich verloren.«

»Vater, niemand nennt mich so. Ich bin Bowden, erinnerst du dich?« So behutsam, wie er die Füße setzte, zog der Paladin seine Panzerhandschuhe aus. Er stellte sich vor die lange Tafel, nun kaum mehr als ein gewaltiger, von Regenschimmel und Moos bedeckter Brocken Kohle unter einem Durchbruch im Dach. Legte die schweren Rüstungsstücke dort ab. Dann ging er vor seinem Erzeuger auf die Knie.

»Mein Baudhilin, mein lieber, guter Junge, das wertvollste Geschenk, das meine Jungfer aus den Fluten mir je machen konnte.«

»Bowden, Vater«, widersprach der Sohn mit unendlicher Milde und Geduld. Während er kniete, spürte er, wie ihm die knorrigen Finger des Vaters durchs Haar fuhren. Die Fingerspitzen betasteten jeden Quadratzoll seines Kopfes. Fühlten nach. Sie zogen das Stirnband beiseite, betasteten jeden seiner Züge, auf dass der blinde Mann sich an der Wiederbegegnung vollauf erfreuen konnte. Bowden musste stark an sich halten. Einerseits, um nicht lauthals zu schluchzen wie ein kleiner Junge. Andererseits raubte ihm der strenge Geruch des alten Mannes den Atem.

»Kümmert sich denn gar niemand um dich, Vater?«, fragte er, nachdem sie kurze Zeit so innig verbracht hatten. Er wusste, dass Varrok – er weigerte sich, dieses Geschmeiß, verhasst seit Kindertagen, Jarl zu nennen –, Oleif und die anderen bald eintreffen würden. Warum, darüber konnte er allerlei mutmaßen, doch plagte ihn ein Verdacht, seit er zum ersten Mal diese Fußschellen im Geheimgewölbe der Unterirdischen gesehen hatte.

Schließlich war es ganz und gar ausgeschlossen, dass die Königin von Emrick und die hochlöblichen Tempel bei solch einer Schweinerei ihre Finger mit im Spiel hatten. Oder?

Oder?

»Ob sich jemand meiner annimmt? Baudhilin aus dem Haus Verdian, das sollte ich dich fragen. Ich habe dich in die Stadt geschickt, damit sie ihre gierigen Finger nicht noch weiter nach dir ausstrecken konnten, dass du nicht so würdest wie das Raubgesindel, das uns hinterging. Aber wenn ich dich so betaste, hast du über die Zeit vergessen, wie ein Rasiermesser zu nutzen ist. Bist du inzwischen doch unter die Geier aus dem Norden gegangen?« Der alte Mann kicherte liebevoll, doch dahinter verbarg sich ernster Tadel.

»Ich bin sehr beschäftigt, Vater, und habe viel Zeit darauf verwandt, einer ungemein dringlichen Sache nachzugehen. Mag sein, dass ich dabei meine Haare etwas zu lang wachsen ließ, besonders wohl die grauen. Ganz gewiss sogar.«

»Eine dringliche Sache? Soso. Machen dir die Waldelfen noch immer zu schaffen, mein Junge? Ich habe euch damals schon eingeschärft, dir und dem jungen Tamasine: Rache nützt nichts, und all das Morden und Blutvergießen führen in die Irre, Sohn.«

Bei Katos Erwähnung zuckte Bowden zusammen. »Du kanntest seinen Vater, lange bevor der ... bevor Kato in meine Einheit kam, nicht wahr?«, fragte er. Es war eine Eingebung, eine dumme Laune, die er sich nicht zu erklären vermochte.

»Das weißt du doch, Baudhilin.« Mit müden Augen blickte der blinde alte Mann durch seinen Sohn hindurch, so als suche er den moosigen Steinboden vor dem Kamin ab. »Der Handelsherr Tamasine. Fürchterlich, was ihm und seiner Familie angetan wurde. Ich habe mich stets gegen die Entscheidung gestellt, tiefer in die Wälder und Berge der Alten Völker vorzudringen. Im Norden habe ich mir damit keine Freunde gemacht, weder bei den Zwergen noch bei den Skraemar. Beide bedrohten Riesen und Elfen mit dem Tod. Immer warnte ich davor, dass sie einstmals zurückschlagen würden.«

»Hat man je herausgefunden, wer das Haus Tamasine niedermachte, Vater? Gab es Nachforschungen?« Bowden legte die Hände um die dürren Schultern des Greises, der ihn einst auf selbigen getragen hatte, als wöge er nichts. Wenn er eines mehr verachtete als die ekelerregende Wildnis, dann war es die Zeit selbst, den schlimmsten aller gesetzlosen Räuber. Eigenmächtig, eigennützig und nur der Gier verhaftet, wundervolle Werke aus Fleisch und Stein gleichermaßen dem Verfall preiszugeben.

»Tsk«, machte Seraf Verdian und zog das Faltengebirge seines Gesichts noch mehr zusammen. »Mein Junge, du bist doch von der Kirche unterwiesen worden. Hast du denn nie in die Aufzeichnungen deines Ordens über das Verbrechen nachgelesen?«

»Ich war zu beschäftigt, Vater. Es gab schlicht nie einen Grund, mich damit zu befassen. Das hat sich aber inzwischen geändert«, versicherte er und spürte gleich zwei Stiche in seinem Inneren.

Zu beschäftigt, weil dich dein Rachedurst auffrisst, sodass du deinen Vater in diesem Zustand über so lange Zeit allein gelassen hast? Die Stimme war seine eigene, flammte in seinen Gedanken auf wie ein Feuer, das sich statt aus Holz aus Schuldvorwürfen speiste.

So wurde er wenigstens jäh daran erinnert, dass es nicht mehr lange dauern konnte, bis seine alten Peiniger aus der Jugend, nun mächtige Männer mit schweren Waffen, eintreffen würden.

»Vater, haben dir der Jarl und seine Kumpane je noch mehr angetan als das schreckliche Unrecht, das dir ohnehin widerfuhr? Bitte, sprich offen und ehrlich, halte nichts zurück! Denn von deiner Antwort hängt die Entscheidung zum Kampf in diesem Haus ab.« Bowden erschrak, wie rücksichtslos und deutlich er mit seinem eigenen Vater sprach.

»Ach, mein Baudhilin!«, seufzte Seraf Verdian. »Ich musste noch einmal mehr derart unter ihren Händen leiden wie kein anderer Mann, der mir bekannt wäre. Aber um deine erste Frage zu beantworten: Es war der Angriff einer kleinen Bande gesetzloser Waldelfen. Sie hatten sich mit einer feigen List Zutritt zum Oberviertel verschafft und sich gezielt auf den Laden der Tamasines gestürzt. Das Feuer soll über Tage gebrannt haben, alle bis auf deinen jungen Freund kamen darin um.«

»Woher weiß man, wer diese Untäter waren? Wurden sie gefasst?«

Der alte Mann schüttelte den Kopf. »Keineswegs. Aber es gibt einen Bericht, der damals die Runde machte, weil er viele Leute in der Hauptstadt erstaunte. Eine junge Elfe und ihre Gefährtin, die ganz offenkundig diesem verworfenen Trupp angehörten, gaben den Soldaten, die diese Nacht verletzt überlebten, einen Jungen in Obhut, der am ganzen Körper verbrannt und von vernarbten Zeichen entstellt war. Alle erinnerten sich an diese Begebenheit.«

»Warum? Elfen in der Hauptstadt, schön und gut, aber was machte diese Aufrührer so besonders?«

Der Vater überlegte quälend lange, und Bowden musste an sich halten, ihn nicht zur Eile zu mahnen, bevor die Skraemar von Varrok und Oleif hier eintrafen. Sein Vater war so gealtert, so zerbrechlich.

»Ihre Scham«, befand er schließlich. »Jene, die den Jungen übergab, soll bei seinem Anblick vor Reue verzweifelt sein. Ihre Schwester, vielleicht auch ihr Weib, wenn ich mich recht entsinne, tröstete sie nach Kräften. So etwa lautete die Geschichte.«

»Und du hast ihm dieses Ereignis nie offenbart? Die Umstände und Verantwortlichen seiner Errettung geschildert, als er unser Gast war?«

»Offenbart? Baudhilin, mein guter Junge! Es ist nicht meine Art, jedem Menschen, Elfen oder Zwerg, der mir begegnet, die Schrecken seiner Vergangenheit mitzuteilen. Ich hatte so sehr gehofft, dich in der Kirche vor dem Übel dieser Welt verbergen zu können. Nun merke ich, dass dich die Geweihten höchstselbst dem ausgesetzt haben. Wann bist du so misstrauisch geworden, mein lieber, sanfter Baudhilin? Wer hat dich so verwundet?«

Die Skraemar. Als sie mein Heim vernichtet und dein Vermächtnis verbrannt sowie meine Mutter vertrieben hatten, tönte die Stimme in Bowdens Kopf.

»Als mir beigebracht wurde, dass Misstrauen die erste Waffe im Krieg darstellt, Vater. Und bitte, ich bin Bowden.«

»Du bist mein guter Junge, gleichviel, was du an Eisen trägst und die Welt an Härten in dich gesät hat«, wiegelte sein Vater ab. »Und ich habe deinen Freund nichts weiter Schreckliches offenbart, wie du das nennst, weil er bereits Unfassbares durchlitten hatte. Als ihr mich damals nach dem langen Feldzug hier besuchtet, wusste ich doch schon, wer der Bursche sein musste.«

Kato würde diese Aufzeichnungen längst kennen, das war mehr als zu vermuten. Als Magister des Turms hatte er Zugang zu jedem verborgenen Giftschrank, im Rang der Waffe Ihrer Majestät militärische Befugnisse weit über jedem Oberst mit Freigaben. *Ahnt er es wenigstens?*

Plötzlich hielt Bowden inne. Die Worte des Vaters stießen einen wichtigen Gedanken an. Er löste sich kurz mit einer Entschuldigung von Seraf, warf einen Blick aus der Halle durch die klaffende Flanke des fehlenden Gebäudeflügels.

Im Nieselregen näherten sich drei Reiter. Ihre wippenden Schemen befanden sich in Reichweite des Hinterhofes. Nur noch kurze Zeit verblieb, und sie würden eintreffen. Wie von Bowden vorhergesehen, waren die Übrigen des Trosses losgeritten, um seine Begleiter abzufangen. Kein wirklich geschickter Zug. Das Messerohr und Kato würden nicht lange mit ihnen fackeln, besonders der Magier. In der Weite des Strands war auch ein überraschender Angriff nicht möglich.

Und wenn nun der Vagabund mit denen im Bunde steht? Es nagte in Bowdens Hinterkopf. Verdammt, das hatte er nicht bedacht. Aber der Zorn der Skraemar auf Limbo war echt gewesen.

Er ging vor seinem Vater abermals auf ein Knie nieder, nachdem er sich vergewissert hatte, dass Bastardschwert und Schild einsatzbereit bei den Handschuhen auf dem Tisch lagen. »Was hast du damit gemeint, Vater? Was sollte ich mit diesem Wicht wohl gemein haben? Du weißt es nicht, aber später verriet er die Einheit.«

»Was hat er denn Schlimmes getan, mein lieber Junge?« Seraf Verdian wirkte ungerührt, so als erkundige er sich, ob in der weiteren Familie eine Hochzeit anstünde, und nicht so, als hätte ihm sein Sohn gerade hinterbracht, dass ein vormaliger Gast seines Hauses als Deserteur geendet hatte.

Einmal mehr bemerkte Bowden, wie sehr er sich mit den Jahren vom Sohn eines reichen Handelsherrn zum kriegerischen Mitwalter im rechtmäßigen Herrschaftsgefüge eines edlen Großreiches gewandelt hatte. »Ich kann den Vorwurf nicht vertiefen, weil dies Kriegsgeheimnisse berührt und ich noch immer an meinen Eid gebunden bin. Belassen wir es dabei, dass er trotz seiner Dienstpflicht trank und Menschen zu Tode kamen, die nichts mit dem Schlachtfeld zu tun hatten.«

»Hm...hm«, brummte Seraf. »Das muss ihn ganz schön mitnehmen«, sinnierte er.

»Zur verdammten Hölle mit ihm!«, zischte Bowden verärgert, erschrak aber sogleich über seine eigene Härte und eine Sprache, die einem Diener des Architekten im vollen Ornat nicht angemessen war, sondern eher zum Mund eines Halbwüchsigen passte. In Erwartung eines väterlichen Tadels senkte er den Kopf. Was er stattdessen erhielt, wühlte ihn weitaus stärker auf.

»Er hat ebenso viel Entsetzliches durchlitten wie du. Genau besehen, sogar die gleiche Unbill. Hasserfüllte Leute überfielen seine Familie in der Nacht, fügten seinem Haus nicht wiedergutzumachenden Schaden zu, zerstörten alles ihm Vertraute und verbrannten jene, die er liebte. Du willst mir allen Ernstes weismachen, dies sei dir in all den Jahren niemals selbst aufgefallen? Dass du und dein einstiger Adjutant, dieser Zauberer wider Willen, euch nur schon in dieser Vorgeschichte so sehr ähnelt?«

Bowden vernahm ein seltsames Geräusch und verspürte großen Druck im Kopf. Er brauchte einen Augenblick, bis er begriff, dass er selbst mit den Zähnen knirschte. Ein geradezu ekelerregendes Mitgefühl für Kato Tamasine und ein von Herzen kommendes Mitleid für seinen armen alten Vater braute sich mit der wohlbekannten Wut über die Verstoßung der Mutter zu einer seltsamen Mischung zusammen.

»Ich denke. Ich bin ...«, hob Bowden an, um dann jählings wieder zu schweigen. Was sollte er auch großartig entgegnen? Er und dieser haltlose Deserteur sowie der widerliche Mob aus jeder Nacht im Haus Verdian oder die ekelhafte Möwe, am Strand selbst nur ein Zerstörer, sollten Gemeinsamkeiten aufweisen? Lächerlich!

Er hörte, wie Hufe näher kamen.

Sein blinder Vater hatte ähnlich gute Ohren ausgebildet, wie Bowden sie von Geburt an als Segen oder Fluch empfangen hatte. »Ich bekomme Besuch«, wunderte sich Seraf. »Merkwürdig. Lore und Frida, gesegnet mögen sie sein, haben mir aus Milde heute doch schon Speisung gebracht.«

»Ich werde die Gäste empfangen, Vater. Gebührend. Danach muss ich aufbrechen. Es tut mir leid, dass ich nicht länger bleiben kann«, murmelte Bowden mit versagender Stimme. Er erhob sich. Legte die Panzerhandschuhe an, griff nach Waffe und Schild.

»Schon? Aber Sohn, wollen wir nicht noch etwas Zeit gemeinsam verbringen? Dieses Haus ist so einsam und leer ohne dich. Ohne dein gutes Wesen und deine liebe Art, die mir stets die größte Freude in den guten Tagen war.«

Diese Sätze des Vaters trafen Bowden wie Hiebe von Klingen aus Reue und Scham. Er riss sich zusammen. »Verzeih, Vater! Ich werde zurückkehren, und wir werden die verlorene Zeit wiedergutmachen. Doch vorerst muss ich mich um unsere Besucher kümmern. Und dann führt mich mein Auftrag nach Kundrheim.«

»Zu den tiefen Zwergen? Was könntest du im Runentempel wollen, mein Junge? Was erwartest du dort zu finden? Rettung, um diese Welt noch vor dem Feuer zu bewahren?«

»Ganz richtig, Vater. Aber der Rest ist Geheimsache.« Bowden zuckte zusammen. Wie so oft hatte er zuerst gesprochen und danach verstanden, was sein Gegenüber längst geäußert hatte. »Wie bitte?«

»Halt mich nicht für einen Narren, Bursche! Ich mag blind sein, aber Gehör und Nase tun ihren Dienst. Denkst du, mir ist der Dunst dieser Nächte entgangen? Welchen Wind das schwüle Land zu uns in den kühlen Norden entsendet? Wonach diese Briese riecht? Ich habe mein halbes Leben in einem Haus verbracht, das Qualm aller Art durchzog. Verachte die Weisheit eines alten Mannes nicht, mein lieber Junge!«

Da zeigte sich ein seltsamer Ausdruck auf den verbrauchten Zügen des Vaters, der etwas in Bowdens Innerem zum Frösteln brachte. Der Stimme wohnte mit einem Mal etwas Lauerndes inne, das er solcherart von Seraf Verdian nicht kannte. Es wurde Zeit, diesem Ort den Rücken zu kehren, sosehr es auch schmerzte. Bowden brauchte eine Mission, die ihn voranbrachte. Zu viele Schatten der Vergangenheit krochen aus den Winkeln, aus jenen in diesem Haus wie aus denen in seinem Geist.

»Vater, besitzt du den Schlüssel nach Kundrheim noch? Es ist wirklich wichtig. Ich weiß, dass die Zwerge dich damals als verehrten Gast mit einem ihrer Eidringe und einem Runenstab ehrten. Du hast ihn in der Nacht des Feuers gesucht, weißt du noch?«

»Dort drüben.« Seraf schüttelte den Kopf und deutete zum Simsstreifen des Kamins hinüber. »Du weißt kaum noch, was in jener Nacht geschah, mein lieber Sohn. Die Zwerge hätten deine Mutter niemals aufgenommen. Ich musste eine Entscheidung treffen, und so verharrten wir zu Hause. Es war eine Entscheidung, die ich bis heute bereue.«

Nicht nur du, alter Mann, dachte Bowden. Er wandte sich zum Kamin um.

Sein Vater wies auf eine Stelle, ganz sicher und geradezu so, als könne er noch sehen. »Da gibt es einen Geheimverschluss, innen hinter dem Schamott. Zieh an dem Vorsprung! Habe ich dir erzählt, dass es die Unterirdischen waren, die mir solche Verstecke einrichteten? Sie waren stets treue Verbündete eines alten Mannes.« Seraf kicherte.

»Du hast mit ihnen alle möglichen Arten des Handels getrieben, nicht wahr?«, hörte Bowden sich fragen, beiläufig und unbedacht.

»Dort! Du kannst von unten hineingreifen. Dann musst du ziehen«, wies ihn der Vater an.

Bowden führte die Hände unter den Kaminschacht und tat wie ihm geheißen. Ein Rumpeln war zu hören. Eine geflieste Klappe fiel ihm auf die gepanzerten Finger. Etwas in Leder Eingeschlagenes rollte hervor. Ohne ihn auszupacken, steckte Bowden den Runenstab in eine seiner tiefen Gewandtaschen. Nach allem, was er unter Dunkelfall erlebt hatte, brauchte er sich nicht zu vergewissern, was es mit dem abgerundet dreieckig umschnittenen Stab auf sich hatte. »Danke, Vater.«

Seraf Verdian kicherte hinter seinem Rücken noch immer auf eine Weise, die Bowdens Blut in Eis verwandelte. »Dank mir nicht zu früh, mein armer, unseliger Junge, der seine Zuversicht in tote Götter setzte. Dir fehlt jede Ahnung, welches Schicksal euch erwartet. In diesem Moment entsteigen sie den Fluten, um *seinen* Willen Wirklichkeit werden zu lassen.«

»Vater?«, fragte Bowden, ohne sich umzudrehen. Wie betäubt nahm er wahr, dass eiskalte Bodennebel des Abends durch sämtliche Ritzen des Hauses hereingekrochen waren. Sie schwappten wie etwas halb Flüssiges, halb Rauchendes über den Boden, rannen wie winterliche Wasserfälle durch niedrige Fensteröffnungen, ergossen sich wie Qualm und Gespinst durch jede Lücke im Mauerwerk, flossen aus klaffenden Wunden in der Decke.

Es war totenstill im Raum. In der Ferne war das Grollen des Sturmwalls über den Küstenwind, die Möwen und die Brandung zu hören, während der Himmel Blitze ausspie. Darunter lag ein seltsam klagender, schwankender Ton, der in den Knochen nachklang.

Die Melodie?, dachte Bowden.

»Vater?«, fragte er abermals. Nun war es Bowdens Stimme, die brüchig und zerbrechlich klang. Er wollte sich umdrehen, den Mann im Rollstuhl betrachten. Doch eine dunkle, naheliegende Gewissheit, gewoben aus blankem Grauen, hielt seinen Geist und seinen Körper in festem Klammergriff. Bilder drangen an sein inneres Auge. Seine Mutter, die schrie. Flammen, die in jedem Flügel des Hauses tobten. Sein Vater, der in das Gebäude preschte, um sie beide zu retten.

Ein Balken, der herabdonnerte. Erbarmungslose Hände grausamer Nordleute, die ihn und seine Mutter festhielten.

»Ihr Narren«, kicherte sein Vater und verkündete mit einer Stimme, die Seraf Verdian gehörte und doch wieder in das aus todbringenden Nachtwind gewebte Gegenteil des sanften, liebevollen Mannes umschlug. »*Seine* Knechte entsteigen noch in dieser Nacht den Wassern und werden die Küsten mit dem Blut der Unwürdigen tränken. Mit unser aller Blut. Mit meinem Blut, mein guter Junge.« Die Stimme keckerte irre.

Bowdens Hand fuhr zum Schwertgriff. Er wagte einen Seitenblick. »Wir sind nicht von ungefähr so reich geworden, Vater, nicht wahr? Die Skraemar wussten wohl, dass Mutter kein reines Menschenwesen war. Es scherte sie nur am Rand und war auch nicht der Grund für den Angriff auf dieses Haus.« Diese Feststellung traf Bowden erst einmal selbst mit der Härte eines zweihändigen Kriegshammers gegen die Brust. Er spürte, wie seine Knie nachgaben. Hörte das Krachen von Kristall und Stahl, als er einknickte und kraftlos und ermattet auf dem Boden aufschlug, weil seine Beine ihn nicht länger tragen wollten.

»Sie hatten endlich begriffen, dass ihre Zwergenfreunde nicht nur gute Geschäfte mit den verschleppten Sklaven machen wollten. Sie hatten herausgefunden, dass die Unterirdischen an weit mehr arbeiteten. An einem Reich, das keinen außer den Unterirdischen in sich aufnehmen würde. Für die Zwerge waren wir anderen Völker stets nur Mittel zum Zweck. Du weißt es wohl. Ich weiß es auch. Sie hatten keine Verwendung für Nordleute und Äffchen im kommenden Zeitalter. Doch sich gegen die schwer gerüsteten Unterirdischen zu wenden, das vermochten einige dreckige Seegeier nicht. Nicht einmal als Volk.«

»Also nahmen sie Rache an dem Mann, der sie hintergangen hatte«, bemerkte Bowden tonlos. »Und seiner Familie.« Er spürte, wie eine alles verschlingende Übelkeit seinen Körper überkam. Lauwarmer Schweiß, der sogleich erkaltete, rann ihm über den Rücken und die Stirn. Ein dumpfer

Schmerz pochte im Rhythmus seines Herzschlags inmitten der Brust, während Würgereiz seinen Magen plagte.«

Sein Vater keckerte abermals, ein ganz und gar unmenschliches Geräusch, das Bowden an eine Kellerluke voll grotesker Zähne erinnerte, die sich auftat, um einen Knaben zu verschlingen. »Ich habe gut verdient in jenen Nächten mit all den Leuten, die man mir aus Emrick zuführte, Sohn. Und ich unterbot die Preise der Nordleute. Das hat den Skraemar so gar nicht gefallen. Höre, ist dir unwohl? Siehst ein wenig blass aus, wenn mir die Anmerkung gestattet ist. Was du spürst, ist die Hand des Todes, die nach dir greift.«

»Vater«, wagte er einen schwachen Versuch, dem kaum Fassbaren zu entkommen. »Bestätige mir, dass das nicht wahr ist. Lach mich aus, weil du nur gescherzt hast!«

»Du musstest ja unbedingt in meinem Tagebuch stöbern, du kleiner Narr. Jeder andere mit gesundem Verstand hätte mit mir hier unten am Feuer gesessen und mir etwas Trost gespendet.«

Etwas blitzte vor Bowden auf. Das Bild einer Turmtreppe, einer gepanzerten Hand, die eine Fackel hielt. Ein halb verbrannter Sekretär, der seinen Inhalt ins Zimmer ergoss. Sein Vater, wie er Bowden ertappte. Das Gerangel. Der überraschte Gesichtsausdruck auf dem Gesicht des Alten, als der im Krieg zum Mörder gereifte Sohn tat, was ihn die Jahre am Rand des Mirvaali gelehrt hatten, die endlosen Ausritte, Patrouillen und Scharmützel. Seine sich weitenden Augen, die Hände an der Kehle.

Bowden schlug sich ins Gesicht, um die unerwünschten Gedanken zu verdrängen. Die aufflammenden Bilder um das Wissen, dass sich sein Vater – sein eigener Vater – am Handel mit Menschenseelen bereichert hatte. Jede schmutzige Einzelheit säuberlich verdrängt, die Bowdens Augen voller Unglauben damals in jenem Turm las. Jeder Beweis im Hauptbuch seines Vaters aufgeführt. Dann der Name, der auf einer der Seiten stand. Die in Auftrag gegebene Tat daneben: Tamasine.

Eine weitere selbst erteilte Ohrfeige, um das unter endlosen Schichten von Wut und Scham begrabene Geheimwissen wieder aus dem Bewusstsein zu verbannen und Klarheit zu erlangen.

»Sie haben dir die Knie nie zerschlagen«, flüsterte Bowden. »Ich wollte das nicht. Es war ein Unfall«, versuchte sich der Berufssoldat einzureden. Er scheiterte.

»Ich mochte von jeher keine Treppen. Wusste, wenn ich älter werde, stellen sie sich mir in den Weg. Aber sicher nicht auf diese Weise, wie, mein Junge? Einer musste ja nachsehen, was du da oben in meiner Schreibstube zu suchen hattest. Ich Narr! Hätte nicht gedacht, dass du das Zeug dazu hast.« Sein Vater hatte sich erhoben und war näher hinter ihn getreten, das hörte Bowden. Er meinte, Atem im Nacken zu spüren. Kalt und wütend.

»Alles ist gleich, mein Junge. Alles ist vergeben. Der Tod kommt an diesen Ort und hobelt alles glatt, was hervorragt. Die Zwerge in ihrer Gier haben verkannt, dass auch sie nur als Werkzeuge dienen. Wenn *Er* kommt, werden selbst die Vier Könige erzittern. Das ist unvermeidlich. Unentrinnbar. Seit dem ersten Tag, da diese Inseln geschaffen wurden.«

»Die Vier Könige«, murmelte Bowden. Die Welt war zu einem Tunnel aus Schwärze und glühenden Fünkchen geworden, der sich um die eigene Höhlung drehte. »Sie kommen.« Er sackte vornüber, und ihm schwanden die Sinne.

46

»Was hast du eben gesagt?«, fragte eine vertraute Stimme.

Bowden spürte die Macht des Bandes erstarken und ihn mit neuer Kraft fluten.

»Verdammt noch eins, Blechmann! Steh auf!« Der Anwurf traf ihn wie ein Peitschenhieb. Er schnellte in die Höhe und vertrieb die Schatten aus der Halle, als hätte ein Höfling in die Hände geklatscht und Befehl gegeben, das Licht zu entzünden.

Er fuhr herum. Sein Vater saß im Rollstuhl nahe dem Fenster und blickte beim Klang der Stimme des Neuankömmlings mit müden Augen auf.

Kato lehnte im Türrahmen.

»Deserteur?«, keuchte Bowden, und sein Mund fühlte sich unerträglich trocken an. Es kam ihm vor, als sei die Wirklichkeit im Wanken begriffen. Als neige sich der ganze Speisesaal zur Seite.

»Wer sonst? Kennst du noch andere dauerhaft brennende Männer, die du aus tiefster Seele verachtest, deren Nahen du dafür aber spürst, Leutnant?« Katos spöttisches Grinsen war unverkennbar. »Hast du gesoffen?«

Bowden griff sich an die Stirn. Erfrischte sich an der Kälte der Panzerhandschuhe. Atmete durch, um den Kopf von der Benebelung zu befreien. Was beim Architekten war hier vorgefallen?

»Wir müssen von hier fort!«, drängte Kato. »Die anderen halten deine Skraemar-Freunde hin – noch. Tanaqui und Limbo führen sie an der Nase herum, seit das Messerohr bemerkt hat, dass man uns verfolgt.«

»Die anderen«, murmelte Bowden. »Natürlich.« Er leckte sich die Lippen. Sie waren ausgedörrt, verkrustet mit dem fauligen Geschmack der Meeresbracke. Er brauchte etwas zu trinken.

»Blechmann, was immer dich gerade umtreibt: Lass es ruhen! Wir müssen sofort weiter. Guten Abend, Seraf. Verzeiht meine Unhöflichkeit.« Kato deutete einen Kratzfuß an, wobei er es fertigbrachte, eine ungewohnte Ernsthaftigkeit in die Geste zu legen.

Seraf Verdian nickte dem Lohenmagus huldvoll zu. »Willkommen, junger Magister! Es ist allzu lange her.«

»Du kannst ihn sehen?« Bowden kam aus dem Staunen nicht heraus.

Kato bedachte ihn mit einem schwer zu deutenden Blick. Dann sah er wieder zum Rollstuhl seines Vaters hinüber. Beäugte abwägend den Greis. »Sollte ich nicht? Dies ist der Saal deines Vaters inmitten seines eigenen Hauses. Er hat dort Platz genommen. Zweifelsohne vermag ich ihn zu sehen. Noch einmal: Hast du gesoffen?« Ruckartig fuhr die Hand des Deserteurs zu seinem wohlverwahrten Fläschchen, wie um sich zu vergewissern, dass Bowden ihn nicht bestohlen hatte.

»Ich trinke nicht.« Der Ritter verbesserte sich, als er sah, wie der dreckige Wicht von einem Verräter eine zweifelnde Miene aufsetzte. »Selten.«

»Du trinkst erst dein eigenes Blut und dann niemals wieder, wenn die Reiter des Jarls mit unserer Nachhut fertig sind. Danach werden sie hier auftauchen, damit niemand ihr dreckiges kleines Geheimnis ausplaudern kann, diese ungewaschenen nordischen Seeratten.« Kato löste seinen besorgten Blick wieder von Bowden und musterte beschämt dessen Vater. »Nichts für ungut«, fügte er hinzu.

»Schon gut«, antwortete Seraf Verdian. »Wir sind ja nicht von hier. Und ich habe mich schließlich in der Tat lange nicht gewaschen. So ist mein Baudhilin hier nur dem Namen nach eine Nordratte. Gemäß dem Wunsch seiner Mutter, mögen die Götter sie selig haben.«

»Die Götter«, murmelte Bowden und erhob sich. Er griff nach Schwert und Schild, die am Tisch lehnten. »Oder doch eher die Vier Könige, Vater?« Er stapfte an Kato vorbei, bevor dieser nachfragen konnte.

Der Magier blieb hinter ihm zurück, als Bowden sich aufmachte, den drei Reitern entgegenzutreten. Den Vater verließ er grußlos.

Kato dagegen wandte sich noch einmal dem Greis im Rollstuhl zu. »Also auch einer von denen«, murmelte der Lohenmagus.

47

Es war schwer, den Blick von dem rätselhaften Alten zu lösen. Oder von all jenen, die hinter ihm standen. Kaum war Bowden zur Tür hinaus, griff Kato nach dem Fläschchen. Der Weingeist schmeckte nicht mehr und linderte auch nicht wie sonst. Es vertrieb nicht einmal das Verlangen. Er trank trotzdem.

Sie saßen überall. Auf dem Kaminsims. An, auf und unter dem Tisch. Ihre kokelnden Augenhöhlen stierten ihn an. Ihre von Asche und Kohlestaub bedeckte verbrannte Haut knisterte wie Pergament.

Das tote Mädchen saß auf den Knien von Seraf Verdian, das gebrochene Genick des Alten und seine gespinstartige Durchsichtigkeit doch so wenig übersehbar wie die sich immer weiter verdichtenden Nebelschwaden, die durch jede Ritze in das leere Haus hereinsickerten.

Hinter seinen ewigen Verfolgern sah Kato den Hafen der Verdians und das dahinter liegende Meer silbrig im Mondlicht liegen.

So jedenfalls hatte er den erhabenen Eindruck in seiner Erinnerung bewahrt. In Wirklichkeit brach die Nacht herein, und der Nebel war so dicht, dass er eher an stehendes Sumpfwasser gemahnte. Nach Silbrigem war vergeblich zu suchen. Ein gelbgraues Wabern gab vielmehr den Grundton an, das von der sterbenden Sonne dieses Tages trank und weniger feuchtem Dunst als einem Gespinst ähnelte, in dem sich alle unglücklich verfangen hatten.

»Du ahnst gar nicht, wie gut du daran tust, dich zu berauschen«, bestätigte ihm das tote Mädchen, und zum ersten Mal seit der Nacht, da sie schreiend verbrannt war, nutzte sie einen Mund, um zu ihm zu sprechen. Jede Silbe drang mit ihrer röchelnden Stimme aus dem Mund der menschlichen Ruine, die einst Seraf Verdian verkörpert und Bowden den Verstand gekostet hatte. »Wir wollten dich warnen. Aber ihr wart zu langsam.«

»Schöne Warnung«, beschwerte sich Kato zwischen Schlucken von schwindendem Schnaps. »Ihr habt nichts bewegt.«

»Du hast nicht verstanden«, hielt sie ihm entgegen. »Du hast gar nichts begriffen.«

»Das Verhängnis meines Lebens«, murmelte er mit einem Achselzucken. »Wenn hier alles niederbrennt, so habe ich wenigstens versucht, die Vernichtung aufzuhalten.«

»Wir haben dir mitgeteilt, was du wissen musst«, tadelte sie.

»Mehr als drei Männer schickt er nicht, um zu Ende zu bringen, was er in meiner Kindheit begann?«, hörte er Verdian hinter sich über den Hof des Anwesens brüllen. »Lächerlich!«

»Der Narr hat sich ihnen offen gestellt!«, rief Kato aus. »Ich fasse es nicht.«

»Du weißt, warum. Sein Vater weiß es«, verwies sie ihn mit unendlicher Trauer. »Du willst es durch Trinken erreichen. Er durch … nun ja, Stahl.«

»Keiner von uns bekommt, was er will.«

»Euch erwartet das Grauen, wenn sie herankommen, Kato Tamasine«, warnte das tote Mädchen. »Du willst dann besser nicht mehr hier sein. Geht den Dingen auf den Grund, und ihr findet die Wahrheit. Vielleicht sogar die Rettung. Der falsche Prinz fliegt herbei. Er will eine Braut heimführen, die niemals für ihn lodern wird. Er ahnt nicht, dass die Vier Könige seinen Untergang beschlossen haben. Ihr Geschenk war erzwungenes Gift. Die Diener der Vier nahen sich. Die Emissäre. Und sie werden erst wieder von dannen ziehen, wenn das Land erkaltet und jede Seele getrunken ist, wie die Zwerge vom Feuer ihrer Feinde getrunken wurden. Die Ertrunkenen gieren nach der Freiheit, die ihnen für ihren Fleiß versprochen und nie gegeben wurde. Sie bringen den Zorn der Riesen an ihrer Seite.«

»Immer weitere Rätsel. Großartig!« Kato steckte das Fläschchen ein und wandte sich um. Er hatte genug von diesem Geplänkel. »Mit einem hast du recht«, versicherte er über die Schulter hinweg. »Ich will nicht hier sein.«

48

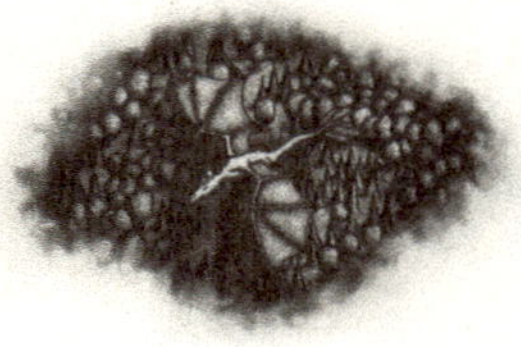

Er sah über die eingebrochene Wand hinweg drei Reiter im Hof zum Stehen kommen. In aller Seelenruhe stiegen sie ab, Rundschilde und Breitschwerter hingen locker neben ihren lederumwundenen Hüften zu Boden. Sacht pendelten die Waffen hin und her. Wie Schlangenköpfe, lauernd vor dem unvermeidlichen Biss.

Verdian war ihnen entgegengetreten, stand ein Dutzend Schritte vor den Skraemar. Der Küstenwind fuhr ihm über das Haar unter dem Stirnband und dem Talar. Das Trio begutachtete ihn. Sein Körper war straffer gespannt als der Rücken von Geparden, die Kato im Tiergarten der Königin hatte rennen sehen. Fremde mochten Bowdens Anspannung mit Furcht oder Unrast verwechseln. Kato wusste besser, was der alte Kamerad spürte und vor seinen Augen verkörperte.

Hass. Hass und Vorfreude.

Als der mittlere der Männer stand Oleif da und durchbohrte Bowden mit scharfem Blick. »Für eine Quappe, die aus einer kalten Kluft gekrochen ist, bist du weit gekommen, kleiner Baudhilin.« Ein herkömmlicher, fast schon brauchtümlicher Versuch, den Zorn des Paladins zu reizen und ihn zu einem tödlichen Fehler zu verleiten.

Nach allem, was der Blechmann im Speisesaal seines Vaters hatte erfahren müssen, hätte er durchaus von Erfolg gekrönt sein können. Doch als düsterer, stolzer Erbe stand Bowden Verdian unbewegt im Hof inmitten von Verwüstung, Verlassenheit und der Ruinen seines geächteten Elternhauses. Es war unverkennbar, dass er nicht weichen würde.

Auf der anderen Seite duldete seine Mission keinen Verzug.

»Wir müssen aufbrechen, Blechmann!«, zischte Kato, der hinter Bowden getreten war. Der aufkommende Nachtwind stank nach totem Fisch und wirbelte unheilschwanger, Schrecklichem vorauspfeifend. So wie Kato die zunehmenden Flammen im Binnenland seit Tagen zu spüren bekam, weil sie das Lied der Schöpfung und der Elemente veränderten, merkte er nun, dass eine gänzlich andere Macht hinter diesem Nebel steckte. Eine Macht, der sie besser nicht begegnen sollten. Sie mussten diesen Ort verlassen.

»Ihr bleibt hier«, bestimmte Oleif und stieß sein Schwert zornig in die Erde.

Kato merkte, wie er selbst allmählich wütend wurde, und bewunderte Bowdens Selbstbeherrschung. Unmut kochte in ihm hoch, und als er einen säuerlichen Geschmack auf der Zunge verspürte, bleckte er angewidert die Zähne. »Höllengeziefer auch! Was bin ich es leid, von stinkenden Barbaren in verlausten Pelzen mit abgedroschenen Bräuchen und dummem Gockelgehabe noch dümmlichere Befehle entgegenzunehmen«, schimpfte der Magier.

»Es muss dir wohl oder übel passen, Stadtling«, höhnte Oleif. »Wir haben mit deinem widerlichen Halbblutfreund hier noch eine Schuld offen, verstehst du, edler Herr Magister?« Oleif beschrieb einen Kreis mit Schwertarm und Schild, der Bowden und ihn mit einschloss. »Kennen uns noch herzerwärmend von früher her. Und ausgerechnet jetzt kriecht diese Milbe zurück in den Fjord und will herumschnüffeln. Gefällt dem Jarl nicht. Nein, mein Herr, ganz und gar nicht. Freie Männer brauchen keine Spitzel einer falschen Königin.«

»Wie viel habt ihr bei dem Handel eingesackt, hm?« Bowdens Tonfall und Gesichtszüge nahmen einen Ausdruck an, der in etwa dem Blick eines Kreise ziehenden Weißen Hais entsprach, wenn sich Blutwolken im Wasser verteilten. »Die Zwerge, meine ich. Wie viel haben sie euch für die Sklaven an Gold hingelegt? Wie viel weniger hat mein Vater stattdessen von ihnen verlangt?«

Dem Huskarl und seinen beiden Männern standen kurz die Münder offen, als sie begriffen, was sich der Paladin der Königin von Emrick schon so alles zusammengereimt hatte.

Mehr brauchte Bowden nicht. Er schoss vor. Nun waren es sein Schild und der Anderthalbhänder, die eine kraftvolle Kreisbahn beschrieben. Die beiden untergebenen Nordleute stoben auseinander, ein Rundschild splitterte, als Bowdens mächtige Klinge den Eisenring sprengte und das Holz zerteilte. Nur mit Mühe und Not parierte Oleif den Angriff, musste halb auf ein Knie niedergehen.

»Tötet den Zauberer! Wir brauchen keine Zeugen«, zischte er seinen Begleitern zu. Die tauschten einen unsicheren Blick, kamen mit pendelnden Waffen und schiefem Grinsen befangen auf ihn zu, während sich der Paladin und sein alter Feind einen heftigen Schwertkampf lieferten.

Kato hörte sich selbst müde aufseufzen. »Hätte ich doch nur einen Kupferpfennig für jedes Mal bekommen, wenn einer mir an die Gurgel wollte, ein schönes Domizil im Süden wäre mein.«

»Wir erledigten es rasch und schmerzlos«, nuschelte einer der beiden Nordmänner mitleidig und zeigte ein Gebiss, das aus Holz geschnitzt war.

»Ich möchte füglich darum bitten«, spöttelte Kato, der aber jede weitere Silbe ernst meinte. »Ich will nicht mehr hier sein, wenn sich euer großer Besuch aus dem Meer erhebt.« Er deutete am Anwesen vorbei auf den Nebel, der das Dunkel der Nacht in sich einsog. Allein bei diesem Anblick fröstelte ihn mehr als die beiden Männer, die ihn möglichst schmerzlos in Stücke hauen wollten.

»Nebel. Der Atem von Ymmr und Skroth. Riesen und Götter, deren Dunst die Welt überzieht. Wir fürchten ihn nicht, Stadtzauberer, ganz im Gegenteil. Das ist Wasser, verfliegend in der Luft. Der Jarl hat uns vorhin beruhigt und versichert, dass du dein Feuer dann nicht rufen kannst.«

»Ah«, gab Kato zurück. »Ein beschlagener Mann, Weisheit und Vernunft in diesen Gestaden. Welch Labsal! Hat er euch auch darüber beruhigt, ob ich im Stockfechten unterwiesen wurde?«

Die beiden mörderischen Stümper wechselten einen vielsagenden Blick, dann brachen sie gleichzeitig in Gelächter aus. Wie Wölfe, die einen verwirrten Stadthund im Wald gestellt hat, kamen sie mit wippenden Bewegungen auf ihn zu, wetteiferten darum, wer ihm als Erster den Bauch aufschlitzen durfte.

Dann plötzlich schnellte einer der beiden vor. Seine Klinge zuckte auf Katos Hals zu. Mit Mühe und Not riss dieser den Stab hoch, der Schnaps forderte seinen Tribut. Ein Ruck ging durch seine Arme, bei dem Feuerrosen aus Schmerz in seinen Schultergelenken erblühten. Das von magischen Metallfäden durchzogene schwere Holz vermochte das Breitschwert eben noch abzufangen. Mit einem sirrenden Klang prallte die Waffe zurück.

Kato sah die Funken fliegen und wappnete sich für den nächsten Hieb, der prompt kam. Ein weiterer Schritt zurück, eine Parade und das Gedengel von dunklem Eisen, das auf Eisenholz und Mondsilber prallte. Noch mehr Funken.

»Zusammen, los, machen wir ihm den Garaus, bevor er das Singen anfängt!« So hetzte einer der beiden Meuchler den anderen auf.

»Oh, der wird singen, wenn ich ihn hiermit im Wanst kitzele«, gab der Spießgeselle zurück.

»Ich will ja nicht drängen, Bowden, aber könntest du das Stück Dreck von einem Menschenhändler endlich zur Strecke bringen? Die anderen brauchen uns!« Kato hörte, wie sein Atem schwerer ging. Eine ganze Folge von Angriffen beider Männer prallte auf ihn ein, Krieg und Waffendrill lagen lange zurück. Er umgriff die Waffe mittig, ließ den Stab wie einen Windmühlenflügel kreisen und wehrte mehr schlecht als recht die Hiebe ab.

Kato wagte einen weiteren Versuch in Richtung des Blechmanns, konnte diesen aber nicht hinter seinen beiden Angreifern erkennen. Er hörte nur, wie ein Breitschwert auf Bowdens Schild traf und die Männer keuchten. Mehr Zeit blieb nicht.

Diesmal versuchte einer der Mordgesellen, ihn anzugreifen und zu einer Parade zu zwingen, die dem anderen seine Flanke öffnete. In diesem Moment stieß Kato mit den Fersen an brachliegende Treppenstufen des eingestürzten Hauses und musste einen langen Schritt vollführen, um nicht zu stolpern.

Genau dies rettete ihm das Leben. Die Klinge des einen Angreifers biss ins Leere, während Kato die Waffe des anderen mit einem Geräusch abwehrte, das durch Mark und Bein ging, als der nordische Stahl über seinen Stecken schrammte.

Abermals sprühten Funken, ein sachter Faden roter Glut zuckte über den Stab.

»War 'n götterverdammter Misteinfall von euch zusammengewürfelten Jammergestalten und Mutanten, herzukommen und eure dummen Nasen in unseren Handel zu stecken«, befand einer der beiden Nordmänner und hob den Stahl. Mittlerweile schwappte ihnen der Nebel um die Hüften, und der andere tauchte unter ablenkenden Bewegungen ab, hechtete nach vorn und versuchte Kato auszuweiden.

Der zog den Bauch ein, um die Klinge abgleiten zu lassen, sprang auf dem Geröll nach oben und begegnete einem weiteren Hieb des zweiten Mannes hart mit dem Stab. »Ganz im Gegenteil. Ich glaube, ich bin hier am Ort genau richtig«, keuchte Kato und spürte, wie etwas von seinem alten Wesen, geformt von den Härten der Straße, die Oberhand gewann.

»Du bist hier richtig, um nach deiner Mutter zu flehen, wenn du vor unseren Klingen kniest«, spottete einer der Meuchler.

»Wie ich dir sagte, eine ganz üble Entscheidung, hier aufzutauchen«, ergänzte der Zweite.

Kato schwang seinen Stab aus der erhöhten Stellung heraus auf ihre Gesichter zu, was sie angesichts des Gewichts der Waffe zum Parieren und Zurückweichen zwang. Wieder stoben die Funken, die Schneiden und Teile seines Stabs waren vor Hitze verfärbt. Er brauchte nicht hinzusehen, um die Glut zu spüren.

Sehr gut.

»Ich muss mich auch über zwei völlig üble Einfälle beschweren«, höhnte er. »Die erste war, dass eure Eltern euch nicht euren Eisgöttern als Opfer darbrachten, als sie sahen, was sie da für faulige Wurzeln zur Welt gebracht hatten.«

Einer der beiden heulte auf und wollte sich auf Kato stürzen, doch sein Kamerad hielt ihn zurück. »Warte! Der will dir eins überziehen, wenn du die Deckung aufgibst. Spiel nicht den Berserker!«, warnte er. »Was wäre der zweite Einfall, o weiser Zauberer?«, flötete der Nordmann siegesgewiss.

»Ein falsches Gebiss aus Holz«, beschied ihn Kato mit Eisesstimme und hob an zu summen. Sodann führte er mit feierlicher Armbewegung den beiden Nordmännern Daumen und Zeigefinger vor Augen ... und schnippte.

Der Mann, der zuletzt versucht hatte, ihn aufzuschlitzen, wollte einen Schrei ausstoßen, doch aus seinem Mund sickerte nur Qualm, während aus seinen Nasenlöchern Feuer schlug und ihm das Gesicht versengte. Von blankem Grauen erfüllt, starrte sein Kamerad auf den Todeskampf an seiner Seite.

»Thursir!«, rief er. Kato nutzte den Moment und verpasste dem vor Schreck Erstarrten einen Schlag mit dem Stab gegen die Stirn. Wie ein gefällter Baum stürzte der zweite Angreifer zu Boden. Mit dem Rückschwung ließ Kato die andere Seite des Steckens seitlich gegen den Schädel des Versengten krachen, summte zugleich einen Kommandoton und zog den Schwelbrand zurück.

»Genug Tote für ein Leben.« Er ließ sich auf ein Knie nieder und riss die verkohlten Überreste des Gebisses aus dem Mund des Gegners. Der würde die heiße Kostung überleben, für einige Jahre aber den Mund halten müssen, wenn er denn jemals wieder sprechen konnte.

Bowden sah das Überleben ihrer Feinde nicht als Herzenssache, so wie er mit dem Huskarl verfahren war.

Ein schwer verwundeter Oleif kniete vor dem Paladin, jeglicher Kampfkraft beraubt und nicht mehr fähig, sich auch nur im Geringsten zu wehren. Der Mann blutete aus zahlreichen Wunden, seine Schildhand war ein Blumenstrauß aus milchig blauen Splittern, die nichts mehr mit seinen übrigen Gliedmaßen gemein hatten. Mit der Schwerthand umklammerte er die schwere Verletzung. »Na, mach schon!«, zischte der Leutnant der Nordmänner. »Na los, bring es hinter dich, Sohn einer Wassermetze! Bowden, aus dem Hause Kaltkluft.«

»Tu es nicht, Bowden, du machst dich nur unglücklich! Besudele den Stahl des Architekten nicht an diesem Stück Dreck«, beschwor ihn Kato, der noch immer nach Luft rang. Auf seltsame Weise schien der Nebel ihnen den Atem aus den Lungen zu saugen, das Gedünst stand mittlerweile wie Brackwasser in einem Becken, mit der Besonderheit, sich vor Hindernissen zu stauen. Dunstige Schwaden brandeten gegen die Mauern und Überreste des einst ehrenwerten Hauses Verdian, schienen dem Geschehen beizuwohnen wie stille Beobachter.

»Was weißt du schon davon, Deserteur?« Die Spitze von Bowdens Anderthalbhänder drückte in Oleifs Halsbeuge. Als dieser vor Todesangst schluckte, trat ein Tropfen Blut hervor. Am zuckenden Adamsapfel war die Haut angeritzt.

»Ich bin mir gewiss, dass du ein besserer Mensch bist, als du dir oftmals selbst zubilligst. Ich weiß auch, dass du mich verachtest, aber dass du nicht auf dem Grund und Boden deiner Familie zu einem Mann werden willst, der Unbewaffnete schächtet wie Vieh. Ich mahne dich, dass wir Wichtigeres zu tun haben.«

Der Blick des Paladins, der bislang in einer Linie seiner Schwertklinge bis in den Körper seines Gegners hinein gefolgt war, ruckte herum. Sein Blick ruhte auf Kato. »Und du weißt all dies, Deserteur? Du vermeinst, mich zu kennen?

Nur weil wir ein paar Jahre in der gleichen Einheit dienten ... die du zudem verraten hast?« Da färbte bereits wieder Zorn seine Stimme.

»Wir haben Mitstreiter gefunden, die uns bis hierher gefolgt sind, um den Feuern Einhalt zu gebieten. Wenn du den Huskarl wirklich töten willst, um mit deiner Vergangenheit abzuschließen, meinetwegen. Ich kann dir nichts befehlen, und wer bin ich, dass mich noch ein Toter mehr berühren sollte?« Kato hob die Achseln. »Aber dann beeil dich wenigstens! Die anderen brauchen dringend unsere Hilfe, die übrigen Krieger Oleifs verfolgen sie.«

»Da hörst du es! Mach schon, töte mich, kleiner Baudhilin!«, zischte Oleif.

»Du bist nicht gerade hilfreich«, beschwerte sich Kato bei dem Besiegten. »Ich versuche dir hier das Leben zu retten.«

»Dafür verachte ich dich!«, spie Oleif hervor. »Ihr habt keine Vorstellung von dem gewaltigen Unterfangen, in das ihr hereingeraten seid. Die Zwerge kennen einen Rettungsweg. Aus dieser Lüge. Aus diesem Kerker. Dafür haben sie uns die Sklaven abgenommen, um nach dem Ausgang zu graben.«

»Kerker?«, fragte Bowden. »Wovon sprichst du, Oleif? Rede, Hund!«

»Ihr ahnt wirklich nicht, wohin ihr euch verirrt habt, stimmt's?«, fragte der Verwundete. Er lachte höhnisch, spie einen Klumpen rosafarbenen Speichel aus.

»Jetzt kannst du deinen Jugendfreund kaum mehr erschlagen. Er hat uns eingeweiht. Wir brauchen ihn für die Mission«, erklärte Kato. »Er gehört mir.«

Trotz seiner zahlreichen Wunden und des Todes vor Augen erbleichte Oleif, als er den Magier vernahm. »Bring es zu Ende, Kaltkluft! Du Halbblut! Du Fischsohn!«, wetterte er.

»Lass ihn leben, Bowden! Ich will noch mehr von ihm erfahren. Wir kommen wieder und vernehmen ihn.« Kato hob den Stab zum Stoß. Er war sich bewusst, dass seine Augen jetzt bedrohlich aufblitzten.

»Um mir *was* anzulasten?«, geiferte der Huskarl. »Sklavenhandel? Den haben wir schon immer betrieben, frag deinen Freund von einem Gotteskrieger! Außerdem habt ihr den Zwergen doch alles viel billiger verkauft. Ihr und eure verfluchte Königin! Ihr wisst doch von nichts. Die Boten der Vier Könige kommen. Die Emissäre. Ihr seid verloren.«

Kato hob die Hand, als Bowden sich bei dieser Schmähung der Herrscherin anspannte. Gerade als es den Anschein erweckte, dass der Paladin zustoßen wollte, spürten die Männer einen so mächtigen Luftzug, dass Staub und Gips mit dem Nebel über den Hof wirbelten. Zwei gewaltige Schatten schossen wie aus dem Nichts vom Himmel herab, leiser als der Tod im Schlaf und schneller als jeder Windhund.

Ein Ruck fuhr durch Katos Körper, als Bowden ihn mit einem harten Schlag beiseitestieß. Er prallte hart auf dem Gesäß auf, alle Luft wich ihm aus der Lunge. Ein Schmerzenslaut kreischte bis in den Schädel hinein, als mächtige Greifklauen mit der Farbe von Wespenpanzern aus dem Himmel herabstießen. Krallen wie schwarze Sicheln schrammten Funken sprühend über die Brustplatte des Paladins, als er gerade zur Seite hechtete.

Bowden war mit knapper Not entkommen.

Oleif hatte nicht so viel Glück. Der zweite Riesenschemen versenkte acht Krallen wie Kurzschwerter in seinem Körper und zog ihn mit sich in die Höhe, als wöge er nichts. Dem Mann blieb nicht einmal Zeit für einen Schrei. Das Gesicht im Erschrecken eingefroren, der Mund ein stummes Flehen, wurde er von einem totenstillen Schemen davongetragen.

Hinter den Schatten schlossen sich die Nebel, schwappten ineinander, wurden wieder zur glasigen Wand.

49

»Sind wir ihnen entwischt?« Gjala keuchte heftig. Rennen gehörte unüberhörbar nicht zu den Lieblingsbeschäftigungen der Zwergin.

»Sie haben die List durchschaut«, ächzte Limbo, der weniger nach Luft ringen musste als Bierschaum und bislang gut mithielt.

Tanaqui fühlte mit der Zwergin, doch was Gjala wie ein Albtraum vorkommen mochte, ließ ihr die Welt gerade lebendig erscheinen. Tanaqui und der Große Jäger verschmolzen in der Verfolgung. Er bevorzugte es zwar, der Häscher zu sein, sie hingegen erinnerte sich eher, wie es sich anfühlte, von einer Menschenmeute durch die Wildnis gehetzt zu werden. Doch letztlich durchlebten sie beide die gleiche Erregung und waren sich einig, dass sie nur den Ort finden mussten, um ihre Verfolger zu stellen. Falls man das übermannshohe Schilf an diesem Teil der Küste denn eine Wildnis nennen wollte.

In der Ferne hörte Tanaqui die Nordlinge einander zurufen, die Stimmen der Skraemar gedämpft vom Nebel, der mittlerweile allgegenwärtig war. Vom Nachthimmel war nichts zu erkennen, Dunst von der Farbe grauen Gespinsts und abgestandenen Urins erstickte die Küste.

Bei diesem Anblick lief es ihr eiskalt über den Rücken, obschon sie bei den Freuden der Jagd zugleich aufjauchzen wollte. Denn obwohl sie den starken Küstenwind spürte und die mächtigen Schilfhalme in wiederkehrenden Mustern unter Böen erbebten, konnte nichts den Nebel zerstreuen. Er tränkte die Welt, durchnässte Haare und Kleidung.

»Ganz und gar unnatürlich«, keuchte Gjala, als sie für einen Augenblick verharrten und sie Tanaquis Blicke in den Nebel hinein bemerkte. Ihre Hände lagen auf den Oberschenkeln, sie stand gebeugt. Sacht richtete Tanaqui sie auf, zeigte ihr, wie sie ihren Atem beruhigen konnte.

»Wir sind zu langsam. Die holen uns ein«, mahnte Limbo mit Nachdruck. »Wir sollten ihnen eine Falle stellen.«

Der Vorschlag gefiel Tanaqui, doch sie wusste, dass die Nordleute ihre Heimat in- und auswendig kannten. Das teilte sie dem Vagabunden auch mit. Die meisten Vorkehrungen für einen Hinterhalt würden sie umgehend durchschauen. Nein, sie konnten nur hoffen, dass Kato und Bowden rechtzeitig zur Verstärkung anrückten.

Der Nebel trug das Schnauben und Wiehern der Pferde zu ihnen herüber. Tanaquis Sorge um die geliebte Freundin Mistral wuchs ins Unerträgliche. Hatten die Skraemar ihre vor dem Ortseingang verborgenen Reittiere gefunden?

Als läse sie in ihren Gedanken, ergriff Gjala mit etwas mehr Atem das Wort. »Ich glaube nicht, dass wir von hier entkommen. Die Pferde und mein Pony stehen auf der anderen Seite des Fjords. Entweder haben sie die längst gefunden, oder aber sie schneiden uns den Weg ab, bevor wir dorthin gelangen.«

»Wir haben hier so oder so noch nicht abgeschlossen und müssen die Vernichtungsfeuer aufhalten, Häscher hin oder her. Ganz offenkundig wissen die Mistkerle mehr darüber, als sie zugeben«, erinnerte Tanaqui die ungleiche Kameradin.

»Kundrheim«, erklärte Gjala. »Hab's nicht vergessen.«

»So oder so kommen wir unter die Erde«, presste Limbo hervor. »Bist du wieder bereit, Bierschaum? Wir müssen rasch weiterlaufen. Noch klingen die Skraemar weit entfernt, aber das kann trügen. Was immer das für eine Suppe ist, in der wir hier schwimmen, sie verzerrt die Geräusche.«

»Ich dachte, das sei dein Wunsch? Unter die Erde zu gelangen, meine ich. Vergrabt ihr Menschen eure Toten nicht?« Tanaqui hörte sich selbst diese Worte äußern, ohne beim besten Willen sagen zu können, was in sie gefahren war. Vielleicht war diese Bosheit der Tatsache geschuldet, dass beide Sittenwächter der Menschenkönigin gerade nicht zugegen waren.

»Hast es dir zusammengereimt, was?« Limbo schüttelte den Kopf und lächelte, doch seine Augen schauten trübe und traurig drein wie immer. Er richtete den Blick auf seine Füße.

Bierschaum sprang Tanaqui bei. »Na ja, die Nordleute haben uns ja von deinem nicht unbedingt ruhmreichen Abenteuer erzählt, Anhängsel. Außerdem hätte man auf der Plattform blind sein müssen, um nicht zu bemerken, dass dich die üble Fallsucht der unter Weltschmerz Leidenden plagt. Sei guten Muts, so übel ist diese Welt doch noch nicht, solange wir noch atmen und uns wehren können, oder?«

»Ihr versteht das nicht. Ich habe gute Gründe, nach dem Tod zu schielen. Trotz der besten Absichten, wirklich.« Seine Stimme klang so aufrichtig, dass er sich wie ein völlig anderer Mann als sonst anhörte.

»Was immer diese Absichten sind, ich glaube, du bist der Erfüllung deiner Todessehnsucht näher denn je«, teilte ihm Tanaqui mit, zog an Gjalars Wams und setzte mit ihr den Weg fort.

Limbo eilte ihnen hinterher. »Was meinst du denn damit?«, hakte er nach.

»Sie meint«, antwortete die Zwergin, »dass dort hinten eine Horde mordlustiger Brandschatzer aus dem wilden Norden kommt, die deinem Leben rasch ein Ende bereiten könnten. Dennoch bleibst du bei uns.«

»Oh, glaub mir, die sind mir nicht entgangen! Doch sie hätten keinen Erfolg, nicht den geringsten. Wenn die Zeit kommt, werde ich sie gebührend in Empfang nehmen, damit ihr entfliehen könnt. Es ist das Mindeste, was ich für euch tun kann. Habt mich besser behandelt als viele meiner Mitmenschen«, erklärte Limbo stolz und geriet leicht außer Atem. Rührseligkeit überkam ihn. »Diese verdammte Suppe kriecht mir in die Lunge wie Straßenstaub an einem Sommertag. Und sie beißt in den Augen«, fügte er mit einer verschämten Notlüge hinzu, weil er einige Tränen unterdrücken musste.

»Sie kommen dir nicht bei? Soso. Weil sie nicht das richtige Werkzeug haben? Oder nicht?« Die Zwergin klopfte auf ihre Axt aus Meteoreisen.

Tanaqui hatte keine Ahnung, was die Kameradin meinte. Doch die Worte verfehlten ihre Wirkung bei dem Vagabunden nicht. Limbos sonst so begabt wandelbaren und auf stete Undurchsichtigkeit bedachten Züge erstarrten. »Du weißt davon?«, fragte er.

»Es hat mich die ganze Zeit gewundert. Da reist du mit jemandem, den du für einen nach deinem Dafürhalten fast schon geckenhaft angezogenen Zwerg hältst. Und dann bist du verzweifelt genug, ihn zu überfallen, obwohl er dich leicht bemerken kann. Doch statt seiner wertvolleren Habe reizt dich die Axt, die selbst für einen kräftigen Kerl wie dich zu schwer ist. Das kam mir von Anfang an merkwürdig vor. Um das Gold ging es dir jedenfalls nicht, sondern darum, was meine Familie in die Axt geritzt hat.«

»Gebracht hat«, berichtigte er sie. »Todesrunen. Ich erkenne eine Axt, die das Blut von Chimaerae gekostet hat, sobald ich sie sehe. Und ich ermesse wohl, was die Todesflüche darauf vermögen. Ich habe länger nach solch einer Waffe gesucht, als selbst ihr beide euch vorstellen könnt. Dann bin ich dir eines Tages begegnet und wusste, ich brauche deine Axt. Oder dich.«

Tanaqui erinnerte sich plötzlich an die Worte des Riesen. *Zwei Hunde, einer ist ein Monster.* »Du wolltest sie bei eurer gemeinsamen Reise in einen Kampf verwickeln?«, fragte sie ihn zweifelnd.

Was immer Limbo hatte antworten wollen, ging unter, als Tanaqui einen vertrauten schnappenden Laut in der Luft vernahm, dem das Sirren folgte, das jeden Elfen ein Leben lang begleitete. Mit einem Warnruf rissen sie und Limbo Bierschaum jählings zu Boden und rollten sich zu dritt zur Seite.

Wie Hechte, die in der Uferböschung gelauert haben und sich auf Entenküken stürzen, schossen die Pfeile der Nordleute aus dem undurchsichtigen Nebel heran. Das halbe Dutzend landete mit schwingendem Rhythmus zwischen ihnen im feuchten Sand.

Unter anderen Umständen hätte Tanaqui den Schützen für ihre Treffsicherheit unter diesen Bedingungen gratuliert. Pferdehufe erklangen seltsam gedämpft durch die Nebel vom Sand der Uferböschung auf den Dünen herüber. Einige Verfolger ritten nur noch wenige Dutzend Schritt hinter ihnen, manche umrundeten sie gar und preschten nun seitlich an den dreien vorbei.

Verblüffend flink war es Bierschaum, die als Erste auf den Beinen war. Sie zog ihre Begleiter weiter in Richtung Fjordgrat zur Mauer östlich des verdianschen Anwesens. »Beeilung!«, gellte die Zwergin, und einmal mehr musste sich Tanaqui damit abfinden, dass die Axt an Gjalas Seite ein prunkvolles Erbstück und eine Zier für sie war. Die Zwergin verabscheute Gewalt. Von welch einer Bürde sie sich damit immer befreite, nun rächte es sich.

»Ich bleibe«, zischte Limbo. »Ich erkaufe euch mühelos genug Zeit für den Fluchtweg.«

»Nichts dergleichen wirst du tun«, hörte Tanaqui Bierschaum aufbegehren, bevor sie auch nur ein Wort selbst einwenden konnte. »Du hast uns in der Not geholfen, wir lassen dich hier sicher nicht zuschanden werden, Anhängsel. Außerdem ist deine Schuld bei mir noch nicht beglichen, auch wenn die bloß ein dummer Vorwand war, um dich meiner Axt zu versichern.«

Schicksalsergeben nickte der Vagabund.

Sie taumelten weiter durch den Sand, der die Knie der beiden tumberen Begleiter verschlingen zu wollen schien. Tanaqui, deutlich leichter, glitt darüber hinweg und bedeutete den anderen, still zu sein. Trotz ihrer scharfen Sinne konnten weder sie noch der Jäger weiter als ein halbes Dutzend Schritte sehen, und die Verfolger waren kaum auszumachen.

Dennoch erklang urplötzlich ein Laut, deutlich genug, damit sich alle drei anstarrten. Ein gellender Schrei hallte über das Schilf, lang und gequält, irgendwo hinter ihnen. Dann war es so, als erklänge er weiter oben, bevor er unversehens von einem fürchterlich reißenden Geräusch abgeschnitten wurde. Etwas ähnlich zweier Paare gewaltiger Segel rauschte durch die Luft.

»O nein!«, murmelte Tanaqui, als sich Erinnerungen daran schmerzvoll einstellten, was dieses Ungewöhnliche gewesen sein könnte. Sie rang sie nieder, lauschte auf den Pulk ihres Verfolgers. Einen Herzschlag später vernahmen die Gefährten deren erschrockene Rufe.

Im Geist formte Tanaqui eine Bahn, die von ihren ausgestreckten Fingern über die Länge der selbst gearbeiteten Pfeile bis zu deren Spitzen führte. Der Bogen erschien wie auf magische Weise in ihrer Hand, so schnell zog sie ihn, nockte auf und entließ drei der Geschosse in rascher Folge von der Sehne.

Schmerzensschreie jenseits der Nebelgrenze und ein gequältes Wiehern, das ihr durch Mark und Bein fuhr, waren ihr Lohn. Mit drei zumindest schwer verletzten Verfolgern oder Pferden waren ihre kämpferischen Kräfte wieder eher ausgeglichen.

»Los, beeilt euch!«, zischte sie Limbo und Bierschaum zu. Das ließen die sich nicht zweimal sagen und stürmten vorwärts.

Sie rannten durch das Strandschilf. Die Schilfblätter waren rasiermesserscharf, immer wieder musste Bierschaum die Unterarme vor das Gesicht schlagen, um sich nicht zu verletzen. Limbo hingegen schienen die Schnitte nichts auszumachen.

Sie verlor jedes Gespür dafür, wie lange sie derart vorwärtspreschten. Sie hörte Gjala keuchen und Schmerzlaute winseln. Tanaqui konnte sich nicht erinnern, wann sie je von Unterirdischen gehört hatte, denen es an Ausdauer mangelte, bevor sie sich daran erinnerte, was die Zwergin ihnen über ihre verletzte Lunge und die Narben erzählt hatte.

Unvermittelt öffnete sich das Schilfgras in die Landschaft, als wären sie durch einen Vorhang gestürmt. Selbst der Nebel konnte nicht verschleiern, dass unter dem Nachthimmel vor ihnen die dem Dorf abgewandten Fjordseite aufragte. Ein Felsrücken, der sich schier endlos erstreckte und am Ende den ganzen Horizont einzunehmen schien. Es waren nur noch wenige Hundert Schritte bis zur Böschung. Für Bierschaum hätten die Abstände über Länder hinweg nicht größer sein können.

Mit einem Geräusch rang die Zwergin nach Luft, das Tanaqui einmal bei einem tollwütigen und todkranken Bären gehört hatte. Ein Rasseln beim Einatmen, das in ein Pfeifen beim Ausatmen überwechselte. Sah sie in Richtung des Amuletts, das die Zwergin unter ihrer Gewandung verborgen hielt, nahm Tanaqui das Glühen der Runenmagie als feines Kitzeln tief bis in die Tinte ihrer Tätowierungen wahr. Welche mächtige Magie auch darin wirken mochte, sie tat alles, um die gezeichnete Kameradin am Leben zu erhalten.

»Zweites ... kein zweites ... Herz ... es fehlt«, röchelte die Zwergin und deutete dabei auf das verdeckte Schmuckstück.

»Von wegen erlogener Schwur!«, presste Limbo durch zusammengebissene Zähne hindurch. »Einer muss auf dich aufpassen, Axt hin oder her. Und das habe ich gelobt. Ich helfe dir, Bierschaum.« Mit einer verblüffend raschen Bewegung schossen seine Hände vor, wie um die Zwergin zu packen. Noch schneller fuhr Tanaquis Waffenhand zu ihrem Speer. Doch als sie sah, was der Vagabund beabsichtigte, ließ sie sie ruhen. Der feiste Mann hatte die Runenaxt an sich gebracht und hob sie hoch.

Beinahe augenblicklich wurde aus dem Prickeln ein Brennen von magischer Gewissheit, und plötzlich begriff Tanaqui auch, warum die Axt bei seinem ersten Diebstahlsversuch für den Heimatlosen zu schwer gewesen war. Es hatte nie mit ihrem Gewicht zu tun gehabt.

Kaum hielt er die Waffe in den Fäusten, stöhnte Limbo auch schon vor Schmerzen. Dampf kräuselte sich zwischen seinen Fingern, während sie den Stiel der Waffe umklammerten. Tanaqui sah Runen entlang der Axt wie Mondlicht aufglühen.

»So ein widerwärtiger Tag!«, ächzte der Gesetzlose unter Schmerzen, wobei ihm Schweiß die Stirn hinabrann und er sich mühsam in Bewegung setzte.

Nun bemerkte Gjala die Veränderung, da sie ohne das Gewicht der Axt wieder deutlich besser vorankam. Sie stolperten eine hohe Düne hinunter auf die flache Kiesebene, die sich zwischen ihnen und der mächtigen Fjordwand erstreckte.

»Bewirkt dies die Axt?«, fragte Tanaqui die Zwergin verwirrt in der Alten Sprache und wies voraus.

»Mir scheint, sie schätzt mein Anhängsel nicht. Mich beschlich schon vor Langem der Verdacht, dass in unserem Limbo mehr steckt, als es den Anschein hat«, gab Bierschaum zurück.

»Das meine ich nicht«, widersprach die Wüstenelfe und deutete auf den Nebel.

Dort, wohin das Licht der Runen reichte, zog sich der Dunst mit feinen Fingern zurück, so als hätte er sich verbrannt.

50

Der Torbau ragte gewaltig vor ihnen auf. Seine Größe spottete jeder Beschreibung und wich auch von den Schilderungen der Zwergin im letzten Tempel ab, den er besucht hatte. Kato blickte an den Aufbauten hinauf. Sie waren so kantig geformt und von Mosaiken grimmiger bärtiger Wesen bedeckt wie die Stadt unter Dunkelfall, doch ungleich mächtiger. Drei Pferdewagen hätten nebeneinander durch die weitgespannte Öffnung gepasst. Fünf von ihnen hätte man stapeln müssen, um den prächtig geschmückten oberen Sturz des mächtigen Portals auch nur anzukratzen.

Kato brauchte keine Hand an das bestimmt einen Schritt dicke und ebenso gewiss eisenunterlegte Messing zu legen, um die Hitze zu spüren. Warum auch, es war die dahinterliegende Macht der Flammen gewesen, die ihnen ein anderes, nämlich das elementare Portal Katos hierher eröffnet hatte. Er spürte die alles durchdringende Macht hinter der Pforte. Doch statt des erwarteten magischen Hochgefühls empfand Kato nichts als Leere. Denn eine solche Hitze bedeutete auch, dass diese Binge hinter dem mächtigen Tor großenteils in Flammen stand.

Und damit die Beweise, nach denen sie suchten.

Wie immer, wenn Kato diesen simplen Spruch zum Ortswechsel nutzte, musste sich Bowden nach der kurzen Reise übergeben.

Unter anderen Umständen hätte Kato darüber geschmunzelt, doch die Versuchung, sich an der kleinen Schwäche des Kameraden zu belustigen, war ihm längst vergangen. Sie standen gemeinsam vor unlösbaren Aufgaben, und die Zeit für Sticheleien war vorüber.

Bowden war auf dem Weg über die Kiesebene, um den Kameraden entgegenzueilen. Sie hatten sich darauf geeinigt, dass Kato vor Ort blieb, falls etwas Unerwartetes geschehen sollte. Einer von ihnen musste selbstverständlich in Kundrheim eindringen, um dem Verbleib der Zwerge auf den Grund zu gehen und verzweifelt ein Mittel gegen die beängstigende Entwicklung des allseitigen Brands zu suchen.

Das letzte Aufgebot, dachte Kato. Auch Bowden hatte dies begriffen. Verratsvorwürfe, Misstrauen wegen möglicher Fahnenflucht oder Drohungen gegen den Lohenmagus schienen für den Paladin der Vergangenheit anzugehören. Er würde ihre Schicksalsgenossen finden oder bei dem Versuch sterben.

Schweren Herzens betrachtete Kato den Runenstab in seiner Hand. Dennoch ließ er sich nicht allzu sehr von dem Anblick ablenken, sondern ließ auch den Himmel nicht aus den Augen. Er hatte den gewaltigen Schemen nicht vergessen, der das Anwesen der Verdian heimgesucht hatte.

Er musste dem Drang widerstehen, nach seiner kleinen Flasche zu fingern. Zu viel stand auf dem Spiel, zu viele Antworten standen noch aus. Ihre letzte Hoffnung, den Brand aufzuhalten, der die Inselreiche verheeren würde, wartete ihm jenseits dieser mächtigen Pforte. Verwahrt in einem Tempel, aus dem er die Flammenwut bis hierher spürte. Es stand schlecht um die Zwerge.

Wie viel verrätst du Gjala, wenn sie hier eintrifft?, dachte er beklommen.

»Ich werde schön den Mund halten, jedes Wort wäre zu viel. Wenn wir uns aus der Falle dieser Verschwörer hier herausgezogen haben, wird es Zeit, das Militär der Königin auf sie anzusetzen.« Er zündete sich einen Rauchstängel an und warf einen Seitenblick auf Kincaid. Auch das gewisse Fläschchen fand wieder den Weg zu seinem Mund. »Wundert dich längst schon, dass wir das bislang nicht getan haben, was, alter Knabe?«

Wie immer gab sein Hund keine Antwort. Was wenig überraschend war. Ungewöhnlicher erschien da schon, dass Kincaid noch immer starr in Richtung Ozean blickte. Er hechelte nicht und wedelte auch nicht mit dem Schwanz. Er wartete und beobachtete.

»Willst du der Zwergin vielleicht nahebringen, was ihrer Familie zugestoßen ist, alter Knabe? Das wäre nur gerecht, immerhin sorge ich für dein Fressen und eine dauerhaft wechselnde Schlafstelle. Nein?« Er nahm einen tiefen Zug. »So etwas dachte ich mir schon.«

Da kam der Schmerz.

Unvermittelt schrie Kato laut auf. Der Ruck in seinem Arm erschütterte ihn so stark, dass er ihn fast von den Beinen riss. Für einen Moment fürchtete er, er hätte sich die Gliedmaße ausgekugelt.

»Was zum ...?«, setzte er an.

Der Runenstab lag am Boden, genauer besehen, stak er dort festgeheftet. Ein fein gearbeiteter Pfeil mit makelloser Befiederung aus einem Holz, bleicher als die Haut der Wüstenelfe, und einer Spitze, die an einen breiten Halbmond gemahnte, hielt ihn zwischen Kiesbrocken und einer schweren Steinplatte eingezwängt.

»Tanaqui?«, fragte Kato vorsichtig, obwohl er eigentlich längst wusste, dass dieser Schuss nicht von ihr ausging. Ihre Pfeile sahen anders aus, waren kürzer und nutzten Jagdspitzen.

»Nicht ganz«, ließ sich eine vornehme Stimme über ihm vernehmen. Der Luftstoß traf ihn so stark wie Küstenwind im feuchtkalten Nebel, als die beiden Schemen wenige Schritte vor ihm niedergingen.

Kato sank das Herz. Vor ihm kauerten die größten Eulen, die er je im Leben gesehen hatte und deren mächtiger Körperbau selbst den von Basilisken in den Schatten stellte. Jedes der beiden Tiere hatte eine Flügelspannweite wie eine Scheune. Kluge Augen wie Rundschilde von Riesen maßen ihn mit wachen Blicken wie aus flüssigem Gold, die mit jeder seiner Bewegungen mitzuckten. Eine der beiden Rieseneulen war ein wenig kleiner und hatte etwas von einer gewöhnlichen Schnee-Eule. Die andere wirkte katzenhaft wie ein Uhu und wies entsprechende Ohren auf. Ihr Körper zeigte vertiefte Narben, Teile ihres Gefieders schienen gezeichnet.

Auf dem Rücken der beiden Vögel waren Sättel mit dünnem Zaumzeug verzurrt. In einem davon saß dieses seltsame Geschöpf, der Elf aus der Mine in der Gewandung des Kundschafters und Jägers. Das Wesen richtete gleich drei Pfeile auf einer Sehne auf Kato. Er wusste, dass die kleinste Bewegung sein Ende bedeuten konnte.

In dem anderen Sattel thronte erhaben ein ebenso hochmütiger wie schlanker elfischer Adliger. Die Anmut seiner Gebärden in Verbindung mit seinem zauberhaften Fingerspiel mit lang auslaufenden Nägeln verliehen ihm einen derart weiblichen Reiz, dass er nur an den strengen Wangenknochen und der kalten vieltönigen Stimme als Mann zu erkennen war. Auf seiner Brustplatte, die mit Mondsilber und Spangen aus Kristall gearbeitet war, prangte das Banner gekreuzter Säbel über dem Walddach. Seine offenen Haare waren so fein, dass sie im Wind wehten wie Tang unter Wasser. Auf seinem Rücken saßen zwei gekreuzte Säbel in kunstvollen Scheiden, Gegenstücke zur Kunst auf seinem Wams.

»Schwertwind«, stieß Kato aufgeregt hervor und nutzte das elfische Wort für jenen Volksteil der Elfen, die nach dem Krieg beschlossen hatten, in ihren verwüsteten, aber angestammten Landen zu bleiben.

Keiner der Elfen stieg ab. Stattdessen lächelte der Adlige herablassend und klatschte höhnisch Beifall. »Du beherrschst unsere Sprache gut, Äffchen.«

»Ich habe nur das eine oder andere aufgeschnappt«, meinte Kato leichthin. Mit einem Seitenblick nahm er wahr, dass der wachsame Blick des Begleiters dieses Adligen beständig zwischen ihm und seinem Hund hin- und herging. Falls sich Kincaid in irgendeiner Weise von zwei gewaltigen Raubvögeln gestört fühlte, die tödlich gefährliche Reiter trugen, ließ er sich nichts anmerken. Noch immer stierte das Tier auf die ruhelose See in die Nebelbank hinaus. »Vielen Dank auch für die Warnung, alter Kumpel«, zischte Kato seinem Hund zu.

»Aber, aber ...!« Der Prinz schüttelte den Kopf. »Er sah uns nicht kommen. Oder hören. Zu viel Nebel. Und du solltest aus dem Krieg doch noch wissen, wie leise die Reiterei des Mirvaali daherkommt, Tamasine Kato.« Er blies über seine Fingernägel, während er mit einer Mischung aus Abscheu und Duldsamkeit in der Miene im Wechsel zu Kato, Kincaid oder der mächtigen Zwergenpforte hinschaute.

»Erkundigung: Ihr wisst, wer ich bin?«, rief er seinen Bedrängern zu. »Dann seid Ihr mir gegenüber deutlich im Vorteil. Ich weiß nichts über Euch. Würdet Ihr mich wohl erleuchten? Doch seid gewarnt. Ich empfange jene nicht besonders freundlich, die mit Waffen auf mich deuten, wenn Ihr versteht.« Er versuchte nur zu blenden, wusste es selbst selbstverständlich besser. Bevor er einen Auftakt für seinen Singsang anstimmen konnte, um in die kosmischen Ströme einzutauchen, hätte er zwei Pfeile im Hals und sein einziger Freund einen im Herzen.

Genau das bedeutete ihm der Elfenprinz mit einer Geste. »Man nennt mich Vesshelin, Herr von Thar Gwynleth«, verkündete er. »Ich bin der Herr, nun, aller dieser Inseln. Wenngleich das Äffchen, das ihr gerade Königin nennt, dem sicher widersprechen würde. Doch mach dir keine Sorgen, Magier. Ich bin nicht hier, weil ich auf Rache sinne. Zumindest nicht an diesem Tag. Ich bin hier, um mit dir einen Augenblick abzuwarten. Die anderen werden bald eintreffen.« Als wäre dies Erläuterung genug, nickte Prinz Vesshelin seinem Begleiter zu.

»Wir sind bereit, Herr«, antwortete der Elf, und mit einem sachten Schenkeldruck brachte er seine Eule wieder in die Luft.

»Hier ist mein Angebot, kleiner Zauberer. Und bevor du auf dumme Gedanken kommst ... dieser Wechselbalg ist der beste Bogenschütze eines Bogenschützenvolkes. Sosehr es mich auch grämt, es einzuräumen, er schießt besser als ich.

Beim kleinsten Versuch, uns zu hintergehen, wirst du von seinem Pfeil zu Boden gebracht, aber du wirst überleben, um den Tod deiner Freunde zu bezeugen. Fügst du dich mir, werde ich dich belohnen.«

»Belohnen.« Kato musste ein Schnauben unterdrücken. Er hatte an diesem Wort zu knabbern. »Womit? Freiheit? Ruhe vor den Toten und meiner eigenen Schuld? Geld? Macht? Ihr Adligen und eure Tiraden darüber, was ihr an Brosamen für uns vom Tisch fallen lasst.«

»Mit einem Kleinod, das dir wertvoller sein dürfte als all das, Äffchen. Wir werden diese Insel verlassen, und ich werde dir den Ausweg zeigen. Dich mitnehmen. Man sagte mir, du seist besessen davon, allem auf den Grund zu gehen. Nun, ich erspare dir weiteres müßiges Suchen.«

»Oh, aber die Suche ist doch wie die Jagd«, entgegnete Kato mit vorgespielter Selbstsicherheit. Was wollte der verdammte Mistbock von einem Messerohr hier? »Ich habe große Freude daran, allem auf den Grund zu gehen.«

Vesshelin schürzte die Lippen. »Eine Freude, die rasch ihren Preis fordern wird. Die wahren Meister des Schicksals auf diesem Eiland empfinden eure Einmischungen als störend. Und ich muss ihnen beipflichten. Ihr habt euch genug getummelt. Frönt eurem Vergnügen! Nun ist es an der Zeit, vernünftig zu sein und jenen demütig zu lauschen, die vom Weltenlauf so ungleich mehr verstehen.«

Kato musste tapfer der Versuchung widerstehen, den Schwätzer und sein Riesenhuhn in einen Haufen Schlacke zu verwandeln. Angepeiltes Ziel gleich mehrerer Pfeile auf einem gespannten Bogen zu sein, verlieh bemerkenswerte Willenskraft, wie er feststellte. »Nun denn. Erleuchtet ein dummes Äffchen! Was übersehe ich? Was haben wir falsch verstanden?«

»Nein, nein! So haben wir nicht gewettet. Mehr als einen Appetithappen gibt es nicht: Die Antwort findest du bestimmt nicht bei den Zwergen. Ihr braucht mich. *Sie* wird es auch noch einsehen.« Vesshelin lächelte kalt und blickte auf, denn von irgendwoher musste ein leiser Pfiff ertönt sein. Oder ein anderes Zeichen, das Kato nicht wahrzunehmen vermochte. »Deine Freunde werden bald hier eintreffen. *Sie* wird bald hier sein«, verkündete der Elfenadlige.

»Ich nehme an, Ihr bezieht Euch auf Tanaqui. Sie hat uns schon angekündigt, dass Ihr ein ganz besonderer Mann seid. Ist doch so, Kincaid?« Der Hund löste nach wie vor den Blick nicht vom Meer. Er spähte so aufmerksam und angespannt in diese Richtung, als hätte er Jagdwild entdeckt. Was bemerkenswert für einen Hund war, der nicht einmal Schmetterlinge erhaschte.

Die Augen des Prinzen weiteten sich, ihre Flächen in ihrem endlosen Schimmer glichen gefrorenen Seen und dem Glitzern in der Tiefe darunter. »Sie hat mich erwähnt?«, hauchte er, und für einen Moment war es mit seinem Hochmut vorbei.

Habe ich dich bei deiner schwachen Stelle erwischt!, dachte Kato.

»Das erleichtert die Dinge«, fuhr Vesshelin fort. »Hier also mein Angebot: Ihr wollt dort hinein? Ich öffne euch die Pforte. In dem Moment, da ihr hindurchtretet, wirst du Tanaqui Fuchstochter zurückhalten. Man sagte mir, du führtest eine silberne Zunge und seist der geborene Lügner nach den jämmerlich überschaubaren Maßgaben deiner sterblichen Art. Also lass dir einen Vorwand einfallen und halt sie auf! Sie soll die Nachhut bilden oder etwas dergleichen.«

Kato hob die Brauen. »Und dann?«

»Und dann«, äffte ihn der Elfenprinz nach, »wirst du die Pforte mit deiner Macht vor ihr versiegeln. So glaubwürdig wie möglich. Nutz deine erbärmliche Feuermagie. Eine Verpuffung. Eine Explosion. Je glaubwürdiger deine List, desto größer wird mein Lohn für dich und deine Kameraden ausfallen.«

»Und der wäre noch einmal?« Kato rieb sich das Handgelenk und trat mit fragendem Blick auf den Runenstab zu, ohne den Elfenprinzen oder das Monstrum am Himmel aus den Augen zu lassen. »Darf ich?«

Statt zu antworten, vollführte Vesshelin eine huldvolle und einladende Geste. »Meiner Treu, ihr Eintagsfliegen seid wahrlich schwer von Begriff. Ich sagte dir doch, dein Lohn wird in einem Weg durch die Sturmgrenze bestehen. Ist Tanaqui erst einmal wieder an meiner Seite, wo von Anfang an ihr vorbestimmter Platz war, werde ich euch später alles mitteilen, was eure Königin wissen muss. Und ich meine *alles.*« Wieder studierte der Elf seine Fingernägel mit einem Ausdruck des Überdrusses, der jeden Beobachters zur Weißglut treiben musste.

Schwächliche Magie? Begriffsstutzig, was? Um euch den Garaus zu machen, reichte es damals im Krieg, dachte Kato zornig und musste mit sich ringen, nicht doch einen Pfeil in der Kehle herauszufordern und den Schwätzer mit der ganzen Feuermacht im Rücken zu verdampfen. Hätte er damals auf dem Weg nach Dunkelfall doch nur einen Wagen mit seinem ganzen Instrumentarium mitgenommen! Kein Pfeil durchbrach einen Flammenschild anders als in Form von Kohlestaub.

Kato bückte sich und zog den Runenstab unter dem Pfeil hervor. Als sich Vesshelin räusperte, zog er das Geschoss aus dem Boden und brachte es zusammen mit dem Stab zu dem Prinzen zurück. Es kostete ihn einiges an Überwindung, Vesshelin das Geschoss seines Knechts nicht verächtlich vor die Füße zu werfen.

Oder es gleich in den Gecken hineinzustoßen.

Stattdessen ergriff Kato den Pfeil an der Spitze und reichte ihn dem Prinzen mit der Befiederung voran nach oben. Wobei er tunlichst darauf achtete, den Kopf des gewaltigen Uhus zu meiden. Der Schnabel sah aus, als könne er einen Ritter in Vollplatte knacken wie eine Walnuss. Mit Grauen erinnerte sich Kato an den Gesichtsausdruck des unglückseligen Oleif, als eines dieser Ungeheuer ihn als Mahlzeit erkoren hatte. Mit betonter Höflichkeit trat er zurück.

Der Prinz verstaute das Geschoss seines Jagdmeisters im Köcher, während Kato fieberhaft darüber nachdachte, wie er von hier entkommen sollte.

Sein Gedankengang wurde unterbrochen. Plötzlich grollte Kincaid. Ein ungewöhnlich tiefer Laut, den Kato noch nie bei seinem Hund vernommen hatte. Verdutzt hob er den Runenstab auf und betrachtete die gefletschten Zähne seines Begleiters.

»Meine Güte! Was hat dieses lendenlahme Biest denn bloß? Es soll aufhören, unsere Unterhaltung zu stören. Die Zeit wird ohnehin knapp, und deine Freunde treffen bald ein. Also entscheide dich und bring es zur Ruhe! Oder Mutter wird heute zweimal gut speisen.«

»Mutter?« Kato bekam keine Erklärung, doch Vesshelins Körperwippen und Tätscheln verrieten, dass er die verdammte Eule meinte. »Gesetzt den Fall, ich ginge auf Euren Vorschlag ein ...«, antwortete er und hoffte, dass ihm die Unsicherheit nicht anzumerken war. »Werdet Ihr zu Eurem Wort stehen?«

Bei der bloßen Andeutung, er könne sein Wort brechen, wirkte Vesshelin, als hätte man ihn geohrfeigt. Mittlerweile folgte er jedoch immer öfter dem Blick des knurrenden Kincaid. Es war offenkundig, dass es ihn selten in den Norden verschlagen hatte und er mit diesem Nebel wenig anzufangen wusste. Nun kniff der Elfenprinz ungehalten die Augen zusammen und spähte in die Ferne.

Kato leckte sich über Lippen, die ihm trockener als Pergament vorkamen. Für einen Herzschlag erwog er, zur Pforte zu hechten, sie magisch zu öffnen und hineinzuspringen, wusste aber, dass dies für seine Freunde den sicheren Tod bedeutet hätte. Ganz abgesehen davon, dass Bowden vom Turm über das geistige Band zwischen ihnen mit einer magischen Handhabe ausgestattet worden war, Kato festzubannen, sollte er annehmen, der Deserteur setzte zur Flucht an.

»Ein fürchterliches Wetter herrscht hier bei euch«, maulte Vesshelin. Nicht zum ersten Mal wirkte es auf Kato, als versuche der Adlige etwas zu überspielen und handle eigentlich wider besseres Wissen.

Er schoss ins Blaue, wagte es einfach. »Die Emissäre kommen. Die Diener der Vier Könige«, weissagte er und legte dabei den gleichen besessenen Tonfall an den Tag, den auch der Riese in den Zwergenminen angeschlagen hatte.

Vesshelins Blick löste sich von der See. Dann zuckte er zusammen, als hätte er einen Schlag gegen den Kopf bekommen. Seine Augen verengten sich, er fasste Kato so lauernd ins Visier wie ein Skorpion, der vor seinem Bau eine Grille erspäht hat. »Was hast du da gerade gesagt?«, zischte er. Sein Gesicht verzog sich für einen Augenblick in wildem Erschrecken, doch die entgleisten Züge glätteten sich sofort wieder. »Du hast deine Anweisungen, Äffchen. Ja oder nein?« Der Prinz hob die linke Hand, die wie der Rest seines Körpers kunstvoll gepanzert war. Wie der Emir der Südreiche, der einem Gladiator das tödliche Zeichen erteilen wollte.

Kato wusste, dass auf einen Wink dieser Hand hin ein Stück Holz mit einem stählernen Halbmond sein Herz und seine Lunge zerteilen würde, bevor er noch ein wenig am Boden strampelte und es dann zu Ende ging. Er sah es vor bildhaft sich, hatte es in der Schlacht im Kampf gegen elfische Bogenschützen dutzendmal erlebt.

»Ja«, versicherte er.

»Braves Äffchen«, lobte Vesshelin aufgesetzt, so als sei sein alter Hochmut zurückgekehrt. Er schwang seine Eule mit einem Schnalzen in die Höhe. Doch Kato sah den Seitenblick, den der letzte Prinz der Waldelfen auf den Nebel und das Meer warf.

Kincaid grollte, und aus dem Rumpeln und leisen Donner des Sturmwalls war ein stetes Flackergeräusch im Nebel geworden.

Es war lange her, doch nun fröstelte Kato Tamasine, und es hatte nicht das Geringste mit den beiden tödlichen Reitern über ihnen zu tun.

51

Als sie eintrafen, empfing sie Kato und hielt die Hände in den Ärmeln seines Gewands verborgen.

Tanaqui Fuchstochter nahm sich einen Augenblick Zeit, um ihn in Augenschein zu nehmen. Hinter ihr hörte er Bierschaum heranstolpern. Ihr Atem ging besorgniserregend schwer, war in der nebelfeuchten Luft ein einziges Rasseln. Bowden stützte sie mit einer Behutsamkeit und Fürsorge, die sein sonstiges Verhalten Lügen strafte, während Limbo als Nachhut sorgsam nach ihren Verfolgern spähte.

Tanaqui hatte ihre Flucht mit dem Bogen gedeckt. Bei Katos Anblick ließ sie die Waffe sinken, behielt aber wie der Paladin und auch der Magier den Himmel im Auge.

»So weit alles vorbereitet?«, fragte Bowden.

»Alles vollkommen in Ordnung«, bestätigte Kato, der seinem Hund das Fell kraulte. Der Magier rollte auf eine Weise mit den Augen, die Tanaqui nicht zu deuten wusste. Es mochte ja sein, dass es den Menschen am Talent und Gespür der Elfenheit für Kunst, Langlebigkeit und melodiösen Gesang mangelte. Doch in einem waren sie verblüffend überlegen: Ihre ganz und gar andersartigen Augen mit der runden Iris und den Pupillen erlaubten ihnen vielfältige Ausdruckszeichen.

Im Krieg hatte sich das unter Beweis gestellt, wenn elfische Kundschafter von gefangenen und vermeintlich unschädlich gemachten Rundohren durch plötzliche Angriffe im Pulk überwältigt worden waren. Die Menschen konnten sich mit diesen Blicken absprechen. Tanaqui hatte genug von ihnen in Gefangenschaft erlebt und dieses Häuflein hier begleitet, um gelernt zu haben, dass das, was Katos Mund sprach und was seine Augen derweil erzählten, nicht dasselbe war.

Er meinte wohl eher das Gegenteil, und sie war klug genug, dies nicht auszusprechen. Limbo hatte nichts von alldem gesehen, er stierte hinter ihnen immer noch argwöhnisch in den Nebel. Sie hörten das Pferdegetrappel der Nordleute hinter sich. Nur Gjala war vor Erschöpfung außerstande, noch etwas aufzunehmen. Sie stand bloß da, presste die Hände in die schmerzenden Seiten oder legte sie im Wechsel auf die Schenkel. Mitunter hob sie den Kopf, um etwas zu äußern, beugte sich dann aber mit einer entschuldigenden Geste nach vorn und rang nach Luft wie ein Karpfen auf dem Trockenen.

»Uns bleibt nicht viel Zeit«, drängte Bowden. »Sie kommen rasch näher. Öffne das Tor!«

Kato zögerte. Wieder tauschte er einen dieser Blicke mit Bowden. Tanaqui kam diese Botschaft jedoch unvollständig vor. So als fehle darin ein letzter Hinweis, um vor etwas zu warnen. Weiterzugehen brächte möglicherweise aber mehr als nur Ungemach.

»Alles in Ordnung bei dir, Kato?«, erkundigte sie sich.

»Sicher, alles bestens«, bestätigte er einen Hauch zu laut und nickte. »Bowden hat recht. Wir müssen weiterkommen, bevor die Skraemar uns einholen.« Betont langsam steckte er die rechte Hand in einen der breiten Gürtel um die Hüfte seiner Robe. Dabei senkte er die Augen. Sie folgte dem Hinweis und sah, dass seine Hand ein Zeichen trug, das nichts mit seiner Magie oder dem Turm zu tun hatte, dem er sein Leben verdankte. Da zeigte sich ein kleiner, frischer Schnitt.

Bowden entging der Hinweis ebenso wenig, doch er verstand ihn nicht. Für einen einzigen Moment hielt Kato die Hand vorgestreckt, wie um den anderen den Schlüssel vorzuführen.

»Was ist das für ein Ding? «, erkundigte sich Limbo prompt.

»Ein Runenschlüssel«, erklärte Gjala. »Deshalb also war Bowden allein aufgebrochen. Weil er ahnte, das Tor könne versperrt sein.« Ihre Stimme war schwer vor Trauer. Wieder ließ sie die Schultern hängen, kaum dass sie sich von dem Gewaltmarsch erholt hatte. »Dahinter lebt wahrscheinlich schon niemand mehr, der uns öffnen könnte.«

Der Magier hob den kurzen Stab in seinen Händen. »Ja, ein Runenschlüssel. Er wird uns diese Pforte öffnen, auch wenn ich nicht genau weiß, auf welche Weise. Hier kommst du ins Spiel, Bierschaum. Dort geht es entlang.« Während er Gjala ansprach, hielt er den Kopf unter der Kapuze verborgen. Dann drehte er die Rechte mit dem ruhenden Schlüssel ganz leicht, tippte mit dem Zeigefinger der Linken auf die feine rote Spur auf dem Rücken der Hand, die den Stab hielt, und deutete dann ebenso vorsichtig auf die Stelle am Boden.

Als sie die Stelle an den Steinen bemerkte, begriff Tanaqui und erkannte Katos kleine Wunde als Streifschuss. Unterschwellige Anzeichen, aber für die Wüstenelfe lagen sie auf der Hand.

Die Neigung vieler Waldläufer aus den Kriegszeiten, besonders gefährliche Spitzen zu verwenden, die dem Schneiden von Seilen und Takelung auf Schiffen vorbehalten waren, wurde den Gegnern zum Verhängnis. Sie zweifelte nicht länger, dass dieser Kaelanos ganz in der Nähe lauerte. Eine nahezu unkenntliche schmale Schneise aus gekapptem Schilf und abrasierten Grasbüscheln war auf dem Kies unter dem wallenden Nebel erkennbar. Die Bahn eines Pfeils mit Sichelspitze.

Keine Frage: Worüber Kaelanos gebot und was sie im Schilf gehört hatten, als es mindestens einen der Nordleute tötete, kreiste über ihnen. Und sie hatten die Flügelschläge zweier Wesen wahrgenommen. Tanaqui fröstelte und musste der Regung widerstehen, die Arme um sich zu schlingen. Gewiss waren in diesem Augenblick Pfeilspitzen auf sie gerichtet. Doch wenn ihre Feinde bereits so kurz vorm Kampf standen, warum schlugen sie dann noch nicht zu?

»Wir müssen jetzt dort hinein, auf der Stelle, Gjala«, beharrte Kato und streckte der Zwergin mit Nachdruck den Runenstab entgegen.

Gedankenverloren und mit einem von Traurigkeit gezeichneten Gesicht nahm Bierschaum den Schlüssel entgegen. Sie drehte die dreikantige Grundform des unterarmlangen Stabs aus Metall in den Händen. Ihre kräftigen Finger betasteten ehrfürchtig die eingeritzten Zauberzeichen, so als könne sie mit ihrem Volk in Verbindung treten, wenn sie nur an dessen unleugbaren Spuren geistiger Lebendigkeit entlangfuhr.

Dann nickte die Zwergin grimmig. »Leider ist mir nicht bekannt, welche dem Stab entsprechende Form in diesen Pfeilern das Portal öffnet. Es müssen Tausende Vertiefungen in die Bildwerke und Mosaiken eingelassen sein«, vermutete Bierschaum und klang, als spräche sie mehr zu sich selbst als zu ihren Begleitern.

»Unerheblich, Bardin.« Die Wärme war wieder aus Bowdens Stimme verschwunden. Seine Kiefer arbeiteten in der Nebelstille, während sie alle zuschauten, wie sich Gjalar auf den Weg zur mächtigen Zwergenpforte machte. »Du bist die Einzige hier, die in einem solchen Bauwerk deines Volkes den Eingang für uns finden kann.«

»Lass dir nicht zu viel Zeit!«, mahnte Kato. »Ewig werden dieser Nebel und Tanaquis Geräuschpfeile die Skraemar nicht in die Irre führen. Der Jarl und sein Gefolge sind bald hier.«

Mit dem Wissen gesegnet – oder verflucht –, dass Todesgefahr über ihnen kreiste und auf ein Angriffszeichen wartete, verstand Tanaqui Katos Worte einzuschätzen. Der Magier versuchte Zeit zu schinden. Selbst wenn er das Gegenteil vorspielte, drückte jedes Wort letztlich ebendies aus. Gjala zu hetzen und zu bedrängen, hätte bedeutet, dass die Erprobung des Runenschlüssels nur noch länger andauerte.

Sie werden angreifen, wenn die Tür sich öffnet, ging es Tanaqui auf, und sie spürte Cathwyns Zustimmung.

Eine weise Strategie, vernahm sie die Gedanken ihres Vorfahren durch ihre eigene innere Stimme. *Sie werden zuschlagen, sobald bereits einige von euch eingetreten sind.*

Was bedeutet, dass sie uns lebend wollen, antwortete sie ihrem Mentor.

Nicht euch, berichtigte sie der Jäger.

Plötzlich dämmerte es Tanaqui, wer Kaelanos wohl siegesversessen begleitete.

Er ist gewisslich hier, bestätigte der Große Jäger. *Er eilte herbei, um sich seiner Braut zu bemächtigen. Wer wollte ihm das verdenken?*

»Ich ziehe einfach von dannen«, flüsterte Tanaqui fast feierlich und fuhr zusammen, als sich ihre Mitstreiter zu ihr umwandten. Mit aller Macht musste sie dem Drang widerstehen, den Himmel über dem Trupp abzusuchen und damit vor den anderen endgültig preiszugeben, dass sie verraten waren. Deutlich stand vor ihr, wie der Jagdmeister des Prinzen ein Dutzend Pfeile auf ihre neuen Freunde jagen würde, bevor sie nur eine merkliche Bewegung vollführt hatte. Zumal er nicht allein schießen würde. Alle würden sterben.

Genauso, wenn du fortgehst, um die anderen zu retten und dich deinem Freier von einst zu entziehen, mahnte der Große Jäger.

Nenn ihn nicht so!, begehrte sie innerlich auf. *Er ist ein Unterdrücker, ein Widerling, der mich als sein Eigentum betrachtet.*

Du bist ihm nach den Riten und Bräuchen unseres Volkes anvertraut. Vom Mirvaali selbst. Lange bevor deine Eltern wussten, dass die Bäume deine Seele empfangen werden und du in dieser Welt kommst.

Sie schnaubte. *Und unser Volk gibt es so gut wie gar nicht mehr. Zumindest nicht auf dieser Inselkette.*

Schweigen war ihre Antwort.

Nicht, dass die Umstände Tanaqui eine Wahl gelassen hätten. Hufgetrappel riss sie aus ihren Gedanken. Ein Pfeil sirrte aus der Nebelbank hervor, zersplitterte hinter den Gefährten am Zwergenportal und überschüttete einen lautstark schimpfenden Limbo mit Splittern.

»Wer immer von diesen abgerissenen Lottervögeln das war, gehört mir!«, schimpfte der Vagabund ungewohnt bösartig.

Alle stoben auseinander, um nicht weiterhin Ziele zu bieten, doch weitere Pfeile blieben aus. Unversehens, so als hätte jemand einen Hebel umgelegt, ebbte zudem der Küstenwind ab.

Ein Schauer rann nicht nur Tanaqui über den Rücken. Kato sah aus, als wolle er am liebsten an Ort und Stelle sterben. Bowden fletschte die Zähne wie ein wütender Hund, worin ihm Limbo nur wenig nachstand. Gjala hielt den Runenstab umklammert, lehnte sich mit dem Rücken gegen das mächtige Portal ihres Volkes und verzog kläglich das Gesicht.

Offenkundig hatte sie sich an dem Tor den Rücken versengt. Sie schoss davon weg wie eine Hand von einer heißen Feuerstelle, und ihre Züge offenbarten traurige Gewissheit, was sie hinter den mächtigen Torflügeln erwarten mochte.

Der Nebel spie Reiter aus, und mit einem Mal sank Tanaquis Mut. Nachdem sie sich während der Flucht durch das Schilf zur Wehr gesetzt hatten, waren diese Menschen nicht so töricht, wie sie es oft bei den stolzen Männern des Emirs erlebt hatte.

Die Skraemar waren die Wölfe der See. Jeder von ihnen folgte der Maßgabe einer hohen persönlichen Ehre, nach allem, was Tanaqui erlebt hatte. Doch ihr Stamm zog es vor, Scharmützel für sich zu entscheiden und Angriffe durchzuführen, die auch gewonnen wurden.

Statt des erwarteten halben Dutzends Reiter schossen mit Sicherheit an die fünfzig Mann zu Pferd oder zu Fuß aus der Nebelkante nur wenige Schritte entfernt hervor. Die Verwundeten hatten kehrtgemacht und sich Verstärkung besorgt, statt die Fremden blindlings bis zum Portal zu verfolgen.

Ihr Körper und der Große Jäger bewegten sich schneller, als Tanaqui die Lage bewusst zu erfassen und ihr Handeln zu steuern vermochte. Sie hatte bereits drei Pfeile nach Art des Klingenwindes aus dem Mirvaali auf der Bogensehne liegen, bevor sie ermessen konnte, was überhaupt geschah.

Limbo räusperte sich mit einem ganzen Ochsenfrosch im Hals. »Ähem. Gjala. Bierschaum? Meister Bardin? Wäre gut, wenn du dich ein bisschen beeilen würdest.«

Sie ließ den Schlüssel fallen.

Alle hörten das Geräusch, als der metallene Schlüssel nach Kundrheim auf den Kieseln zwischen den Beinen der Zwergin aufschlug. Augenblicklich verschlang der seltsame, dichte Nebel den klirrenden Ton, fraß ihn auf, so wie er die Geräusche der Hufe und Füße ihrer nordischen Feinde verschluckt hatte.

Tanaqui sah, dass die rund fünf Dutzend Männer und Frauen, allesamt mit Rundschilden und Speeren für die bestmögliche Reichweite bewaffnet, siegesgewiss und höhnisch lächelten. Doch ihre Blicke flackerten hierhin und dorthin, suchten den Nebel ab. Offensichtlich kannten auch die Skraemar kein Wetter dieser Art. In ihrer Mitte stand der Jarl. Sein Gesicht zeigte einen schwer deutbaren Ausdruck irgendwo zwischen Triumph und der Vorahnung, dass diese Schnüffler trotz der gewaltigen Übermacht seiner Krieger nicht kampflos fallen würden.

Was geht hier nur vor sich?, dachte Tanaqui und sah, dass Katos Hund Kincaid sich nicht im Mindesten an dem ganzen Heerhaufen Schwerbewaffneter zu stören schien, der sie nun vor dem Portal umstellte. Eine Wand aus wütenden bärtigen Gesichtern und bleichen Antlitzen von Frauen, die mit Spiralmustern in blauem Färberwaid kriegsbemalt waren. Die jüngsten der Speermaiden konnten nicht älter sein als fünfzehn Winter.

»Kato?« Die Stimme des Paladins schnitt wie ein rostiges Messer. Sie war so kalt wie diese Gegend der Inselkette, die ihn hervorgebracht hatte. Wie bei einem Eisberg war die scharfe Kälte nur die Spitze dessen, was preisgegeben wurde. Darunter lauerte ein tief eingeschlossener Zorn, der Tanaqui beinahe mehr Angst machte als die über ihnen kreisende Gefahr und die entfesselte Übermacht, die sie drohend umstand.

»Blechmann?«, fragte der Magier so müde wie ein Mann, der bereits alle Antworten kannte und den man zwang, längst überflüssig gewordene Bräuche einzuhalten.

»Hinter dir ist so viel Feuer, dass man damit die Stadt unserer geliebten Königin dem Erdboden gleichmachen könnte, oder stimmt das nicht?«, sondierte Bowden fordernd. Es war offenkundig, worauf er hinauswollte. »Du hast meine feierliche militärische Genehmigung, diese Flammen zu entfesseln.«

»Ein Drittel dieser Leute sind fast noch Kinder«, wandte Kato ein und verzog das Gesicht, als litte er Schmerzen. Er wandte sich zur Seite, so als spräche er mit seinem Nachbarn. »Doch, das hat mich damals sehr wohl gestört«, bekräftigte der Lohenmagier ins Leere. »Lasst mich endlich in Ruhe!«

»Ich werde nichts dergleichen tun!«, stieß Bowden laut und unmissverständlich aus, nachdem er nicht mit Kato, sondern mit den Nordleuten sprach. »Alles hier wird brennen, wenn ihr meine Ermittlungen weiter stört. Du da, Varrok, und nein, ich nenne dich nicht Jarl, du Wurm. Kallasfjord hat schon lange keinen Herrscher mehr, der dieses Titels würdig ist. Es wird auch keinen mehr brauchen, wenn ich hier einmal zum Ende komme.«

»Ist das so?«, erkundigte sich der Angesprochene und zog die Oberlippe höhnisch in die Höhe. »Wir haben dich, Kalt…«

Bowdens Schwertarm schoss so schnell nach oben, dass Tanaqui sich spätestens jetzt seiner übermenschlichen Fähigkeiten sicher war. Die Spitze seines Bastardschwerts zitterte in der Luft, deutete wie ein anklagender Finger auf den wankenden Herrn dieser Skraemar. »Bring den Satz zu Ende, und dein Kopf liegt mir zu Füßen, bevor auch nur ein Speer dieser Würmer sich zum Wurf aufrichtet.«

Auf diesen Satz hin schossen rund zwei Dutzend der Nordleute vorwärts, wie um Bowden sofort zu durchbohren und seine Worte Lügen zu strafen, doch Varroks erhobene Hand hielt sie zurück.

»Und selbst wenn«, fuhr Bowden fort. »Tanaqui?«

»Zwei in das Herzfleisch, einer in den Kopf«, sagte sie auf und spürte, wie der Jäger ihre Zunge beflügelte und ihrem Blick jene Göttlichkeit verlieh, welche die Legenden der Elfen bei den Menschen hervorgebracht hatten. »Ich töte ein Dutzend, ehe wir untergehen. Und das weiß er, sonst wären sie längst über uns hergefallen.«

»Er will erfahren, was hier geschieht«, pflichtete ihr Limbo von schräg hinten bei. »Er hat keine Ahnung, was es mit diesem Nebel auf sich hat, genau wie wir. Er will noch allerlei wissen, bevor sie uns töten. Und wie jeder gute Zinker und Zocker weiß er, dass er nur ein beschissenes Blatt auf der Hand hat.« Der Gesetzlose spuckte aus. »Eines, mit dem er vielleicht gerade noch gewinnen kann – aber nicht das Spiel entscheiden. Mehr als die Hälfte deines Gefolges wird draufgehen, Jarl, wenn ihr Hand an uns legt. Die Zwergin schwingt ihre Runenaxt, und der Magier verbrennt jeden von euch zu Asche, der kein Balg ist. Oder, Magister? *Magister?*«

Der blieb ihm die Antwort schuldig. Tanaqui sah, dass Kato indessen neben Gjala in die Hocke gegangen war. Bierschaum saß kraftlos vor der heißen Pforte. Die Beine unter dem Körper hatten ihr versagt.

»Scheint so, als stünde es patt zwischen uns«, meinte Varrok. »Legt also eure Waffen nieder, und ich schwöre euch bei den Göttern, dass euch kein Leid geschieht.«

»Sicher«, entgegnete Limbo, bevor Bowden antworten konnte. »Wir werden einfach nur in Eisen gelegt und dürfen uns in irgendeiner Zwergenmine zu Tode schuften. Leck mich!«

»Wir drehen den Spieß um«, ließ sich Bowden vernehmen. Um seine dünnen Lippen lag ein Lächeln mit dem Liebreiz von Packeis. »Wer seine Waffe niederlegt, für den werden die Königin und ihre Tempel so etwas wie Gnade verspüren. Das nächste Mal, wenn ich an diesen Ort zurückkehre, werde ich Hunderte Zeugknechte und Inquisitoren bei mir haben, Varrok. Das Königreich Emrick hat nicht vergessen, wer uns im Krieg gegen die Messerohren nur dann beistand, wenn Silber floss. Der Deserteur und ich haben das

Ohr unserer Herrin, wir sind Ermittler des Hofes, die diesen Bränden nachgehen.«

»Und?« Varrok wirkte so verdutzt, wie es ein Pirat nur sein konnte, dem gerade der Krieg eines ganzen Königreichs angedroht wurde.

»Denkst du Narr wirklich, wir kommen hierher, um einer solch gefährlichen Sache auf den Grund zu gehen, ohne in der Heimat über unseren Verbleib Bescheid zu geben? Meinst du, ich hätte in Dunkelfall keine Depesche entsandt, die über den Stand unserer Ermittlungen Nachricht gibt?« Kato hatte sich weder aufgerichtet, noch würdigte er den Jarl eines Blickes.

Tanaqui beobachtete noch, wie Varrok darauf antworten wollte, als zwei Schatten zwischen ihrem Häuflein und den Skraemar sichtbar wurden.

Vertraute Schatten, die sich rasch herabsenkten. Von der Art, die sie seit ihrer Kindheit in den Wäldern und im darauffolgenden Krieg nicht mehr gesehen hatte. Ihr Herz schlug heftiger, als sie erkannte, wer da im Sattel hockte. »Vesshelin«, hauchte sie, und die Spitzen ihrer Pfeile richteten sich auf den Neuankömmling aus.

Mit einem Mal begriff sie, warum sich Kato bei ihrem Eintreffen vor dem Portal so seltsam verhalten hatte. Verfolgungswahn? Nahm sie an, dass er sie an den Prinzen verschachert hatte? Andererseits: Warum sonst hatte er sie so lange hingehalten und Gjala überhaupt nicht unterstützt? Sie hätten längst in den Tunneln wandeln können.

Tunnel, die brennen, mahnte sie ihre innere Stimme mit dem Willen des Großen Jägers.

Doch hätte das den Magier gestört? Er hatte sie schon einmal durchs Feuer verfrachtet.

»Genug von dem ganzen Geschwätz, ihr Äffchen! Es ermüdet mich und vergeudet meine Zeit. Offenkundig bekommt ihr Besuch. Ich habe aber nicht vor, mich bei seinem Eintreffen noch hier aufzuhalten.« Gelangweilt und mit unbeschreiblicher Überlegenheit maß der letzte Prinz aller Elfen die vor ihm Versammelten vom Sattel seiner Eule aus.

Die Skraemar sahen auf seltsame Weise beim Anblick der beiden gewaltigen Tiere sowohl verängstigt als auch begierig auf Jagdbeute aus. Dies entging Vesshelins Sinnen keineswegs.

»Kaelanos«, bedeutete er seinem Geschöpf mit tödlicher Ruhe und ohne weitere Erläuterungen.

Einmal mehr bewies der Jagdmeister seine unfassbaren Fähigkeiten. Selbst Tanaquis Blick vermochte nicht zu folgen, als ganze sechs Pfeilschäfte wie von Zauberhand aus den Hälsen der gleichen Anzahl von Nordleuten sprossen. Ein halbes Dutzend Körper brach an Ort und Stelle tot zusammen und wurde vom Bodennebel verschluckt, als wären sie ins trübe Wasser gefallen.

»Verfluchtes Messerohr!« Varrok ballte die Faust um seinen Speer.

Vesshelin neigte den Kopf, so als bemerke er den Herrscher dieses Abschaums jetzt erst. Tanaqui nahm an, dass er den Menschen und sein Gefolge bestrafen wollte. Stattdessen wies der Herr von Thar Gwynleth nur über ihre Häupter hinweg in Richtung der anderen Fjordseite.

»Jenseits dieses Wassers wird das Morden bald beginnen. Ihr habt, was ihr wolltet. Die euch bestimmten Emissäre kommen und bringen euren Lohn. Greinende Bälger und die übrigen unter euren Äffchen werden in dieser Nacht hingeschlachtet. Nicht, dass dies ein Geschehen wäre, das ihr Geschmeiß nicht kennt. Allerdings werden die Boten der Tiefe ihnen auch die Seelen entreißen. Sie sind gekommen, um auszutilgen, und sie werden erst wieder entschwinden, wenn nichts mehr in diesen Landen unter den Lebenden weilt und noch ein Licht in sich trägt.«

Wie um seine Worte zu untermauern, ertönte ein gewaltiger Hornstoß. Ein Dröhnen wie von einem mächtigen Schiff, das eine Schofar der Götter an Bord hatte. Eine Posaune der Himmlischen, mit einem Ton, der Lawinen von den Bergen abgehen lassen konnte. Ein schmerzhaftes Klingen blieb in den Ohren zurück, nachdem es erschallt war.

»Was ist das bloß?«, fragte Bowden. »Was beim Architekten ist das?«

52

Entgegen seiner Art hatte der Paladin die Waffe zwar nicht sinken lassen, deutete nun damit aber in den Nebel vor der Fjordmündung.

Tanaquis Herzen sanken, als sie die gewaltigen Schemen erkannte, die sich deutlich vor dem undurchdringlichen Grau abzeichneten. Der Nebel wallte mit urtümlicher Kraft. Das Meer schien zu kochen, es brodelte, als gebäre es eine neue Insel, und in gewisser Weise geschah dies auch. Die donnernden Hornstöße begleiteten den Aufstieg von vier Türmen aus den Fluten, von denen jeder einzelne die größten Mammutbäume des Mirvaali gewisslich überragte.

Gewaltige Haie zogen ihre Kreise, Tiere von einer Größe, dass sie selbst von dieser ferngelegenen Seite der Bucht aus noch genau zu erkennen waren. Doch sie durchkreuzten mitnichten nur die Fluten. Die Gischt um die aufsteigende mächtige Festung vor den Langhäusern von Kallasfjord war angefüllt mit den gewaltigen Fischen, die gegen jede Vernunft und in Verleugnung ihrer Natur in der Lage waren, durch die Lüfte zu fliegen. Sie bewegten sich mit der gleichen tödlichen Anmut, mit der sie sich im Wasser belebten, wenn sich Blut in den Fluten sammelte.

Tanaqui hatte das Gefühl, dass sich ihre Beine in Kautschuk verwandelten, als sie sah, dass die Festung nicht für sich allein dem Meer entstieg. Hunderte und Aberhunderte

Schiffe nahezu jeder Bauart, zünftig gearbeitet und sorgfältig überholt, offenkundig, nachdem sie gesunken waren, begleiteten die Festung wie ein Heer von Lotsenfischen. Die Decks waren zum Bersten gefüllt mit hochgewachsenen Gestalten in schimmernden Kristallrüstungen.

Das Mondlicht blinkte und blitzte auf Klingen und Verzierungen, die den Emporsteigenden und ihren Schiffen den Anschein von glimmernden Zandern oder goldleuchtenden Zackenbarschen verliehen. Dazwischen Rüstungen mit ihrerseits fischartigem Aussehen, deren silbrig violetter Glanz dem geisterhaften Schimmer der Armada Tiefe verlieh.

Als wäre der Anblick dieser sich aus dem Meer auftürmenden Feindesburg mit ihren kampfeswütigen Kriegern nicht aufwühlend und grauenerregend genug, hallte erneut ein donnerndes Getöse durch die irrwitzige Nacht.

Tanaqui sah vor der Festung nahe dem Ort Kallasfjord etwas den Wassern entsteigen, das größer war als alles in dieser Art Gesehene. Wie die Zugpferde eines Kriegsgespanns tauchten acht gewaltige Echsenschädel auf langen Hälsen aus dem Wasser auf. Jeder davon trug einem Stahlring von der Größe eines Kampfplatzes und trieb, an einer Kette daran mit der Festung verbunden, dräuend vor ihr her. Diese stellte, einmal dem sich beruhigenden Meer entstiegen, ihre bleiche Baukunst aus feinstem knochenweißem Marmor zu Schau.

Unter den Schlangenhälsen zeichnete sich ein urgewaltiger Körper ab, dessen Proportionen ein Stadion sprengen mussten.

»Vollstinkender Göttergraben!«, ächzte Limbo. Er war der Erste, der wieder sprach.

Tanaquis Mund war trocken und schmeckte unerträglich nach Salz.

»Sie sind nun dem Meer entstiegen und kommen über euch. Erwartet keine Gnade!« Vesshelin nickte dem Jarl zu. Ungläubig hatte sich die Menschenmenge dem Spektakel zugewandt. Als hätte die Stimme des Elfenprinzen einen Bann gebrochen, preschten die Nordleute mit einem Aufschrei los, um ihre Siedlung zu retten. Erste Schiffe der unheimlichen

Neuankömmlinge in der Bucht hatten sich in Bewegung gesetzt.

Vesshelin suchte kein langes Geplänkel mehr. »Du hast Wort gehalten, Magier, und sie mir ausgeliefert. Ich halte Wort und verschone euch. Tanaqui, zu mir!«, gebot er und streckte eine Hand aus.

Augenblicklich wollte Bowden lospreschen, getrieben von der Ritterlichkeit, die sein Herz mitgeformt hatte.

Kaelanos war schneller. Drei Pfeile bohrten sich vor dem Paladin in den Boden, drei neue lagen auf, bevor sich Bowden versicherte, was geschehen war. »Mit den nächsten treffen wir«, versicherte das Geschöpf.

Bowden verharrte an Ort und Stelle mit einem Gesichtsausdruck, der deutlich preisgab, wie wenig ihm die Entwicklung schmeckte. »Kato!«, schrie er den Paladin an. »Hast du uns verraten? Natürlich hast du das getan, einmal mehr! Du kannst eben nicht aus deiner Haut, Deserteur. Dafür wirst du bitter bezahlen. Aber vorher verbrennst du das Gesindel.«

»Ich habe gar nichts getan, Blechmann. Das Messerohr lügt so schlecht wie du.« Müde schüttelte Kato den Kopf. »Und zum Verbrennen muss ich singen. Früher war das einfacher, so mit einer Eskorte von Soldaten und Schilden. Der Entseelte dort wird mir zehn Pfeile verpassen, bis ich nur beim Auftakt bin.«

»Ich wende mich nirgendwohin.« Mit diesen entschlossenen Worten beendete Tanaqui die Streiterei, in stolzer Haltung bereits dem Prinzen zugewandt. »Dein Wille ist mir keineswegs Gebot, Vesshelin von den Türmen. Dein Anrecht und mein Gelübde sind erloschen. Ich gehöre nicht mehr den Dienern des Schwertwindes an. Denn nun bin ich Tanaqui Fuchstochter von den Silberreitern und trage Cathwyn in meinem Blut. Hättest du mich darum gebeten, vielleicht hätten wir einvernehmlich und in Achtung scheiden können. Doch du bedrohst einmal mehr jene, die mir wichtig sind. Und du gefährdest unsere Mission.«

»Vom Schwertwind willst du dich losgesagt haben, und doch trägst du noch immer unsere Waffen, schreitest durch unsere Wälder, meine Blüte. Meine Tani«, gab Vesshelin zurück. Er lächelte wie ein Reptil.

Tanaqui spürte Zorn in sich aufsteigen, als er sie mit dem Namen ansprach, der stets für ihre Sahar bestimmt gewesen war, die einzige Liebe ihres Lebens. »Du weißt, was im Untergrund entfacht wurde.« Mit diesen Worten zwang sie sich zur Ruhe. »Und doch überrascht dich der Großangriff dieser neuen Feinde. Wer sind sie, und was wollen sie?«

»Wir sollten hier wirklich längst verschwunden sein, glaubt mir!«, presste Limbo durch die Zähne.

»Ihr bleibt hier!«, bestimmte Vesshelin. »Tanaqui, nimm Vernunft an! Du bist in Gesellschaft von Schlammwühlern und Äffchen unterwegs. Die Hitze der Wüste hat dir wohl das Gehirn zerkocht. Ich bin bereit, all dies zu vergeben, wenn du in unseren Wald heimkehrst. Das schuldest du deinem Volk.«

»Was genau? Bruttümpel zu sein, um eure Anmaßung gegen unsere Göttin Selachia durch den Feldzug gegen die Menschen auszugleichen? Für euren lästerlichen Krieg mit Nachbarn die Scharte auszuwetzen? Du denkst wirklich, du kannst unser niedergerungenes Volk nur mit meinem Schoß und deinen Lenden wiederherstellen? Du bist ein größerer Narr, als ich dachte.«

Der Prinz lächelte. »Vernarrt bin ich. In dich, Tanaqui. Und bereit, dir vieles durchgehen zu lassen, auch deine lose Zunge. Du musst nun nur Vernunft zeigen. Steig in den Sattel, und alles ist vergeben und vergessen. Mit einem hat dein feister Affe dort recht: Wir müssen hier weg, sie werden niemanden verschonen.«

Wie um Vesshelins Worte zu unterstreichen, setzten aus dem Nebel jenseits der Bucht fürchterliche Schreie ein, nachdem die ersten Schiffe und die fliegenden gewaltigen Raubfische angelandet waren. Mit Nachdruck streckte die frühere Waldelfe einen Arm aus.

»Sag mir eins, Prinz: Warst du der Urheber? Entsandtest du die Tiere, die meine Sahar grausam zerfleischten? Ich habe dich und deine irrwitzige Eifersucht stets hinter dieser

Tat vermutet. Wüsste ich es nicht besser, müsste ich sogar annehmen, dass du meine Eltern damals töten ließest.«

»Wir können gern ausführlich die Vergangenheit bereden, meine Liebe. Meine Tani.« Vesshelin vollbrachte das Kunststück, für einen kostbaren Moment nicht wie eine Natter auszusehen. »Doch erst müssen wir fort von hier.«

»Nenn mich nicht so, du Wurm!«, zischte sie gleichzeitig mit dem Großen Jäger, ohne seiner Verachtung, seiner Kraft noch zu bedürfen. »Dass du dieser Frage ausweichst, sie mir nie beantworten wolltest, verrät mir genug von der Wahrheit. Wie hast du es damals vollbracht?«

»Wir müssen los«, flüsterte Limbo.

»Das Tier hat recht«, warf Kaelanos ein. »Wir geben es ungern zu, doch es spricht wahr. Wir müssen fort, Herr. Sie haben euer Seelenfeuer bereits gewittert, ebenso das der anderen. Viele ihrer Art halten sich bereits im Binnenland auf, das begreifen wir nun.« Der Jagdmeister nickte zur Dünenlandschaft hinter dem Nebel hinüber.

»Die Gestalt auf der Düne«, erinnerte sich Kato. »Unser Verfolger am Strand. Komm schon, Bierschaum, bitte steh auf! Hier können wir nicht bleiben.«

»Tanaqui, wenn du keine Vernunft annimmst, muss ich dich züchtigen, wie du sehr wohl weißt. Ich herrsche über alle Elfen dieser Inseln. Du bist meine Untertanin, und du *wirst* Gehorsam üben.« Die letzten Silben zischte Vesshelin. Seine Eule stieß einen bekräftigenden Schrei der Warnung aus.

»Du wirst nichts dergleichen wagen«, erwiderte Tanaqui mit Festigkeit, doch ein Blick in die Augen des Prinzen teilte ihr mit, wie sehr sie sich damit irrte.

Er hob die Hand, streckte zwei Finger aus und deutete auf Bierschaum.

»Nein!«, gellte Tanaqui. Sie wollte ausgreifen, dazwischengehen.

Zu spät.

53

Zwei Pfeile schnellten von der Sehne.

Limbo sprang, schneller noch, als die Hand des Wechselbalgs im Sattel seiner Eule zuckte.

Der Vagabund stöhnte auf. Ein Pfeil steckte in seiner linken Flanke. Er riss die Hand nach vorn, um den zweiten Pfeil zu erwischen.

Vergebens. Überrascht starrte Bierschaum auf ihre Brust, aus der ein gefiederter Schaft ragte.

Tanaqui hatte das Gefühl, die Welt schmölze wie Siegelwachs. Ein Tunnel, der sich verengte. Sie verschoss ihrerseits alle drei Pfeile, die auf dem Bogen lagen.

Vesshelins Säbel zerhackten die feinen Hölzer ohne jede Anstrengung, bevor sie ihren Weg in seine Brust fanden. Er hob einen Finger, wie um ein Kind zu tadeln.

Von Grauen gepackt, blickte Tanaqui auf die einzigen Kameraden, die ihr in diesem für sie fremd gewordenen Heimatland noch verblieben waren. Katos Augen brannten in hasserfülltem Feuer, während er Bierschaum in den Armen hielt. Die Lippen der Zwergin waren blutbefleckt.

Limbo lag in einer ganzen Blutlache und rührte sich nicht.

In diesem Moment vernahm es Tanaqui ein weiteres Mal. Die Töne schwebten in der Luft, ein Lied erklang, welches sie in den Tiefen der Glassande wie Sirenengesang erst auf diese aberwitzige Reise gelockt hatte. Tanaqui sah Bowden zusammenzucken und sich das Ohr reiben. Ganz offenbar hörte auch er die Melodie. Sie schienen eine Warnung zu verbreiten, einen drängenden Unterton anzustimmen, und doch schienen sie zugleich vertraut. Wie Luft, die an etwas Gewaltigem vorbeipfiff.

Wie in der Minenstadt.

Was habe ich zu verlieren?, dachte sie bei sich. *Es hat mich hierhergeführt, vielleicht wird es Zeit, dem Lied zu vertrauen.*

Sie preschte los, gab nichts auf Vesshelins gellende Stimme und stieß Kato einer Eingebung folgend zu Boden. Einen Herzschlag später verschlang ohrenbetäubender Lärm jedes andere Geräusch. Ein gewaltiger Felsen war wie aus dem Nichts herbeigeschleudert worden und ließ im Aufprall die Tore der Zwergenpforte erbeben wie den größten Gong aller Zeiten.

Unzählige Splitter und kopfgroße Brocken des Findlings regneten herab. Der erste schlug genau dort ein, wo eben der Magier gekauert hatte. Kincaid sprang jaulend zur Seite.

Es donnerte unter metallenen Schlägen neben Tanaqui, als weitere Trümmer fielen. Doch sie landeten nicht auf Kies oder Fleisch. Sie sah, dass Bowden sich über die tödlich getroffene Bierschaum und Kato gebeugt hielt. Den linken Arm erhoben, hatte er sich den Dreiecksschild auf den Rücken geschoben, obschon er damit seine Brust einem tödlichen Schuss von Kaelanos Bogen aussetzte. Der von oben kommende Unrat prasselte davon ab. So beschirmte der Paladin auch Limbos Körper nach seinem edlen Opfer, das dem feisten Mann wohl endlich den Tod gebracht hatte, den er so lange ersehnt hatte. Mit der freien Hand packte der Paladin Kato und zog auf diese Weise auch Tanaqui zu sich heran.

Doch weder der Wechselbalg noch sein Meister, der Prinz, dachten daran, Pfeile auf die noch lebenden drei Gefährten abzufeuern.

Sie kamen nicht dazu.

Die Erde erbebte. Als hätte ein Gott seinen Fuß im Zorn niedergesetzt, stoben Felsen und Kies rings um die Gefährten auf. Die bislang stummen Eulen schrien. Gegen den Willen ihrer Reiter, die verzweifelt darum rangen, weiter über sie zu gebieten, schossen die Tiere in die Höhe.

Tanaqui hatte sich zu Boden geworfen, beschirmte ihre empfindlichen Sinne gegen das Getöse. Ihr Körper wurde hochgeworfen, doch Bowden presste ihr einen Unterarm auf die Schulter, während alles ringsum aus den Fugen geriet, und drückte sie so kraftvoll zu Boden wie die Übrigen.

»Wir müssen fliehen!«, rief sie dem Paladin zu. Ein weiterer Felsbrocken, groß wie drei Männer, landete keine zwanzig Schritte vor ihnen und grub sich so tief in den Strand, dass er beinahe verschwand. Sand und Schlamm spritzten als Schwall in die Höhe, um dann auf sie alle herabzuprasseln. Rein aus Gespür folgte Tanaqui dem Einschlag der Geröllteile. Sie sah, wie Bowden die gefährlichsten Splitter, Kiesel und Erdbrocken mit seinem Schild und den Schultern von ihnen fernhielt.

Ihr Blick schweifte zu Gjala hinüber. Die Zwergin hielt die Augen unter der Beschirmung des Gotteskriegers geschlossen. Auch ihr Mund blieb wie versiegelt. Es war nicht erkennbar, ob sie noch atmete, der Pfeil steckte tief.

»Kannst du diese da treffen?« Bowden musste mittlerweile schreien, um den Lärm einschlagender Felsen weit oberhalb ihrer Köpfe zu übertönen. Tanaqui richtete sich in die Hocke auf. Folgte dem Fingerzeig.

Sie sah die Gestalten auf der anderen Seite des Fjords. Einerseits, weil sie so hoch über dem Nebel standen. Zum anderen, weil sie selbst so groß waren. Selbst von hier aus, Meilen entfernt, maßen sie noch – mit einem Auge angepeilt – den Spann zwischen Daumen und Zeigefinger. Doch selbst diese Kolosse verblassten im Vergleich zur Festung aus den Tiefen, die sich erhoben hatte.

Der Umriss der Gestalten war spätestens nach der Begegnung unter Dunkelfall unverkennbar, der Hautton im Mondlicht eindeutig von einem kalkigen Blau. Zwei Dutzend Frostriesen hatten sich zu den Emissären aus dem Meer gesellt. Unaufhörlich ließen sie Felsen auf die Siedlung von Kallasfjord niedergehen.

Doch manche von ihnen schienen sich der zwergischen Peiniger von Kundrheim zu erinnern. Wie Katapulte schleuderten sie ihre verheerende Fracht in hohem Bogen über die

Bucht bis hierher. Zwischen ihnen erhob sich eine gewaltige Frauengestalt, die selbst aus dieser Entfernung als hohe Adlige auszumachen war. In herrschaftlichem Ornat und mit dem prunkvollen Brillenhelm bekrönt, thronte sie auf den Felsen. Der Wind über der Steilküste versetzte ihre Zöpfe und Bärenfelle in Bewegung. Eine Göttin aus Eis und Schnee, aus der Tiefsee heimgekehrt, um die Mörder und Jäger ihres Volkes zu bestrafen.

Vor Unglauben stand Tanaqui der Mund offen. Sie wandte sich zu Bowden um und schüttelte – noch immer unter dem Dach seines Schildes – den Kopf. »Viel zu weit weg!«

»Ich meine nicht die am Fjord«, ächzte er zurück. »Ich meine *die* dort.«

Aus dem Nebel hervor wankte ein Krieger der Frostriesen auf das Portal zu. Er war hoch wie eine Wehrmauer, größer als der Schamane aus den Minen, schwerer bewaffnet und deutlich stärker gerüstet. Seine Füße umschwärmte ein halbes Dutzend reich gepanzerter Emissäre wie eine Mischung aus Fischen und Ameisen, angetan mit kostbarstem Kristall, Gesichter und Körper in Vollplatten unkenntlich.

»Die schaffen wir nie«, knurrte Bowden.

Tanaqui hatte sich halb aufgerichtet.

Wie um die Worte des Paladins zu untermalen, spie der Nebel aus dem Südwesten und auch aus Richtung der gischtenden See weitere Schemen aus. Noch mehr der Emissäre und ein zweiter Riese.

»Das kann doch alles nicht wahr sein!«, ließ sich Tanaqui entgeistert vernehmen.

»Kato«, raunte Bowden mit einem Seitenblick, »kannst auch du notfalls mit dem Schlüssel umgehen? Wenn ja, dann gebe ich dich frei. Öffne um des Architekten willen das Tor und ruf alle deine Gaben auf! Keine Einwände, dies ist ein Befehl.« Dem Paladin war anzusehen, dass er solche geballte Waffenmacht, wie sie hier entfesselt wurde, nie für möglich gehalten hätte. Seine Blicke klebten förmlich staunend an der Ausrüstung der Emissäre.

Er erkennt ihre Ausrüstung, ging es Tanaqui auf.

Ein weiterer Felseneinschlag in ihrer Nähe, der den Strand in einen Sandsturm verwandelte, verstärkte die Worte des Gotteskriegers.

Tanaqui benötigte keine weitere Ermunterung. Sie bebte vor Hass. Nachdem sie endlich eine Freundin oder zumindest ein gleichermaßen zugetanes Wesen gefunden zu haben glaubte, hatte sie dieses kostbare Geschenk durch das Wüten von Krieg und Mord sofort wieder verloren. Sie ließ Pfeile in engem Takt von der Sehne schnellen, versuchte jedoch gar nicht erst, den Riesen Schaden zuzufügen. Der Große Jäger in ihrem Inneren jauchzte ob ihres Kampfesmuts angesichts der nahenden Todesgefahr. Doch sie benötigte seine lenkende Hand nicht, damit die Geschosse ihr Ziel im schmalen Schlitz der Helmvisiere von Emissären fanden.

Die schwer gerüsteten Gestalten brachen in die Knie, doch selbst mit hundert Pfeilen hätte Tanaqui nicht alle drei Pulke aufhalten können. Für die schwere Ausrüstung waren sie sehr behände. Abgesehen davon bezweifelte sie, dass einer der Menschen genauso fähig durch die winzige Öffnung Treffer landen mochte, bis die beiden Riesen sie erreichten.

»Du weißt, was du da verlangst, falls ich ohne die Hilfe der Zwergin diese Torflügel überhaupt aufzwingen kann?«, fragte Kato mit gequältem Laut, während er den müden Händen der tödlich getroffenen Bierschaum den Runenschlüssel entwand.

Felsen schlugen neben ihnen und am Portal ein. Die Welt ringsum verging in einem überirdischen Donner. Die Riesen auf der anderen Seite des Fjords gaben ihr Möglichstes, um sie alle zu töten. Tanaqui begriff nicht, vorher dieser Zorn kam, und erst recht nicht, wie die Angreifer sie im Nebel erspäht hatten.

Wilde Gebärden der Jarlin der Jötnar klärten sie auf. Es gab keinen Zweifel, dass die mächtige Kriegerin zu ihnen herüberdeutete. Sie schlug den Giganten neben ihr auf die Schulter und brüllte so laut, dass es über den ganzen Fjord hallte. »Hunsa meindýrith, fífl! Dreptu hundinn sem sveik kyntháttinn minn, og bar bölvun afa míns! Dreptu helvítis hundinn!«

»Was will das Weibsbild?«, rief Bowden.

Einen Hund wollte sie töten, den schon ihr Großvater verflucht hatte, wenn Tanaqui sie richtig verstand. Sie öffnete den Mund, um Bowden zu erklären, was ihnen über die Wasser da entgegenhallte.

Ihre Antwort ging in erneutem Donner unter, es blieb keine Zeit mehr für Worte. Sie ließ einen weiteren Pfeil von der Sehne schnellen und fällte einen der seltsamen Angreifer aus dem Meer. Die Riesen und die um ihre Schienbeine wimmelnden schwer gerüsteten Krieger waren auf wenige Dutzend Schritte herangerückt.

Die ersten der Emissäre zückten anmutige Armbrüste mit Bolzen, die an Seeschlangen oder Muränen erinnerten. Hinter der Einheit, die zuletzt dem Meer entstiegen war und am weitesten entfernt marschierte, bewegte sich der gewaltige Schatten eines Hais, der aus dem Wasser in die Luft überglitt und wie ein treuer Jagdhund dem Trupp folgte.

Tanaquis Herzen sanken, doch noch immer war das Lied nicht verstummt, welches sie hierhergeführt und vor den Einschlägen gewarnt hatte.

Die Melodie war trotz des Gewühls, trotz des Lärms deutlich zu vernehmen, und mit einem Blick merkte Tanaqui, dass dies auch Bowden nicht entging. In dieser tödlichen Lage fuhr sein Kopf unstet hin und her.

»Was genau an diesem Befehl verstehst du nicht, Soldat?« Bowden versetzte Kato einen so harten Stoß, dass der Lohenmagus brutal aus dem Schutz des Schilds gegen die Pforte taumelte. Mit einem glockenhellen Ton schlug der Runenschlüssel erst gegen die gewaltigen Pforten und dann gegen Katos Stirn, die eine üble Platzwunde abbekam.

Auf das Klingen des Schlüssels hin antwortete ein andersartiger Ton am Boden, und zugleich verschob das Lied seine Melodiefolgen um einen Hauch.

Augenblicklich fuhr der Blick aller drei aufrechten Kameraden zu Gjalas Runenaxt, von wo aus der zweite Ton erklungen war. Die Zeichen in dem Meteoreisen glommen ebenso eindringlich auf wie jene auf dem Schlüssel und den gewaltigen Torflügeln.

Für einen Augenblick jubelte Kato, denn er spürte, wie die Zwergenmagie des Portals zum Leben erwachte. Tanaquis Hautbilder kitzelten.

Die Riesen stockten, als ein unfassbar tiefes Donnern, das selbst nach ihren Maßstäben von Weltuntergang künden musste, sich von den Torflügeln aus verbreitete. Wie von Geisterhand bewegt, drehten sie sich quälend langsam. Staub und Metallspäne rieselten zwischen den beiden Portalflügeln auf die Gefährten herab.

»Da ist noch eine Zwergin«, murmelte Kato. »Da ist noch eine Zwergin. Das Tor hat sie erkannt. Verdammt, das Tor hat Gjalas Herkunft erkannt! Bowden, zieh sie vom Tor weg, sie lebt! Rasch und dann geht zur Seite, hinunter mit euch, weg vom Tor!«

»Weg vom Tor?« Bowden packte Bierschaum unter den Achseln und stemmte sie in die Höhe. »Wie stellst du dir das vor? Sie kommen von allen Seiten!«

»Dreptu thá alla! Dreptu hundinn!«, brüllte die Riesin über den Fjord.

»Sie sagt ...«, setzte Tanaqui an. Zwei weitere Pfeile wuchsen aus dem Sehschlitz eines der Emissäre. Ein dritter zerbarst an der Brustplatte eines anderen zu Sägemehl. Die Gegner waren inzwischen so nahe, dass ihre wässerigen Augen hinter den Visieren zu erahnen waren. Der Geruch nach Tang und totem Fisch wehte in unerträglicher Stärke zu Tanaquis Sinnen herüber. Der Hai war so groß, dass er den nordischen Riesen vor sich mit einem Schnappen in zwei Teile hätte beißen können.

»Ich weiß, was sie verdammt noch mal sagt, sie will uns alle umbringen, und sie wird es schaffen!«, röhrte Bowden. Er warf sich mit Gjala auf den Leichnam des Vagabunden.

Tanaqui verschoss weitere Pfeile, die einen Emissär das Leben kosteten.

Die überlebenden Krieger spannten ihre Armbrüste und hoben die Waffen zum tödlichen Schuss. Sie verzichteten darauf, sich dem Häuflein weiter zu nähern. Zwei Dutzend Bolzen, randvoll mit dem Gift von Seeschlangen, würden ihre Leben beenden.

Das also war es. Das Ende.

Kato breitete die Arme aus, wie im Wahn, ein sich opfernder Selbstmörder, bereit, alle Geschosse auf sich zu ziehen. Als wäre die Welt so langsam geworden wie zäh fließender Teer, sah Tanaqui seine Augen aufglühen. Qualm entstieg den Torflügeln. Unfassbare Massen schwelenden Qualms, hinter denen ein unsichtbares Messer einen sengenden, meisterhaft gesetzten Schnitt zu öffnen schien.

Das Innere von Kundrheim brannte. Die Macht des Infernos floss gegen den Rücken des Magiers, seine Gewänder und Haare flatterten. Tanaqui spürte die Hitze wie einen schwärenden Sonnenbrand unter ihrem Burnus, Feuerwehen, so mächtig, dass es ihr die Augenbrauen versengte.

Da war eine Macht in Kato, die etwas in Tanaqui anrührte. Etwas Vertrautes, Urgewaltiges, das sie an jene schicksalhafte Nacht in der Stadt zu Kriegszeiten erinnerte, als sich ihre Wege zum ersten Mal kreuzten. Es war eine Naturgewalt wie die Gezeiten, ein Raubtier aus Glut, das hinter Katos Körper, doch auch in seinem flammenden Blick lauerte. Bereit, auf einer ozeanischen Woge aus Funken heranzustürmen, um sie alle zu verschlingen, den orangeroten Schlund weit aufgerissen.

Tanaqui wusste nicht, was in sie gefahren war, doch in genau diesem unmöglichen Moment fiel ihr Blick zurück auf die beiden Riesen und ihre Streitmacht aus Emissären. Sie erkannte ein verändertes Bild. Die Gesichter der Riesen waren tumb und seelenlos wie die von toten Fischen. Ihre Blicke glotzten leer. Wo ihre Meister standen, verharrten nun auch die Ameisenkrieger, während sich feuriges Licht auf ihren Rüstungen spiegelte und wiederum auf den Augäpfeln der Riesen tanzte.

Nun sah Tanaqui auch, was der Hai war: selbst Nebel, eine machtvolle Wesenheit zwar, doch kein Fleisch und Blut, sondern etwas gänzlich anderes, ein Hai aus Rauch.

»Ein Hauch«, dachte sie laut und musste kichern, den Tod vor Augen.

»Herunter!«, schrie Kato. Sein Mund röhrte wie ein Hochofen, hinter ihm züngelten die Flammen aus dem Tor wie die Hände eines opferhungrigen Gottes, legten sich um beide Flügel, griffen nach den dreien. Mit einem Triumphgeheul riss der Magier beide Arme mit seinem Zauberstab in die Höhe, und Tanaqui wusste, dass gleich jedes Leben vor ihm enden würde, welches nicht Teil seiner Einheit war.

Es kam ihr falsch vor, auf diese Weise zu kämpfen.

Sie irrte.

Als Kato den Höhepunkt seines kurzen Gesangs erreichte, hob einer der Emissäre die Hand, ein einfacher Frontsoldat mit Armbrust wie die anderen, wenn dies bei der prächtigen Ausrüstung so genannt werden konnte. Er legte drei Finger seiner gepanzerten Hand aneinander.

Er schnippte.

Und Katos Flamme erlosch.

Der Magier blickte verstört drein. Mit einem Ausdruck ungläubigen Erschreckens betrachtete er seine Hände, den Stab, die noch immer tosenden Flammen aus dem Eingang zur Zwergenstadt hinter ihm.

Bowden riss den Anderthalbhänder hervor, stellte sich neben Tanaqui. »Für eine Elfe hast du dich tapfer geschlagen«, räumte er ein.

»Du bist mein Lieblingspaladin«, erwiderte sie und meinte jedes Wort ganz und gar aufrichtig. Tanaqui nahm ihren Speer in Anschlag. Wenn es hier enden sollte, dann war es so bestimmt. Es war nur tragisch. Und Gjala lebte doch noch.

Tanaqui wandte sich zu der Stelle hinüber, wo die Zwergin eben noch gelegen hatte. Hätte liegen sollen. Doch die Freundin konnte nicht weit entfernt sein.

Dann sah sie die Zwergin, hinter der Masse von Limbo nach unten gebeugt und in ihrem Ranzen wühlend.

Wussten die Götter, Gjala lebte noch.

54

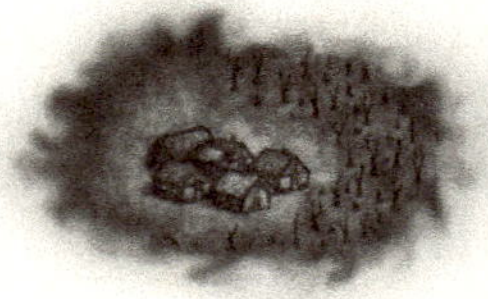

Gjala lebte noch.

Derzeit hasste sie nichts mehr als diese Gnade. Das zweite Herz mochte größtenteils aus abgestorbenem Narbengewebe bestehen, seit der Felsensplitter bei dem Minenunfall hindurchgefahren war. Doch das Amulett des Vaters hielt es noch ein wenig am Leben. Es verspürte weiterhin Schmerzen. Von daher tat es höllisch weh, einen verdammten Pfeil von einem besonders widerlichen Messerohr darin stecken zu haben. Am Rande ihrer Wahrnehmung hatte sie – im Dunkel zwischen Leben und Tod – wohl verstanden, was sich hier ereignet hatte. Es kostete sie große Überwindung, nicht begierig die Luft einzusaugen oder aufgeschreckt vor den stürzenden Felsen zu fliehen.

Es kostete sie noch mehr Überwindung, zu dem toten Vagabunden zu kriechen, der so verzweifelt um ihre Freundschaft gerungen hatte. Überhaupt jemandes Freund zu sein. Peinlich darauf bedacht, sich nicht zu verraten, robbte Gjala, auf der Seite liegend, langsam auf den Leichnam zu. Während ringsum die Welt in Ungemach versank und die Riesenkönigin im Wahn schrie, musste sie Verstohlenheit bewahren, wenn es eine Rettung geben sollte.

Endlich fand sie ihr Ziel, stieß beide Arme bis zu den Ellbogen in den Ranzen und versuchte, möglichst nicht in die starren Augen des Weggefährten zu blicken. Endlich hatte wenigstens er gefunden, wonach er so lange gesucht hatte.

Frieden.

Doch noch war ihnen eine schwere Aufgabe auferlegt. Wenn es ihnen nicht jetzt schon genauso ergehen sollte wie Limbo, musste Gjala finden, was er aus der Mine mitgenommen hatte. Sie drohte schon in Verzweiflung zu verfallen, als sie den Ranzen durchwühlte und alles Mögliche an Wegzehrung und Krimskrams erfühlte, doch nicht, was sie suchte.

Einer Eingebung folgend stieß sie in dem Moment in die Seitentaschen des Rucksacks vor, als Tanaqui Pfeil um Pfeil in den Helmen der seltsamen Meereskrieger versenkte. Erneut war Gjalas ganze Willenskraft gefragt, wollte sie nicht von dem verrückten Totentanz so in den Bann geschlagen werden, dass sie ihre Aufgabe vergaß.

Doch da war Tanaqui Fuchstochter, Tochter der Wälder und der Wüste, und Gjala war nie überzeugter davon, eine echte Freundin gefunden zu haben.

Mit einem verzweifelten Stoßgebet riss sie sich von dem Anblick los und stieß ihren starken Arm so tief wie möglich in jedes Gefach. Dann fanden ihre Finger, wonach sie gesucht hatte, und kaum dass sie es berührte, spürte sie das Gegenstück an ihrem Gürtel summen. Ein Lächeln, in dem sich vor ihrem geistigen Auge Kälte und Grausamkeit mit Widerwillen vermengten, huschte über ihr Gesicht.

»Für eine Elfe warst du wirklich tüchtig«, sprach Bowden verlegen aus, während er sich neben die Freundin gesellte. Die Augen hinter dem Kaftan von Tanaqui Fuchstochter verströmten nichts als Ehrlichkeit, als sie sein spätes Angebot der Aussöhnung erwiderte.

»Hab ich euch beim Kropf!«, zischte Gjala in diesem Moment und unterdrückte einen Triumphschrei.

Dann warf sie ihren Fund mit aller Kraft auf einen der Riesen und hoffte, dass dies seine Wirkung nicht verfehlte.

55

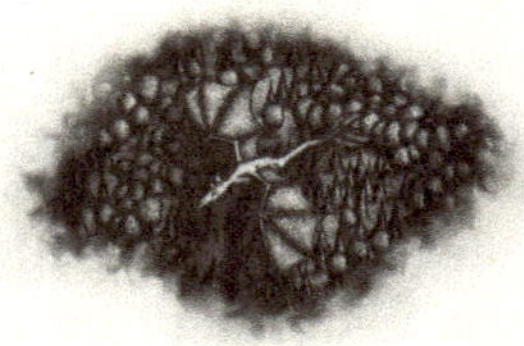

Kato vernahm einen seltsamen Ton, und halb in sein Schicksal ergeben hoffte er noch, dass er vor seinem Tod zumindest das Geheimnis dieses vermaledeiten Lieds erfuhr. Jenes Tons, den alle vernehmen konnten, außer genau jenem Magier, der unterwiesen war, kosmische Lieder zu hören. Das brachte ihn dem Wahnsinn sogar noch näher als die Tatsache, dass er hier alsbald jämmerlich zugrunde gehen würde, von Rittern aus dem Meer mit Bolzen vollgepumpt wie Jagdwild.

Ritter, die ihn mit einem Schnippen ohne Bannwort vom Lied der Schöpfung abgeschnitten hatten. Jener Kraft beraubt, die ihn erfüllt hatte, seit seines Vaters Laden mit allen Menschen, die er je geliebt hatte, zu Asche geworden war.

Er warf einen allerletzten Blick auf Bowden, der in diesem Moment der Elfe gegenüber das größte Zugeständnis an Duldsamkeit machte, das Kato je aus seinem Mund vernommen hatte. »Für eine Elfe hast du dich gut geschlagen«, räumte der Gotteskrieger ohne den üblichen Widerwillen ein.

Auf ihre unterkühlte, wölfische Weise erwiderte die Elfe seine Worte und nickte ihm zu, bevor die beiden sich Seite an Seite vor Kato und die schwer verletzte Gjala stellten. Speer und Schwert, zwei Krieger in ihrem Element, die im Gegensatz zu Kato während ihrer letzten Lebensmomente zumindest diese Kameradschaft teilten. Nicht einmal das tote Mädchen war hier, um ihm Gesellschaft in seinen letzten Augenblicken zu leisten, geschweige denn, dass er noch etwas Kräftiges zu trinken fand.

»Ach, alter Knabe«, murmelte er mit traurigem Lächeln und hoffte, dass es wenigstens Kincaid aus dieser Hölle ihrer gescheiterten Rettungsfahrt geschafft hatte.

In diesem Moment wurde er neben sich einer merkwürdigen Bewegung gewahr. Die Zwergin sprang neben dem Körper des unglücklichen Vagabunden in die Höhe. Ihre mächtige Hand umklammerte etwas, das Kato nicht erkennen konnte, zumal sie es in diesem Moment mit gewaltiger Kraft nach vorn schleuderte.

Der Flugwind brachte das Wurfgeschoss zum Singen, und nun hatte der Magier die Quelle des seltsamen Tons gefunden.

Es war einer der Zylinder, die sie unten im Sklavenschacht gefunden hatten. Er prallte vollkommen wirkungslos gegen den Torso eines der Riesen, deren aufgedunsene Kehlen und schwarze Zungen offenbarten, dass sie vor langer Zeit ertrunken waren.

Dennoch befahl die Steuerung einer Fremdmacht in ihnen, dem Gegenstand nachzublicken. Der Rundstab rollte zwischen die Beine des Giganten. Auf seltsam reptilienhafte Art drehten sich einige der Emissäre zu dem Fremdkörper um. Dazu neigten die schweigsamen Gegner aus dem Meer die Köpfe wie Vögel, die ein Wurmloch untersuchten.

Dann spürte Kato Magie, als Gjala voll aufgerichtet in der Hand das Gegenstück reckte.

»Es dauerte ein wenig, bis ich begreifen durfte, warum mein Vater unbedingt wollte, dass ich die Axt mitnehme!«, rief sie. »Auch hat es seine Zeit gebraucht, bis ich verstand, warum dieser gebeutelte arme Tropf von einem Heimatlosen sie unbedingt an sich bringen wollte.« Die Emissäre fuhren herum. »Runen bergen Wissen, und mein Vater hat es in unsere Clanswaffe gebracht. Es ist geworden.«

Die Emissäre hoben ihre Armbrüste. Als sie anlegten, war es für sie längst zu spät.

»Nidhuriff ith Drangzi!«, rief Gjala.

»Verheerung und Krieg«, murmelte Kato.

Dann explodierte der Zylinder.

Die Wucht der Detonation riss den Riesen förmlich entzwei. Die Druckwelle fegte die Emissäre zu Boden. Sie zerfetzte den Hai aus Nebel, der hinter ihnen aufgewallt war. Jene Meereskrieger, die das Glück bevorzugte, wurden beiseitegeschleudert.

Den meisten von ihnen war es ohnehin abhold. Was zuletzt offenkundig ein ertrunkener untoter Frostriese gewesen war, verwandelte seine Gestalt noch weiter.

Kato hatte es in Kriegszeiten oft genug erlebt und wusste, was geschah, wenn ein Katapultgeschoss in hölzerne Gebäude und Gestein einschlug.

Schrapnell.

Wie Kartätschenfeuer aus einer Schiffsbombarde fegten die Knochen und Zähne des Giganten durch die Reihen der Angreifer wie glühende Stahlkugeln durch jungfräuliches Eis. Körper wurden in einem einzigen Herzschlag weggewischt oder ihrer Gliedmaßen beraubt, während die Explosion seines Kameraden den zweiten glücklosen Riesen gegen die Brust traf wie ein Fauststoß. Er landete Schritte entfernt auf dem Gesäß und nahm dabei zwei eher noch glücklosere Emissäre unter seiner Körperlast mit sich.

Die Hitze aus der Druckwelle wusch wie Wüstenwind gegen Tanaqui, Bowden, Gjala und Kato, die bis auf einen ruppigen Stoß und ein Fiepen in den Ohren nichts abbekamen.

Mit dem heißen Wind und den zerschmetterten Emissären rauschte Magie als anfangs sachtes Lied, das immer lauter wurde und mit den Flammen hinter ihm eine Verbindung einging, zurück in Katos Bewusstsein. Er spürte die Macht wie einen Rausch. Hinter ihnen stand die Mine in Flammen.

»Ich danke dir, Vater. Für alles«, hörte Kato Gjala durch sein Ohrensausen hindurch murmeln. Sie schrie, doch ihm schien es, als flüstere sie unter Wasser.

»Was?«, fragte Bowden und schüttelte wie wild den Kopf.

»Wir müssen fort von hier!«, schrie Tanaqui, die sich die blutenden Ohren hielt. Tätowierungen rasten über ihre Hände und die Finger wie aufgeschreckte Tiere. Dabei wies sie mit dem Kopf auf die andere Seite des Fjords. Kallasfjord stand in Flammen, nachdem die Emissäre ganze Arbeit verrichtet hatten. Ihre Unterwasserfestung hatte sich mittlerweile den Hafen einverleibt. Die Nebel lüfteten sich, und ein beispielloses Gemetzel schien sich dort abzuspielen.

Die Königin der Riesen wies ihre Werfer an, wieder Maß auf diese Seite hin zu nehmen. Erste Felsen erhoben sich träge in die Luft und würden bald einschlagen.

Kato nickte der Elfe zu. »Ich kenne unser Ziel! Der Plan hat sich nicht geändert!«, gellte er.

Mit einem kurzen Singsang hob er den Feuerschild, der seine Kameraden und Begleiter schon einmal sicher durch sein ungeliebtes Hauptelement davontragen würde.

»Das kann nicht dein verdammter Ernst sein!«, rief Tanaqui. Noch immer schien die Umgebung viel zu laut.

»Was?«, brüllte Bowden zurück und schluckte, als Kato auf den lodernden Schlund der Tempelstadt der Zwerge und die innen rot glühenden Torflügel deutete.

»Wir haben keine Wahl!«, rief er. Er deutete auf den Strand, wo die Emissäre sich erhoben. Schnelle Reiterei auf Wesen, die halb Seelöwe und halb Pferd zu sein schienen. Weitere Haie aus Nebel rauschten sowohl vom Strand als auch aus der verheerten Siedlung der Skraemar auf sie zu. Es gab kein Entkommen von hier. Die Steilwand war zugleich ihr Gefängnis.

Ein Blick auf seine drei Begleiter genügte, um sich zu vergewissern, dass sie die Zwangslage ebenfalls erkannten. Vor ihnen die Flammen, hinter ihnen der Zorn der Tiefe.

Welche Erkenntnisse sich auch immer auftäten, sie wagten in das Inferno unter der Erde einzutreten. Bowden wusste, dass er sich keinen Fehler erlauben durfte, wollte er alle lebendig hindurchführen.

»Kincaid!«, rief Kato Tamasine noch erfreut aus, und sein treuer Freund trottete aus den Nebeln herbei, was den Gedanken an das neuerliche Wandern unter der Erde für ihn immerhin erträglicher machte.

»Wenigstens wird es nicht so dunkel sein dieses Mal«, versuchte sich Kato mit einem Scherz.

»Was?«, brüllte Bowden.

Sie gingen auf die Flammen zu, die sich vor ihnen auftaten wie die Pforten der neun Höllen.

Kato wandte sich ein letztes Mal um, bevor sie eintraten. Es schmerzte ihn, Limbo zurückzulassen wie Aas. Doch welche Wahl hatten sie?

Neben dem Leichnam des Gesetzlosen stand das verbrannte Mädchen und nickte ihm zu. *In die Tiefe,* bestärkte es ihn.

»In die Tiefe«, gab er zurück. »Feuer mit Feuer bekämpfen.«

56

Die Pforten schlossen sich allmählich.

Sie wurden eins mit den Flammen.

Das Haus der Vier Könige zu suchen, setzte das Mädchen noch hinzu.

Doch Kato Tamasine hörte sie schon nicht mehr.

Hier draußen war nur noch einer verblieben, der sie vernehmen konnte, und es kostete ihn alle Kraft, auch nur zu blinzeln.

»Erwache, Aganthyr!«, befahl das Mädchen. »Noch ist nicht die Zeit zu ruhen. Du weißt genau, was du zu tun hast. Vergiss deine Aufgabe nicht! Die Herrin zählt auf dich.«

Das blieb seinem Gemüt tief eingebrannt, obschon er nicht zu sagen wusste, wen er da vernahm oder woher die Stimme gar seinen Namen kannte. Nicht einmal er selbst wusste nach dieser langen Zeit noch, wer der Mann dieses Namens einst gewesen war. Die Erste Expedition lag ewig zurück, und der Preis, den die Elfengöttin verlangt hatte, war unerträglich.

Er schrie, als es in seinen Adern toste und ihm einmal mehr ein Leben eingeflößt wurde, das längst hundertfach versiegt sein sollte. Das Feuer des Mirvaali, das seinen Fluch niemals enden ließ. Das götterverdammte Lied der Herrin in seinen Ohren, das den süßen Schlaf des Friedens fernhielt.

»Ich bin wieder bereit und stehe zu Diensten«, nuschelte der Mann, der vor derart langer Zeit Aganthyr geheißen hatte. Er brachte es müde und unwillig über blutbefleckte Lippen, während er in den Nachthimmel spähte, sein Körper ein einziger Hort der Qualen. Das Mondlicht zog ihn an wie einen Nachtfalter. Dort oben wohnte sie und hielt einsam Wacht über das Schicksal der verdammten Inseln, die ihren Namen trugen.

»Selachia. Wann gewährst du mir endlich meinen Frieden?«, begehrte er auf.

Niemand antwortete.

Stattdessen schoben sich die Helme der Emissäre in seine Sicht und verdeckten den Mond und die Glut, welche die brennende Stadt bis an den Himmel hinauf und über den Strand warf. Sie hoben Speere und Krummsäbel, die auf ihn niederfuhren. Es waren lächerliche Versuche, zu töten, was zu leben verurteilt war.

»Es dauert noch ein Weilchen«, ächzte er und grinste über blutbefleckte Schneidezähne, die stetig länger wurden, als der Schmerz plötzlich so fern war und sich dafür sein Körper verformte.

Er setzte sich auf, den Wunden zum Trotz. Die Emissäre wichen zurück.

»Ich habe noch etwas zu erledigen.«

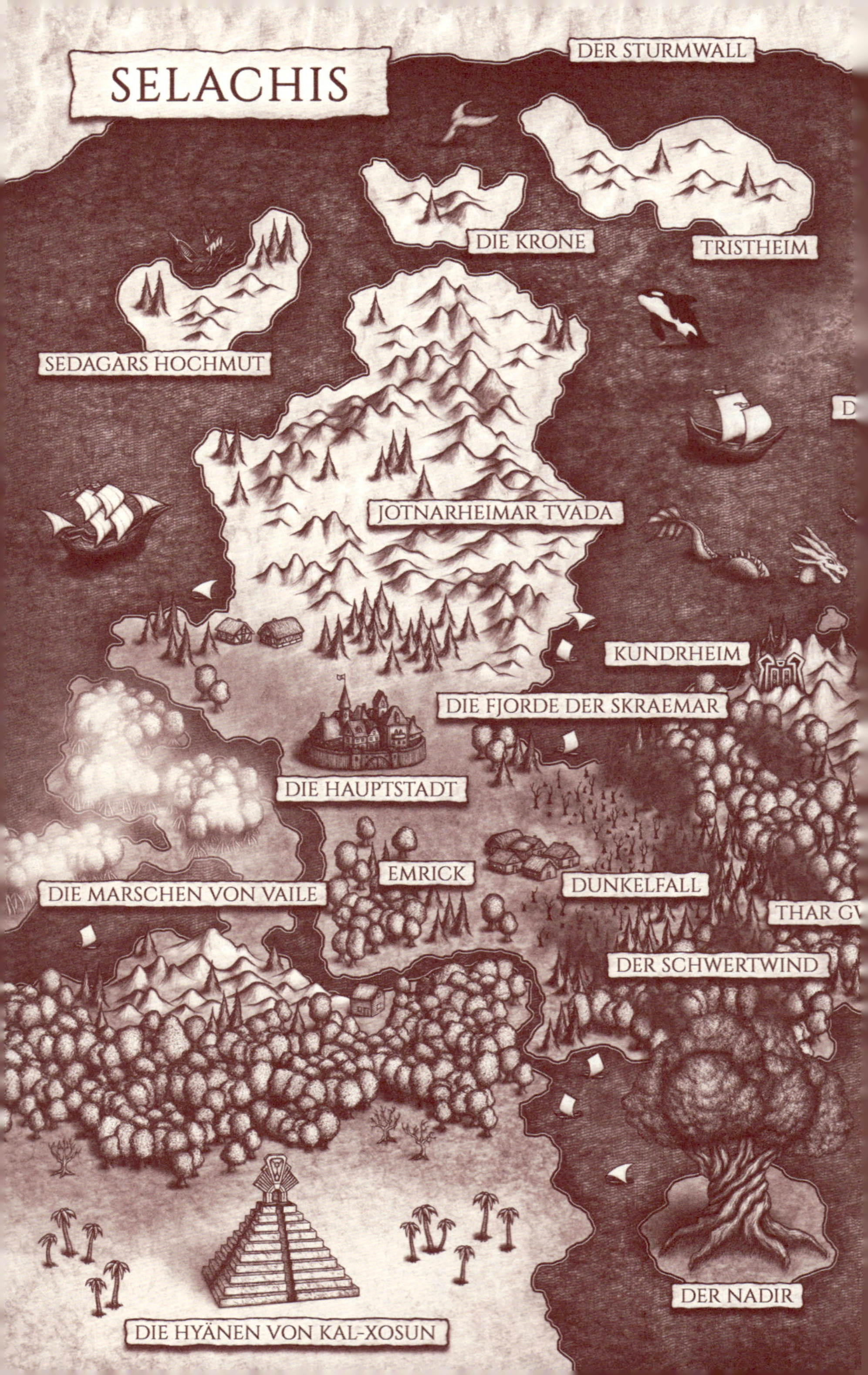
SELACHIS
DER STURMWALL
DIE KRONE
TRISTHEIM
SEDAGARS HOCHMUT
JOTNARHEIMAR TVADA
KUNDRHEIM
DIE FJORDE DER SKRAEMAR
DIE HAUPTSTADT
EMRICK
DUNKELFALL
DIE MARSCHEN VON VAILE
DER SCHWERTWIND
DER NADIR
DIE HYÄNEN VON KAL-XOSUN